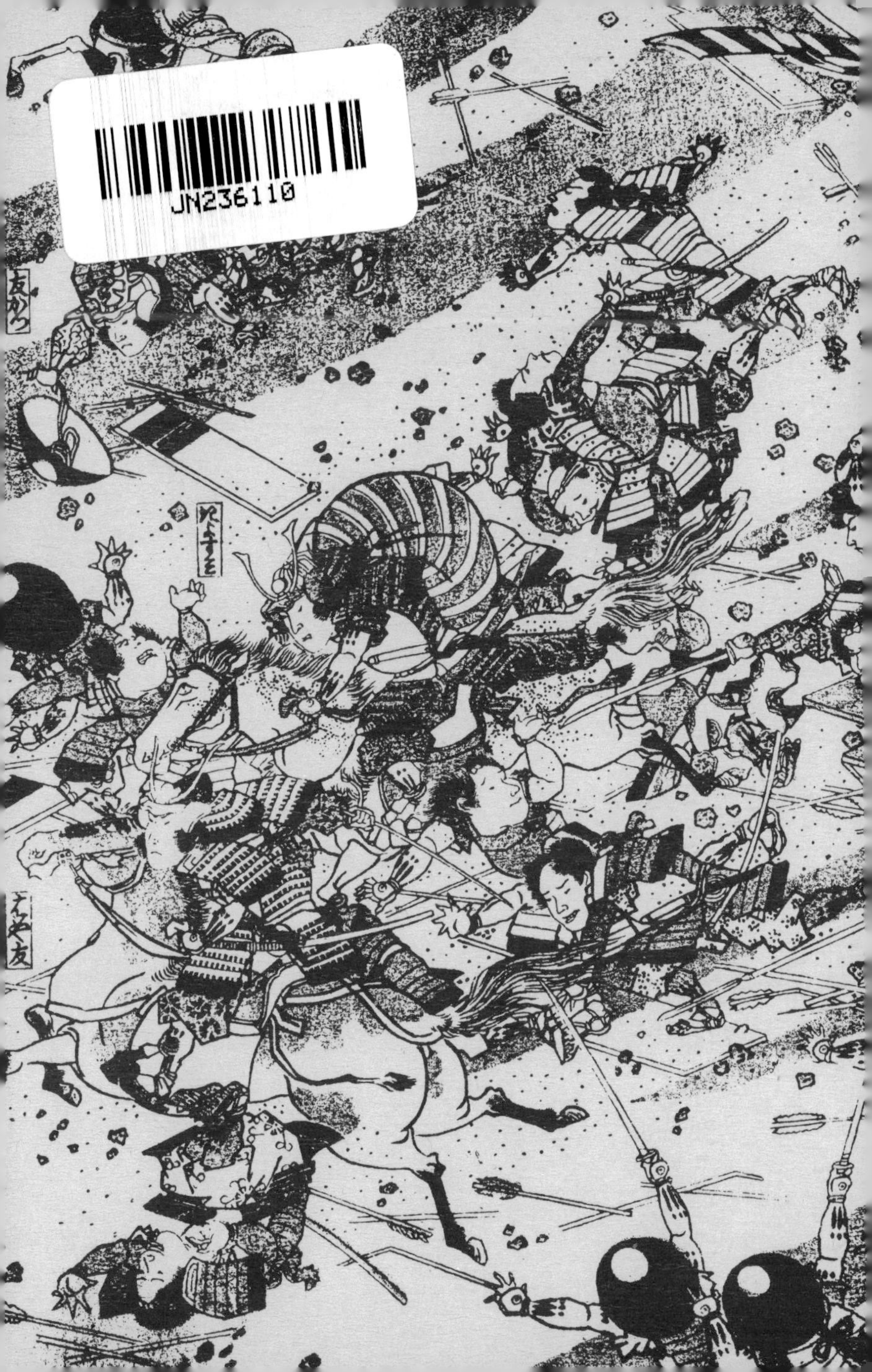

西沢一風集

叢書江戸文庫 46

責任編集＝高田 衛・原 道生

校訂＝神谷勝広
川元ひとみ
若木太一

国書刊行会

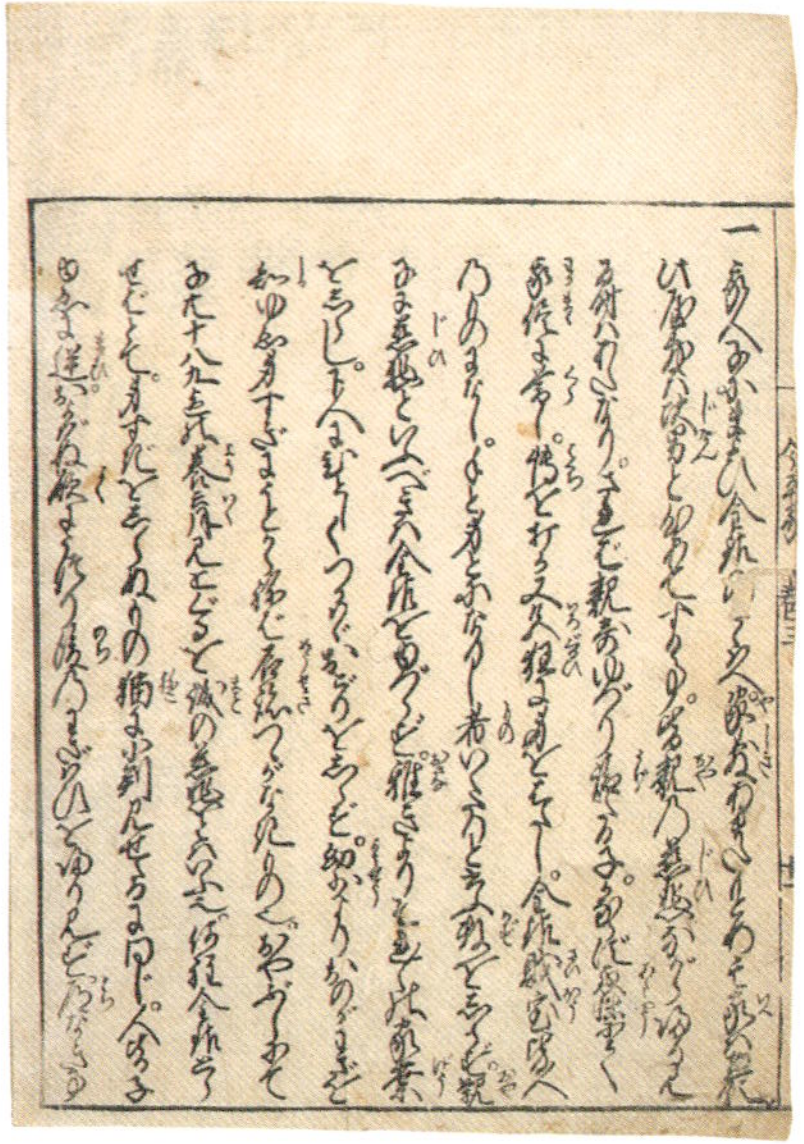

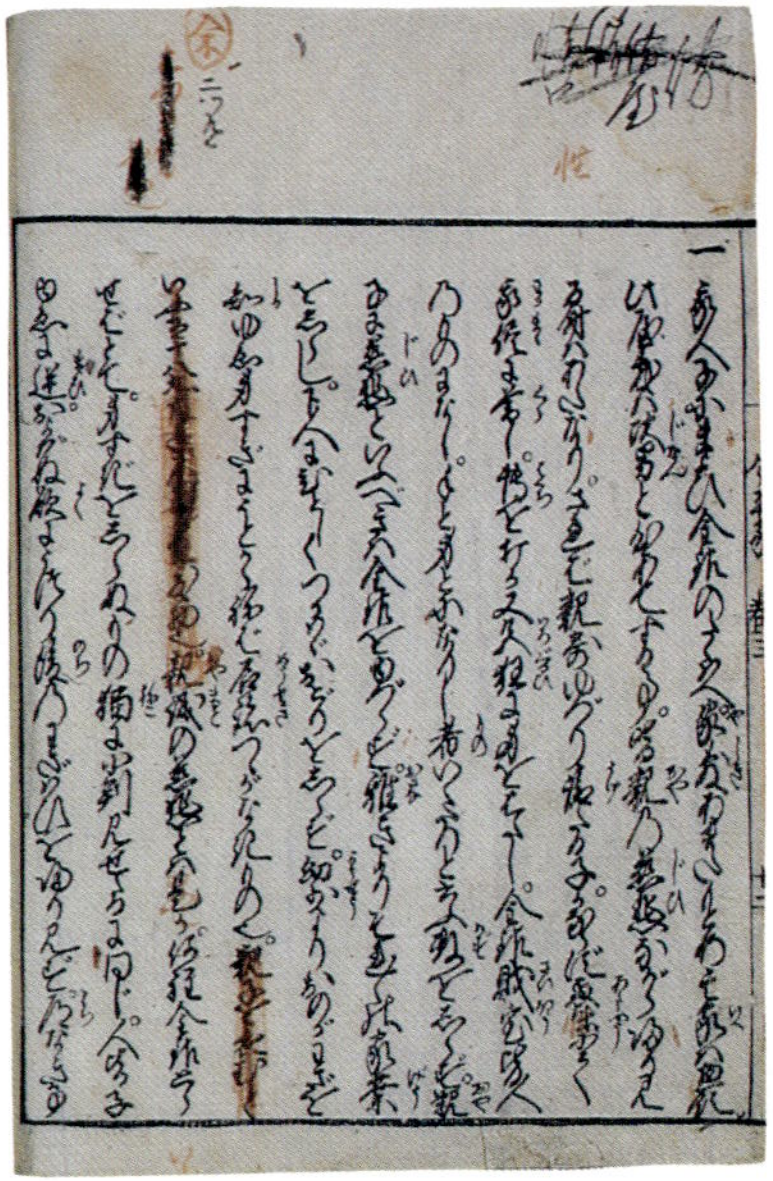

『風流今平家』第三冊（五六之巻）十一丁裏

平井隆太郎氏蔵本（右）は当時としては珍しい校正本と推定される。上段八行から九行にかけて朱で塗りつぶされている部分は、東京大学総合図書館蔵本（左）では大きく直されているのがわかる（解題参照）。

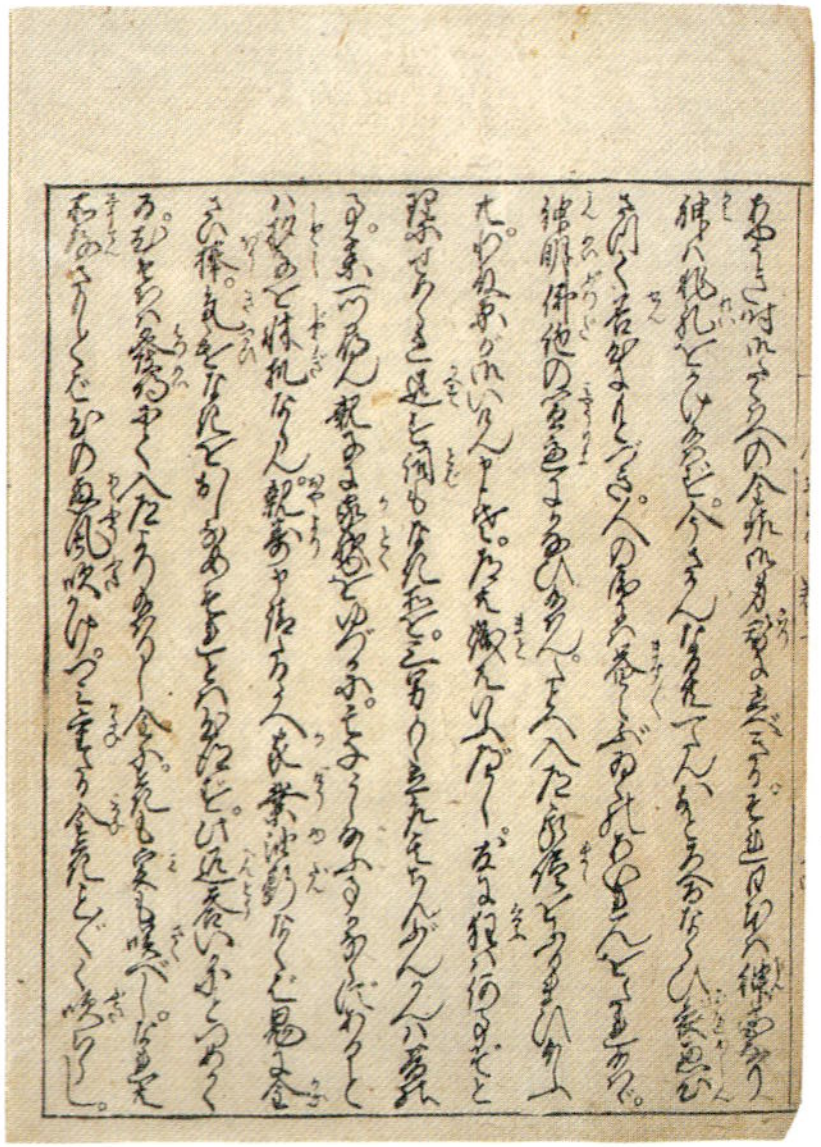

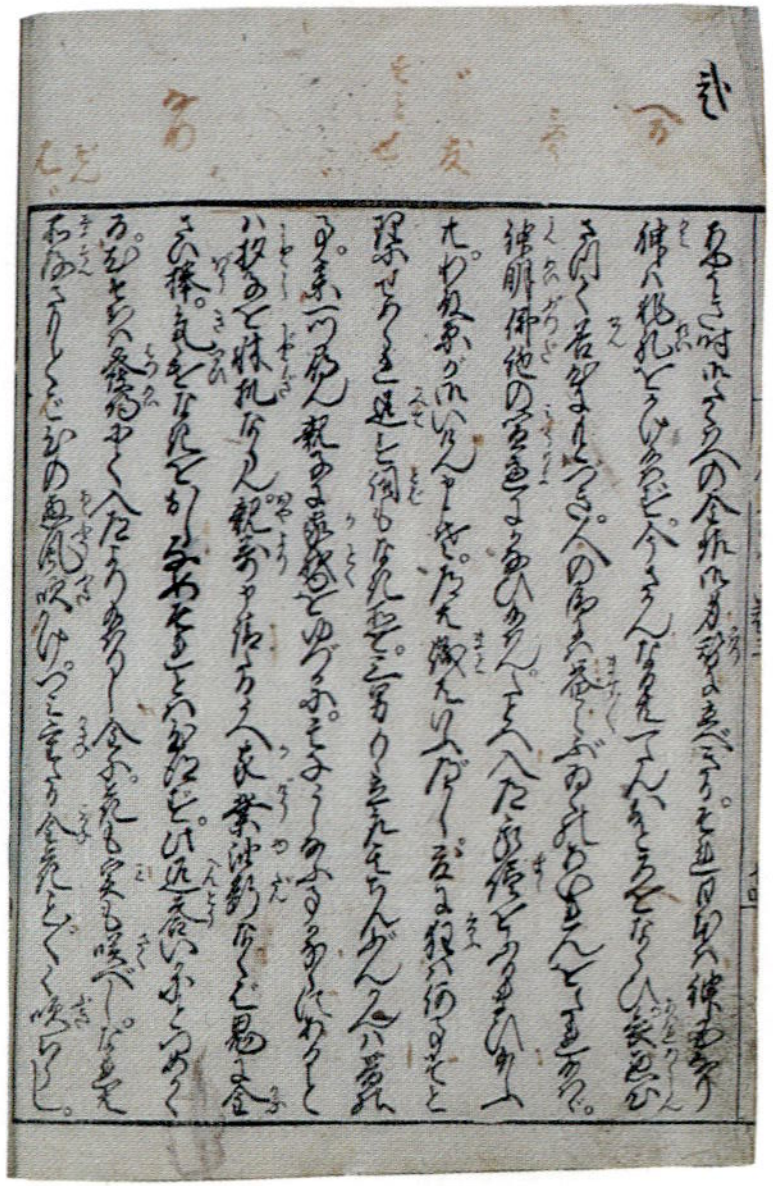

『風流今平家』第三冊（五六之巻）十四丁裏

二行目「おとろをならひ」(右)の「を」が消され上部に「へる」と朱で記されている箇所は、「おとろへるならひ」(左)と訂正されている(解題参照)。

目次

凡例

一、本書には西沢一風の浮世草子三編を収めた。底本の所蔵および翻刻・解題担当は次のとおりである。

『寛濶曽我物語』　天理大学附属天理図書館本（天理大学附属天理図書館本翻刻第883号）　神谷勝広

『女大名丹前能』　東京都立中央図書館加賀文庫本　若木太一

『風流今平家』　東京大学総合図書館本　川元ひとみ

一、本文は底本通りに翻刻することを原則としたが、本叢書の方針に従い、次のような点に配慮した。

1、漢字は原則として新字体を用いた。異体字も通行字体に改めたが、慣用的なもので一部残したものもある。誤脱・当て字等は原文通りとしたが、誤解を招くと思われるものには（ママ）を付した。但し、明らかに誤字と認められるものは該当する字に改めた。なお、脱字部に（　）で補った場合がある。

2、仮名遣い、振り仮名は原文のままとした。

3、濁点・半濁点を適宜ほどこした。ただし、時代的に清音と判断されるものについては原文通りとした。

4、句読点は原文の「点」「丸」等を生かすかたちで、適宜ほどこした。またその際、行移りで省略されたと思われる箇所に施した。

5、会話の部分には括弧「　」をほどこしたが、心中思惟や、一章全体が会話の形式で書かれているような場合は省略した。

6、適宜改行した。

7、畳字については、仮名は「ゝ」、漢字は「々」を用い、二字以上の場合は原則として「〱」に統一したが例外もある。

一、底本の挿絵は、全て写真（影印）で該当部分に掲載した。ただし、底本の汚損のはなはだしい挿絵は、他本で補った。

一、本叢書の方針に従い、各巻冒頭の目録を一括した。

一、本巻収録の作品の中には人権に関わる用語が使用されているものがある。本叢書の資料的な性格を考えて原本どおりに翻刻したが、読者各位には人権問題の正しい理解の上に立って本書を活用して下さるようにお願いしたい。

寛濶《かんかつ》曽《そ》我《が》物語《ものがたり》

——神谷勝広＝校訂

寛《くわん》潤《くわつ》曽《そ》我《が》物語《ものがたり》

目録《もくろく》　一之巻

先祖《せんぞ》　序一　伊豆《いづ》の焔《ほむら》

〽伊東《いとう》がむかし染《ぞめ》／うらみはむらさき鹿子《がのこ》／当世《たうせい》もやうかみずりな物好《ものずき》／ゆかりの手綱切《たづなきれ》てのく事

来暦《らいれき》　凡例二　都《みやこ》の葛葉《くずのは》

〽工藤《くどう》のやさおとこ／昔《むかし》をしのぶ古郷《ふるさと》の文《ふみ》／是より伯父甥《おぢおい》の公事《くじ》／欲《よく》はおもへど身をかばふ事

男色《なんしよく》　三　恋路《こいじ》の関守《せきもり》

〽頼朝配所《よりともはいしよ》の月／忍夜《しのぶよ》は星《ほし》の光《ひかり》か盛長《もりなが》が前髪《まへがみ》／説《くどき》おとした千話文《ちわぶみ》と若衆《わかしゆ》／こんな事がゐんに成事

遊興《ゆうきやう》　四　勇者《ゆうしや》の取合《とりあひ》

〽奥野《おくの》の狩《かり》／思ひきつたる滝口《たきぐち》が力《ちから》／柏峠《かしはとうげ》の丸はだかとつたりや河津《かはづ》と／俣野《またの》がすまふの事

目録《もくろく》　二之巻

目録《もくろく》　五之巻

＼虎御前《とらごぜん》は筋目《すぢめ》有遊女《ゆふぢよ》／歌《うた》にひかるゝ猫《ねこ》の妻恋《つまごひ》／ちよつとみて兄《あに》なり男《をとこ》なり／たのもしきは武士《ぶし》／曽我《そが》と三浦《みうら》が口論《こうろん》する事

密夫《まぶ》　三　真字《まなじ》の千話文《ちわぶみ》

＼鬼王《おにわう》はじめての揚屋入《あげやいり》／恋慕《れんぼ》の闇郭《やみくるは》のかごぬけ／思わくの声《こへ》を聞《きい》て／煩悩《ぼんなう》の手《た》綱《づな》曽我《そが》に／ひかれて水もらさぬ中《なか》となる事

心指《こゝろざし》　四　傾城追善《けいせいつゐぜん》の伽羅《きやら》

＼朝比奈《あさひな》手立《てだて》の川狩《かはがり》／禿《かぶろ》は情《なさけ》のあだ花／川流《かはながれ》はひろいどくな盃《さかづき》／是《これ》より思ひつく形勢坂《けはひざか》の／しやう〲五郎と馴初《なれそめ》し事

目録《もくろく》　六之巻

影言《かげごと》　一　勤《つとめ》の日記付《にっきづけ》

＼うたがひは桜木《さくらぎ》のかざし／思ひあまればねごとも欲《よく》／口説《くぜつ》は時《とき》の出来心《できごゝろ》／虎少《とらしやう》将身請のやりくりする事

真実《しんじつ》　二　借着《かりぎ》の全盛《ぜんせい》

＼五日帰りのたそかれ／二《に》の宮《みや》太郎婚礼振舞《こんれいぶるまい》／飛礫《つぶて》は鼻《はな》のさき／勘当《かんだう》の身におそれて／敵《かたき》を討《うち》かぬる事

目録《もくろく》　七之巻

しる事

人言《ひとごと》　四　心中矢立《しんぢうやたて》の杉《すぎ》

〽男自慢目《おとこじまん》あての杉《すぎ》／当心《あたりごゝろ》のよい兄弟《きやうだい》の辻占《つじうら》／女郎《ぢよろう》の花まきちらす小判《こばん》／新田《にたんの》四郎虎少将《とらしやう〳〵》をたすくる事

目録《もくろく》　八之巻

高名《かうみやう》　一　富士野《ふじの》の御狩《みがり》

〽すそ野《の》のはたらき／山あらし猪《ゐ》の獅子《しし》のきば／尾《を》ずゝの手綱《たづな》高名《かうみやう》は忠常《たゞつね》／やせ馬《むま》に虎《とら》が思ひをつみし事

案内《あんない》　二　傾城情《けいせいなさけ》のまくづくし形見《かたみ》をくり

〽禿《かぶろ》の初床《はつどこ》にわすれぬは／かめづる／忠《ちう》と涙《なみだ》と／一ッ荷《か》にして／鬼王団三郎《おにわうどう》古里《ふるさと》ゑ帰りし事

手引《てびき》　三　敵討《かたきうち》の手本《てほん》

〽胸《むね》をひやす狩家《かりや》のかゞり火《び》／本田《ほんだ》の次郎《じらう》手立《てだて》の夜《よ》まはり／思ひをはらす太刀風《たちかぜ》／大藤内《とうない》は口《くち》ゆへきらるゝ事

討留《うちどめ》　四　村千鳥《むらちどり》の面影《おもかげ》

〽孝々《かう〱》千《ち》筋《すぢ》の縄《なは》／永《なが》いきは恥辱《ちじよく》の種《たね》／あふぎ拍子子《ひやうしこ》心《ごゝろ》の修羅《しゆら》／けががてら兄《あに》の敵《かたき》
をとる事

〽さとりをひらく禅師坊《ぜんじばう》／我《わが》身ながら儘《まゝ》にならぬ主命《しやうめい》／是《これ》を菩提《ぼだい》の種《たね》／二人の郎《らう》等発心《どうほつ》する事

仏道《ぶつだう》　二　御法《みのり》の道引《みちびき》

〽明暮《あけくれ》の涙《なみだ》／思ひ切瀬《せ》はなきぞとよ／子ゆゑにまよふ／鬼子母《きしぼ》神の事

説法《せつぱう》　三　傾城《けいせい》の諷誦文《ふじゆもん》

〽哀《あはれ》なる念仏の声《こゑ》／恩愛《おんあい》の別妹背《いもせ》の／涙《なみだ》にかきくれて／さゝげ奉る一通《いつつう》の事

恋種《こいだね》　四　文塚《ふみづか》の勧進《くわんじん》

〽三人比丘尼《びくに》／母《はゝ》のわうじやうは／素快法師《そくわいほうし》が末期《まつご》の水／尼衣《あまころ》ざんげ物語《がたり》する事

目録《もくろく》　十一之巻

一心《いつしん》　一　座禅《ざぜん》の人切《ひときり》

〽なひ知恵《ちゑ》のふるひぎぬ／知略《ちりやく》の野送《のおく》り／夢中《むちう》の血刀《ちがたな》／めぐる因果《ゐんぐわ》を思ひしる事

志案《しあん》　二　法師《ほうし》の忠義諍《ちうぎあらそひ》

〽敵討《かたきうち》の腰《こし》をし／入道《にうだう》しても魂《たましい》は武士《ぶし》／こらゑぬは団《どう》三郎／鬼王《にわう》が了簡《りやうけん》にて御《み》くじとる事

人質《ひとじち》　三　門違《かどちがへ》の密男《まをとこ》

目録《もくろく》　十二巻

ぐみ千代《ちよ》のふる事

寛濶曽我物語《くわんくわつそがものがたり》　初巻

序　伊豆《いづ》の焔《ほむら》

不肖《ふじやう》の身をもつて竜凰《りうほう》の年をしたひ、朝菌《てうきん》のもろきをもつて、積朔《せきさく》の期《ご》をもとめんとするは、誠《まこと》に愚《おろか》なる人欲《じんよく》のわたくしなり。抑《そも〳〵》伊豆《いづ》の国《くに》の住人《じうにん》工藤太夫祐高《くどうのたゆふすけたか》、入道《にうだう》して久須見《くすみ》の寂心《じやくしん》といへり。たとへば伊東《いとう》河《かは》津《づ》宇佐見《うさみ》、此三ヶ所《しよ》をつかねて久須見《すみ》の城《じやう》と号《がう》す。男子《なんし》あまた有しが世をはようして、久しき軒《のき》の玉かづら、かれ〴〵に力《ちから》なく名跡《みやうせき》のたゆべき時にこそと、よのつねこれをなげきけるに、入道老《にうだうおひ》のねざめのつれ〴〵、早月《さつき》といふ女をあひし、月の夕部《ゆふべ》花のあした、詠《ながめ》にあかぬ和理《わり》なさに一人の子をもふけ、是に伊東《いとう》をゆづり工藤武者祐次《くどうむしやすけつぐ》といへり。

其後本妻男子《そのゝちほんさいなんし》をうめり、いまだ幼稚《ようち》なるにより、次男《なん》に立河津《かはづ》の次郎祐親《じろうすけちか》と名乗《なの》らせける。しかるに入道《にうだう》いつの頃より心地《こゝち》れいならず、万死《ばんし》の床《ゆか》にふして今をかぎりと見へければ、医療《ゐれやう》手をつくすにかひなく、五十五歳にして浮《うき》世の夢《ゆめ》を見果《はて》ぬれば、七七の追善《つゐぜん》取おこなひ、さて祐親《すけちか》おもひけるは、我工藤《われくどう》の嫡子《ちやくし》なる処《ところ》、筋《すじ》なき外戚《げしやく》の者《もの》を跡目《あとめ》とする事、本意にあらずとおもひそめしより、ひそかに箱根《はこね》の別当《べつたう》をよびくだし、さま〴〵もてなして後首尾《のちしゆび》取つくろひ申出しけるは、「貴僧《きそう》もしろし召るゝごとく、寂心《ぢやくしん》が所領相続《しよりやうさうぞく》いたす者《もの》それがしにきはまる処《ところ》、下種腹《げすばら》の祐次《すけつぐ》に渡《わた》しあたふる事、生前《しやうぜん》の面目《めんぼく》をうしなふに似《に》たり。所詮《しよせん》かれを討《うつ》て切腹《せつぷく》もいたすべく存寄《ぞんじより》ども、亡夫《ばうふ》に対《たい》し不孝《ふかう》の第一なれば手をおろさずし本意《ほんゐ》をとげんといふ子細《しさい》は、貴僧《きそう》の行力《ぎやうりき》をもつて祐次《すけつぐ》をちやうぶくあらば、一生《いつしやう》の御恩《ごおん》ならめ」と手をあはせたのみけるに、別当《べつたう》暫《しばらく》返答《へんとう》なかりしが、「尤さる事なれども腹《はら》こそかはれ、種《たね》はひとつにして御兄弟《ごきやうだい》なる事誰《たれ》しらぬ者《もの》なく、殊《こと》に公方《くばう》までかくれなし。親《おや》の遺言《ゆいげん》のそむき給ふ事、神明仏陀《しんめいぶつた》の明鏡《めうかん》にそむき給はん。もとより愚僧《ぐそう》は竹馬《ちくば》より三衣《ゑ》を着《ちやく》し、仏《ほとけ》のゆいくわんにまかせ五界《ごかい》をたもち、ものゝ命《いのち》を取たる事なし。人間《にんげん》には三身仏生《しんぶつしやう》とて三体《たい》の仏《ほとけ》有、それをがいせん事三世の諸仏《しよぶつ》をうしなひ奉る道理《だうり》。此義おもひよらず」とかぶりをふつての給ひければ、祐親刀《すけちかかたな》にそり打眼《まなこ》に角立《かどたて》、「師弟《してい》の契約《けいやく》は過去生々《くわこしやう》の縁《ゑん》なり。武士《ぶし》たる者《もの》に大事をかたらせ、後日《ごにち》此事露顕《ろけん》せば祐親が身の大事。違義《ゐぎ》におよび給はゞ師《し》の坊《ばう》とはいわせじ、命《いのち》をとらん」といふに、別当《べつたう》おどろきし案《あん》のかゐ、此事沙汰《さた》し後日《ごにち》に命をとらるゝも、今河津《かはづ》が手にかゝるも同じ事、此うへはともあれ御心まかせと請合《うけあひ》しかば、祐親《すけちか》悦《よろこび》、「左もあらば某《それがし》が目通《めどをり》にて只今てうぶくし給へ」、「それこそ安き事成」とすでに壇《だん》をかざりぬ。

初《しよ》三日の本尊《ほんぞん》には弥陀《みだ》の三尊《ぞん》、六道《ろくだう》の能化地蔵菩《のうけぢざうぼ》

薩《さつ》、河津《かはづ》が諸願《しよぐわん》として伊東武者《いとうむしや》が替《かはり》なき命を取、来《らい》世にてはあんやう浄土《じやうど》にいたらしめ給へ、後《ご》七日の本尊《ぞん》にはうずまさ金剛童子《こんがうどうじ》、五大明王《ごだいみやうわう》を四方《しはう》にかけまくも、玉ちるごときあせをながし一心ふらんにいのりしかば、まんずるとらの刻《こく》にありがたや。不動《ふどう》明王《みやうわう》がうまの利剣《りけん》に、伊東《いとう》が生首《なまくび》をつらぬき壇上《だんじやう》にあらはれ給へば、扨はゐげんあらはれしと別当壇《べつたうだん》よりおり給ひぬ。祐親 悦《すけちかよろこび》念頃《ねんごろ》にいとまごひ、すぐに下山《げさん》しけるとかや。

同とらの下刻《げこく》より祐次心地《すけつぐこゝち》もつての外《ほか》にして、すでに最後《さいご》とみへけるにぞ。女房枕《にようばうまくら》もとに立寄涙《たちよりなみだ》をながし、さま〴〵看病《かんびやう》するといへどもさらにげんきもあらざりき。今をかぎりの祐次《すけつぐ》やう〳〵枕《まくら》をもたげ、九歳《さい》に成ける金石丸《かないしまる》といゐるをひざにあげ、髪《かみ》かきなで涙《なみだ》をおさゐなく〳〵いひけるは、「十才にもたらで父《ちゝ》にわかるゝ事のふびんや。我相果《われあいはて》て後《のち》たれか養育《やういく》せん。せめて十五歳《さい》にならば何事かおもはん。さればとてあまた有子にもあらず」と、夫婦《ふうふ》なみだにかきくれ前後《ぜんご》をうしなふ折から、河津《かはづ》の次郎祐親《すけちか》何心なく来《きた》り、此ていを見てわざとおどろき、祐次《すけつぐ》がそばにより、「生《しやう》死《し》かぎり有御命《いのち》と見えて候。現世《げんせ》をわすれ未来《みらい》をねがひ給へ。金石丸が身におゐてまつたくそりやくにぞん

ずまじ、祐親《すけちか》かくて有うへは御心安《こゝろやす》かるべし」と、むつまじく語《かたり》けるにぞ。

伊東《いとう》心よげに打笑《うちゑみ》、すこし枕《まくら》をあげ、祐親《すけちか》をおがみくるしき息《いき》の下《した》より、「あつぱれたのもしき心底《しんてい》、かゝる一言《ごん》の聞ては思ひ置《おく》事なし。然上《しかるうへ》は金石丸《かないしまる》をわどのに預《あづくる》間、一子《し》と思ひもりたて、成人《せいじん》の後《のち》御身の娘万子姫《むすめまんこひめ》とめ合、十五にもならば男《おとこ》になし、小松殿にみやづかゐさせ、知行所《ちぎやうしよ》つゝがなくとらせてくれよ」と、見門書《けんもんしよ》取出し母《はゝ》にわたし、「今日より伯父《おぢ》河津《かはづ》を、真実《しんじつ》の親《おや》と思ひ孝々《かうく》をつくせ、たとゑ死《し》したり共、魂《こん》は此世にとゞまり影《かげ》身にそひてまもらん。名残《なごり》おしきは只ふたり弥々頼祐親《すけちか》」とねむれるごとく、四十三歳《さい》を一期《ご》とし七月十三日、とらの刻《こく》に身まかりぬれば、女房《にようばう》をはじめとし、一家《いつけ》のともがらむなしき死《し》骸《がい》に取付、共にきゑんとかこちぬ。祐親《すけちか》うゑにはかなしむていなれ共、心の内に悦《よろこび》、祐次《すけつぐ》がなきがらをおがむていにもてなし、箱根《はこね》の別当方《べつたうかた》をぞおがみぬ。それより河津伊東《かはづいとう》が館《たち》に入妻子《さいし》に孝《かう》をつくし、或日《あるひ》は百ヶ日一周忌《しうき》、第三年かれこれ念頃《ねんごろ》にとむらいければ、祐親《すけちか》こそ武士《ぶし》の本意《ほんゐ》なりとて皆人かんじけるとかや。

其後《のち》金石《かないし》丸には心やすき乳人《めのと》を付置《おき》、遺言《ゆいげん》にまかせ十五歳《さい》にて元服《げんぷく》させ、仮名《けみやう》をあらため久須《くす》見工《みのく》藤《どう》左衛門祐経《すけつね》と名乗《なの》らせ、娘万子姫《むすめまんこひめ》と婚姻《めあわせ》、其年の暮祐経《くれすけつね》を召つれ京都《と》にのぼり、小松殿ゑめ見ゑ申させ祐経《すけつね》を都《みやこ》にのこし、其身は本国《ごく》に下《くだ》り、古侍《こさん》の者《もの》共不残《のこらず》いとまを出し、祐経《すけつね》が母《はゝ》をもひそかなる方《かた》に追《おひ》入、おのれが儘《まゝ》にして三ヶ所を押領《おうりやう》す。是徳《とく》をつみ孝《かう》をかさぬる事、其善《ぜん》をなさゞれ共時《とき》にもちゆる事あり。善《ぜん》のすて利をそむく事、其悪《あく》をなさゞれ共時にほろぶ事有。身のあやうきは勢《いきほひ》のすぐるゝ所、わざわひのつもるは朝《てう》の御かんなるをこゑてなりといゑり。

凡例二　都《みやこ》の葛葉《くずのは》

京都《と》にのこりし工藤《くどう》左衛門祐経《すけつね》、年月《ねんげつ》立にしたがひぐもん所《しよ》をはなれず、奉行《ぶぎやう》所におゐて身をうたせ、評定《ひやうでう》を聞て善悪《ぜんあく》をしり、万事《ばんじ》に心を通《つう》じて理非《りひ》にまよはず、手跡《しゆせき》つたなからずし和歌《わか》の道《みち》に心をよせ、かんてうのむしろにすいさんし、其集《そのしう》につらなりければ工藤《くどう》のやさ男《おとこ》といゑり。十五歳《さい》にて武者《むしや》所にさむらい、礼義《れいぎ》たゞしく、生付《むまれつき》じんじやうなれば田舎《でんしや》の武士《ぶし》共みへず。其功《こう》により廿一の夏《なつ》、武者《むしや》所の一郎《ろう》をへて工藤《くどう》の一郎とぞめされける。既《すで》に廿五歳《さい》迄きうじおこたらず御そばをはなれざりき。

其頃伊東《いとう》におわせし母方《はゝかた》より、祐次存生《すけつぐぞんしやう》の頃預《あづか》りし、譲状《ゆづりじやう》に文をそゑ左衛門方《かた》へのぼしぬ。祐経《すけつね》ひけんし誠《まこと》に伊豆《いづ》の伊東《いとう》は、祖父入道寂心領分《おゝぢにうだうじやくしんりやうぶん》にて、父祐次《ちゝすけつぐ》迄は三代相伝《だいさうでん》の所領《しよりやう》なるを、祐親我儘《すけちかわがまゝ》に致《いたす》こそ安からね。いでや伊豆《いづ》に下《くだ》り殿原《とのばら》立に四季《き》の衣替《ころもがへ》させんと、度《たび》々御暇《いとま》を願《ねがひ》しかど、折から御心地すぐれねば、せんかたなく時《とき》の代官《だいくわん》、石塔孫之進《いしとうまごのしん》を伊豆《いづ》に下《くだ》し、其善悪《ぜんあく》をのぶるといゑども祐親《すけちか》さらにもちゐず。あまつさゑ代官《だいくはん》を京都《と》ゑ追《おひ》のぼしけるにぞ。

祐経《すけつね》いきどほりなをふかく、兎角《とかく》我しのびてくだり、是非《ぜひ》をたゞさんとはおもひしかど、安者《あんじや》第一の男《おとこ》なれば、し案《あん》の替《かへ》つくぐ〜思ひけるは、面談《めんだん》にて此理非《りひ》をあらそはゞ、武士《ぶし》のいぢにて命《いのち》を捨《すて》ん事も有べし。利をもち何事かあらん。殊《こと》に伯父親《おぢおや》と欲《よく》をあらそひ、他《た》のそしりをうけんも口惜《くちおし》、某程《それがしほど》の者が理運《うん》の沙汰《さた》にまけんや。なにとぞ祐親《すけちか》を召上《のぼ》せ、対決《たいけつ》をねがふべきとあたる所の道理《だうり》をきはめ、院宣《ゐんぜん》の申くだし、小松殿の御状をそるゐ、けんびゐしをもつてのぼせけり。

伊東《いとう》おどろき一家《いつけ》こぞつて評定《ひやうぢやう》するに勝《かつ》べき道なかりき。祐親《すけちか》一せの大事《だいじ》此時《とき》なりと、金銀巻物《まきもの》あまたつませ京都《と》へのぼり、すぐに奉行《ぶぎやう》所へうつたへ、まひなひをもつてたのみしかば、祐経《すけつね》が申条《でう》一つとしてたゝざる事ぞ口惜《くちおし》、たとゐば月あきらかなれ共ぶ雲《うん》是をおゝひ、水清《みづきよ》からんとすれ共でいしや是をけがす、君は堅《けん》なりといへども臣《しん》是をけがすとかや。祐経《すけつね》おもひけるは、まけまじき公事《くじ》をまくるこそ心得ねとおもひつめしより、重《かさね》てうつぷんのちうし、奉行所《ぶぎやうしよ》へさゝぐる訴訟《そせう》の趣《おもむき》、

伊豆《いづ》の国住人《くにぢうにん》工藤《くどう》一郎平《たいらの》ノ祐経《すけつね》謹而言上《つゝしんでごんじやう》

はやく御在京《ございきやう》をかうむらんとほつする子細《しさい》の事、右くだんの条《でう》は祖父《おゝぢ》久須見《くすみ》入道寂心《にうだうじやくしん》死去《しきよ》の後《のち》、父《ちゝ》伊《い》東武者《とうむしや》祐次《すけつぐ》、舎弟《しやてい》祐親《すけちか》、兄弟の中不和《なかふわ》なるにより、度々《たび》対決《たいけつ》におよぶといへ共、祐次《すけつぐ》同腹《だうぶく》てうあひたるに付、あんどの御教書《みきやうしよ》給はり既《すで》に数《す》ヶ年をへおわんぬ。爰《こゝ》に祐次《すけつぐ》万死《ばんし》の床《ゆか》にのぞむ折から、祐親《すけちか》日頃《ひごろ》の意趣《いしゆ》をわすれとぶらひ来りぬ。其時　某《それがし》九歳なれば、伯父《おぢ》河津《かはづ》に地見門書《ぢけんもんじよ》、母共にあづけ置八ヶ年の春秋《しゆんじう》をおくる。親方《おやかた》にあらずばしこうのしん共申べき。しよせん世のげいにまかせ、伊東《いとう》の次郎に給はるべきや、また私《わたくし》に給はるべきや。相伝《さうでん》の道理《だうり》に付てけんばうのじやうさいをあをがんとほつす。仍而《よつて》せいけうせいくわう　如件《くだんのごとし》

時ニ仁安二年三月今日

平祐経判

老中評定《らうぢうひやうでう》のうへにて、「祐経《すけつね》が申所尤なり。是はさいきやうせずんばけんぼうにそむかん。たとゐ祐親《すけちか》非《ひ》

道《だう》にもせよ、現在《げんざい》の伯父《おぢ》たる者《もの》いかでそゐんになるべし。所詮《しよせん》此公事《くじ》善悪《ぜんあく》をたゞさばあしからん」と、あんどの御判《ごはん》二通《つう》にわけ、大みやのりやうしをそゐてくだされけるにぞ。伊東方《いとうがた》には半国《はんごく》にても給はる事、奉行《ぶぎやう》たる人の御恩《おん》と悦《よろこび》本国《ごく》にくだりぬ。

祐経《すけつね》は心をつくし、殊に十五歳より本所《ほんじよ》に参り、昼夜《ちうや》きうじにつかゐ八か年のきうこう、重《かさね》て御恩《おん》はかうむらず共、先祖《せんぞ》の所領《しよりやう》を、祐親《すけちか》と某《それがし》に分《わけ》給はるは何事ぞ。上《かみ》にごれる時は清《きよ》からん事を思ふ、形《かたち》のゆがめる時は影《かげ》すなをならん事を思ふ。是伯父親《おぢおや》ながら伊東《いとう》がなす所、我京都《と》に住《すむ》共、前後《ぜんご》は皆弓矢《ゆみや》の遺恨《いこん》、いかで此事うらみざるべきと、ひそかに都《みやこ》を立て駿河国高橋《するがのくにたかはし》といふ所にくだり、吉川舟越《きつかはふなこし》、澳野《おきの》神原入江《かんばらいりへ》の何がし、此輩《ともがら》はない〳〵したしければ、心底《しんてい》をのこさず語《かたり》けるに、各々《おの》筋目《すじ》をわけて評定《ひやうでう》するは、「尤理《り》は理《り》なれ共、なんぞ他《た》にもあらず。祐親養育《すけちかやういく》にてかく成人《せいじん》したる恩《おん》をわすれ、かゐつてあたをなさんとはさすがにもあらず。一に伯父《おぢ》、二に養父《やうふ》、三舅《しうと》、四烏帽子親《ゑぼしおや》、五つには一家《いつけ》の大老《たいらう》、かたぐ〳〵もつておろかならず。此事おもひとゞまり給へ」と口《くち》を揃《そろへ》て教訓《きやうくん》せられ、祐経面目《すけつねめんぼく》をうしない其夜ひそかに京都へのぼりぬ。

此よし祐親《すけちか》聞付、嫡子河津《ちやくしかはづの》三郎祐重《すけしげ》、次男伊東《じなんいとうの》九郎祐清《すけきよ》をまねき、「京都《と》にてらくじやくせしを、祐経《すけつね》おのれがよくに眼《まなこ》をはなさず、我々に弓《ゆみ》ひかんよし風聞《ふうぶん》す。兼《かね》て油断《ゆだん》すべからず」と用心《ようじん》かたく申付、此事有のまゝ京都へうつたゑ、祐経《すけつね》を本城《ほんじやう》ゑいれず、年貢《ねんぐ》其外、かれが領分《りやうぶん》を我儘《わがまゝ》とし、又昔《むかし》の三ヶ所を支配《しはい》し、あまつさゑ祐経《すけつね》に婚姻《めあわせし》娘万子《むすめまんこ》を取かゑし、相模国《さがみのくに》の住人土肥《ぢうにんどひの》次郎実平《さねひら》が嫡子《ちやくし》弥太郎遠平《とをひら》にめ合《あはせ》けり。

今は祐経《すけつね》身の置《おき》所なく、都《みやこ》にのぼりしかど、人に面《おもて》もあはさず、つく〴〵おもひけるは、よしなき事をいひつのり一家《いつけ》の中をさくのみか、妻女《さいぢよ》迄取替《とりかへ》され、無念《むねん》こつずいにとをつてやむ事なく、きうじもそこ〳〵に成ぬ。角《かく》ては爰《こゝ》にも住《すみ》がたしとひそかに本国《ほんごく》にくだり、家《いへ》の郎等《らうどう》、近江《あふみ》の小藤太《ことうだ》八幡《やわた》の三郎を近付《ちかづけ》、右の様子《やうす》をくはしく語《かたり》、「所詮《しよせん》身を捨《すて》うらみの矢《や》一筋《すじ》ゐんと思ひしかど、見しり有某《それがし》あらはれてはせんなき事。さればとてとゞまるべき心底《しんてい》なし。汝等《なんぢら》がし案《あん》のもつて、本意《い》をとげさせたらんには何事か有べしいかゞせん」と頼しかば、両人承り、「仰迄もなし。武士《ぶし》につかゑるはかゝる先度《せんど》を一生《しやう》の忠義《ちうぎ》とす。追付《おつつけ》討奉り、御心をやすませ奉らん」とかた〴〵申合て帰りしとかや。

是《これ》此物語《ものがたり》の先祖来暦《せんぞらいれき》、是より枝葉《ゑだは》しげり、さま〴〵成ける物語、或《あるひ》は仁義釈教恋無常《じんぎしやつきやうこいむじやう》をつかぬる。昔《むかし》々の曽《そ》我《が》物語《ものかたり》はちんぷんかんにして今様《いまやう》の心にあはず。其古文真宝《こぶんしんぽう》をとつてのけ、落《おち》たるをひろひ、寛《くわん》濶《くはつ》曽《そ》我《が》物語《ものがたり》と題《だい》してひろむる事おかし。

元禄十四歳初春吉祥日　　書林西沢氏集楽軒

三　恋路《こいぢ》の関守《せきもり》

時《とき》しあればかやが軒葉《のきば》の月もみつる、人の行衛《ゆくゑ》はしれぬ物かは。爰《こゝ》に左馬守義朝《さまのかみよしとも》の三男《なん》、兵衛佐頼朝公《のすけよりともこう》は平治《へいぢ》の合戦《かつせん》に父義朝《ちゝよしとも》討《うた》れ給ひて後《のち》、平家《へいけ》の侍《さむらい》弥平兵衛が手にわたり既《すで》にちうせられ給はん所を、池《いけ》の禅尼《ぜんに》の情により、伊豆《いづ》の国伊東《くにいとう》の次郎祐親《すけちか》をたのませ給ひ、埴生小屋《はにふのこや》に只ひとり、御とのゐには藤九郎盛長《もりなが》、今《こ》年《とし》十五の丸びたいゐくぼに落玉《おちるたま》、美景男色《びけいなんしよく》の只中《たゞなか》、君の御そばをさらねば、なをしとふ者《もの》もおゝかりき。

中にも伊東《いとう》が次男祐清《じなんすけきよ》は、心かうに私《わたくし》なく、仁義《じんぎ》を守武士《まもるものゝふ》なりしが、流人佐殿《るにんすけどの》につかゐて身命《しんめう》をなげうてり。たとゑばたけきものゝふも、恋といふ字《じ》につながれ、盛長《もりなが》が美男《びなん》に心魂《こゝろだま》をとばし、折もあらばとおもひしが、大方佐殿《おゝかたすけどの》の御情もあらんと、君が恋路《こいぢ》の底《そこ》をさぐり、有夜ひそかに忍《しのび》出、月山の木陰《こかげ》にやすらひつく〴〵思ひけるは、我年頃《としごろ》の恋の道あはでしなんもほいなし。何とぞ首尾《しゆび》をうかゞひ、心底《しんてい》をあかし思ひを切《きる》かきらぬか二つに一つは今宵《こよひ》にかぎると、鹿《しか》の皮《かは》を身にまとひ、盛長《もりなが》が通路《かよひぢ》にふしたりぬ。

所へ藤九郎御使《つかひ》の帰るさ、ともし火《び》ふきけしさぐり足《あし》にて行星《ゆくほし》月夜、君が待てこそとしほり戸《ど》ひらきいらんとせしが、あやしや爰《こゝ》に鹿《しか》こそあれ、くみとめ君ゐの御土産《みやげ》とつか〴〵とよる所を、祐清《すけきよ》とびのきうしろよりだき付《つき》、「かまゐてりやうじめさるな鹿《しか》にてなし。我は伊東《いとう》の祐清《すけきよ》なり。君が色《いろ》有風情《ふぜい》にほだされ是迄来《きた》りぬ。若《もし》また花の兄分《あにぶん》あらば、もろふてなり共あはではゐこそおもひきるまじ。こよひは是非《ぜひ》にと思ひつめたるかぎりの夜、武士《ぶし》たる者《もの》がかゝる姿《すがた》にてくるはたれゆゐ」などくどきけるに、盛長《もりなが》おどろき、「御心《こゝろ》指《ざし》かたじけなし。尤前髪《まへがみ》もちたる役《やく》にて兄分《あにぶん》あるべきと思召さんが、はづかしながら只今迄そうしたわけなし。君につかゑ御そばをはなれぬ私《わたくし》」、「そのはなさぬ君《きみ》に油断《ゆだん》がならぬ」といわれ、「いや／＼頼朝公《よりともこう》は男《なん》色《しよく》はふつ／＼御きらひにて、とのゐにも女色《ぢよしよく》の咄《はなし》のみなり。今迄情《なさけ》しらぬ身にもあらねど、一度《ど》や二度のふみにては御心指《こゝろざし》もしれがたし。折もあらばと存る所に、角迄《かくまで》思召うへはともかくも、御心まかせ」と情《なさけ》有詞《ことば》のはし。祐清悦《すけきよよろこび》、「此うゑは兄弟分《きやうだいぶん》の約束《やくそく》、二心《ごゝろ》などいふにおよばず。一言《ごん》にてもそむくにおゐては、氏神《うぢがみ》八幡太菩《まんだいぼ》薩《さつ》の御罰《ごばつ》をかうむらんとの情紙《せいし》は重《かさね》ての事。せめてかための盃《さかづき》」といわれ、「暫《しばらく》御まち有べし。御用《ごよう》に某只今帰りぬ。御返事《へんじ》を申首尾《しゆび》みつくろい御のぞみにまかせん」、「然ばまつぞさらば」といふて立《たち》ざま文《ふみ》をおとしぬ。

祐清《すけきよ》取あげ、「是は正《まさ》しく盛長《もりなが》に恋慕《れんぼ》の文《ふみ》、封《ふう》を切《きる》は武士《ぶし》たる者《もの》の本意《ほんゐ》にあらねど、見ずにはゑこそ」とひらきぬれど、星《ほし》月夜にて見ゑざりき。折から月山に金灯籠《かねどうろう》をかけたり、幸《さいはい》と忍《しのび》入あかりを袖《そで》にかくしひらいてみれば、つたなき女の筆《ふで》にて何く／＼、

恋《こい》しらぬ身《み》さゑ物の哀《あはれ》はしるぞかし。ましてす

へある中《なか》なれど、此ほどは打《うち》たえふみさるゐたよりあらし吹《ふく》、そよとするさるゐきもにこたへ、君《きみ》かとぞまつ其つらさ、おもへば今のくやしさ。誰中立《たがなかだち》はなけれ共互《たがい》にそれとなれそめて、みとせすぐるは夢《ゆめ》ぞかし。いかゞしてか此頃《このごろ》より、ふたえまはしてむすばれぬ帯《おび》、人めおもふは恋《こい》なれど、つゝむにあまる此習《ならひ》。兄嫁《あによめ》様の御かいはうにあづかり、此身《み》二つに成までと、奥《おく》の一《ひと》間《ま》にすみなし、外《ほか》ゐとては目をもはなさず、此廿日《はつか》あまり御おとづれもなく、うらみがち成折《おり》から、盛長《もりなが》みへしとつぐるゆへ、あらまし申まいらせ候。おそろしやべう〳〵たる一間《ま》に、只《たゞ》ひとりねの友《とも》もなく、いきた心《こゝろ》もあらず候。ひとりもふけし子でもなし。あまりつらゐ御仕方《しかた》、もし此事の父《ちゝ》うゐにもれなばいか成し浮《うき》めや見ん、それとても君《きみ》の心《こゝろ》がよそになくばいかで是程《これほど》におもはん、あまり御心つよき御事、うらみはつきじとかしこ

八重より

すけさま　まいる

祐清《すけきよ》おろどき、「妹八重《いもとやへ》姫《ひめ》がそぶり内々心得がたく思ひしに、親《おや》もゆるさぬつま定《さだめ》。佐殿《すけどの》と密通《みつつう》し、此事平家に沙汰《さた》あらば安《やす》からぬ身の大事《だいじ》。しかし源家《げんけ》の大将《たいしやう》を我々が聟君《むこぎみ》に取奉《とりたてまつる》も目出《めで》たし。時節《ぢせつ》をうかゞい父《ちゝ》祐親《すけちか》にしらせん。嬉しや」といふ所ゐ盛長来《もりながきた》り、身をふるひ袖《そで》をふりうろ〳〵したる顔《かほ》、祐清《すけきよ》おかしく、「けいやくの盃《さかづき》か」といわれ、「盃《さかづき》所ではござらぬ。たつた今迄爰《こゝ》迄」といふに、頼朝《よりとも》つゞゐて出給ひ、「有や盛長《もりなが》おとしぬるにきはまりなば、手討《てうち》成」と中《なか》々御きげんあしければ、祐清《すけきよ》御前《まへ》に罷出、「いか成ゆへの御立腹《ごりつぷく》。若年者《じやくねんもの》の事御《ご》しやめん願《ねがい》奉」と我をわすれ申ければ、君御覧《ごらん》じ、「そちは何ゆゑ来《きた》りしぞ」、「さん候我盛長《もりなが》が美男《びなん》にほだされ此所へ参りぬ。哀御免《あはれごめん》くださるべし」といふ迄もなし、「我流人《われるにん》の身とし祐親《すけちか》かいほう有ゆゑ、おことら迄もあなどり、びろうのふるまひ堪忍《かんにん》ならぬ」といひさし、「盛長《もりなが》がどうじや」とせかせ給へば、返答《へんとう》なくさしぞゐぬいて腹《はら》きらんとす。祐清《すけきよ》おしとめ、「物をとしぬるがあやまりとて切腹《せつぷく》とは心得ず。文はそれがしがひろふたりぬしはたそや」と尋けるに、佐殿《すけどの》手をあはさせ給ひ、「祐清《すけきよ》くれよ」と仰けるに、「然ば盛長《もりなが》と私《わたくし》が中《なか》をも御免《ごめん》有べきや」、「はて此うへはともかくも、扨此文《ふみ》の子細《しさい》善《ぜん》悪《あく》共に沙汰《さた》なし。先目出《まづめで》たひにこちへこひ、兄弟分《きやうだいぶん》の盃《さかづき》は身ふしやうながら頼朝《よりとも》がゆるすぞ〳〵」。

四　勇者《ゆうしや》の取合《とりあい》

既《すで》に頼朝公《よりともこう》伊東《いとう》が館《たち》に数日《すじつ》を送《おく》らせ給ひければ、武蔵相模伊豆駿河《むさしさがみいづするが》の大小名《だいしやうみやう》、兼《かね》て源家《げんけ》重恩《ぢうおん》の輩《ともがら》なれば、内々頼朝公に心指《ざし》を通《つう》じ、「哀軍《あはれいくさ》をおこさせ給はゞ、命《いのち》は君に」と世の有様をうかゞひぬ。

其頃相模《さがみ》の国《くに》の住人《ぢうにん》大場《おゝばの》平太景信《かげのぶ》、一門五十余《よ》人かたらひ、伊東が館《たち》に来り頼朝公に対面《たいめん》し、「さこそ流《る》人《にん》の御身にて昼夜《ちうや》つれ〴〵に御わたり有べし。せめて一夜《や》御とのゐ仕、御心をなぐさめんと、相模川《さがみがは》の水をくませ手《て》酒《しゆ》をつくらせ参りぬ。せめて景信《かげのぶ》が心指《こゝろざし》一つきこしめさるべし」、君御悦《よろこび》浅《あさ》からずはや酒《しゆ》ゑんこそはじまりぬ。是を聞て近国《きんごく》の武士《ぶし》、我《われ》もいかでのがるべしいざや佐殿《すけどの》をいさめんと、思ひ〴〵に出立祐親《すけちか》屋形《かた》にいそぎぬ。大手《おゝて》先《さき》の番頭《ばんがしら》天野《あまのゝ》五郎、須崎藤内《すざきとうない》、諸大名《しよだいみやう》の実名《けみやう》を帳面《ちやうめん》にしるし通《とを》しける。先陣《せんぢん》は三浦《みうら》鎌倉《かまくら》土肥《どひ》次郎、岡崎《おかざき》しぶやかすやの太郎、松田《まつだ》土屋《つちや》曽我《そが》の太郎、大場《おゝば》が舎弟《しやてい》俣野《またのゝ》五郎さごしの十郎、山内《やまのうち》滝口《たきぐち》の太郎、同三郎ゑびなの源八おぎの五郎、駿河《するが》国《くに》には竹下孫八《たけのしたのまご》左衛門、あいざはの弥五郎、吉川舟越《きつかはふなこし》かのゝ藤内《とうない》、むねとの侍《さぶらい》三百人とちやくとうす。伊東《いとう》悦《よろこび》庭前《ていぜん》に借屋《かりや》をうたせ、みうちの侍《さぶらい》外《と》ざまゐうつらせ、上下二千余《よ》の客《きやく》人を一日一夜《や》もてなしける。

時に土《つち》屋の三郎申は、「かゝる参会《さんくわい》としりなばおの〴〵せこの用意《やうい》して、おとにきこへし奥野《おくの》に入、物がしらに馬《むま》あひ付、かぶらのとをのりさせてみん事のほゐなさよ」。伊東《いとう》聞て、「誠《まこと》にいづれも、祐親《すけちか》を人とおもひうちよらせ給ひしに、此座にてせこのねがひこそ心せばけれ。それ〴〵河津《かはづ》いそぎせこをもよふし、しゝいさせよ」と有ければ、「畏候《かしこまり》」と我《われ》とせこをぞふれにける。「稚者《おさなきもの》は馬《むま》に乗《のれ》、男《おとこ》たる者《もの》弓矢《ゆみや》をたいせ」と、久須見《くすみ》の庄《せう》をふれけるにぞ。老若《らうにやく》三千余《よ》あつまりければ、何も是に同心し、「佐殿《すけとの》をいさめの為《ため》奥野《おくの》の狩《かり》をはじめ、あまたのせこを追入《おひいれ》、しゝさるうさぎきつねおほかみなんどいとめ、御前にならべ、とめたりし武士《ぶし》の実名《けみやう》を印頼朝公《しるしよりともかう》の御めにかけ、是を肴《さかな》に今一こんすゝめ奉ん」と、柏《かしは》が峠《とうげ》にうちあがり、銚子《てうし》かはらけ取出しつわ物のまじはり、たのみ有中の酒《しゆ》ゑんなど始《はじまり》ける。

滝口《たきぐち》罷出、「誠に興《けう》有酒盛《さかもり》、いで御肴《さかな》仕らん」とあたりをみまはし、「是に青《あを》目なる石《いし》の有て、さりとは身の自由《じゆう》ならざる」と、両《りやう》の手を指込《さしこみ》、目より高く指上《さしあげ》、谷《たに》ゑとつてなげたりぬ。一座《ざ》同音《だうおん》に、「あつぱれ高《かう》なる力《ちから》」と人皆おどろきぬ。

滝口気《たきぐちき》しよくをまし、「何茂何《いづれもなに》とおもはるゝ、秀里《ひでさと》が若盛《わかざかり》には鷹狩《たかがり》川狩《がり》、扨はすまふをこのめり。それ侍《さむらい》のためすべきは力《ちから》ぞかし。何とわ殿原《どのばら》かゝる折から、相撲《すもふ》を取てみ給はんや。是にうゐこすなぐさみやあらん」といふに、伊豆《いづ》の国三《くにみ》嶋《しま》の入道《にうだう》罷出、「然ば貴《き》殿《でん》とあい沢《ざは》の弥七郎殿、あい頃《ころ》の力《ちから》と聞《きく》はやく出て取給へ。某年《それがしとし》は寄《より》たれ共出て行司《ぎやうじ》にたゝん」といふ。滝口聞《たきぐちきゝ》、「坂東《ばんどう》八ヶ国《こく》につよかりし武士《ぶし》はなきか。是ていの小兵者相手《こひやうものあいて》にはふそくなり」といふを、あい沢聞《ざはきゝ》とがめ、「きやつが口言《かうげん》のにくさ、力《ちから》のつゞかん程《ほど》取、首《くび》の骨《ほね》へしおらん」と思ひつめて出ける時、三嶋の入道まん中に入、団扇《だんせん》おつとり、「東西《とうざい》〳〵、それ相撲《すもふ》の始《はじめ》と云ふは、釈尊霊鷲山《しやくそんれやうじゆせん》におゐてだいばが悪《あく》をしづめんため、十六羅漢《らかん》に仰

付られ相撲《すもふ》の手をとらしめ給ふ。我朝《わがてう》にては仁王《にんわう》十一代垂仁《すいにん》天王の御時、大和《やまと》の国当麻《くにたゑま》といへる所に蹶《くゑ》速《はや》と云大力《だいりき》有、また出雲《いづも》の国に野見《のみ》の宿禰《すくね》とてほまれ有勇士《ゆうし》、此両人のめされ力比《ちからくらべ》をさせて御覧《ごらん》有に、野見《のみ》力《ちから》まさりけるにや。蹶速《くへはや》があばら骨《ぼね》をふみをりぬ。それより日本《にほん》に相撲《すもふ》といふ事始《はじまり》、およそ四十八手と申せ共次第《しだい》〱に取まし、今にたへせぬ御相撲《すもふ》。われは行司《ぎやうじ》がもらふ習《ならひ》いざ御立」とあはせけるにぞ。

滝口《たきぐち》は十八歳《さい》あいざはゝ十五歳《さい》、いづれも相撲《すもふ》は上手《じやうず》なり。つま取したる有様雲吹《くもふき》たつる山かぜ、松と桜《さくら》におと立て鳥《とり》もおどろく風情《ふぜい》、むすべばはづしなぐればまはり、暫《しばらく》勝負《しやうぶ》はみへざりき。弥七下手《したて》に成てうくひざを、滝口力《たきぐちちから》にまかせつき出す、つかれて弥七まけたりぬ。兄《あに》の弥五郎たまりかね、はかまのひもとくおそしとひきちぎりおどり出、あたつて見れ共ふんばつて山をおすがごとくなり。弥五郎手だれの相撲《すもふ》にて、滝口《たきぐち》がこまたをとりはなじろにすへければ、さすがの滝口《たきぐち》こぼくだをしにたをれぬ。八木下《やぎした》の小《こ》六《ろく》竹下孫《たけのしたまご》八左衛門、高橋忠《たかはしのちう》六兵衛、ゐびなの源八よきすまふ八番《ばん》迄こそ勝《かつ》たりぬ。

大場《おゝば》が舎弟《しやてい》俣野《またの》五郎立出、孫《まご》八えびなをはじめ、よき相撲《すもふ》廿一番《ばん》つゞけ勝《かち》。土肥《どひ》の次郎日《ひ》の丸の扇子《あふぎ》をひらき、「あつぱれ今日のすもふ。某《それがし》年《とし》十五わかゝりせばお相手《あいて》に成べき」といふ。俣野《またの》聞て、「何かはくるしからん。御出候ゑとらん」といはれ、なまじゐなる事をいふておめ〱とぞひいたりぬ。伊東《いとう》が嫡子河津《ちやくしかはづ》の三郎祐重《すけしげ》は、土肥《どひ》の次郎が聟《むこ》なりしが、舅《しうと》の恥辱口惜《ちじよくくちおし》く、「にくき俣野《またの》が一言《ごん》、小がいなをしおりすてん」と父祐親《ちゝすけちか》にうかゞひぬれば、「いしくもいゐる者《もの》かな出てとれ」と有けるを、「畏候《かしこまり》」と白《しろ》き手綱二筋《たづなふたすじ》よりあはせ、かたくしめて出たる姿《すがた》、さしがたにして骨高《ほねたか》く、頭《かしら》ちいさく末《すそ》ぶとくぼさつ成なる大男《おゝをとこ》。うしろの折《おり》ぼねほぞの下へさしこみ、りきじゆ成にして長《たけ》は五尺八分、年《とし》は三十二歳《さい》。俣野《またの》は三十一にして見ぎはまさりの大力《だいりき》、色浅黒長《いろあさぐろくたけ》は六尺二分、力足《ちからあし》をふんで声《こへ》をかけ、手相《てあい》をしてむんずとくみ、あてつあてられす一《ひと》あせ二《ふた》あせながるゝてい、岩《いわ》に立たる唐松《からまつ》が露吹《つゆふき》こぼすに事ならず。竜吟《りやうぎん》ずれば雲《くも》おこり、虎《とら》うそぶけば風《かぜ》さはぐ、五つばね六つもぢり、七はなれ八はなれはなるゝ所を、河津《かはづ》右のかいなをつゝとのべ、前帯《まへおび》つかんで引《ひき》よせ、あしくはたらく物ならば手綱《たづな》も腰《こし》もきれぬべし。俣野《またの》もさすが大力《だいりき》、「やつ」といふて声《こへ》をかけ、目より高く指上《さしあげ》、しばし持《もち》て廻《まは》りしが、河津《かはづ》片手《かたて》をはなし、目手にて俣野《またの》が首《くび》を取、すきをうかゞひ声《こへ》をかけしとゝ討《うつ》てなげたりけり。今の世に至迄《いたるまで》、河津《かはづ》がけといふ事此時《とき》よりもはじまりぬ。

座中声《ざちうこへ》を揃《そろへ》、「とつたりや河津《かはづ》」と暫《しばし》どよみやまざりぬ。俣野《またの》おきなをり、「すまふにまくるは常《つね》のならひ、なんぞ御辺《ごへん》が片手《かたて》わざ、意趣《いしゆ》こそあらめ」と、わらはにもたせたる太刀《たち》おつとりかけ出る。伊東《いとう》がたにもこらへずし、既《すで》にあやうくみゐしを頼朝《よりとも》とゞめさせ給ひ、「今日の遊興《ゆうきやう》は皆頼朝《みなよりとも》への情《なさけ》ぞかし。それをわすれ是《これ》ていの事にあだをむすび給ふはつれなし。しづまり給へ」と左方《さうはう》（ママ）をなだめさせ給ひ、「此のち遺恨《いこん》のこされな」と、御盃《さかづき》を下《くだ》されけるにぞ。皆々悦《よろこび》、君《きみ》の御供《とも》申さんと其用意《そのようゐ》をぞなしけるとかや。

寛濶曾我物語　初巻終

寛《くわん》闊《くわつ》曽《そ》我《が》物語《ものがたり》　二之巻

一　河津《かはづ》が末期《まつご》

かゝる折ふし、工藤左衛門祐経《くどうさへもんすけつね》が郎等《らうどう》近江《あふみ》八幡《やわた》、伊東親子《いとうおやこ》をねらわんと、しゝ矢《や》さげたる竹ゑびら、白木《しらき》の弓《ゆみ》を打かたげ、せこにまぎれ爰《こゝ》かしことうかゞひぬ。先鎌倉《まづかまくら》が谷《たに》おきが久保《くぼ》、永倉《ながくら》わたりしゐが沢《さは》、赤沢《あかざは》が峰《みね》に至《いたる》迄心を付てねらゐ共、伊東《いとう》はきこゆる大名にて、家《いへ》の子あまた付ぬれば討《うつ》べき隙《ひま》のあらざりき。近江八幡にいひけるは、「かく迄心をつくすといへ共其甲斐《かい》なし。さこそ祐経《すけつね》まち給はん。さればとて帰るべき心底《しんてい》なし。奥野《おくの》の狩《かり》も過《すぎ》ぬればいざ此帰りをねろふてみん」、「しかるべし」と道筋《みちすじ》を替先《かへさき》ゑまはり、奥《おく》野《の》の口赤坂《くちあかざは》（ママ）山の麓《ふもと》しゐの木三本こだてに取、一の間《ま》ぶしを近江《あふみ》、二のまぶしを八幡《やわた》の三郎ひかへてこそは待《まち》いたりぬ。

かゝる所へ大小名《だいしやうみやう》、佐殿《すけどの》にいとまごひ次第《しだい》〳〵にとをらるゝ。一番《ばん》に波田馬之丞《はだむまのぜう》、二ばんに大場《おゝば》の三郎、三番《ばん》にゑびな源八、四番《ばん》に土肥《どひ》次郎、後陣《ごぢん》はるかにみゑ給ふは兵衛《ひやうへ》の佐頼朝公《すけよりともこう》にてぞ有けり。何も敵《かたき》ならねば皆やりすごしぬ。運《うん》のきわめのかなしさ、河津《かはづ》の三郎其あいへだて通《とを》りしが、其日はいつより花やかに、秋野《あきの》のすりたるあひ〳〵に、ひし垣《がき》したるひたゝれ、まだらなりけるむかばきすそたぶやかにはきなし、鶴《つる》のもとじろにてはいたる白矢《しろや》はづだかにおひなし、栴檀等《せんだんどう》の弓《ゆみ》を持《もち》さび月毛《つきげ》の馬《むま》に乗《のり》、ふし木悪所《あくしよ》のきらひなくさしくれてあゆみぬ。待《まち》もふけたる近江八幡目とめを見合、間《ま》ぶしの前《まへ》を三だんばかりやりすごし大のとがりやひきしめ切《きつ》てはなせば、思ひもよらで通《とを》りける河津《かはづ》が鞍《くら》の山形《やまがた》いけづり、むかばきのきゞはを前《まへ》へつゝと射《ゐ》とをせ共、知者《ちしや》はまどはず勇者《ゆうしや》はおそれず、河津弓《ゆみ》と矢《や》討《うち》つがひ四方《しはう》に眼《まなこ》をくばれ共、急所《きうしよ》のいた手に生根《しやうね》みだれ、鐙《あぶみ》けはなしまつさか様に落《おち》たりぬ。

後陣《ごぢん》にすゝむ伊東《いとう》、此事夢《ゆめ》にもしらず心しづかに討手《うつて》通《とを》る。近江《あふみの》小藤太待うけ二の矢をつがい切《きつ》てはなせば、祐親《すけちか》が小指《こゆび》を射《ゐ》けづり前《まへ》なるしほ手に立《たつ》、其折からは無神月《かみなづき》山時雨《やましぐれ》しきりに、ふりみふらずみ定《さだめ》なく人顔《がほ》さらにみへざりき。二の矢《や》をうけじと飛《とび》おり、「山立有人々先陣《せんぢん》はかゑせ後陣《ごぢん》はすゝめ」とよばわりぬ。我も〳〵とはせあつまり、「いかなる者《もの》ぞ」と尋《たづね》しかど、もとより二人は案内者《あんないしや》、おもはぬしげみに身をかくし近江の城《じやう》ゑにげ帰りぬ。

伊東《いとう》こらゑぬ男《おとこ》なれば、「おのれ何者《なにもの》にもせよ、草《くさ》をわけ地《ぢ》をほつても、さがし出さで置《おく》べきか」とあたりを見れば、河津《かはづ》の三郎あけに成て臥《ふし》たり。祐親《すけちか》おどろきはしりより、祐重《すけちか》(ママ)がかうべをひざにあげ、「こは何者《なにもの》のしわざ。我子ながらもあつぱれ高《かう》なる者《もの》成しが、かゝる細矢《ほそや》一筋《ひとすじ》うけ敵《かたき》もうたで最後《さいご》におよぶべきか。もしおこと先立《さきだち》なば、我身はいかゞなるべき」と手を取なげきしかば、河津《かはづ》くるしき息《いき》の下《した》より、「左《さ》の給はいかなる御方《かた》ぞ」、土肥《どひ》の次郎立寄《たちより》、「御身が枕《まくら》にしたてまつるは父伊東殿《ちゝいとうどの》、物仰《ものおゝせ》らるゝも同じ事。角《かく》申は土肥《どひ》の次郎実平《さねひら》よ、覚《おぼへ》つるか」と云ふ声《こへ》に眼《まなこ》をひらき、「さん候ちゝうへ見奉《たて》らんと心を取直《とりなを》し候得共、気《き》も魂《たましい》もうせて、兎角《とかく》のわきまゑもあらず只《たゞ》御名残《なごり》おしけれ」とまたかつぱと臥《ふし》けるにぞ。

伊《い》東《とう》涙をとゞめ、「みれんなり祐重《すけしげ》、何と敵《かたき》をみ覚《おぼへ》けるか」、「さん候正《まさ》しく敵は工藤《くどう》左衛門祐経《すけつね》、内々意《い》趣有者《しゆあるもの》といひ、殊《こと》にきやつが郎等《らうどう》近江《あふみ》八幡《やわた》こそ見えたり。祐経《すけつね》は在京《ざいきやう》し二人の者《もの》に申付かくはかろふにうたがひなし。此ていにては中々命《いのち》もたまるまじ。父上《ちゝうへ》の御事のみおぼつかなく、是のみよみぢのさはりとなる。あたりにましまする人々弥々頼奉る」とつゐにむなしく息《いき》たへ赤坂《あかざは》(ママ)山の露霜《つゆしも》ときゐぬ。祐親《すけちか》十《と》方《はう》をうしなひ顔《かほ》に顔《かほ》をあて、「たのむかたなき我身をのこしいか成方《かた》ゐ行《ゆく》事ぞ。今一度《ど》ちゝに詞《ことば》をかはさぬか」と前後《ぜんご》をうしなひなげきしかば、人々供に袖をしぼり、とても帰らぬ命ぞとしがいをいだかせなく〳〵屋形《かた》に帰りぬ。

河津《かはづ》が女房角《にようばうかく》と聞《きゝ》むなしきからに取付、「こは夢《ゆめ》か現《うつゝ》か、かゝる事の有べきとて奥野《をくの》の狩《かり》の御供は、いつ〳〵よりも心にかゝりぬ。殊に胎内《たいない》にはわすれ形見《がたみ》をのこし、誕生《たんじやう》し父《ちゝ》うへをたづねん時《とき》みづからは何とこたへん。我も供に」とかこちけるに上下の男女哀《なんによあはれ》をもよふし袖《そで》をしぼらぬはなかりき。成人《せいじん》の子二人有。兄《あに》を一万《まん》とてあけて五歳《さい》のなりふり、父《ちゝ》の目付《つき》にいきうつし、又弟《おとゝ》に箱王《はこわう》とて三つをかさねて足《あし》もとのまださだまらぬ年《とし》よは、いたいけ盛《ざかり》をのこし母《はゝ》に物思へといふ事かと、二人《ふたり》のわかをひざに

のせ髪《かみ》かきなでゝいふやう、「胎内《たいない》に有子だに母《はゝ》が詞《ことば》をきくといふ。ましておことらは五つと三つに成ぞかし。成人《せいじん》して十五十三にならば親《おや》の敵《かたき》を打《うつ》てみづからにみせよ」といふを、一万稚《いちまんおさな》心にちゝがしがいをつく〴〵詠《ながめ》、「わつ」といふてなげきしが涙《なみだ》をとゞめ、「我《われ》やがておとなしくなり、敵《かたき》の首《くび》を取て人々にみせん」といふ。弟箱王《おとゝはこわう》は何のわきまゐもなくわるさしてあそびぬるを、みな人なげかざるはなかりき。くわうせんゆうめいの道《みち》はいかなる所にや。一度《ひとたび》さりて二度帰《ふたゝびかへ》らざるならひ、力《ちから》およばずなく〳〵野辺《のべ》に送《おく》りぬ。

有時母《はゝ》二人の子共を左右《さう》にならべ、「二世とかねたるつまに別《わかれ》て暫《しばらく》もわするゝ事なし。ともにきゐなんとおもふに甲斐《かひ》なき浮世《うきよ》せめてつむりをまろめ、いか成奥《おく》山にもひきこもり、後《ご》世の道《みち》にいらんと思へど、たゞならぬ身なればせんかたなし」とくやみぬ。祐親《すけきよ（ママ）》一間《ま》をへだて是を聞、「河津《かはづ》が別《わかれ》をなげき二人の子共を捨《すて》、死《し》なんとは何事ぞ。恩愛妹背《おんあひいもせ》の習力《ならひちから》なし、親《おや》におくれ妻《つま》を先立《さきだつ》者命《いのち》をうしなふ物ならば生老病死《しやうらうびやうし》は有まじ。別《わかれ》はいつも同じ事、思ひ過《すぎ》ぬればまたわするゝといふ事有。命《いのち》をまつとう後《ご》世をねがひ、二人の若《わか》

を養育《やういく》し給へ。我こそ若木《わかぎ》の枝《ゑだ》をもがれて死《し》なんとおもふこと千度《ちたび》なれ共、命つれなふして惜《おし》からぬ此身の永《なが》いき、近《きん》日河津《かはづ》が菩提《ぼだい》の為《ため》三十六本のそとばを立《たて》、追善《つゐぜん》取おこなひ是をさいはいに入道《にうだう》し、逆様《さか》にながるゝ水をむすびてなき跡《あと》をとむらはん」と、七七の仏事《ぶつ》かたのごとく取おこなひける。

其夜の明《あか》月方《がた》に、女房産の心地《こゝち》しきりにし安々《やす》と男子《なんし》をうめり。なげきの中の悦《よろこび》、「とくしゆつしやうし、父の面影《おもかげ》をみざる事のふびんや。とても我養育《やういく》なりがたければ、いかなる野山《のやま》にもすてばや」とおもふ折ふし、河津《かはづ》が弟《おとゝい》伊藤《とう》の九郎祐清《すけきよ》が女房此よしを聞付、「我此年月迄子《こ》といふ字《じ》をしらず。殊に男子《なんし》と云《いゝ》、一ッ家《け》の形見《かたみ》。是を養子《やうし》とし成人《せいじん》させ、河津殿の菩提《ぼだい》をとはせん。みづからに給はれかし」とのぞまれ、「すてんといふもかはゆさのあまり、左《さ》もあらば御心まかせ」と参らせければともなひしたくに帰り、名《な》をおんばうと付《つけ》、心やすきめのとにかしづかせ、成人《せいじん》の後《のち》、禅師《ぜんじ》坊《ばう》と是《これ》をいふなり。

二　そとばの敵討《かたきうち》

伊藤入道常心《いとうにうだうじやうしん》、河津がために仏事《ぶつじ》を供養《くやう》し、年月《ねんげつ》立にしたがい二人の孫《まご》を成人《せいじん》させ、せめて河津を見る心せんと明暮《あけくれ》是をたのしむ折から妻女《さいぢよ》がなげくを聞、「角《かく》てはいかで有べしさいはい相模国《さがみのくに》曽《そ》我《が》太郎祐信《すけのぶ》こそ某《それがし》とはしよゐんふかき者《もの》、殊更《ことさら》此程妻女《さいぢよ》におくれさこそさびしからん。かれに女合《あはせ》両人の孫《まご》をもかいはうさせん」と、ひそかに祐清《すけきよ》をめされ書状をもつてうかゞゐければ、祐信《すけのぶ》もいわ木ならねど、「暫《しばらく》御まち下《くだ》さるべし。後室《かうしつ》の所存《しよぞん》をも見とゞけ其上にては御指図《きしづ》にまかせん」と、只何となき返事《へんじ》をしたりぬ。

折からなれや年月《としつき》、河津《かはづ》の三郎名《めい》日とて二人の子共を先《さき》に立、母《はゝ》もろ共に行道《ゆくみち》はてしなき道草《みちくさ》、清見寺《きよみでら》に詣《もふで》しきみあかの水を替《かへ》、香《かう》をくゆらせ念仏《ねぶつ》の声《こへ》、いとゞ哀や目にくもる秋《あき》の空《そら》。一万六つ箱王《はこわう》四つになりけるが、母に付まどひ月日の立にしたがひ、人がかたれば兄《あに》もしり、兄がかたれば弟《おとゝ》も、心《こゝろ》の付《つく》にしたがい、何とぞ敵《かたき》をうたばやと思ふ心のしほらしさ。父《ちゝ》の御墓《みはか》にもふで、母《はゝ》がおがみけるをみならひいたいけなりし手を合《あはせ》、念頃《ねんごろ》に廻向《ゑかう》し、一万《いちまん》ひそかに弟《おとゝ》が袖《そで》をひき、四五間《けん》ばかりかたるにより、手頃《てごろ》成しそとばをよこにし、羽織《はをり》をきせて人の形《かたち》につくり、根笹《ねざゝ》ひきぬき剣《つるぎ》とし、「箱王は跡《あと》をきれ」、「兄《あに》うへはそこを切《きり》給へ」、「心得たり」といふ声《こへ》の、「親《おや》の敵《かたき》覚たか」とさん〴〵に討《うち》けるにぞ。箱王兄《はこわうあに》が打ける根笹《ねざゝ》にてかたさきをたゝかれ、「わつ」とさけべば一万そばにより、「ゆるしてくれよ」とわびけるにぞ。母《はゝ》や乳人《めのと》はおどろき、「いかゞしたる」ととひけるに、兄《あに》はおそれめのとがそばにかくれぬ。箱王母に取付《とりつき》、「兄《あに》うへ様の敵《かたき》はうたずし、みづからが爰をうたせ給ふ」とかた先《さき》をおしゆるにぞ。

はゝ涙《なみだ》ながら、「稚《おさな》心にやさしくも敵《かたき》をうたんとはさすが河津《かはづ》が子程《こほど》有。一万廿《まんはたち》にならば兄弟《きやうだい》心を合、祐経《すけつね》が首取《くびとり》て父上《ちゝうへ》に手向《たむけ》、母にもみせてよろこばせ、かゝる風情《ふぜい》を我つまの草影《くさのかげ》にてみ給はゞさぞ悦《よろこび》給はん」、幸《さいはい》今日《けふ》は御名日殊に敵《かたき》を討《うち》そむる、二本の笹《さゝ》をちゝの御墓《みはか》にそなゐ普門品《ふもんぼん》をどくじゆする。

所へ曽我《そがの》太郎祐信《すけのぶ》、ふかあみ笠《がさ》に顔《かほ》かくし、子者《こもの》にもたせる召替《めしがへ》、ぞうり取の名は団《だん》三郎とかやの情《なさけ》しり。曽我《そが》と河津《かはづ》は朋友《はうゆう》の中《なか》よく、忌《き》日名《めい》日墓《はか》に詣《まふで》また今日《けふ》も参り、香《かう》に付木《つくき》の伽羅《きやら》の香《か》を、ともに六字《じ》をとなゐ暫足《しばらくあし》をとめ後室《かうしつ》の下向《げかう》を待、団《だん》三郎をもつて懐紙《くわいし》に歌《うた》を書《かい》てやりぬ。何事やらんと後室《かうしつ》とりあげよんでみ

れば、

そなたよりにほふもかぜのよすがにて尋花ははるの山道

御ぞんじの者より

河津の後室　まいる

とよみさしうるわしき顔《かほ》ばせに紅葉《かうよう》を染《そめ》なし、「何者《なにもの》共しれぬ身があたまから押付《おしつけ》、河津が後家《ごけ》に恋するはよほどなるだいたん者《もの》。ひとり身とおもひあなどり、かならず後《のち》にうらむな」とずん〳〵にひきさき、「乳人《めのと》ようば」とめさるれば、祐信《すけのぶ》あみ笠《がさ》とり、「まつたくそつじなる男《おとこ》にあらず。是は曽《そ》我《がの》太郎祐信《すけのぶ》なるが、御身のつれあい河津《かはづ》とは竹馬《ちくば》よりたじなく語《かたり》、其うゐのいた中でもなし。然に我此頃妻《つま》におくれぬ。ねざめさびしきはこなたも我《われ》も同じ事。しかるべき妻もがなとかね〴〵おもふ折《おり》から、只今河津殿の御墓《みはか》に詣《もふで》、一万箱《まんはこ》王がたけき心をみるにつけ、もつべき物《もの》は子なり。尤大事《だいじ》の子息《しそく》なれ共二人の若《わか》を養子《ようし》とし御身もともにとおもへ共、千《せん》に壱つ貞女《ていぢょ》を立承引《しやうゐん》なき時は、思ひ立たる朋友《はうゆう》のしんせつ無《む》に

なるをかなしく、此一通《ひととをり》をかたらんため先程《さきほど》より相《あい》待《まち》ぬ。何とぞして我兄弟《われきやうだい》が力《ちから》となり、敵祐経《かたきすけつね》をうたさんと思ひつめたる心底《しんてい》、是こそ義利《ぎり》の恋ぞかし。兎角《とかく》の返事《へんじ》を只今」といわれ、後室《かうしつ》ため息《いき》をつく〴〵し安し、「御心指《こゝろざし》の程《ほど》死してもわすれじ。我人子にまよはぬはなけれど、二張《ちやう》の弓《ゆみ》をひくまいと思ひつめたる手前《てまへ》も有。尤年月《としつき》のわすれ草《ぐさ》今はそれほどにはあらねど、我と我身のちかひをやぶるは我ながらおそろし。其うへいまだ舅《しうと》がゝり、後日《ご》に此事入道《にうだう》の御耳《みゝ》にいらばいかなるうきめやみん。我身のうへはまゝにして二人《ふたり》の子共が行末《ゆくすへ》たのみます」といひさし立給ふ。

祐信《すけのぶ》押とめ、「入道承引《しやうゐん》の上は心にしたがひ給はんか」、「はてそれからはお心まかせ」、「先以《まづもつて》くわぶん然ば是をみ給へ。御身と某《それがし》と夫婦《ふうふ》にせんと先立《さきだつ》て入道《にうだう》書状をこされしかど、こなたの心底《しんてい》をさぐつてはかぐしき返事《へんじ》もせざりき。此うへは相談《さうだん》きはめ近日《きんじつ》むかい取べし。是非《ぜひ》また堅女《けんぢよ》が立たくば、ね所替《かへ》てねるぶんの事。いやか」といわれ、「扨もいふたり。兎角《とかく》まかせの身となるも一つは子共の不便《ふびん》さゆゑ、兄弟《きやうだい》につくからは、おもてむきは姥《うば》にしてね所かゆるなどふるひ事。どう成共」といふ所ゑ、祐親《すけちか》入道参詣《さんけい》有。住寺《ぢうじ》立

出暫《しばらく》法事《ほうじ》もことおはりぬ。入道時分《にうだうじぶん》のうかゞい、「幸《さいはい》の所にて祐信《すけのぶ》殿に対面《たいめん》す、誠にとも立おゝき中《なか》に、取わけむつまじくかたりし事をおもひ出し、御身をみる度《たび》にはてしなき涙《なみだ》に又おもひのみかさぬる。折から後室《かうしつ》も参詣《さんけい》す。内《ない》々申入るごとく河津《かはづ》が後家《ごけ》をふさいとし、両人の孫《まご》共を養育《よういく》にあづからば、只今入道相果《にうだうあいはて》ても此うへのまよひなし。殊更河津《ことさらかはづ》が名日《めいにち》、墓《はか》の前《まへ》にて承引《しやうゐん》し給はゞ、草《くさ》の影《かげ》にてよろこばん」と詞《ことば》を揃《そろへ》申さるゝに、祐信畏《すけのぶかしこまり》、「此うへはいか様共御指図次第《さしづしだい》」、「然ば吉日をあらため祝言《しうげん》の用意《やうゐ》せん。孫《まご》共が土産《みやげ》に何がなとぞんずれ共、入道も世倅《せがれ》あまたもちぬれば思ふに甲斐《かひ》なし。祐重《すけしげ》にゆづり置《おき》たる河津の庄《せう》を参らせん。殊に一万には鬼王《おにわう》と申めのとを付置《つけおき》ぬ。きやつは心指《こゝろざし》のやさしき者《もの》にて、兄弟《きやうだい》の若共を不便《ふびん》に存る故しばしもはなれず。是をも召遣《めしつか》はるべし」、祐信悦《すけのぶよろこび》、「まつたく我国郡《くにこほり》のぞみにあらず。二人の子供を下《くだ》さるうへ、ふだいの下人鬼王《おにわう》迄給はる段忝《だんかたじけなき》仕合《しあはせ》。此上は吉日あらたむるにおよばず。是よりすぐに同《だう》道《どう》せん」とけいやくかたき石塔《せきとう》、誠にちゝはこけの下《した》、今あらためて曽我兄弟根元河津《そがきやうだいこんげんかはづ》のながれとぞきけ。

三　後家《ごけ》の嫁入《よめいり》

扨も河津の後室祐信《かうしつすけのぶ》が情《なさけ》といひ、舅《しうと》の禅門了簡《ぜんもんりやうけん》にて曽我《そが》の屋形《かた》にうつり、浮名《うきな》ばかりを後妻《のちづま》といわれ、同じ家《いへ》には住《すみ》ながら契《ちぎり》はよそのうはさのみ。祐信《すけのぶ》は朋友《はうゆう》の義利《ぎり》を思ひ、子をたすけんばかりによびむかゐけるにや。妻《つま》のごとくもてなさず女心のならひ、おつとに立る誓文《せいもん》は水に絵《ゑ》を書《かく》ごとく、もとぬれからの事なればもとのぬれにぞまた帰りぬ。稚《おさな》なじみにわかれぬる今はの時《とき》は、又つまなどはもつまじきと思ひ切《きり》たる黒《くろ》髪《かみ》も、夕部《ゆふべ》あしたにのばす櫛《くし》、ねしなにつくるうす化粧《げしやう》、日毎《ひごと》のかねのくろ〴〵とそむる心もはづかし。そばに臥《ふし》ける箱王《はこわう》ねをびれけるにや。何としてなげくぞ只《たゞ》し夢《ゆめ》ばし見たるかと小袖《そで》をきせてそゑ乳枕《ちまくら》、ひぢはつけどもさびしく、そひねにしばらく夢《ゆめ》をむすびぬ。

祐信《すけのぶ》も一間《ま》に入枕《まくら》をとぎにねてみれど、どこやらあきて物さびし。せめては月を我共と心の春《はる》を夏《なつ》になし、夏《なつ》をてんじて秋《あき》と替《かへ》、又冬《ふゆ》と替《かへ》、我《われ》と我魂《わがたましい》もこんらんす。中にも無常《むじやう》の気《き》になれば万哀《よろづあはれ》におもふぞかし。恋に心をなす時は古歌《こか》に心の思ひつく、或《あるひ》は軍術《ぐんじゆつ》にうつればねながらやいばのちまたを諍《あらそひ》、五つの常《つね》の道《みち》を思へば取もなをさず武士《ものゝふ》なり。今祐信《すけのぶ》が人界《にんかい》さつてくる夜の事をさとれば、眼前遊楽《がんぜんゆふらく》の世界《かい》さとりといふも外《ほか》になし。まよひといふも其ひとつ、一心《いつしん》めいごの二つ別《わかれ》て、善《ぜん》と成悪《あく》となる。わづかのしとねに地獄《ぢごく》を見、極楽《ごくらく》を見、または善行《ぜんぎやう》もみるぞかし。是万法唯一心《まんぽうゆいいつしん》、しんげむべつほうとはかゝる事をいふべし。

つら〳〵臥《ふし》て思ふにさりとは浮世《うきよ》の義利《ぎり》ほどせつなき事はなし。我河津《かはづ》が子供をたすけん為養子《ためようし》とし、母《はゝ》もろ共此屋形《かた》にすみながら、草葉《くさば》の露《つゆ》に身をなせる、祐重《すけしげ》にはぢて枕《まくら》かはさぬ思ひの関《せき》、明暮顔《あけくれかほ》を見る度《たび》によほどうつくしき女盛《おんなざかり》。散《ちり》かゝる身を其まゝおくはあんまりかたい身持《みもち》ぞかし。殊更秋野《ことさらあきの》夕間暮《ゆふまぐれ》、いとゞさびしき四方《よも》すがら鼓《つゞみ》をしらべかくもがな。「水にちかきろうたいはまづ月をうるなり、陽《やう》にむかへる花木《くわぼく》は春《はる》に逢《あふ》事安《やす》し、其断《ことはり》もさま〴〵の実目《げにめ》の前《まへ》に面白《おもしろ》や、春《はる》すぎ夏《なつ》たけ秋《あき》くる風《かぜ》の音《おと》づれは、庭《には》の荻原咲《おぎはらさき》みだれ、そよぎぞかゝる秋としらす。身は古寺《ふるでら》の軒《のき》の草忍《くさしの》ぶとすれどいにしへの、花《はな》は嵐のおとにのみ、ばせを葉《ば》のもろくもおつる露《つゆ》の身は、置《おき》所なき我身ぞ」とうたひければ、二人の母《はゝ》は此声《こへ》にめをさましひそかにねまを忍出。

嬉しやあれは祐信《すけのぶ》の声《こへ》。こよひは是非《ぜひ》にかしこへ行《ゆき》、兎角《とかく》のわけを立んとおもひ、わたぼうしにて顔《かほ》かくし、老女《らうによ》の姿《すがた》に様をかゑ、杖《つゑ》にすがりてよろ〱と襖《ふすま》の木《こ》かげに身をかくし、「ばせをの謡《うたひ》を取《とり》ちがへ、およそ心なき草木《さうもく》、情《なさけ》有人倫《じんりん》、いづれ恋路《こいじ》をのがれん。かくは思ひしりながら有時は色《いろ》にそみ、とんぢやくの思ひ浅からず。また有時は声《こへ》を聞《きゝ》あひしうの心いとふかく、心に思ひ口にいふ。げにや六ぢんのぎやうにまよひ六根《ろつこん》のつみをつくる事、みる事聞事にまよふ心なるべし」、祐信鼓《すけのぶつゝみ》をしらべながら、「扨《さて》は兄弟《きやうだい》が母堅《けん》女《ぢよ》を立かねそゝなかし、枕《まくら》よせんといふ事か。にくさもにくしいひかへさん」と大音《だいおん》あげ、「みれば老《らう》女《によ》の只《たゞ》ひとり月もろ共にみへけるは、いか成人にてましますぞ」、女房《によぼう》是に気《き》をとられ、「とても姿《すがた》をみせ申うへ何をか今ははゞかりの、ことの葉草《はくさ》の露《つゆ》の玉《たま》きゆるばかりにあこがれて、ばせをの霊魂《れいこん》是迄あらはれ来《きた》りしぞ。せめて一夜《よ》はとめ給へ」、祐信《すけのぶ》もあきれはて、「そもやばせをの女とは、いかなるゐんにひかれつゝ、かゝる女のかたちをうけ、殊更《ことさら》あらぬ恋《こい》の道《みち》しるはいかなるゆゑやらん」、「其御ふし

んは御あやまり、草《くさ》も木《き》も雨よりくだるぬれの道《みち》、さのみなとがめ給ひそよ。それさへ有に人心などか恋路《こいぢ》のなからめや。松《まつ》の落葉《おちば》も二人ねをする。みづからがひとりねをかはゆいとはおぼさぬか。世になき河津《かはづ》の手前《まへ》を思ひ、生《いき》てこがるゝ女房《にうばう》にすこしは義理《ぎり》を立給へ。人には両夫《りやうぶ》にまみゆると浮名《うきな》ばかりを立られしうらみ申に参りしぞ」、祐信《すけのぶ》何と返答《へんとう》なく、「よしや思ゑばさだめなき、世はばせを葉《ば》の夢《ゆめ》の世に、おじかのなくねは聞ながら、おどろきあへぬ人心《ごゝろ》。思ひ入さの山はあれど思ひきる瀬《せ》はなひ物を、ふつ〳〵思ひきり給ひもとのふしどに帰られよ」、「それはつれなし祐信殿《すけのぶどの》。浪《なみ》の立ゐも何ゆゑぞ、かりなる浮世《うき》につまを重《かさね》て心とむるゆゑ、心とめずば浮世《うき》もあらじ、人をもしたわじ、まつ人あれど別路《わかれぢ》はなし。よしやよしなや思へばかりのやどに、心とむなとは、我《われ》にしねとの御事か。是迄なり」と守刀《まもりがたな》既《すで》にかうよと見ゑけるにぞ。

祐信《すけのぶ》あはて押《おし》とめ、「まんざら我いや気《き》にあらねど、おしつけわざにいかれもせず。其うへ御身のしよぞんもしらねば、あつたら月日を今迄まちぬ。しんで花実《はなみ》が咲《さく》でもなし。ふたりの若《わか》は誰《たが》そだてん、無分別《むふんべつ》もよほどがよしあぶないこちゑ」とさしぞへとられ、「何しに我もしにたからん。なまなか二度嫁入《ふたゝびよめいり》して月日ばかりをかぞへても、女房《にうばう》らしゐ事もなく、にくさあまれば知恵《ちゑ》もあまる」と、此頃是におもひ付まんまと埒《らち》をあけたといわれ、祐信《すけのぶ》わざとくわぬ顔《かほ》、「そんならしにや」とつきはなされ、「しにそゝくれて死《し》なれぬに、もとのやうに」といふ詞《ことば》のはし、是をふたりの力草《ちからぐさ》ねやはひとつに成ける時《とき》、二人の子共目をさまし兄弟《きやうだい》もろ共さし足《あし》し、ふすまこ立に立寄《たちより》、一万弟《いちまんおとゝ》に、「あれみや」とおしゆる指《ゆび》が目にあたる。箱王《はこわう》をどろきなく声《こへ》に、祐信夫婦《すけのぶふうふ》立出、「そち立は何ゆへ爰《こゝ》ゑ来《きた》りしぞ。姥《うば》にだかれてねもやらで」と髪《かみ》かきなづれば、箱《はこ》王何のわきまへなく、「わらはゝとくよりみてゐるに兄様《あにさま》がみよ〳〵と、おするて爰《こゝ》を」とつかれし目をばおしゆるに、一万《いちまん》はなま心、「箱王《はこわう》それはさしあいじや」とにらみつくれば、ちゝ母けやうをさまし、はづかしゐやらおかしゐやら、夫婦《ふうふ》顔《かほ》を見合後《のち》には笑《わらひ》に成にける。

四　目前《もくぜん》の因果《ゐんぐわ》

かうゐん矢《や》をつぐごとく、伊東《いとう》の入道祐親《にうだうすけちか》老行末《おひゆくすへ》のあぢきなく、ひそかに九郎祐清《すけきよ》をまねき、「我つく〴〵思ふに、河津《かはづ》が敵《かたき》は祐経《すけつね》にきはまりぬれど、眼前《がんぜん》手にかけ討たるは近江八幡《あふみやわた》二人ぞかし。せめて入道《にうだう》が眼《まなこ》のふさがざる内《うち》、きやつらが首《くび》取てみせたらんには、生《いき》ての孝行《かう〳〵》河津がきやうやう。何事か是にしかん心指《こゝろざし》はなきか。ふがいなき者《もの》や」といかりし眼《まなこ》に涙をながしぬ。祐清《すけきよ》承《うけ給り》、「我《われ》も左こそは存《ぞんぜ》しかど、此程二人の者他行《ものたぎやう》せしと風聞《ふうぶん》す。それゆゑおもはざる月日を暮《くらし》ぬ。尤かつちうをたいしかれらが住居《ぢうしよ》へ押寄《おしよせ》、本望とげんは安《やす》けれ共、私の意趣《ゐしゆ》をもつて軍《いくさ》せん事天下の聞ゑはゞかり有。ひそかに討《うた》んと存、兼《かね》々内通《ないつう》の者《もの》をかれらが領分《りやうぶん》にしのばせ、夜前《よぜん》の飛脚《ひきやく》に近日近江八幡《あふみやわた》帰るよし。天のあたゑをとらざればかゑつて其とがをうくるといふ。わずか小勢《こぜい》をもつて入込《いりこみ》、前後《ぜんご》より取まき日頃《ひごろ》の無念《むねん》をはらし、首取《くびとつ》て御目にかけん」といさぎよく申けるにぞ。

入道悦《にうだうよろこび》、「いしくもたくみける者《もの》かな。何とぞ一万箱王《いちまんはこわう》をぐして、とゞめ成共さゝせてくれ」と祐信方《すけのぶかた》へかくとしらせ、兄弟《きやうだい》を召寄鬼王団三郎《めしよせおにわうだん》にあづけ、「もししそんずる者《もの》ならば、其方《そのほう》両人は兄弟《きやうだい》の世悴《せがれ》をつれてにげ帰れ。武士《ぶし》のいぢを立、高名《かうみやう》せんと思ひあやまちのあらば、祐経《すけつね》を誰《たれ》か討《うた》ん。かならずぬかる事なかれ」と、くつきやうの若者《わかもの》三十騎《き》そこ〳〵に手わけをし、近江《あふみ》が館《たち》に忍《しのび》入帰るをまつもとけしなし、運《うん》のきはめのかなしさ、近江《あふみ》の小藤太《とうだ》八幡《やわた》の三郎、其日にかぎり供廻《ともまはり》少々《しやう〳〵》、馬上《ばじやう》ゆたかに帰りぬ。むかふより旅人《たびにん》と見ゑし男《おとこ》二人、ち刀《がたな》ひつさげあはたゞしくかけ来り、供先押《ともさきおし》わり先陣《せんぢん》近江《あふみ》が馬の前《さき》に畏、「そつじながら我々は相州《さうしう》大山の不動《ふどう》ゑ月参り仕者《もの》、跡《あと》成森《もり》にて盗人《とうぞく》に出あい、随分《ずいぶん》はたらきやう〳〵切《きり》ぬけ是迄参りぬ。武士《ぶし》と見うけ候。我々を御かくまひくださるべし」と誠《まこと》らしく申けるにぞ。

近江きくとひとしく、「我々が領分《りやうぶん》にて左様なるらうぜき者《もの》、みのがしにはなるまじ。追々《おひ〳〵》討手《うつて》を遣《つか》はし不残《のこらず》からめとるべし。旅人《たびにん》も我々が家来《けらい》にまぎれ盗人《ぬすびと》共をさして討《うた》せよ。とく〳〵いそげ」、「うけたまわり候」と鑓長太刀《やりなぎなた》のさやをはづし、我も〳〵と追《おつ》かくる。跡《あと》には近江八幡《あふみやわた》挟箱《はさんばこ》に腰打《こしうち》かけ、ゆたかなる扇子遣《あふぎづかい》、「くみとめきたらば此ほどもとめし関《せき》の荒身《あらみ》、うでのつゞかんほどためしてなぐさまん」と、高咄《たかばなし》する所へ、いなむらより祐清鬼王《すけきよおにわう》そろりと出、両《りやう》人の手《て》の下《した》におつぶせ高手小手《たかてこて》にいましめ、「我々こそ汝等《なんぢら》が手にかけたる、河津《かはづ》が弟《おとゝい》伊東《とう》の九郎祐清《すけきよ》也。おのれら討《うた》んけいりやくに盗人《とうぞく》におわれたるとは武士《ぶし》たる者《もの》のはかり事、供《とも》まはりを遠《とを》のけ骨《ほね》おらずに敵《かたき》を取知恵《ちゑ》のほどをしるべし。意趣《ゐしゆ》もなき河津をうつたる天罰《てんばつ》今こそ思ひしるべし。それ〳〵兄弟《きやうだい》の子供《こども》出て初太刀《しよたち》を仕れ。とゞめは伯父《おぢ》がさす」といふ。うけたまわると団三郎一万箱王《はこわう》が手を取、「此者《もの》共は父《ちゝ》うへをころしぬる近江八幡《あふみやわた》ぞかし。小うで成共首《くび》取て御本意《ごほん》とげらるべし」とさしぞゑぬいてまいらする。兄弟悦《きやうだいよろこび》、「こいつらがちゝうへを討《うち》けるとや。にくや腹立《はらだち》思ひしれ」と、おもき刀《かたな》をかるくあげみけんに切付《きりつけ》けるにぞ。

祐清立寄《すけきよたちより》、「箱《はこ》わうとゞめをさせ」と、ともに手をそへ心もとをさしとをし、首打落《くびうちおとし》つとにいれ、「日頃《ひごろ》の本望《ほんもう》とげたりいざ帰らん」といふ所へ、岡山兄弟深手《おかやまきやうだいふかで》をおひ、やう〳〵爰迄《こゝ》にげきたりぬ。祐清《すけきよ》見て、「汝《なんぢ》等《ら》は何として其ごとく手をひけるぞ」、「さん候近江八幡《あふみやわた》が下人共、たばかられぬると心得、大勢《おゝぜい》取まき既《すで》にあやうき我々が命《いのち》なれ共、やう〳〵切《きり》ぬけ候。此手にてはなか〳〵たまるべきとはぞんぜず。御本望《ごほんもう》とげらるゝうへ思ひのこす事なし。追手《おつて》まいらぬ内はや、御立のき有べし。運《うん》にまかせ二度《ふたゝび》御目にかゝらんとく〳〵」とすゝめられ、せんかたなく祐清《すけきよ》二人の若《わか》をともなひすぐに屋形《かた》に帰りぬ。

すきをあらせず近江《あふみ》が郎等《らうどう》、岡山兄弟《おかやまきやうだい》をとりまき命をすてゝたゝかひけるにぞ。兄弟《きやうだい》心は高《かう》なれ共いた手に生根《しやうね》をとられ前後《ぜんご》に眼《まなこ》のはたらかねば、兄《あに》の孫《まご》七弟《おとゝ》がそばにより、「我々が命もけふをかぎりとおもふ。なまなか雑《ざう》兵の手にかゝらんより、いさぎよく指《さし》ちがへん」、「尤《もつとも》」といふより、兄弟座《きやうだいざ》をくみ互《たがい》に心もとをさしつらぬき、廿一の露《つゆ》十八歳《さい》の霜《しも》ときゑ、同じ枕《まくら》に臥《ふし》けるにぞ。追手《おつて》の者《もの》共我も

〳〵と立寄《たちより》、せんなき首《くび》を取て近江八幡《あふみやわた》がなきがらに手向《たむけ》ぬ。

爰《こゝ》に八幡の三郎が母《はゝ》有。およそ八じゆんにあまるよはひ、三郎がうたれぬると聞《きく》より、人々にかいほうせられやわたがしがいに取付《とりつき》、つらぬく涙《なみだ》をながし、「みづからは先祖《せんぞ》久須見《くすみ》の入道寂心《にうだうじやくしん》のめのとなりしが、つく〴〵此おこりを思ふに、祐親《すけちか》ちゝの遺《ゆい》言《げん》をそむき給ひしゆゑなり。侍《さむらい》は主君《しゆくん》の為《ため》に命《いのち》をすつるは本意《ほんゐ》なれ共我子《わがこ》ながらも悪《あく》にくみし、侍《さむらい》の有まじき死《し》をとぐる事、今迄の運《うん》にやあらん。さりながら情《なさけ》なきは祐清《すけきよ》どの也。かれも武士《ものゝふ》なる者《もの》を、なんぞしばり首《くび》を討《うた》るゝ事ぞ口惜《くちおし》。壱人の子を先《さき》に立、人に指さゝれんよりいかなる淵《ふち》川へも身をしづめん」と、女心におもひつめ下部《しもべ》の者《もの》にいとまを出し、ひそかに屋形《かた》を忍《しのび》出、はる〴〵の道《みち》をあゆみ伊豆《いづ》の国《くに》、とゞきが淵《ふち》に身をなげつゐにむなしくなりぬ。おそろしきは女心《おんなごゝろ》と聞人舌《した》をまきけるとなり。

寛濶曽我物語　二之巻終

寛濶《くわんくわつ》曽《そ》我《が》物語《ものがたり》　三之巻

一　妹背《いもせ》の別路《わかれぢ》

そも〳〵兵衛の佐頼朝《すけよりとも》公の御代《みよ》なりせば、伊東北条《いとうほうでう》とて左右《さう》の翅《つばさ》のごとく、いづれか甲乙《かうおつ》有べきに北条は栄《さかへ》、伊東の子孫《しそん》たへける子細《しさい》は、頼朝十三歳《さい》にして伊豆《づ》の国《くに》にながされ、月日をまたせ給ひぬ。折から祐親《すけちか》が娘《むすめ》八重《やゑ》姫《ひめ》と妹背《いもせ》の契《ちぎり》むすびそめ、忍《しのび》々の逢瀬《あふせ》のかず、つもり〳〵て御身もたゞならねば、兄嫁《あによめ》の情にて誰《たれ》しる人なく、若君誕生《わかぎみたんじやう》有けるにぞ。

佐殿《すけどの》御悦《よろこび》かぎりなく、御名を千鶴若《せんづるわか》と付《つけ》させ給ひ御寵愛浅《ごてうあひあさ》からず、はや二《ふた》とせをかさね給ひぬ。つら〳〵わうじを思ふに、きうしゆがすまひしこふうの顔《かほ》ばせきくになれども、ちよつかんのかうむりならわぬひなのすまひにも、此若《わか》の生《むまれ》しこそ嬉《うれ》けれ、十五才にもならばちゝぶあしかゞ、三浦鎌倉《みうらかまくら》うつの宮小山《みやをやま》なんどかたらひ、平家《へいけ》にかけあはせ、頼朝《よりとも》が果報《くわほう》のほどをためさんと、人にかたらぬ御身のたのしみに、つらかりし月日をかさね給ひぬ。

其頃伊東《いとう》の入道《にうだう》、京都《きやうと》のざいばんを勤《つとめ》帰国《きこく》し、有夕暮《ゆふぐれ》がた千草《ちくさ》みんとて出たりし、折から若君乳母《わかぎみめのと》にいだかれ、爰《こゝ》かしこの花《はな》を手折《おり》あそび給ひぬ。禅門《ぜんもん》はるかに見て、「あれは何《なに》人の子《こ》」と尋《たづね》しかば返事《へんじ》にもおよばずにげ帰りぬ。ふしぎに思ひ其夜ひそかに後室《かうしつ》に尋しかば、もとより継《まゝ》しき母《はゝ》なれば、此事をつゐでにおひうしなわんと思ひ、「さればとよ御身ざいきやうのうち、妹《いもと》の八重《やゑ》姫《ひめ》いたづらかわゐてかくし夫《づま》をこしらへ、どうけつのふすまの下《した》にてもうけたる、御身のためには孫《まご》なり」とかたる。入道腹《にうだうはら》を立、「八重姫が子なるとや。親《おや》のしらざる聟《むこ》やある何者《なにもの》なるぞ」ととひけるに、「さればとよ世になし源氏《げんじ》の流人《るにん》、兵衛《ひやうへ》の佐殿《すけどの》と密通《みつつう》しける」とつげしかば、祐親《すけちか》いよ〳〵立腹《りつぷく》し、「たとゐ娘《むすめ》もちあまり、乞食非人《こつじきひにん》にとらせばとて、今時源氏の流人を聟《むこ》に取、もし平家《へいけ》へきこへなば我々が身の大事、譬《たとへば》毒《どく》の虫《むし》は頭《かしら》をひしぎのうをとる、敵《かたき》の末《すへ》は胸《むね》をさきて肝《きも》をとれとこそつたへたり。聞も中々いま〳〵し、此事延引《ゑんゐん》せばあしかるべし」と、浅野《あさのゝ》四郎国秀《くにひで》を近付《ちかづけ》、「いそぎかの若《わか》をつれ松川の奥《おく》、とゞきが淵《ふち》ゐしづめにかけよ、頼朝はからめとり籠舎《ろうしや》させん」と云捨奥《すておく》に入けるにぞ。

されば後室継子《かうしつまゝこ》をねたむ事、先室《せんしつ》の契《ちぎり》をねたむゆゑなり。よつて家門《かもん》のすいびおゝく是よりおこるとのほんもん。頼朝《よりとも》此事夢《ゆめ》にもしらせ給はず、入道帰国《きこく》と聞召盛長《もりなが》を召つれ既《すで》に出させ給ふ所へ、祐清《すけきよ》あはたゞしく参《さん》上し御前に畏、「扨も親《おや》にて候入道継母《けいぼ》のさゝゐにのせられ、君をうしなひ奉らんと追付《おつつけ》是ゑ参るよし。また若君の御事はとゞきが淵《ふち》へしづめ奉れと、只今ざう人の手にわたし候。君は一まづ北条《ほうでう》屋形《かた》へ御忍《しのび》有べし」と申けるに、頼朝《よりとも》暫御し案まし〳〵、「誠《まこと》にちやうさいわうがひにあひしもいつわる事をしらでなり。笑《わらひ》の内《うち》に剣《けん》をぬく是当世《たうせい》の習《ならひ》、人の心さらにしれず君臣父子《くんしんふし》もたのまれず。討《うた》んとするは親《おや》つぐるは子なり。いか様子細《しさい》あらん」と思召何となきていにもてなし、「祐清《すけきよ》いかゞ思ふぞ、入道《にうだう》思ひかけぬるうへはいづくゑ行《ゆく》とのがれはあらじ。人手にかゝらんよりおこと頼朝《よりとも》が首《くび》をとり、入道がいかりをやめよ」と仰けるに、「もつたいなき御でう。尤《もつとも》かたらゐがたき人心うたがひはさる事なれ共、此祐清《すけきよ》が不忠《ちう》をぞんぜば、当国《たうごく》二所明神《しよみやうじん》の御罰《ばつ》とかうむり弓矢《や》の冥加永《みやうがなが》くつき、二つなき此命只今御前にて果《はて》申さん。盛長《もりなが》はやく御供せよ某《それがし》は是よりとゞきが淵《ふち》ゑ追かけ、若君《わかぎみ》をうばひとり、跡《あと》より追付《おつつき》奉らんとく〳〵」と申けるにぞ。くもりなき祐清が心底《しんてい》をかんじ給ひ、「然ば心にまかせ立《たち》のくべし。若《わか》が事をたのむぞ」と、盛長《もりなが》ひとり御供《とも》にてすぐにやかたを出給ひぬ。祐清今は心やすしと、御跡を暫《しばらく》見送《おく》りとゞきが淵《ふち》へいそぎぬ。

浅野《あさのゝ》四郎国秀《くにひで》ひそかに若君をともない、武士《ものゝふ》前後《ぜんご》をしゆごしとゞきが淵《ふち》にさしかゝり、竹《たけ》のすまき取々に「なはよかづら」といふ所へ、八重《やえ》姫《ひめ》かけ付給ひ人めもはぢず若君に取付、「暫《しばらく》いとまをゑさせよ。今生《こんじやう》の別《わかれ》に乳房《ちぶさ》を参らせん」とやう〳〵かきいだき、「いたわしや此若未《わかいまだ》三つにもならずかゝるおそろしき淵《ふち》にしづめられ相果《あいはて》給ふは何事ぞ。病《やみ》て死《し》するは是非《ぜひ》もなし、さらばとがとて有事か。東西《とうざい》もしらぬ子をしづめにかくるは、いか成過去《くわこ》の因果《ゐんぐわ》ぞ」と前《ぜん》後にかきくれ給ひけるにぞ。若君はいつもの愛《あい》と心得《こゝろへ》、乳房《ちぶさ》をくはへ胸《むね》をたゝきなどし給ふになをむせ帰り、生根《しやうね》もさらになかりき。

国秀《くにひで》申は、「我々とても御いたわしくぞんずれ共、父上《ちゝうへ》もつての外《ほか》の御機嫌《ごきけん》なれば、何と申ど甲斐《かひ》あらじはや御帰り」と申あぐる。「つれなしとよ国秀《くにひで》、主《しう》の心が邪見《じやけん》なればおことらとても同じ事、不義《ふぎ》を此若《わか》がしりたる事か。誠《まこと》にくしと思ふなら、此子をたすけみづからをはかろふべし。母《はゝ》うへは継《まゝ》しく共父《ちゝ》は誠《まこと》の父なり、孫《まご》は子より大節《たいせつ》成と世の事はざにもいふぞかし。鳥類畜類《てうるいちくるい》さゐ物の哀《あはれ》はしるならひ、それとてもかなはずばわらはを先《さき》ゑしづめにかけ、其後《のち》はともかくもはなちはせじ」との給ひければ、「御なげきはさる事なれ共、時刻《ぢこく》うつれば我々が身にとつての難義《なんぎ》、先《まづ》こなたゑ」とむたいに若君《わかぎみ》を取奉り、情《なさけ》なくも水底《みなそこ》にしづめけるにぞ。

気《き》も魂《たましゐ》もきゑて、「我もともに」との給ひしを、国秀押《くにひでおし》とめ、「もはや帰らせ給はぬ事、ふつ〳〵思召切《きり》給へ」とさま〴〵教訓《きやうくん》する所へ、祐清息《すけきよいき》をばかりにかけつけ、国《くに》ひでをとつておさゑ、「たとへ禅《ぜん》門狂乱《もんきやうらん》しころせといふ共、おのれらがはからいにて何とぞし案《あん》も有べきを、あゐなくもころし奉りしにくさ。せめて若君のきやうやうに、なぶりごろして腹《はら》いん」と、左右《さう》の腕《かいな》をひきぬき淵《ふち》ゑとつてなげこみ、「祐清《すけきよ》が心指草《こゝろざしくさ》の影《かげ》にて請取《うけとり》たまゑ。我も跡より追《おつ》付死《つきし》出《で》三津《さんづ》を安《やす》く御供《とも》せん」と、おしはだぬいで八重姫《やえひめ》に申けるは、「某《それがし》は子細《しさい》ありて是にて切腹《せつぷく》をとぐる。君は先《さき》立て北条方《ほうでうかた》へ落《おとし》ぬれば心にかゝる事なし。そちも一ッ所と思ふべけれど、若君をうしない二度《ふたゝび》御目にはかゝられまじ。某が言葉《ことば》にしたがひ、髪切《かみきつ》て身を墨《すみ》に染《そめ》、千鶴殿《せんづるどの》の御跡《あと》をとむらゐ。我爰《こゝ》にて相果《あいはつる》事たとへば伊東《いとう》一ッ家《け》にかぎらず、関《くわん》八州《しう》の武士《ぶし》は源家重恩《ぢうをん》の輩《ともがら》なり。世替時うつり保元平治《ほうげんへいぢ》より此方《かた》、平家にしたがふといひながら、頼朝《よりとも》公は正《まさ》しく古主《こしう》なれば、親《おや》をそむき忠《ちう》をつくすは武士《ぶし》の道《みち》、然上は御跡《あと》をし

たひ北条《ほうでう》にくみし、先度《せんど》の御用《よう》に立べけれ共、若君《わかぎみ》をたすけまいらせてこそ御めにもかゝらるれ。何の面目《めんぼく》に御跡《あと》をしたわん。さらばとて立帰《かへ》れば親《おや》入道が所存《しよぞん》にそむき、佐殿《すけどの》を助《たすけ》申せし不孝《ふこう》、忠《ちう》と孝《こう》との二つにかけたる某なれば侍《さむらい》といふにあらず。兎角《とかく》死なねば一分《ぶん》たゝず、かまへてとむるなとまりはせじ。只今いふたる一言《ごん》のわすれ、命《いのち》などすてたらんには七生《しやう》迄の勘当《かんだう》、きやう弟《だい》の名残《なごり》もこれまで、かならずそばへよるべからず」といかる詞《ことば》にしほ〳〵と、岩陰《いわかげ》に忍《しの》び、現在兄《げんざいあに》の最後《さいご》をみて、とゞめ兼《かね》たる風情《ふぜい》、祐清《すけきよ》今は是迄と、心《こゝろ》の内《うち》に合掌《がつしやう》し、南無阿弥陀仏《なむあみだぶつ》ともろ共に、腹《はら》十文字《もんじ》にきつて、淵《ふち》に身をなげむなしく成ぬ。

八重《やゑ》姫《ひめ》みる目もおそろしく、「此とし月の今日《けふ》はいかなりし悪《あく》日にて、時《とき》もかはらず日もかゐず、兄《あに》をころし子《こ》をころし、また身のうへも定《さだめ》がたし。神《かみ》にも仏《ほとけ》にもみはなされたる世なり」と前後《ぜんご》をうしない十方《とはう》に暮《くれ》、なく〳〵心《こゝろ》を取直《とりなを》し、「さるにても祐清《すけきよ》の御言葉《ことば》にしたがひ、いかなる野山《のやま》にもひきこもり、兄《あに》うへ若《わか》がなき跡《あと》をとはん」と思ひきつたる黒髪《くろかみ》、是を菩提《ぼだい》の道《みち》びきとする。

二　夢中《むちう》の鱗形《うろこがた》

爰《こゝ》に北条《ほうでう》の四郎時政《ときまさ》とて関東《くわんとう》一の大名《だいみやう》有。いさゝか宿願《しゆくぐはん》の子細《しさい》により三嶋《みしま》の社《やしろ》にこもりしが、三七日のけち願《ぐわん》とて、神前清《しんぜんきよめ》七十五度《ど》のこりを取、御湯御神楽《みゆみかぐら》をさゝげ、既《すで》に其日も暮《くれ》かゝり、御灯《みとう》の光心信《ひかりしんじん》たる拝殿《はいでん》、其夜も通夜《つや》を申されし、うしみつつぐる鐘《かね》の音《ね》も、野分《のわけ》につれて声《こへ》ほそく、ふけ行月の影《かげ》みれば、赤《あか》袴《ばかま》に柳裏《やなぎうら》のきぬを着《ちやく》し、たんけん美《び》れいなりける女の形《かたち》こつぜんとあらはれ時政《ときまさ》の枕《まくら》もとにたゝずみ、「それ神《かみ》はうやまふによつて位《ゐ》をまし、人は神《しん》の徳《とく》によつて運《うん》のさふ。心だに誠《まこと》の道《みち》にかなひなばいのらぬとても神心《かみごゝろ》、正直《しやうじき》のかうべにやどらずといふ事なし。汝《なんぢ》やさしくも三七日身をこらし信心《しんじん》にごる事なく、此宮《みや》に参詣《さんけい》し、子孫盤栄《しそんはんゑい》の事をいのる、などか納受《なふじゆ》なからん殊《こと》におことが前生《ぜんじやう》は箱根《はこね》法師《ほうし》、じせいといゑる者《もの》成しが、六十六部《ぶ》の法花経《ほけきやう》を書《かき》、六十六ヶ国《こく》の霊地《れいち》におさむ。其善根《ぜんごん》の印《しるし》によつて、成仏《じやうぶつ》はゑたれ共二度《ふたゝび》此土《ど》に生《むま》るゝ事をゑたり。さればじせいといふ字《じ》はおことが今の時政《ときまさ》成。此旗《はた》と申は源家《げんけ》第《だい》三、伊予《いよ》の守頼義奥州《かみよりよしおふしう》のげきどをしづめ、がいぢんの折から此社《やしろ》におさめぬ。是を汝にゑさするなり此末流《ばつりう》をまねき是を取立義兵《とりたてぎへい》をあげ、神明仏陀《しんめいぶつだ》の明鏡《みやうかん》にそむく平家《へいけ》をほろぼし、しんきんのやすめ、子孫《しそん》ながく日本の主《あるじ》と成、栄花《ゑいぐわ》にほこるべき事何うたがひのあらん」と、御声《みこへ》の下より美　姿《うつくしきすがた》をひき替《かへ》、はだひろの大蛇《たいじや》とあらはれこくうにあがらせ給ひけるにぞ。

　時政夢《ときまさゆめ》をさまし御跡《あと》をふしおがめば、ふしぎや鱗三枚《うろこさんまい》めでの袂《たもと》にとゞまりぬ。有がたやとあたへ給ひし鱗《うろこ》を白旗《しらはた》にうつして、今の世迄も三つうろこ、北条一家《ほうでういつけ》のもんなりとは此時よりぞはじまりぬ。既《すで》に下向《げかう》に趣《おもむき》　初音川原《はつねがはら》をとをるおりから頼朝公《よりともこう》、北条《ほうでう》かたもきづかはしく、三嶋《みしま》の神主忠明《かんぬしたゞあき》こそ源家《げんけ》につゐてゆかりの者《もの》、いつかう是をたのまんと人め忍《しの》ぶの道筋《みちすじ》、盛長《もりなが》もろ共かた影《かげ》をさしうつむいてとをらせ給ふ。時政《ときまさ》目ばやき男《おとこ》にていそぎ馬《むま》よりとびをり御そばに立寄《たちより》、「そも何方《いづかた》ゑの御通《とを》り、御風情《ふぜい》たゞならずいぶかしさよ」と尋けるに、頼朝《よりとも》さいはいと思召、「加様〳〵の次第《しだい》にて忠明方《たゞあきかた》ゑまいる者《もの》」と、何となく仰ければ時政《ときまさ》悦《よろこび》、「何伊東《いとう》が女にさゝへられ心替《かはり》を致《いた》せしとや。忠明《たゞあき》迄も候はず某　方《それがしかた》へ御越《こし》あれ。身ふしやうには候ゐどもおそらく関《くわん》八州《しう》に手ごはき者覚《ものおぼへ》ず。はやとく御入有べし」と乗替馬《のりがへむま》にのせ参らせすぐにやかたに御供申、別殿《べつでん》をしつらい紅葉《もみぢ》の御所《ごしよ》と名付、唐《から》の大和《やまと》の手をつくし月山やり水花畠《ばたけ》、月見の床北《とこきた》の夜陰《やかげ》、雪《ゆき》見のまどなんど立させいつきかしづき奉りぬ。

有夕暮《ぐれ》に盛長《もりなが》、順馬《しゆんま》の口《くち》を取御前《まへ》に罷出、「此馬《むま》は伊豆《いづ》の高根《たかね》より、出生《しゆつしやう》したる月毛《つきかげ》と申一物《もつ》にて、今《こん》朝時政《ときまさ》の領分《りやうぶん》より土民《どみん》指上申よし。只今献《けん》上致《いた》され候。御吉左右《ごきつさう》の印《しるし》ひとつは又久々の朦気《もふき》をもはらさるゝ為、水辺《すいへん》に召出され口《くち》をもやわらげ御覧《ごらん》もや」と申あぐる。君聞召、「くつきやうのなぐさみ足《あし》をひやして心みん」と出させ給ひぬ。

其頃時政《ときまさ》の姉娘《あねむすめ》朝日《あさひ》の前《まへ》と申は、美人《びじん》のほまれかくれなく、今年《ことし》十九の秋くれど男《おとこ》ゐらみの色《いろ》好、もうせうせいしも面《おもて》をはぢ、かうじゆせいぎん袂《たもと》をかざすようぎ自慢《じまん》。佐殿《すけどの》の色にめでまよふ心をいかにせん、かくと聞より忍出流《なが》るゝ水に手をさし手拭《てのぐひ》の歯《は》もしめやかなりしを、頼朝《よりとも》御《ご》覧《らん》じ、「女義の身とし小石《こいし》ながるゝ此川にて、何あそばす」ととひ給ふ。「さればとよ私《わたくし》は二《ふた》つつれたるながれ石《いし》、ひろわんために参りしが、こまひ所へきたやうにみぬも

のが見たやうにそなたは何を」ととひかゐされ、「御らんのごとく我々は馬《むま》をひやしに参りたり」、「扨《さて》は左様かみづからが妹背《もせ》の石《いし》とはかこつけ事、手水遣《てうづつかい》に北時雨《きたしぐれ》、つれなき人は物しれ」とあてつけられ、頼朝公《よりともこう》子細《しさい》らしく、「げにやそうろうの水すめるにはかぶりのゐいをあろふとかや。御手水《てうづ》と有からはいかなるかほり湯《ゆ》薬湯《ゆ》にてもめさるべきを、かくするどかりし山水《やま》きめにしみ、御肌爪《はだつめ》もあれ申さん只御無用《たゞごむやう》」ととゞめられ、「どなたかはぞんぜねどやさしき御詞《ことば》を聞ものかなとてもかずならぬ此身、肌《はだ》はあれてもあれず共誰《たれ》かとがめん殿《との》もたず、腕枕《かいなまくら》の夢《ゆめ》もなし、せめて爰をばつくもがみ恋《こい》の滝津《たきつ》と身をひやす迄」、頼朝重《よりともかさね》て、「さら〳〵合点《がてん》の参らぬ事。そも誰人《たれ》の御息女《ごそくぢよ》なるぞ」、「今は何をかつゝまん、みづからこそ北条《ほうでう》の四郎時政《ときまさ》が娘《むすめ》、朝日《あさひ》と申者《もの》なるが、とても恋路《こいじ》と有からは君のやうなと兼《かね》々心にかけぬるに何の因果《ゐんぐわ》にやら此頃山木の判官兼高《はんぐわんかねたか》とやらんより、わらはを妻《つま》にと父上方《ちゝうへかた》へもらいかけられたるうたてさ。なふいまく〳〵し耳《みゝ》けがれ候得ば、其耳《みゝ》あらひに参りたり。哀《あはれ》恋などしり給はゞ此耳清《みゝきよ》めて給はれ」とすがりよれ共頼朝公《よりともこう》、伊東《いとう》が息女《そくぢよ》にこり給ひかぶりをふつてそしらぬ顔《かほ》、「きゝおよびたる時政《ときまさ》の娘子《むすめご》かよ

ほどしやれたる恋咄《こいばなし》、其けがれたる川水を我馬《わがむま》にかはん事もつたいなし。さらば」といふて立給ふを姫君《ひめぎみ》押とめ、「此御馬《むま》に水かはんとてはるぐ〳〵御出有しを、私《わたくし》の耳《みゝ》あらひしゆゑむげに帰りたまはんとや。流《ながれ》はもとの水にあらずひらさら御馬をひやされ」と、君も手綱《たづな》も引《ひき》もどす、「いやもどらじ」と恋慕《れんぼ》のき綱《づな》、あなたこなたへ頼朝《よりとも》公いわきならざる心から、ぼうぜんとしておわします。

盛長《もりなが》見奉り、「是殿《これとの》様、けがれたる水なんど武士《ぶし》の馬《むま》にはかはれまじ。いざ御帰り」とすゝめしを姫君重《ひめぎみかさね》て、「さりとはかたい若衆《わかしゆ》かな。わらはが耳《みゝ》をあろふ事いやな男《おとこ》と縁《ゑん》の沙汰《さた》、其けがれをばすゝぎに来《き》て嬉しき詞《ことば》をきく時は、女に生《むまれ》したのしみなり」、盛長《もりなが》きゝとゞけ、「御詞《ことば》のいつわりなくば御物語《ものがたり》申さん、これこそ御身様の父時政《ちゝときまさ》にかくまはれさせ給ふ流人頼朝《るにんよりとも》公、かゝる恋ゆへに御身のうへもあやうかりしぞ。しかし御心指《こゝろざし》のほどむげにはなるまじ、重《かさね》ての恋《こい》はともかくも、今宵一夜《こよひひとよ》は盛長《もりなが》めが了簡《りやうけん》にてあはせ奉らん。ひそかに御入あるべし」と姫君《ひめぎみ》を馬《むま》にのせ、頼朝《よりとも》口をとらせ給ひ、「是姫君、源氏《げんじ》の大将頼朝《たいしやうよりとも》が馬《むま》の口《くち》を取《とる》事またとためし有べきか恋ゆへなればこそ」、駒《こま》さへいさむ初桜《はつざくら》、思ひの下《した》ひもとくに隙《ひま》なくふかき妹背《いもせ》となりぬ。

かくとはしらず北条一家《ほうでういつけ》、姫君《ひめぎみ》みへさせ給はぬとて乳母《めのと》はしたにいたる迄、殿中《でんちう》くまぐ〳〵尋しが、頼朝《よりとも》の御殿《ごてん》にて乳母《めのと》が姫君を見付《つけ》奉り立帰りてかくといふ。時政暫《ときまさしばらく》し案し、「是は正《まさ》しく不義ぞかし。しづかに事をあんずるに某《それがし》が先祖《せんぞ》上総守直高累祖《かづさかみなをたかるひそ》伊予《いよ》の守頼義《かみよりよし》公を聟《むこ》に取奉り、八幡一《はちまんい》家《け》の子孫《しそん》出来しためし有。是北《ほう》条《でう》の家引おこさん吉左右めでたし。乍去《さりながら》おもてむきの祝言《しうげん》暫《しばらく》延引《ゑんゐん》する子細《しさい》は平家《け》のきこへ其上また、山木の判官《はんぐわん》兼高《かねたか》内々姫を所望《よもう》する。かれ是おんびんにしくなし。先盃《まづさかづき》」と夕暮《ゆふぐれ》がた三国一をうたひけるとかや。

三　石橋山《いしばしやま》の木隠《こがくれ》

治承《ぢせう》四年中秋半《ちうしゆんなかば》のことかとよ、伊豆《いづ》の国《くに》にながされたまひし高尾《たかを》の文覚《もんがく》は、頼朝時政館《よりともときまさたち》にいらせ給ふと聞よりひそかに都《みやこ》にのぼり、平家《へいけ》つゐとうの院宣《ゐんぜん》を申くだし、夜を日につゐで北条屋かたに立入、頼朝公に対面《たいめん》し、「何とぞ御代《みよ》に出し奉らんと存つめたる心底《しんてい》より、院宣《ゐんぜん》の申くだして候。今一度御むほんの思召たゝれ、おごる平家をほろぼし給へ」と仰けるにぞ。

頼朝かんじ給ひ、「誠に先祖《せんぞ》のよしみをわすれず。末《すへ》々迄御心指《こゝろざし》をはこばるゝ段《だん》、某《それがし》が身にとつていつの世にかはほうぜん」と一礼《れい》のこるかたなければ、時政《ときまさ》を始《はじめ》其外の諸侍《しよざむらい》、烏帽子《ゑぼし》をかたぶけ謹言《つゝしんで》院宣《ゐんぜん》を承《うけたまはる》、其文にいわく、

しきりの年《とし》より此方平家王家《わうけ》を別所《べつしよ》し、せいたうにはゞかる事なし。仏法《ぶつぽう》をはめつし王法《わうほう》をみださんとす。それ我朝《わがてう》は神国《しんこく》にて、そうべうあひならんで、神徳《しんとく》あらたなり。かるがゆゑに朝亭《てうてい》かいきの後《のち》、数《す》千《せん》よさいの内帝位《うちていゐ》をかたぶけ、国家《こつか》をあやぶめんとせし者《もの》、皆はいぼくせずといふ事なし。然ばかつは神道《しんたう》の明所《みやうしよ》にまかせ、かつは勅定《ちやくぢやう》のししゆを守《まもり》、はやく平氏《へいじ》の一類《いちるひ》を亡《ほろぼ》し、朝恩《てうおん》の敵《てき》をしりぞけ、譜代《ふだい》きうせんのひやうりやくをつぎ、かいそ奉公《ほうかう》の忠《ちう》きんをぬきんで、身を立家《たていへ》をおこすべし。仍院宣《よつてゐんぜん》

如件《くだんのごとし》治承《ぢせう》四年八月吉日、左近衛中将藤原光好《さこんゑのちうじやうふぢはらのみつよし》、是をうけたまわつて、前兵衛佐《さきのひやうへのすけ》へとよみ給ひければおの〳〵あつとかんじ給ひぬ。

頼朝仰出《よりともおふせ》さるゝは、「かゝる有がたき院宣《ゐんぜん》のかうむるうへは、某《それがし》が運《うん》のひらくべき瑞相《ずいさう》何とおの〳〵、軍《いくさ》の門出《かどいで》に伊《い》東の入道を討《うち》とらん。延引《ゑんいん》せば院宣《ゐんぜん》の様子《やうす》露顕《ろけん》すべし。此義いかゞ」と仰けるに、時政《まさ》を始《はじめ》何も是に同心《どうしん》す。重《かさね》て盛長《もりなが》を召れ、「汝《なんぢ》は責合《せめあい》の合戦《かつせん》にかまはず、伊東が城内《じやうない》ゐかけいり、入道《にうだう》が妻女《さいぢよ》をからめ取、首討《くびうつ》て頼朝にみせよ、千鶴若《せんづるわか》に手向《たむく》べしとく〳〵」との御諚《ごぢやう》。かゝる所へ小四郎義時《よしとき》あはたゞしくきたり、「扨も山木の判官《はんぐわん》兼高、朝《あさ》日の前《まへ》をゐさせぬのみ、頼朝公に婚姻《めあはせし》を遺恨《いこん》に思ひ、大場《おゝば》伊東をかたらひ五万余騎《よき》にて押寄《おしよせ》候。御用意《ごやうゐ》しかるべし」と申けるに、時政聞給ひ、「さこそあらんと思ひつれ、しかし此所へ取かけられ私《わたくし》の合戦しかるべからず。先君は石橋《いしばし》山の城《じやう》ゐうつし奉り、御門出《かどいで》の初軍《はついくさ》はな〴〵しく仕れ」と、手勢合て二万余騎《よき》、白旗《しらはた》おし立石橋山ゐこもりぬ。

既《すで》に治承《ぢせう》四年八月廿七日、月は出ても雨の夜に、谷《たに》をわけつゝ山木が勢、石橋山をとりかごみ時《とき》の声《こへ》

をあげたり。小四郎義時《よしとき》大音《だいをん》あげ、「そも此城《じやう》は清《せい》和《わ》天王《てんわう》のかうゐん、源《みなもと》の頼朝公、こもらせ給ふをしらざるか。あれおつちらせ」と下知《げぢ》をする。軍兵《ぐんびやう》共承、思ひ〳〵にぬき合爰をせんと戦《たゝかひ》ける。山木が勢《せい》は山だちになれたれば、みかた大勢《おゝぜい》打立られかなふべきとはみへざりき。され共加藤次《とうぢ》景勝《かげかつ》、山木の判官《はんぐわん》にわたりあひ、兼高《かねたか》がくび取て頼朝《よりとも》のげんざんに入けるにぞ。判官討《はんぐわんうた》れぬると聞より大場《おゝば》伊東《いとう》が一類《るい》三万余騎《よき》をみ手にわけ、うしろの山より押寄《おしよせ》けるにぞ。思ひよらねば城内上《じやうないうへ》を下《した》へとかへしける。

頼朝人々を召れ、「今ははんくわい長郎《ちやうらう》が籠《こもる》共中々かなふべきともおもはれず。長陣《ながぢん》して郎等《らうどう》おゝく討《うた》せんより、頼朝直《ぢき》に討《うつ》て出、軍門《ぐんもん》に死《し》をかろんじ、有無《うむ》のじつぷをきはむべし是迄なり」と出給ふ。岡崎《おかざき》の四郎義実《よしざね》よろひの袖《そで》にすがり、「こはもつたひなき御ふるまひ、軍《いくさ》の勝負《しやうぶ》此時《とき》にかぎらん。是ていの侍《さぶらい》に、大将《たいしやう》たるべき身の御手をおろさせ給ふ事末代《まつだい》迄の恥辱《ちぢよく》。一まづ阿波《あわ》の国迄落させ給ひ、時節《じせつ》を御待《まち》有べし」と教訓《きやうくん》申けるにぞ。「此うゐはともかくも」と仰ければ、義実嫡子真田《よしざねちやくしさなだ》の与一を召寄《めしよせ》、「おことはしんがりに残《のこり》て敵《かたき》をふせぎ、かなわぬ時は打死《うちじ》にせよ。其隙《ひま》に我君を落《おち》のびさせ申べし。千に一つ命《いのち》あらば、跡《あと》より追《おつ》

付《つき》申べしとく〳〵」とすゝめ申せば、頼朝公は只七騎《しちき》、うしろの峰《みね》のほそ道《みち》よりあはの国《くに》へ落《おち》給ひぬ。

大場《おゝば》伊東《いとう》が勢《ぜい》、さかもぎやぶり時の声《こへ》をつくれば、与一大勢《おゝぜい》を引請半時《ひきうけはんじ》ばかり戦《たゝ》かいしが、くらさはくらし雨《あめ》はふる、そばの細道《ほそみち》さぐり足《あし》、あたる所をさいはいに七十五人切《きり》ふせたり。大場《おゝば》が舎弟《しやてい》、保野《またのゝ》五郎景久《かげひさ》うしろよりむんずとくむ。与一ゐたりと四つ手にくみ、しばしが間ねぢあひしが、互《たがい》にきこゆる大力《だいりき》爰をせんどの力足《ちからあし》、そばのかた岸《ぎし》ふみはづし、谷《たに》ゐかつぱと落《おち》ながらなをはなさず、おきつこんずねぢあひしが、与市保野《またの》をとつておさへ、どうぼねに乗《のり》かゝり、太刀《たち》に手をかけぬかんとはしけれ共、こい口に血《ち》つまり、雨《あめ》にしめりしさめざやまき、ひけ共おせ共ぬけざりき。

やう〳〵としてするりとぬき、保野《の》が首《くび》に押《おし》あて、きれ共つけ共びくともせず、星《ほし》の光《ひかり》にみてあればくりからもげてさやながらぬけたりぬ。下《した》なる保野ははねかゐさんと身をもがく、口《くち》にくはへてぬくならばぬくる事も有べきに、若武者《わかむしや》のかなしさは、さやをわらんと甲《かぶと》にあてて打つくれば、つばもとよりおれたり、「是迄なり」と声《こへ》をかけ、「与一が保野《またの》をくみとめし」とよばはりぬ。保野が下人永尾《ながを》の新五《しんご》かけ付、「うゐが保野か下《した》成が保野か。くらくてみへぬ」とよばわりぬ。「うゐが保野」といふ所を心得たりと討《うち》けるにぞ、与市がおさへし両手《りやうて》をかけ保野が首《くび》を討《うち》おとす。さすがの与一左右《さう》のかいなを切《きり》おとされ、すきをみてにげんとす。新五とらゐてみてあれば敵《かたき》与一にてぞ有けり。たばかられ主《しゆう》を討ける口惜《くちおし》さと、与市が首《くび》をうちおとしかへす太刀《たち》にて腹切《はらきつ》てうせけるとなり。

四　舟路《ふなぢ》の難義《なんぎ》

扨も頼朝《よりとも》公石橋《いしばし》山の合戦《かつせん》に打負《うちまか》させ給ひ姫君《ひめぎみ》もろ共主従《しうじう》七騎《き》にて、どひの杉《すぎ》山を忍いで阿波《は》の国ゑ落《おち》させ給ひぬ。佐殿《すけどの》人々を御覧《ごらん》じ、「したがふ者《もの》は只五人、身のなるはてとて浅《あさ》ましくも、源氏《げんじ》の大将頼朝が一夜《よ》あかさん所もなし。かくはぶれぬる某《それがし》に心をよせてかたぐ〳〵、かゝるせんどの忠節《ちうせつ》はほうずる所なし。たとへば我一命《いちめい》はおわる共、せめてはおの〳〵に大国《たいこく》の二ヶ国《こく》三ヶ《か》国《こく》にても、頼朝が旗《はた》下に召付《めしつけ》たる印《しるし》とて、あておこなふほどならば今生《こんじやう》の本望《ほんもう》なるべきに、我《わが》もとゆひに置霜《おくしも》さへはろふかたなきうれたさ、はだにはそんしんがふすまなくうへてがんくわいがひさごもなし。口惜《くちおし》の次第」と、涙をながしの給ひけるにぞ。盛長《もりなが》土屋《つちや》土肥《どひ》岡崎《おかざき》、有がたき御諚《ごぢやう》やとかんるいをながしぬ。

兎《と》角《かく》するほどに阿波《あは》の国にちかきりう崎《ざき》の浜《はま》に着給ふ。「是より御舟に召れ候得」と爰《こゝ》かしこを尋ぬれ共、きのふの追手《おいて》に出舟《せん》し舟一艘《ふねいつさう》もあらざりき。盛長《もりなが》あたりをみまはし、塩貝《しほがい》ひろふ海士《あま》の子共をまねき、「舟《ふね》はなきか」と尋しかば、「今日はりやう船《せん》とても候はず。しかしあれなる松原《ばら》に、商人《あきびと》の乗《のり》すてたる船の一艘《さう》、浪《なみ》にゆられ候」とおしゆるにぞ。おの〳〵浜辺《はまべ》につゐて打《うち》乗、土《つち》屋の三郎楫取風《かぢとりかぜ》にまかせこがれ行。岡《おか》崎《ざき》の四郎舟中《せんちう》を見廻《まは》し、「御家《け》人《にん》は五人御夫婦《ふうふ》共に七騎《き》落《おち》、南無三宝《ぼう》おそく心のつゐて有。先年《せんねん》御父《ちゝ》義朝《よしとも》公、待賢門《たいけんもん》の夜軍《よいくさ》に打《うち》まけ江州《かうしう》ゑ落《おち》させ給ふも主従《しうじう》七騎にて、尾《を》張《わり》の国にて御生涯《ごしやうがい》ましませし。当家《たうけ》におゐて七騎落《おち》不吉の礼《れい》吉凶《きつきやう》よろしからず」と申けるにぞ。

　君はつと思召す風情《ぜい》いづれも目と目を見合とかふのあいさつあらざりき。盛長《もりなが》申は、「尤《もつとも》岡崎《おかざき》殿の仰の通《とをり》、行《ゆく》も御為《ため》とゞまるも為《ため》、我《われ》と思ふ人あらば舟よりあがり、御門《かど》出の御奉公《ごほうかう》有べし」といふを土肥《どひ》の弥太郎聞、「とゞまり行《ゆく》も御為《ため》なればとて、誰《たれ》か御供《とも》をみはなしとゞまらんといふべし。たとへ七騎《き》が不吉《ふきち》にて君の御大事《だいじ》出来《いでく》る共、いづれも一所《いつしよ》に腹切《はらきる》迄、人はともあれ遠平《とをひら》は未来《みらい》迄も御供なり。残《のこつ》て忠《ちう》にならばわどのとゞまれ」といふを、父《ちゝ》の実平《さねひら》とゞめ、「武士《ぶし》たる物のならひなれば、只よろしきやうに評諚《ひやうぢやう》するを誠《まこと》の道《みち》といふぞかし。兎角《とかく》相談《さうだん》しかるべし」と、いゑども誰《たれ》かとゞまらんといふ者なし。岡崎《おかざき》申されしは、「此うへは君《きみ》御指図《さしづ》あそばされよ」と申上る。頼朝《よりとも》仰けるは、「おろかなり岡崎、七人の数《かず》あしく某《それがし》が身におゐて、いかなる難義《なんぎ》あればとてかく迄思ふ人々を誰《たれ》にのこれといふべき。只頼朝《たゞよりとも》が運《うん》こそあしからめ」と暫《しばらく》なげかせ給ひぬ。

　岡崎重《おかざきかさね》て、「御諚《ごぢやう》なくては誰《たれ》かとゞまらんと申さん。只御指図《さしづ》」と申を土肥《どひ》の次郎聞て、「いな事をしるゐる人かな。さ程に思ひ給はゞ御自分《ごじぶん》舟よりあがられよ」、四郎涙をながし、「扨は某《それがし》年《とし》罷《まかり》寄《より》御用《ごやう》に立まじきとおもはるゝか。御ぶんの指図《さしづ》はうけ申

さぬ。此中に命《いのち》ふたつもちたる人、ひとつの命はとゞまり忠《ちう》をはげめ、今壱つの命は御供申て義《ぎ》をつくせ」とのびあがつて申けるに、実平《さねひら》聞て、「生《いき》とし生物《いけるもの》いづれか命のふたつあらん。只し狂気《きやうき》ばしめされたか」、義実《よしざね》聞て、「まつたく狂気は仕らぬ。某《それがし》もきのふ迄命ふたつもちぬれど、夜前石橋《やぜんいしばし》山にて一つの命は我君にまいらせ、朝《けさ》の命は只ひとつに成ぬ。嫡子与市《ちやくしよいち》が只今有ならば、親子《おやこ》は別体一生《べつたいいつしやう》の、命がふたつ有べきに」と袖《そで》をしぼつて語《かたり》ぬ。

実平《さねひら》さしうつむき、「げにあやまつたり岡崎《おかざき》殿。某こそ命二つもちたり。いで我君に奉らん」と嫡子《ちやくし》弥太郎遠平《とをひら》をまねき、「汝《なんぢ》は舟よりあがり、君御門出《かどいで》の吉凶《きつきやう》をあらため、命まつたう時節《じせつ》をうかゞい奉れ。とく〳〵」とすゝむるに、遠平《とをひら》うらめしげに父《ちゝ》が顔《かほ》を詠《ながめ》、「きのふの軍《いくさ》に敵《かたき》とくまざるさへ口惜《くちおし》かりしに、舟よりあがれとは、御用《やう》に立まじき者《もの》と思召さるゝか。此義おもひよらず」とあがらん気食《きしよく》はなかりき。実平《さねひら》いかり、「おのれがひけになるべき事を親《おや》の身としていふべきか。軍門《ぐんもん》に骸《かばね》をさらし、命をすつるは安くしてめづらしからず。とゞまりがたき所にて、のがれがたき一命《めい》をながらゑるを、誠《まこと》の忠《ちう》といふぞかし。承引《しやうゐん》せずば七生迄の勘当《かんだう》なり」と、いへ共更《さら》にきゝいれず、

「父《ちゝ》のふきやうはかうむる共とゞまらんとは申まじ。七人の数《かず》あしくば某《それがし》爰《こゝ》にて腹《はら》を切《きり》、人数《にんじゆ》をへらし申べし」と涙をながせば、実平腹《さねひらはら》を立、「死《し》して人数《かず》へらすならば、おのれをたのむ迄もなし。実平も死《し》にかねず」と既《すで》に死骸《じがい》とみへける時、弥太郎おしとめ、「仰せにしたがい申さん」と涙ながら、君に御いとま申はし舟に乗《のり》ければ、姫君とゞめさせ給ひ、「命《いのち》二つもつたる身が、舟よりあがる物ならば弥太郎よりも、自《みづから》が胎内《たいない》には源氏《げんじ》の末葉《すへば》めぐみ、はや五月に成給ひぬ。されば我ほど身にそひて、命ふたつもつたる人此内にはあるまじ。さもなきとて御用《ごやう》に立べき若武者《わかむしや》を、舟よりあげ、女の身として御供せんはゐきもなし。是非《ぜひ》かはらん」と弥太郎が袖《そで》にすがらせ給ひければ、頼朝《よりとも》はせんかたなく、「あれは主従《しうじう》是は夫婦《ふうふ》、三世の縁《ゑん》のきれめやらん」と、いづれをいづれとわきまへかねさせ給ひければ、姫君御覧《ごらん》じ、「唐《もろこし》の大そう皇帝《くはうてい》は、忠臣《ちうしん》のため寵愛《てうあい》の后《きさき》をころせしためしも有。武士《ものゝふ》一人のこされんは大事《だいじ》の前《まへ》のふかくといひ、後《のち》の世迄も源《げん》氏《じ》の大将頼朝こそ、武士《ぶし》を捨《すて》て女をつれ、落《おち》たるなどゝわらはれさせ給はんは子々孫々《しゝそんく》の御恥辱《ちじよく》。たつてとむるは我君《わがきみ》の恥《はぢ》をまねく道理《だうり》。そこのき給へ」とはし舟《ぶね》に乗《のり》給へばいづれもしごくの涙にせまりぬ。弥太郎は、「是非《ぜひ》私を」と、舟に座《ざ》をしめ乗《のり》かゐん気食《きしよく》さらになかりき。姫君《ひめぎみ》せいしかね、「かく迄いふに承引《しやうゐん》なくば身をなげ死なん」と仰けるを、弥太郎押《おし》とめ此上はともかくもと元《もと》の舟に乗《のり》けるにぞ。頼朝《よりとも》はせんかたなく顔《かほ》と顔とにいとま乞、はや御舟《ふね》もへだたり、「さらば〳〵」の御声《こへ》もきこゑず、面影《おもかげ》も嶋《しま》がくれ、名残《なごり》を浪《なみ》にのこす言葉《ことのは》。

寛濶曽我物語　三之巻終

寛《くわん》闊《くわつ》曽《そ》我《が》物語《ものがたり》　四之巻

一　鎌倉《かまくら》の盤昌《はんじやう》

既《すで》に頼朝《よりとも》公石橋山《いしばし》のかごみを切《きり》ぬけ、海上《かいしやう》何事なく阿波《あは》の国《くに》に渡《わたり》、それより上総《かづさ》に立越《たちこへ》、千葉《ちば》の助をかたらひ次第《しだい》〳〵に責《せめ》のぼり、相州鎌倉《さうしうかまくら》に着《つか》せ給ひぬれば、程なく関東《くわんとう》の武士《ぶし》我も〳〵と佐《すけ》殿にかしづき奉る。平家《へいけ》此沙汰《さた》を聞より度々《たび〳〵》討手《うつて》をむかはすといへ共、或《あるひ》は鳥《とり》の羽《は》音《おと》におどろき皆《みな》しりぞきぬ。是則《これすなはち》天のなせる所なりき。

昔周《むかししう》の文王《ぶんわう》いしんちうをうたんとせし時、とう天に雲《くも》さゐて雪《ゆき》のふる事一丈余《いちじやうよ》なり。五色《ごしき》の馬に乗《のる》人門外《もんぐわい》に来り、此事をしめしければ、文王、「勝《かつ》事をゐたり、故《かるがゆへに》逆臣《ぎやくしん》程なくはいぼくし、天下おだやかなり」といゐり。されば頼朝公鎌倉《かまくら》に住居《ぢうきよ》をかまゐ、老中《らうぢう》いげの屋形《やかた》花やかに立ならべ、貴賤遊楽《きせんゆふらく》の袖《そで》をつらね、民《たみ》の釜《かま》どゆたかに軒《のき》に煙《けぶり》たえず、誠

にぎやうしゆんの御代《みよ》共いふべし。堅王出現《けんわうしゆつげん》すれば鳳凰翅《ほうわうつばさ》をのべ、堅臣国《けんしんくに》に来《きた》れば麒麟《きりん》ひづめをとぐといふ事、今此君にしられたり。

有時頼朝時政《ときまさ》に仰せけるは、「誠にかたぐ〳〵の忠《ちう》恩《をん》すぐれしゆゑ、二度運《ふたたびうん》のひらく事是私《わたくし》のなす所にあらず。然ば我伊豆《いづ》に流人《るにん》せし時、伊東夫婦《いとうふうふ》の者《もの》につらくあてられし恨《うらみ》、こつずいにとをりやむ事なし。何とぞきやつらを討《うち》、日頃《ひごろ》の無念をはらさん。いそぎ軍勢《ぐんぜい》をもよふしからめ取、頼朝が目通《めどをり》にて首《くび》討《うつ》てゑさせよ」と仰けるにぞ。

時政是を承りいそぎしたくに帰り、盛長《もりなが》と心をあはせくつきやうの兵物《つわもの》引ぐし伊東《いとう》が館《たち》ゑ寄《よせ》たり。盛長思ひけるは此祐親夫婦《すけちかふうふ》が事は某《それがし》 先立《さきだつ》て承りしかど、石橋《いしばし》山の合戦《かせん》に事まぎれ今日迄打過《うちすぎ》ぬ。せめてぬけがけして、二人共にいけどらんと女の姿《すがた》に様をかゑ、石垣《いしがき》の所々にかうがいさし、是をつたひへいにのぼり、城内《じやうない》ゑ入爰《こゝ》かしこに眼《まなこ》をくばり、門《もん》のゑび錠《ぢやう》打はづし其身は奥《をく》に入ぬ。時政《ときまさ》ぢぶんをうかゞゐ時《とき》の声《こへ》をあげたり。伊東方《いとうかた》には思ひよらざる事なれば、皆はいもふしてにげたり。され共城内《じやうない》より高挑灯《たかでうちん》立ならべ天野《あまの》藤内須崎《とうないすざき》の五郎立出、「是は何方の寄勢《よせぜい》ぞやかつてこなたに覚なし。実名《けみやう》をうけ給はらん」といふに、時政

一陣《いちぢん》に駒《こま》かけ出し、「こともおろかや兵衛の佐頼朝公、院宣《ゐんぜん》の給はり平家《へいけ》つゐだうの御門いで、入道《にうだう》に御恨《うらみ》有により、某うけたまはり討《うつ》としてはせむかう、意趣《ゐしゅ》は祐親《すけちか》覚あらん。あれ討《うち》とれ」といふよりはやく、我をとらじと乗《のり》こえつゐに城《しろ》を責落《せめをとし》ぬ。いづくよりかは盛長《もりなが》、夫婦《ふうふ》に縄《なは》をかけ、大わらになつてかけ出、北条前《まへ》にひきするゑ、「きやつらは大事《だいじ》の囚人《めしうど》なれば道中堅固《だうちうけんご》にめしつれん。先本望《まづほんもう》はとげたりぬ。勝時《かちどき》つくれ」といさみをなし鎌倉《かまくら》に帰り、すぐに頼朝《よりとも》公の御前に召つれけるにぞ。

君御悦《よろこび》浅《あさ》からず、「いしくも致《いた》されしものかな。見るもなか〳〵腹立《はらだち》、いそぎ首《くび》とつて千鶴若《せんづるわか》に手向《たむく》べし」と仰ける。爰《こゝ》に先年河津《せんねんかはづ》の三郎を討《うつ》たりし工藤《くどう》左衛門祐経《すけつね》、跡目《あとめ》の遺恨《いこん》おのれが儘《まゝ》にならざるを無念《むねん》に思ひ、平家《へいけ》にいとまを乞《こひ》すて、はう〴〵とさまよひ、いつしか頼朝公に宮仕《みやづかへ》、昼夜《ちうや》御そばをはなれぬ義利《ぎり》もの、伊東《いとう》の入道が首討《くびうた》ると聞より、御前に罷出謹《つゝしんで》言申あぐるは、「はゞかりながら祐親《すけちか》が太刀《たち》取には此祐経《すけつね》に仰下さるべし。君にも兼《かね》々御ぞんじのごとく、某が先祖《せんぞ》の所領《しよりやう》を入道《にうだう》にねとられ、其いきどをりやむ事なし。尤意趣《ゐしゅ》は私《わたくし》ながら、此度上意《ゐ》を請《うけ》給はり、首《くび》成共うたずんばいつの時《とき》かあらん。哀仰《あはれおゝせ》付られ候へかし」と申上る。君聞召、「ともかくも仕れ」と、則《すなはち》けんしには土肥《どひ》の弥太郎承り、よろひずりといゑる所へ引出《ひきいだ》し、入道夫婦《ふうふ》を三日三夜さらし、最後《さいご》におよびける時祐経うしろにまはり、「久しや祐親日頃《ひごろ》心《しん》欲ふかく、情《なさけ》といふ事をしらず。重恩《ぢうをん》の頼朝公に弓《ゆみ》をひき、あまつさへ其若君といひ、正敷汝《まさしくなんぢ》が孫《まご》たる物を、淵《ふち》にしづめし天罰《てんばつ》のがれず。只今しばり首《くび》を討《うた》るゝ事の浅《あさ》まし、某太刀《たち》取致事定《さだ》めし汝が心に覚あらん。筋《すぢ》なき所領《しよりやう》を我儘《わがまゝ》に致たるむくいのがれず。今祐経《すけつね》に討るゝぞいつかう他人《たにん》の手にかゝらんよりましならめ。最後《さいご》をたしなめ」などゝ恥《はぢ》しめけれ共、入道夫婦《にうだうふうふ》は十念《ねん》にもおよばず、仏《ほとけ》の御名《みな》もとなへず、今ころさるゝをも忘《わすれ》、おのれが所領《しよりやうく》久須見《すみ》伊東方《いとうかた》を詠《ながめ》けるなど浅《あさ》まし、時刻《こく》うつれば祐経、二人が首打落《くびうちをとし》獄門《ごくもん》にさらし、高札《かうさつ》を立諸人《しよにん》に恥《はぢ》をあらはしぬ。是因果目前《ゐんぐはもくぜん》の道理《だうり》と皆人おそれぬはなかりき。

ことすぎ頼朝公父左馬《ちゝさま》の守《かみ》の御為《ため》にせうちやうじゆゐんのこんりうし、其外社堂《しやどう》にたうばをざうりうし、仏像経《ぶつざうきやう》ぐわんをきやうぞうし、せいばつの心指《ざし》はやくすみやかにして、ぜんごんも又ばくたいなりき。寿永《じゆゑい》二年九月四日に、居《ゐ》ながら征夷大将軍《せいゐたいしやうぐん》の院宣《ゐんぜん》をかうぶり建《けん》久元年十一月七日に上洛《じやうらく》して大納言《だいなごん》にふし、同じき十二月五日に右大将《うだいしやう》ににんず。さればちうさくをいてうのうちにめぐらし、勝《かつ》事を千里《せんり》の外《ほか》にゐたり。誠に過つる頃《ころい》伊豆《づ》の国《くに》におはせし時は、かく有べきとは誰《たれ》か思はん、威勢《ゐせい》ひゞにまさり天下をたな心のうちにおさめ給ひぬ。扨盛長《もりなが》をば上野《かうづけ》のそうつゐぶしになされ、又祐経《すけつね》はこれより出頭《しゆつとう》して、伊東《いとう》が跡《あと》を拝領《はいりやう》し栄《ゑい》花《が》にくらすといゑども、「敵《かたき》もつ身なれば行末《ゆくすへ》のがれがたし」と皆人いゑり。

二　由井《ゆい》が浜《はま》の涙《なみだ》

みやばしらふとしき立て万代《よろづよ》に、さかへ久しき鎌倉《かまくら》山。春《はる》は桐《きり》がやつの八重桜《やゑざくら》、夏《なつ》は扇子《あふぎ》がやつのあやめ狩《がり》、秋《あき》はいろまさる紅葉《もみぢ》がやつ、冬《ふゆ》は雪《ゆき》見の御所と名付、源家《げんけ》の盤昌《はんじやう》此時をゑたり。大小名昼夜《ちうや》のしゆつしに袖をつらね、烏帽子《ゑぼし》のひながたをせきにつらね参上《さんじやう》す。

有時頼朝仰出さるゝは、「誠に平家世を取て廿余年、源氏はひゞにおとろゑぬるを、二度取立《ふたゝびとりたて》、先祖《せんぞ》の恥《はぢ》をきよむる事身にあまるよろこび扨西国《さいごく》おもての事範頼義経《のぶよりよしつね》にまかせ、朝暮軍《あけくれいくさ》をはげみ、勝利度々《しやうりたび》にして平家数ヶ所《すかしよ》をやぶられ、西海《さいかい》のはたうにたゞよひ、やなにかゝれる魚《うを》のごとく、もれて行べきかたもなく、命を風波《ふうは》の下にしづめ大かた自滅《じめつ》致よし。然うへは、追付源氏一等《とう》の代となるべきぞ」と仰ければ、御前伺公の諸大名いづれもかうべをかたむけ、あつぱれゆゝしき御果報《くわほう》と皆々かんじいたりぬ。

其中より工藤《くどう》左衛門祐経《すけつね》御前に罷出、「御諚《でう》のごとく、天下一等《いつとう》に我君にしよくし奉り、東国既《とうごくすで》に静謐《せいひつ》にしてらうゐんたゝざる此とき、まぢかき御ひざの下にあやしき者有。只今こそ稚《おさな》くとも、末々《すへぐ》逆心《ぎやくしん》の思ひ立べき者、両人御座候」よし申上る。人々聞て誰《たれ》なるらんと互《たがい》に目とめを見合けるにぞ。

君聞召、「何と申頼朝にたいしあたをせんずる者《もの》とはいかなる者ぞ」と仰けるに、「さん候此頃《ごろ》討《うた》れ申せし伊東《いとう》の入道が孫《まご》共二人有けるを、曽我《そが》の太郎祐信養育《すけのぶやういく》仕ぬ。いそぎ祐信を召出され御詮義《ごせんぎ》もや」と申上る。頼朝暫御し案のうゐ、「此祐信が事は我に対《たい》して忠《ちう》の者《もの》なりしが、伊東が孫を養子《やうし》とし頼朝があたとなさんこそきつくわいなれ。我伊東が娘《むすめ》と契《ちぎり》、一人の若《わか》をもうけぬれば、入道が為には孫《まご》なるをとゞきが淵《ふち》にしづめうきめをみせし其恨《うらみ》しばらくもわすれがたし。祐信《すけのぶ》が所存《しよぞん》は重《かさね》ての詮義《せんぎ》」と、梶原源太景季《かぢわらげんたかげすへ》をめされ、「汝はいそぎ曽我《そが》に立越《たちこへ》二人の子共をうけ取、由井《ゆゐ》が浜《はま》にて討《うつ》てすてよ」、則《すなはち》けんし太刀取《たちとり》は、堀《ほり》の弥太郎友《とも》綱《づな》に仰付られければ、両人承り御前を立、曽我のやかたゐいそぎ祐信《すけのぶ》に対面《たいめん》し、上意《ゐ》の趣《おもむき》相のぶる。祐信つゝしんで承り、「誠《まこと》に二人の世悴《せがれ》が義不忠《ふちう》の者の子孫《しそん》たれば御恨《うらみ》の段《だん》しごくせり。某かれらを養子《やうし》に仕事、したしみふかき河津《かはづ》が子共なれば、何とぞ一命《めい》をたすけたく存、やしない置ぬれ共上意《じやうゐ》のうゐは是非《ぜひ》もなし。

暫それに」と奥《おく》に入、女房《ばう》にかくとかたりぬ。

　母《はゝ》きくとひとしく生《いき》たる心地《こゝち》あらざりき。され共梶原《かぢわら》が手前をはゞかり、こぼるゝ涙の下より二人の子共が手をひき、景季《かげすへ》が前に出、髪《かみ》のそゝげをなであげゑり引つくろひ、「稚《をさな》く共よくきけ。おことらが祖父《おゝぢい》伊東夫婦《とうふうふ》の人、我君頼朝公ゑ、情なくあたり給ひし子孫《しそん》とて、只今人々に召とらはるゝぞかし。祖父も親《おや》も継《まゝ》父《ちゝ》も人のしりたる人なれば、御前ゑ出たり共すこしもおそるゝ事なかれ。もしまた最後《さいご》におよぶ共みれんに心を持《もつ》まじ」と、詞《ことば》すゞしくの給へ共、胸《むね》にせきくる我涙《わがなみだ》、「そち立にわかれて後我身はいかゞなるべき」と、今は人めもはぢらはでいだき付てなげきけるにぞ。

　梶原《かぢわら》もろ袖《そで》をしぼり、「御なげきはさる事なれ共、時刻《じこく》うつればいかゞなり、かなはぬ迄も我々が、命《いのち》をたすけ申さんに先《まづ》とく〳〵」とすゝめられ、祐信《すけのぶ》思ひ切《きり》たる風情《ふぜい》にて二人の子共が手をとり、なく〳〵出るうしろすがた。母うへみあげみをろしはしり出、「是が此世のわかれ、かく有べきとて此頃《ごろ》そめしきぬの色《いろ》、一まんは朝顔《あさがほ》、箱王《はこわう》は紅葉《もみぢ》に鹿《しか》、思へばあだなる朝顔《あさがほ》の、ぬれてや鹿《しか》のひとりなくねは今身のうゑにあたりぬ。我後夫《われのちづま》をかさねしもおことらふたりを成人《せいじん》させ、昔夫《むかしづま》の菩提《ぼだい》をもとはせんと、思ふ心に気《き》がねをし、今またわかれてあすよりは、誰《たれ》をかさして一まん共、また箱《はこ》王共よぶべき、われも一ッ所」とくどきぬるを女《にう》房《ばう》立押《おし》とめ、やう〳〵いさめ奥《をく》に供なひ入とかや。

　其後梶原親子《のちかぢわらをや》がわかれあまりにふびんとや思ひけん、最後《さいご》をあひのべ度々御訴訟《ごそせう》申せども、君さらに承引《せういん》あらざれば、ちからおよばず由井《ゆい》の浜辺《はまべ》に供なひ、既《すで》に最後《さいご》をいそぎぬ。兄弟《きやうだい》しきがわのうへに座をしめ手をあはせていたりぬ。祐信《すけのぶ》は今朝《けさ》迄も、梶原《かぢわら》殿の情もやとたのむ心もつきはて、子共がそばに立寄、「何にてもいゝ置事はなきか」と尋けるに、一まん聞て、「我相果《われあいはて》て後《のち》母うへに力《ちから》をつけて給はれ。最後《さいご》もみれんにはなかりしと、念頃《ねんごろ》に申てたべ」とおとなしくいひければ、祐信《すけのぶ》涙ながら、「扨箱王《はこわう》は」ととひければ、「わらはゝ今一度《いちど》母うへにあいたい」となげく時、一まんはつたとにらみ、「母《はゝ》うへかねぐ〳〵おしゑ給ひしを、はやくもわすれたるか」とはぢしめられ、箱王顔《はこわうかほ》をおしぬぐひ、ひぢをはりゐなをるにぞ。

祐信《すけのぶ》なをもかなしく、「それ侍《さぶらい》の命《いのち》は、かうもうよりもかろくしておもきは家《いへ》の名字《みやうじ》なり。今はの時《とき》は目をふさぎ、一心《いっしん》に弥陀仏《みだぶつ》をたのむべし」、一万聞て、「いやたのむ共よもやたすけはし給はじ。兎角最後《とかくさいご》をいそいでたべ」といさめられ、弥太郎うしろにまはり、あにをきらんは順《じゅん》なれど、弟《おとゝ》が見ばおどろかん、兄《あに》をやきらん、弟《おとゝ》を切《きる》べきかと十方《とはう》にくれていたりぬ。祐信《すけのぶ》弥太郎がそばにより、「そつじながらしかるべくは其太刀《たち》を某《それがし》にかし給へ。祐信が手にかけ後世《ごせ》とぶらはん」といゝければ、さいわいと友綱《ともづな》太刀をわたしてみむきもせず。「是迄なり」と祐信太刀《たち》をふりあげ、うたんきらんとしけれ共、首筋《くびすじ》の

しろかりしが太刀影《たちかげ》にうつり、なをうつくしくみへけるにぞ。「いづくに刀《かたな》をあつべきぞ」と、かしこゐなげすて兄弟《きやうだい》にいだき付《つき》、ぜんごをうしなひいたりぬ。

　かゝる所へ畠山《はたけやま》の重忠《しげたゞ》あはたゞしく来り、「是々友綱《ともづな》あまりとあれば不便《ふびん》なり。かなはぬ迄も申てみん。そこつに切《きり》給ふな弥太郎、あはてな梶原《かぢわら》まち給へ」と、互《たがい》に相談《さうだん》きはめ二人の子共をしたくにともなひ、千葉《ちば》岡崎《おかざき》、和田《わだ》の義盛《よしもり》なんどゝ心をあはせ君の御前《まへ》に出けるとなり。

三　命乞《いのちごひ》の訴訟《そせう》

　扨も重忠《しげたゞ》二人の若《わか》をたすけ、梶原友綱《かぢわらともづな》、そのほか老中《らうぢう》心を一つにし、頼朝《よりとも》公の御前に出、弥太郎先立《さきだつ》て申あぐるは、「伊東《いとう》が二人の孫《まご》共死罪《しざい》に仰付られ、早速誅罰《さつそくちうばつ》致べき所に、祐信夫婦《すけのぶふうふ》の者《もの》あまりなげき申さるゝ段《だん》、申上るもはゞかりながら、友綱一生《ともづないつしやう》のふびんなりし事を見候。尤太刀取をいたせと有御諚《ごでう》ゐはい申にあらね共、戦場《せんぢやう》にて命《いのち》を捨《すて》、たゝかはん事物のかずとはぞんぜねど、かゝる哀なる事は覚ず候」、君聞召、「さこそ父母《ちゝはゝ》がなげく段しごくなり」と仰ける詞《ことば》に取付《とりつき》、「おゝそれおゝき事ながら、未東西《いまだとうざい》をもわきまゑぬ者《もの》共、何とぞ成人《せいじん》仕迄某に御あづけ下《くだ》さるべし」と申あぐる。君打ゑませ給ひ、「尤一通《ひととをり》はきこへたれ共、伊《い》東夫婦《とうふうふ》がつらさ、寵愛《てうあい》の若をころされ、あまつさへ女房迄取替《とりかへ》されたる恥《はぢ》のうゑ、ゆいの小つぼの夜軍《よいくさ》に頼朝をうたんとせし恨《うらみ》、何とぞ一国《いつこく》の主《ぬし》にもなりたきと明暮仏神《あけくれぶつじん》にいのりしも、伊東《いとう》をにくしと思ふゆゑなり。さればきやつらが子孫《しそん》といわゞ、たとへ乞食非人《こつじきひにん》なりともいけ置まじきに、現在《げんざい》の孫《まご》はやく誅《ちう》して腹《はら》いさせよ」と仰ける。

時に和田《わだ》の義盛《よしもり》御まへに畏、「友綱《ともづな》申上られかなわぬ所を、重《かさね》て申ははゞかりながら、義盛御馬《むま》の先《さき》にて御用《ごよう》に立事度《たび》々なり。中にも衣笠《きぬがさ》の合《か》戦《せん》に、某既《すで》に御命《いのち》に替《かはり》奉りぬ。それより御世に出させたまふ其忠節《ちうせつ》に思召かゑられ、此二人の世悴《せがれ》を我々にくだされなば、生前《しやうぜん》の御恩《ごをん》此事なり」と申けるに、頼朝聞召、「かれらが訴訟《そせう》の義二度《ふたゝび》申出すべからず。必無《かならずむ》用《よう》」と仰けるを義盛重て、「罪《つみ》かろくして討《うた》るゝなど申うくるはさのみ御恩《ごをん》共存ぜず。重罪《ぢうざい》人を給はるこそ、置《おき》てをそむく御恩《をん》ならめ。義盛《よしもり》一世の

大事、何事か是にしかん」と申されしを、君も御難《ごなん》義《ぎ》に思召、暫《しばらく》御し案まし〳〵、「おことらが所望《しよもう》なにをかそむかん。さりながら此事ばかりはゆるされよ。頼朝ふかき恨《うらみ》有、あたをほうずる事ぞかし。たとへ天子《てんし》のりんげんにても、中々かなひがたし」と御気食《きしよく》あしくみゑける時、土肥《どひ》の次郎土屋《つち》の三郎目くばせし、おの〳〵申てかなわねど、もしやと思ひ出らるゝを君はるかに御覧《ごらん》じ、「いづれも外《よ》の義《ぎ》はかくべつ、此事におひては、かまへて申出さるゝな」と、先立《さきだつ》て留《とめ》給ふに重《かさね》て申者《もの》なかりき。

千葉《ちば》の祐種《すけたね》罷出、「いづれもさいさん言上《ごんじやう》有、御取上《とりあげ》なきを又申上るは、あつぱれ竜《りやう》の髭《ひげ》をなで、虎《とら》の尾《を》をふむ心なれ共、私《わたくし》御《ご》免《めん》と申にあらず。先《さき》に申されし人々に対《たい》し御ゆるし下《くだ》されなば、一世の御恩《ごをん》ならめ」とせき近《ちか》く寄《より》給へば、頼朝心よげにうなづかせ給ひ、「御身の事は、頼朝既《すで》に石橋《いしばし》山の合戦《かせん》に打負《うちまけ》、只七騎《き》になつてどひの杉《すぎ》山を出、やう〳〵ゆ木の浦《うら》に着《つき》じがいせんとせし時、千騎万騎《せんきまんき》の力《ちから》となり命をたすけられし故、今天下の主《あるじ》となる事、是御身のはたらきわするゝ事なし。され共伊東《いとう》がうらめしさは、書《かく》共つきじ語《かたる》もはら立、かれらが事に付《つゐ》てはふつ〳〵かなふまじき」と面《おもて》をそむかせ給ひぬ。「御諚《ごでう》の趣《おもむき》御尤に候得共、

今日の訴訟《そせう》人、まさかの時いづれか身命《しんめう》をおしみたる者《もの》壱人もなし。伊東が不忠《ふちう》あればこそ、御たすけ共申せ」と詞《ことば》をはなち申さるゝ。頼朝聞召、「それ獄中《ごくちう》の罪《ざい》人は仏《ほとけ》もたすけたまはぬぞ」、祐種《すけたね》重て、「地蔵菩薩《ぢぞうぼさつ》の誓願《せいぐわん》に、むべつ世界《かい》の衆生《しゆじやう》は、地蔵菩薩の御慈悲《じひ》に、すくひ取給はんとのちかひ、儒《じゆ》の神道《しんたう》は仏道《ぶつだう》の慈悲、こゝをもつて左《さ》右《ゆう》のごとし。神道《しんたう》なくば大平ならざらん」と詞《ことば》を揃《そろへ》申されけるに、君聞召、「いやとよ。御身のごとく慈悲《じひ》に心をうばわれせいたうせば、天下おだやかならずしてかゐつてみだるにちかし。聖徳太子《しやうとくたいし》の辞世《じせい》に、慈悲《じひ》を神道《しんたう》にておさめんと、国《くに》に盗《ぬす》人有てひんくのおかす所とて、おゝくの宝《たから》をあたへ給ふ。

故《かるがゆへに》　国民《くにたみ》いとなまず、盗《ぬす》人をかげうとす。それよりせいたう替《かはり》、きわめて二十一ヶ条《でう》、憲法《けんばう》のおきてをあらため、御世《みよ》をおさめたもふぞかし。仏《ほとけ》のさいらいなればとて、天下を納《おさめ》給ふうゐは、慈悲《じひ》ばかりにてはおさまらず、天下の法度式目《はつとうしきもく》は将軍《しやうぐん》の説法《せつぱう》なり。筋《すぢ》なき事を申されな」とことをわけて仰ける。

其時畠山《はたけ》の庄司《せうじ》重忠《しげたゞ》御前に罷出、「暦《れき》々御訴訟《ごそせう》申され御承引《ごしやういん》なき所を、某申上る段《だん》おゝれおゝく候得共二人の者成人《ものせいじん》の後《のち》、いかなるふるまひ致共此重忠《しげたゞ》にかゝり申さん。かね〴〵訴訟《そせう》がましき事、一生《いつしやう》のうち一度《いちど》と存申出したる事あらね共、此事におゐては今日の訴訟《そせう》人等《ら》に下《くだ》さるべし。おこがましくは候得共、平治《へいぢ》の乱《みだれ》に君清盛《きみきよもり》に取こめられ、既《すで》に御命のあやうかりしを、小池《こいけ》の尼《あま》の申されやう〳〵命をたすかり給ひ、今右《う》大将《だいしやう》迄へあがり、天下の武将《ぶしやう》と成給ふ。其祝義《しうぎ》と思召、かれらを助《たすけ》下されなば壱つはわが君がたの御祈禱《ごきとう》または、御家門《ごかもん》げんたう二世の御いのり、何事か是にすぎん」と詞《ことば》をつくし申さるれば、「おろかなり重忠《しげたゞ》、平家《へいけ》の一門《もん》此頼朝を助置《たすけおき》、今既に我にほろぼさるゝ。其ごとくきやつらを助置《たすけおく》ならば、末《すへ》々頼朝が敵《てき》になるべき事何うたがひかあらん。よしなき事を申されな」、重忠重《しげたゞかさね》て、「御詞をかへすはあまりなれ共、昔《むかし》大国に大王有て武用《ぶよう》のしん家《か》をあつめて、千人あひし玉《たま》の冠《かんむり》、金《こがね》のくつをあたへて召つかふ。其中に長子《ちやうし》と云堅《けん》臣《しん》あり。大王是を召て我万宝《われまんぱう》にふそくなし、然にならびの国に市を立て宝《たから》を売《うる》といゑり。汝《なんぢ》かの市に行我《わが》宝《たから》の外《ほか》たるべきものあらばもとめ来れよ。長子《ちやうし》畏かの市にあゆみ見物《けんぶつ》するに、もれたる物なし。然共善根《ぜんごん》といふ事のみへざりき。是を買《かい》とらんと思ひ、たもち来る宝《たから》を、かの国の非人《ひにん》共をあつめてこと〴〵くほどこし手をむなしく帰りぬ。大王問《だいわうとう》て云《いわく》、買取珍宝《かいとるちんぱう》何やらんとの給ふ。長子答《こたへ》て、王宮《わうぐう》の宝蔵《ほうざう》と比《くらべ》みるに不足《そく》なる物なし。さるにより善根《ぜんごん》と云物を買取《かいとり》ぬといゑり。大王聞召其善根《ぜんごん》みんと有しかば、長子が曰《いわく》、かの国《くに》のひんじやをあつめて、持所《もつところ》の宝《たから》をとらせたりと申てことおわりぬ。其後彼《かの》国のゑびす、大王をうたんと既《すで》に合戦《かつせん》す。大王打負《まけ》させ給ひならびの国へ落《おち》給ふ。然に千人の臣家《しんか》君をみすてゝにげたり。其時大王既に自骸《じがい》とみへしを、長子押《ちやうしおし》とめ、我此国にて買取《かいとる》所の善根《ぜんごん》爰なり。此者共を加勢《せい》に頼べしと尋しかば、宝《たから》をゑたりし非人《ひ》の中に、子芳《しばう》といゐる勇者《ゆうしや》、心指《こゝろざし》をかんじあまた兵物《つわもの》をかたらひ、城郭《じやうくわく》をこしらゑ大王をうつし奉り、運《うん》のひらき二度《ふたゝび》国に帰り給ひぬ。是長子《ちやうし》が買置《かいおき》し善根《ぜんごん》、今にいひつたへたる一騎《き》当千《たうせん》是なり。其後にげたりし、千人の臣家《しんか》立帰りつかゑんといふ。大王聞召又軍《いくさ》出来《でき》なばにげん、しかるべくは初《はじめ》たる臣家《しんか》をつかふべしとの給ふ。長子《ちやうし》いさめて新座《しんざ》者《もの》は其心《こゝろ》しりがたし、にげたる臣家《しんか》を召かゑされ給はゞ、しかるべしと申。大王げにもと思召、にげたりし者共を尋出し本《もと》のごとく召《めし》つかふ。其後又一乱《いちらん》おこりぬ。にげたりし臣家《しんか》、二度の御恩《ごをん》にはぢ、命《いのち》をおしまず戦《たゝかい》かつ事をゑたり。かれらもさる者《もの》の子なれば、いかで御恩《ごをん》をわすれんや」と詞《ことば》を替《かへ》て申上る。君聞召、「それは臣《しん》のたつときにあらず。長子《ちやうし》が賢《けん》なるゆゑなり」、「然ば此重忠《しげたゞ》を長子《ちやうし》と思召、かれらを臣《しん》になぞらへ御助下《たすけくだ》さるべし。是非《ぜひ》かなはずば重忠《しげたゞ》が運《うん》のきはめ、御前にて腹《はら》仕二人の子共が手をひき三津《さんづ》の川を渡《わた》り、あび大じやうの底《そこ》に入、伊東河津《いとうかはづ》と面談《めんだん》し、二人の子共を相《あい》わたし古《こ》はうばいの印《しるし》にせん。重忠自骸《しげたゞじがい》と申なば、一門不残《もんのこらず》はせあつまり君に恨《うらみ》を申べし。然ばゆゝしき御大事《だいじ》」と詞をはなし申さるゝ。君御きしよくかはらせ給ひ、「おろかなり重忠《しげたゞ》、其時にいたつてはそれこそ我が運次《うんし》第《だい》」と、もつての外《ほか》の御きげんなり。

重忠今は是迄と一座をみまはし、「かほどの御訴訟《ごそせう》かなわぬとてながらゑんと思召か。人はともあれ重忠《しげたゞ》是にて腹《はら》きるぞ。追付給《おつつき》へ」と太刀《たち》のつかに手をかくる。頼朝しばしとゞめ給ひ、「ふせうの訴訟《そせう》なれ共、おの〳〵命《いのち》にかゑかれらを哀《あはれ》み給ふ其仁心《じんしん》いかでむげになすべき。然上《しかるうへ》は今日訴訟《そせう》有し人々に、二人の若《わか》をあづくる」と御きげんよろしく、御座《ござ》を立せ給ひぬ。「有がたし」と祐信兄弟《すけのぶきやうだい》を先《さき》に立、人々に一礼《いちれい》申そがの屋かたに帰りけり。

四　箱根《はこね》山のくやみ

くはうゐんおしむべし時《とき》人をまたざることはり。隙行駒《ひまゆくこま》つながぬ月日かさなり、一まん既《すで》に十五才にぞなりけり。父河津《ちゝかはづ》に別《わかれ》しより是非《ぜひ》なく母に付そひ、曽我祐信《そがすけのぶ》が養子《やうし》となり、十年《とゝせ》ばかりもくらせしが、幾程《いくほど》なくて祐信世をはやうし給ひけるにぞ。元来伊東《ぐわんらいいとう》が孫《まご》なれば御にくしみつよくして、本領《ほんりやう》を召あげられ、有にかいなき身となりて、万《よろづ》にそふるまづしさ、昔《むかし》を忍《しのぶ》つまをかさね、よしなき事に身をなし二度《ふたゝび》なげく浮世《うきよ》哉《かな》。

爰《こゝ》に二のひめといふ姉娘《あねむすめ》の有けり。是は祐信が稚《おさな》なじみの忘形見《わすれがたみ》、河津が後家《ごけ》とは継《まゝ》しけれ共互《たがい》にへだてつる心もなく、母の情《なさけ》に孝《かう》をつくし、誠《まこと》の親《おや》とかしづきぬ。母つく〴〵思ひけるは、我々が身程世にふせうなるはなかりき。せめて公方《くばう》をはゞかる共、兄《あに》をば男《おとこ》になすべきとひそかに元服《げんぷく》をさせ、継《まゝ》父《ちゝ》の名字《みやうじ》をとり、曽我《そが》の十郎祐成《すけなり》と名乗《なのら》せける。又弟《おとゝ》の箱王《はこわう》は、十一才の頃《ころ》より箱根《はこね》山ゑのぼし学文《がくもん》させ、既《すで》に十三になりける。十二月下旬《げじゆん》、別当《べつたう》かたに有けるちごどうじゆく、春《はる》に近付《ちかづく》初小袖《はつこそで》、親里《おやざと》よりの送《おく》り物《もの》、師《し》の坊《ばう》ゑのさゝげ物、父《ちゝ》の文母《ふみはゝ》の文、二つ三つよむなど有、又かたほとりには下部《しもべ》の者明《ものあけ》なば養父入《やぶいり》とさゝやきぬ。箱《はこ》王ははうばいのゆゝしかりしをみて、なくより外《ほか》はなかりき。

其折から鬼王《おにわう》から〴〵の送《おく》り物《もの》に、母《はゝ》の文一つ参らせけるにぞ。箱王涙ながら御文を詠《ながめ》、「何と鬼王《おにわう》よそのちご立には父《ちゝ》うへなど有、兄弟《きやうだい》とても中よかりつるに、いかなればみづから父《ちゝ》たる人に縁《ゑん》もなく、兄弟《きやうだい》と

てもうとまるゝ。腹《はら》こそ替《かは》れ姉君《あねぎみ》様、十郎殿、などたよりはし給はぬぞ」、「さん候兄《あに》うへは、何とぞ敵《かたき》祐《すけ》経《つね》をうたんとて、昼夜《ちうや》御心をよせられさらに御いとまなど候はず。又あね君の御事、此程《ほど》御いたわり以《もつて》の外《ほか》にて候ゑば、よろしく心へ申せとの御事なり。随分学文《ずいぶんがくもん》をとげられ、はやく出家《しゆつけ》の身となり、ちゝうへ立の御跡《あと》、念頃《ねんごろ》にとむらはせ給へ」と申けるにぞ。箱王《はこわう》は小《こ》声《ごゑ》に成、「いやとよ鬼王《おにわう》同じくは兄弟《きやうだい》もろ共敵《かたき》が討《うち》たし。され共母《はゝ》の仰のもだしがたく此山ゑのぼりしかど、明暮箱根《あけくれはこね》に詣《もふで》、本望《ほんもう》とげん事をいのる其印《しるし》にや。近日頼朝《きんじつよりとも》公二《に》所御《しよご》参詣《さんけい》の御沙《さ》汰《た》有。左もあらば祐経《すけつね》御供申べし、何とぞうかゞひ一太刀《たち》恨《うらむ》心ぞかし。さりながら我未敵《いまだかたき》の顔《かほ》を見しらず、よき折《をり》からなりとうりうし、祐経をしるゐてゑさすべし。首尾《しゆび》よくば討《うつ》べし」と互《たがい》に心をあはし、頼朝公の参詣《さんけい》をこそ待《まち》いたりぬ。

既に頼朝公、箱根《はこね》御参詣《さんけい》の御供には、和田《わだ》畠山《はたけ》土肥《どひ》岡崎《おかざき》、川越高里江戸小嶋《かはごへたかざとゑどこじま》、玉の井小山宇津《をやまうつ》の宮《みや》、山名佐戸見工藤《なさとみくどう》左衛門、都合《つがう》三百五拾人、花折紅葉《もみぢ》をかさねし装束《しやうぞく》、雲母《きら》一天をかゞやかし、ぢんとうに雲《くも》おゝひ、すいかんじやうゑ白《しろ》ひたたれ、ほいけんせいはあたりをはらふ。凡中間《およそちうげん》ざつしき気色《けしき》に色《いろ》をつくし、後陣《ごぢん》のけいごかつちうをよろひ、弓矢《ゆみや》を対《たい》するすいびやうなど、上下につどひ左右《さゆう》のたてわき二行《ぎやう》にならび、御でうどかけの人々弓手《ゆんで》をしゆごしぬ。御むかいの冷人《れいじん》ぎがくをとゝのゑ、られやうの袖をひるがへす、御前《まへ》の舞人《がくにん》、けいろうをうつてぶかうのくびすをそばだつ、神前《しんぜん》には社僧経《しやそうきやう》のひもをとき、神楽男《かぐらおのこ》はと拍子《びやうし》をあはせ拝殿《はいでん》にしかうす。

其折から箱王鬼王を供なひ、君のうしろにこがくれ御供の人々、「あれはたそや」と尋る。鬼《おに》王承り、「さん候左の一の座はちゝぶの重忠、頼朝一世の先陣役《せんぢんやく》。右の座上は三浦《みうら》の義盛《よしもり》、子息義秀《しそくよしひで》。其次は佐戸見《さとみ》の孫《まご》太郎。梶原源太《かぢわらげんた》景季《かげすへ》。扨少引《ひき》さがつてはん装束《しやうぞく》の数珠《じゆず》を持《もち》、かうのひたゝれきたるこそ工藤左衛門祐経なり。かならず見忘《わすれ》給ふなよ。たとひ折よく共御前ははゞかり給へ。御よやめの帰るさなど、何とぞしてうかゞはん」と暫《しばらく》時《とき》をうつしぬ。

折ふし祐経お次《つぎ》の間ゐ出たりしが箱《はこ》王が眼《まなこ》ざしを見付、此ちごが立振舞《たちふるまい》、正敷《まさしく》河津が子供やらん、もしは左もやと尋けるに、箱王はつと思ひしが、「いかにもそれにて有けるが、御用《ごよう》ばしか」と立寄《たちよる》をみて、「扨々父《ちゝ》によく似たり。我は是工藤左衛門祐経《すけつね》とて、おことが父《ちゝ》とは従弟《とこ》にて、そち立にもしたしき者《もの》、とゝにもあはぬほいなさ、随分別当《ずいぶんべつたう》にかしづかれよ。弟子《でし》立あまた有共、此祐経程成かたうど持《もち》たる人有まじ。折《おり》をもつて御前《ごぜん》も申なをすべし。何事によらず訴訟《そせう》の事あらば取次《とりつぎ》をしてゐさせん。それのみならず、某かたへも出入せば身の為悪《ためあ》敷《しく》は思ふまじ。兄《あに》の十郎とても常《つね》々参り、勝手《かつて》など取持《とりもち》なばかち若《わか》とうとはいふまじきに、いはれぬひんがを出し、あまつさへ某を親《おや》の敵《かたき》などゝて筋《すじ》なき事を申よし。たとへば敵にもせよ、当時《たうぢ》左衛門祐経《すけつね》をねらはん事たうらうが斧《をの》成べし。まづしき身にて他人《たにん》にまじわり、修羅《しゆら》をもやしてくらさんより、もしまた文《ふみ》の次手《つて》あらば、必《かならず》まいれと申さるべし。先初《まづはじめ》てのげんざんに何がなひきでものとらせん」と、赤木《あかぎ》の柄《つか》にどうがね入たる刀《かたな》一腰《こし》取出し、箱王にとらせければ、只何となくうけとれど、初対面《しよたいめん》の詞《ことば》の末《すへ》耳《みゝ》にあまりて口惜《くちおしく》、おろ〳〵涙に身をふるはし、折よくば一刀《ひとかたな》につかん物をといさめ共、祐経《すけつね》しばしも目をはなさず、忍《しのび》の柄《つか》に手をかけまぢかくもよらざれば、せんかたなくもひかへたり。

折ふし我君御下向《げかう》とつげけるにぞ。祐経今は是迄とそこ〳〵にいとま乞《ごひ》して帰りぬ。箱王こゝぞと刀をぬいて追《おつ》かくる。鬼王袖《おにわうそで》に取つき、「物にくるはせ給ふか。最前《さいぜん》も云ごとく御前近《ごぜんちか》き太刀《たち》ざんまい、もしみとがめられてはせんなき事、きう法《はう》のうてなはるいそよりおこり、千里《せんり》のかうは一ぽより始《はじまる》。こうつもらぬ内《うち》は中々敵《かたき》は討《うた》れぬ物、とゞまり給へ」とかんげんせられ、「我舎利《われしやり》〳〵仏《ほとけ》に成とても中々出家《しゆつけ》はとげられず、兎角《とかく》は曽我《そが》にくだり兄弟《きやうだい》もろ共討《うつ》べき」と涙ながらに帰りける。

寛濶曽我物語　巻四之終

寛《くわん》濶《くわつ》曽《そ》我《が》物語《ものがたり》　五之巻

一　勘当箱《かんだうばこ》のしがらみ

扨も箱王《はこわう》、鬼《おに》王もろ共箱根《はこね》山を忍出、曽我の里《さと》に下《くだ》り、其身は団《だう》三郎が屋かたにかくれ、兄《あに》十郎方《かた》ゑかくとしらせける。祐成《すけなり》おどろき、「いかゞして来《きた》りし」と尋けるにぞ。箱王涙《なみだ》ながら、「さん候此程頼朝公《よりともこう》、箱根御参詣《ごさんけい》の頃《ころ》敵祐経《かたきすけつね》に出あい、鬼王もしるごとく、あつぱれにくかりし詞《ことば》を聞《きゝ》、たとゑば我、生仏《いきぼとけ》になればとて出家《しゆつけ》をとぐる心底《しんてい》なし。哀御情《なさけ》にて侍《さむらい》となし、敵討《かたきうち》の御供に召つれ給はるべし。此由《よし》母《はゝ》うゑ聞給はゞなか〳〵御にくみも有べし。さればとて其段《だん》は暫《しばらく》の事、もし御承引《ごしやういん》あらずば、某《それがし》壱人してかたきをうたん心指《こゝろざし》。ねがわくば兄弟《きやうだい》心をあはせ、年来《ねんらい》の本望《ほんもう》とげたらんには、何かのぞみの有べし」と涙《なみだ》をながし申けるにぞ。

十郎かんじ給ひ、「さほど迄思ひつめぬるうへはいかでいなと云ふべし。母のいかりは祐成《すけなり》申なだめん、思ひ立ぬるを吉日に只今男《おとこ》なりをさすべし。今年《ことし》十七歳《さい》と覚ぬれば元服《げんぷく》は重《かさね》て、先角入《まづかどいれ》てゑさせよ」と、団三郎に其品《そのしな》々を申付、丸びたいなりけるちごの形《かたち》を替《かえ》、ふりわけ髪《がみ》の大たぶさ、祐成召替《めしかへ》の小袖《こそで》を着《き》せ、さしがゑの大小《だいしやう》。十郎つく〴〵詠《ながめ》、「あつぱれなりしこつがら、眼《まなこ》のみかゑしうしろ姿《すがた》の居《ゐ》ずまひ、父河津殿《ちゝかはづどの》にいきうつし。祐重《すけしげ》うき世にましまさばいかばかり悦《よろこび》給はん。つゐでに名《な》をも替《かへ》ん」と、曽我《そが》の五郎と付たり。すぐに母の御前《をんまへ》に召つれ、よろしくしゆびをつくろわんと供《とも》なひいそぎぬ。

下部《しもべ》の者《もの》共がみるより、「箱王様を男《をとこ》になし、十郎様の御出なり」と申ければ、母聞給ひ男に成たるといふを、法師《ほうし》に成けると聞《きゝ》まがひ、「何と申箱王出家《しゆつけ》に成て来《きた》るとや。此程別当殿《べつたうどの》より、いづくゐやらんうせぬるとて、度々《たびく》つかいをこされしにとく出てあふべし」と、常《つね》の所に出給ひぬれ共、五郎はさうなく内《うち》ゐもいらざりければ、母待兼《まちかね》給ひ、いそぎ法師《ほうし》顔《かほ》みんとて、障子《しやうじ》をあけてみ給へば男になりていたりぬ。

母はふため共見ず、障子《しやうじ》をはたとさし、内より声《こゑ》をあらげて、「そもおのれは誰《たが》ゆるして男にはなりけるぞ。兄祐成《あにすけなり》が風情《ふぜい》をうらやましく思ふか。誠に祐信《すけのぶ》殿に別《わかれ》てより、伊東《いとう》が子孫《しそん》養《やしなひ》ける者《もの》の跡《あと》なりとて、いみじき所領《しよりやう》を召あげられ、それより此方《かた》、まづしきものは曽我殿原《どのばら》と、よしなきことの葉《は》にかゝるぞかし。埴生小家《はにふのこや》のいとなみさへ、和田《わだ》北条《ほうでう》、千葉《ちば》上総殿《かづさどの》の御かいはうつよき故《ゆへ》なり。二人の下人鬼王《をにわう》団《だう》三郎にさへ、四季《しき》折々のふちをもとらせざりしていをみては、いきたる心はなけれ共、しなれぬ命《いのち》こそつれなけれ。十郎だに男《をとこ》になしてくやしく、今にても法師《ほうし》になれよかしとこそおもゐ、祐成俗《すけなりぞく》なれば

とて親《おや》の名跡《みやうせき》をもつぐ事か。名《な》をも十郎とよばせぬるさへ口惜《くちおし》。末《すへ》の子は伯父《おぢ》の祐清方《すけきよかた》ゑやりぬれど、是もちゝむなしく成て、越後《ゑちご》の国《くに》、久賀見《くがみ》とやらんいふ山寺《でら》にすむとのみ聞て、未対面《いまだたいめん》したる事なければ他人《たにん》にはおとれり。もとより父母《ちゝはゝ》をもしらねば後《ご》世とはんやうなし。誠《まこと》に河津《かはづ》殿ほど浅《あさ》ましき人も有間《あるま》じ、子供《こども》あまたもちながら、誰《たれ》か菩提《ぼだい》をとふ者《もの》なくせめてはおのれ成共出家《しゆつけ》にし、父《ちゝ》ちゝのきやうようなり共とはせんと思ひつるに、かゝる姿《すがた》になり行《ゆく》事の腹立《はらだち》、今より後親《のちをや》もちたると思ふな、子ある共おもはじ。何方《いづかた》ゑもまどひゆけ。かりそめにもみゆべからず」と、涙をながしの給ひけるにぞ。せんかたなくも祐成《すけなり》、弟《おとゝ》を供《とも》なひ一間《ま》に帰り給ひぬ。

五郎涙のしたより、「父《ちゝ》の敵《かたき》を討《うつ》てたむけんと思ゑば、いきてましますまのふきやうをかうむる。是現在《げんざい》の不孝《ふかう》行末《ゆくすへ》とてもおそろし。人あまたしらざる内法師《うちほうし》となり、母のかんきをゆるされんに、はや御いとま」と申ければ、十郎聞て、「母のふきやうあるべきとは思ひもふけし事、今更《いまさら》おどろくべきにあらず。近日北《ほう》条《でう》殿を頼勘当《かんだう》の訴訟《そせう》をねがはん。先《まづ》それ迄は、何方《いづかた》ゑも立越《たちこへ》なぐさまん」と打つれ、おば聟《むこ》なれば三浦《みうら》の時《とき》

義《よし》、従弟《いとこ》の平六兵衛、土肥《どひ》の弥太郎もおば聟《むこ》なりき、和田《わだ》北条《ほうでう》殿はこんせつなりし中、此人々の方《かた》にて二三日づゝあそび帰《かへ》りぬ。され共五郎は勘当《かんだう》の身なれば、十郎が一間《ひとま》にしのび、母恋《はゝこい》しき折々は、ものゝひまよりさしのぞきしかど、我身《わがみ》は見付られじとかくれぬ。ねられぬまゝに兄弟打寄《きやうだいうちより》、只祐経《すけつね》をうたんとのみ思ふ心ぞたのもし。

有時祐成《すけなり》五郎に語《かたり》けるは、「常《つね》々母の仰には、かまゑて敵《かたき》をうたんとのみおもふな。元来《ぐわんらい》御にくしみふかき我々なれば、すこしのあやまちもあらば、一家《いつけ》共におひうしなはれんはひつぢやう。老《おひ》たる母に浮《うき》めをみする事なかれ。此事思ひわするゝやうに、妻《つま》もとめよと仰ぬれ共、武士《ものゝふ》の家《いへ》に生《むま》れながら、今迄敵《かたき》を討《うた》ざるさるゝ口惜《くちをしき》に、討《うつ》まじきと思ふ所存《しよぞん》すこしもなかりき。身に思ひのあれば、よろづを帰りみずして、所領《しよりやう》財宝《ほう》のぞみなし。もし妻子《さいし》をもとめ我討死《われうちじ》にせば、のこりとゞまる者山野《ものさんや》にまじはらんも不便《ふびん》なり。親《をや》の為定《ためさだ》まる妻《つま》をもつまじ、或《あるひ》は遊君《ゆうくん》などに馴《なれ》そめなば、何かくやしき事もあらじと、思ひ立しより大磯《おゝいそ》きせ川、形勢坂《けはひざか》にかよふ。是鎌倉《かまくら》の大小名《だいしやうみやう》、此宿《しゆく》に入こみ、昼夜遊会《ちうやゆうくはい》の所なれば、敵《かたき》をうたんたより共なるべし。我々兄弟が命《いのち》の程もしれたり。暫《しばらく》心をいさめん」、「ともかくも」と夕暮《ゆふくれ》がた、大磯《をゝいそ》の宿《しゆく》ゑかよひはじめけると也。

〔二〕大磯《をゝいそ》の契初《ちぎりぞめ》

其頃大磯の宿といゑるは、引手《ひくて》あまたのうきふし、情売買《なさけうりかふ》恋の里《さと》、朝《あさ》な夕《ゆふ》なにつまかはる、心の紅葉《もみぢ》ふみ分《わけ》て、思々に忍《しのぶ》山、誰編笠《たがあみがさ》のたそかれ時、誰《たれ》をまち顔《がほ》、禿《かぶろ》は恋のつぼみとて、見るをみまねにひんしやんと、契《ちぎり》とゞむる中宿《なかやど》有。是鎌倉《かまくら》の二番《にばん》ばゐ煩悩《ぼんなう》のせんだく、すいがもみこむきぬ〴〵の別路《わかれぢ》、いなばの山といふ歌《うた》をのこし、夜明《よあけ》てのとりやりぶみ、いやな人にも大磯の長とて、海道《かいだう》一の女郎屋、後家《ごけ》なれ共さかしく、小大名によく取《とり》入、あまたの遊女をかゝゑ昼夜《ちうや》盤昌《はんじやう》をなしぬ。

壱人の娘《むすめ》をもつ名を虎御前《とらごぜん》といゑり。ちゝは一年《ひとゝせ》、あづまへ流人《るにん》せられし、伏見《ふしみ》の中納言実元卿《ちうなごんさねもときやう》にてぞ有けり。配所《はいしよ》におもむく折から、此里に暫《しばらく》足《あし》をやすめ、旅宿《りよしゆく》のたはむれ長が情《なさけ》のしたにのこし給ひし、わすれ形見《がたみ》にてぞ有けり。然に実元《さねもと》、みちのくにて身まかり給ひぬれば、父《ちゝ》といふ名のみしらず、母が袂《たもと》にそだてられ、親《をや》ひとり子《こ》ひとり、世のまづしきにことまぎれ、はらからの為《ため》に勤《つとめ》をし、虎《とら》といゑる名を千里《せんり》が外《ほか》迄しられ、此君なくてはと、我人したわぬはなかりき。元来《ぐわんらい》生《むま》れ付よく、心ざまやさしく情《なさけ》をよくしり、和歌《わか》の道《みち》に心をよせ、人丸赤人《ひとまるあかひと》の跡《あと》をしたひ、なり平のむかし、源氏《げんじ》伊勢物語《いせものがたり》に魂《たましい》をうつし、春《はる》の木末《こずへ》の散《ちり》まがふ、かすみがくれの天津《あまつ》かり、雲井《くもゐ》のうゐ迄心をはこび、勤《つとめ》ながらも気《き》まゝにして、すかぬ男《をとこ》はふりつけ逢《あふ》事まれ也。まゝならぬこそうき世なれとて、あだなる月日をあだにくらすもほゐなし。此ほどは三浦《みうら》の与《よ》市揚《いちあげ》づめなれ共、其身は鎌倉《かまくら》に有ながらとゞけばかりの玉《たま》づさ、書《かき》やる筆《ふで》のたてどもそこ〳〵にかいやり、是をへんじのしるし計《ばかり》、けふはことさらさびしきとておもてのかうしに出、下《しも》の遊女《ゆうぢよ》をあつめ、禿《かぶろ》の竹弥《たけや》といゑるにかたもませながら、虫《むし》づくしの歌合《うたあはせ》なんどしたりぬ。

其折から十郎和田《わだ》よりの帰《かへ》り足《あし》、桜《さくら》の小《こ》枝《ゑだ》もちながら此里《さと》に立より、つぼね〳〵を詠《ながめ》とをり給ふを、虎《とら》はるかにみて竹弥が耳《みゝ》にさゝやき、祐成《すけなり》をよびかゑし、「さりとは心ぼそかりし糸桜《いとざくら》、むげに手折《たおり》たもふは恋しらぬお人かな」といひけし、一首《いっしゅ》をつらねわたしければ、十郎うけとりよみ給ふ。

〽のこりなく手をりてみゆる桜《さくら》かなまたこん春《はる》は何を詠《なが》めん

祐成つく〴〵詠《ながめ》、あさましき遊女《ゆうぢょ》なれ共心ふかき歌《うた》をつらねしやさしさ、むげに帰るもいかゞと、筆《ふで》をかり返歌《へんか》もがなと、

〽いづるいき入をもまたぬ世の中にまたこん春もたのまればこそ

とよみやりぬれば、虎《とら》此歌《うた》の心をかんじそば近立《ちかくたち》寄《より》、「そもかたさまは此里《さと》にてはみなれざる風情《ふぜい》いづかたより御いで有し」と尋ければ、「されば我《われ》、かゝる色里《いろざと》ゑみまかる者《もの》にはあらねど、大磯《をゝいそ》とやらんは、おとにのみ聞て兎角《とかく》の様子《やうす》もぞんぜず。御らんのごとくむくつけ男《をとこ》、殊に此身まづしければ、今《け》日《ふ》をみおさめまたは見初《みはじめ》、せめて心のたのしみ草《ぐさ》、もちたる花よりまさりたる風景《ふうけい》、何《なに》しおふ人々の此宿《しゅく》に来り、はなれがたきはさる事ぞかし。我此所に永《なが》ゐし、もし和田《わだ》畠山《はたけやま》の輩《ともがら》に見とがめられ、よし

なき浮名《うきな》をたてられんも口惜《くちおし》。折もあらば重《かさね》て」と、いとま乞《ごひ》して立給ふ。

虎《とら》心におもふは、みぶんよりかわゆらしき男《おとこ》、殊《こと》にすへ有人とみゑたり。初対面《しよたいめん》からひん者《じや》と名乗《なのる》はよほど恋ずれしたるわけしり、心のそこをさぐつて見たし今日も与市はきたるまじと、小づまをとつておもてに出、十郎が袖《そで》に取付《とりつき》、「すぐに御帰りあらば暫《しばらく》御目にかゝりたし、我中宿《わがなかやど》も程ちかければ」とさゝやきぬれば、祐成《すけなり》何心なく、「まいらんも安《やす》けれ共、日もはや西の山にこがくれ、独《ひとり》の母《はゝ》さこそ待《まち》ておわすらん。ちかき内《うち》に」といふをひきとめ、「恋《こい》の里《さと》にて親《おや》にかこつけ給ふは、いつわりながら猶《なを》にくからぬ心ぞかし。お袋様《ふくろさま》と有は奥《をく》様の事か」といわれ、「はづかしながら只今迄女房《にうばう》といふ字《じ》もしらず、此程母《ほどはゝ》が申にも、妻《つま》をもとめて親《おや》の心をもやすめよとかた〴〵仰《おゝせ》つれ共、ちとのぞみ有此身、一生妻《いつしやうさい》をもつまじと心の内にちかいを立る。しかし流《ながれ》はかぎりの色《いろ》かわるも安《やす》しと聞《きく》からに、只今思はぬ里《さと》に来り、御詞《ことば》にあづかりぬる嬉しさ」と語《かたる》。虎《とら》聞て、「奥《をく》様なきをきかん為《ため》なり。はづかしやいづれの誰《たれ》か、遊女《ゆふぢよ》はあだなる花にたとゑしぞ。かわるも習《ならひ》思ふも安しとは、それは男《をとこ》の心からなり、または女の魂《たましい》ぞかし。はづ

かしながらみづからこそ、大磯《をゝいそ》の虎と申者《もの》なるが兄もなく弟もなし、母《はゝ》様独《ひとり》を月共日共思ふ身の、初対面《しよたいめん》から御心指《ざし》におもひそめたり。色《いろ》を外《ほか》になし、我身の為のかりの兄様《あに》にたのみたし。しからば此身のたより草《ぐさ》、とひ談合《だんがう》するとても外のやうにはぞんずまじ」と、思ひがけなき所からもたれかゝるゝ詞《ことば》の綱《つな》。

さすが武士《ものゝふ》とてひかれもせず、「我とても独《ひとり》の親心、子ゆゑにまよふ世の習たよりなきはことはり。たのまるゝうへいなとは申さじ。なれ共人界《にんがい》の有様今日《けふ》有て明《あす》の命《いのち》をしらず。暫《しばらく》にても御為《ため》のよろしくば御心まかせ」といふ。「それは仰迄もなし、角《かく》申我身とても今の命《いのち》も定《さだ》がたし。石《いし》に根《ね》つぎは昔流《むかしりう》、心からとて年《とし》もよるなり。先《まづ》御出」と袖《そで》引所へ三浦《みうら》の与市来り、十郎とみて、「これ御牢人《ごらうにん》、其女郎は此鼻《はな》が、山吹色《やまぶきいろ》の威光《ゐくわう》をもつて、十日あまり買切《かいきり》たれば、某《それがし》が奥《をく》様同前《だうぜん》。それにどなたのゆるされをもつて、とちうゐひきだし、小じたゝるい眼《まなこ》づかい、惣じてやせ牢人《らうにん》のくせとし、むかふずねから火《ひ》のでるをもいとわず、此里《さと》に入こむは大方《おゝかた》しれたる物だくみ、虎《とら》もうかく／＼だまされ、ふくさの壱つにてももらはるゝだけのそん、はやくこよ」といゝさし長が座敷《さしき》に入ければ、祐成《すけなり》も堪忍《かんにん》ならず、しのびの柄《つか》に手をかくれど大事《だいじ》の敵《かたき》をねらふ身が、よしなき犬死《いぬじ》にせん事なしと、心の内に観念《くはんねん》しさしうつむいて通《とをり》しを、虎跡《とらあと》より来り、「よしなきみづからがとめしゆゑ、只今の悪口《あくかう》、女の身にうけてさへきゝづらく、堪忍《かんにん》ならぬ所を、兎角《とかく》の返答《へんとう》なく、帰らせ給ふ御心底《ごしんてい》、おもひやられておいとしぼや」と、涙《なみだ》をながし申けるに、「我まつたく侍《さぶらい》にあらねば恥辱《ちぢよく》共思はず。よし武士《ぶし》にもせよ。法《ほう》をしらざる者《もの》をあいてとし、所こそあれ此宿《しゆく》にて、しなん命もたずくるしからぬ」といはれ、「さりとははづかしき御了簡《ごりやうけん》、然ばすぐに御帰り有べし。明日《みやう》の御出かならずまつ」とくどからぬわかれ。

虎が心の思ひづめ、与市にあふては十郎手前《てまへ》の一分《ぶん》たゝず、元来三浦《ぐわんらいみうら》がしこなし、見るめもいやに思ふぞかしと、俄《にはか》にそら腹《ばら》をこしければ、与市はそれときもつかず、針立安磨《はりたてあんま》虫薬《むしぐすり》などあはてふためきするうちに、かぎりの鐘《かね》のつく〴〵と名残《なごり》をしげに床《とこ》を詠《ながめ》、「随分養生《ずいぶんやうじやう》めさるべし」と、いやがることのみしらで念《ねん》頃《ごろ》ぶりの別《わかれ》、「御前《ごぜん》の首尾《しゆび》よろしくば、また〳〵明日《みやうにち》あふべし」とおのが屋形《かた》に帰りけるとや。

三　真字《まなじ》の千話文《ちわぶみ》

曽我《そが》十郎祐成《すけなり》、思はざる難《なん》に大磯の虎が情《なさけ》、かれ是思ひのあればこそ、無念《むねん》の腹《はら》をさすり屋形に帰り、ねられぬまゝに思けるは、彼《かの》虎といゑる遊女《ゆうぢよ》こそ、男《をとこ》にもおとるまじき心ぞかし。互《たがい》にそれとかはしたる詞《ことば》、返《へん》ずる心底《しんてい》なかりしかど、其頃の遺恨《こん》の思へば、またかよふべき所にもあらず。されとて一言《ごん》の礼義《れいぎ》しらぬは、武士《ぶし》の本意《ほんゐ》にそむくと、ひそかに鬼王《おにわう》をまねき、右の様子《やうす》をあらまし語《かたり》、文《ふみ》をしたゝめ虎がもとゑをくりぬ。鬼王心得がたく思ひぬれ共承り、すぐに大磯の宿ゑいそぎぬ。

もとより鬼王色里《おにわういろざと》ぶ案内《あんない》にて、大磯の揚《あげ》や町、四つ辻《つじ》の辺《ほとり》にやすみ爰かしこを詠《ながめ》いたりぬ。むかふより虎風流《ふうりう》のつきこみ、上着のもやうはねりぬきの白地竹の林に虎のうそぶけるを絵がゝせ、中にきうこん、下にひむく、左《ひだり》の手にて小づまをかゝゑ、ぬき足の道中《だうちう》、やりての杉《すぎ》が赤《あか》まへだれに赤《あか》手拭《のぐひ》、前《まへ》きんちやくのぶらつくは、いわねどしれた銭箱《ぜにばこ》のかぎ、禿《かぶろ》の竹弥が伽羅《きやら》くゆらせて供すれば、下男《しもおとこ》の久七がひがら笠をさしかけ、海道《かい》のまん中を目八ぶんにあゆむ。

鬼王つくぐ〳〵みて、いかなればかゝる風流《ふうりう》なる女の仕出《しだ》し、ぞんの外なる所のならひ、此女に尋んと立寄《より》、「そつぢながら我、さるかたを尋ぬる者《もの》なり。御ぞんじあらばおしゐ給へ」ととはれて、虎《とら》おかしく、「扨は此里《さと》しらぬ人とみゐたり。さる人とばかり尋て誰《たれ》かをしるゐん。先様《さき》の名はたそ」ととはれ、「さん候拙者《せつしゃ》が親《おや》かた、此宿《しゆく》の傾城《けいせい》方《がた》へ書状をこされしかど、上書《うはがき》には千里《せんり》が野辺《のべ》と書たり」、虎《とら》ふしぎに思ひ其文こなたへうけ取、手跡《しゆせき》の覚《おぼへ》とてもあらねばひらかんもよしなし、「もし虎といふにあらずや」、「誠に其虎さま方《かた》ゐ参る者《もの》なり。実名《じつみやう》は申におよばず、封切《ふうきつ》て御覧《ごらん》あらばおよそ御合点《がてん》参るべし」、「いかにもそう」と、ゐびすがみせにこしをかけ、ひらゐてみれは何々、

先刻《せんこく》ハ始《はじめ》テ得《き》貴《ゐ》意《ゑ》君《きみ》ガ詞《ことば》ニ保《ほ》多《だ》左《さ》蓮《れ》帰《かへ》リ路《じ》ヲ忘留《わする》ル
折節《をりふし》田夫《でんぶ》野《や》人成者《じんなるもの》ニ出合《いであひ》既《すで》ニ命《いのち》ヲ大磯《をゝいその》之露霜《つゆしも》ト
名《な》須《す》可所《べきところ》ニ和《わ》女郎之《ぢよらうの》情《なさけ》ニ寄《より》 危《あやうき》場《ば》ヲ 遁《のがれ》二度《ふたゝび》住家《じうか》
ニ立帰《たちかへ》ル浪《なみ》老《おい》多《た》流《る》母《はゝ》ニ逢奉《あいたてまつ》リシ 悦《よろこび》 殊《こと》ニ身中《しんちう》ニ深《ふか》
キ 望《のぞみ》有ル我《われ》事 譬《たとへ》頭《のう》ヲ踏《ふみ》 砕《くだかるゝ》 共《とも》相手《あいて》ト成《なる》心底《しんてい》無《これ》
之《なく》候 然《しかれども》共口論《かうろん》ハ出来《でき》心《ごゝろ》ニテ命《いのち》ヲ捨間《すてま》敷物《じきもの》ニテ茂《も》ア
ラズ然《しかる》留ヲ無事《ぶじ》ニテ 罷帰《まかりかへ》リ満足《まんぞく》ニ 奉 存《ぞんじたてまつり》 候互《たがい》ニ

申合《あはせ》候義《ぎ》忘 申事《わすれもふすこと》無之候得《ゑ》共重《どもかさね》テ其辺《へん》江 罷越《まかりこし》
候義不定《ふぢやう》ニ候儘《まゝ》対面《たいめん》申事難成《なりがたく》候内々《ないく》左様《やう》ニ思《おぼし》
召可下候先《まづ》御礼之《れいの》為以家来《ためけらいをもつて》申達《たつし》候恐惶謹言《きやうくきんげん》

今月今日

曽我《そが》十郎祐成《すけなり》より

大磯虎殿《をゝいそとら》　元へ

と書《かき》たり。虎悦、「先御無事《まづごぶじ》のよし一段《だん》、お返事《へんじ》申たければこなたゐ」と、鬼王《をにわう》をともないければ、香車《やりて》下男《おとこ》はゐびすが元《もと》へ送《をくり》まして帰りぬ。

時は暮《くれ》にかゝる頃、奥《をく》座敷ゐ鬼王をよび、こづけに吸物《すいもの》、小鯛《だい》の焼物《やきもの》、其かずあまたひかせ、「何なく共お食《めし》まいりませ」と、禿《かぶろ》の竹弥が膳《ぜん》のむかふに畏《かしこまる》は、曽我《そが》にてみざる生肴《なまざかな》、旦那《だんな》殿が馳走《ちそう》にあはれ、礼状《れいじやう》こされしはことはり、お時宜《じき》なしにたべしまひ、「御返事出来《でき》なば、御暇《いとま》申度」といふは夜半《やはん》の頃、虎鬼王をひそかに近付《ちかづけ》、「近頃《ちかごろ》成無心《むしん》なれ共我を召連祐成《めしつれすけなり》様にあはせて給はれ。語度《かたりたき》事も山成」といわれ、「さほどに御用《ごよう》のあらば御供仕らん。いざ御立」とすゝめられ、郭《くるは》を出る忍姿《しのびすがた》、若衆出立に長《なが》大小、振袖《ふりそでは》羽織《をり》なげ頭巾《づきん》、鬼王は小者《こもの》と定《さだめ》、門《もん》の外《そと》迄杖《つえ》もつて給はれ、畏《かしこまり》たる奴《やつこ》が詞《ことば》、「門をひらけ」といかる声《こへ》に、夜番《やばん》の作平《さくへい》おどろき、門をひらいて通しければ、虎の尾《お》を踏心地《ふむこゝち》

にて、郭《くるは》をぬけて五七丁、息《いき》をばかりににげのびぬ。

むかふより祐成、馬《むま》にくつをはませ、鬼わう帰らざるをあんじ、平塚《ひらつか》迄来りしが、くらさはくらし道筋《みちすじ》もみへず。鬼わうは虎御前の手をひきさぐり足《あし》にてとをる。十郎しらで行《ゆき》あたりぬ。鬼わう馬《むま》の手綱《たづな》にすがつて、「是程ひろき海道《かいだう》を、眼《まなこ》をふさぎとをるとみへたり。惣じて馬《むま》に乗《のる》物は、声《こへ》をかけて行《ゆく》ならひ殊に夜中、くらきはわぬしもしるならん。いひわけ立ばゆるさん、左もなくばとをさぬ」といわれ、祐成馬上《ばじやう》より、「段々《だんく》此方のあやまり御免《ごめん》のかうむらん」といふに、鬼王かつにのり、「乗《のり》ながら御免といふはいわぬこそましなれ。下馬《げば》して通《とを》らば別義《べつぎ》なし」と片《かた》はだぬいでかゝりぬ。

虎は跡より追手《おつて》やこん、夜やふけぬれば語《かたる》まもなきをあんじ、「是鬼わう殿かんにんしてござれ」といふを、十郎聞とがめ、「何鬼わうとや、我こそ祐成」、「扨は旦那《だんな》か」、「そなたは虎《とら》か、しらぬ事とてあつたら肝《きも》をとばしぬるくやしさ。先《まづ》何としての道同《だうだう》ぞ」、「さればいつぞやの心指《こゝろざし》をわすれず、御有家《ありか》をしらねば其事も打すぎたる折から、御文にあづかりしかど重《かさね》てみづからが里《さと》ゑ御こし有間敷《あるまじき》とのつたへ心《こゝろ》も心ならねば鬼わう殿を頼《たのみ》、郭《くるは》を出御目にかゝらんため参るぞかし。互《たがい》にかはせし詞《ことば》は御覚有べし。爰はとちう屋形《かた》に供なひ、子細《しさい》をあかし給へ」とすがり付《つく》、「成程ふしんは尤、さりながら某方ゑ召つれなば、母うへの手前《てまへ》また団三郎方には弟《おとゝ》五郎が待かねつらん。かれ是いかゞ」とあんずるを鬼わうが知恵《ちゑ》を出し、「兎《と》角先《かくまづ》団三郎が館ゑ参り、此段《だん》五郎様に申、ね所替《かへ》させ奉り、心安《こゝろやす》くあはせ奉らん。はや〳〵御いそぎ然るべし」と打つれ、先《さき》に立て鬼王五郎に角《かく》と語《かたり》ければ、「我々兄弟《きやうだい》があいさつはさしあひくらぬ中ぞかし。しばしにても兄《あに》嫁《よめ》、せめて心指の盃《さかづき》成共、才覚《さいかく》して得させよかし」と、思ひの外《ほか》なる詞《ことば》を聞て、虎を奥《をく》にしやうじならぬ中より団三郎、酒肴《さけさかな》をとゝのゐ出ければ、鬼王はおしやくに立、こん〳〵の盃《さかづき》、あなたこなたへめぐりぬれば、五郎は気《き》をとをしての高《たか》いびき、鬼わう団三郎はひぢ枕《まくら》、虎《とら》十郎は妹背《いもせ》鳥《どり》、東《ひがし》じらみのくだかけ迄なひたり笑《わろふ》たり、あかぬわかれに袖《そで》をしぼり、夜《よ》明《あけ》ぬさきに大磯《いそ》の宿《しゆく》に帰り給ひぬ。

四　傾城《けいせい》追善《つゐぜん》の伽羅《きやら》

さるものは日々《ひゞ》にうとしといゐ共、恩愛妹背《をんあいいもせ》の中程むつまじき物はなかりき。父《ちゝ》におくれて年月《としつき》の、はや十七年の春《はる》を重《かさね》、秋《あき》の彼岸《ひがん》にあたり給ひぬ。母うへは宿坊《しゆくばう》にての仏事《ぶつじ》、祐成は心計《こゝろばかり》の手向草《たむけぐさ》、しきみ一枝《ゑだ》手にむすび、片手《かたて》に数珠《じゆず》をつまぐり、下向《げかう》におもむく道野辺《みちのべ》、流《ながれ》の末《すへ》の小石《こいし》川、丸たわたせる橋《はし》づめ川岸《かはぎし》に花をさし、流《ながれ》にむすぶ谷清水《たにしみづ》、「爰《こゝ》も廻向《ゑかう》の一蓮宅性《れんたくしやう》、南無阿弥陀仏」と廻向し、帰らんとせし折から、虎が禿《かぶろ》の竹弥、巻絵《まきゑ》の香炉《かうろ》に伽羅《きやら》くゆらせ、祐成が跡《あと》をしたひ此所迄かけ付、「是申十郎様、虎様よりの仰には、今日は父《ちゝ》うゑ様の御名日と、兼々《かねぐ》承り候。かずならね共みづからが為《ため》にも御舅《しうと》、心計《こゝろばかり》の追善《つゐぜん》はこなたにてもとむらい候へ共、此香《かう》は白玉《しらたま》と申て、ためしなき名香《めいかう》なりかた様の手寄《てより》して、私が名ざしをあそばし、仏《ぶつ》前《ぜん》にそなへ給はれかし。それゆゐ竹弥をしんぜます」と、よに誠有伝言《でんごん》。流《ながれ》を立る女なれ共角《かく》迄思ふしをらしさ、幸《さいわい》是に経木《きやうぎ》もありと、川ばたにたてかうのけぶり、「なむゆうれいとんしやう菩提《ぼだい》、只今そなへ奉るは、はづかしながら私がかくし妻《づま》、大磯《おゝいそ》の虎と申女、追善《ついぜん》の為まいらせ候」と念頃に廻向《ゑかう》し、いざ帰らんと竹弥をつれ、岸《きし》をつたひのぼり給ひぬ。

むかふをみれば何者共しれず、爰かしこにまくをうち流《ながれ》を前にひきうけ、盃《さかづき》すゝぐ風情《ふぜい》、見とがめられてはいかゞと、ひたゝれをかざしとをらるゝ。まくの内《うち》より、「しばし」とよびかけ、若たう四五人十郎が前に畏、「是は工藤左衛門祐経《くどうさえもんすけつね》が使《つかい》の者《もの》、主人申され候は、御通りのてい殊になまめけるおつれも有、御同道《ごだうどう》にて御酒壱つ」と申けるに、祐成はつと思ひ、弓矢八幡《ゆみやはちまん》折こそあらめ、父《ちゝ》が名日《めいにち》に女をつれ、殊に敵《かたき》に見とがめられしくやしさ、踏込討《ふんごみうた》んとは思ひぬれ共、五郎が思はん所も有、何とぞ此場《ば》をのがれ竹弥をかゑし、帰るさを討《うつ》てとらんと胸《むね》をきはめ、「左衛門殿に申べし。御遊山《ごゆさん》もぞんぜず罷通《まかりとを》り候所に、かゑつて御使《つかい》に預《あづかり》忝存なり。御覧《ごらん》のごとく女を召連《めしつれ》候間、只今は御免あるべし、重《かさね》ての参会万端《さんくわいばんたん》御礼《れい》申さん」と、ゐんぎんにあひのべとをらんとせしをひきとめ、「いや〳〵御酒《ごしゆ》もすがり、貴公様は御勝手《ごがつて》、其女中成共のこし給へ」と口々にいわれ、祐成気食《きしよく》をそんじ、「主人《しゆじん》をさし置《おき》おのれがさはい、今一言《ごん》いわゞ」とそり打給ふに、竹弥はおそれ取つけば若輩前後《わかとうぜんご》につめかけ、既《すで》にあやうかりし所へ、朝比奈《あさひな》の三郎義《よし》

秀《ひで》まくの内より立出、「めづらしの十郎殿。先今日はいづれの日ぞ、父河津殿《ちゝかはづ》の命日《めいにち》。然るにゑしれぬ女をつれいづかたへの御いで、是より川上《かはかみ》には工藤《くどう》左衛門祐経《さへもんすけつね》をはじめ、土肥《どひ》新開《しんがい》梶原《かぢわら》など川狩《かはがり》あそびに道をふさぐ。我此所になかりせばうか〳〵と行かゝり、此ごとくなる難義《なんぎ》に出あひ、殊に五郎はつれらず、本望《ほんもう》とげざるのみ、よしなき死《し》をとげ給はんしやうしさ。先《まづ》此度は折よからず、はやとく帰られしかるべし」といはれ、十郎涙をながし、「忝御詞《ことば》、父存命《ちゝぞんめい》の一言《ごん》の承る心地《こゝち》有がたく存る也。扨是成小女郎《こめらう》は様子《やうす》有者にて、母《はゝ》が命日《めい》に当《あたる》とて某を頼《たのみ》、とむらいくれよと申に付、心指《こゝろざし》を不便《ふびん》に存、只今無縁寺ゑ供なひ参りぬ。父が名日《めい》たるゆゑ善根《ぜんごん》と存、いわれぬ心の了簡《りやうけん》にてよしなき者《もの》を同道《だうどう》し、御とがめにあづかりぬる。御心底《ごしんてい》の程はづかしゝ」、義秀《よしひで》さる事とは思ひながらわざといかれる詞、「いやとよ祐成《すけなり》其云分《いゝぶん》は立間敷《たつまじ》、誠孝々《まことかうく》の善心《ぜんしん》あらば、鉄石《てつせき》よりかたく共親《おや》の敵《かたき》の首《くび》取て、尊霊《そんれい》に手向《たむけ》てこそ善《ぜん》共孝《かう》共いふべし。なんぞ女さゑみればめろ〳〵と、ほへづらかまゑる侍《さぶらい》が、なまみられぬ後生立《ごしやう》、それ程腰《こし》がぬけたるうへは、祐経《すけつね》が首《くび》の骨《ほね》くさりおちやうはしらず、わ殿原《どのばら》がうで先にては落《おち》まじ。此詞のむやしくば敵《かたき》を討手《うつて》みせられ

よそれ迄の対面《たいめん》はふつ〱かなひ申さぬ」といわれ、祐成兎《と》角返答《かくへんとう》なく〱帰らるゝ、うしろ姿《すがた》を朝比奈《あさひな》みをくり、「あつぱれ頼母《たのも》敷侍《しきさぶらい》、花のごとくなりし若者、親《おや》の敵のなかりせば利非《りひ》は角別《かくべつ》、今の詞《ことば》は聞間《きくま》じ、始《はじめ》ての女の手前さぞはづかしく思ふらめ。いわねど顔《かほ》にみゐたりぬ。我ながらいゝすごしぬるくやしゆるしてくれよ十郎。是皆おことが為《ため》なるぞ」と、しほ〱として帰りぬ。

其頃曽我《そが》の五郎は廿《はたち》の花ぐわん来箱根《はこね》の児《ちご》あがり、ゆかりのこれる角前髪《すみまへがみ》、枕《まくら》ゆかしき風俗《ふうぞく》つく〲おもひけるは、親の敵をねろふ身が、角《かく》ひりきに生れ付、はれわざ手づめの勝負《しやうぶ》おぼつかなしと、二所権現《にしよごんげん》にきせいをかけ、ひたるや水のさかは川《がは》、一七日の力乞《ちからごひし》四方《はう》に御へいを切《きり》かけ、ふぢやうをはろふいらたか数《じゆ》珠《ず》、南無《なむ》千手千浅大菩《せんじゆせんげんだいぼ》薩《さつ》、めぐみによつて力《ちから》をゐさせ給へと一心にいのりぬ。

川上《かはかみ》より大きなりし盃《さかづき》のながるゝに声《こへ》をかけ、十二三の女《め》の童岸《わらはきし》をつたい、「是それ成お人、其盃をひろふて」と、声《こゑ》をばかりにたのめ共五郎が耳《みゝ》にいらばこそ。せんかたなくも此女、水中《すいちう》に飛《とび》入しが、石《いし》をながする早川《はやかは》に足をとられ供にながるゝ水のあは、五郎はるかに見付、其儘《そのまゝ》追付《おつつき》命《いのち》をたすけ、かたに打かけ川ばたにあげ、「未年《いまだとし》もゆかずし何ゆゐかくは」と尋ければ、「あらうれしや、御情《なさけ》によりあまの命をひろい、殊に大事の此盃《さかづき》、私《わたくし》の手に入事御身様の影《かげ》なり」と、ため息《いき》しばしつぎけるにぞ。

五郎不思議《ふしぎ》に思ひ、「これていの盃《さかづき》に命《いのち》をすてんとし給ふは定《さだ》めし様子《やうす》の有べし。くるしからずばかたられよ」、「さん候私は、形勢坂《けはひざか》の少将《しやうく》様と申女郎に、つき参らする禿《かぶろ》袖弥《そでや》と申者《もの》。わらはがたのみし女郎に、鎌倉《かまくら》の大名、梶原《かぢわら》様とやらんが心をかけさせ給ひ、此廿日あまりかよはせ給へど、いまだ御縁《ごゑん》もなきかして、あはでぞすぐる恋路《こいじ》の習《ならひ》、すぎし夜の明方《あけがた》、梶原《かぢわら》帰らせ給ふ時刀《ときかたな》をわすれ給ひぬ。さこそ子細《しさい》の有べしと一首をつらね其御使《おつかい》に梶《かぢ》さま方へ参りしかど、川狩《かはがり》にお出の由、御跡《あと》を尋、むかひに見へたるまくの内にて御めにかゝり、刀《かたな》を参らせければ、さすがにかぢわら様は当家《たうけ》の歌人にて、返歌《へんか》をあそばし、此盃《さかづき》のうらおもて、大事にかけしきぬぶくさつゝみながらあれなる大ばしのうゐより取おとしぬ。是なくしてはみづからが一分たゝず」と、こましやくれたる返答《へんとう》。聞より五郎恋風《こいかぜ》の身にしみ〴〵と思ひ初《そめ》、「せめては歌《うた》をみせ給へ」とふくさをひらきよんでみれば何々、

進上《しんじやう》　〽いそぐとてさすがかたなをわするゝはおこしものとや人のみるらん　形勢坂少将

返歌《へんか》　〽形見とておきてこしもの其まゝにかゑすのみこそさすがなりけれ　梶原源太景末

五郎歌《うた》の心をかんじ、少将《しやう〱》とやらんはいかなる女ぞかし。いやしき川竹の身としかゝる言《こと》の葉《は》をつらぬる心から、さすがの梶原《かぢわら》もほだされぬるはさる事ぞかし。せめて姿《すがた》成共みまほしきと、袖弥《そでや》をたのみ其夜形勢《けはひ》坂《ざか》にいそぎ面影《おもかげ》ばかり見帰りけると也。

寛濶曽我物語　五之巻終

寛《くわん》潤《くわつ》曽《そ》我《が》物語《ものがたり》　六之巻

一　勤《つとめ》の日《にっ》記《き》付《づけ》

浮名川《うきながは》恋のしがらみわたしぬる、流《ながれ》の末《すへ》は瀬《せ》によどむ、人の心も浪よせて思ひをのこす色里《いろざと》。何のゆかりに大磯と、いづれの人が烏帽子《ゑぼし》親《をや》、恋はさま〴〵おゝけれどげに魂《たましい》の門《かど》ちがゐ、かしこきはまよひ、おろかなる人郭《くるは》の内《うち》をしらざれば、是本来《ほんらい》のすいぞかし。されば十郎祐成、いつしか虎にわけふかく、ちかいを立ぬる詞《ことば》、すへをほだしと世のそしり、親《おや》のいさめをも聞いれず日を重夜《かさねよ》をこめて、其かよひ路もあらはれ、鎌倉《かまくら》中に沙汰《さた》有て密夫《まぶ》の男《おとこ》と名にたつる。よしやさがなき人の口、とてもぬれたる恋衣《こいごろも》きてみて帰らんもよしなしと、けふもまたかよひぬ。

其頃は、弥生中空《やよひなかぞら》、四方《よも》の霞《かすみ》もはれわたり、いとおもしろき庭《には》の花《はな》、咲《さき》ものこらず散《ちり》もはじめぬ木《こ》の下《した》に、振袖《ふりそで》を打かけ菅笠《すげがさ》きせたるかゞし。げにや勤の身にしあれば、また我《われ》ならぬ外《ほか》心、女はよろづにはかなく、思ひ立ぬる事のさはりとなるべきもしらず。殊に此頃は三浦《みうら》の与市《よいち》かよふよし、きやつは祐経《すけつね》とひたしき者《もの》、もしは左衛門一座《ざ》をせまじき物ならず、彼是《かれこれ》いぶかしき事共、是さいはいのかゞし、すがたをかくし様子《やうす》をみんと木陰《こかげ》にかくれぬ。角《かく》とはしらず虎御前此程は打つゞき、三浦〳〵とつながれおもしろからぬ浮日数《うきひかず》、夜るひるわかぬ身の勤《つとめ》、朝《あさ》ごみよりのつけいり、いつもかはらぬ恋の宿《やど》、二階座敷《にかいざしき》など日うつりよしと身じまひ、日《ひ》に〳〵櫛《くし》のさしかはるもやうはちゞにかはれ共、兎角《とかく》かはらぬ物とては、庵木香《いほりもつかう》のかげひなた二つ鏡《かゞみ》に影《かげ》うつす、月雪《ゆき》花は何やらん、見たいは彼《かの》人ぞとみづから鏡《かゞみ》取置《をき》、硯《すゞり》にむかい筆くいしめ、心の底《そこ》を書《かき》ながす。野辺《のべ》の閉文《とぢぶみ》あたまから、一つとしたる其下は、今日の勤《つとめ》のつけとゞけ、又其次にわし事と筆うちつけて書《かき》たるなど、勤の外《ほか》の印《しるし》ぞかし。

其折ふし海道《かいだう》をくつをとのしげく打て通る。虎《とら》暫《しばらく》筆をとめ、「あれはたそや」とたづぬれば、禿《かぶろ》の竹弥承り、「先陣《せんぢん》はよこ山、後陣《ごぢん》は名古《なご》屋の殿様」とこたへけるにぞ、「哀此殿原達《とのばらたち》の、馬鞍《むまくら》よろひ腹巻《はらまき》などみづからにくれよかし。ならぬ事か」とたはむれ給ふに、「勤の御身にてにやはざる御ねがひ何あそばす」ととはれ、「皆《みな》ぬし様にまいらせたし」と跡《あと》は涙にくれぬ。竹弥《たけや》は何のわけをもしらず、「密夫《まぶ》の男はそれほど迄かはゆいものか」といふ。「此里《さと》にありながらたしなめ本に文盲《もんもう》な、勤《つとめ》は勤恋は恋いかうわけ有物ぞかし。いとしき男の習《ならひ》ねてもおきてもわすられず、思ひきろふと思ふ程猶おもはるゝ物をもひ、よる〳〵事の通路《かよひぢ》にあふてもどせし別《わかれ》には、其うつ香《が》を其儘《まゝ》にだひてぬる夜の心、あわでいなせし時は外《ほか》ゑも寄《より》てましますか、又事恋をかせぐかとすこしはねたむ心も有。

道《みち》の程内《うち》の首尾《しゆび》いかゞと思ふ心から、たかひうへからうしろ飛《とび》おつるやうなる夢《ゆめ》を見、さりとは其夜のねぐるし、とやあらん、かくやわたらせ給ふかと枕《まくら》のかはく隙《ひま》もなく、世には男《をとこ》もないやうに勤《つとむ》る客《きやく》をさし置、ひんな男のいとしきは是も勤《つとめ》の因果《ゐんぐわ》ならめ。其外万《そのほかよろづ》の気《き》くばり、此身のせつなきを思へば、恋のないのもたのしみ也」と又くいしめす命毛《いのちげ》、末《すへ》はかしくと書《かき》とめぬ。

十郎つく〴〵思ふは、角迄《かくまで》思ひけるをうたがひ、立聞《たちぎゝ》したるなどゝおもはれては後《のち》の恨《うらみ》もあるべし、いつそこぬこそましならめと、何となくかゞしをぬいで出ける所へ、形勢坂《けはひざか》の少将来《しやう〳〵きた》り祐成《すけなり》をみるより、そば近《ぢか》く立寄《たちより》、「五郎様の情《なさけ》により禿《かぶろ》が命《いのち》たすかりぬる一礼《れい》、あふて語度《かたりたき》ねがひ、御めぐみにあはして給はれ」とたのみしかば、「恋《こい》は互《たがい》心やすくおもはれ、あはし参らせん」と打つれ戎屋《ゑびす》がもとにいそぎぬ。

虎《とら》十郎みゐしと聞《きく》より、首尾《しゆび》をうかゞひ座敷《ざしき》にいづれば、祐成しやう〳〵さしむかい、五郎にあはせん相《さう》談《だん》、あのゝものゝをさゝやきぬ。虎《とら》むつとしたる顔二《かほふた》め共みず、十郎がむなづくしをとつて、「男傾城悪《おとこげいせいあく》性者《しやうもの》、此里《さと》に女郎ひでりはゆくまじきを、是みよがしに形勢坂《けはひざか》よりしやう〳〵殿《どの》とやらん、すいなお女郎を取寄《とりよせ》、同宿《おなじやど》にて逢《あひ》給ふは、うらみ有ての事なるべし。其心底《しんてい》とはしらずうか〳〵とたらされ、今迄心をつくしぬるくやしさ。心中《しんぢう》ぬす人はぢしらず」といわれ、祐成《すけなり》わざとそしらぬ顔《かほ》、虎《とら》しやう〳〵にいふやう、「女郎は互《たがい》成に、人の男《をとこ》をねとらず、勤《つとめ》ばかりをし給へ」と、はきちがゐたるがおかしさに、「それほど大《だい》事《じ》の男ならどうぞしあんも有べきに、人うらみずと身をうらみ給へ」とよしなき事をいゝつのる。

十郎中《なか》に入、「たがひにいらざる詞《ことば》からかひ。すいほどにもなき虎がしかた少将《せう〳〵》是ゐきられしは加様《かやう》〳〵

の子細《しさい》により、弟《おとゝ》五郎にあいたき所存《しよぞん》、さしあひくらぬ兄弟《きやうだい》なれば、某が了簡《りやうけん》にてあはし参らせんと談合《だんがう》しめす折から来合《きあはせ》、兎角《とかく》の事を聞いれず。あたまから人の心をさぐつて、それしやほどにもなき振舞《ふるまひ》、しやう〱とても我とても、そちがそぶりのおかしくなぶつての事。かまひてうたがひ給ふな」と、少将《しやう〱》より五郎方《かた》ゑのふみ取出しみせけるにぞ。

「扨は左様か何事申も只大節《たいせつ》におもふのみなり。此程三浦《みうら》の与市まゝにならぬを難義《なんぎ》に思ひ、みづからを請《うけ》出《いだ》さん下《した》づくろい、何と爰は談合衝《だんがうづく》一度《たび》三浦ゑまいり、心地《こゝち》わずらい物ぐるはしといつわりなば、いかな男《をとこ》も秋風《あきかぜ》の、吹頃《ふくころ》迄はまたず暇《いとま》くるるはしれた事。其折ふしは誰《たれ》せくとなく、人めしのばずあふべきし案《あん》、なれ共それはお心まかせ」とあかしけるにぞ。祐成《すけなり》暫《しばらく》物いわず、「此義につゐては善悪《ぜんあく》の返答《へんたう》ならず。尤与市には以前《ぜん》とちうにて一つふたつの口論《かうろん》、未《いまだ》其意趣《ゐしゆ》はれね共、人に請出《うけいだ》させ我自由《わがじゆう》をせん事本意《ゐ》にあらず。千に一つ与市、左様のそぶりを見付《つけ》ひぢはつて隙《ひま》くれぬのみ、儘《まゝ》にならぬを腹立《はらだち》いかなる浮《うき》めやみせん。然時《しかるとき》はたくみたる甲斐《かひ》なし。先此度の身請《みうけ》の相談《さうだん》相のべ給へ。其内し案も有べし」といづれも是になる所へ、五郎尋来り母上御用《ごよう》と申あぐる。

十郎おどろき帰らんとす、少将《しやう〱》袖《そで》にすがり、「わしが頼《たのみ》ました事は」といわれ、「身のうゐに事まぎれ打《うち》わすれぬ。其後《だん》は虎よろしくはからい給へ」といゝすて帰りぬ。袖弥《そでや》五郎がそばに寄《より》、「いつぞやの御情《なさけ》身にあまりぬるうれしさ。其後御礼《れい》とても不申、物しらぬ者《もの》とおぼしめさんもはづかし」とはつめいなるあいさつ、少将《しやう〱》とても同じ詞《ことば》、互に盛《さかり》の色《いろ》にほだされ、物いわずして目に恋《こい》をふくませけるにぞ。虎気《とらき》を通《とを》し、

「勤《つとめ》する身がぐと〳〵ともつてまはるつめひらき、そんな事に隙《ひま》いれずと、先《まづ》こなたへ」と手をとれば、いわきならずいつとなくむつ言《ごと》のしめやかに、夜明《よあけ》がらすのほの〴〵と、名残《なごり》おしげに立別《たちわかれ》曽我《そが》の里《さと》にぞかゑりぬる。

二　借着《かりぎ》の全盛《ぜんせい》

祝月菊重《いはひづききくかさね》の祝義《しうぎ》にことよせ、曽我《そが》兄弟《きやうだい》の姉君《あねぎみ》を二の宮《みや》の太郎吉実《よしざね》にめあはせ、祝言《しうげん》の首尾《しゆび》とゝのゐ共、聟《むこ》は大名舅《しうと》はまづしき牢人《らうにん》なれば、人のもちゐもそこ〳〵に、そぐはざる聟《むこ》入舅《しうと》入。はや五日帰りの義試《しき》、聟《むこ》の二の宮気《みやき》をはり、かなものづくめの乗物《のりもの》鎌倉《かまくら》やうの八人がた、大ぶさの挟箱《はさんばこ》蒔絵《まきゑ》の長刀《なぎなた》、かちの女は一やうに染《そめ》たるかづき、供乗物《のりもの》の空焼《そらだき》、きりのしめりをはらひ曽我《そが》の屋形に帰りぬ。

乗物をくにかきいるれどつき〴〵の者《もの》大勢《をゝぜい》にて腰《こし》をかけやすまん軒《のき》なく、爰《こゝ》かしこにたゝずみいれば、奥《をく》より年頃《としごろ》成し女房出、「奥《をく》様はこよひこなたに御とまり、明日早々《みやうにちさうく》御むかいに」といゝわたせば、下部《しもべ》の者《もの》は口さがなく、「嫁御前《よめごぜん》の御さと帰《がへ》り。なんでも酒《さけ》にたべゑひ、引出《ひきで》物はすくなく共、ころりと百はしたものとあてのつちがちがひ、さりとはひんな五日帰り。こちの旦那《だんな》ももの好《ずき》、ふる程有大名《だいみやう》の娘《むすめ》などよばずし、身体《しんだい》祐成《すけなり》の姉君《あね》をよび給ふは心得ず」と口《くち》を揃《そろへ》て帰りぬ。

奥《をく》はすこしへだつれど、もれてきこゆる下部《しもべ》の声《こへ》はゝうるゑ涙をながし、「あれきゝ給へ方《かた》々、口惜《くちおしき》事を聞ものかな。祐信《すけのぶ》殿世なりせば二の宮《みや》ごときを中々聟《むこ》には取まじけれ共、日影《ひかげ》もしのぶ我々なれば下郎《げらう》に迄あなどらるゝ。御身とても二の宮殿の一家《いつけ》の付《つき》あひ、定《さだ》めしかた身もすぼるらん」と涙をながしの給ひけるにぞ。姉君《あねぎみ》はしほ〳〵と、「誠《まこと》にひんぷくは前世《ぜんせ》のがう、氏《うぢ》も筋《すぢ》めもよしざね殿にはおとるまじと、心づよく存ずれ共、爰に一つの難義《なんぎ》有。近日みづからを一門衆《いちもんしゆ》への対面《たいめん》有よし、所《ところ》のならひとて嫁《よめ》のいしやうをかけならべ、客人《きやくじん》立にみせると聞《きく》、私は何をかざらん小袖《こそ》もあらず、嫁入《よめいり》しての心がゝり、此事に行あたりぬ、いかゞはせん」と語《かたら》るゝ。母聞召、「さこそと聞《きく》より、それのみあんずる折から十郎是を請合《うけあい》、小袖《そで》の数《かず》何程なり共とゝのゑ、一世のはぢをかくさんと申けるは」との給ふ所ゑ、十郎鬼王《おにわう》団《どう》三郎に長櫃《なかびつ》かゝせ立帰り、座敷《ざしき》のまん中におろさせ、「此小袖を御覧《ごらん》ぜ、是は内《ない》々某《それがし》、大磯形勢坂《いそけはひざか》にしたしき者《もの》の有つるゆゑ、かれらを頼借《かり》参りぬ。惣《さう》じて郭《くるは》はせんしやう所、鎌倉方《かまくらがた》の大名より我をとらじと送《おく》りたる品々《しなぐ》、或《あるひ》はちりめん惣鹿《そうがの》子《こ》、とびざや流紋日野羽二重《りうもんひのはぶたへ》、どんすあや織《をり》しゆす綸子《りんず》、ぬいはく仕出《しだ》しの染《そめ》もやう、手もさしいれぬ新《にゐ》小袖、どなたの前《まへ》にかざりてもはづかしき事少もなし。凡《およそ》ゑり数《かず》五十余《よ》あり、首尾《しゆび》は是にてすむ」といふ。母《はゝ》悦《よろこび》、「野《の》にも山にもしたしき者《もの》はたのもしゝ。御身兼《かね》々大磯《いそ》にかよひしを、男《おとこ》だらしの傾城《けいせい》にくし〳〵とそねみしが、今姉《あね》が一代《だい》のぐわいぶんをつくろふは其女郎の情《なさけ》ぞかし。とく帰り首尾《しゆび》とゝのゑ」とて、供人あいそゑかゑしぬ。

其日二の宮の屋形《かた》には、奥様《をくさま》ひろめの一門振舞《もんぶるまひ》、新作《にゐづくり》の白《しろ》しよゑん、松と竹との絵障子《ゑしやうじ》、みなあけはなす北陰《きたかげ》、細《ほそ》どのに衣桁《いかう》をならべ、様々小袖のうらをふかせて掛《かけ》るにぞ。庭《には》の千草《ちくさ》にうつり、誰《たが》ぬぎかけし秋《あき》野《の》々花ずり衣露《ころもつゆ》てり、月をも袖《そで》にやどしぬ。もとより二の宮三《み》浦《うら》伊《い》東《とう》のもんえうなれば、工藤《くどう》左衛門祐経《すけつね》を初客《しよきやく》とし、其外《ほか》の一門所領《もんしよりやう》の高下《かうげ》にしたがひ、其次々に座《ざ》をしめければ、十郎親子《おやこ》は勝手方《かつてがた》、よきつゐでとて舅入《しうといり》、一ッ所にになふ木香紋《もつかうのもん》、ひたゝれときめき大君《をゝきみ》きませ聟《むこ》にせん、三国《ごく》一とうたひける。

祐経兼《すけつねかね》てたくみし事なれば領内《りやうない》の土民《どみん》共をかたらひ、此つゐでに祐成《すけなり》をころすべき手はづを取《とり》、野《の》山そだちの荒百性《あらびやくしやう》数十人用意《ようゐ》し、爰かしこにかくし置《おき》、時分《じぶん》をうかゞひ待居《まちゐ》たりぬ。角《かく》共しらずやかたには、其日もやう〳〵へい食《しよく》の、後段《ごだん》の吸物盃《すいものさかづき》もことをはり、帰りをいそぐ折から、おもての門《もん》を打越《うちこし》、いづく共なく手頃成石、二つ三つ打かくる。おの〳〵是はと立さはげば、銚子嶋台《てうししまだい》、屛風《びやうぶ》ふすまを打破《うちやぶる》、二の宮《みや》の太郎大音《だいをん》あげ、「町人民家《みんか》の嫁取《よめとり》こそ石打と聞つれ。弓取《ゆみとり》の婚礼《こんれい》、殊に祝言《しうげん》の夜半石《やはんいし》うちかくるらうぜき者《もの》、何様曽我《そが》と某に意恨《ゐこん》有とみへたり。壱人もあまさじ」ともゝ立取てかけ出しを、祐成《すけなり》をしとめ、「下部《しもべ》共のてんがう取あげていふ事なし。しづまり給へ」とせひする所に、青目《あをめ》なる栗石飛来《くりいしとび》り、十郎が烏帽子《ゑぼし》のまねきを打ておとす。ふりかゐればつゞゐて打、二の宮一家《いつけ》おもての方《かた》ゐきもつかず、祐成《すけなり》をかこひ立さはぐ。

後《のち》には門《もん》を押破《をしやぶり》、大の男《おとこ》二三人顔《かほ》かくし、大石

をもちかけ十郎をめがけ打つけんとす、所へ五郎かけ付らうぜき者《もの》を取ておさへ、かの石を三人がせぼねのうゑにのせ、「めづらしや祐経《すけつね》、我こそ箱根《はこね》にて御目にかゝりぬる箱王《はこわう》なり。今宵《こよひ》姉君《あねぎみ》の御祝言《ごしうげん》、さだめし大勢《ぜい》入こむよし。兄《あに》十郎が身にとつて、ちと用心《やうじん》いたす子細《しさい》あれば、心元《こゝろもと》なくぞんじ、よそながら座敷《ざしき》のあたりにはいくわいし様子《やうす》をうかゞゐみる所に、あんにたがはず飛礫打《つぶてうち》にことよせ、兄うへをうしなはんたくみ。弟《おとゝ》なればみてはいられず、是迄すいさん仕ぬ。祐経《すけつね》殿には恨《うらみ》有。是程のらうぜき者《もの》を、追《おつ》ぱろふて給はるべきを左もなく、祐成《すけなり》がころされんとせしを、面白《おもしろ》さふに見物《けんぶつ》有は、人のころさるゝがのぞみとみへたり。然ば此者共が命《いのち》を取てみせ申さん」と、石のうへを踏《ふみ》つけければ三人目口よりちながれ、地獄落《ぢごくおとし》の鼠《ねずみ》のごとくむなしく成ぬ。すぐに其石をひつさげ祐経《すけつね》に打《うち》かけんとす、左衛門おどろきにげ行を、のがさじと追《おつ》かくる。二の宮押《みやおし》とめ、「何とぞおの〳〵兄弟《きやうだい》を世にたてんと思ふゆゑ、恨《うらみ》有祐経にもつゐしやうせし、某《それがし》が心底《しんてい》を無下《むげ》にいたさるゝか、それのみ独《ひとり》の親《おや》、兄弟迄に難義《なんぎ》をかくる無分別《むふんべつ》、時節《ぢせつ》をまたれ」といわれ、鬼《おに》をあざむく五郎さしうつぶいていたりぬ。

十郎重《かさね》て、「此所にて本意《ゐ》をとげなば、二の宮殿の難義《なんぎ》をさつし打すぎぬ。殊にわどのは勘当《かんだう》の身なれば打たる甲斐《かい》なし。万事《ばんじ》跡先《あとさき》ふまゐはやまるな」と、さま〴〵教訓《きやうくん》せられ涙ながら、「さりとは是非《ぜひ》なき我身《わがみ》の上《うへ》、哀《あはれ》おの〳〵の御情《なさけ》に、勘気《かんき》御免の訴訟《そせう》、くれ〴〵頼奉る」、「其段《だん》は心やすかれ、追付吉左右《おつつけきつさう》しらせ申さん。先《まづ》それ迄はさらば〳〵」と、団《どう》三郎五郎が手を引《ひき》やう〳〵いさめ、曽我《そが》の庵《いをり》ゐなく〳〵帰《かへ》るぞあはれなりけり。

三　義盛情《よしもりなさけ》の大寄《おゝよせ》

時《とき》うつりて後曽我《のちそが》の五郎、古井《ふるゐ》といゐる所にわづか成庵《いほり》を結《むすび》、たのむ者《もの》には団《どう》三郎、まづしきいとなみ、奥野《をくの》のやまにわけ入、た木々をこりて市に出、是をしろなし、夜はふすまなき手はざなどしてはごくみ、今日もあじかにあさなをいれて出けるを、五郎跡《あと》より見送《おく》り、涙《なみだ》ながらはやく帰れと、松折《まつをり》くべる朝夕《あさゆふ》の煙《けぶり》、軒葉《のきば》の梅《むめ》もふゆごもり、ひらくる花と我身のうゐをくらべ、武士《ぶし》の道《みち》をみがく心の魂《たましい》、さびたる矢《や》の根《ね》、とぐがごとくみがくがごとし、追付敵《おつつきかたき》を討《うつ》がごとし。まづしき中にも、たくましき馬《むま》をかたすみにつながせたるなどやさし。

しかる所ゑ形勢坂《けはひざか》の少将《しやう〳〵》より、禿《かぶろ》の袖弥《そでや》あはたゞしく来り、「扨も鎌倉《かまくら》の大名衆《だいみやうしゆ》、虎さまと盃《さかづき》のやりくりにて、十郎様の御身のうゐもあやうく候。はやく御越《こし》あるべし」といゝ捨《すて》て帰りぬ。五郎おどろき、「扨は敵祐経傾城《かたきすけつねけいせい》ぐるひにことよせ、祐成《すけなり》を討《うつ》べきはかり事。すは二所権現《にしよごんけん》もしやうらんあれ、月日とあをぐ兄《あに》の影《かげ》、人にふませも致さじ」と、家《いへ》につたはるおもだかの腹巻《はらまき》、祐経がゑさせたる赤木《あかぎ》のさすが、父《ちゝ》の形見《かたみ》の四尺八寸の大太刀、かゝる時節《ぢせつ》に此馬と、あらひぐつわをはませひらりと乗《のり》、山坂《さか》けんなん曽我《そが》中村《なかむら》、すぐにうてば壱里十八丁、まはれば三里まだるしと、しゝあはせをはませ、土煙《けぶり》をけ立いそぎしは、只いだてんのごとくなりき。

せつなが間に大磯《をゝいそ》の長が門《もん》にはせ付、様子《やうす》をみれば、いか様ことなる大寄《よせ》とみゑ、門には長持《ながもち》つゞらをつませ、内外《そと》共にどよめきたり。裏《うら》ゑまはり、しほりどひらき入ければ、少将《しやうく》まちかね、「嬉しき御出、みづからは是に忍び、まさかの時《とき》はかけ出、十郎様虎様にも、ひけはつけじと心ならず待いたりぬ。とく御出候て座敷《ざしき》の首尾《しゆび》をつくろい給へ」といふ。五郎聞、「近頃《ちかごろ》うれしき心底《しんてい》扨あいては」と尋ぬれば、「さん候年《とし》にこそよれ和田《わだ》殿、あい客《きやく》は誰《たれ》々、されば北条殿を始《はじめ》、和田の一門九十三騎《き》さしあいくらずの酒盛女郎は十八人、其中に義盛《よしもり》の色好《ごのみ》、虎様にのぼり是非《ぜひ》盃とのぞまれ、母《はゝ》の長者は欲《よく》ゆゑに、虎様いやと仰けるをさま〴〵のせつかんゆゑ、心にはそまね共祐成《すけなり》様の了簡《りやうけん》にて、先程座敷《ざしき》ゑ出給ひぬ」、「扨虎が盃《さかづき》を老《おひ》ぼれにさしけるか」、「おろかなる御詞、先傾城《けいせい》といふものは、男になづむものでなし。もとより欲《よく》はなをしらず。いきかたひとつの者なればと、十郎様ゑさし給ひぬ。其盃を祐成様、三ごんかさねほし給ふ。其もや〳〵」と語《かたる》にぞ。

五郎悦、「さしもさいたりとら御前のふだりや十郎殿、先はあんどいたしたり。とてもの事に案内《あんない》」と、らうかをつたい一間《ま》のこなたよりさしのぞき、「あれなるは新左衛門是成は古郡《ふるごほり》、ゑびたの兵衛あしだの兵衛、須野崎《すのざき》の孫太郎、床柱《とこばしら》にもたれしは、今日《けふ》の大臣《だいじん》北条《ほうでう》よし盛《もり》、次は朝比奈《あさひな》、村千鳥《むらちどり》の上下めされしが生《しやう》よしの兄《あに》子様、首尾《しゆび》よくあいさつましませ、後ほど御げん」とかくれける。五郎つく〴〵思ひけるは、何者《なにもの》にもせよ祐成《すけなり》にたいし、ことはあらする物あらば、踏《ふみ》やぶつて義盛《よしもり》を始《はじめ》、其外のやつばらがくびねぢきらんと、つばもとくつろげいたりぬ。

和田《わだ》ふきやう顔《がほ》、「今相州において此義盛が酒盛《さかもり》せば、よばず共出あひしやくすべき者が、只今の虎《とら》が振《ふる》舞《まひ》心得ず罷立」と有ける時、朝比奈《あさひな》是を難義《なんぎ》に思ひ、左こそ十郎が思はん所も本意《ほんゐ》ならず、只をとなしくはからはんと祐成がそばにより、「父《ちゝ》は老《らう》もうせり。此義秀《よしひで》にめんじ、座敷《ざしき》をば取持《とりもち》給へ。さい前よりさびしきに朝比奈があらため、酒《さけ》わかやがせんさりながら、何とやら空曇《そらくもり》うつたうしく気づまりそこの障《しやう》子《じ》を明給へ。爰の障子もあくべし」と、さらりとあくれば五郎、「いつの間にかは御出、ちゝ義盛を始北条《ほうでう》殿、一門《もん》寄《より》合酒盛なんど仕る、兄十郎もましますにとく御出」とすゝむるに、五郎にが〳〵しき顔《かほ》付《つき》、「びやくゐなれば御免《ごめん》」といふ。

朝比奈《あさひな》心得、扨は兄《あに》がうしろづめ尤左も有べき事

なり。誠《まこと》にきやつは何しおを大力《だいりき》と聞つるが、つゐでに力《ちから》をためさんとつかく〳〵とより、くさづり三枚つかみ、「八幡それは手がわるい御酒《ごしゅ》は無用《むよう》、かく申かゝるうへは、是非《ぜひ》に共なひ参事也」と、「ゐい」といふてひきけれ共、ちつ共さらにいごかばこそ。あさく思ひし朝比奈もあさ〳〵しくはあなどられず。力を出しひきしむれどもこんりんざいよりはゐぬきし只ばんじやくのごとくなりき。坂東《ばんどう》一の朝比奈が力比《ちからくらべ》にまくべきかと猶しめつくる力こぶ、左右《さう》のうでくびふし立て、胸《むね》にはゐたる力毛《ちからげ》は、碁盤《ごばん》の表《おもて》にあかゞねの、針《はり》をならべしごとくなり。五郎につこと笑《わらひ》元《ぐわん》来きやつは大力にて、我をあざむくござんなれ、宇佐《さ》見久《く》須《す》見にて、大力とよばれぬる河津《かはづ》が世悴《せがれ》候なり。三枚のくさずりの落糸《おとし》がちぎるゝか、ひざのふしがはなるるか、ゐんの板《いた》をふみぬくか、三つに壱つはじやうのものと、びく共せず立たりぬ。朝比《あさひ》奈《な》もやはかまくべき両のかいなもぬけよと声《こへ》をかけ、「ゐいや〳〵」と引程《ひくほど》に、ひたいの筋《すぢ》がどうへさがり、足《あし》の筋がこぶしにまはり、あれたる骨《ほね》は岩《いは》ほのごとく、きうてうの藤《ふぢ》かづら、松をからんでこがらしに、もまれてたてるに左も似たり。朝比奈左右《さう》の力を出せば、五郎は虎の気をはつてゐいやつと引程に、くさずり

三間ふつゝときるれど、互《たがい》に腰《こし》はたるみもせず、ふんだる足を一足に両方ゑのいたりし、いづれおとらぬ力ぞかし。

九十三騎《き》の人々此音《をと》におどろき、「すはことこそ出来《いでき》たり」と一度に座敷《ざしき》をはらりと立、刀の柄《つか》に手をかくる。祐《すけ》成中に入、「ぎやう〳〵し殿原達《たち》、そも今日の振舞は我々に意趣《ゐしゅ》有か。人にこそよれ義盛殿、六十にあまりみぐるしき遊女の酒論《ろん》、牢《らう》人の身に恥《はぢ》又は一家の大老《たいらう》かた〴〵もつて先程《さきほど》より堪忍《かんにん》す。意恨《ゐこん》あらば折こそあらめ。若はいなる五郎にむかい太刀ざんまい近頃《ちかごろ》おとなげなし。是非《ぜひ》又相手にし給はゞ、義盛殿の首《くび》の骨《ほね》に、兄弟が太刀の立間《たつま》敷物ならず。大事の命なれ共今月今日百年目、一人もあまさじ」と太刀《たち》の柄《つか》に手をかくる。

和田すこしもさはがず、ゆう〳〵と太刀《たち》おつとり兄弟《だい》が中に居《ゐ》なをり、「只今のぎせい詞遣《ことばづかい》さりとは聞事、扨わ殿原《どのばら》は此義盛《よしもり》と討《うち》はたし、日頃《ひごろ》の望《のぞみ》はいかゞしらるゝ。義盛が一命《めい》は頼朝《よりとも》公に奉れば、かた〴〵ごときのふかく人《じん》と死《し》ぬる命はもたぬぞかし。そも義盛がけふの酒《しゅ》ゑんは、おことら兄弟大事の身をもち、宿《しゅく》がよひに心をうばわれ、望《のぞみ》有身をわす

れぬると風聞《ふうぶん》す。あまり不便《ふびん》に思ひ、某虎にちなむといはゞ、此所へはかよふまじと心にそまぬ老人《ろうじん》の、人のそしりもいとはず此仕合。只今の口論《かうろん》、我にてあらでよの者《もの》ならば定《さだ》めし討《うち》はたさんはひつぢやう、然時は誰《たれ》か日頃の意趣《ゐしゆ》をはらさん。只しおの〳〵の命は二つあるか、殊に五郎は母の勘当請《かんだううけ》ながら、同じごとく死なんとは狂気《きやうき》しられしかうろたえたか。此上にも死にたくば、相手《あいて》は義盛不足《そく》はあらじ。さあ死なるゝか」と責《せめ》給へば、兄弟かうべをさげ、ひたいをたゝみに付《つけ》、「さりとては面目《めんぼく》なや。かく有べきとは存ぜずみやうがにつきたる慮外、まつぴら御面くださるべし」と涙をながしおがみけるにぞ。

虎少将《とらしやう〳〵》義盛の御前に出、「御兄弟の宿通《しゆくがよい》、我々がしわざにて御両人にとがはなし、いかに流《ながれ》の女成共心は武士におとるまじきを、只今の御異見《ごゐけん》にて契《ちぎり》をむなしくし給はん事ぞかなし。是迄なり」とて黒髪切《くろかみきつ》てなげくに、北条かんじ給ひ、「そち立が心底《しんてい》さつしたり。世になき兄弟に情《なさけ》をかけらるゝ段我々とても満足《まんぞく》せり。しかし兄弟が身の上はちと様子《やうす》有者《あるもの》共なり。此うゐとても大事にかけて給はれ。つゐでながら只今五郎に元《げん》服《ぷく》させ、某が烏帽子子《ゑぼしご》にいたさん」と、一字《じ》をゆづり、「今日より、曽我五郎平《たいら》の時宗《ときむね》と付《つく》べし。重《かさね》て用事

あらば此めん〳〵、ちゝぶ殿はもちろん、其外の人々は一門とても当代は、心をおくやおく霜《しも》の、夜明《よあけ》の登《とう》城《じやう》さらば」と立出給へば、兄弟かうべを地に付《つけ》一礼し、「世に捨《すて》られし我々に、角《かく》迄情《なさけ》有御詞《ことば》、わすれがたし」と送《をく》り出、「さらば〳〵」と暇乞《いとまごひ》、めん〳〵したくに帰り給ひぬ。

四　手立《てだて》の囚人《めしうど》

扨も時宗《ときむね》は箱根《はこね》に有ける印《しるし》にや、法花経《ほけきやう》一部《ぶ》よみ覚常《おぼへつね》はどくじゆし、母上現《げん》世あんおん、後生前生《ごしやうぜんしやう》ときねんし、毎日六万遍《べん》の念仏《ねんぶつ》、父河津殿《ちゝかはづどの》に廻向《ゑかう》す。かく迄たねんなかりし身を、此三年《みとせ》が間母のふきやうかうむる事のくやし。

有時十郎申けるは、「聞ば近日頼朝公富士《きんじつよりともこうふじ》の御狩《みかり》有よし、かゝるつゐでなくばいつか敵《かたき》を討《うた》ん。され共そちは勘当《かんだう》の身、今日は是非御訴訟《ぜひごそしやう》をもふさん。母の心をそむきともに勘気《かんき》をうくる共、兎角《とかく》申直《なを》してみん」と、打つれ奥《をく》に入けれ共、時宗は障子《しやうじ》の外《そと》、ひろゐんに打しほれていたりぬ。母上立出たまひ、「めづらしや十郎、母が顔《かほ》みんとて来られけるか。ひたゝれにしはよらず折めたゞしきは只壱つ有、常《つね》はたばひて着《き》給はぬか。さなきだに曽我殿原《そがどのばら》はひん成とてわろふよし、男のひたゝれ着《き》ざるとて人にいやしめられな。みづからこそ年老《としおひ》たれ、二の宮の姉《あね》をたのみしゆんそくせんたくなどしてもらゐ、ひたゝれはなす事なかれ。けふの祝義《しうぎ》の盃《さかづき》せん」とてかはらけ取あげ十郎にさし給へば、時宗はうらやましく、障子《しやうじ》のすきよりさしのぞきなくより外はなかりき。

祐成いたゞき盃《さかづき》もつて立んとし給ふ。母御覧《はゝごらん》じ、「さいたる盃のまで立は何事ぞ」、「さん候某《それがし》は重ても御盃いたゞけ共、三年《みとせ》があいだいただかざる弟《おとゝ》にてうだいさせ度候」と、きげんのまもり申さるれば、はゝ聞給ひ、「筋《すぢ》なき事な申されそ。そちならで子はもたず、京の小次郎は腹替《はらがはり》二のみやは娘《むすめ》、禅師坊《ぜんじばう》は越後《ゑちご》に有、箱王《はこわう》といふゑせ者が事か、それは以前勘当《かんだう》しみづからが子にてはなし。伊豆《いづ》箱根《はこね》、富士《ふじ》権現《ごんげん》もしやうらんあれ、永《なが》き世迄の勘当なり。誠に河津《かはづ》殿ほどつみぶかき人はなし、後《ご》世とふ者は行年《ゆくとし》のよはりぬ。たま〳〵もちたる子共さへ、香花《かうはな》取べき者《もの》もなく、おことを男にしたるさへくやしきに、母を母とおもはねばこそ出家をきらひ、元服《げんぷく》したる不孝者に何しに盃をさすべき。出家はゆるしも有べけれ男《をとこ》はのがれず、むほん人の末《すへ》とてさがし出され、ころされん時の母が心はいかばかり、子《こ》は三界《さんがい》の首《くび》かせとは、今の我身にしられぬる」と涙をながしの給へば、時宗障子《しやうじ》の外《そと》より、「御心にそむきし上申あぐるはおそれながら、まつたく母上をかろしめ申にあらず。鎌倉《かまくら》中にて沙汰《さた》せんは、河津が子共は腰《こし》ぬけにて、敵《かたき》を討ぬいゝわけに出家をとげしといはれなば、いかばかり口惜《くちをし》からん。父上の顔《かほ》みせざる祐経《すけつね》、討《うた》では武士《ぶし》も立まじ。某出家をとげ申さば兄十郎殿の友《とも》もなし、惣じて浮世の親《おや》のならひ、盗《ぬすみ》する子はにくからで、縄《なは》かくる人をにくむと申たとへ御心づよき御詞《ことば》」とかきくどきけるにぞ。

母上聞給ひ、「死《し》したる河津《かはづ》殿が親《をや》にてみづからは親にあらずや。但《たゞ》し十郎をうらやましく思ふか、一疋《ぴき》持《もち》たる馬をだに毛《け》なだらかにかはせもせず、一人の下人にも四季《しき》折々《をり〳〵》のふちをもせず、見ぐるしかりし体《てい》をみてはきりやうも知恵《ちゑ》もまけね共、四百四病よりひんほどつらき物はなしと、明暮《あけくれ》母がつみつくりおもはぬ欲《よく》も出るぞかし。上郎も下郎も法師《ほうし》になれば修行《しゆぎやう》とて、づた乞食《こつじき》に身をなしこけの袂《たもと》も恥《はぢ》ならず。それをそむきし不孝者《ふかうもの》何しに勘当《かんだう》ゆるすべき。百万町の所領《しよりやう》にもかゑじと思ふ子成しを、勘当する母が心そもや嬉《うれ》しかるべきや」と、つらぬく涙《なみだ》をながし給ふ。

暫有て祐成、「仰をそむき法師《ほうし》にならざるは不孝なれ共、ようしやうにてちゝにはなれ、身ひんなれば一門とても目をかけず、母ならずして誰かあは（れ）み申さん。立寄方《たちよるかた》のあらねば非人《ひにん》となるべき事のふびん、一つは祐成が力《ちから》共なるべき者《もの》かれならでは候はず、私《わたくし》にめんじ此盃《さかづき》を時宗に給はれかし。左もなくば只今五郎が首打落《をとし》、かゑす刀《かたな》にて某も腹切《はらきる》迄、御暇《いとま》申」と立ける時母は押《をし》とめ、「左程に思ひ給はゞ其盃をさすべきが、酒《さけ》のみほして後《のち》は、もとのごとく勘当成」と仰けるに、時宗聞て、「それはむごき御詞、酒は所望《しよもう》に候はねど御勘気《ごかんき》ゆるされんためなるを、あまりにつよき御心もはや浮世《うきよ》に望《のぞみ》なし。御前にて腹《はら》を切《きり》、しんゐをやすめ奉らん」とおしはだぬぐを十郎とゞめ、「何と聞たるぞ時宗、只今母の御詞には、此酒のみほす間は勘当《かんだう》をゆるすと有。然ば此酒は、わ殿が一生のまずして置《をく》からはふきやうはゆるさるゝ同前《だうぜん》。死《し》ぬる事はない」といわれ、時宗悦《よろこび》、「誠に左様、我相果たらん時に此酒をくわんに入、未来《みらい》迄も御勘当《ごかんだう》ゆるされ申べし。一命《めい》よりも大事《だいじ》の酒《さけ》」と、千度《ちたび》いたゞき台《だい》にするゑ、「又もや御意《ぎよゐ》のかはらぬ内お暇《いとま》申」と立けるが、はかまのすそをしきに踏《ふみ》、どうとまろべばかなしや此酒こぼれ、かはらけみぢんにくだくるにぞ。

兄弟《きやうだい》目とめを見合あきれはてたる風情《ふぜい》、かゝる所へちゝぶの重忠案内《しげたゞあんない》にもおよばずつゝと入、しつけん本田《ほんだの》次郎に目くばせ時宗《ときむね》をからめ取《とる》。祐成立ふさがり、「いか成とがにて角《かく》はし給ふ」、重忠聞召、「されば時宗こそ、いつぞや二の宮方《みやかた》の婚礼《こんれい》の夜《よ》、人をころしたる旨上聞《むねじやうぶん》にたつし、からめ来れとの上意《ゐ》を承り来りぬ。親子《をやこ》兄弟《きやうだい》のわかれも只今成ける間、念頃《ねんごろ》に暇乞《いとまごひ》をめさるべし」と語《かたり》もはてず、母うへ前後《ぜんご》をうしない、「情《なさけ》なきは武士《もの〻ふ》なり。習《ならひ》なき石付けるらうぜき者《もの》、二人三人ころせばとてか程の御とがめはあるまじけれ共、元来《ぐわんらい》御にくしみつよき伊東《とう》が子孫《しそん》たるゆゑ、すこしの事に命《いのち》をとらるゝ事のかなし。今わかれて又逢《あふ》事も有間《ま》じければ、此年月《としつき》の勘当《かんだう》をゆるすぞ」と、いだきつゐてなき給ひぬ。

時宗悦《ときむねよろこび》、「有がたき次第《しだい》、さりながら某程浅間敷《あさましき》ものはなし。兄弟心を合、敵祐経《かたきすけつね》をうたんと昼夜《ちうや》心をつくし、既《すで》に討べき首尾《しゆび》のありしかど、勘当の身にさゝへられむなしき月日を送《をく》り、今またふきやうをゆるされしかば、人をあやめしとがにより、時宗程の者《もの》が縄《なは》めのはぢにおよぶ事の口惜《くちをし》。たとゑ死《し》したり共魂《こん》は此世にとゞまり、兄《あに》うゑの力《ちから》と也本望《ほんもう》をとげさせ奉らん。此上ながらも重忠《しげたゞ》殿、日頃のかうをんに敵《かたき》をうたせて給はれ、申事も是迄也。母うへ兄上《あにうへ》さらば」としほ〳〵と立けるにぞ。

十郎袖《そで》にとり付、「是が浮世《うきよ》のかぎりか」とたをれふしてなげく時、ちゝぶ五郎が縄をとき、「嬉しや方々《かた〴〵》、何とぞふきやうをたすけんはかり事に、此ごとくしつらいし、し案《あん》にたがはずゆるされしぞ。悦《よろこび》給へ」と有しかば親子《をやこ》三人手をあはせ重忠《しげたゞ》をおがみ、「誠《まこと》の真節《しんせつ》殊に只今のてだて、とかう申べき詞《ことば》もなし」と悦《よろこび》涙《なみだ》にかきくれ、兄弟《きやうだい》を左右《さう》に引わけ、「はかまの着《き》々は烏帽子付《ゑぼしつき》、故河津《こかはづ》殿に生《いき》うつし。かまゐて兄弟中よくせよ」と、扇子《あふぎ》をひらき数《かず》々の盃《さかづき》、「ちゝぶ殿よりはじめ兄弟にさし給はれ」と、指図《さしづ》にまかせさいつさゝれすことをはれば、祐成横笛《よこぶえ》のねとりをあはせ吹《ふき》給ゐば、時宗はずんと立一調子《いつてうし》を上《あげ》、千代《ちよ》に八千代《やちよ》をかさね共御寿命《ごじゆめう》はつきまじき、泉《いづみ》ぞめでたかりけりと、二三べん舞《まひ》をさめ重忠に暇乞《いとまごひ》、おのがしたくに帰りしとかや。

寛濶曽我物語　六之巻終

くわんくわつそがものがたり　七之巻

一　小袖乞《こそでごひ》の涙《なみだ》

有時兄弟《あるときゝやうだい》母の御前に畏、「我々君の御恩蒙《ごをんかうむ》る身にはあらねども、此度頼朝《よりとも》公富士《ふじ》の御狩《みかり》有よし。侍《さぶらい》のみるべき物と伝《つたへ》きく、よそながら見物《けんぶつ》申たし。おそれながら御小袖《こそで》一づゝたまはれかし」と申けるに、母聞召、「それ君臣《くんしん》のつかふに礼《れい》をもつてし、臣君《しんきみ》につかふるに忠《ちう》をもつてすといゑり。何の忠《ちう》にか御恩《ごをん》なくば無役《むやく》なり、此度の御供思ひとゞまりたまゑ。それをいかにといふに、おことらがおゝぢ伊東殿《いとうどの》、奥野《をくの》の狩《かり》より心《こゝ》地《ち》わずらい帰り給ひぬ。父《ちゝ》の河津《かはづ》殿も狩場《かりば》にて討《うた》れ給ふ。かゝる事のみ思ひまはせば、狩場《かりば》ほどうきものはなし。殊に馬鞍《くら》見ぐるしくて物をみれば、かゑつて人にわらはるゝぞかし。此事思ひとゞまりしたしき方《かた》にてなぐさみ給へ。かくいゑば小袖《そで》おしむに似たり望《のぞみ》ならばゑさせん、よくはあらねど紋《もん》がらおもしろき」とて、祐成《すけなり》には、ねりぬきに秋野《あきの》々草《くさ》づくしぬふたる小そで、時宗《ときむね》にはからあやに、あげ羽《は》の蝶《てふ》の所々にぬふたるを給はりぬ。

兄弟悦《きやうだいよろこび》、三度《ど》いたゞき、こかげに立寄上《たちよりうへ》を着《き》がゑ、古着《ふるぎ》をぬいで置けるは後《のち》の形《かた》見としり給へ。祐成重《かさね》て申さるゝは、「此度の御狩《みかり》に御供せんと申事、もし兄弟の内壱人、いかなる高名《かうみやう》をも仕候ば、せめての御恩《ごをん》にもあづからん。左もあらば卒都婆《そとば》の一本もきざみ、父上《ちゝ》に手向《たむけ》奉らん。ねがはくば御暇《いとま》」とねがひぬ。

母聞召、「左程におもはゞ供かくも」との給ひければ、兄弟心《こゝろ》に思ふやう、御狩《みかり》にことよせ敵祐経《かたきすけつね》をうたん、しからば帰らんは不定《ふでう》なりき、せめての形見《かたみ》に何をかのこさん。後《のち》の世迄もつきぬは手跡《しゆせき》にかぎるべきとてかくばかり、

〽けふ出てめぐりあはずばをぐるまの此わのうちになしとしれ君

祐成生《すけなりしやう》年廿一才、後《のち》の世の形見とぞ書《かき》けり。又時宗《ときむね》も、

〽ちゝぶ山おろす嵐《あらし》のはげしきに枝《ゑだ》ちりはてゝ母《はゝ》いかにせん

時宗生年廿才、親子《おやこ》は一世と聞《きゝ》ぬれど、来世にては一つ蓮《はちす》のうてなにいたるべしと書留箱《かきとめはこ》に入、何となくまた御前に出たりぬ。

母の給ひけるは、「かまひて人々と口論《かうろん》すべからず。世に有人はひんなる者をあなどるならひ、さればとてとがむべし。三浦北条《みうらほうでう》ちゝぶ殿こそ左もなけれ、此人々にまじはり見物《けんぶつ》せよ。かまひてぬし有猪《しゝ》に目をかけな。君の御ゆるしなきにむざと弓矢《ゆみや》をもつべからず。御にくしみふかき者《もの》のするとて、とがめらるゝ事もあらん」とこまぐ〵おしゑ給へば、五郎はそうなく色《いろ》にも出さず、十郎は今をかぎりの教訓《きやうくん》と心ゑ涙ぐみて出けり。時宗立帰り、「殊《こと》の外扇子《ほかあふぎ》のみぐるしければかゑ給はれ」と申上る。母何心なくあたらしきを給はりければ、是も形見の数《かず》と思ゑば一しをなつかしく、ひらいてみれば霞《かすみ》に雁金《かりがね》をぞ書たり、

〽おなじくはそらに霞の関守《せきもり》て雲路《くもぢ》の雁《かり》をしばしとゞめん

と古歌《こか》を思ひ出しぬ。是は為世卿《ためよきやう》よみ給ひし歌《うた》ぞかし。我はかぎりの道《みち》をなげゝど、誰《たれ》とゞむるものもなき

に、扇子《あふぎ》さゐ心有けるにや。しばしとゞむる言《こと》の葉《は》を思ひやりぬ。

十郎は鬼王《をにわう》、五郎は団《だん》三郎、主従《しうじう》四人打つれ出ける風情《ふぜい》、母うゑ見送《をく》り独《ひとり》事にの給ひけるは、「ひたゝれの着様《きやう》、むかばきの引合、馬乗姿《むまのりすがた》手綱取《づなとる》手もと、父上《ちゝうえ》に其儘《まゝ》なりしが、きりやうはすこしおとりぬ。また五郎が烏帽子《ゑぼし》の着《き》やう、矢《や》のおひやう、弓《ゆみ》もちたる手もとおだやかなりしてい、是もちゝにいきうつしなれ共すこしはおとれり。山寺にそだちけれ共色《いろ》あさぐろく、眼《まなこ》の見かへしするどくみゆる。十郎は里《さと》に住《すみ》しかど色白《しろ》くじんじやうなりき。我《わが》子なれば欲《よく》にみまじ、いかなる大名高家《だいみやうかうけ》といふともおとるまじ。同じくはかれらを、父《ちゝ》もろ共みるならば、いかにうれしかるべし」とてさめ〴〵となき給ひぬ。女房立見参らせ、「御悦《よろこび》の門出《かどいで》いまはしし」と申ければ、「誠《まこと》にそうよ。され共此者《もの》共がひんなる出立をみて心のうちの哀《あはれ》さ、げに〳〵千秋万歳《せんしうばんぜひ》、さかふべき子供の門出《かどいで》、追付《おつつけ》御《み》狩《かり》より帰り、上《うへ》の御《ご》免をゆるされ、本領《ほんりやう》こと〴〵くあんどし、おもひのまゝ成帰りをまつべき」とて、なく〳〵内ゑ入給ひぬ。

其後祐成申けるは、「是より富士野《ふじの》に行《ゆく》べけれど、今生《こんじやう》の別《わかれ》なれば、わ殿は形勢坂《けはいざか》に立越少将《たちこへしやう〴〵》と名残《なごり》をおしみ給へ。我はまた大磯《をゝいそ》に行《ゆき》、暇乞《いとまごひ》して帰るべき」と南北《なんぼく》へわかれ、十郎は其夜虎がもとゑいそぎぬ。いつにすぐれむつまじく語《かたり》て後《のち》、祐成申けるは、「此度《たび》御《み》狩《かり》の御供申は段々《だん〴〵》様子《やうす》こそあれ、かくさんもいかゞなれ共、供につれゆけなどゝ有てはかたらぬこそましなれ、心底《しんてい》を聞て後《のち》あかさん」と尋しかば、虎うらめしげなる風情《ふぜい》、「誠《まこと》に人のそしり勤《つとめ》のさはり、親《おや》のふきやうをもいとわず身にあまるいとしさ、殊に夫婦《ふうふ》は二世といゑり、たとゑいか成事なればとて御つゝしみはあるまじきを、此年月《としつき》かくさせ給ふ事のうらめし。とく御かたりましませ」、「さこそ有べしさりながら、何事にてもそむくまじとのちかひの為《ため》、心の金《かね》を打《うち》給はゞかたらん」、「それ迄にはおよぶまじ」、「いやとよ、よの義ならばかく詞《ことば》はつくさぬぞかし」、虎涙をながし、「此上《うへ》は御心まかせ」とて祐成のかたなをすこしぬき、仰をそむくまじきとのちかいの金、鍔《つば》と鍔《つば》とをちやう〳〵と討けるにぞ。

祐成悦《よろこび》の涙、「まづはうれしゝ、語《かたる》べきといふはよの義にあらず。元来《ぐわんらい》我は敵《かたき》もち、親《おや》の河津《かはづ》を工藤《くどう》左衛門祐経《すけつね》にうたせ、兄弟心をつくすといゑ共、其甲斐《かひ》なくて打すぎぬ。近日鎌倉《かまくら》殿、富士《ふじ》の御狩《みかり》有よし敵祐経御供せん、かゝる時節《じせつ》討《うた》ずしてはいつをかごさん、本望とげぬれば生《いき》て帰るはふぢやうなりき。世になき我々に心をつくされし嬉しさ、わするゝ事のあらねば今生《こんじやう》の暇乞《いとまごひ》に語《かたる》ぞかし。我相果《あいはて》しと聞給はゞ髪《かみ》をもそり、一辺《いつぺん》の念仏《ねんぶつ》を申てたべ」とさめ〴〵とかたりぬ。虎前後《とらぜんご》をうしない、「とはずば語《かたり》給ふまじきや、尤浅《あさ》ましき身なれ共、かゝる大事をいかで人にかたらん。御老母《ごらうぼ》にさへつゝませ給ふをあかし給ふ事の嬉しさ、さればとて御身をさき立、跡《あと》にのこりし自《みづから》はいかゞならん、御詞《ことば》をそむかじとの心の金《かね》

はうちぬれど、是ばかりはゆるし是非《ぜひ》御供」とかこちぬれば、十郎わざと詞をあらげ、「いかに女なればとて、おそろしきちかいをそむくはひきやうなり。それとても聞わけなくば、夫婦《ふうふ》の縁《ゑん》をきらん」といわれ、さすが是非《ぜひ》共いわでなくより外《ほか》はなかりき。十郎もともにこぼるゝ涙をおさゑ、「あまりなげき給ふべからず。それ人間《にんげん》は生《むま》るゝより死《し》するならひ、さとればなげく道にあらず、是を形見《かたみ》に」とて鬢《びん》の髪《かみ》を切《きり》てやりぬ。

虎涙ながら請取《うけとり》はだのまもりにいれ、今宵《こよひ》ばかりのかぎりの夜、千代《ちよ》を一夜とかさねてもあけなかしと思はるゝ、頃《ころ》さへさつきのみじか夜、かたぶく空《そら》もうらめしく八声《やこゑ》といふも鶏《にはとり》の、夜やしらぶると明《あけ》やすく夢《ゆめ》みるほどもまどろまで、東《ひがし》にたなびく横雲《よこぐも》、しのゝめしらむうき枕床《まくらとこ》も涙にうくとかや、互《たがい》の名残《なごり》心の内さぞとあはれにしられぬ。鬼王《おにわう》御枕《まくら》におとづれ、「夜もあけぬればいざ御帰り」と申あぐる。祐成おどろき出給へば、虎門《とらもん》のほとり迄つきそひ、「さらば〳〵」と涙の別《わかれ》、中村《なかむら》の里《さと》ちかき山びこ山の峠《とうげ》まで送りぬ。十郎重て、「名残はいつも同じ事。追付《おつつき》五郎が来《きた》るべし、はや帰り給へ」と手づから駒《こま》にむちを打涙ながらわかれぬ。

鬼王跡に残《のこり》さま〴〵なだめしかば、虎狂気《きやうき》のごとく、「つれなしとよ鬼王、夫《つま》の顔《かほ》みるも今ばかり、語度《かたりたき》事の山なりしかど、只なげきのみにてのこせし詞《ことば》も有。さらばと仰けるをかなしきにまぎれ、返事《へんじ》とてもせざりき。今一度名残《なごり》をおしませ給へ」と、声《こゑ》をばかりによび給へど面影《おもかげ》もみゑざりき。鬼王そばにより、「しやばはしばしのかりのやど、草葉《くさば》にすがる露《つゆ》ぞかし。もし最後《さいご》ときこしめされなば後世《ご》とむらい給へ。しかしめで度御左右《ごさう》申さん」と、やう〳〵すかしまいらせ大磯《おゝいそ》におくり、其身はそがに帰りしとかや。

二　不忠《ふちう》の兄弟《きやうだい》

其頃京の小次郎とて別腹《べつぷく》の兄弟《きやうだい》有。かれは河津《かはづ》の三郎、京都《きやうと》に在番《ざいばん》せられし折から、都《みやこ》女になれそめ、もふけ給ひし子なればとて其名を京の小次郎といゑり。

有時十郎五郎に語《かたり》けるは、「此度敵討《かたきうち》のかとうどに、小次郎に様子《やうす》をかたり一つ所《しよ》にうたば何事かあらん」、時宗聞て、「いらざる事をの給ふものかな。一腹《いつぷく》の兄弟ならばいかにおくびやうなり共、ざいくわのがれがたく同心《だうしん》すべき事もあらん。かれは他人《たにん》におなじければばうか〳〵とたのまんやうなし。只今迄おこたる事諸事《しよじ》をうかごふゆゑなり。一筋《ひとすぢ》に思ひきり、折よくば御前《ごぜん》もはゞかるまじ。夜《よ》る昼《ひ》るとなく付《つき》めぐらん、もしまたとをくば射《ゐ》てとらん、ちかくばくんで勝負《しやうぶ》をせん。此身があるとおもはゞこそ所をもいとゐ、それにもかなはぬものならば、死《し》にかはりて本望《ほんもう》をとげん。おしからぬ我々が命《いのち》、いきのびたればとて何程の事かあらん。思ひ立て出るより二度帰る心底《しんてい》なし」、祐成聞、「我も左こそは思ひつめたり。なれ共血筋《ちすぢ》の事、もし加同道《かだうどう》せば力《ちから》共ならん是非《ぜひ》かたりみん」、「左程に思召さばともかくも」と打つれ立小次郎に対面《たいめん》し、四方《よも》の咄《はなし》ことおわりて後《のち》、十郎がいひけるは、「兄弟が望は兼《かね》て御身もしり給はん。此度の御狩《みかり》に殊寄《ことよせ》、祐経を討て年来《ねんらい》の本望《ほんもう》とげたし。され共敵は大勢、我々は只二人思ふに甲斐《かひ》なし。何とぞ御身を頼、三人心を合付《あはせつけ》ねらはゞ本意《ゐ》をとげぬ事あらじ。親《おや》の敵有ながら今迄うたざる事の口惜《くちをし》さ、御身とても同事《おなじ》同心《だうしん》もや」と頼しかば、小次郎暫し案し、「此事思ひもよらず。当家《たうけ》はいにしへと替《かはり》、左様なる悪事《あくじ》を仕出《しいだ》せばへんしもかくるゝ所なし。されば今程世の中に、親《おや》の敵子《かたきこ》の敵、主《しう》の敵みち〱なれども本望とげたる者《もの》なし。まして祐経は御狩の御供、其上御領《ごりやう》のそばぢかくにてらうぜき身の一大事共成べし。殊に左衛門は出頭《しゆつとう》にて先祖《せんぞ》伊東《いとう》の所領《しよりやう》をあんどするのみ、しやうゐんを知行《ちぎやう》する事数《かず》をしらず、敵もつ身なれば兼《かね》て用心《ようじん》致よし、なまじゐ成事を仕出《しだ》し、母うへ二の宮達《みやたち》をまどひものとなし給ふまじ。ねがわくば思ひとゞまり御免《ごめん》に預《あづかり》、所領《しよりやう》にもとづき安楽《あんらく》におくり給へ。めん〱の風情《ふぜい》にて祐経をうたんとは思ひもよらず。徳《とく》をもつて人に勝《かつ》ものはさかゐ、力《ちから》をもつて勝者《もの》はほろぶといふ詞有。只とゞまり給へ」と申ければ、

十郎はなまじゐなる事をいゝ出し、指当て《さしあたり》の返答《へんとう》、「おろか成小次郎、御ぶんの心をひきみん為《ため》申たるを、誠に思召教訓《きやうくん》有はたのもし、馬さへもたぬ我々なれば御狩とても望《のぞみ》なし。真実《しんじつ》の詞有がたし」とさあらぬていにもてなしけれ共、時宗こらへぬ男、そばぢかく立寄、「腹《はら》こそかはれやどる種《たね》は同親《おなじおや》、我々がいわずとも、惣領役《そうりやうやく》には心をつけらるべきを、祐経がおそろしさに身をひかるゝとみゐたり。蛇《じや》はわだがまれ共しやうげの方《かた》にむく、鷺《さぎ》はたいさいの方《かた》にそむきすをひらく、燕《つばめ》はつちのゐつちのとにすをくい初《はじめ》、王余魚《かれゐ》は湊《みなと》にむかいかたたがひす、鹿《しか》はきよくしよにむかいふすとかや。これらのたぐひさへおのれがぶんにしたがふ。形《かたち》は人間《にんげん》なれ共魂《たましい》は畜生《ちくしやう》におとれり。いつかう御かまひなく帰り給へ」といゝすて出にけり。小次郎は時宗に悪口《あつかう》せられ、いかにも成べきと思ひしが、きやつはきこゆる大力《だいりき》、もしくみしかれせんなき死《し》をとげんより、此事祐経にうつたへなば、手をろさずしむねんをはらすといひ、ふちをもはけられん、左もなきとてほうびゐさせぬ事は有まじと、道《みち》なき欲《よく》にまよひ、馬《むま》に鞍置討乗《くらおきうちのり》祐経が屋形にいそぎぬ。

時宗つく〴〵思ひけるは、「よしなき者《もの》に大事《だいじ》を語《かたり》、もしは左衛門が耳《みゝ》にいらば、思ひ立ぬる事かなわぬのみ、頼朝《よりとも》公ゐきこえなば、死罪《しざい》流罪《るざい》にもおよばれ、いたづらに身をうしなわんも口惜《くちおし》。もれざるうち小次郎を討、敵討《かたきうち》の門《かど》出にせんいかゞ思召」と語《かたり》ぬ。十郎聞て、「尤なれ共いわゞ兄弟《きやうだい》、殊に我々が為《ため》には兄《あに》ぞかし。左程うつけたる者《もの》共みへず、かれらをうたんは無罪《むざい》にてあやまれる事有。うたがひをはらされよ」といふ。五郎が聞て、「きやつをころすは無罪《むざい》にあらず、加様の者をいけおけば先祖《せんぞ》の名をくだし、子孫《しそん》のはぢをまねく道理《だうり》。私《わたくし》次第《しだい》にあそばせ」とてひつかへす。

所へ小次郎馬にむち、息《いき》をばかりに討手《うつて》通《とを》る。十郎はるかに見付、「わ殿がすいりやうにたがわず、きやつがつらつき鎌倉《かまくら》ゑ忠臣《ちうしん》するか、又は祐経方《すけつねかた》ゑ露顕《ろけん》し、ほうびにあづかるべき心底《しんてい》みえたり。とてもいけおかぬ者《もの》、幸《さいわい》足場《あしば》もよければ、前後《ぜんご》よりはさみ討てとらん」と、ちかづき寄《よる》を時宗、小次郎が手綱《たづな》をしかと取、「けはしき風情《ふぜい》いづ方《かた》への御出、御供せん」といわれ、「いや〳〵おの〳〵ごときのまいらるゝ所にあらず。備前《びぜん》の国吉備津宮《くにきびつみや》の神主大藤内《かんぬしおゝとうない》、社《やしろ》ふしんの御訴訟《ごそせう》に上り、御前《ごぜん》の首尾《しゆび》よく近日建立《きんじつこんりう》有に付、某ふしん奉行《ぶぎやう》承り、大工《だいく》等《とう》其外材木金物方《ざいもくかなものがた》の指引《さしひき》、其様子を申さんため大藤内方《かた》ゑまいる」といふ。

十郎思ふやう、此大藤内といふ者《もの》は、祐経御前《すけつねごぜん》よきを頼《たのみ》訴訟《そせう》申上たるよし、殊に左衛門方《かた》に一宿《いつしゆく》す、我々にとがめられ、へり言《ごと》なく只今のごとくいつわるとみへたり。兄弟が心指《こゝろざし》をうつたへるにまがいなし。「すは時宗心まかせにはからゑ」といふ。「仰迄におよぶべきか」と馬よりとつておろし、「おのれ人に大事《だいじ》をかたらせ、祐経方《かた》ゑ忠臣《ちうしん》するにまぎれなし、只今命をとる念仏《ねんぶつ》申せ」と、既《すで》にあよふかりし所へ、本田の次郎通《とをり》あはせ、人々の中に入、「暫《しばらく》またれ候ゑ、是はおの〳〵の舎兄《しやきやう》京の小次郎にてはあらずや。それを手ごめにし給ふ事心得ず。さだめし様子《やうす》あるべし爰をゆるめ子細《しさい》を語《かたり》、其後《そのゝち》はともかくも」ととゞめられ十郎近常《ちかつね》に申けるは、「か様〳〵の次第《しだい》により、きやつをたすけおけば、行末《ゆくすへ》我々が本望《もう》とげがたし。其儘《まゝ》にて通《とをり》給へ」とさゝやきぬ。「いやとよそれは不了簡《ふりやうけん》、尤心底《しんてい》はにくけれ共、現在《げんざい》の兄《あに》を手にかけ給はゞ天のとがめもおそろし。あたを恩《おん》にてほうずるならひ、しかるべくはゆるし給へ。某よろしくはからはん」とて小次郎をたすけ、「武士《ぶし》たる物敵討《かたきうた》ぬのみ、兄弟《きやうだい》が望《のぞみ》を祐経《すけつね》にうつたへんなどゝは四つ足同前《あしだうぜん》、兄弟が心にはたのみなき兄《あに》もちたり。人手にかけんより討《うつ》てすてんと思ひしはことはり也。某よき所へ参りかゝりあまの命《いのち》をもらひぬ。扨吉備津《さてきびつ》の奉《ぶ》行わ殿に仰付られしか、其相役《あいやく》は此方より願《ねがひ》、壱人まいる者《もの》の有ぞかし。いつわり後日《ごにち》に難義《なんぎ》めさるな」といふに小次郎けでんし、「今は何をかつゝまん奉行《ぶぎやう》と申はまんざらのうそ、兄弟敵《きやうだいかたき》をねろふよし祐経《すけつね》に訴人《そにん》せば定《さだ》めし悦《よろこび》いかなるほうびにも預《あづかり》度《たく》、其うへ敵討の同心《どうしん》おそろしく心壱つにたくみぬ。此後他言《のちたごん》せば大小の神祇《しんぎ》の御罰《ごばつ》かうむらん。心やすくおもへとよろしく頼」といふもおかし。「此場《ば》をのがれ又訴人《そにん》せんはひつぢやう也、兎《と》角御兄弟本望《かくごきやうだいほんもう》とげらるゝ内、此小次郎は近常《ちかつね》が預《あづかり》、一間《ひとま》におしこめ御馳走《ごちさう》申さん。然ば大事《だいじ》を誰しる物なく、兄《あに》うへの命も別義《べつぎ》なしおの〳〵いかゞ」と尋しかば、兄弟悦《よろこび》、「跡《あと》さきふまゐられし了簡《りやうけん》、さすがはちゝぶ殿の家臣《かしん》いか様共御指図次第《さしづしだい》、先《まづ》何事も沙汰《さた》なし、さらば〳〵」と、小次郎をまん中に、本田がさぶらひ前後《ぜんご》をしゆごし、屋かたをさしていそぐ夕暮《ゆふぐれ》。

三　鞠粉川《まりこがは》の濁水《にごりみづ》

死出《しで》の旅《たび》、かぎりの命とおもへばよそながら爰《こゝ》かしこにて暇乞《いとまごひ》、あかぬわかれの鳥《とり》の声《こへ》殊さらにうら

めしく、おもひつゞけて兄弟《きやうだい》馬に打乗《うちのり》、鬼王団三《おにわうどう》郎は涙かた手にかた手綱《たづな》、うつゝ共わかぬ駒《こま》の足《あし》もと定《さだ》まらず。祐成仰けるは、「もはや心にかゝる事なし只いそぐべし」との給ふ。時宗承り、「さん候某は、箱根《はこね》を出候時権現《ごんげん》ゐもいとま申さず。殊に別《べつ》当《たう》にもと角《かく》の事をかくしぬ。是よりして箱根に参、しかるべくは御暇《いとまごひ》乞申度」といふを、「ともかくも」と討《うち》つれいそぐ道、まりこ川にさしかゝり、十郎手綱《たづな》をひかへ、「おこと三才某五才の頃より今年《ことし》迄此川をわたらぬ月もあらざりき。今は一世のわたりおさめ、いつもよりけふは水色殊更《いろことさら》にごりぬ。いかなれば」と尋しかば、時宗申やう、「人皆かうせんにおもむく時万物の色《いろ》かはるといゑり。古里《ふるさと》そ我《が》を出るは、しやばをはなるゝ道理《だうり》。然ば是は三づの川、ゆざかの峠《とうげ》は死出《しで》の山、鎌倉《かまくら》殿はゐんま王、大小名はごくそつ祐経は知識《ちしき》、はこねの別当は、六道の能化《のうけ》地蔵菩薩と思召さるべし」、尤とて十郎かくばかりつらねたり、

〽さみだれにあさ瀬《せ》もしらぬまりこ川浪《なみ》にあらそふわが涙かな

時宗此歌《うた》の心あしくや思ひけんむかばきならしかくぞつらぬる、

〽わたるよりふかくぞたのむまりこ川親《おや》の敵《かたき》にあふ瀬と思へば

とよみ、通所は阿弥陀《あみだ》の院《ゐん》ゆもとの宿、ゆざかの峠《とうげ》に駒《こま》をひかゑ、「誠《まこと》に我々が生《むま》れし所は伊豆国《いづのくに》、そだちは相模《さがみ》、最後《さいご》所は駿河《するが》の国《くに》、富士《ふじ》のすそ野《の》々露《つゆ》ときゆべし、おもへばふる里恋し」と、兄弟袂《たもと》を顔《かほ》におしあて涙ながら、「あれに煙《けぶり》のたなびくは曽我にてや有らん」、団《どう》三郎ふり帰り、「煙はふる里にあらず、南のくろきもりに、雲《くも》のかゝりぬこそ曽我の里なり」と申ければ、十郎とりあゑず、

〽そがはやしかすみなかけそけさばかり今をかぎりの道とおもゑば

とよみければ時宗けうをさまし、「時も時折も折、こゝかしこにての歌《うた》ざんまい、御身は大磯《いそ》小磯古里《ふるさと》をも詠《ながめ》給へ。五郎におゐては思ふ事のいそがしき」とて、駒《こま》をはやめ二丁ばかりさきゑいそぎぬ。

祐成おどろき跡《あと》より追付《おつつき》しかば、時宗申けるは、「人とむまれ誰《たれ》かなごりのおしからん。鬼王団三郎がおもはん所も恥《はぢ》給へ。もし運《うん》つきしそんずる時人々が申さんは、爰かしこにて歌をよみ、詩《し》をつくりしゆゑなりとてわらはれんも口惜《くちをし》。いかゞ思召」と教訓《きやうくん》せられ、ことわりとや思ひけん、其後は歌をもよまずいそぎしかば、大くづれといふに着《つき》、むかふをみれば大名とうちみゑ馬上ゆゝしく打て来る、誰《たれ》やらんとみれば二の宮の太郎吉実《よしざね》なり。「さいはいなれば此事をかたらん」といふ。時宗ぶきやう顔《かほ》、「小次郎にもこり給はずかたらはんとは何事ぞ、正敷かれは他人《たにん》、殊に世になき兄弟が、死《し》にゝゆかんといふをしかるべしといわんや。対面《たいめん》ばかりにて御通あるべし」。十郎聞て、「我もさこそはおもひつれ、そちが心をひきみんためなり」といそぎ馬より飛《とび》をり、弓とりなをし畏《かしこまる》。太郎も同じく下馬《げば》し、「おの〳〵いづ方ゑの御越《こし》」、「さん候近日

鎌倉《かまくら》殿富士野《ふじの》御狩《みかり》有よし。よそながら見物《けんぶつ》し、末代《まつだい》の物語にせんとぞんじ出候」、吉実《よしざね》聞て、「馬鞍《くら》みぐるしきていの見物しかるべからず是より帰り給へ。某にも御供と仰ぬれ共、人なみならぬゆゑ、風の心地《こゝち》といつわり梶原方《かぢわらかた》ゑ申やりぬ。かた〴〵も是より帰り某方に逗留《とうりう》し、かさがけなど射《ゐ》てあそび給へ」と申さるゝ。十郎重て、「加様の事又有べき事ならねば、ぜひ見物とぞんじつめたる事、馬よはらば山をひかせ申べし。帰りには立寄暫逗留《とうりう》申さん」、「然ば供かくも御帰りをまち申」と東西《とうざい》ゑわかれぬ。

それより兄弟箱根《はこね》の別当方《べつたうかた》にあんないす。別当出給ひ、「めづらしの人々、殊に五郎は里《さと》にくだり、元服《げんぷく》してより今対面《たいめん》のはじめぞかし。久敷あはねばとていかでそりやくに思ふべき。わ殿こそよそがましけれ、此度《たび》の思ひ立、ぐ僧《そう》も年わかゝりせばたより共成べき」と、衣《ころも》の袖《そで》をしぼりたまひぬ。祐成聞召、「時宗とても山をくだり、男に成しゆゑにより、母のふきやうを蒙《かうむ》りそれゆへ今迄おこたりぬ。兄弟むなしくならば、師弟《してい》の御情《なさけ》に跡《あと》とむらはせ給へ」としほ〳〵と申けるにぞ。

「こゝろやすかれ、年来《ねんらい》の本望とげさせせん祈禱《きたう》はぐそうが役《やく》なり。千騎《せんき》万騎共思ひ給へ、門出《かどいで》の盃《さかづき》せん」と暫《しばらく》祝《ことぶき》おさめ、何をか肴《さかな》にとてさや巻《まき》一腰《こし》十郎が前に置《おき》、「そも此太刀《たち》は木曽義仲《きそのよしなか》、三代相伝《だいさうでん》の重宝《ちやうはう》一竜《りう》王作《わうづくり》の長刀《なぎなた》、二に雲落《くもおとし》の太刀《たち》、第三には此刀《かたな》名をみぢんといゑり、嫡子《ちやくし》しみづの御曹子《おんざうし》、鎌倉《かまくら》殿の聟《むこ》と也、大将軍《だいしやうぐん》を給はり、海道《かいだう》を責《せめ》のぼり此山に宝納《ほうのふ》し給ふ。愚僧《ぐそう》がはからいたるによりわ殿に参らするぞかし。また時宗には源氏十代友切丸《ともきりまる》をひかれたり、此太刀を友切丸といふは源家《げんけ》代々《だい〳〵》つたはり、六条の判官為義《はんぐわんためよし》の御手にわたりける時は姫切《ひめきり》丸といゑり。また為義御《ためよしご》重宝《てうほう》の刀有六寸ながし是とならべ置ければ毎夜姫切丸ぬけ出あまる所の六寸を切落《きりおと》す、それよりして友切丸といゑり。其後左馬守義朝《さまのかみよしとも》公ゑつかはされけれ共、仏法《ぶつぽう》守護《しゆご》の名剣《めいけん》なりとて、鞍馬《くらま》山毘《び》沙門《しやもん》天に宝納《ほうのう》有、御子《こ》うし若《わか》丸奥州秀平《おふしうひでひら》が館《たち》へくだらせ給ふとて、鏡《かゞみ》の宿にてとうぞくに出合、八人迄切給ひ、十九の年頼朝《よりとも》公に対面《たいめん》し、西国院宣《さいごくゐんぜん》の蒙《かうむ》り責《せめ》のぼり給し時、二所権現《ごんげん》に詣《もふで》、神力《しんりき》をもて平家をほろぼさせ給はれと、此御山におさめ給ふ。大事の太刀《たち》なれ共おことにゆづり申ぞかし。もし何人にてもあやしまば、京都《きやうと》にのぼり、四条の町にて買取《かいとり》たるよし申さるべし。男となりければげんざんに入度《たく》はあらねど、心指《こゝろざし》のやさしければ、思ひやられてあはれなり」と、念頃にの給ひければ、兄弟あまりのうれしさに三度《ど》いたゞき、「名残《なごり》はいつも同じ事、もはやお暇《いとま》申」と馬に打乗《うちのり》、涙ながら三嶋《みしま》のほとりへ着《つき》けるとなり。

四　心中矢立《しんぢうやたて》の杉《すぎ》

そも〳〵相州《さうしう》矢立の杉と申は、八幡宮の神木《しんぼく》にて、そのかみあその権之守《ごんのかみ》、ゐてきせいばつの出陣《しゆつぢん》に、うはざしのかぶら矢《や》を射奉《ゐたてま》つて、合戦《かつせん》の勝負《しやうぶ》を心みしより此方、思ひ〳〵のねがひにより、男のすなる弓矢の道《みち》、女のわざもにくからず。大磯の虎御《ご》前祐成《ぜんすけなり》にわかれしも祐経がわざぞかし。流《ながれ》を立る身なれ共、我身の為にも舅《しうと》の敵《かたき》、何とぞつまにうたさんと、仏に参り神《かみ》いのる、思ひの種《たね》や重藤《しげどう》のさんごじゆにてとつかさしたる楊弓、替《かはり》ふの野雁矢《かりや》、髪《かみ》のわけめに指櫛《さしぐし》と、ならべてさしたる風情《ふぜい》、杉の木陰《こかげ》にたゝずみぬ。形勢《けはひ》坂の少将もひとかたならぬ遊君《ゆうくん》の、それとのこして出しより、我《わが》下ひもを時宗との別《わかれ》をなげき同じ心につま替、是もねがひを思ひづめ蒔絵《まきゑ》の楊弓、あふむの羽《は》にてはいだる矢《や》、髪《かみ》の結めにさしけるなど人まね成と笑《わらふ》べし。

虎少将にいふやう、「誠に御身もみづからも女心のだいたんな、いかに男が大切《たいせつ》なればとてあらぬすがたの神詣《もふで》、是こそ矢立の杉《すぎ》とかや。加様に友なひくるからは互《たがい》の思ひをいふてのけ、語《かたり》て成共なぐさまんおもひふりは」と尋ぬれば、少将《しやうく》は涙ぐみ、「いゑばいかにいはねば胸《むね》に思ひづま、五郎様となれそめふかき瀬《せ》ぶみを打越《こし》、わたるまもなき此身なれども物にかこつけ香《か》によそゑうらなくあひし中ぞかし。申はいかゞなれ共、時宗さまは女にすげなく、物事《ものごと》がいふりにてすこしの事もひんしやんと、兎《と》角《かく》さばけぬ男なれ共、どうやらかうやらおしわげ、まゐとはかくべつお心もかはりぬ。行末《すへ》のたのしみ、此黒髪に雪つもり、腰にはあづさの弓ひたいに老の浪《なみ》よる迄そひはてんと思ひしに其明月《あかつき》に立わかれぬ。これも敵のわざと思へば、なかく〳〵にはやく討《うた》せて給はれと、五郎様に成替《なりかはり》たゝきまはする神心、などかは印《しるし》なからん扨かた様のはいかゞぞ」と尋ぬれば、虎暫うちしほれ、「とはれて涙先《さき》立とよ。誰《たれ》有て此勤《つとめ》おもしろふてはいたさねどとりわけ今の我身こそうき身が中のうき身ぞかし。恋しなつかしゆかしきなどゝは以前の事、恋路《こいぢ》の最中《もなか》を世間《せけん》よりわる品《しな》にいひ立られ、浮名にしづむみなぞこ迄と、思ひし事が身のひしとは成ぬ。せけばなを恋にがゝはり、あつぱれ我妻《わがつま》を、人にも悪《あ》敷《しく》いわすまじと心計はいさめ共御牢人のかなしさ氏《うぢ》といゝきりやうといゝ、ひろきあづまの武士の中にかたをならぶる者もなかりき。さりながら敵有身を三年《とせ》が間かくし、別《わかれ》にし夜をかぎりとおぼしけるにやつゝまず語《かたり》給ひし折からなど、ともにきえなんとかこちぬれ共、いさゝかしれぬ御身のうゑもしまた目出度御左右《ごさう》もやと、思ひをこめし矢《や》立の杉に、楊弓の矢わほそく共恋路《こいぢ》にはふとかりし女心、我念力《わがねんりき》を神《かみ》ならばしりたまへ。すいりやうあれ」と甲斐なき昔語《むかしがたり》。人も聞《きゝ》つらめこなたゐと互《たがい》にねらひはなつ矢、一二の枝《ゑだ》に立ければ諸願成就有がたしと杉の下枝《したゑ》にひたいをふせ、しばらくがつしやうらいはひす。

其折ふし工藤左衛門祐経《くどうさへもんすけつね》、三浦《みうら》の与市、かさがけゐんとて此辺《へん》ゐ来りぬ。与市虎を見馬をとゞめさせ、「わ女郎は何として此所へは来られしぞ。殊に女の小弓《ゆみ》、似《に》あはざる遊興《ゆうけう》。左こそ子細《しさい》のあらん語給へ」といわれ、「さん候此程はくるはもすがりいづれの殿立《たち》もみへませず。あまりさびしさのまゝ郭《くるは》ではやる楊弓、七間半は常《つね》の事せめて広野《ひろの》に出気儘《きまゝ》にあてん為ぞかし。扨いづ方への御出おつれはたそ」と尋ぬれば与市聞て、「あれこそ当家の出頭《しゆつとう》工藤左衛門祐経殿、よき折からひきあはせん」といふ。虎しやう〳〵祐経と聞より、二人目と目を見合暫《しばらく》物もいわざりき、され共与市気もつかず、「幸《さいはい》さゝゐをもたせたり。左衛門殿の盃いたゞかせんこなたへ」と手をとれば、物はいわねど虎少将心の内に悦、何とぞ首尾《しゆび》をうかゞゐ一太刀恨《うらみ》、我つまによろこばせんと小づま高に取なしたる風俗《ふうぞく》。左衛門是に腰《こし》をおり、「与

市殿のしこなし、是が聞およびたる大磯《おゝいそ》の虎御前のきりやうよしか、いかに思へばとて三浦とふかきをしりながら、思ふは侍《さぶらい》のあらぬ事、さしあいなきは形勢《けはひ》坂の少将《しやうく》なり月と花との色《いろ》くらべ、いづれかおとりはあらじ」とたはむれけるにぞ。

心にはそまね共折よくばとおもふゆゑ、わざと色にはおもひぶり、「我々《われく》はさもしき流《ながれ》の身、よるべをわかぬかり枕《まくら》、ならぶる方はおゝけれど是ぞとおもふ殿子《とのご》なし。一夜逢《あふ》のもゑんぞかし。いつ迄も君が心のかはらずば」とむつまじく寄《より》そひければ、三《み》浦《うら》が下部気《べき》をとをし提重《さげぢう》の口をひらけば、「先今日の亭主役《ていしゆやく》、虎殿よりはじめ給へ」とのぞまれ盃《さかづき》取あげ一つうけ、此酒を祐経《すけつね》が面になげかけ、飛かゝつて討《うつ》べきと思へどさすが女心、鎌倉中に沙汰《さた》せんは、曽我《そが》兄弟は腰《こし》ぬけて、女を頼敵《たのみかたき》を討《うた》せしなどゝわらはせんも口惜《をし》。さればとてかく迄首尾《しゆび》よき敵をば、おめ〱とかゑす事女に生れし浅《あさ》ましさ。はやまりなばあしかりなんと、ずつとほしてさしければ左衛門わざと取あげず、今壱つとおさへしかば少将立出《しやうたちいで》、「それはあまりきうなればみづからあいを仕らんに何にてもお肴」と望《のぞみ》しかば、祐経つゝと出、「肴に咄《はなし》をしてきかさん。爰《こゝ》に曽我の十郎祐成《すけなり》とて、ひんなる牢人《らうにん》有某と

はいとこなり。此者共が親河津《かはづ》の三郎は、奥野《をくの》々狩《かり》の帰るさにながれ矢にあたり死《し》したり共いふ、また相撲《すもふ》の遺恨《いこん》により、俣野がうつたる共其沙汰《さた》不明《ふみやう》なりきを、某が討たりとて養生《やうしやう》よりねらふよし。此身に覚なければ心にかゝる事なし。よし敵にもせよ、今時《いまどき》此左衛門をうたんとは鼠《ねづみ》が猫《ねこ》をねろふにひとし。其思ひはかくべつ、さしあたつて露命《ろめい》かつぐ〳〵の身とし傾城《けいせい》ぐるひを仕出《しいだ》し、虎と契《ちぎり》ふかい中と聞《きく》、なれ共金《かね》つかふて逢《あふ》はまれなるべし。もと傾城《けいせい》といふ者《もの》は金をかぎりの契《ちぎり》と聞《きけ》ば、定めし手のとゞかぬ事のみならん。人ごとにいふは、虎と十郎はまぶとやらよことやら風聞《ふうぶん》すれど、此祐経《すけつね》が了簡《りやうけん》左にあらず。虎がはつめいにて、身体《しんだい》ならぬ十郎をよそにせずしてあふ情《なさけ》しりといわれ、祐成を商内《あきない》のゐにかふとみへたり、さればこそ遊女《ゆうぢよ》あまた有中に、わけて虎が全盛《ぜんせい》其ゆかりなきにあらず。今日より与市に腰《こし》をし郭《くるは》をつかみ出し、奥《をく》様にさせん。又某はしやう〳〵をあたまから根引草《ねびきぐさ》、つよひ所は山吹色《ぶきいろ》に、遣銭《つかいぜに》であひ給ふ曽我《そが》兄弟《きやうだい》に鼻《はな》あかせん。うけた酒《さけ》のあがらぬは是をみてほし給へ」と、大藤内《とうない》にめくばせ小判《こばん》の山をうごかし両人が前《まへ》に置《をく》。虎少《とらしやう》将《く》聞とひとしく胸《むね》にあまるほむら、しゆみせん共かゐじと思ふつまの事悪敷《あしく》いわるゝのみ、御兄弟を我々が勤《つとめ》の為《ため》にゐにかふとは、今迄きかぬ悪口《あつかう》是迄とつみかさねたる小判を取《とり》、「女郎の花うつをいづれも御覧《ごらん》候ゑ」と、さきにすゝみし大藤内《とうない》がまつかうになげかけ、のこるをひろひ祐経《すけつね》三《み》浦《うら》に打《うち》かくる。

すはくせ物とかいくゞり取ておさゑ、高手《たかて》小手にいましめ、「女の身としだいたん物、しよ侍《さぶらい》のつらゐ金《かね》うちかくるゐせもの、いかゞして腹《はら》ゐん」と松の木にくゝり付、身をもがきゐる所へ、新田《にたん》四郎かけ付祐経与市をおしとめ、「みれば女をいましめ太刀《たち》ざんまいは何事ぞ」。両人口を揃《そろへ》加《か》様《やう》〳〵の次第《しだい》と恥《はぢ》をあらはし語《かたり》ければ、忠常《たゞつね》おかしく、「尤なれ共、さすがの方々《かた〴〵》が遊女《ゆうぢよ》をからめ、ぞんぶんとげられたりとて何ほどの事かあらん。某にめんじ両《りやう》人が命《いのち》をたすけ給はれ。殊《こと》に此者《もの》共は大磯形勢坂《いそけはひざか》の遊君《ゆうくん》なり、もし親方《おやかた》よりとがめのあらばかゐつておの〳〵の身《み》為《ため》よろしからじ。かれ是御了簡《ごりやうけん》有べし」といわれ、左衛門三浦、面目《めんぼく》なく〳〵、忠常《たゞつね》の詞《ことば》に恥《はぢ》ともかくもとてなわをとき、「今日の遊興《ゆふけう》きやつらにさゝゐられ何とやら気《き》づまり、所をかゐてなぐさまん」と、忠常に暇乞《いとまごひ》奥《をく》山にこそ入たりぬ。

　とらしやう〳〵生《いき》たる心地《こゝち》、「御めぐみによりあまの命をひろいぬ。兼《かね》てきゝおよびし新田《にたん》の四郎様とかや。誠に情《なさけ》有御侍《さぶらい》と承りぬ。御身様も御狩《みかり》の御供有よしちと頼《たのみ》度《たき》事の有。御兄弟《きやうだい》もよそながら見物《けんぶつ》せんとて出給ひぬ。其別路《わかれぢ》に参らせし虎の生爪《いきづめ》をわすれさせ給ひぬ。そも此爪《つめ》と申は達丹国《だつたんこく》より渡り、みづからが先祖《せんぞ》につたはりし重宝《てうほう》、しゝさるくまの爪《つめ》はあれど、虎の生爪《いきづめ》はまれ成もの、地《ち》をはしるけだ物空《そら》をかくるつばさおそれぬといふ事なし、されば我名《わがな》を虎と申も是によそゐていふぞかし。此爪はだにかくる時は、いかなるあらくまあれじゝも四足《しそく》をちゞめかける事かなわぬとかや。御兄弟《ごきやうだい》の内いづれ成共高名《かうみやう》あらば、二《ふた》度《ゝび》御代《ごよ》にも出給はんと思ふ心の通路《つうぢ》けるにや。御身様にことづて参らする事の嬉し、かならず渡《わた》し給はれ」と涙ぐみて語《かたり》ぬ。忠常心底《たゞつねしんてい》をかんじ、「心安《こゝろやす》かれ慥《たしか》にとゞけ参らせん、道《みち》の程心元《ほどこゝろもと》なし」とて下部《しもべ》を相《あい》そへ、大磯《いそ》けはひ坂《ざか》ゐおくらせ其身は屋形《かた》に帰りしとかや。

寛濶曽我物語　七之巻終

寛濶曽我物語《くわんくわつそがものがたり》　八之巻

一　富士野《ふじの》の牧狩《まきがり》

時《とき》に建久《けんきう》四年中《ちう》夏下旬《げじゆん》、右大将頼朝《うだいしやうよりとも》公、浅間《あさま》三原《みはら》名須野《なすの》の原《はら》、浅妻《あさづま》の狩鞍《かりくら》よりすぐに富士野《ふじの》に牧狩《まきがり》有。思ひ〱にこやうたせ君をしゆごし奉れば、さしもにひろき富士《ふじ》のすそのに駒《こま》を立べきらい地《ち》なし。御舅北《しうとほう》条《でう》の四郎時政《ときまさ》、ちゝぶの庄司重忠《せうじしげたゞ》、和田《わだ》の義盛《よしもり》、千《ち》葉《ば》小山宇津《をやまうつ》の宮梶原親子《みやかぢはらおやこ》を先《さき》とし、御近所外様《ごきんじよとざま》の大《だい》小名《しやうみやう》、狩装束《かりしやうぞく》に美《び》をつくし、せこの人数《にんじゆ》は所領《しよりやう》の高下《かうげ》、名々《めい〱》持《もち》の場所《ばどころ》にはまとばを立《たて》、組子《くみこ》は思ひ〱の笠印《かさじるし》、扨御鷹《たか》はつみゑつさし、ばしやうはやぶさ、小のりわしくまたか、白《はく》ちやう朝鮮鷹《てうせんだか》以上三千余《よ》もとなり一持《もつ》の犬唐犬《いぬたうけん》、是も同じき三千疋《びき》、馬《むま》鞍貝具《くらかいぐ》きらかざり、花《はな》と紅葉《もみぢ》を、一度《ど》にながむるごとくなりき。

そも〱此富士山《ふじさん》と申は、仁王《にんわう》二十一代景帝《だいけいてい》天王

の御時《とき》、一夜《いちや》に出現《しゆつげん》したる霊山《れいざん》。峰《みね》にはくじやく明王《みやうわう》の住《すみ》給ふ池《いけ》有。ふもとに浅間《あさま》大菩薩《だいぼさつ》、ゐらかをならべ立給ふけんごの霊地《れいち》、殺生《せつしやう》きんだんの山なればかせぎの数《かず》はおゝかりき。三千余《よ》人のせこの者《もの》、三日かけて以前《ぜん》より、谷峰《たにみね》をわけ岩《いわ》をおこし、古木《こぼく》をたゝき爰をせんと狩《かり》出す。おゝくの献（ママ）物《けだもの》おそれをなしすそ野《の》をさしてにげたりぬ。其中に幾年《いくとし》ふる共しれざりし猪《ゐ》のしゝ、しこや二つ三つおひながら、ちかづく者をかけたをし、にぐる者を踏《ふみ》ちらしてかけ通《とを》る。せこの名《めい》々、我とめんとあらそひけるをはねこゑ数《す》十人ぞかけたり。やうゆうがじゆつ、りくりやうがじんべんもかなふべきとはみへざりき。

かゝる所へ新田《にたんの》四郎忠常《たゞつね》おくればせにかけ付、「ものく\しや方《かた》々、かんのりくわうは石虎《せきこ》をゐる、みんのきんしは女なれ共もうこを討《うつ》ておつとをたすくる。たとへば鉄石《てつせき》にてまろめたる猪《ゐ》のしゝ成共、何ほどの事か有べき」とて、ゑびら竹笠《たけがさ》かなぐりすて、声《こへ》をかけて二丈《じやう》ばかり飛《とび》あがりむかふざまに乗《のり》たりぬ。しゝはのられていかりをなし、土《つち》をけ立《たて》木の根《ね》をほり、雲《くも》と霞《かすみ》にわけ入しはしうのぼくわうが乗《のり》のため八疋《ぴき》の竜《りう》馬《ば》に乗《のり》、万里《ばんり》をせつなにいたりしもかくやと思ふばかりなりき。もとより新《に》田《たん》は馬上《ばじやう》の名人《めいじん》、楽天《らくてん》が三つ

頭《がしら》王竜《りやう》が秘密《ひみつ》のむち、しゝの尾《を》ずゝを手綱《たづな》とし腰《こし》もきれよとしめつけくつむかばきは、山おろしにちぎれてのけ共、只《たゞ》おちじと、小篠《をざゝ》しのわら、がんぜき古木《こぼく》に討《うち》つけ、おちばかけんとありきしかど、さすが虎《とら》より預《あづかり》し生爪《いきづめ》、懐中《くわいちう》せし印《しるし》にや。おのれとふし木につまづき、よはる所をとつておさゐさしぞへぬいて、あばら骨《ぼね》四五枚《まい》かききれば、四足《しそく》を土《つち》にふみいれ立ずくみに死《し》したりぬ。

いそぎ飛《とび》おり足軽《あしがる》共にかゝせ、既《すで》に御前《おまへ》に出んとせし所へ、工藤左衛門《くどうさへもん》弓矢《ゆみや》たづさゐかけ付、「是々忠常《たゞつね》其しゝは、某先程《さきほど》見付遠矢《とをや》を二三本射《ゐ》て置《おき》しを、誰《たれ》にことはりくみとめられしぞ。いそぎ此方《はう》ゐわたされよ」といふ。新田《につた》おかしく、「惣じて狩場《かりば》の習《ならひ》、めがけし鹿《しか》くみとめし鹿《しか》を人手にわたす法《はう》はなし。人にかませてのみこむなどよほどしやれたる事ぞかし。しかし御身のゐられしが誠《まこと》ならば、定《さだ》めし矢印《やじるし》あるべき」といはれ、「それは仰迄もなし。矢《や》の根《ね》に某が名《な》をほらせぬれば、いそぎぬいてみられよかし」、「心得《こゝろへ》たり」とてみてあれば無名《むめい》にていづれの矢共定《さだ》めがたし。「是でも御身がいとめしか」といはれ、左衛門今は返答《へんとう》なく、「近頃《ちかごろ》そつじしゝみそんじたるとみへたり。先《まづ》お手がら」といひさしすご〳〵と帰りぬ。

忠常《たゞつね》はるかにみをくり、「曽我兄弟《そがきやうだい》に討《うた》せん為《ため》、こらゐがたき場《ば》をゆるしてかゐす。重《かさね》て外言《くわごん》（ママ）いふならば義理《ぎり》は立《たて》まじ只《たゞ》一討《うち》」といふ所へ、十郎来《きた》り、「あつぱれ今日のお手柄《てがら》とかう申べきやうなし。殊《こと》に只今祐《すけ》経《つね》をたすけ給ひし心底《しんてい》。我々が身に取ての仕合《しあはせ》、時宗有《ときむねあり》なばいかでのがさん、宝《たから》の山に入ながら手をむなしうとは、今身のうゐにしられたり」と涙ながら語《かたり》けるにぞ。

忠常《たゞつね》聞て、「いつ迄も兄弟《きやうだい》心を合本望《ほんもう》とげらるべし。扨今日大望《たいもう》の獅子《しゝ》射《ゐ》とめし事、先刻《せんこく》矢《や》立《たて》の杉《すぎ》にて、加様〳〵の折ふし参りかゝり、虎少将《とらしやう〱》の命《いのち》をたすけし時、虎御前《とらごぜん》より義殿《きでん》の方《かた》ゑとゞけくれよとて虎の生爪《いきづめ》を預《あづかり》、今日とゞけんと存する所に只今の仕合。是と申も生爪《いきづめ》の影《かげ》ぞかし。よき折《おり》からのげんざん、慥《たしか》に請取《うけとり》給へ」と渡《わた》して後《のち》、「御用《ごよう》あらばうけたまわらん、日頃《ひごろ》の望《のぞみ》は此度《たび》なり心おかれな武士《ぶし》はたがい」、十郎悦、「虎が命をたすかるのみ、祐経《すけつね》を討《うた》せんとて様々の心づかい、たとへ本望《ほんもう》とげたればとて生《いき》て帰る心底《しんてい》なし。ざう兵《ひやう》の手にかゝらんより、御手にかけて給はらば、生々《しやう〱》世々の御恩《ごをん》ならめひとへに頼《たのむ》」と有ければ、忠《たゞ》常《つね》聞て、「其段《だん》は心安《こゝろやす》かれ。人手にはかけ申さじ先それ迄はさらば〳〵」と新田《にった》はかりや、そがはにふに立帰り、兄弟《きやうだい》打つれあまたのせこにまぎれこゝかしことうかゞひぬ。

狩場《かりば》みんとはかこつけにて鹿《しか》に心のいらばこそ、鹿子《かのこ》の一つもとゞめずいかにもして祐経《すけつね》にめぐりあはんとさまよひぬ。ゆんでにみゐたる柏木原《かしのきはら》の中《なか》をみれば、四十計の男《おとこ》みつ有鹿《しか》にめをかけ、かりまたつがいおつかくる。時宗《ときむね》目ばやき男《おとこ》にて祐経と見るより、「鹿《しか》こそとをれ十郎殿御覧《ごらん》ぜられて候か、鹿《しか》」といふに心付よく見れば祐経《すけつね》、天のあたゑと嬉しく弓《ゆみ》と矢《や》取て討《うち》つがひ、おとゝひつれて追《おつ》かくる。十郎は兄《あに》なれば、一の矢と心がけ敵《かたき》の矢つぼにめをはなさず、馬の足《あし》もとみざりき。よはき馬《むま》につよく手綱《たづな》をのるほどに、と有ふし木に胸《むね》をつき逆様《さかさま》に落《おち》たりぬ。五郎あまりのかなしさにいそぎ馬より飛《とび》をり、祐成《すけなり》いだき馬おこさんとひしめくまに、敵名馬《めいば》に乗《のり》ければ谷峰《たにみね》へだてにげのびぬ。行方《ゆきがた》しれねばいづくをさして、尋行べき方《かた》もなく〳〵兄弟《きやうだい》めとめを見合、「誠に我々程敵にゐんなき者《もの》はなし。けふは是非《ぜひ》と思ひしにくわほうゆゝしき祐経、うらめしきは我《われ》々也。それをいかにといふに、虎《とら》がゐさせし生爪《いきづめ》をはだのまもりにかけぬるゆゑ、馬《むま》おそれてふしたるとみへたり。これ情《なさけ》のあだ成」とて谷《たに》ゑなげすて、駒《こま》引よせ乗《のり》ければもとのごとくあゆむにぞ。「つゞけや五郎来《きた》れや時宗」と、谷をのり越《こへ》、岡《おか》のかやわらふもとの松原《まつばら》尋ぬれ共敵《かたき》の面影《おもかげ》みへざりき。

兄弟こぶしをにぎりはをならし涙ながらおのがかりやに帰りつゝ、「我々運《うん》もはやつきぬると覚《おぼへ》たり。いざや爰《こゝ》にて腹《はら》きらん時宗いかゞ思ふ」とあれば、「仰のごとく弓《ゆみ》おれ矢《や》つくるとは加様《かやう》の事を申さん。さりながら爰は人目も候へば、屋形《かた》をもとめ御じがい有べし」、尤とて兄弟座《ざ》をくみ、五つや三つの時よりも十八年が其間、心をつくせし甲斐《かひ》もなく、腹切《はらきつ》て死《し》なん事ぞ口惜《くちをし》とてなくより外はなかりき。

物の隙よりちゝぶの重忠《しげたゞ》此ていを御らんじ、「あれ見給へ義盛《よしもり》、河津《かはづ》が子供の有様みなし子と成はて、中々とんせいろうきよもせず、親《おや》の敵《かたき》をうたんとて心をつくすふびんさよ。此者《もの》共が風情《ふぜい》して、祐経《すけつね》をねらはんとはたうろうがおのとかや、ちゝうのあみにあひおなじ。殊に明日は鎌倉《かまくら》へ御帰りのよし。左もあらばまたいつか討《うた》ん、いざやかれらに心をそへこよひ敵《かたき》を討《うた》すべし」、「しかるべし」とてむかばきならし、重忠《しげたゞ》発句《ほつく》を被成れり。

〽なつ山やおもひしげみのこがるゝは、

と、上《かみ》の句《く》をつらね給へば義盛《よしもり》やがて付給ひぬ。

〽こよひふじのに飛火《とぶひ》もえいづ

とよみ給へば兄弟聞《きやうだい》、「扨さはがしの狩場《かりば》のいゝすて、いか様我々をとぶらい給ふにうたがひなし。今《こ》宵《よひ》富士《じ》野《の》に飛火《とぶひ》もえいづとは、夕《ゆふ》さり夜討《ようち》に入べしとの御詞《ことば》。いざや我々もつらね歌《うた》申さん」とて祐成《すけなり》やがてか

くばかり、

〽うゐもなき恋のけぶりのあらわれて

下《しも》の句《く》を時宗《ときむね》、

〽あまの岩戸《いはと》をあけてとゐきみ

和田《わだ》ちゝぶ聞召、「扨はこよひかぎりの命《いのち》あけなばとむらゐとや。いたわしき事共」と、めん〳〵かりやに帰り給ひぬ。

二　傾城情《けいせいなさけ》のまくづくし

其頃《ころ》きせ川の亀鶴《かめづる》は、今様《いまやう》の上手《じやうず》とて、祐経狩《すけつねかり》屋にめしつれ昼夜《ちうや》酒《しゆ》ゐんの興《けう》をもよふす。もとより亀鶴《かめづる》、禿《かぶろ》そだちの頃より十郎とあいさつよくむつまじき中《なか》なりしが、兄弟《きやうだい》の人々よそながら御狩《みかり》に出給ひしと聞《きく》より、何とぞ屋形を尋《たづね》出し、心計のさけ参らせんとて手づから銚子《てうし》盃《さかづき》もち、かりや〳〵をさしのぞけば、あすはや鎌倉《かまくら》入有べきとて、馬のゆあらひ庭乗《にはのり》してひしめく所など有、また有かたを見てあれは大つゞみ小つゞみ、むつのしらべを立おゝせどよひであそぶかたも有。

いづくにかおはすると心を付て通《とをり》しを十郎見付、「いかにかめづる何ゆゐ爰《こゝ》へ来られしぞ」、「さん候私《わたくし》は虎少将《とらせうく》様のおかげにより、舞《まひ》の一手《て》も覚《おぼへ》、さのみ上手《じやうず》にてもなけれ共、我身《わがみ》の仕合《しあはせ》にて祐経《すけつね》殿の御気《き》に入、勤《つとめ》にも隙《ひま》なく殊に此所へ召《めし》よせられ、御酒《ごしゆ》ゐんの御あい手、舞《まひ》や謡《うたひ》や琴《ことさ》三味線《みせん》など引御《ひきご》前《ぜん》を勤《つとめ》候。ほのかにきけばおふたり様、御狩《みかり》の御供有しと聞《きく》、何とぞ御目にかゝりつもる事のみ語《かたり》、御心をもいさめん為《ため》手づからさゝゑをもち参りぬ。せめては心指《こゝろざし》、一つはきこしめさるべし」とねんごろに語《かたり》ければ、兄弟悦《よろこび》、「御《ご》心底《しんてい》の程嬉《ほどうれ》しゝ、いで〱しやうぐわん申さん」とてさし請《うけ》ひき請のふだりぬ。

暫有て十郎申されけるは、「左こそ亀鶴《かめづる》殿やかたの案内《あんない》しり給はん、くわしくおしゐ給へ古里《ふるさと》へのみやげにせん」とのぞまれ、「承《うけたま》り候」とて一々次第《しだい》にかたりぬ。「あれ〱御覧《ごらん》候ゑ。東《ひがし》のかたにしぼりあげたるまくの紋《もん》、くぎぬき松かは木村《きむら》ご、此木村ごと申は、三浦《みうら》の平六兵衛よしむらの紋なり。石だゝみはしなのゝ国《くに》の住人《ぢうにん》、ねんゐの太夫大弥太ひらぎ扇子《あふぎ》はあさりの与市《よいち》、舞鶴《まひづる》はいわら左衛門、いほりの下《した》にめ竜男竜《りやうおりやう》の、二つ頭《がしら》の如意宝珠《によゐほうじゆ》をまもりあそび、雲《くも》をまねくは雨《あめ》のみかどの末葉《すへば》のしづく、竹の下の孫《まご》八左衛門、いたら貝《がい》は岩《いわ》ながとう、あみの手はすがいたう大すながしは安田《やすだ》の左衛門、春《はる》の山部《やまべ》のおぼろ染《ぞめ》、弓《ゆみ》はり月を金紋《きんもん》にすかし鹿子《かのこ》に乱星《みだれぼし》ちばの助の御紋《ごもん》ぞかし。女いむてふ高尾《たかを》山いかに妻《つま》かふさほ鹿《しか》の、ふみわけてなくむら紅葉《もみぢ》、時雨小笠《しぐれおがさ》は名古《なご》屋の紋団扇《もんだんせん》は小玉たう、こしからすそを吉岡《よしおか》のすそぐ

ろに鱗形《うろこがた》北条《ほうでう》の御紋、風折烏帽子《かざおりゑぼし》立烏帽子《たてゑぼし》、大一大万大吉、白《しろ》一もんじ黒《くろ》一文字《もんじ》山の内《うち》の御紋なり。十もん字ははやひとのさつをのたより聞やとて舟こぎめぐる嶋津《しまづ》の紋《もん》、めぐり〳〵て行水《みづ》の月をも友《とも》にくみいれ影日《かげひ》にうつす水車《みづぐるま》、是こそ浜《はま》の竜王《りうわう》のばつそん佐藤《さとう》一ッ家《け》の紋とかや。竹笠《がさ》は名も高橋《たかはし》の紋所《どころ》、きつかうわちがひ花うつぼ、三本唐笠雪折竹、竹にすゞめはみちのくの五十四郡《しぐん》の惣万《そうまん》所、二つへいじ川越《かはごへ》三つへいじはうさみの左衛門、左巴《ひだりどもへ》は小山《をやま》の判官《はんぐわん》宇津《うつ》の宮《みや》かぶら矢は伊勢《いせ》のみやがた、四《よ》つめゆいは佐《さ》々木殿、畠《はたけ》山は小紋《こもん》むらがうさいわいびしのさひわいを子孫《しそん》に請《うけ》て悪魔《あくま》をはろふ。桑《くは》の弓取《ゆみとり》よも木の矢はづ梶原一等《かぢわらいっとう》、心の駒《こま》をひかへとゞむるつなぎ馬《むま》は相馬《さうま》殿、つくしに菊水中国《きくすいちうごく》にあげはの蝶《てう》、ぼたん梅《むめ》ばちおもだか　橘《たちばな》　桜《さくら》花、およそ屋形《かた》の数《かず》二万五千三百八十余《よ》、軒《のき》をならべ小路《こうぢ》をわけ、東《ひがし》のはづれを梶原源太《かじわらげんた》、西《にし》のとまりにこんと鼠《ねずみ》の染色庵《そめいろいほり》の内に木香《もつかう》のあり〳〵とみへしこそ、工藤《くどう》左衛門祐経《すけつね》の屋形にてぞ有けり。扨また君の御座所《ござどころ》、十八間《けん》のひはだぶきに下白《したじろ》のまくを打、富士《ふじ》の嵐《あらし》が吹《ふき》おろすにもまれたるなど只白雲《たゞはくうん》のごとし。御家《いへ》の子しゝどの秋《あき》の四郎前後《ぜんご》をしゆごし申さるゝ、外の方《かた》には意坊義坊《いばうぎばう》、さいのしく

わん近義《ちかよし》、其外諸国《ほかしよこく》の大小名、君をしゆごし給ひぬ」とくはしくかたりければ兄弟悦《きやうだいよろこび》、「亀鶴《かめづる》が詞《ことば》の花にうつり気の案内《あんない》しれたるいはひざけ今壱つ」などしゐたりぬ。其後《のち》かめづる人々においとま申祐経《すけつね》かりやに帰りけり。

兄弟うなづき、「かく案内のしれたるうへは夜《よ》もふけなば思ひ立べし。よいの程《ほど》文などしたゝめ古里《ふるさと》ゐおくらん」、「しかるべし」とてやたて巻物《まきもの》取出しともし火かき立、有し昔《むかし》の思ひより今のうき身のはて迄をこまかにこそはかゝれたり。十郎はともすれば虎が名残《なごり》をかへし書《がき》、五郎が筆《ふで》のすさみには箱根《はこね》の別当《べつたう》の御事、扨其外はいづれも同じ文章《ぶんしやう》也。とりわけ五郎が悦は母のふきやうをゆるされ、父母《ふぼ》けやうやうの弓馬の道、命を富士野すそのにすて骨《ほね》は夜《や》くわいにうづむ共名を万天《ばんてん》にあぐる事、父《ちゝ》が子《こ》たれば取つどふ、竜門《りうもん》に骨《ほね》はくちながら家門《かもん》いゐをうづまず、きん玉《ぎよく》の声《こへ》はさんしよちくゐんとうまでくもりなし、ひそかに是をおもんみるに、たうをにぎり剣《けん》のたいし、弓馬《きうば》の道《みち》にたづさわり、戦場《せんぢやう》に出て命《いのち》をすつ是高名《かうめい》の為《ため》なりき。ほくしうねんのなげきには、かなしみを三五の時《とき》是をうけ、十八年のしうたんは只二人のみなりき。としたけ月日さつて後時《のちとき》に建久《けんきう》四年五月闇《さつきやみ》、天はくらしと申せ共思ひは今宵《こよひ》はるゝなり祐成判時宗判《すけなりはんときむねはん》と書《かき》とめ、次第《しだい》の形《かた》見《み》を取あつめなくより外《ほか》はなかりき。

祐成は鬼王《おにわう》時宗は団《どう》三郎、二人の者《もの》をよび出し涙ながら申けるは、「はだのま守は母上人に奉《たてまつ》れ。弓《ゆみ》とうつぼは曽我《そが》殿ゐ、むちとゆがけは二の宮《みや》殿、馬《むま》と鞍《くら》とはわ殿ばら、主従《しうじう》の形《かた》見ぞと思出さん折々は念仏《ねんぶつ》申ゐさすべし、びんの髪《かみ》は虎少将《とらしやうくく》、夜半《よは》のさゝめに焼《たき》とめし、とめ木のかほりうすく共、煙《けぶり》はすゐになびきあふ二世の形見とみせてくれ、どんす三本もみ五ひき綿《わた》の代《だい》迄相《あい》そゑ、義盛《よしもり》殿より給はりしをやりてにやりて我々が、客《きやく》のじやましてにくまれし、あたを恩《をん》にてほうしんの念仏《ねんぶつ》せよとの形見也。碁盤人形《ごばんにんぎやう》ゆび人形二人の禿《かぶろ》がほしがりしぞ、思ひ出さん折々は、此人形の袖《そで》しぼる露《つゆ》の間《ま》もかね打《うち》ならし念仏申てくれよかし。巻絵《まきゑ》の香箱《かうばこ》つぎ三味線《さみせん》、ひき舟女郎誰《たれ》々に形《かた》見共なれなげ頭巾《づきん》、鼻紙袋《はながみふくろ》たばこ入おろせの友《とも》八孫《まご》三郎、たばこは涙にしめる共涙の煙《けぶり》むせぶまで形見にみよ」と涙ながら出しけるにぞ。

鬼わう団三郎も供に涙をながしゐなをつて申けるは、「いづくにていか成事を見おとされかく情《なさけ》なき御詞《ことば》を聞物かな。主たる人の敵討《かたきうち》に只二人有我々がいかでみすて帰るべき、たとへばふる里《さと》に帰り、初《はじめ》て人を頼《たのむ》ともふだいの主をみすて死なざる不忠物《ふちうもの》、何のやくにか立べきとてめかくる人も候まじ。よしまた入道したればとて、恩《をん》のしらざる発心《ほつしん》何事かあらんと、うしろ指《ゆび》をさゝれては法師《ほうし》と成し其甲斐《かひ》なし。女郎も下郎《げらう》も、死ぬべき時に死なざればいきまさる恥《はぢ》と聞《きく》、何とぞ思召かゝられ只御供に」となげきしかば、また団《どう》三郎が申けるは、「誠に御兄弟《ごきやうだい》の御事は竹馬《ちくば》にめされし頃より付まどひ、きうか三ぶくのあつき日は扇子《あふぎ》の風《かぜ》をま

ねき、げんとうそせつのさむき夜《よ》は衣《ころ》をかさねはだへをあたゝめ、心をつくしそだてまいらせ月共日共たのしみ何とぞ御世《ごよ》にも出給はゞ誰《たれ》やの人にかおとらじと、浮《うき》年月を送《おく》りしに今さら帰れなどゝはあまりむごき仰かな。尤浅《あさ》ましき下郎《げらう》なれば、正《まさ》かの時《とき》は命おしむべしと思召さるゝはさる事なり。とてもみはなされたる我々《われく》、ながらへて何かせん御前《ごぜん》にてすみやかに相果《あいはてん》」、「尤《もつとも》」といふよりはやくさしちがゐんとせしを、兄弟《きやうだい》あはて中に入二人を左右《さう》ゐおしわけ、「さりとては思ひきりたる者《もの》共かな。せんだんの林《はやし》はけいきよく迄もかんばし、我々思ひきりぬればおことら迄思ひつめしか、見をとす事はあらね共国《くに》ゐ形《かた》見をおくらずば時のちんじ、又は口論《かうろん》などにて死《し》したりと人もあざけり、母うへの思召されんもかなしければ、わざとくだすぞ帰《かへ》りてくれ。それとても聞わけなくば主従《しうじう》の縁《ゐん》を切《きり》、七生《しやう》迄の勘当《かんだう》ぞ」と涙ながらの給ひければ、両人是に返答《へんとう》なく、「此上はともかくも、あかぬ君の御詞《ことば》御暇《いとま》申」と、名残《なごり》おしくも立別《たちわかれ》古里《ふるさと》曽我《そが》ゐと帰りぬる。

三　敵討《かたきうち》の手本《てほん》

さみだれのあやめもわかぬくらき夜《よ》に、今宵《こよひ》かぎりとしらま弓。ひきかゐさじと一筋《すじ》に、思ひさだめて祐《すけ》経《つね》が狩場《かりば》の庵《いほり》に忍《しのび》入、たいまつふりあげみてあれば、ふしぎや屋形《かた》をかゐていざりき。兄弟あきれて物いわず扨いかに成なん、ゆんではやがて御所、め手はちゝぶ前《まへ》は和田《わだ》、うしろのこやはよこ山、けいごの武士《ぶし》はかゞりをたき、矢先《やさき》を揃《そろへ》立をつき、御用心とよばわる声只なるかみのごとく成き。むざんやな兄弟、羽《は》ぬけ鳥の中空《なかぞら》に立わずろふていたりぬ。

所ゑ腹巻《はらまき》したる男、長刀よこたへ来る。「すは敵《かたき》ぞ」といふ声《こへ》を聞《きゝ》、彼《かの》男小声に成、「いやとよくるしからぬもの、ちゝぶが郎等《らうどう》本田の次郎近常《ちかつね》なり。きのふ狩場《かりば》の云捨《いゝすて》、やみやの情《なさけ》とはん為近常《ためちかつね》是迄参りぬ。よひ迄は祐経、此屋形にふしたるが大藤内がいさめにより、御所のひだりつま戸《ど》の脇《わき》にしゆくして有。先たい松をもしめし太刀をもさやにおさめられよ。某手引《てびき》申さんたそといふ共物の給ふな。此近常にまかせ給へ」と先に立、中門あたりをすぐる時、「あやしや何者」ととがむる、「ちゝぶがかうけん本田の次郎近常、ひばん成」とこたへければとがむる者もあらざりき。

爰かしこをすぎ、祐経が一間《ひとま》の辺《ほとり》ゑあんないし、「人数《かず》に近常御供せん」と申ければ、十郎聞召、「正《まさ》かの時の心指《こゝろざし》、ちゝぶ殿の御ほうし本田殿の情《なさけ》とかふ申におよばず。もし本望《ほんもう》とげむなしくならば、みぐるしからぬやうに跡《あと》とひ給へ。左もあらば最後《さいご》の供にはまさるべし、くれ〴〵頼」と仰ければ、「其義にて有ならば弓矢《ゆみや》の礼義《れいぎ》是迄也、さらば」といふて本田は御所に帰りぬ。それよりも兄弟目と目を見合、「風はいつも吹《ふき》けれど今宵《こよひ》の風は身にぞしむ。名残《なごり》はいつもおしけれど今宵は殊におしかりし。一日が間一千年をふるといへ共、万年が其内兄弟と成事かたし。七度ちぎりて兄となり六度むすびて弟と成、今宵《こよひ》はなれてあすより未来《みらい》のちぎり定《さだ》めがたし。いまだ敵《かたき》にあはぬ内別《わかれ》のすがたよく見ん、父尊霊《ちゝそんれい》とおもひ祐成をみるべし」、「母かうさうと思ひ時宗を御覧《ごらん》ぜ」とて、たいまつふりあげ互《たがい》に顔《かほ》を見合もろきは今の涙なりき。ふしぎや風もふかぬにつま戸《ど》ひらきぬ。すは敵と思ふにさわなくきせ川の亀鶴《かめづる》にてぞ有けり。「兄弟夜討《ようち》に入給ふときくより、せめてかきがね成共はづさん為《ため》、宵《よひ》よりまつも程久しとく入せ給へ」といゝけしてかくれぬ。

兄弟嬉しく忍《しのび》入、たい松ふりあげみてあれば、祐経ぢんずい高枕《たかまくら》前後《ぜんご》もしらずふしたりぬ。兄弟思はずうなづきあひ、「一がんの亀《かめ》のうきゞにあひ、うどんげのみちとせ、春《はる》にあひたる心地《こゝち》ぞかし。うどんげの咲《さく》時はおがみて枝《ゑだ》を折《おる》とかや。まれにあふたる親の敵、おがみ討にうてや」とて、兄弟刀をぬきはなし、祐経がむないたにあてゝは引、ひゐてはあて、「いかに左衛門、河津《かはづ》の三郎が嫡子《ちやくし》十郎祐成、同五郎時宗也おきあへやつ」とよばりぬ。此声《こへ》におどろき枕《まくら》の刀ぬかんとするを、十郎立寄ゆんでのかたよりめでの脇《わき》、しとねをかけて切つくる。「五郎是に」といふまゝに、腰《こし》のつがいを板敷《いたじき》迄切も切たり。年月のあだと恨《うらみ》を一時に討《うち》かくるこほりの太刀、おれよくだけよとさん〴〵に切ちらす。そばにふしたる大藤内太刀風にめをさまし、「らうぜき者有出あるゐ」といひざま裸《はだか》身ながらかけまはり、「今宵《こよひ》の夜討《ようち》は曽我兄弟、明日のしよけん大藤内」とよばわり、爰《こゝ》かしこゐにげまはる。しよけんといふがにくさに兄弟左右《さう》に取まき、四つ五つに切ちらし、もんのそとにはしり出暫息《しばらくいき》をつぎけるが、「御領《ごりやう》はおゝぢ伊東《いとう》が敵、い

ざ頼朝を一太刀うらみ、名をば雲井《くもゐ》にあぐるべし」、尤とてはや御所中《しよちう》に切て入。

宵《よひ》にははれて有けるが敵討《かたきうち》ける印《しるし》にや、俄に空《そら》くもりうの花くだししきりにふれば、辻《つぢ》々のかゞり火きえ東西《とうざい》ひしとくらくなり、「そは夜討《ようち》こそ入たれ」と御陣《ごぢん》一度にさはぎ、弓一張《ちやう》に太刀一ふり、二人三人取付我よ人よとうばいおふ、つなぎ馬に乗《のり》ながらむちを打所有、みかたを敵とおもふもあり、前後ふかくひしめき、上を下ゑとかゑしぬ。され共平くの平馬之丞を初《はじめ》、あいきやうあんざいうんのうすき、其外の諸《しよ》さぶらいあら手を入かゑ戦《たゝかい》しに、兄弟はことゝもせず、小柴垣《こしばがき》をこだてに取爰をせんと戦ぬ。多勢《たぜい》とはいゝながら曽我兄弟が死《し》に物狂《ものぐるひ》、手負討死《おひうちじ》に二百余人足の踏《ふみ》どもあらざりき。

かくと聞《きく》より新田《にたん》の四郎忠常《たゞつね》かけ出、御領《ごりやう》の狩家《かりや》に忍入は心得ずと、祐成に渡《わた》り合爰《こゝ》をせんと戦《たゝかい》しが、祐成はいかゞしたりけん、太刀討《うち》おられ力《ちから》なくさしぞゑぬいて戦ぬ。忠常大音《たゞつねだいをん》あげ、「くらくてみかたあようし、たい松出せ」とよばわれば、祐成此声をきゝおもふやうとても我太刀はおられす、さしぞへにてはたらけばとていかで其かいあるべし。しよせんながらへる命ならず、下郎の手にかゝらんより忠常《たゞつね》にうたれなば、

かれも高名《かうみやう》我も本望、是迄なりと打かくる太刀を、うけはづしたぢ〳〵とするを、新田《にった》見とがめ、「いかに十郎、何とて太刀をあはされぬぞ」、「さん候本望はとげたり、何方ゐにげたり共いきのばわる心底《しんてい》なし。殊に義殿《ぎでん》の情《なさけ》の程死《し》してもわすれがたし、浅《あさ》ましき者の手にかゝらんより、はや〳〵御手にかけられ、跡《あと》とむろふて給はれ」と首《くび》さしのべていたりぬ。忠常聞、「養性《ようしやう》より日影《ひかげ》の身、武士《ぶし》の参会《さんくわい》もうと〳〵敷《しく》、百性土民《みん》にまじはり弓馬《きうば》の道わすれ給べきを、さすがは河津《かはづ》殿の子《こ》程有。いかに真節《しんせつ》なればとて敵《かたき》みかたと成からは、太刀討《たちうち》なくては武士《ぶし》の本意《ほんゐ》ならず。是非勝負《ぜひしやうぶ》をとげられよ」と太刀をわたしてつめかくる。「尤なれ共最前《さいぜん》の戦《たゝかい》に、義殿《ぎでん》にたかもゝをきられぬれば勝負《しやうぶ》はみへたり。人見ぬうちに首《くび》を取て給はれ。それとても承引《しやうゐん》なくば、某腹《はら》を切迄《きる》」と太刀に手をかけければ、「尤成、とても此手にてはかなふまじ、ざうひやうの手にかゝらんより、某が手にかゝり成仏《じやうぶつ》あれ」とうしろにまはり首討《くびうち》おとし太刀につらぬき、「今宵《こよひ》のらうぜき曽我《そが》の十郎祐成を、武蔵《むさし》の国《くに》の住人《ぢう》、新田《にたん》の四郎忠常討《たゞつねうち》ける」と名乗《なのり》御所をさして入けり。

かくとはしらず時宗《ときむね》、ちかいゐにぐるを手取にせんと追《おつ》かけしが、十郎討《うた》れしと聞より今は何をかこすべきと一筋《すぢ》におもひ、御所をさしてみだれゐる。こゝに御所の五郎丸とてがうなる兵物《つはもの》有。もとは京の者《もの》なりしがゐいざんに住《ぢう》し、十六才の頃師匠《ころししやう》の敵《かたき》を討《うち》、在京《ざいきやう》かなわずして東国《とうごく》にくだり、一条の次郎忠頼《でう》《たゞより》をたのみしが、忠頼討《たゞよりうた》れて後《のち》、頼朝《よりとも》公につかゐ御前《ごぜん》さらずの義利者《ぎりもの》、宵《よひ》の程は出ざりしが、時宗近家《ときむねちかいへ》をつかけ来《きた》りしをはるかに見付、うす衣《ぎぬ》かづきまくのこ影《かげ》にかくれぬ。時宗一目見たりしかど、十郎がいゝけるは、「かならず女に手かくるな」と有しゆゐ、わざと小じりをあてゝ通《とをる》。やりすごして五郎丸うしろよりむずとだく、ものく\しやとふりはなさんとする所へ、相模《さがみ》国ぜんじ太郎丸、御馬やの小平次其外の者共、一度《ど》におり合けれ共、時宗こと共せず、大庭《をゝには》ゐ出ざまに、板敷《いたじき》にて足《あし》を踏《ふみ》はづしよろぼひけるを、大勢《ぜい》かさなり高《たか》て小手にいましめ、「曽我《そが》の五郎時宗《ときむね》をくみとめたるうへは、はやことはおさまりぬ、おのく\しづまられよ」と御前《ごぜん》をさして出けると也。

四　村千鳥《むらちどり》の面影《おもかげ》

其後時宗に縄《なは》をかけ君の御前に引出す。頼朝御覧《よりともごらん》じ、「曽我の五郎とはかれが事か」、「さん候」といふまゝになは取中《ちう》に引《ひき》たつる。けいごの侍《さむらい》らうぜきなりとてひきすゆる。新開《しんがい》の荒次郎《あらじらう》罷出、「申上る子細《しさい》あらば取次《とりつぎ》してゐさせん」といふ。時宗眼《まなこ》に角《かど》立、「みぐるしきぞ実光《さねみつ》、御前遠《とを》くば左もあらん。程近《ちか》ければたのまじほね折《をり》にそこのかれよ」といかりぬ。君聞召、「げにく\頼朝直《ぢき》に聞べし。尤親《おや》の敵《かたき》をねろふ事、左も有べき事ながら、折こそあれ、頼朝が狩場《かりば》にてのらうぜききくわいなり」と仰けるにぞ。

時宗かうべをさげ、「上意《ゐ》の段《だん》御尤に候さりながら、此年月野《としつきの》路《ぢ》山路《ぢ》宿々《しゆくく\》泊々《とまりく\》迄心を付てねらへ共、かりそめながら祐経は五十騎《き》百騎を召つれ候。我々は只二人、つれざる時は只壱人、其大勢《ぜい》をおそるゝにはあらね共、折をうかゞひ只今に至《いた》り候」、君聞召、「尤それは左もあらん、して此事を母にしらせけるか」、五郎が聞て、「こは日本の将軍《しやうぐん》の仰共覚ぬ物かな、地《ち》をはしるけだ物そらをかくるつばさ迄、子をかなしまぬはなきものを、人の親《をや》とし只今死《し》にゝ参るを悦親《よろこぶをや》の有べきか」とあざわろふていたりぬ。断《ことはり》なれば頼朝《よりとも》公しばしうなづかせ給ひ、「祐経は敵なれば其通《とをり》、頼朝にはいか成意趣《ゐしゆ》有そばちかくみだれ入、きんじゆの侍《さぶらい》切《きり》ちらせしは何事ぞ」、時宗承り、「敵うたぬ内《うち》は木にもかやにも心おかれ命おしく候得共、打おゝせて後《のち》は千騎《き》万騎《き》をもはい虫《むし》共存ぜぬ所に、御所中の侍立夜討《ようち》が入たりと、うろたへまはるがおかしさに、太刀《たち》風《かぜ》をあてたるばかりにて面《おもて》きずは候まじ。扨また君の御事は正《まさ》しくおゝぢ伊東《いとう》が敵、其うへ日本の将軍《しやうぐん》、鎌《かま》倉《くら》殿を討奉りしとゐんまの帳にうつたるゐ申さば、いかなるつみものがれんと思ひかけ入て候所に、口惜《くちをし》やうんつきて、是成五郎丸を女と思ひ油断《ゆだん》し、やみ〳〵といけどられし君の御運《ごうん》こそめでたけれ。五郎丸がなかりせば御首《くび》を給はり、それより切《きつ》て出るならば、おそらく関八州《くわんはつしう》に人種《だね》はおかじ物を」とはゞかりなく言《ごん》上す。

頼朝かんじ給ひ、「もうしやうゆうしも運《うん》つきぬれば力《ちから》なし、かなわぬ迄もたすからんと恥《はぢ》をすてちんずべきを、命をしまず詞《ことば》をかざらぬ心底《しんてい》、よの物千騎《き》よりは」と御涙をながさせ給ひ、其後新田《にたん》の四郎忠常《たゞつね》を召れ、「兄《あに》十郎が首《くび》を時宗にみせよ」との上意《ゐ》、畏て、村千鳥《むらちどり》のひたゝれに祐成が首をするゐ時宗が前《まへ》に置《をく》、今迄はさしもにいさむ朝顔《あさがほ》の、日影《ひかげ》にしぼむ風情《ふぜい》にてしほ〳〵とをしうつぶきしばし涙をながし、「はやくもかわらせ給ふ有様かな。ようしやう竹馬《ちくば》の頃《ころ》より、敵を討し夕部《ゆふべ》迄一所とこそ思ひしに、口惜《くちおし》くもながらへ死出《しで》の旅路《たびぢ》におくれぬ。かく有べきとはしらずふか入せし後快《かうくわい》や」と、いゝさしこぼるゝ涙をさへんとしけれ共、いましめのつよかりしかばひざに顔《かほ》をおしあて前後《ぜんご》ふかくになげきぬ。

君仰けるは、「前代《ぜんだい》み聞《もん》のゆうしなれば、死《し》ざいをなだめ召つかひ度は思ひぬれ共、はうばいのそねみ祐経が親類《しんるい》の意趣《ゐしゆ》、かれこれのがれがたし。かまひて頼朝《よりとも》に恨《うらみ》をのこすべからず、はや首《くび》打」と仰ければ、爰《こゝ》に祐経《すけつね》が一子犬坊《いぬばう》丸とて、今年《ことし》九才成けるが、かたほとりにて父《ちゝ》が討《うた》れぬると聞より、さめ〴〵となげしが、いかゞ思ひけん御前《ごぜん》に出、「御免《ごめん》候へ」といふよりはやく、扇子《あふぎ》にて時宗《ときむね》が顔《かほ》を二つ三つ打けり。時宗つく〴〵見て、「おのれは祐経《すけつね》が世悴《がれ》犬坊《いぬばう》丸か、未若年《いまだじやくねん》なれ共けなげ成者《もの》ぞかし。心の儘《まゝ》に討腹《うちはら》ゐるべし。我々兄弟年頃《としごろ》の思ひにくらべ、左こそ口《くち》おしからん」と討《うた》るゝをいとわず、犬坊が心指《こゝろざし》おもひやるぞ哀なりき。

其頃祐経が弟《おとゝ》伊豆《いづ》の次郎祐《すけ》かね罷出、「此時宗は兄《あに》の敵、せめて太刀《たち》取を下《くだ》さるべし」と申あぐる。君聞召ともかくもとの御諚《ぢやう》、有がたしと御前《ごぜん》を立、其用意《ようゐ》をしたりぬ。時宗は祐かねが手にわたるをしらず、君の御詞《ことば》の有がたく、「いかに方々《かたぐ》、親《おや》の敵を討其うゐかゝる上意《ゐ》を承《かうむ》り、何とて命《いのち》のおしからん。此いましめは孝々《かうく》の仏《ほとけ》の御手の善《ぜん》の綱《つな》、いづれも手をかけけちゑんあるべし。さらば」といふて暇乞《いとまごひ》、心しづかにひき出されかばねは富士《ふじ》のすその、ほまれは雲《くも》ゐにあげしとかや。

寛濶曽我物語　八之巻終

寛濶曽我物語《くわんくわつそがものがたり》　九之巻

一　すそ野《の》の三部経《さんぶきやう》

其後伊豆《いづ》の次郎すけかね犬坊丸時宗《いぬばうまるときむね》をたまわり、けんしには御馬やの小平次を相《あひ》そゑられ、あまたのけいごやり長刀《なぎなた》のさやをはづし前後《ぜんご》をしゆごし、富士野《ふじの》すそのたかゞ岡《おか》、九本の松の下《した》にぞひかせける。

時宗しき皮《がは》の上に座《ざ》して申けるは、「我既《われすで》に九本の松の下にてきらるゝ事ひとゑに九本の浄土《じやうど》とおぼゆる。いかに太刀《たち》取なは取、すこしの暇《いとま》をくれよかし。時宗が最後《さいご》に浄土の三部経《ぶきやう》をあらまし説《とき》てきかさん。見門《けんもん》衆《しゆ》の人々もなりをしづめ聞給はれ。そも〳〵法花《ほつけ》一乗《じやう》の功力《くりき》はたうとく、有難《ありがたき》は弥陀会《みだゑ》しやう法万《ほうまん》ごくの位《くらゐ》三世の諸仏出世《しよぶつしゆつせ》の本懐《ほんくわい》、衆生成仏《しゆじやうじやうぶつ》のぢきだうなり。経《きやう》にあらわす時は、妙法蓮花《めうほうれんげ》（ママ）の五字《ごじ》につゞめり。南に説《とく》時は南無阿弥陀仏の六字《ろくじ》にぜつすしゆゐといつばざぜんの異名《ゐみやう》、ざぜん修行《しゆぎやう》のいたりがたき物には、六字をとなゑて極楽《ごくらく》に往生《わうじやう》す。愚知《ぐち》なるぼんぶにゐたりては高声《かうしやう》の法門《ほうもん》なり。一字をさゝぐる其時は大せん世界《かい》もまのあたり、たけをうちもゝをみてごだうする事ふんみやうなり、めうらく大師《だいし》の御釈《しやく》に、諸経諸讃《しよきやうしよさん》だざい弥陀《みだ》、西方《さいはう》をもて先《さき》とせり。こしんのみだゆいしんの浄土《じやうど》なれば、本来無《ほんらいむ》東西我生有《とうざいがしやうう》南北《なんぼく》とくわんずべし。それ六字をあつむる経文《きやうもん》は、華厳経《けごんぎやう》にて南の字を作《つくり》、阿厳経《あごんぎやう》にて無の字を作《つくり》、方童経《ほうどうきやう》にて阿の字を作、大盤若《だいはんにや》にて弥《み》の字を作《つくり》、法花経《ほけきやう》をもて陀《だ》の字《じ》を作南無阿弥陀と申ぞかし。十方《じつぱう》三世《せ》仏《ぶつ》、一切諸菩《いつさいしよぼ》薩《さつ》、八万諸《しよ》小経《きやう》、かいぜ阿弥陀ととく時は、ちやうもんの老《らう》若《にやく》かうべをかたむけ時宗をおがまざるはなかりき。

そも時宗と申は稚時《おさなきとき》よりごんぎやうおこたらず、一心三《いっしんさん》ぐわんの月は無《む》明《めう》の闇《やみ》をてらし、観《くわん》念のまどのまゐにはまゆにはちじのしもをたれ、一実中道《いちじつちうだう》の車《くるま》は無《む》二無《む》三の門《かど》にとゞろき、一乗菩提《いちじやうぼだい》の駒《こま》は平《べう》等《どう》大会《ゑ》のそのにいはふ、とうかく一天のほとゝぎすは、めうかく大乗《じやう》の峰《みね》になき、にうちう見《けん》もんの鶯《うぐひす》はげゝ衆生《しゆじやう》の谷《たに》にさへづり、諸行無常《しよぎやうむじやう》の春《はる》の花《はな》は、世常《じやう》めつ方《ぱう》の風《かぜ》に散《ちり》、しやうめつめつちの秋《あき》の月は、じやくめつゐらくの雲《くも》にかゝるゝ、ばんざんにふん〳〵しかくのごとく有ものを、只念仏《ねんぶつ》を申べし時宗がそくわい是に有。思ふ事もいふ事も是迄なりぞかた〴〵、はや首討《くびうつ》て給はれ」と目をふさいでいたりぬ。

祐《すけ》かねうしろにまはり、兄《あに》の敵手《かたき》にかくる事のうれし、にくさもにくし、にぶき太刀《たち》にてなぶりごろしにせんとおもひさだめ、既《すで》にうたんとせし時時宗《ときむね》ふり帰り、「わ殿が太刀は何とやらんなまがねのやうにみへたり、かまひて切《きり》そんじくつうさせなば、おのれが首骨《くびのほね》にくらゐつかん」と眼《まなこ》に角《かど》立いかりしかば、祐かねおどろき、もし切そんじなばいかなるうきめやみんと思ひ、ひざぶるひしてうたざりき。

小平次みかね、「そこのき給へ我うたん」といふ所ゑ、ぢん平平馬《へいへいま》の丞《ぜう》かけ付、「時宗御たすけの御判いたゞかれよ」といましめの縄《なは》をときたり。五郎三度《ど》いたゞきおしひらきひけんす。「何々さがみの国《くに》の住人《ぢうにん》曽《そ》我《が》の五郎時宗はやくくわんゆうす、本領《ほんりやう》なれば宇《う》佐《さ》見久《く》須《す》見河津《かはづ》、右三ヶ所そうゐなくゑさする物なり、前《さき》の兵衛《ひやうへ》之佐《すけ》　源《みなもとの》　朝臣《あそん》頼朝《よりとも》判《はん》」とよみおさめ、時宗涙をながし、「さりとては有難《ありがた》や、同じくは兄祐成《あにすけなり》共におがみなば、いかばかりうれしからん、兄上《あにうへ》を先立《さきだち》　某《それがし》　跡《あと》にとゞまり、惣領《さうりやう》の跡《あと》をつぎ安楽《あんらく》せん事本意《ほんゐ》ならずはや首討《くびうつ》て給はれ、此みきやう書《しよ》は、めいどにまします十郎殿への土産《みやげ》にせん」とて、小平次に刀《かたな》をこいうけ腹《はら》十文字《もんじ》に切《きり》たり。せんかたなく首打落《くびうちおとし》、御所をさして帰りすぐに御前に出、いさいこまかに申あぐる。

君聞召、「あつぱれふびんなる事ぞかし。かくまで武《ぶ》勇《ゆう》に達《たつ》せし者《もの》の有けるに、同じ兄弟とて京の小次郎は、敵討《かたきうち》の加《か》同道《だうだう》せぬのみ、かゑつて訴《そ》人《にん》せし事いつかう他《た》人におとれり。左こそ兄弟の者恨《ものうらみ》にもはん。せめての心ばらしに、きやつを法師《ほうし》になしはるかに流《る》人《にん》さすべし。とく〳〵」との御《ご》諚《でう》重忠《しげたゞ》承り、本田の次郎に仰付《おふせつけ》られいそぎ御《ご》前《ぜん》に召《めし》つれける

にぞ。けいごの武士《ぶし》左右《さゆふ》よりとつておさゑ、大小もぎとり髪《かみ》をはらゐ、奥州《おうしう》そとの浜《はま》ゑながされけり。心からとて浅《あさ》ましくつらき月日をくらせしが、いくほどなく悪敷《あしき》やまひを身にうけ、廿七才にて同年《おなじくとし》の九月にあひはて、命《いのち》は水のあはときゑけるとなり。

二　五月雨《さつきあめ》の道行《みちゆき》

富士野《ふじの》すそのにて別《わかれ》たる曽我兄弟《そがきやうだい》の郎等《らうどう》、鬼王《おにわう》又は団《どう》三郎かれら二人の者《もの》共は、祐成《すけなり》や時宗《ときむね》がまだいわけなき頃《ころ》よりも、影《かげ》のごとくに付したがひともに敵《かたき》をねらひ、此度のらくぢやくにも是非《ぜひ》御供とのぞみしかど、最後《さいご》の供をゆるされねば力《ちから》およはず二人の者、形見《かたみ》と駒《こま》の口を取、なく〳〵曽我《そが》ゑ帰りぬる心の内ぞ哀なりき。

ゆかんとすれどさつき闇《やみ》、涙に暮《くれ》て道みへず思ひ駿河《するが》のふじの山、煙《けぶり》は空《そら》によこおれてへだての雲《くも》とは成ぬ。すそのゝ草《くさ》は露《つゆ》しげくまだ秋《あき》ならぬ道野辺《みちのべ》に蛍《ほたる》かすかにとびつるも、身より思ひのあればこそ虫《むし》さへ胸《むね》をこがすらん。いとゞ涙のあまれるに何とかはづのなきそひて、出のやかたをわかるらん、馬《むま》も別《わかれ》をかなしみほくふうをいばひけめ、心《こゝろ》なきちくるいだになるればしとふならひ、ましていはんや我々はかたちに影《かげ》のそふごとく、あくれば鬼《おに》わうくるればまた団《どう》三郎とめされしに、今宵《よひ》はなれてあすよりは、祐成《すけなり》共時宗《ときむね》共誰《たれ》をかさして申べき、同《おな》じ浮世《うき》にむまるゝ共曽我《そが》の祐成時宗の、其殿原《とのばら》にてなかりせばかほどに物はおもふまじ。

我身ばかりと思へ共昔《むかし》をつたへ聞《きく》時は、しつた大子こそ十九才にて王宮《わうぐう》を忍《しのび》出、たんどくせんのほうれいあらら仙人《せんにん》の師《し》と頼《たのみ》、御出家《ごしゆつけ》ならせ給ひし時玉《ときたま》の冠石《かんむりいし》の帯《おび》、ぎよゐもろ共にぬぎすてきんさつを書《かき》そへ、こんでい駒《こま》もしやのくも王宮《わうぐう》に帰し給へば、君《きみ》の別《わかれ》をかなしみせんこくにゐばひ、ひるいていきうせし事今の別にあひおなじ、それは仏《ほとけ》のさいどにてついにはめぐりあひ給ふ。我はそれにはひきかへ今宵《こよひ》はなれてあすよりは、またもあふべき君ならず。今より後《のち》の物思ひ、いかゞ成なんとて涙ながら大磯にこそ着《つき》たりぬ。

虎少将《とらしやう〳〵》立出、「めづらしの人々、御兄弟《ごきやうだい》はいかゞしておそかりしぞ跡《あと》より帰らせ給ふか」と尋《たづね》しかば、二人の者《もの》涙ながら、「とはれて語《かたる》も口惜《くちをし》、また申さぬもいかゞさればにや御兄弟《ごきやうだい》、敵祐経《かたきすけつね》をうちはうたせ給ひぬれ共多勢《たぜい》にぶ勢力《ぜいちから》なく、おふたり共に討死《うちじ》にあそばしすそのゝ露《つゆ》ときへさせ給ひぬ。我々も是非《ぜひ》御供とねがひしかど、七生《しやう》迄の御勘当《ごかんたう》と有しゆゑ、おしからぬ命をながらへ、御形見《かたみ》の品々《しな〴〵》もち参りぬ」と、涙ながらそれ〴〵に奉《たてまつ》りしかば、虎少将《とらしやう〳〵》おどろき、「何《なに》と申かた〴〵御兄弟《ごきやうだい》は討《うた》れさせたまふとや、そも誠《まこと》か夢《ゆめ》成か」と、せんなき形見《かたみ》に取付前後《とりつきぜんご》をうしなひ、「かく有べきとしらずなにとぞほんもうとげさせたまひ、いかなる高名《かうみやう》をもし給はゞ定《さだ》めて御代《ごよ》にも出給はん、さもあらば妹背《いもせ》の契《ちぎり》、くちはつる迄と思ひし事もいたづらと成、跡《あと》にのこりし我々は誰《たれ》をたのみにいかゞせん仏神三宝《ぶつしんさんぼう》にいのりし事も、今は中々あだと成けるかなしや」と、声《こへ》をもおしまずなき給ひぬ。

暫《しばらく》有て、虎《とら》御前は鬼王《おにわう》、少将《しやう〳〵》は団《どう》三郎が腰《こし》の刀《かたな》に手をかけ、既《すで》にじがいとみへしをあはておしとめ、「御なげきはさる事なれ共、我々さへ御最後《ごさいご》の御供《とも》をゆるされず、殊に女義の御身誠左様におぼしめさば髪《かみ》をもおろし御出家《ごしゆつけ》あそばし、御兄弟《ごきやうだい》の御菩提《ごぼだい》をとむらはせ給へ」と様々《やうく》なだめて後《のち》、「我々是より古里曽我《ふるさとそが》ゑ参り度候得共、もはや男《をとこ》を立る心底《しんてい》なし越後《ゑちご》の国久賀《くにく》見にこそ御兄弟《ごきやうだい》の末子《ばつし》、禅師坊《ぜんじばう》様と申御出家《しゆつけ》有。是ゑも御形見《かたみ》をまいらせ御弟子《でし》と成すがたを替《かへ》、御跡《あと》をとむらい申度心指《こゝろざし》。近頃《ちかごろ》御難義《なんぎ》ながら此馬《むま》と御形見の品《しな》々、曽我ゑとゞけ御老《らう》母様への御対面《たいめん》、是をつゐでに然《しかる》べし」と涙ながらたのみしかば、虎少将聞召、「誠に嬉しきいさめ、我々爰にて死《し》したればとて、先《さき》立給ふ人々の帰らせ給ふにもあらず。おの〳〵の詞《ことば》にしたがいせめては母君様をよそながらおがみ、其後《のち》はつむりをまろめいか成奥《をく》山にもひきこもり、香花《かうげ》を取なき人の後《ご》世とはんこそ誠《まこと》なり。心やすかれ形見《かたみ》はおくり参らせん。命《いのち》もあらば重《かさね》て」と互《たがい》に名残《なごり》をおしみ、鬼王団《おにわうどう》三郎は越後《ゑちご》の国《くに》、虎《とら》しやう〳〵は曽我《そが》の里《さと》、「さらば」といふて立別行《たちわかれゆく》。

三　兄弟《きやうだい》の似《に》せすがた

我ならぬ我人待夜《まつよ》半《は》のとけしなさ、わきてあはれをとどめしは曽我《そが》兄弟の母うへ也。二人狩場《かりば》ゑ出しよりけふ廿日《はつか》にあまれ共、とかうのたよりあらざればしばしまどろむ隙《ひま》もなく、あくれば十郎恋し、くるれば時《とき》宗《むね》なつかしと、まづ精力《せいりき》もよはりはて万事《ばんじ》かぎりのやもふの床《ゆか》、たのみすくなく成給ひぬ。二のみやの姉君《あねぎみ》女房立あつまり、さま〴〵とかんびやうし、「富士《ふじ》の御狩《みかり》すぎぬるよしやがて目出度帰らせ給はん、御心やすかれ」とすかしなぐさめ給へ共、六十《むそじ》ばかりの老《おひ》の浪打《なみうち》ふし物もの給はずまもりいるより外《ほか》なかりき。

其折からとらしやう〳〵門外《もんぐわい》にたゝずみ涙ながら案内《あんない》す。折ふし二のみやの姉君《あねぎみ》出給ひ、「たれやの人」

と尋給へば、あでやか成し女房《にうばう》のしほ〳〵として申けるは、「はづかしながら我々は大磯《おゝいそ》の虎形勢坂《とらけはひざか》のしやう〳〵と申者《もの》にて候。御兄弟《ごきやうだい》の人々敵《かたき》祐経《すけつね》を首尾《しゆび》よくうたせ給へ共、加様《かやう》〳〵の次第《しだい》によりつるゐにむなしく成給ひぬ。御形見《かたみ》の品々《しな〴〵》を鬼王団《おにわうどう》三郎もち帰り候へ共、主君《しゆくん》に別《わかれ》御老母《ごらうぼ》様ゑ御目にかゝり何といゝわけ有べし。され共死《し》なれぬ命《いのち》にきはまりぬればと、越後《ゑちご》の久賀見《くがみ》とやらんに立越《たちこへ》とんせいしゆぎやう仕よし、それゆへ我々ことづかり是迄参り候」と涙をながし申けるにぞ。

姉君聞《きゝ》もあへず、「何兄弟が討《うた》れしとやそれは誠《まこと》かかなしや」と前後《ぜんご》もわかずなき給ひぬ。二人もともの涙ながら、「げに御道理《だうり》さりながら、我々加様《かやう》にさまをかゑしも、是よりすぐに山居《さんきよ》しすがたを墨《すみ》に染《そめ》衣《ごろも》、せめては一遍《ぺん》の御念仏《ねんぶつ》成共申度心指《たきこゝろざし》。それに付はゞかりながら御兄弟《きやうだい》の御形見《かたみ》と存、母君《はゝぎみ》様の御顔《かほ》ばせ一目おがみ度候」との給ひしかば、二のみやかんじ給ひ、「誠《まこと》におの〳〵の御事は兼《かね》て聞《きゝ》はおよびしかど、折こそあらね御げざんにもいらず。世になきもの共に心をつくされし心中《しんぢう》かへすぐ〳〵も頼《たの》もし、尤母うへにあはせ度《たく》は候得共兄弟をまちわび今をかぎりとみゑ候に、かくとしらするものならば中々

命《いのち》もたまるまじき、さりながらおの〳〵の望《のぞみ》もむげには成がたし」とてし案《あん》さま〴〵、有し夜《よ》の形見の烏《ゑ》帽《ぼ》子《し》ひたゝれなど、虎少将《とらしやうく》にきせ参らせ、「暫《しばらく》是に」と中門《もん》にたゝずませ、其身は奥《をく》に入、母うへの枕《まくら》もとに立寄《たちより》、「祐成時宗《すけなりときむね》只今帰りぬ」と誠《まこと》しやかにの給へば、おもかりし枕《まくら》をもたげ、「何と申兄《きやう》弟《だい》が帰りしとや扨も嬉し、とく是ゑ」としやうじ給へば、物をもいわず虎少将《とらしやうく》さしうつむゐていたりぬ。

母嬉《うれし》げに、「めづらしの兄弟、其後《のち》たよりもなかりしゆゑ、もしは狩場《かりば》のそれ矢《や》にもあたり、あやまちばししたるかとあんぜしうさの病《やまひ》と成、時《とき》をまつまの我命《わがいのち》ながらへし甲斐《かひ》有二度《ふたゝび》あふたるうれしさ、もはやしゝても本望《ほんもう》なり。やれ兄弟何とて物をいわざるぞ、只《たゞ》し口論《かうろん》ばししたるか、よしいかなればとて、廿日《はつか》ばかりあはざる独《ひとり》のはゝが物いふに、返答《へんとう》せざるは心得《こゝろへ》ず」とたゝみをたゝきの給ひしかど、兎《と》角《かく》いらゑもあらばこそ只なくより外《ほか》はなかりき。母うへ弥々《いよく》あこがれそばぢかく立寄《たちより》給へば、虎《とら》しやう〳〵かりぎぬの袖《そで》を顔《かほ》にあておもての方《かた》へ出給ひぬ。母うゑ袖《そで》に取つき、「しばしあはざる内《うち》、兄弟《きやうだい》の者《もの》共親《おや》にふきやうするとみゑたり。など返答《へんとう》はせざる」とて、ひたゝれの袖《そで》を取給へば祐成時宗《すけなりときむね》にてはあらざりき。母《はゝ》おどろか

せ給ひ、「何《なに》人なれば兄弟が装束《しやうぞく》を着《ちやく》し、みづからが前《まへ》に出けるぞ。みればいやしからざる女、子細《しさい》こそあらめかたられよ」とせめ給へば、二のみやの姉《あね》の給ひけるは、「げに御ことわりさりながら、あまり兄弟をまたせ給ふいたわしさに、露《つゆ》の間なり共お心をいさめん為《ため》、則《すなはち》是は大磯《いそ》の虎御前《とらごぜん》、形勢坂《けはひざか》のしやう〳〵とて二人の弟《おとゝ》が思ひ人。兄弟がのこしたる形見をもちて参られしを、頼て加様にはしつらゐぬ」とくわしく語《かたり》給へば、母うへおどろかせ給ひ、「何兄弟は討《うた》れしとや、それは誠かかなしや」と、二人にひしととり付くどき立てなき給ひぬ。「誠やかた〴〵は聞《きゝ》およびたる虎少将《とらしやうく》にてましますか、身ひんなる者《もの》共、殊《こと》に死後《しご》迄ふびんのくはゑられ、是迄とはせたもふ事身にあまりて嬉《うれ》し。さりながら夕部《ゆふべ》にも、みづからむなしく成なばかゝるうき事はきかじ。思へばかた〴〵のとふにつらさのまさり草《ぐさ》、はづゑの露《つゆ》ときゑにし、もとのしづくの我身《わがみ》ぞ」と又さめ〴〵となき給ひぬ。

暫有て虎少将、「御兄弟《ごきやうだい》の名残《なごり》よそながら、御面《おも》影《かげ》を見奉らんとすいさんいたせし所に、かゑつて御なげきをかけ申せしくやしさ。さりながらもはや帰らぬ事ぞかし。御涙をとゞめ形見《かたみ》の品々《しなぐ》をも御覧《ごらん》じ、御跡《あと》とむらはせ給へ」と、いさめながらももろきは

今の涙なりき。され共姉君《あね》かいぐ〳〵敷《しく》、「母うへに力《ちから》をつけん為《ため》いづれもよしなき御涙、それ侍《さむらい》の家《いへ》に生《むま》れやいばにかゝるは常《つね》のならひ、誠にかれらは親《おや》の為《ため》、ほまれをのこし討《うた》るればくわほうゆゝしき者《もの》ぞかし。只なげきをふりすて一遍《ぺん》の念仏《ねんぶつ》しかるべし」と、七七の追善《つゐぜん》かたのごとくとりおこなひせめて富士野《ふじの》に立越《たちこへ》、兄弟が討《うた》れし出のやかたみんとて、皆々打つれ足《あし》よは車《ぐるま》の力《ちから》なく〳〵出けると也。

四　現《うつゝ》の十番切《ばんきり》

涙川渡《なみだがはわたり》かねたる世の中に恩愛《をんあい》と、妹背《いもせ》の別路《わかれぢ》ほど誠に哀《あはれ》成はなかりき。殊にいたわしきは曽我《そが》兄弟の母《はゝ》うへ二のみやの姉《あね》、又は大磯《いそ》の虎《とら》しやう〳〵、形見《かたみ》ばかりの片《かた》だより只夢現《ゆめうつゝ》のごとく思ひ、富士野《ふじの》すそのとやらんにあゆみむなしく成し出の屋かたの跡《あと》成共見まほしと、女心のくい〳〵と思ふに道《みち》はかどらず、箱根《はこね》山をうしろに見なし、三嶋《しま》の明神《みやうじん》おがむなどおそろし、つま子のいみのうちぞかしとてわざと足《あし》ばやに、車《くるま》がゐしとやらんに着給《つき》ひぬ。千本《ちもと》の松原《まつばら》を詠《ながめ》、浮嶋《うきしま》が原《はら》より手の下《した》にみゆる海《うみ》づら、べう〳〵として浪磯《なみいそ》に打よせ、田子《たご》の浦松山《うらまつやま》かう〳〵たり。いづれも旅《たび》のはじめなれば、いづくをそれと定《さだ》めかねたる名所《めいしよ》ぞかし。

其日もはや暮《くれ》かゝる野寺《のでら》の入相《いりあい》、虫《むし》の声《こへ》のみきこゑ、心ぼそかりし、ひろき野原《のはら》、いか成方《かた》をも頼《たのみ》あかさんと思ふに甲斐《かひ》なく、次第《しだい》〳〵に人顔《かほ》のみゑざりき。四人こぞりあいいかゞなりなんとなげきのうへに猶思ひぞまさりぬ。むかふより六十計の老人柴《らうじんしば》をになひよろぼひ来り、人々を見付てばちかく立寄《たちより》、「おの〳〵は此辺《へん》にてはみなれざる御かた、いかなる方《かた》ゑ通《とをり》給ふ。此所《ところ》には人里《ざと》もなく、殊に夜《よ》に入てはしゝおゝかみのつどひなやましぬ。しかるべくは爰《こゝ》を立のき給へ」と情《なさけ》がましくおしゆるにぞ。人々なをもかなしく、「とても死《し》ぬべ（き）命《いのち》なれ共畜生《ちくしやう》にはまれ死《し》なんもかなし、さればとてゆくさきとてもしらぬ里《さと》、旅《たび》は道《みち》づれ、かくあひ奉るも仏《ほとけ》のめぐみ、ねがはくわ老人《らうじん》の軒《のき》に一夜《や》をあかさせ給へ」と頼しかば、老人心よげにたのまれ、「あまりとあればいたわし、御覧《ごらん》のごとく年《とし》ひねたる山がつ庵《いほり》には姥《うば》をのこせり、せばく心づまり成共一夜《よ》はくるしからん、こなたへ来《きた》り給へ」と松《まつ》の木《こ》の間《ま》をつたひ、おのが庵《いほり》ぢかくなれば、姥《うば》とみへしがおもてに出、「いかゞしておそかりし」とふうふの中のむづまじきをみるに付、虎《とら》しやう〳〵なくより外はなかりき。

　翁《おきな》聞て、「さればとよ、道《みち》すがら此人々にゆきあひ一夜《や》の宿《やど》をたのまれ供なひ来りぬ。お茶《ちや》参らせ」といふに、姥仏前《うばぶつぜん》のとぼし火《び》かきたて人々を詠《ながめ》、「さもしからぬ女中しかも大勢《おゝぜい》、物詣《ものもふで》ともみへず。何として此所へきたられしぞ」、「さん候我々は此富《ふ》士野《じの》の裾野《すその》、出の屋かたの跡《あと》みまくほしきのぞみ有て来《きた》りぬ。御存知《ごぞんじ》あらばおしゑ給へ」と涙ながらとひ給へば、ふうふ聞て、「扨は曽我殿原《そがどのばら》のゆかりか、左《さ》もあらばあかし給へねん頃《ごろ》におしゑ参らせん」、

「とはれて今ははづかし何をかつゝまん、是にましますは曽我兄弟《きやうだい》の御老母《ごらうぼ》、あなたは姉君《あねぎみ》我々は大磯《おゝいそ》の虎《とら》、形勢坂《けはひざか》の少将《しやうく》とていもせにふかきかくしづま、御最後《ごさいご》と有片《かた》だよりに形見《かたみ》の品々《しなぐ》参りぬ。されば共誠《まこと》とはおもはざりき。一夜《や》のやども他生《たしやう》のゐんくわしくおしるゐ給へ」と涙かたてに旅《たび》くたびれ、ひぢを枕《まくら》にねいりたまひぬ。

老人《らうじん》ふうふ立寄《たちより》、「いたわしやならはぬ旅《たび》につかれ給ひぬ」と、夜《よ》もすがら焼火《たきび》きらさず松折《まつをり》くべ、うしみつつぐる頃《ころ》、仏前《ぶつぜん》にそなへ置《をき》たるかり衣《ころ》に烏《ゑ》帽子《ぼし》を着《ちやく》し、翁《おきな》ふうふももらいなき袖《そで》かきしぼるぬれ衣《ごろも》、聞つたへしをしるべにて狩場《かりば》のおのゝ物語《ものがたり》きくに袂《たもと》もぬれぬべし。

去程《さるほど》に建久《けんきう》四年五月廿八日の夜、まぎれ出つゝ曽我兄弟《そがきやうだい》、思ひ定めて祐経《すけつね》がかりやの庵《いほ》にしのび入、松ふりあげてみてあれば、宵《よひ》の酒《さけ》にゐひふしさらにしやうねもあらざりき。兄弟《きやうだい》うれしく大音《だいをん》あげ、「いかに祐経、曽我《そが》兄弟《きやうだい》の者《もの》共なりおきあゐやつ」とよばわりぬ。此声《こへ》に目をさましおきあがらんとする所を、ゆんでのかたよりめでのあばらのはづれ迄、はらりずんど切《きり》たりぬ。時宗《ときむね》すかさずもろずねなぎ、廿余年《よねん》の秋《あき》の風《かぜ》

今吹《ふき》かゑすくずの葉《は》の、うらみはつきじと飛《とび》あがりあゆみの板《いた》に切付門外《きりつけもんぐわい》にかけ出れば、「すは夜討《ようち》こそ入たり」と上《うへ》を下《した》ゑとかゑしぬ。大勢《ぜい》の中より平《たいら》くの平馬《へいま》の助《すけ》と名《な》乗《のり》、「もの〳〵し曽《そ》我《が》殿原《どのばら》参りさふ」といふまゝに、四尺あまりの大だちさしかざして出たりぬ。「祐成《すけなり》是に有や」とて小柴《しば》の影《かげ》よりつゝと出、一もんじに切《きつ》てかゝる。詞《ことば》にはにざりきかいふつてにげて行《ゆく》、「まさなう候平馬《へいま》殿いづく迄」、討《うつ》太刀《たち》に、おしつけのはづれよりかいがねかけて切こまれ、よろり〳〵とひゐたり。「平馬が姉聟《あねむこ》あいきやうの三郎」と名《な》乗《のる》。五郎くわんじと打笑《うちゑみ》、「しゐんはりうじゆのゐだにたはむれ、はくろはれうくわの影《かげ》にあそぶ」とわらひながら切《きり》はらへば、ゆんでのかいなを打おとされ跡《あと》をも見ずし入たり。これをみてあんざいの弥七郎十郎目がけわたしあふ。「さしつたり」と声《こへ》をかけ二討《ふたうち》三討《うち》うつ太刀《たち》の、ねもたかひものはづれより草《くさ》ずり三間切《げんきり》おとされ犬亥《いぬい》にどうどまろびぬ。浅間《あさま》の嶽《たけ》が信濃《しなの》なる、うすきの八郎景信時宗《かげのぶときむね》に討《うつ》てかゝる。ゑたりやかしこしあまさじと南無あみだ仏のおがみうち、まつかうふたつに切《きり》わられ夕部《ゆふべ》の露《つゆ》ときへたりぬ。五番《ばん》に御《ご》所《しょ》のくろ弥五、「爰《こゝ》をば我《われ》にまかせよ」といかめしげにかけ出る、請取《うけとり》たりと祐成《すけなり》よこにはらふ車切《くるまぎり》、四十あまりの髭男《ひげおとこ》二つに成てみへければ、敵《てき》もみかたも一同《どう》に、「扨も切《きり》たりきれ物かな」とほめたり。其どよみいまだやまざる内《うち》、駿河《するが》の国岡部《くにおかべ》の三郎、遠江《とをとをみ》に原《はら》小次郎、二疋《にひき》つれたる唐獅《からじ》子《し》ぼたんにすだくごとく、すきをあらせず兄弟に、いなづまよりなをはやく煙《けぶり》をたてゝとんでかゝる、ひらりとはづしはつしとうけせつなのいきをもつがさばこそ、はらり〳〵となぎたふし、太刀《たち》ふりかたげあせおしのごひ暫息をつきたり。八ばんにはしなのゝ国、うんの小二郎行氏時宗《ゆきうぢときむね》にわたりあひひざ口《ぐち》わられひゐて入、新開《しんかい》の荒次《あらじ》郎《らう》此ていをみるより、「敵《てき》は二人成けるにさもしやかたぐ〳〵、出某《それがし》が討《うち》とめ、しやばの暇《いとま》とらせん」と小おどりしてはせむかふ。きやつが口言《かうげん》にくければ、みぢんになさんと兄弟一度《いちど》に切《きつ》て出る。此勢《いきほひ》におそれ太刀《たち》刀《かたな》をふりすて、小柴垣《こしばがき》おしやぶり高《たか》ばいしてにげたるをわらはぬ者《もの》もなかりき。其外《ほか》むらがる兵物《つはもの》、こゝになぎふせかしこに切《きり》ふせ、兄弟の手にかけ五十四人討《うた》るれば、手負《ておひ》は三百八拾人、其身も供に討死《うちじ》にし富士野《ふじの》裾野《すその》の露霜《つゆしも》ときへてはかなき物語《ものがたり》。「我こそ祐成時宗《すけなりときむね》がなき面影《おもかげ》是迄まよひ出たりぬ。親《おや》子は一世ふうふは二世ときゝぬれば、来世《らい》なを来世《らい》にてまつべし、跡《あと》とむらふて給はれ」といふ声《こへ》ばかり有明《ありあけ》の月にのこりて影《かげ》うすく、さむるや夢《ゆめ》の一むすび、庵《いほり》とみへしはなき人の印《しるし》ばかりがほのぐ〳〵と、夜《よ》も明《あけ》しらむ富士《ふじ》おろし、清見寺《きよみでら》の鐘《かね》もろ共に目をさまし、「みへしは現《うつゝ》かまぼろしか、せめて今一度《ど》詞《ことば》をかはせ兄弟《きやう》」と、おひしげるむぐらに取付声《こへ》のみ揃《そろへ》なき給ひぬ。とても帰らぬ死出《で》の旅《たび》、なげき給ふまじなげかじ物をと四人目と目を見合《あはせ》、名残《なごり》おしげに見帰り古里曽我《ふるさとそそ》に帰り給ひぬ。

寛濶曽我物語　九之巻終

寛《くわん》濶《くわつ》曽《そ》我《が》物語《がたり》　十之巻

一　久賀見《くがみ》寺《でら》の風景《ふうけい》

爰《こゝ》に河津《かはづ》が末《すへ》の子曽我《が》兄《きやう》弟が弟《おとゝ》、おさなき時はおんぼうといゐり。ちゝ河津死《し》して後生《のちむま》れしかば、母思ひのあまりいかなる山野《さんや》にもすてんとせしを、伯父《はくぶ》伊東《とう》の九郎やしない取、越後《ゑちご》の国久賀見《くがみ》寺にのぼし、住《ぢう》寺をたのみかいほうさせ今年《こんねん》既《すで》に十八才、名は禅師《ぜんじ》坊《ぼう》素快《そくわい》といゐり。さいつ頃より寺を出今此里《さと》のかたほとり、雨のはれ間を待露《まつつゆ》の草《くさ》折むすぶ竹ばしら、あしのすだれに川こさせ心涼《すゞ》しき法《のり》の庭《には》、花もなければ風もいとわぬ風情《ふぜい》、一ぺきには達磨《だるま》の尊像《そんざう》、衆《しゆ》生《じやう》にほつす、木魚《もくぎよ》、線香《かう》のくゆりほのかにるりとうの光《ひかり》ほそく手向《むけ》し花は色《いろ》もなく、柳小松のつかみさじ是禅林《りん》の実中《もなか》、落日《らくじつ》をうくる窓《まど》の前《まへ》にはふづくえをかまゐ、枕《まくら》の片《かた》のすびつには柴《しば》折くぶるようすが庵《いほり》の外面《そとも》に小池《いけ》有、まばら成ひめ垣《がき》、そとのある棚《たな》、

かけひながれて水清し谷《たに》しげゝれど西ははれたり観《くわん》念のたよりなきにしもあらず、春《はる》は藤なみをよる事紫《し》雲《うん》のごとし、夏《なつ》はしげみの郭公《ほとゝぎす》、かたろふごとく死《し》出《で》の山路《ぢ》を契《ちぎる》なり、秋《あき》は日暮《ぐらし》耳《みゝ》にみてり、うつ蟬《せみ》の世をかなしむと思ふも皆《み》発《ほっ》心の中立、冬《ふゆ》は雲《くも》をあはれみ、きゆるのみ思へば是さいしやうのたとへ、折にふれ時にふれ物の哀《あはれ》のおゝければ、信《しん》心暫《しばらく》やむ事なく山居《さんきょ》の一徳《とく》是なりき。

我たま〳〵弓馬《きうば》の家に生れながら、父《ちゝ》はやいばの下にむなしく、やたけ心のまてしばし、衣《ころも》に恥《はぢ》て本望《もう》の門《かど》をのぞき、母有とのみ聞て見る事なし。兄《あに》うへ二人は敵《かたき》に心をつくし、明暮修羅《あけくれしゆら》のちまたにふし悪心《あくしん》やむ事有まじ。命《いのち》つれなくして孝《かう》の一字《じ》にはづれぬ。いかゞわたらせ給ふと目もあはざる思ひとは成ぬ。

然る所へ鬼王団《おにわうどう》三郎尋来り庵《いほり》に立寄案《たちよりあん》内す。禅師《せんじ》観《くわん》念の眼《まなこ》をひらき、「何人成」とこたへぬ。「さん候我々はさがみの国曽《そ》我《が》の者《もの》共也、印《あるじ》の御僧《そう》に物申さん」といゐり、心元《こゝろもと》なや古里《ふるさと》より人の来るべき覚もなし、されて共様子《やうす》こそ有べきとて、駒《こま》げた踏《ふみ》(ママ)ならししほりどひらき、「先《まづ》こなたへ」とゐんぎんなるあいさつ、両人畏、「まつたく左様の物にあらず我々は曽我の御兄《きやう》弟に竹馬《ちくば》より召《めし》つかはれし、鬼王団三郎と申者成《ものなり》。御

覚のごとく父上《ちゝ》の敵祐経《すけつね》を、昼夜《ちうや》ねらひ給ふといへ共折《おり》なく打《うち》すぎ給ひぬ。富士《ふじ》野御狩《みかり》にこと寄狩屋《よせかり》に忍《しのび》入、敵左衛門をやす〳〵と討《うち》たまひしかど、大勢に取まかれつゐに討死《うちじ》にし給ひぬ。我々も是《ぜ》非御供とねがひしかど古郷《こきやう》へ形《かた》見をおくれとて、中々ゆるさせ給はぬゆゑ無念ながらも立帰り、御形見を奉り此国に下り、入道仕御兄弟の御跡《あと》をとむらはん為、是迄尋候」と涙ながら形見の品々参らする。

禅師坊もくねんとつらぬく涙をながし、「尤我長《なが》袖の身と成弓馬《きうば》の道はしらね共、兄々計の敵にて愚僧《ぐそう》が為《ため》には敵ならずや。それほど思ひ立給ふを此年月しらせ給はぬ事のうらめし。先《さき》に生《むま》るゝを兄とし、後《のち》に生るゝが弟《おとゝ》なればとて、いづれかちゝの子ならずやたとへ法師《ほうし》の身なり共いかで兄《あに》うゐにおとらん。遠国《おんごく》にへだつれば思ふに甲斐《かひ》なく、父上《ちゝ》には何とかいわん。三衣《さんゑ》を着《ちやく》し仏のまねし、経《きやう》文に眼をさらし、宗体《しうてい》に身をまかすといへ共、死《し》したる親《おや》仏に成しをみざりき。目前《もくぜん》の敵《かたき》討給ふは孝々《かう〳〵》ぞかし。うらやましの兄《あに》うゐ」とかんるいをながし、「扨そち立は此法《ほう》師に付まどひ、主君《しゆくん》の後《ご》世とはんと有心指《ざし》のやさしければのぞみにまかせん。用意《ようい》しかるべし」とて仏前《ぶつぜん》に香《かう》をたき、二人を仏の御前《まへ》にならべ、きをうにうむしんじつほうおんしやとじゆかいをさづけ髪《かみ》そりおとし、鬼《おに》王は禅林《ぜんりん》、団《どう》三郎は禅入《にう》と改名《かいみやう》し、きのふにかわるけさ衣、夕部《べ》に星《ほし》をいたゞき柴《しば》折になひ、朝《あさ》はきりをはらひ、谷《たに》の清水《し》をむすび仏にまいらせ、暇《いとま》あれば仏前《ぜん》に畏《かしこまり》、兄弟の御《ご》菩《ぼ》提《だい》をとひ称名《しやうみやう》の声《こへ》たへず、禅師《ぜんじ》もかれらが心ざしをかんじ、弥々仏道《だう》にきざし、一しんふらんに後《ご》生の門《かど》にもとづき、有難《がたき》功徳《くどく》をきゝしり久《く》がみ寺の三法師と、里の童《わらべ》迄よくしり、日中は人をすゝむる経もんをひらき仏道の道引老若入つどひ、禅師《ぜんじ》坊《ばう》の御法にひかれ、近在《きんざい》の者参詣《ものさんけい》せぬはなかりき。

日数ふりて後素快《そくわい》二人の入道にの給けるは、「愚僧《ぐそう》けんごのうち、兄《あに》うへにたいめんの心指《こゝろざし》有しに其甲斐《かひ》なく、裾野《すその》の露《つゆ》ときへ給ひぬかゝる別《わかれ》を思へば独《ひとり》の母ぞ恋《こい》し。おことらが情《なさけ》にひかれ母うへに逢《あひ》奉り、御顔《かほ》ばせみまくほしき」との仰にまかせ、「我々とても其ねがひ左もあらば近日《きんじつ》思ひ立、さがみの国へ立こゐん」と其用意《ようゐ》をぞしけると也。

二　御法《みのり》の道引《みちびき》

かりそめながら出《いで》の屋かたの跡《あと》みんとて、はかどらぬ旅路《たびぢ》にまよひなつかしき人にまざ〳〵と、夢《ゆめ》共なく現《うつゝ》共なく、裾野《すその》の露の物語きくに思ひぞまさりぬ。母うへは、「中々に此野を枕とし同じ道に」との給ひしをやう〳〵いさめ、「何程《なにほど》くやめばとて先立《さきだち》給ふ御兄弟《ごきやうだい》の帰り給ふにもあらず、我々なくば誰か御跡をとはん。是より越後とやらんにくだり、禅師坊《ぜんじばう》様を頼仏事供養《よう》をいとなまん、とく〳〵」とすゝめしかば、母是に心付、「誠にむなしくなりし兄弟が事にまよひ、世に有者《もの》共が事をわすれぬ此うゐはなげきをとゞめ、心計の追善《つゐぜんく》久賀見にて取おこなわん」と互にいさめひそかに立出すぐに越後に出給ひぬ。

道すがら爰かしこの名所を詠、久賀見寺のこなた成、なみ木の松原に杖とめ暫やすみ給ひぬ。其折から禅《ぜん》師坊《じばう》二人の入道もろ共づたの袋めん〳〵が首にかけ、足《あし》をはやめて通しが、禅林目ばやき法師《ほうし》にて人々を見奉り、「あれこそ御老母様」とつげしかば、「さては母うゐか」、「わ殿はたそ」、「おさなき時わかれ申せしおんぼう、成人《せいじん》仕て禅師坊素快《ぜんじばうそくわい》」と語《かたり》もはてず、「なつかしの我子かそち立は鬼王団三郎がなれのはてか、み所とよ命つれなくうき事を重て浅《あさ》ましき老《おひ》の入まひ、哀《あはれ》と思ひゐさせよ」とさめ〴〵となき給ひぬ。素快《そくわい》仰けるは、「爰《こゝ》はとちう人見んもいかゞなれば」と人々を供なひ庵《いほり》に帰《かへ》り、「誠《まこと》に親子のゐんくちず、道にて逢《あひ》奉る事、いまだ天みすて給はず」と互に悦《よろこび》のうゐにて、またなき人の噂《うはさ》を語《かたり》涙に袖《そで》もかはかざりき。

時に素快虎少将《とらしやうく》を打まもり、「此両人はいか成御ゆかりもや」と尋しかば、母聞召、「さればとよ兄弟《きやうだい》が思ひ妻、死後迄此ごとく、かいほうせられし嬉しさ」を語《かたり》給へば、禅師《ぜんじ》衣《ころも》の袖をしぼり、「人間は不定にして、盛成《さかりなる》子を先立し親、おっとに別るゝつま師に先立《さきだつ》弟子《でし》有おゝく逆《さか》様にながるゝ水のごとし。さればしんたん国にくわんじゆといふ人有、弟子にかんぐわいとて、さいちたぐひなき人成しが、廿五才にて師にはなれ給ひぬ。我朝《わがてう》の慈覚《じかく》は天台大師の弟子《でし》成が、大師《たいし》より先《さき》に往生《わうじやう》とげ給ふ。西法院《さいほうゐん》のざするゐんげん僧正《そうじやう》は、りやうゐん大とくにおくれ給ふ。仏のさいらい成し人も死《し》のがうはのがれず。まして我々ごときのぼんぶ別《わかれ》の道をなげくは愚知なり。かまへてくやみ給ふまじ。是を誠《まこと》の知識《ちしき》ともなし菩提心《ぼだいしん》にもとづき給へ。一念のずいきもばくたいぞかし。仏も六とせが間あらら仙《せん》人にみやづかへ、難行《なんぎやう》の功つ

もり法花経《ほけきやう》をさづかり給ひぬ。只悪念《あくねん》のすてさせ給ゐ。祐《すけ》経をにくしと思ひ給はゞ、其一念《ねん》もうしうと成りんゐのがうつきまじ。殊に第一のいましめ殺《せつ》生《しやう》ぞかし。天竺にあしゆら王といふ鬼有妻を鬼子母といゐり。五百人の子有。是をやしなわんとものゝ命を取事がうがしやのごとし。殊に親の愛《あい》する子をとりくらひぬ。仏是をかなしみ、いかゞして此殺《せつ》生《しやう》をとめんと思召、かしやう尊者《そんじや》に仰付られ鬼子母《きしぼ》が寵愛《てうあひ》のおとの子をかくし取給ひ、みづから鉢の中にかくし給ふ。鬼子母夫婦是をなげき、いたつて尋ぬれ共行方なし、かなしさのあまり仏に参り申けるは、秘蔵《ひそう》の子をとられし事をなげく。仏の給はく、左程子はふびん成ものを何とて人の子はころしぬるぞ、とられし者《もの》の心いかばかりとおもふ、左こそ思ひしるべし。重て人の命を取間敷ちかいを立なば、行衛をしらすべしと詞《ことば》をつめさせ給ひ、とてもの事にかれらに食をあたゐんと衆生《しゆじやう》のもちゆるはんのうゐ、すこしのさばを取、それにて命をつなげと仰ければ、あしゆら王聞、今迄もにく食《ぢき》をもとめぬ、今それをとゞまるなば命もあらじと申上る。尤なればとてはんに人のにくをぬりあたへ給ひぬ。今の世にいたりさばといゝて、いひのうへをすこし取たる心にあてゝ置《をく》事此いはれぞか

し。其後《のち》御《み》鉢《はち》のうちより、かくさせ給ひし子を取出し給はりければ、あしゆら悦《よろこび》、仏《ほとけ》の方便《はうべん》は我々が通力《つう》にはこゐたりと其座《ざ》にて御弟子《でし》となりぬ。しかるに鬼子母《きしぼ》が姿《すがた》、たぐひなきかたちなれば帝釈《たいしやく》天是をうばひ取給ふ。あしゆらいかつてしんゐのみやうくわをはなち、しゆみの辺《ほとり》迄のぼりたゝかふ。其時《とき》帝釈《たいしやく》せんばう堂《どう》にこもり、仁王経《にんわうきやう》をかうじ給ひ、四しゆ御をんの印《ゐん》をむすび給ふとき、こくうよりばんじやくふりあしゆら王をみぢんになしぬ。され共ごうゐんつきずまたよみ帰りぬ。鬼子母は仏《ほとけ》の御弟子《みでし》と成しゆゐ、くげんをはなるゝのみ法花《ほつけ》の守護神《しゆじん》とは成ぬ。か様の鬼神《じん》なり共仏果《くわ》の縁《ゑん》をうくるとかや。かゝるためしもあるなれば只後生《ごしやう》こそ大事なり。明日は仏事《ぶつじ》のうゐにて御兄弟《きやうだい》の諷誦《ふじゆ》をあげ、男女《なんによ》の廻向《ゑかう》にあづからん。先《まづ》御やすみしかるべし」とてめん〳〵ふしどに入けるとなり。

三　傾城《けいせい》の諷《ふ》誦文《じゆもん》

其夜《よ》も明《あけ》ぬれば近在《きんざい》にふれをなし仏事《ぶつじ》供養《くやう》し給ひぬ。ちやうもんの老若《らうにやく》、我も〳〵と参詣《さんけい》し関《せき》につらなりしかば、母上姉《あね》君虎《とら》しやう〳〵、何も水生《すいしやう》の数珠《じゆず》をつまぐり、高座《かうざ》の左右に畏なくより外はなかりき。既《すで》に禅師《ぜんじ》坊高座《ばうかうざ》にあがり給へば、禅林禅入正面《ぜんりんぜんにうしやうめん》にくわんぎす。

時成かな素快数《そくわいかず》の書物《しよもつ》をくりひろげ、中にもすぐれたる、一乗妙典《いちじやうめうてん》をどくじゆし給ひ暫涙をながし、満《まん》座《ざ》の衆々にむかい花ぶさをさゝげ、一通《つう》の諷誦《ふじゆ》を取出し三度いたゞき、

うやまつて申上る諷誦文《ふじゆもん》の事、右心指《こゝろざす》所の施主《せしゆ》は大磯《おゝいそ》の虎形勢坂《とらけはひざか》のしやう〳〵、相模《さがみ》の国《くに》の住人曽我《ぢうにんそが》

の十郎祐成《すけなり》、同五郎時宗《ときむね》追善《つゐぜん》菩提《ぼだい》の為《ため》なり。それ生死《しやうじ》の道《みち》はことにしてゐんしんをいづれの所にかつうぜん。ふんだんのさかいをへだつ、はいきんをいつの時《とき》にかごせん。廿余年《よねん》の夢明《ゆめあけ》がたの月そらにかくれぬ。千万《せんまん》だんのうれへは夕部《ゆふべ》の嵐《あらし》、独《ひとり》ぎんじて石《いし》となり雨《あめ》となる。あひれんの涙かはくまもなし。あしたをむかい夕間をおくり、くわいきうのはらわたをたへなんとす。しよさく未《いまだ》やまざるに百ヶ日《かにち》みてり。かなしみのうへになをかなしきは、老《おい》て子《こ》におくれしと、さかんにしておつとに別《わかれ》し程《ほど》のうれへなし。老生不生《らうしやうふじやう》をしるといへ共、定《さだ》めがたき人間《にんげん》のならひ是非《ぜひ》なし。おしめ共しるしさらになし。仏《ほとけ》もあいべつりくと説《とき》給ひ、一生《いつしやう》はたゞ夢《ゆめ》のごとし誰《たれ》か百年のよはひをたもたん。いづれか常住《じやうぢう》の栄《ゑい》をなさん。命《いのち》は水の阿波《あは》のごとし。魂《たましい》は此内《うち》の鳥《とり》、ひらくをまちてさりがたし。きゆる者《もの》は二度《たび》みゐずさるものはまた来《きた》らず。うらめしきかなや釈迦如来《しやかにょらい》のおしゐをわすれ、かなしきかなやゐんま王の詞《ことば》をきけば、みやうりは身をたすくるといへ共、ほくぼうのかばねをやしなわず。恩愛《をんあい》の心をなやませ共誰《たれ》かくわうせんの責《せめ》をのがれん。是によつてじそうす。しよとくいくばくのりぞや。これが為《ため》につゐぐす暫眼《しばらくまなこ》をふさぎわうじを思ふに、きうゆう皆《みな》むなし。指《ゆび》を折《をり》てこうしんのかぞふればしんそおゝくかくれぬ。時《とき》うつりことさり今なんぞべうほうたらんや。人とゞまりて我行誰《われゆきたれ》か跡《あと》にのこらん。三界無庵《かいむあん》ゆによくわたくとみれば、王宮《わうぐう》も夢天子《ゆめてんし》も現《うつゝ》ぞかし。いはんや我ごときのともがらはいかゞして其つみかろからん。死《し》にくるしみをまし、がうにしたがつてかなしみをそふ事おろかなり。まさに今ごんがくちりふかくし、ちくかんいくばくのせんくわんぞ。たいりやう雲《くも》しづかにしてせいふう只一せい、ゐんちう花月《くわげつ》あひつたふるにあるじをうしなふ。時《とき》に七月中旬《ちうじゆん》うらぼんの尊霊《そんりやう》、誰《たれ》にかあらんとなく〳〵よみおわり給ひぬ。参詣《さんけい》のくんじゆいづれか袖《そで》をしぼらぬはなかりき。

暫《しばらく》有て素快《そくわい》、「今よみおわる所の兄弟《きやうだい》が為《ため》には愚僧《ぐそう》は弟《おとゝ》なりき。我未東西《いまだとうざい》をもしらざるうち、此寺《てら》に来《きた》りげんざんにもいらず、殊に独《ひとり》の母《はゝ》をのこしてはてたまひぬ。誠《まこと》に親《おや》の身として子を思ふ事いづれか替《かはる》事なし。父《ちゝ》の恩《をん》はしゆみせんにたとゑ母《はゝ》の恩《おん》は大海《だいかい》におなじ。我一生《われいつしやう》の間仏学《あいだぶつがく》をする共親《おや》の恩《おん》はしるまじ。胎内《たいない》にやどり身をくるしめ、うまるゝ時《とき》は桑《くわ》の弓《ゆみ》ゑもきの矢《や》にて、天地《てんち》四方《しはう》をきよめ心体《しんたい》はつぶを請《うけ》、あるゐてそこないやぶらざるを孝《かう》のはじめとす。行法《ぎやうぼう》の袋《ふくろ》につゝまれしより今にやすき事なし。惣じて親《おや》の習《ならひ》、身のおとろへるをもしらず子《こ》の成人《せいじん》をこそねがへ、かゝる御恩《ごおん》のわすれて、独《ひとり》の親《おや》をのこし先立《さきだち》給ひぬ。されば君はたつとくしてしたしからず。母《はゝ》はしたしくしてたつとからず。そんしん共是を兼《かね》たるは、父ひとり成といへ共四《し》の恩《おん》の中《なか》には二親《にしん》ぞかし。母の御なげきこそさる事なれ、ちゝの敵《かたき》に身をすて命をうしなふ。誠に兄弟《きやうだい》の御事は弓馬《きうば》の家《いゑ》に生《むま》れ、武略《ぶりやく》共にかしこく、富士《ふじ》の裾《すその》野のほまれ誰《たれ》しらぬ物なし。殊《こと》に兄弟《きやうだい》中よく、竹馬《ちくば》より二人《ふたり》つれ立独《ひとり》とゞまり行《ゆく》事あらじ。されば一条《でう》けんとく公《かう》の御子、前《さき》の中将後《ちうじやうのち》の中将とて有けり。あした夕部《ゆふべ》にかくれ給ひしためしもあれば、無《む》常の道《みち》おどろくべきにあらず。またおつとにわかるゝなげき殊に哀なるぞかし。こきうとゞまりねやによせ、たつしやうけんの月空《そら》にかくれぬ。みとせのなじみ夢《ゆめ》とみ給へ、魂《こ》心床《しんゆか》にのぼり愚子《ぐし》が昔《むかし》にあらねど、思ひの涙袂《なみだたもと》にうるほす。しやうらんのにほひたきものとなりぬ。ある月の鐘《かね》の声枕《こへまくら》をならべし程にはあらねど、おきゐに見ればなれそめし人にはよもそはじ。山のはに入月影《かげ》も心ぐるし。まちゐて見し面影《おもかげ》にことならず。なぐさむ事もあらじ世に、夫婦《ふうふ》の別《わか》れほど哀成《あはれ》もなかりき。され共心にまかせぬ道《みち》なればふつ〳〵思召切《きり》給へ。かれをみ是を聞《きく》に付ても、くやむまじは世のならひぞかし。ねがはくば往生《わうじやう》の望《のぞみ》をとげ、六親《しん》けんぞく曽我《そが》兄弟《きやうだい》、成仏《じやうぶつ》とくだつの廻向《ゑかう》を頼《たのみ》奉る」と、涙ながら高座《かうざ》をさがり給ひぬれば、皆々下向《げかう》の道《みち》すがらもつ袖《そで》をしぼり、哀《あはれ》なる身ぞかしとめん〳〵がやどに帰りぬ。

四　文塚《ふみづか》の勧進《くわんじん》

曽我《そが》の人々此寺《てら》に暫《しばらく》とうりう有しが、有時虎しやう〳〵に申されけるは、「有難御法《ありがたきみのり》の庭《には》に来り、かゝる姿《すがた》にて御跡《あと》とわんもいかゞなり。尤都《もつともみやこ》に上り法然《ほうねん》上人の御弟子《でし》にも成べけれど、同じくは禅師坊《ぜんじばう》様の御手にかゝり尼《あま》と成、づたこつじきの身と成諸国《しよこく》を修行《しゆぎやう》し、弥々《いよ〳〵》仏道《ぶつだう》の眼《まなこ》をひらかんいかゞ思召」と尋しかば、「我もさこそ」と思ひつめ、禅師坊《ぜんじばう》の御前《まへ》に出心指《こゝろざし》を語《かたり》給へば、素快《そくわい》聞召、「あつぱれ御きどくのねがひ、とても思ひ立給はゞともかくも御心まかせ」と其用意《ようゐ》をしたりぬ。母此よし聞給ひ、「我もともに」と仰けるにぞ。

誠に有難《ありがたき》御ねがひ草《くさ》の影《かげ》成兄弟《きやうだい》、左こそ悦《よろこび》給はんしかるべきとて三人共に髪《かみ》をそり、母の御名を妙伝《めうでん》、虎御《とらご》前《ぜん》を妙光《めうかう》、しやう〳〵を妙正《めうしやう》と改名《かいみやう》し給ひぬ。姉君《あね》、「我も供に」との給ひしをおの〳〵口《くち》を揃《そろへ》、「御身の事は、二の宮殿ゑやりぬれば我々がはからひにも成がたし。一先《ひとまづ》帰り吉実《よしざね》にかしづき、俗《ぞく》として跡《あと》とひ給へ。然ば子孫《しそん》にいたりながく香花《かうけ》をとるぞかし。我々が姿《すがた》うらやましく思ひ給ふまじ」とくわしくおしゑ給へば、姉君げにもと思召けるにや。とかくの返答《へんとう》にもおよばず、「此うへはともかくも、とても様をかゑぬ身暫《しばらく》にても此所におりがたし、一先《ひとまづ》帰りおつとにかしづかんも、又女の道《みち》ぞかし」と涙ながらの給ひけるにぞ。

虎少将《とらしやう〳〵》つゐでよきとやおもひけん。「我々もふる里《さと》に帰りいか成庵《いほり》成共むすび、心しづかに御跡《あと》をとひ参らせたし。御老母《ごらうぼ》様はこなたに足《あし》をとめ給へば心にかゝる事もなし。よき道連《みちづれ》なりいざ」とさそわれ、人々に暇乞《いとまごひ》姉君《あねぎみ》を先《さき》に立《たて》、名残《なごり》を久賀見寺《くがみでら》の軒《のき》にのこし、またこんと立別行《たちわかれゆく》。是ぞかぎりの別《わかれ》ぞと、後《のち》にぞ思ひしられぬ。跡《あと》にのこりし母《はゝ》、た

より共思ひしあね姫《ひめ》、虎少将《とらしやう〱》にはかれひとりさびしきねやのとぼし火、是を思ひの種《たね》其あけがたより、風《かぜ》の心地《こゝち》との給ひ万事《ばんじ》の床《ゆか》に枕《まくら》あがらず、人々おどろきさま〲かんびやうするに、さらにげんきなくしつゐに身まかり給ひぬ。

禅師坊《ぜんじばう》二人の道心《だうしん》、前後《ぜんご》の枕《まくら》に取付《とりつき》、涙をながし我もともにとかきくどきぬ。里《さと》の人々聞《きゝ》つたるゑにとむらい来り、さま〲力《ちから》を付《つけ》むなしきからをあけのゝはいとなしぬ。それより素快《そくわい》弥々《いよ〱》仏道《ぶつだう》にいり、ひゞの供養《くやう》かたのごとくとむらい給へば、人皆申けるは、「誠《まこと》に母うゑこそ此世からの仏《ほとけ》ぞかし。人にきやうけし給ふ素快《そくわい》の御手にかゝり往生《わうじやう》し給へば、来《らい》世はさこそと思ひやらるゝ」とうらやまざるはなかりき。

其後《そのゝち》虎少将《とらしやう〱》古里《ふるさと》に帰り、大磯《おゝいそ》奥高来寺《をくかうらいじ》といゑる山影《かげ》に草庵《さうあん》のむすび、昼夜《ちうや》念仏《ねんぶつ》けだいなく、毎日《まいにち》法花経《ほけきやう》六遍《ぺん》づゝどくじゆし愚知《ぐち》なる男女《なんによ》にしめし、虎《とら》の尼峰《あまみね》にのぼり花《はな》をおれば、少将は谷《たに》にさがりしきみ赤《あか》の水をくみ、独《ひとり》が花をさせば、独《ひとり》は香《かう》をたき、立替《たちかはり》て兄弟《きやうだい》の追善《つゐぜん》、念頃《ねんごろ》にとむらい給ひぬ。つら〱身の上を思ふに、我《われ》たま〱うけがたき人と生《むま》れ、殊にためしなき川竹の遊女《ゆふぢよ》の身と成、面《おもて》に白粉《はくふん》のぬりあまたの人に

たはむれ、日毎《ひごと》に替《かはる》うき枕《まくら》、うきが中にも御兄弟とはひとかたならぬ中となり、三年《みとせ》が内《うち》のむつ事互《たがい》に恨《うらみ》うらみられつゝ、心に思ひ口にいわれぬ事を筆にてかこちぬ。あだなる筆《ふで》のすさみもなき人の面影《おもかげ》を見る心地して一入《ひとしほ》なつかし、みる度《たび》にいやましのおもひ、すてゝもおかれず、とれば面影《おもかげ》の立そひて、恋し〳〵と思ふ心なき人の為《ため》にもなるまじ、ちづかのふみを庵《いほり》の辺《ほとり》に付《つき》こめ、玉章塚《たまづさづか》と名付《なづけ》爰にてもとひ参らせん。左もあらば昔《むかし》の里《さと》に立越《たちこへ》、おろかなる女郎にすゝめ、おくりかゑしの文をとり一つの塚《つか》にこめん。しかるべしと車《くるま》につかをつき、小松一本《こまつひともと》、枝《ゑだ》には兄弟《きやうだい》の烏帽子《ゑぼし》ひたゝれをかけ、女手わざにしほらしく、車《くるま》に五色《ごしき》のつなをつけ、先大磯形勢坂《おゝいそけはひざか》をひゐてまはりぬ。月日立にしたがい虎少将《とらしやう〳〵》二人の尼《あま》、仏法《ぶつぽう》しゆ行の功《こう》つもり、なき人のおくりかゑしの玉づさこと〴〵く取あつめ、宿《やど》も定《さだ》めぬ文車《ふみぐるま》諸国《しよこく》をめぐるぞしゆせうなりき。

爰かしこをさまよひ先大磯の町に入、「我は是有し昔《むかし》の虎少将《とらしやう〳〵》がなれの果《はて》、誠に我々二人が恋路《こいじ》こそ曽我《そが》殿原《どのばら》に身をまかせ、別《わかれ》を富士《ふじ》の裾野《すその》にのこし、兼《かね》事をあだになさじと思ひつめたる黒髪《くろかみ》、姿《すがた》も色もなき身とは成ぬ。されば一字になき人のふみをつきこめ昼夜菩提《ちうやぼだい》をとむろふ。それ文書《ぶんしよ》に色《いろ》をふくみ、ぼんなふの中《なか》立《だち》ざいごうのおもきをかなしみ、高来寺《かうらいじ》の土中《どちう》にうづみ文塚《ふみづか》と名付、一丈の卒都婆《そとば》を立不断念仏《ふだんねんぶつ》をはじめ中、一紙半銭《いつしはんせん》の奉伽《ほうが》しわかき方々男女《かた〴〵なんによ》にかぎらず、恋せし人は文玉《ふみたま》づさをひとつに供養《くやう》し、ともに成仏《じやうぶつ》し給へ」と一つの巻物《まきもの》を取出し、さもしゆせうによみたりぬ。「まか盤若波羅密華厳阿厳方塔《はんにやはらみつけごんあごんほうとう》ねはん、八万余経《よきやう》は仏《ほとけ》一代《だい》の説法《せつぽう》皆是衆生成仏《しゆじやうじやうぶつ》の外《ほか》たじなし。今無《む》仏《ぶつ》世界《かい》にいたり仏《ほとけ》のおしゑをつたふる事、文字《もんじ》なくて何をもつてつたゑん。さればもん字《じ》のはじまりは、さうけつといゝし人まさごにあそぶ浜千鳥《はまちどり》、其足形《あしがた》を見そめしより、鳥《とり》の跡《あと》たえず代《よ》々につたへ宝《たから》とす。一字《じ》〳〵に仏《ほとけ》の妙体《めうたい》そなわれり。我朝《わがてう》にては弘法大師《こうぼうたいし》、十二ゐんゐんのへうし十二点《てん》をそめ給ふ。文字《もんじ》一字《じ》よくかけば仏《ほとけ》一体《たい》作《つく》りし道理《だうり》、やつしてかけば仏《ほとけ》の五体《ごたい》をやぶるとかや。かく有難文字《ありがたきもんじ》を末世《まつせ》の衆生《しゆじやう》浅《あさ》ましく、墨《すみ》と硯《すゞり》の恋《こい》の文《ふみ》思ひ参らせ候べく候と、心《こゝろ》をなやまし思ひをくだき、たまづさにて命《いのち》を取、ぼんなふの山りんゐの海《うみ》、みれば高《たか》くのぞめば深《ふか》し。爰に相州曽我《さうしうそが》の十郎祐成《すけなり》、同五郎時宗《ときむね》此兄弟《きやうだい》の人々は、知有勇有情《ちありゆうありなさけ》ふかく、恋慕《れんぼ》内《うち》にうごかし色外《いろほか》にはなやかなり。もゝづかちづかの玉づさすべて男《おつと》の心をまよはし、筆魂《ふでたましゐ》をつんざくつゐにあいじやくの夢《ゆめ》さめず。御兄弟もろ共二十余年《よねん》の花ちりぬ。りんじうの夕部《ゆふべ》迄六道《ろくだう》にまよひ給はん事、かなしむべしなげくべし。よつて一生《しやう》の縁《ゑん》花《くわ》をあつめ、高来寺《かうらいじ》の庭《には》の辺《ほとり》文塚《ふみづか》と名にし、君立の為《ため》にこんりうし、ぼんなふ即菩提《そくぼだい》をいのる。法界《ほうかい》にじたなし後《ご》世と申現《げん》世といひ、半銭半紙《はんせんはんし》の供養《くやう》の輩《ともがら》、ともにけちゑん利益《りやく》の種成仏《たねじやうぶつ》うたがひあるべからず。南無きめうひつけんどうじ、玉章塚《たまづさづか》をしゆごし給へ南無あみだ仏」とよみたりぬ。

あまたの女郎やり手禿《かぶろ》下の女、思ひ〳〵のすゝめに入、ふるき反古《ほうご》玉章《たまづさ》を我おとらじと、ともに供養《くやう》をなしけるにぞ。未程《いまだほど》もゆかざる内車《うちくるま》に文《ふみ》の山をかさね、其夜《よ》は其里《さと》にとまり明《あけ》をまつこそ哀《あはれ》なりけり。

寛濶曽我物語　十之巻終

くわんくわつ曽《そ》我《が》物語《ものがたり》　十一之巻

一　座《ざ》禅《ぜん》の人切《ひときり》

工藤《くどう》左衛門祐経《すけつね》が弟《おとゝ》、伊豆《いづ》の次郎祐《すけ》かねは犬坊《いぬばう》丸に近付《ちかづき》、「爰に我々が敵《かたき》の末《すへ》曽我《そが》兄弟《きやうだい》が弟《おとゝ》、おさなき時伯父《おぢ》祐清《すけきよ》が養《やう》いくし、越後《ゑちご》の国久《くにく》賀見《がみ》寺に住《ぢう》して名《な》を禅師坊《ぜんじばう》といゐり。世話《わ》に、敵《かたき》の末《すへ》は根《ね》をほりて葉《は》をからせといゐる本もん有きやつをいけ置《おき》ては我々が命《いのち》の程覚《おぼ》つかなし。此者《もの》壱人討とれば天下《てんか》に是ほどもおそろしき者なし。いかゞし案はなきか」と語《かたり》しかば、犬坊丸未《いまだ》しやべつなき頃《ころ》なりしが、伯父《おぢ》が無分《むふん》別《べつ》にくはゝり、「しかるべきやうにはからい給へ」とみつ〳〵の相談《さうだん》、耳《みゝ》に物をいわせ是よく〳〵とうなづき、下部《しもべ》の者《もの》共少々まねきいさいをくわしくいゝふくめ、明方《あけがた》つぐるをあいづに屋かたを出越後《ゑちご》の久《く》賀見《がみ》ゐいそぎぬ。さればにや禅師《ぜんじ》素快母《そくわいはゝ》におくれてたよりなく、夜るのふすまに只壱人、こしかたの思

ひ我身《わがみ》一つにとふつとはれつ、とぼし火《び》の光《ひかり》をたよりに、経《きやう》もんのくり座《ざ》禅《ぜん》暫《しばらく》もやむ事なし。いとゞさびしき秋《あき》の空《そら》月は雲《くも》にかくれ風《かぜ》さふぐ〳〵しく、窓《まど》にあたりて夜《よ》もふしがたく、され共心《しん》ぼうおのれと眼《まなこ》をふさぎ、けんだいの足《あし》を枕《まくら》としつや〳〵ねいり給ひぬ。

時《とき》は夜《や》はんとおもひし頃《ころ》おもてをしきりにたゝく、され共人音《をと》のせざりき。やゝ有て素《そ》快《くわい》枕《まくら》をもたげ、「誰《たれ》か人の来りぬ。禅《ぜん》入《にう》はあらずや返《へん》答《とう》申せ」と手を討《うた》せ給へどさらにしやうねつかざりき。「さりとはよねんなき者《もの》共」と、自《みづから》手しよくをさげ出、「いづかたよりの御出、いか成御用《よう》」と尋しかば、「さん候我々は此片里《かたざと》の者《もの》成が、一門《もん》たるもの久々の病《びやう》気《き》に本《ほん》腹《ぷく》なく、今日暮《くれ》方《かた》に相果《あいはて》候。夜《や》中《ちう》とは申ながら御《ご》法師《ほうし》の御役《やく》に、かうせんの道引《みちびき》あそばし、一遍《いつぺん》の御すゝめに預《あづかり》度《たく》すいさん仕ぬ」と涙声《ごゑ》して申けるにぞ。「何が扨衣《ころ》の役《やく》取おき参らせん」とあみ戸《ど》をひらき給へば、若《わか》き者《もの》一やうの白《しろ》小《こ》袖《そで》、乗物《のりもの》かた手に涙ぐみたるてい、禅師《ぜんじ》坊《ばう》打まもり、「我も此程壱人の母におくれ、たよりなき身につまされ、おの〳〵の心底《しんてい》をもひやられぬ。とても帰らぬ死出《しで》の旅《たび》、涙をとゞめ給へ」ときやうけし、くわんにむかひ眼《まなこ》をふさぎ既《すで》にゐんど

う有べき時、大勢《ぜい》の若者《わかもの》てんでにうでまくり、うしろより禅師坊《ぜんじばう》をむずとだく、何心もあらねど元来《ぐわんらい》の合力《がうりき》、数《す》十人をけたおし、乗物《のりもの》の棒《ぼう》ひつさげかたはしよりなぎたをせば、法師《ほうし》が勢《いきおひ》におそれ皆にげさりぬ。

　ながおひゐきなしとしほり戸《ど》ひしとしめ、もしくまぐ〳〵にかくれもやせんと爰かしこをみる所に、乗物《のりもの》の内《うち》より犬坊祐《いぬばうすけ》かね飛出《とび》、「そも我々は、工藤《くどう》左衛門祐経《すけつね》が一子犬坊丸伊豆《いづ》の次郎祐かね、親兄《おやあに》の敵《かたき》覚《おぼへ》たるか」と討《うち》かくる。心得《こゝろへ》たりとうけはづし両人のくみしき、「もつとも曽我《そが》のゆかりなれど、此ごとく出家《しゆつけ》をとげ、五界《ごかい》をたもつ身、殊に殺生戒《せつしやうかい》は第《だい》一のいましめなれ共、おのれごときをたすけ置《おく》は仏《ほとけ》のおしへをそむくにゝたり。其しさいはかうせんにおもむき、愚僧《ぐそう》がきやうけに預《あづかり》ゐんだうけ、生帰《いきかへ》ればとてかゐさぬは仏《ほとけ》の法《ほう》、土《ど》そう火《くわ》そうもまだるければ、禅師《ぜんじ》がうでのつよきにひかれ、極楽《ごくらく》に往生《わうじやう》すべし」と二人が首《くび》をひきぬき、独《ひとり》うなづき、「誠に我々が身は先祖《せんぞ》よりやいばにふし、うてばうたれ、うたるれば討《うち》、末葉《すへば》にむすぶ修羅《しゆら》道《だう》のくるしみ出入息《いき》の内にも恨のもふしうはれまじにくしと思ひ我《わが》手にかけてころしぬれど、此者《もの》共が一ぞくまた我にあたをなさん。かれ是ゐんぐわの車《くるま》のごとくめぐり〳〵てのがるゝ事なし。とても親兄《おやあに》をさきに立、跡《あと》にとゞまりたのしむべき浮世《うきよ》もなし。きやつらが思ひをはらさせん為《ため》成」と、二人の死《し》がいに乗《のり》、犬坊《いぬばう》が小脇指《こわきざし》取、もろはだぬぎ生年《しやうねん》十九才にして腹《はら》十文字《もんじ》に切《きり》、同じ枕《まくら》にふし、「うん」といふ声《こへ》におどろき、禅林禅入《ぜんりんぜんにう》かけ出、此ていを見、「すは何事ぞ　薬気付《くすりきつけ》」とうろたへまはり、「御心はいかゞわたらせ給ふ」と声《こへ》のみ立てよばわりぬ。

　禅師《ぜんじ》眼《まなこ》をひらき、「あはたゞし何事ぞ」とよく見ればおのれが身にもやいばをあて、犬坊祐《いぬばうすけ》かねあけに成ていたりぬ。素快《そくわい》一目みるより息出《いきいで》ずまたかつぱとたおれぬ。「いかにしても心得ず様子《やうす》を語《かたり》給へ」と耳《みゝ》に口《くち》をあつれば、「おとたかしさはぐまじ」としづめ、くわしく語給へば二人の道心けでんし、「昔《むかし》が今にいたる迄夢《ゆめ》に人切ためしなし。是しゆ羅《ら》道《だう》のがうやむ事なく、互《たがい》にたゝかふやいばのさき、さとりといふもこれならん。中々此手にてはたまるまじ。仰おかるゝ事あらば、只今成けるぞ」と声《こへ》をばかりによびけるにぞ。「法師《ほうし》の最後《さいご》何をかいゝおかん死《し》して後《のち》、後《ご》世とふてゐさせよ」とばかりに、久賀見寺《くがみでら》の庵《いほり》の露《つゆ》ときへて跡《あと》なく、印計の石《いし》今にのこりて有けるとなり。

二　法師《ほうし》の忠義諍《ちうぎあらそひ》

身を墨染《すみぞめ》にやつせど思ひはたゐぬ武士《ぶし》ぞかし。扨も鬼《おに》わう団《どう》三郎二人の法師《ほうし》は、素快《そくわい》に別《わかれ》しより彼寺《かのてら》にもすみがたく、ひそかに越後《ゑちご》を立出、古里丹波《ふるさとたんば》野《の》瀬《せ》にすまんと、立出て峰《みね》の白雲《しらくも》、「花共月共思ひし主君《しゆくん》にはなれいづれの里《さと》を我すみかとせん。なまなか君《きみ》の詞を大せつに思ひつめたる心から、おもしろからぬ世にすみはつるもくちおし、さればとてよしなき死《し》をとげんも又有まじき事ぞかし。我身ながら、わがまゝならぬとは今こそ思ひしられぬ」と、互《たがい》に物語して行山相《あい》、こだまのひゞくごとく下郎《げらう》とみゐし男、「中々」とよびかくる。二人ふり帰り、「我々が事か」と尋《たづね》しかば、「さん候いづれもは、曽我兄弟の御下人鬼王団三郎殿にてはあらずや。是は朝比奈《あさひな》の三郎吉秀《よしひで》の家来《けらい》成が、おの〱は越後《ゑちご》にて入道有しと聞召、すぐに久賀見《くがみ》ゐ参し所に、今朝寺《こんてうてら》をひらきいづく共なく国遠《こくゑん》のよし、程は有まじと追《おつ》かけし甲斐《かひ》有。此所にて御目にかゝる事ぞ嬉し。主人吉秀《よしひで》よりの御状成」と出しければ、鬼王《おに》ひらき、よみてみれば、「何々、方々の主人曽我兄弟は君御了簡《きみごりやうけん》のうへ、いづれにあたをのこさず相果《あいはて》らるゝといへ共、ちと様子《やうす》有て御所の五郎丸、今元服《げんぷく》して荒井《あらゐ》の藤太重宗《とうだしげむね》となのる。此者しかと時宗が敵にきはまる。御ぶんら両人主君の恩《おん》をおもはゞ、壱人は浮世《うきよ》にとゞまり後世《ごせ》とむろふて参らせ、今壱人は鎌倉《かまくら》に来らるべし。朝比奈《あさひな》が手《て》引をもて、重宗《しげむね》を討すべし。早々」と書留《かきとめ》たり。両人先使《つかい》の者に一礼のべ鎌倉に帰《かへ》し、其後禅入《ぜんにう》に申けるは、「某は是より鎌倉にいそぎ重宗を討《うつ》べし。御辺《ごへん》は古里野瀬《ふるさとのせ》に帰り庵をむすび、御兄弟の御跡《あと》をとむらひ、もし我討死《うちじ》にときかば、そちならで誰《たれ》か菩提《ぼだい》をとわん。誠に身をわけたる兄弟よりましたる中、互《たがい》に心やすく此年月迄語《かたり》し事ぞうれし、くれ〴〵頼」と語ぬ。

禅入聞《ぜんにう》、「仰のごとく今日迄の御情《なさけ》詞にもつくしがたし。扨某は若年《じやくねん》にて発心《ほつしん》の有無《うむ》をしらず、年役《としやく》に御《ご》自分古郷《じぶんこきやう》ゑ帰り後世とむらい給へ。私敵をうたん」といふに禅林《ぜんりん》重て、「古里の事は人のしらざる内証《ないしやう》づく、眼前《がんぜん》主人の敵を討では武士《ぶし》の家に生れしかひなし。若役《わかやく》にわ殿古郷《こきやう》ゑ帰れ」といふにぞ。禅入まゆをひそめ、「主の敵討では侍といわれぬよし、それほど事をしりながら、我を古里ゑ帰れとは近頃きこゑぬ云分《いゝぶん》、其手も一通は有ぞかし。曽我の下人鬼王は心高《こゝろかう》にて、主の敵を討ぬれど、団三郎はおくびやうにてにげ帰り、入道しけるとわらはせんたくみ、それはくわぬ」と帰るべき気食《きしよく》なかりき。禅林《ぜんりん》聞て、「尤なれ共、それはもつては同じ事、わ殿鎌倉に行某古郷ゑ帰らば、団三郎は心有侍なれ共、鬼わうは腰《こし》ぬけ成と、鎌倉中にてわらはれんは御辺《ごへん》もわれも同じ恥《はぢ》、其うへ此状にも壱人はとゞまりなき人の菩提《ぼだい》をとゐ、壱人はくだれとあれば理《り》を非《ひ》にまげおこと帰れ」といふにぞ。

禅入色《ぜんにういろ》を替《かへ》、「くど〱と同じ事、たとゑば爰をいぐさる共古郷《こきやう》ゑとては帰るまじ。誠左様に思召さば同道《だうどう》してくだらん」といふ。禅林こらゑかね、「是程事をわけきかするに聞入なく、つれ立ゆかんなどゝはひつきやう某壱人にては討まじきと思わるゝか」、禅入いぶり者にて、「仰《おゝせ》の通御自分独《ごじぶんひとり》にてはあぶなし」といふ。禅林ひぢをはり、「血《ち》こそわけね互《たがい》に兄弟といゝかはせし詞もあれば兄ぞかし。それにむかい舌《した》ながなる一言《ごん》、今日より兄弟のちなみを切他人成」といふ。「いな事をのたもふ。兄弟分のあいさつをきらるゝがこはいとて、男のすべをすつべきか切度ば心まかせ、是からは他人むき追付《おつつき》敵の首《くび》討てみせん」といふ。「わ殿より前《さき》にわれうたん。此うるゑは運《うん》だめしそれ迄はゐんしん不通《ふつう》、兄《あに》とおもふな」、「弟《おとゝ》と思召な」と、互《たがい》に詞を諍《あらそひ》立わかりゆかんとせしが、禅林つく〲思ひけるは、しよせんふたりがいぢをはりきやつに討《うた》してゐきもなし。ぬけがけし某討たればとて人のほむるにも有まじ。「何と禅入《ぜんにう》物事は談合衡《だんがうづく》、さいはい此村に八一王子《わうじ》の社《やしろ》有。両人御《み》くじをあげ一取たらん者鎌倉にゆかん。二三をとらば古里ゑ帰るべし。両人共に同じ一のあがり給はゞ、ゑ

こなく同道してゆかんとかく神次第《かみしだい》にせん」といふにぞ。

尤おもしろきとて神前に畏互に信《しん》のこらし、先禅林御くじおひらけば一にてぞ有けり。三度《ど》いたゞき飛《とび》しさりぬ。禅入ひらけば同一。是はふしぎと互に顔《かほ》を見合、「誠に神は正直《ぢき》のかうべにやどり給ひぬ。此うゐはいゝ分《ぶん》なし是よりすぐに同道《どうだう》し心をあはし討《うつ》てとらん。是此神《かみ》の御めぐみ、いざ御立」と打《うち》つれだち鎌倉《かまくら》さしていそぐ夕暮《ゆふぐれ》。

三　門違《かどちがひ》の密男《まおとこ》

虎少将《とらしやうく》二人の尼《あま》くるはを出て日数《ひかず》ふり。爰《こゝ》かしこ近在近郡《きんざいきんがう》(ママ)のこりなくさまよひ、車《くるま》にみつる玉章《たまづさ》山のごとくつみたりぬ。また明日《みやうにち》との帰《かへ》り足《あし》、しの篠《ざゝ》ふかき里《さと》ばなれより廿《はたち》ばかりの女郎、小づま取手もとは色里《いろざと》の風俗《ふうぞく》、内《うち》八もんじのすあしちよこ〳〵ばしりの乱髪《みだれがみ》、しやらほどけにも気がつかづ虎しやう〳〵のそばにより、「現在《げんざい》のしめしありがたし扨みづからは勤《つとめ》の身、きせ川の万夜と申者《もの》なるが、いまだ新ざうの頃《ころ》より、ゐがくの平太様と人めしのびて逢夜《あふよ》の数《かず》、勤《つとめ》は外《ほか》になりまし、只いとしさのあまりに恋は中戸《なかど》のさゞめ事、あはねば胸《むね》に物思ひ、あへばまたむなつこらしく語詞《かたることば》が跡前《あとさき》とは成ぬ。行末《ゆくすへ》はこんりんならくの底《そこ》迄も、そひはてんと互《たがい》にちかひを立、年《ねん》の明《あく》のを待折《まつおり》から、荒井《あらゐ》の藤太重宗《とうだしげむね》とて鎌倉方《かまくらがた》の武士《ぶし》成が、さりとはいやな男《おとこ》の風《ふう》、びん付《つき》はうしろさがりつり髭左右《ひげさう》にむさい顔《かほ》、其くせたんりよしりよなく、無分別《むふんべつ》の上々吉、此春《はる》よりのあげづめまゝにならぬを腹立《はらだち》、親方揚屋《おやかたあげ》となれあいいつのまにやら身請《みうけ》をせられ、あれにみへたる小座敷《こざしき》にとつておかるゝうたてさ。平太様ゑのいゝわけなしいかに勤《つとめ》なればとて兼事《かねごと》のあだにはなさじと、おもひつめたる付《つけ》とゞけ、あなたよりのお返事《へんじ》が一つふたつとかさなり、つもるは恋の文ぞかし。人に見とがめられなば、平太様の身為あしゝ、やきすてんも下々《したぐ》のみるめ、いかゞとおもふ折《おり》からさいはいの勧進《くわんじん》、是を一つにつきこめ給はれ。其うへ今日《けふ》は首尾《しゆび》もよし。ひそかに爰《こゝ》を立のき平太様にあふべきし案《あん》、どうぞたのみます」などくどからぬ詞。

二人の尼《あま》ふみ共請取《うけとり》、「誠に恋ぢほどせつなる物もなかりき。とても一後《ご》と思ひつめたるおとこを外《ほか》にし、いやな男《おとこ》にそはん事身にあまりてうたてし。我々もさうした事の有し身なれば思ひやられていとし。是非《ぜひ》それほど迄思ひ給はゞ衣《ころも》に似《に》あはぬ事なれど、うれしゐと思ふ心が後生《ごしやう》ぞかし。さいはいあたりに人もなし一《ひと》先《まづ》我々が庵《いほり》ゑしのばせ、折《おり》をうかゞひ平太殿ゑしらさん。先こなたへ」と一二丁ほど行所《ゆく》へ、重宗《しげむね》来り万世《まんよ》をとらゑ、「此比《ごろ》きけばおのれは、忍男《しのびおとこ》のたそかれ玉章《たまづさ》日々に取やり、首尾《しゆび》みつくろいにげ出密男《まおとこ》とそわんつらつきみへたり。法師《ほうし》ふたりの内壱人密《ま》男にきはまりぬ。そいつら三人に縄《なは》をかけ屋形に引、かさね切にし腹《はら》ゐん」とさまぐ\成悪口《あつかう》。

二人の尼《あま》おかしく、「御うたがひはさる事なれ共、仏《ほとけ》のまねする我々じやゐんの不義は致《いた》さじ。折《をり》の悪敷《あしき》は御めん」といふ。「其云わけは立まじき」と三人共にいましめけるにぞ。「それはらうぜきつむりをまろめ衣をかけたる身、縄《なは》かゝるとがなし」といふ。「人の女をそゝなかし立のく程のざいくわや有」、「いやとよ我々は尼《あま》ぞかし。うたがはしく思召さば、懐ゑ手を入ちぶさをさぐられよ」といわれ、重宗《しげむね》是に心付二人が懐《ふところ》ゐ手をさし入、「げに誠《まこと》女ぞかし。よし何にもせよ不義はかく別《べつ》、当所《たうしょ》におゐて諸勧進《しょくわんじん》かたく停止《ちやうじ》せらるゝ所に、ためしなき文塚の勧進《くわんじん》まぎれものにきはまりぬ。仏《ほとけ》にかこつけ新法《しんぽう》を立るとがのがれまじ。物いわせな」とひつ立行《たてゆく》。

其折から鬼《おに》王団《どう》三郎鎌倉《かまくら》へくだらんとて此道筋《すじ》をとをりしが、虎少将《とらしやうく》とみるよりそばにより、「此尼《あま》は我々がゆかりのひと、いかなるとがにてかくいましめいづ方《かた》ゐひかるゝぞ、さまでの事もあるまじければ只御ゆるし」とわびけるにぞ。「扨はおのれも同類《どうるい》か。つみなくして縄《なは》かくる武士《ぶし》や有。様子《やうす》聞度《きゝたく》ば此通《とをり》」と段々《だんく》をかたれば、二人の法師《ほうし》が口を揃《そろへ》、「それは修《しゅ》行《ぎやう》の役《やく》ぞかし。さのみとがとは申されじ。出家《しゅつけ》がつみにおつるを、出家がみて帰るべき道《みち》に行《ゆき》まよひぬ。慈悲《じひ》は上《かみ》よりくだるといへば是非《ぜひ》御たすけくださるべし」、重宗《しげむね》聞て、「そも何やつなれば目通《めどをり》に立はだかり、人もたのまぬ命乞《いのちごひ》此囚人《めしうど》は上《かみ》ゐうつたへるにおよばず。某《それがし》がはからひにて首《くび》はぬる迄の事そこのいてとをせ」といふに、「さの給ふは何人ぞ。命を取程のとが人にても詮義《せんぎ》たゞしく、其上《うへ》にての最《さい》後是非《ごぜひ》もなし。御自分《ごじぶんの》はからひにて壱人ならず三人

共のせいばい、但《たゞ》し一ッ国《こく》のお大名《だいみやう》か」とさしつめていわれ、「殊《こと》もおろか当家《たうけ》におひて高名《かうめう》の一、曽《そ》我《が》の五郎時宗《ときむね》を討《うつ》たる御所《ごしよ》の五郎丸、元服《げんぷく》して荒井の宿《しゆく》を給はり、荒井《あらゐ》の藤太《とうだ》重宗《しげむね》成、某がさはい誰《たれ》かとがめん。云《いゝ》ぶんあしくば汝が命もあぶなし」といふ。鬼王団三郎扨はと思ひながらわざともみ手し、「あやまり候御免《ごめん》」とそばぢかく立より、重宗を取ておさへしかば、団三郎は三人共に取かへす。「嬉しや主君《しゆくん》の敵《かたき》を手のしたにくみとむるは天のあたへ。扨我々はおのれが手にかけし曽我の家来《けらい》、鬼王団三郎御兄弟《ごきやうだい》の御跡《あと》とはん為法師《ためほうし》とは成ぬ。なんぢを討《うた》ん計《ばかり》に今鎌倉へ行足《ゆくあし》の、此所にてあふたるうれしさ、思ひしれ」といふ隙《ひま》に重宗《しげむね》が郎等《らうどう》すきをうかゞい、団《どう》三郎を始《はじめ》三人共にいけ取胸《むね》に刀《かたな》をあて、「主君《しゆくん》をうたば此四人が命只今成」といふをみて鬼王十方《とほう》にくれ、敵《かたき》壱人うたんとて、四人迄の命《いのち》をとられん事も情《なさけ》なしとし案《あん》さま〴〵、「然《しから》ば命《いのち》を助《たす》くるぞ四人共にわたすべし」と、互《たがい》に心をうたがふ所へ古郡《ふるごほり》の新左衛門かけ付、「先立《さきだつ》て忠臣《ちうしん》の者《もの》の有様子《やうす》はくわしく聞《きゝ》たりぬ。とかく此段上聞《だんじやうぶん》に入たるうへは、我々が了簡《りやうけん》にも成がたし。両方《りやうはう》共に御前《ごぜん》にあがり互《たがい》の所存《しよぞん》を申上、君の御指図《さしづ》をうけられよ」と事をわけて申ければ、

皆々是非《ぜひ》なく新左衛門を先《さき》に立御所《しよ》をさしてあがりしとかや。

四　遊女《ゆうぢよ》の対決《たいけつ》

其後古郡《ふるごほり》の新左衛門重宗《しげむね》を始《はじめ》、二人の入道《にうだう》、二人の尼《あま》、けいせい万世《まんよ》を召《めし》つれすぐに御前《ごぜん》にあがり、重忠《しげたゞ》をもつて一々言上《ごんじやう》申ければ、御領《ごりやう》かの者《もの》共を御前《ごぜん》にめされ先重宗《まづしげむね》に仰けるは、「何のとが有修行者《しゆぎやうしや》をとらゑ、殊に縄《なは》をかけけいばつせんとは何事ぞ」、「さん候此尼《あま》共は元来大磯形勢坂《ぐわんらいおほいそけはひざか》の傾城虎《けいせいとら》しやう〳〵と申者《もの》。しゆ行者《ぎやうしや》といつわり、ためしなき文塚《ふみづか》の勧進《くわんじん》に事よせ諸人《しよにん》の眼《まなこ》をかすめ、衣類諸道具《いるいしよだうぐ》迄かたり取おのれがほしゐまゝにくらすよし、兼々《かね〳〵》承《うけたまは》りおよび候所に、今日海道《かいだう》にて見付、段々《だん〳〵》詮議《せんぎ》うへまぎれなきにきはまり御《ご》前《ぜん》ゑひかせ申さん所に、是成二人の法師《ほうし》参りかゝり、尼《あま》共が加《か》同道《だうどう》仕うへかゑつて某を敵《かたき》と申かけ、既《すで》にあやうき折ふし新左衛門殿の了簡《りやうけん》により、あまの命《いのち》をたすかり只今御前に出候」。

よりとも聞召虎少将を召れ、「女の身とし勧進《くわんじん》にかこつけ、何とて左様のものを取けるぞまつすぐに申べし」、虎《とら》の尼《あま》申けるは、「鎌倉公《かまくらこう》のおふせ共覚ぬ事、我々は有に甲斐《かひ》なき遊女《ゆうぢよ》なれ共、心は男《おとこ》にもおとるまじ。さればあらざる文車《ふみぐるま》の御事、はづかしながらそが兄弟《きやうだい》の御方《かた》とは丸に三年のうき枕《まくら》、互《たがい》にかはす詞《ことば》のあまりまた取かはす筆《ふで》の中立《なかだち》、御最後《ごさいご》と聞姿《すがた》を墨《すみ》に染《そめ》なし諸国《しよこく》あんぎやの尼《あま》とは成ぬ。なき人の形見《かたみ》と思へば見る度《たび》にかなし。人々にまいらせんも道《みち》なき事、火《ひ》にやきすてんもおそろし。されば当世《たうせい》の殿立《とのたち》、兎角《とかく》のしやべつなく恋路《こいぢ》とあれば玉章《たまづさ》をくり、心のたけをかく筆《ふで》のすさみ、口にいふ事はかたちなくしるせし事は身のあだと成ぬ。一つはこゝをぞんじまたふたつには、我々が草庵《さうあん》に文塚《ふみづか》をつき、不断念仏《ふだんねんぶつ》を申度心指《たきこゝろざし》、三つには虎少将がなれのはて人々にさらし、我々がすがたを見給ひ、よしなき恋《こい》に身をかこち給なとしめしの為《ため》のしゆ行《ぎやう》、ふみより外《ほか》うけたる覚《おぼへ》さらになし。物取《ものとり》などゝはまんざらのいつわり、我々に縄《なは》かけ給ひし様子《やうす》、是成はきせ川の女郎万世《ぢよらうまんよ》と申人成が、重宗《しげむね》殿御かよひしげく此間身請《みうけ》を致《いた》され、沢野《さはの》と申所にかくし置《をき》給ひぬ。其辺《ほとり》を勧進《くわんじん》仕候得ば、此女郎に行逢《ゆきあひ》、くるはにてうきつとめのはなし、年月《としつき》思ひ染《そめ》たるふみのかず、人にみられんもはづかし、おなじくは文塚《ふみづか》にうづめ給はれと、手づから給はりしを見付、そゝなかしてつれのく、密《ま》男成とておそろしゐいゝかけ、何と是が誠《まこと》かいつわりか、天下《てんか》の御前《ごぜん》すこしにてもちんずれば、おそろしゐ責《せめ》にあひ水をのんではくじやうするはみぐるし、まつすぐに申あげ、はやく埒《らち》を明《あけ》給はれ後生《ごしやう》のさまたげなり」といふにぞ。

重宗眼《しげむねまなこ》に角《かど》を立、「君《きみ》より御知行《ごちぎやう》を給はり、けんぞくあまた召《めし》つかひ安楽《あんらく》にくらす事、しぜんの時御用《ときごよう》に立御馬《むま》の先《さき》にて討死《うちじ》にせんと思ふ身が、あれていの女に魂《たましい》をうばわれ御奉公《ごほうかう》が成べきか。折《おり》々のなぐさみ五日十日は召寄《めしよせ》しやくさせて見る迄也。女のぶんとしおそろしき返答《へんたう》、さらに覚《おぼへ》なき」よし申あぐる。

其時万世を召れ此段尋《だんたづね》させ給へど、さすがに女郎とて、身請《みうけ》の次第《しだい》くわしく申さば重宗《しげむね》殿の身いかゞ、しばしもつまと有人に難義《なんぎ》させせんもよしなし、申さねば虎しやう〳〵の身のうゐ、くもりなくしてつみにおちさせ給ひぬ。いかゞとし案《あん》のてい重忠《しげたゞ》はやくもさとり、「此女兎角《とかく》の返答《へんたう》を不申、定《さだ》めし子細《しさい》のあるべき間、万世が親方《おやかた》を召れ様子《やうす》尋《たづね》申さん」と、きせ川ゐ使《つかい》を立親方御前《おやかたごぜん》に出ける時、朝比奈《あさひな》罷出、「それ成女郎はおのれがかゝゑの万世か、傾城《けいせい》共を門《もん》より外《そと》ゑ出すまじきよし仰出されしに、御停止《ごちやうじ》をそむき気儘《きまゝ》に町ゑ出す条《でう》、のがれ有まじそれ〳〵縄《なは》かけ」と有ける時、親方《おやかた》ふるひ〳〵申上るは、「万世《まんよ》が義は当夏重宗《たうなつしげむね》様の身請《みうけ》あそばし、我々《われ〳〵》手前《てまへ》よりかまひ申事無之」よし申ければ、君聞召《きみきこしめし》、「扨は重宗が我儘《わがまゝ》するのみ、傾城《けいせい》の身請《みうけ》とやらんせしとがのがれまじ、とらせう〳〵は別義《べつぎ》なし。万世が事は一度《ひとたび》嫁《か》したる故《ゆへ》、重宗《しげむね》が難義《なんぎ》をつゝしむ心底《しんてい》女にはまれ成物《なるもの》、暇《いとま》をゑさする間汝《なんぢ》が心まかせに仕れ」と御前《ごぜん》を立次《たちつぎ》の広間《ひろま》に出たりぬ。

其後鬼王《のちおに》団《どう》三郎を召れ、「重宗《しげむね》を主《しう》の敵《かたき》とて討《うた》んとせしむね、いか成事ぞ」と尋《たづね》させ給ひぬ。両人承り、「さん候とちうにて虎少将《とらしやう〳〵》の命乞《いのちごひ》ねがい候ゑば、助《たすけ》ゆるさんも我次第《われしだい》との給ふゆゑ、所の守護《しゆご》かともぞんじ、実名《けめう》承り候へば時宗《ときむね》を討《うつ》たる御所の五郎まる、元服《げんぷく》して荒井《あらゐ》の藤太《とうだ》重宗《しげむね》と名乗《なのり》給ひぬ。曽我兄《そがきやう》弟《だい》が郎等《らうどう》、いかに入道《にうだう》仕ればとて、名乗敵《なのるかたき》を討《うた》ずしては武士《ぶし》に生《むま》れし甲斐《かひ》なし。それ故本望《ほんもう》とげんと存《ぞんず》る所に、新左衛門殿の御了簡《ごりやうけん》に付、出《いで》まじき御前《ごぜん》に罷出候」と申あぐれば、頼朝《よりとも》聞召、「何と重宗《しげむね》、時《とき》宗《むね》は汝《なんぢ》が討《うち》とめしか、口《くち》の明《あき》たるまゝ舌《した》ながなるいゝ分《ぶん》、侍《さむらい》の道《みち》にかけたる者《もの》也。武士《ぶし》のみせしめに

吉秀《よしひで》耳鼻《はな》そひで追《おゐ》はなせ」、畏御前にて取ておさゑ耳鼻《みゝはな》そぎ、門《もん》より外《そと》ゑ追《おひ》出せば、重宗面目《めんぼく》なく行方《ゆきがた》しらずなりにき。

其後二人の入道をめされ、「時宗《ときむね》事は重宗《しげむね》壱人して討《うち》とめたるにあらず。大勢《ぜい》おりかさなり生取《いけどり》しかばいづれを敵《かたき》と定《さだ》めがたし。しかれ共虎《とら》しやう〳〵、其方両人が心指《こゝろざし》、曽我《そが》兄弟がはたらきためしなき者《もの》なれば、近日富士《ふじ》の裾野《すその》にやしろを立神《たてかみ》にいはひ、わ殿原《どのばら》を社僧《しやそう》とし念頃《ねんごろ》に弔《とむら》ひゑさせん」と、有がたき君の御諚《ごでう》何茂《いづれも》かうべをかたむけ御前《ごぜん》を立《たち》、めん〳〵したくに帰りしとかや。

寛濶曽我物語　十一之巻終

くわんくわつ曽我《そが》物語《ものがたり》　十二巻

一　草庵《さうあん》の尼衣《あまごろも》

無常《むじやう》の風吹《かぜふく》につけなをかなしみの身に当《あたる》心地《こゝち》、つま恋《こい》しくともに死《し》なんとかこつ身を我身ながらとゞめ、文塚《ふみづか》迄の追善《つゐぜん》あんじつにたて、昼夜《ちうや》念仏《ねんぶつ》おこたらず後《ご》世のいとなみをねがふ。有夜《あるよ》二人のあま仏前《ぶつぜん》にざし暫《しばらく》ねいりぬ。

時《とき》は八つの頃北《ころきた》のやかげの窓《まど》の辺《ほとり》に、曽《そ》我兄弟白《がきやうだいはく》衣《ゑ》のすがた玉《たま》の冠《かんむり》、身にはやうらくをかざり光明《かうみやう》かくやくとし枕《まくら》もとにたゝずみ、明音《めうをん》たゞしく、「誠にふうふのゐんつきず、わずか三年《みとせ》のよしみをわすれず、我々が為《ため》に明暮《あけくれ》念仏を申、経《きやう》をよみとむらい給ふ御法《みのり》の声《こへ》暫《しばらく》もまたず。とそつ天のないゐんにいたりむゐしんじつのげだつのゐんとは成ぬ。御身立の恩《おん》はおくまんがうはふる共中々ほうじがたし。有がたき浄土《じやうど》にいたり、仏果《ぶつくわ》の道《みち》を兄弟《きやうだい》手を取、

九品蓮台《くぼんれんだい》にしやうじ成仏《じやうぶつ》する事うたがひなし。是方々《かた〴〵》の信力《しんりき》つよきゆゑなり。人々も命《いのち》のかぎりいく程なくかうせんの道にきたらん。左もあらば、極楽《ごくらく》のうてなに半座《はんざ》をわけてまつべし」とて、兄弟手をあはし紫雲《しうん》にしやうじ西《にし》の空《そら》ゑ飛《とび》さりぬ。

二人の尼夢《あまゆめ》おどろかせぼうぜんとたゝずみ、御跡《あと》をふしおがみ、「誠にごぢうの闇《やみ》はれみめうの月ほがらかなりき。釈尊《しやくそん》だにやしゆだらによに別《わかれ》をかなしみ給ひぬ。まして我々ごときのぼんぶ、殊につみふかき女と生《むま》れ、年月《としつき》恋しと思ひつる御兄弟成仏《じやうぶつ》の面影《おもかげ》、夢《ゆめ》共なく現《うつゝ》共なくまみへ給ひし事の嬉《うれ》しき。

契《ちぎり》くちずば来世《らい》にて待《まち》みんとの御声《みこゑ》あり〳〵ときこへてかゑらぬ事ながら猶《なを》むかし恋しく成ぬ。夜《よ》るのさるはかたぶく月にさけび、秋《あき》の虫《むし》はかれ行草《ゆくくさ》にかなしむ。鳥類畜類《てうるいちくるい》だに愛別《あひべつ》りくはなげくぞかし。然共我々、しゐて此道《みち》になげかば、ともに悪道《あくだう》におちん。よく〳〵さとればまよふは愚知《ぐち》なり。世をさりなば一蓮宅生《いちれんたくしやう》にゐたらんなげき給ふまじ」とて、しやう〳〵峰《みね》にのぼり花《はな》をつめば虎《とら》は谷《たに》にさがりしきみあかの水をくみぬ。独《ひとり》が花をさせば独《ひとり》は香《かう》をくゆらせ、ともに仏《ほとけ》の道《みち》をねがひぬ。

其頃二の宮の太郎吉実《よしざね》は、曽我兄弟《そがきやうだい》敵《かたき》祐経《すけつね》をうち、ともに討死《うちじ》にせしと聞しかど、公方《くばう》ゑのはゞかりゆゑ、おもてむきの追善《つゐぜん》其ことなくてうちすぎぬ。され共七年にあたれりいか成仏事《ぶつじ》をもなさばやと思ひ、妻《つま》もろ共高来寺《かうらいじ》、とらしやう〳〵の庵《いほり》に尋《たづね》来り案内して奥《をく》に通《とをり》、心をとめてみ給へば来迎《らいかう》の三尊《さんぞん》、左右《さう》にかけし絵像《ゑざう》には兄弟の面影《おもかげ》、あげ羽《は》の蝶村千鳥《てうむらちどり》のひたゝれ着《き》させ、祐経《すけつね》を討《うち》ぬるていをかゝせ、前《まへ》には香《かう》をきらさずちがい棚《だな》には浄土《じやうど》の三部経《ぶきやう》、往生要集《わうじやうようしう》つくゑには法花経《ほけきやう》八巻《くわん》、ひらがなにて書《かき》たる過去帳《くわこちやう》、みるより無常《むじやう》かさなり涙玉をつらぬけり。

吉実《よしざね》ふうふの給ひけるは、「誠に前世《ぜん》のしゆくがうふかく、かゝる追善《つゐぜん》我々とても是程にはならじ。当《あたる》廿八日こそ兄弟の七年にてさぶらへば、せめての仏事《ぶつじ》をもなし度はる〴〵此所へ来りぬ。心ざしの供養《くやう》をし、仏《ほとけ》のおしゑもきかし給はれ。我人生《いき》はつる身にもあらず」としほ〳〵との給しかば、二人の尼《あま》共に涙をながし、「御心指《こゝろざし》の程思ひやられぬ。折々《おりく》は参り御兄弟《ごきやうだい》をみると思ひ御顔《かほ》ばせを見まいらせ度思へ共、吉実様《よしざね》の御心をはかり心ならず今迄もひかゑぬ。哀《あはれ》と思召詞《ことば》のたより共成給はれ」と、互《たがい》に打《うち》とけ語《かたり》あひ既《すで》に仏前《ぶつぜん》にむかい、念仏《ねんぶつ》申さん折から、鬼王《おにわう》兄弟来り人々に対面《たいめん》し、母君様御最後《ごさいご》のよし語《かたり》、「此程御物語《がたり》申さん折ふし御前《ごぜん》と申、殊にしか〴〵御暇乞《いとまごひ》さゑいたさず立別《たちわかれ》ぬ。何と是程迄曽我《そが》の家のこんらんせし事我々とても心ならず。御仏事《ぶつじ》の節《せつ》御廻向《ゑかう》頼申さん為《ため》わざ〳〵しらせ申」と、いふよりはや四人めとめを見合なくより外《ほか》はなかりき。

二の宮《みやの》太郎涙をとゞめ、「伊東《いとう》より討立《うつたち》、段々《だんく》やゐばをあらそひ死《し》する事ぞふしぎ、かまひてなげかるゝな是前《ぜん》世の約束《やくそく》なるべし。しよせん此うゐは昼夜《ちうや》をわかたづ、念仏《ねんぶつ》たぢなく跡《あと》とむらはんより外《ほか》なし。おの〳〵四人は後《ご》世の為発《ためほつ》心とげられ近頃《ちかごろ》うらやまし。我も左こそ思へ、未《いまだ》おさなき世悴《がれ》のあればおもふにかひなし。せめて仏道《ぶつだう》のさたをも聞《きゝ》いよ〳〵とく心《しん》すべし。二人のあま立は法然《ほうねん》上人に相給ひしと聞《きゝ》たりぬ。ねがはくば後《ご》世の子細《しさい》をもはなし給はれ。一つには仏《ほとけ》の道《みち》びきともなるべし」といわれ、「さのみ人に語《かたる》ほどの事はぞんぜねども、夜《よ》もすがらのものまぎれに、あら〳〵御物語《ものがたり》申さん」とて仏前《ぶつぜん》のひかりをかゝげ先《まづ》念仏《ねんぶつ》をぞはじめ給ひぬ。

二　女人成仏《によにんじやうぶつ》の法門《ほうもん》

念仏ことおわりて後虎《のちとら》のあま申されけるは、「仏道《ぶつだう》の義はいさゝかしらぬ事なれど、我《われ》一とせ都《みやこ》にのぼり黒谷《くろだに》に参り法然《ほうねん》上人にあい奉り、有難《ありがたき》御しめしにあづかりし事の有。暫《しばらく》の内《うち》此法門《ほうもん》をはなし申さん。されば生死《しやうじ》の根元《こんげん》を尋ぬるに、一念《ねん》のもふしうにひかれほつしやうの都《みやこ》にいで三界六道《がいろくだう》に生《むま》れ衆生《しゆじやう》とは成ぬ。しかるに地獄《ぢごく》のくるしみ、がき道《だう》のかなしみ、畜生道《ちくしやうだう》の思ひ、または天上の五すい、人界《にんかい》の八くひとつとしてうけずといふ事なし。上《かみ》はうちやう天下《しも》はないりをきはとし、出《いづ》る事なきゆゐるてんの衆生《しゆじやう》とはいゐり。しかれ共しゆくぜんもよふし人間《にんげん》とは生《むまれ》ぬ。内《うち》にほんうの仏生《ぶつしやう》有、外《ほか》に諸仏《しよぶつ》のひぐわん有。人さらに木石《ぼくせき》にあらず、発心修行《ほつしんしゆぎやう》せばなどか成仏《じやうぶつ》とげざらんや。なれ共我等《われら》ごときの衆生《しゆじやう》は諸経《しよぎやう》の徳《とく》にもかなひがたし。末《まつ》法年法《ぼうねんぽう》のごとく、七千余巻《よくわん》の経蔵《きやうざう》に入つら〳〵しゆつりのよう義をあんずるに、けんみつにつけかいこやすからず、ことゝいひ理《り》といひ、修行《しゆぎやう》しゆしがたし。一実《じつ》ゑんゆうの窓《まど》のまゑには、即是《そくぜ》の妙観《めうくわん》に別《わかれ》、三密《みつ》とうたいのうゑにはそんせのせうにうあらはしがたし。世のことわざをはかり浄土《じやうど》をねがひ、他力《たりき》をもて仏《ほとけ》の御名《みな》をとなふ。誠に浄土《じやうど》の経《きやう》もんはぢきし道場《だうぢやう》のもくぞくなり。愚知無知《ぐちむち》の人誰《たれ》かきせざらん。既《すで》にしやうさうはやく暮《くれ》、かいじやうゑの三学《がく》は、名のみ残《のこり》てうきやうむにんうみやうむじつなり。殊に女人は五常《ごじやう》三じうとてさはり有身なれば、即身成仏《そくしんじやうぶつ》は扨置、もんぼうけちゑんの為《ため》に霊仏霊社参詣《れいぶつれいしやさんけい》のかなわざる所有。先《まづ》ゑい山はくわんむ天王の御願《ごぐわん》、伝教大師《でんきやうたいし》の御建立《ごこんりう》、一乗《じやう》の峰《みね》たかく、真如《しんによ》の月ほがらか成といゑ共後生《ごしやう》の闇《やみ》てらす事なし。高野山《かうやさん》はさがの天王の御宇に、弘法《こうばう》大師《たいし》開基《かいき》として、八葉《はちやう》の峰《みね》八つの谷《たに》れい〳〵として水《みづ》きよし。され共さんじうのあかをすゝがず、其外《ほか》和州金峰山《わしうきんぶせん》の雲《くも》の上《うへ》だいご三井寺白《しら》山しよさ山《ざん》、此御山には女人参詣《さんけい》なりがたし。又御経《きやう》にも、三世諸《しよ》仏《ぶつ》の眼《まなこ》は、大地におちてくづる共女人成仏《じやうぶつ》する事なし。又有経《きやう》に、女は地獄《ぢごく》のつかいよく仏《ほとけ》の種《たね》をたつ、面《おもて》は菩薩《ぼさつ》に似《に》たれ共心《こゝろ》はやしやのごとしと有。さればないでん外《げ》でんにきらはれたる身なれど、弥陀如《みだによ》来《らい》はごくぢう悪《あく》人むだ方便《はうべん》とちかひ、別《べつ》にまた女人

成仏の願《ぐわん》をおこし給ふ。かほど迄あはれみ給ふを、念《ねん》ぜずきやうぜずして又三津《さんづ》に帰《かへ》らん事、たとゑばぎばが薬《くすり》はもろ〳〵の病《やまひ》をぢすといゑども、きはめて大切《たいせつ》成病《びやう》人、薬《くすり》ばかりにてはとうたがひのまざる人は、ぎばへんぢやくもゑきなし。其ごとく悪《あく》がうぼんなふはきはめておもし。然るに有難六字《ありがたきろくじ》をうたがふ者《もの》は、弥陀《みだ》の本願《ぐわん》と釈迦《しやか》の説法《せつぽう》むなしかるべし。そも薬《くすり》をうけのまずして死《し》する者《もの》、こんろん山《さん》に行《ゆき》玉をとらず帰り、せんだんの林《はやし》に入、木末《こずへ》をまたずして果《はて》なばこうくわいすると甲斐《かひ》あらじ。五かうしゆい、てうさいやうごう、まんぜんまんぎやう、しよはらみつの功徳《くどく》を三じにおさめ給へり。されば阿字《あじ》十方《ぱう》三世仏《ぶつ》みじ一切《いつさい》諸菩薩《しよぼさつ》、陀字《だじ》八万しよしやう経《きやう》と申時は、八万きやう法《ほう》、諸仏菩薩《しよぶつぼさつ》の名号《みやうがう》はかうだいの功徳《くどく》となれり。天台《てんだい》にはほつ方《ぱう》わうの三じん、くうげちうの三体《さんたい》としやくし、しんらまんざうせんが大地弥陀《だいちみだ》にもれたる事なし。是により弥陀をもつて法門《ほうもん》のあるじとす。じやうゑのきやうにはいとくたり。大りそくせんしやうくどくと説《とき》、法会《ほうゑ》の行《ぎやう》には一万三千仏《ぜんぶつ》を、たかさ十丈《じやう》にこがねをもつて十とつくり供養《くやう》するより、一遍《ぺん》の名号《めうがう》はすぐれぬ。知識《ちしき》のおしゑにしたがい、只念仏《ねんぶつ》をとのぶれば三ぎ百だいこうの修行《しゆぎやう》をこゑ、ぢんじや無明《むめう》のわうをもだんぜず。ちしぼんふねんそくしやう、ふだんぼんなふとくねはんとて、しうゑんの時は一さんゐの心をへんじ、観音勢至《くわんおんせいし》むしゆのしやうじゆ、外仏外菩薩《げぶつげぼさつ》くわんぎして、しゆゆのあいだにむゐのほうどゑ参りなば、無辺《むへん》の菩薩《ぼさつ》をどうかくとし、正覚如来《しやうかくによらい》を師《し》とし法地《ほうち》にあそび、しゆげに行《ゆき》てあふむしやり、かれうびんかの声《こゑ》を聞《きゝ》、くうむじやうむ四徳波羅密《しとくはらみつ》のさとりをひらき、過去《くわこ》の恩《おん》、清浄《しやうじやう》の父母《ふぼ》、妻子《さいし》けんぞく、有《う》縁無《ゑんむ》縁《ゑん》の輩《ともがら》を道《みち》びかん為《ため》、どうねんみやうくわのほのほにまじわり、ぐれん大ぐれんのこほりに入給ふ。げだつの袂《たもと》は安楽《あんらく》とし、さいど利生《りしやう》し給ふべし。但し往生《わうじやう》の定不定《ぢやうふぢやう》は心信《しんじん》の有無《うむ》によるべし、ゆめ〱うたがふべからずとおしゑ給ひぬ」と語《かたり》しかば、二の宮《みや》ふうふかんじ給ひ、「誠《まこと》に有難法門《ありがたきほうもん》、弥々《いよ〱》心信《しんじん》きもにこたへしかば、今より後《のち》かた〲の御弟子《みでし》と成申さん」と手をあはしおがみ給ひぬ。

日《ひ》も西《にし》に入さ山高来寺《かうらいじ》につく入相《いりあい》の鐘《かね》、「名残《なごり》はいつもおなじ事さらば」といふて立出二の宮《みや》の里《さと》に帰りぬ。二人の尼《あま》二人法師《ほうし》門送《かどおく》りし、すがたのかくるほどみやり涙ながら庵《いおり》に入、初夜《しよや》の礼讃《らいさん》はじめまた念仏《ねんぶつ》を申給ひぬ。

三　愛着《あいじやく》の虎《とら》が石《いし》

其後虎《とら》しやう〱二人の尼《あま》人々に別《わかれ》てより、仏《ぶつ》名《みやう》ひまなく月日送り給ひぬ。され共母うゐ禅師坊《ぜんじばう》の御最後《さいご》、かれ是打続《うちつゞき》たる物思ひ此身ふたりにとゞめぬ。其中に虎《とら》の尼《あま》つく〲思ひけるは、身のうゐをつら〱思ふに、山よりおつる谷《たに》の水《みづ》、峰《みね》の嵐《あらし》、発《ほつ》心《しん》の中立《なかだち》、花の色鳥《いろとり》の声《こへ》、おのづから観念《くわんねん》のたよりと成。おもひまはせば初仏《はつぶつ》てんべんのことはり、四《し》相《さう》おんるのならひ、三界《さんかい》より下界《げかい》にいたるまで一つ

としてのがるゝ物なし。日月天にめぐりうゐをたんぼにあらはし、かんしよときをたがへず無常《むじやう》を昼夜《ちうや》につくす。さればかんのくわうその三尺の剣《つるぎ》もつゐには他《た》のものとなれり。しんのしくわうていの都《みやこ》もおのづからけいきよくの野辺《のべ》となる。かれお思ひ是を見るに、世をのがれ誠《まこと》の道《みち》に入こそ仏道《ぶつだう》のしんじつぞかし。いつ迄草《くさ》のいつ迄もながいきしつみをつくり、身をなげくなどさらに後生《ごしやう》のたより共なるまじ。たかきもいやしきも、老《らう》生不《ふ》生のならひ誰《たれ》か無《む》常をのがるべき。七珍《ちん》万宝《ぽう》も皆夢《ゆめ》のうちのたのしみ、かく思ひ出るも仏《ほとけ》のおしゑ、思ひくちずば我一念《わがいちねん》の、いかでむなしく成なんと思ひしより食《じき》をとゞまり、其日の暮《くれ》方より明《あくる》迄庵《いほり》の庭《には》成ける石に座し、西の方にがつしやうし隙《ひま》なく仏名《ぶつみやう》をとなへ昼《ひる》は仏前《ぶつぜん》にむかい五月廿日より石をはなれず、仏《ほとけ》にの給はく、「今迄ねがひし後《ご》生むなしからずば、此身此儘成仏《まゝじやうぶつ》なし給へ」、此石すなわち八葉《よう》の蓮花《れんげ》と定《さだめ》、五月廿八日の夜おのづから石にくちて身まかり給ひぬ。今にいたり東《とうかい》海道の虎が石《いし》とは是なり。

少将是を見其儘《まゝ》取付くどきの給ひけるは、「今迄も死《し》なば一ッ所と、かはせし事もあだと成。みづからを

のこし先立《さきだち》給ひし事ぞうらめし。御身にはおとるまじと常《つね》々仏《ほとけ》を頼《たのみ》し甲斐《かひ》なく、暫《しばらく》にても跡《あと》にとゞまる事ぞかなし。今日迄のせいぐわんむなしからずば、今宵《こよひ》をかぎり、我もまた此まゝ往生《わうじやう》なさしめ給へ」と、仏前《ぶつぜん》にむかい身をかこち夜と共なきあかし、明《あく》れば廿九日の夜半《やはん》に涙ながら往生《わうじやう》し給ぬ。誠《まこと》に兄弟《きやうだい》の最後《さいご》日、しかも一夜をへだて、時《とき》もかはらず日もたがへずはて給ひし事、ためしなきだう人、今にいひつたへる、虎《とら》が涙《なみだ》しやう／＼の夜るの雨とは此時よりぞはじまりぬ。有難《ありがた》や西方《さいはう》より紫雲《しうん》たなびき、音楽《おんがく》四方《よも》にきこゑいきやうくんじ、しやうじゆ来迎《らいかう》まし／＼、虎少将《とらしやう／＼》のなきがらを蓮台《れんだい》にせうじ、白雲《はくうん》に乗西《のりにし》の空《そら》ゑ飛《とび》さり給ひぬ。

其後《のち》此里のめん／＼、彼石《かのいし》を東海道平塚《とうかいだうひらつか》の宿《しゆく》にかき出し、小庵《しやうあん》のむすび諸人《しよにん》に是をおがませける。海道《かいどう》上下の旅人《りよじん》、あるひは馬方籠《かご》の者《もの》、此所にやすみ力持の石ためさんと、めん／＼立寄あぐるといへ共さらにあがらざりき。され共色有男《いろあるおとこ》情《なさけ》有武士《ものゝふ》大磯小磯にかよひ、諸分《しよわけ》よくしれる者《もの》は下郎にても此石あげぬといふ事なし。また田夫《でんぶ》野《や》人のやからなど、金剛力《こんがうりき》を出すといへ共地ばなもせざりき。恋なき人の手にはあがらじ物をと、かたきちかをこめたりし、虎御前《とらごぜん》の一念《ねん》こりかたまりし石ぞかし。

此事鎌倉《かまくら》に沙汰《さた》有、頼朝公小大名《よりともこうしよだいみやう》(ママ)を御前《ぜん》に召れ、寸ン方しれたる石、合力《がうりき》の手にかなわざるはふしぎと御し案《あん》のうゑにて、朝比奈《あさひな》の三郎吉秀《よしひで》、二の宮の太郎吉実《よしざね》に仰付られ、右両人が力だめし、是ふしぎの御指図《さしづ》とあやしまぬはなかりき。則見分《すなはちけんぶん》とし、はたけ山の重忠《しげたゞ》上意《ゐ》の趣《おもむき》承り平塚《ひらつか》の宿《しゆく》にいそぎぬ。朝比奈《あさひな》かの石をながめ手をうちわらひ、「是程の小石吉秀《よしひで》が片手《かた》にはたるまじ、何をもてあがらぬとは風聞《ふうぶん》す。けちらかして見せん」と、ゆんでの足《あし》にてはねかゑさんとするにいごかず。こゝろゑぬ事と両手《りやうて》をかけて、おせどもつけ共さらに其甲斐《かひ》なかりき。朝比奈《あさひな》あきれ、「いづれからににあはぬおもめの石《いし》、暫《しばらく》やすみ申さんに、いづれ成共あげ給へ」といふにぞ。二の宮の太郎立寄《たちより》、「ゑい」といふかけ声《ごへ》くもなくさしあげければ、朝《あさ》比奈《ひな》口《くち》おしくや思ひけん。「そこのき候得」とて、大あせながしいきをつめ、身をもがけどあがらねばせんかたなくもつきはなし、ぶきやう顔《がほ》にて飛《とび》しさりぬ。重忠《しげたゞ》み給ひ、「何茂様子《いづれもやうす》はしれたり。力《ちから》あればとて吉《よし》秀《ひで》此石あがるまじきぞ。二の宮《みや》殿の力まさりたるにもあらじ。兎角《とかく》此段《だん》上聞《ぶん》に達《たつ》し、君の御指《さし》図を聞給へ。いざ帰らん」と皆々うちつれ立、君の御前《ごぜん》に出けるとなり。

四　兄弟《きやうだい》の荒人神《あらひとがみ》

其後はたけ山の重忠《しげたゞ》、二の宮朝比奈《みやあさひな》を召連《めしつれ》君の御前《ごぜん》に出、右の次第《しだい》つまびらかにのべ給ひぬ。頼朝《よりとも》御手をうたせ給ひ、「左こそ有べしと思ひ二の宮《みや》の太郎に申付たり。まつたく吉秀《よしひで》が力おとるにあらず。彼傾城《かのけいせい》大磯《いそ》の虎《とら》とやらんが思ひ、石のうゐにてむなしく死《し》したるよし。もとより色好《いろごのみ》の女にて、祐成《すけなり》と契をこめし、愛着《あひじやく》の一念《ねん》石にとゞまりぬるとみへたり。朝比奈《あさひな》が手におよばざる石を、吉実《よしざね》がひりきにてあがるべきにはあらねど、もとより二のみやは十郎が姉聟《あねむこ》なりき。されば一家《いつけ》のゆかりを思ひやすく〳〵とあがりぬ。さも有べきとおもひ指《さし》つかいぬ。是頼朝《よりとも》がすいりやう少《すこし》もたがはずきはまりぬ。誠にいやしき遊女《ゆふぢよ》なれ共思ひを石《いし》にのこしけるぞふしぎ、殊に兄弟《きやうだい》が富士野《ふじの》にての高名《かうめう》、武士《ぶし》の手本共なるべき者《もの》なれ共相果《あいはて》しうるゐは是非《ぜひ》なし。かれといゝ是といひ、心指《こゝろざし》ふかき者共すておかんもいかゞなれば、富士《ふじ》の裾野《すその》松風《まつかぜ》といふ所に社《やしろ》を立、兄弟の者共を神《かみ》にいはひ、正明荒神《しやうめいかうじん》とあがめゐさせん。則《すなはち》社僧《しやそう》いづれかしかるべし」と、御評定《ひやうでう》のうゐにて、鬼王団三郎《おにわうどう》二人の入道《にうだう》を召れ、右の趣《おもむき》仰出され社領《しやりやう》とし富士野裾野《ふじのすその》、松風《まつかぜ》の庄《しやう》を三百丁下《くだ》されけるにぞ。二人の入道かんるいをながし我君を千度《ちたび》らいし、「誠に親《おや》の敵《かたき》を討《うち》おゝせ、其うへ神《かみ》の位《くらゐ》を給はる事、あつぱれ曽我《そが》の御兄弟《ごきやうだい》はためしまれなる人々、殊に我々を普代《ふだい》の下人と思召、守護《しゆご》仕れとの御上身にあまりての悦《よろこび》、此うゐのねがひ何事か有べき」とて、御暇《いとま》申御前《ごぜん》を立けるにぞ。

御ふしん奉行《ぶぎやう》としゐがらの平太承り、大工頭領《だいくのとうりやう》杢《もく》の守《かみ》、人部《にんぷ》あまた手を入替《いれかへ》、昼夜《ちうや》をわかず兄弟《きやうだい》の社《やしろ》玉《たま》の鳥井《とりゐ》玉《たま》の橋《はし》、四方四面《しほうしめん》には種々《しゆく》のほり物、手をつくし、金物《かなもの》づくめいらかをのべたるごとく成き。社《しや》人《にん》あまた拝殿《はいでん》にならび、御湯《みゆ》御神楽《みかぐら》をさゝげ、氏子《うぢこ》よりかけ奉る絵馬《ゑま》ちやうちん数《かず》をしらず。参詣《さんけい》の男《なん》女袖《によそで》をつらね願《ねがひ》をかけざるはなかりき。殊に敵《かたき》ねらふ者《もの》此みやに詣《もふで》、一七日心信《しんじん》をこらし、いのるにほんもうとげざるといふ事なし。

毎年《まいねん》五月廿八日には神《かみ》いさめの神事《じんじ》、近郡近在《きんがうきんざい》（ママ）われも〱と出立、かつちうをたいし弓矢《ゆみや》のひきめを揃《そろへ》、鑓長刀《やりなぎなた》のさやをはづし血《ち》まつりをはじめぬ。其

外の作《つくり》花作人形《にんぎやう》、めん〲手をつくし我おとらじといさめて、今にたゐせぬ兄弟《きやうだい》の宮《みや》、是則《これすなはち》正明《しやうめい》荒神《かうじん》、利生《りしやう》あらたにして有難《ありがたき》御代《みよ》の春《はる》君をいわひて千秋万歳《せんしうばんぜい》つきぬは曽我《そが》の物語《ものがたり》ぞかし。

寛濶曽我物語　十二巻終

元禄十四歳
巳初春吉祥日

大坂南本町弐丁目
万屋仁兵衛板
大坂高麗橋筋西
油屋与兵衛
藤七良開板

女大名丹前能《おんなだいみょうたんぜんのう》

若木太一＝校訂

女大名丹前能《おんなだいみやうたんぜんのふ》

初巻　目録《もくろく》

二之巻　目録《もくろく》

三之巻　目録《もくろく》

四之巻　目録《もくろく》

ばなし

㊃ 情《なさけ》を写《うつす》自然《じねん》居士《こじ》

▲名残《なごり》おしきは床《とこ》ばなれ／恨《うらみ》はあちらこちらのちがひ／はまつた中間《なかま》入／智恵《ちゑ》をふるふて五両の金《かね》／やつてのけてもおしからぬ姉《あね》の面影《おもかげ》

五之巻　目録《もくろく》

㊀ 面影《おもかげ》わたる角田川《すみだがは》

▲傾城《けいせい》里《さと》帰り／欠落《かけおち》男《おとこ》納《おさめ》過《すぎ》たぬけ参り／当世《たうせい》川身のうへの咄《はなし》／心から身を責《せむ》る心の鬼《おに》

㊁ 妻《つま》ゆゑ略《やつす》女熊坂《くまさか》

▲伊勢《いせ》の津光《つくわうの》あみだの利生／小半酒《こなからざけ》にやさしや近所《きんじよ》の情《なさけ》／妹背《いもせ》鳥《どり》太神宮《たいじんぐう》の礼《れい》参／山田の町《ようた》に妻《つま》思ふ女舞《まい》

㊂ 神楽《かぐら》舞《まい》宮雀《みやすゞめ》の三輪《みわ》

▲情《なさけ》は二度《ど》の掛《かけ》はし／わたりかねたる山崎《やまさき》夫婦／心指《ざし》に宮《みや》めぐりの案内《あんない》／百廿末社《まつしや》きねが鼓《つゞみ》の拍子《ひやうし》

㊃ 旅寝《たびね》の夢《ゆめ》衆道《しゆだう》忠度《たゞのり》

▲別《わかれ》はあのゝ津／柴《しば》や町と尾張《をはり》の名古やゑ／半蔵《ざう》がす鑓狸《やりたぬき》の腹鼓《はらつゞみ》／打たり若《わか》衆の太刀先《さき》

六之巻　目録《もくろく》

(一) 女郎花《おみなめし》が作杜若《つくるかきつばた》

▲三州岡崎《さんしうおかざき》の咄《はなし》／八橋沢辺《やつはしさはべ》の借寝《かりね》／吉原《よしはら》小紫《むらさき》が身請《みうけ》は情《なさけ》の仇《あだ》／形見《かたみ》の鬘《かづら》送《おく》る(ママ)しのゝめ

(二) 老《おひ》ぼれ恋暮山姥《れんぼやまうば》

▲相州小田原《さうしうおだわら》のうわさ／七十の筵《むしろ》やぶり／さぐり足《あし》取ちがへたる鬼《おに》の面《めん》／煩悩《ぼんなふ》はなれて仏《ほとけ》の道《みち》に入さ山

(三) 尋来《たづねき》て見る柏崎《かしはざき》

▲二人中村《ふたりなかむら》 氏《うぢ》はものゝふのはて／たのもしきは衆道《しゆだう》のあいさつ／兄分《あにぶん》は中村若衆《なかむらわかしゆ》は七三郎／是《これ》をつかねて丹前役者《たんぜんやくしや》／いとま乞《ごひ》の盃《さかづき》御地走《ごちそう》に所作《しよさ》事

七之巻　目録《もくろく》

(一) 間狂言青葉《あいきやうげんあをば》の笛《ふえ》

▲系図《けいづ》は一家《け》の思案《しあん》／初《はじめ》て江戸座の狂言《きやうげん》／君が情《なさけ》に命《いのち》を捨《すつ》る女有／見て思ひ寄恋《よるこい》の指切《ゆびきり》

(二) 方便《はうべん》に情《なさけ》の羅生門《らしやうもん》

▲うたいは築紫《つくし》の習《ならひ》尤な咄《はなし》／左源太が思ひさし／女は盃《さかづき》の腰《こし》おし／七三郎が咄《はなし》小野《おの》山が目

を／いばらきにして

㊂ 高尾《たかを》が写《うつす》白楽天《はくらくてん》

▲吉原《よしはら》独《ひとり》案内《あんない》土手《どて》道女郎《みちぢよらう》の棚《たな》おろし／三ヶの津《つ》傾城《けいせい》所作《しよさ》くらべ／やさしきは勤《つとめ》の歌学《かがく》／つたなからぬ手跡《しゆせき》と尤な諸分《しよわけ》を／聞てあかぬわかれ

八之巻　目録《もくろく》

㊀ 観音出現《くわんおんしゆつげん》の滝坪《たきつぼ》

▲気《き》なぐさみに道中記《だうちうき》／濃《の》州本草《しうもとくさ》の名水《めいすい》／悪性《あくしやう》夢中《むちう》の霊現《れいげん》／あらたなる告《つげ》にまかせ／かちに持《もち》の水《みづ》

㊁ 若木《わかき》に帰《かへ》る二度《ど》の養老《やうらう》

〽福徳夢楽坊《ふくとくむらくばう》が男気《おとこぎ》／久《ひさ》かたの御げん志賀《しが》と山崎《やまさき》が出《しゆつ》世／難波《なには》の願《ねがい》あけて／くやしの丹前《たんぜん》箱《ばこ》

㊂ 御《ご》祝言《しうげん》の鶴亀《つるかめ》

▲聟入《むこいり》の儀式《ぎしき》運《うん》をひらく系図《けいづ》の巻物《まきもの》／三国《さんごく》一じや聟《むこ》と嫁《よめ》とはさしむかい／悪《あく》はおのれと鬼界《きかい》が嶋《しま》／家納《いゑおさまつ》て夫婦《ふうふ》つれの所持《しよぢ》入《いり》／千秋万歳《せんしうばんぜい》千《ち》箱《はこ》の玉《たま》を奉る

女大名丹前能《おんなだいみやうたんぜんのふ》　初巻

序　殿様《とのさま》の物好《ものずき》

罷《まかり》出たる者《もの》は、去お大名様の奥方《をくがた》に召つかはるゝ次郎冠者《くわじや》でござる。兄《あに》太郎冠者《くわじや》は、殿様方《とのさまがた》に勤《つとめ》、昼夜《ちうや》隙《ひま》なき身なれど我と楽《たのし》む寝《ね》やのとぼし火、反古《ほうご》のうらに千鳥《ちどり》の足跡《あしあと》、入乱《みだれ》たる言《こと》の葉《は》を書《かき》ちらし、一名《みやう》を『御前儀経記《ごぜんぎげいき》』と題《だい》し、あづさにちりばめ世の笑草《わらひぐさ》となしぬ。有つれ〴〵、其一部《ぶ》を御前にて読《よみ》奉り、中々御機嫌《ごきげん》よろしく、諸役《しよやく》御免の蒙《かふむ》り、世を宇治山の片里《かたざと》に、草庵《さうあん》のむすび、山吹《ぶき》の盛《さかり》を詠《ながめ》、一生遊楽《しやうゆふらく》の身とは成ぬ。御覧の通《とをり》、私は末長袴《ながばかま》を着し、夕部〳〵もいとまなく、奥方《おくがた》の御用繁《しげく》、目の正月のみにていつを今日と思ふ事なし。近日殿様、奥《おく》へおなりのよし、御前様《ごぜんさま》をはじめ、付々の者ます〳〵の悦《よろこび》御尤なり。然れ共心得《こゝろへ》ぬ事を仰出された。子細《しさい》は、いつも御近所衆《ごきんじよしゆ》ばかり召つれらるゝ所に、いかゞ思召されてか、お局《つぼね》方腰元《がたこしもと》衆に武士《ぶし》の役目を仰付られ、御庭前《ごていぜん》にて、其のぎやうれつを御見物なされんとの御書付、則私に触《ふれ》きかせよとの御意《ぎよゐ》もだしがたく、仰出さるゝ趣《おもむき》一〳〵承り候へ。

比は春なれや四方《よも》の霞《かすみ》うちはらしたる月山、柳《やなぎ》の御門《ごもん》ひらくより、八重桜対《やゑざくらつゐ》のはさん箱《ばこ》、お腰元《こしもと》のくれはあやは、大鳥毛《おゝとりげ》小鳥毛、びんしやんとふりつけたるお局《つぼね》、台笠立笠《だいがさたてがさ》きぬたさごろも、お歩行《かち》は三通《とをり》三人ならび。此役目の女中、見立により此方より指図《さしづ》を申さん。御小性《こしやう》右《う》近左《こんさ》近《こん》殿替《かはり》、此程召おかれし立野松木《たちのまつぎ》、右両人の腰元《こしもと》衆、御近所なれば不沙法《ぶさほう》あるまじきとの御事、別《べつ》して奥様よりの仰、おさへには茶道《さだう》の林《りん》斎《さい》、おとぎ役には此次郎冠者、其外御用あるべき人相応《さうおふ》の見つくろい、よろしくはからへとの御事也。誠に人間《にんげん》の高下《かうげ》さま〴〵成といへ共、大名たる御身は、いかなるすへ葉《ば》のしづくこりかたまりし事ぞ。何とぞ拙者《せつしや》も工夫《くふう》をめぐらし、殿様御前様の御機嫌《ごきげん》に入、立身すべきは此度にきはまりぬ。折節《おりふし》こよひは非番《ひばん》なり。したくに帰り思案《しあん》のまゆ、分別袋《ふんべつぶくろ》の口をひらけば、丹前能《たんぜんのふ》といふ思ひ付、是吉想《さふ》の趣興《しゆこう》、此巻《まき》の発旦《ほつたん》、いづれも其ぶんこゝろへ候へ。相こゝろへられ候へや。

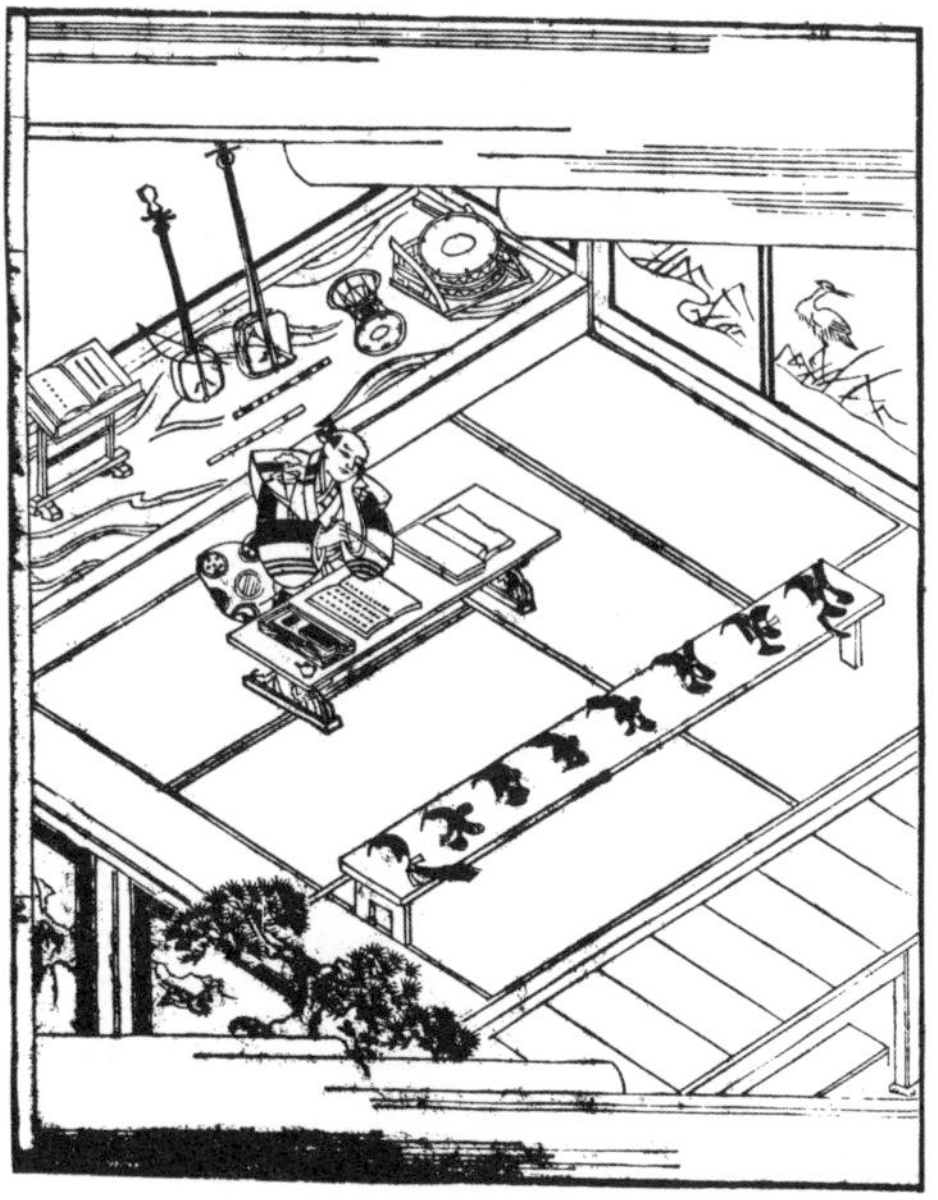

凡例　御前様《ごぜんさま》の笑顔《わらひがほ》

「殿様《とのさま》おなり」。「はあ」。「しい」と、いふ声《こゑ》の下《した》より、御むかいにはおつぼねがた、小腰元《こしもと》の篠原《しのわら》、浅路《あさぢ》、三香野《みかの》、御小性《しやう》冨原《とみわら》折之丞《おりのぜう》、竜田《たつた》あやの助、森山新作《もりやましんさく》、上下《かみしも》の折《おり》めたゞしく、一やうの振袖《ふりそで》、前髪《まへがみ》左右にこぼれかゝるは、しだれ柳《やなぎ》の春風《はるかぜ》にもまるゝ風情《ふぜい》、花やかなる男女《なんによ》の立居《たちろい》、梅《むめ》と桜《さくら》にひとし。御庭前《ごていぜん》の松のなみ木に中腰《ちうごし》をかゞめ、頭《かうべ》を地《ち》に付畏ぬ。ほどなく先手《さき》の女中、紫《むらさき》ぼうしひやうごわげのかんざし、お道具《だうぐ》持《もち》は一やうにわきつめさせ、くろ羽二重《はぶたい》御紋《ごもん》は井げたにけんかたばみ、紅裏《もみうら》おもてに五六寸も吹《ふき》かへさせ、大鮫《おゝざめ》の大小ながく〲しきを、独《ひとり》々さしこなしたるもやさし。わざとすそ小みじかく、嶋じゆすのもゝひき、す足《あし》にこんがう、歩行《かち》侍《さむらい》のうつり、八丈嶋《はちじやうじま》の長羽織《ながばをり》、二尺八寸の振袖《ふりそで》、茶宇《ちや》の裏付《うらつけ》、もゝ立とつて目八分《はちふん》、大がたといふ物にふりかけにつこり共せぬ顔《かほ》、誠によに有遊興《ゆふきやう》、何か此上の楽《たのしみ》あらん。御乗物《のりもの》の戸ひらけば、殿様御機嫌とうち見へ、御腰元の立野《たちの》松木を左右にぞなぶらせ給ひ、迎《むかひ》のものに御手をさしのべ、「太義〲」と大やうにうなづかせ給ふ。

次郎冠者跡《くわじやあと》より、腰元の袖つまひゐて、「先立《さきだつ》て御前様よりの仰、いかに殿の御意《ぎよゐ》おもければとて、道《みち》すがらのたわむれ、ちと遠慮《ゑんりよ》あるべし」と目でおしゆれば、「尤」とうなづくうち御簾中間《ごれんちうま》ぢかくなれば、供廻《ともまは》りの女中お道具つきたて畏る。紅葉《もみぢ》と云女《め》のわらは御手にすがり、おなり間に御供申せば、

奥様の御機嫌また有まじ。嶋台《しまだい》いさぎよくかざり立たる松竹、ながへのてうしこん〱の盃《さかづき》、あなたこなたにめぐれば、茶道《さだう》の林斎《りんさい》罷出、一調子《てうし》はりあげ、「千秋万歳《せんしうばんぜい》の千箱《ちはこ》の玉を奉る」と、謡《うた》ひ納《おさむ》る中場《なかば》へ、徳若徳才《とくわかとくさい》、大きなる台《だい》に、箱《はこ》八ツならべたるを御前にすへ置ぬ。跡より次郎冠者、子細《しさい》らしき顔《かほ》して御目通《どをり》に畏る。

殿夫婦《とのふうふ》口を揃《そろへ》させ給ひ、「是はなんじや」と仰けるに、「さん候今日の御馳走《ごちそう》何がなと存、此次郎冠者めがない智恵《ちゑ》を出し、御慰《なぐさみ》の為《ため》に」と、思ひつめたる箱《はこ》の内、一ツ〱のさやをはづせばゐぼしかづら八ツならべたり。「是はきやうがる物、様子《やうす》は」と尋させ給ふ。「さん候。御庭前《ごていぜん》はもろこしの八景《はつけい》をかたどり、江天《かうてん》の暮雪《ぼせつ》より、漁村《ぎよそん》の夕照《せきしよ》まで、いづれにおろかなく作《つくり》立たる並《なみ》木の松、吹《ふき》もらさぬ妹背《いもせ》の御中、千代万代《ちよよろづよ》までの御祝義《ごしうぎ》に、御能《おのふ》を仕らんとぞんずれども、いにしへより伝《つたへ》たるはふるし。何とぞ気《き》を替《かゑ》謡《うたひ》にことよせんと、此比内工夫《くふう》仕、狂言能《きやうげんのふ》と申を思ひ付、お腰元衆をまねき、其役〱をわり付、笛太鼓《ふゑたいこ》つゞみ、昼夜《ちうや》に隙なく稽古《けいこ》を仕《し》すまし、自《みづから》丹前能《たんぜんのふ》と名付下仕《したし》組《ぐみ》仕るを、見る人是近年《きんねん》のおなぐさみ、いし

やうにかけて見たいなどゝ申、猶拍子《ひやうし》に乗《のつ》て大方《かた》組《くみ》立ましてござります。善悪《よしあし》はかくべつ、かわつた思ひ付を、先《まづ》一番《ばん》御しやうらんもや」とでかした顔《かほ》するもおかし。

殿《との》かたほにゑみして、「己《おのれ》が智恵《ちゑ》いわねど知《しれ》た事みる迄もなし」と仰ければ、「御前様の御とりなし、尤ながら、御馳走《ごちそう》に」と心の竹、わつて申を見ぬはすげなし。「是もしばしの遊興《ゆふきやう》早々《さう〳〵》始《はじめ》よ」との御意《ぎよゐ》。次郎冠者少々《すこし》ぶきやう顔《がほ》、「いかに旦那《だんな》なればとてあらけなき御詞《ことば》。もし御心にいらばいか成御ほうびをか給はらん」。「いふ迄もなし己《おのれ》が心まかせ」。「ありがたき仰を承るものかな。其段は御前様のお指図《さしず》を頼奉る」といふほどこそあれ。「扨今日の御能は、御庭前《ごていぜん》の八景《はつけい》に殊寄せ、次郎冠者めが思ひ付を八段《だん》につゞり、一段《だん》〳〵の様子は、一部《ぶ》〳〵に其目録《もくろく》をみさいに印《しるし》ますればおことはりを申上るに不及。何よしあしの言《こと》の葉《は》も、所によりて替るは当世《たうせい》のならひ、首尾《しゆび》よふしおふせたらば時々お声《こゑ》を頼上ます。是〳〵腰元衆、役替《やくがはり》でござる。奴髭《やつこひげ》とつてお休《やすみ》候へ、御太義《ごたい》〳〵」。

時に今月今日御祝義　　次郎冠者作本名

西沢氏与志編

是より丹前能《たんぜんのふ》の読初《よみはじめ》

一　妻恋舟女高砂《つまこいぶねおんなたかさご》

恋路《こいぢ》の種《たね》をまかんと、歌にかこつる玉津島《たまつしま》、貴舟《きぶね》や三輪《みわ》の明神《めうじん》は、夫婦《ふうふ》妹背《いもせ》のかたらひを、守《まも》らんとのちかひに殊よせ、姥腰元《うばこしもと》をそゝなかし、たらちめにかべ訴詔《そしやう》、心まかせと有嬉しさ。思ひ立日を吉日、態《わざ》と手舟も目立ぬやうにと、彼《かれ》是よしなやおもへば恋《こい》のしがらみと成。

そも〳〵是は九州《きうしう》の何がし、自《みづから》がそだてまいらせたる御方《かた》にて候。扨も此君そだちはつくしのはてなれども、御心やさしく、八歳の比より今十四才の春《はる》迄和歌《わか》の道《みち》に心を寄られ、『古今《こきん》』『万葉《まんよう》』『伊勢物《いせもの》語《がたり》』、『さごろも』『源氏《げんじ》』『八代集《はちだいしう》』、あまねく歌をよませ給ふといへ共、御心にかなふ歌のあらざりき。父母《ちゝはゝ》御てうあひの余《あま》り、我々に御供申都《みやこ》に登《のぼり》、歌《うた》の道《みち》しるべせよとの仰にまかせ、九重《こゝのへ》の空定《そらさだめ》なく只今出舟《しゆつせん》なされ候。旅衣《たびごろも》はる〴〵の渡海《とかい》のけしき、けふ思ひ立浦《うら》の浪風《なみかぜ》、しづか成けるも春《はる》の追風《おひかぜ》、見し山もはるか成跡《あと》に見残《のこ》し、すぐにみる山の姿《すがた》もよこおれ、なみ木の松あなたこなたに振分髪《ふりわけがみ》、備後《びんご》の福《ふく》山備前《びぜん》のうしまど、播州《ばんしう》の室津《むろつ》、此湊《みなと》に船をつなぎ、「色町《いろまち》ごろうじませ」と申せば「わけもない事いふぞかし。女が女を見て何のたのしみかあらん。姫路《ひめぢ》も同国《おなじ》ならび、爰《こゝ》

を急《いそげ》」とろ拍子《びやうし》の音《をと》しづかに、高砂《たかさご》の浦《うら》に舟のいかりをおろしぬ。

「誠や此高砂の松を、相生《あいをい》と云事ふかき妹背《いもせ》の名木《めいぼく》也」とて、見ぬもろこし迄の恋《こい》ばなし。「所の者《もの》の来《きた》りなばくはしく様子を尋候へ」。「心得申て候」。里《さと》人を相《あい》まつ所に草《くさ》かるわつぱ牛《うし》に千《ち》草数多《くさあまた》おわせ、おのれも友《とも》にのりのつな、辰巳《たつみ》あがりの声《こゑ》おかしく、国歌《くにうた》うたふて来りぬ。幸《さいはい》と立寄「是〳〵そなた、高砂の松とはいづれの木を申ぞ。しろしめされなばおしゑ給へ」。「さん候、あれに見へたる二本の松、玉がきようにゆいまはし、落葉《おちば》をひろふ木の本を高砂の松とこそ申候」。「高砂住《すみ》の江《ゑ》に相生《あいおい》といへる名有。当所《たうしよ》と住吉《すみよし》とはよほど国を隔《へだ》てつるを、何とて相生とは申ぞ」。「仰のごとく古今の序《じよ》に、高砂住《すみ》の江《ゑ》の松も相生《あいおい》のごとしといへり。男は遠《とを》き住吉より通《かよ》ひ、女は当所に住《すみ》てふかき妹背《いもせ》をむすぶとなり。恋は遠きが花の香《か》にて、山《さん》川《か》万里を隔《へだつ》る共、たがひにかよふ心づかいの、妹背の道は遠《とを》かるまじ。松は非情《ひぜう》のものだにも、相生の木とて今に其名をのこすとかや。まして生《しやう》有人として、恋しらぬ身こそ世にすめる甲斐《かひ》もなし。各《おの〳〵》方《かた》も若草の盛《さかり》にちかきよそほひ。あなたの玉章《たまづさ》こなたの文、恋暮《れんぼ》かぎりなく、思ひの淵《ふち》にしづむ男ゆび折《おる》にかぞへがたし。され共色深く、親《おや》のいさめるつまもち顔にもあらず。思ひを歌道に殊《こと》よせ、色道修行《しきだうしゆぎやう》と見るめはちがふまじき」といわれ、此娘面に紅葉《こふよふ》をちらし、「思事の色外《いろほか》とはさすがに都近し。深《ふか》き思ひをさとられしは、我恋《わがこい》のさきおれならむ。姥《うば》こひ国へもどらん」と、もとの舟にのり給ふを草かりとゞめまいらせ、「いやとよ左にあらず。一後《ご》つれそふ妻《つま》なればとて、はる〴〵の海上《かいしやう》をしのぎ此浦《うら》迄来り、我詞のつれなきをうらみ、帰らんなどゝはそれこそほんの田舎《でんじや》心。所こそあれ相生の松を便《たよ》りに妻定。此所の習《ならひ》にて恋する人につれなくあたれば、尉《ぜう》と姥とのばち当《あた》るぞかし。さればこそ十二より以上の男女恋しらぬもの独《ひとり》もなし。夫ゆゑ此所を妹背《いもせ》の里といへり。つゝまず咄《はな》し給はゞ、身だめあしくはせまじ」と、此道《みち》かしこげに、語詞《かたることば》のはしにとりつき、「誠は色このむ女ぞかし。我思ふつま有べき方へ、おしゑ給へ」と下部《しもべ》をはぢてさゝやき給ひぬ。「御心指のいとほしければ、いかにも男色《なんしよく》の里《さと》をおしゑ申さん。今夜は此湊《みなと》にとまり、明なばくがぢを行給へ。殊に名所古跡《こせき》多く、海づら見はらし心の楽《たのしみ》有べし。それより難波の浜《はま》に宿求《やどもとめ》、物見に殊よせつまもとめ給へ。今日よりしてかたちをちごに替、おもふ男にあたつてみれば、心底《しんてい》もおよそには知《し》るぞかし。よしなき恋物語にあれ御覧ぜよ。日もはや西にかたぶき給ひぬ。もはやおいとま申」と、夕浪《ゆふなみ》のみぎはなる海士《あま》の小舟に打乗《うちのり》、きしの姫《ひめ》松幾代《いくよ》へぬらんと、神風にまぎれおきの方に出けるとなり。

二　男色《なんしよく》生田《いくた》敦盛《あつもり》

里《さと》人の情《なさけ》かと思へばいづれあやしき神の御《み》舟《ふね》、我みても久敷成ぬ住吉の霊現《れいげん》、あらた成けるを悦、是より直《すぐ》に詣《もふで》、久しき代々の神かぐら、参らすなど本意なれど、神宅《しんたく》にまかせ、一先難波《なには》の方にいそがん。幸《さいはい》なればとて尾上《をのへ》の住吉にまいり、よるの鼓《つゞみ》の拍子を揃《そろへ》、すゞしめ給へみやづこ立と心に余《あま》る御きたう、さこそ神《しん》慮《りよ》も悦給はん。其夜はそこに夢《ゆめ》むすび、あけを待間《まつま》のとけしなく、東《ひがし》の方もしら〴〵しき比、めのとのたそかれをまねき、神ちよくなればとて女の姿をさらりとやめ、今よりしては男色とかはる風俗《ふうぞく》、態ちごのごとく髪《かみ》いわせ、供につれし佐内が下《しも》ばかま、「大小も借《かし》てたもれ。替《かはり》は望にまかせん」と、近比むりな御所望《ごしよもふ》なれ共、主命なれば是非なく、佐内は丸腰《ごし》になつて、腰のまはりさぐつて見る顔《かほ》などおかし。まんまと若衆の形《かたち》にかはればとて、名も千世《ちよ》の助とあらため、姿《すがた》見にうつし、「なんとにたか」との給ふ身ぶり、猶照《なをてり》まさる御すがた、此儘《まゝ》にしておきたひ物と、下〳〵の者いづれか見とれざるはなかりき。

態籠《わざとかご》にめして高砂を出る時は五ツの比、「皆の者かうした事を沙汰《さた》するな、さとられな」と、物一ツ二ツの給ふうち、はや明石の町を出はなれ、ほの〴〵とよまれし歌人《かじん》の宮爰なり。是より礒部《いそべ》を右の方に見なし、「左の山は」と尋給へば、「一の谷てつかいが峯《みね》、山のはなに出ばりし大木こそ鐘《かね》かけ松、梶原《かぢわら》がゑびらの梅是なり。あれ旅人《りよじん》のおがんでいらるゝが、平家の君達《きんだち》、敦盛《あつもり》の石塔《せきとう》なりける」とおしゆる。「籠の者まて〳〵、此石塔の前乗《まへのり》うちするはもつたいなし」と、下馬《げば》してひざまづき、一蓮宅性《いちれんたくしやう》と御ゑかうあるはやさし。

石塔にむかい念比に拝《おがむ》を、旅人かと見れば左もなく、六十余《あまり》のおのこ、時ならぬ雪《ゆき》かと見ればかみかたち、髭《ひげ》左右にわかり、やぶれ紙子に朱《しゆ》ざやの大小、懐《ふところ》より掛物出し、石塔にかくるを見れば敦盛《あつもり》の

像《ざう》なり。前に線香《せんかう》をくゆらせ、眼《まなこ》をとぢて座禅《ざぜん》をすれば人有をしらぬはことはり、此絵にむかいあら涙をながし、「口惜《くちをし》や我色にそみてより此方、男色《なんしよく》にまよひ、人の若衆をむたひにね取、ねんじや顔《がほ》する男にもいやといふ字《じ》をきかず。思ひ詰《つめ》たる若衆の念力《ねんりき》、とをさぬといふ事なし。元来絵《ゑ》書《かく》事をたのしみ、一年むさしにくだり、絵《ゑ》師《し》菱川《ひしかは》が門弟と成、好《このん》で姿絵を書事、数《す》十年をへたり。あまたの形《かたち》を書内《かくうち》、なり平あづまくだりの面影《おもかげ》、我身ながら一生《いつしやう》の手柄《てがら》此絵にかぎるべしと、有比師《し》に見せければ、思はずもよこ手を打《うち》、『かく迄筆もはたらく物か。我も是程には』と悦《よろこび》のあまり、此掛物を給はりぬ。嬉しさのまゝ屋形《かた》に帰《かへり》、淋敷寝《さびしきね》やの友《とも》には此絵を詠《ながめ》、世にかゝる男色《なんしよく》も有ものか、ふやうのまなじりたんくわの口びる、己《おのれ》とうごく風情《ふぜい》、師《し》も敦盛《あつもり》とやらんは、うつくしきと計聞《ばかりきゝ》をよばれ、誠は世に有美童《びどう》のすがたをかきとめ給ふにうたがいなしと、よしなき此絵に心をまよはし、それより諸国《しよこく》をめぐり此図《ず》にあはん君もがな。我一生《われいつしやう》のおもひ出、しゝてのほまれに、打とけ髪《がみ》のみだれ心、やるせなく〱東《ひがし》の山、北国《ほつこく》の雪《ゆき》ふみわけ、南《みなみ》の島《しま》々西《にし》のはて、尋《たづね》ぬといふ所もなし。心をつくす甲斐《かひ》なく、かゝるすがたは夢現《ゆめうつゝ》にも見へず。さりとは衆道《しゆだう》みやうがにつきたる此身、年《とし》のひねたるにしたがい、ぎやうぶ心のまゝならねば、所詮《しよせん》あつもりの石塔《せきとう》に夢むすび、しばしのうたゝねに成共、面影《おもかげ》を見、死出《しで》の土産《みやげ》に腹切《はらきり》てしなんと、思ひつめたる老《おひ》の恥《はぢ》。此所に三日三夜さらし、食《じき》をとまつて死《し》をまてど、命《いのち》つれなく又一念《いちねん》みてざれば、我と我身が我まゝならず。今宵《こよひ》の夜《や》半が限《かぎり》の命《いのち》、望《のぞみ》かなはずば此絵《ゑ》を切《きつ》て最後《さいご》をいそがん。情《なさけ》なきは此君」とはぢを捨《すて》てなげく。

「世にすめば浮《うき》事をのみ聞ものかな。品《しな》こそかはれ同じ恋《こい》、あなたは男色《なんしよく》こなたは妻恋舟《つまこいふね》の、よるべ定《さだめ》ぬかり枕《まくら》。いつを今日《けふ》とかおもはん。暫《しばらく》此所に足《あし》をとゞめ様子を尋べけれど、こなたも恋を見立る身、かなはぬといふ恋ばなし。聞《きゝ》たがつていらぬもの、お籠《かご》をいそぎや」とすぐに通《とを》る。

海士《あま》の小童《わらべ》が指《ゆび》さして云は、「似る人こそあれ。今とをる若衆《わかしゆ》は、此比石塔《せきとう》にかけし敦盛《あつもり》のおもざしに其儘《まゝ》。たゞしゆうれいにてはなきか」といへば、今壱人がいふは、「ゆうれいはひたひに紙《かみ》あて、白小袖《しろこそで》を着《ちやく》し杖《つゑ》つゐてあるくものなり。あのごとく成小袖をき、人あまたつれあるくゆうれい見た事なし」と、互《たがい》に是をせりあふ声《こへ》、老人《らうじん》聞付眼《まなこ》をひらき、「何と此絵《ゑ》に似たる少人《しやうじん》のとをり給ふと申か。神《かみ》ならぬ身とてしらざる事のくやしさ。ほどは有まじきに跡より追付《おつつき》奉り、一目見て日比の思ひをはらさん」と、よろぼひながら行もせつなし。

三　柴舟現在兼平《しばふねげんざいかねひら》

兵庫《ひやうご》の湊《みなと》来迎寺《らいがうじ》に籠《かご》立させ、寺中《じちう》にとをり、清盛松王《きよもりまつわう》の像《ざう》など念比《ねんごろ》に拝《おがみ》、暫《しばらく》爰に休《やすみ》給ふ。老人《らうじん》やう〳〵此所迄追付、はるかこなたより御姿《すがた》を詠《ながめ》、「誠に敦盛《あつもり》のよそほひにかくまでも似たるものか。

時節《じせつ》は爰」と下部《しもべ》に近付《ちかづき》様子を尋しかど、鼻声《はなごへ》してそこ〳〵におしゆる。大かた聞かだめて後《のち》、ゐんばなに腰《こし》かけ、また御下向《げかう》のすがたを見んと待間《まつま》とけしなく、此間のだんじきゆへにや、五体《ごたい》よはりいつとなくうつら〳〵と夢《ゆめ》をむすびぬ。

供《とも》の者《もの》見付、「是はまさしく一の谷《たに》にて座禅《ざぜん》したる乱人《らんじん》、何ゆゑ爰には来りぬ。きやつがつらつき只ものにあらず。此海道《かいだう》の盗人《ぬすびと》か、又雲助《くもすけ》といふにてぞあらん。最前《さいぜん》きやつがもちたる掛絵《かけゑ》を千世《ちよ》さま御《ご》覧《らん》被成度《たき》よし、道《みち》すがら仰られしが、若懐中《もしくわいちう》などせばひそかにうばい取、我々が御馳走《ごちそう》に指上《さしあげ》ん」ととり〴〵の評定《ひやうぢやう》、中にも佐内が智恵《ちゑ》を出し、枕箱《まくらばこ》より金子三十両出し、外《ほか》に文一通《つう》したゝめ老人《らうじん》が首《くび》に打かけ、掛物《かけもの》とつて「だまれ〳〵」といふ所へ、「はや御下向」とゆふ暮方《くれがた》すぐに難波《なには》にいそぎ給ひぬ。

老人夢《らうじんゆめ》おどろかし、御帰りと聞てまた涙《なみだ》をながし、「むかしより恋する人の詞に、寝《ね》ても覚《さめ》ても、御事のみをわすれぬとはよほどまへかどの恋にてぞあらん。ふしてわすれぬ物ならば、御帰りをしるべきを、おもはねばこそまどろみぞする。年来《ねんらい》の恋人を此所にて見付、二度あはぬはよく〳〵の因果《ゐんぐわ》ぞかし。かくてまた

逢《あふ》事のいつかあるべし。盛《さかり》の花をもがれたる風情《ふぜい》、手も力《ちから》も只泪《なく》より外《ほか》はなかりき。しらぬつくしの人と計聞て、行先《ゆくさき》のしれざるうへは、所詮《しよせん》しねとのしらせ。幸《さいはい》所も来迎寺《らいがうじ》、来《らい》世猶来《なをらい》世をたすけ給へ」とおしはだぬきしが、秘蔵《ひさう》の絵《ゑ》なくして金子に状一通そへたり。ふしぎに思ひ封《ふう》を切《きつ》てみれば、

そつじながら貴殿所持《きでんしよぢ》被成たる掛物《かけもの》我々主君《しゆくん》望被申、面談《めんだん》にて申請度《うけたき》よし願《ねがい》候へ共、一命にも替《かゑ》まじきとの一言《いちごん》におそれ、此湊《みなと》迄まいる所に、思ひもよらぬ御出、殊に前後《せんご》をわすれ夢むすび給へば、幸《さいはひ》と存断《ことはり》をとげず、むたひに所望仕事、是下《しも》として上《かみ》を思ふならひ、まつたく我々盗人《とうぞく》にあらぬと申しやうこの為《ため》、金子卅両封《ふう》のまゝ指置《さしおき》候。もし御得心《ごとくしん》にて下され候うゑは、千万忝奉存可申候。是非《ぜひ》御承引《しやうゐん》無之候はゞ、大坂北浜辺《きたばまへん》に旅宿《りよしゆく》仕候者共《ものども》、御尋に預り申度候。早速返弁《さつそくへんべん》可仕候、以上。

今月今日　　某

と読《よみ》、暫《しばらくし》思案《あん》し悦《よろこび》の涙をながし、何がなと思ふ所に、「君の御手に入事御縁《ごゑん》つきぬと見へたり。しかし此金子は何事ぞ」と能《よく》見れば敦盛《あつもり》の絵《ゑ》は其儘《まゝ》有て、なり平の絵すがたを取帰《とりかへ》りぬ。「とても御手にふれ給はゞ、其絵はのこし、此絵こそ御手に入度物《たきもの》也。色好《いろこのむ》昔男《むかしおとこ》の面影《おもかげ》みせまいらするもくやし。およそ所も書残《かきのこ》し給へば、是を恋草《こいぐさ》の種《たね》とし、卅年の思ひ近日はるゝ空《そら》の気色《けしき》、しづかにくがぢを行べし」とて生田《いくた》の森《もり》、「是なんこやのゝ宿《しゆく》、磨耶山《まやざん》のくわんをん霊現《れいげん》あらたなれば、弥々此恋首尾《しゆび》させ給はれ。諸願成就《しよぐわんじやうじゆ》せば、かねのを掛奉る御宝前《ごほうぜん》。いばら住吉《すみよし》西のみやにはゑびす三郎、目出たい事を釣《つり》の糸《いと》、もつれぬ様に」とよひとしをして、色《いろ》にめのないす牢人《らうにん》。参詣《さんけい》のともがら口《くち》を揃《そろへ》、「あの老人《らうじん》は子孫《しそん》はんじやうにねがはるゝか」と、

思ひの外なすいりやうなれどしらぬが仏《ほとけ》、「今時のわかい者《もの》は、身持《みもち》くづさぬがふしぎ」と、我と心に恥《はぢ》てもみたり。

「跡より恋のせめくれば」と手鼓《てつゞみ》打て行先《ゆくさき》、尼崎大物《あまがさきたいもつ》の浦《うら》より舟に乗《のり》、難波《なには》の浜《はま》に行乗合《ゆくのりあひ》、めん〳〵口を揃《そろへ》、恋咄《こいばなし》世間の噂《うはさ》、「亀《かめ》山の敵討《かたきうち》はちかい比、吉野《よしの》にはしわうといへるけだ物人をぶくし、此比退治《たいぢ》せられたなど先《まづ》目出たい事也」。「都《みやこ》真如堂《しんにょどう》の如来《にょらい》、下寺町の源《げん》正寺《じ》にて御開帳《ごかいちやう》。芝居《しばゐ》はどれが時花《はやり》ます」。「されば嵐三右衛門が、京にて座《ざ》本《もと》をするはめづらしい事。荻野《おぎの》大和屋水木《みづき》など大坂へくだる。総じて役者《やくしや》は車輪《しやりん》のごとし。扨此比生玉《いくたま》の八幡《はちまん》にて、神原《かんばら》小四郎と云若衆《わかしゅ》、又天満の神明《しんめい》にては、宇田小次郎と云男色《なんしよく》、左方五格《ごかく》のきりやう、南北《なんぼく》にわかつて能《のふ》をすれば、まねかづして諸人見物《しよにんけんぶつ》にまかる事山をなす。いづれおろかはあらねど、宇田は年若《としわか》に謡声《うたひこゑ》やさしく、身をつくろわず。たんりよにみゆる眼《まなこ》ざし、男色《なんしよく》におぼるゝ人いづれかまよわぬはなかりき。又神原《かんばら》は大がらに、能謡《のふうたひ》にもつたいあれどもつま〳〵としてよし。生《むま》れ付うんなりと、是もにくげはあらねど目遣《めづかい》にいやな所有。西国《さいこく》の大湊《みなと》なれや。日〳〵くんじゆして他《た》国にない事、各《おの〳〵》見物《けんぶつ》にござれ」とかたれば、老人《らうじん》是を聞、「して〳〵其若衆は能《のふ》ばかり見する事かや。たゞし情《なさけ》も有事か」。「いや〳〵そうした沙汰《さた》はきかず。なれ共今時いづれか只はとをさじ。お年《とし》はふるけれ共衆道《しゆだう》屋と見へたり。しかし此髪髭《かみひげ》の白《しろ》きにてはいづれか思ひつくべし。恋には身をやつすならひぞかし。びん髭《ひげ》を墨《すみ》に染《そめ》、若《わか》やぎ打《うち》じにあるべし」とくはしくかたる。「近比耳《ちかごろみゝ》よりな咄《はなし》を承り、老《らう》がうの思ひで是にすぎず。拙者《せつしや》めも分《ぶん》に過《すぎ》たる恋のおも荷《に》をになひつれば、外《ほか》へめをやるなど武士《ぶし》の本意《ゐ》にあらねど、男色《なんしよく》がす面《めん》にて能《のふ》をせば、獅子《しし》に牡丹《ぼたん》、花に小蝶《こてう》のたわむれ、とうりうのうち、是非見物《ぜひけんぶつ》にまからん」といふ内しゞめ川にふねがつけば、めん〳〵いとま乞《ごひ》して、行《ゆく》も帰るも旅《たび》はみちづれ。

女大名丹前能　巻之一終

女大名丹前能《おんなだいみやうたんぜんのふ》　二之巻

一　風流紙子実盛《ふうりうかみこさねもり》

難波《なには》の里《さと》なれやまたあるまじき恋の湊《みなと》。此浜《はま》に宿《やど》もとめ、二階座敷《かいざしき》より居《ゐ》ながら見れば煙《けぶり》たつ、民《たみ》の釜戸《かまど》もにぎ〳〵と、かりにも国の事など思ふ事なし。つつくりと独淋敷《ひとりさびしき》折など、此身のいたづらなるをおもへば、女の身とし男《おとこ》ゑらみのはでな風俗《ふうぞく》、国方《くにかた》にもれなばよい事あるまじ。されど心の駒《こま》がきゝもやらず、ぼんのふのきづなやむ事なし。此事ゆへいかなるうきめに逢《あふ》とても、身より出せるさび、誰《たれ》にか恨《うらみ》のあらん。出や此世に生《むまれ》、好殿《すくとの》もたぬは女となりしきぼなし。心よはくては思ひ立ぬる事のよそに成行《なり》もかなし。明日《あす》はゑんぶのちり共ならば成行《ゆく》まゝよ。此姿《すがた》其儘《まゝ》町〳〵をさまよひ、尋あはずんば二度《ふたたび》国へはもどるまじと、とつおひつの乱髪《みだれがみ》、誰《たれ》とりあげて問《とふ》人もなく、我《わが》手枕《まくら》のいつ〳〵よりも今日《けふ》のさびしさ。

「たぞ酒《さゝ》もてこひ」と仰もはてぬに、腰元《こしもと》のさよ銚子《てうし》盃《さかづき》御前にさし置、「けしからぬつれ〴〵ひとつあがりましてお気《き》はらされませい。お肴《さかな》は何やらん、佐内殿がいたされます」と舌引《したひき》いれぬうち、佐内かの絵すがたを持参《ぢさん》し「此掛物《かけもの》につゐて、大分《だいぶん》お姫様へおんにきせませねばならぬ事有。お気のはりやうによつてくわしく御物語申さふずるにて候」。「もつたいつけづとはやう」とあれば畏、「出其比は元録十四春《はる》さめの、空定《そらさだめ》なき折から、我〳〵が主人《しゆじん》何がし、歌道《かだう》に事よせ都《みやこ》の方《かた》へおもむく時節《ぢせつ》、一の谷にてよしありげなる絵を御らうじ、明暮《あけくれ》ほしやとおむづかる。あまりおいとしさのまゝ、我々がけいりやくにてとり参りぬ。是〳〵御覧あるべし」と彼《かの》絵を君に奉りぬ。「扨もきやうがる子細《しさい》らしさ。なれどものぞみの絵なれば」とて、三度いたゞきつく〴〵詠《ながめ》、「世にかゝるきりやうにむまるゝ人も有物か。惣じて人にはかぎり有て、五十年の間は夢《ゆめ》のごとし。永《なが》ゐ浮世にみぢかい命をもつて、くど〳〵思ふはさりとはもんもふな事也。かく思ひ付をめん〳〵がたのしみ。此絵に似たる殿《との》もたん」と我をわすれ給へば、おそばにつきさふ者《もの》共、「何とあそばしたる」と尋けるに、「されば世に数多《あまた》有絵を見しに、是程うつくしく書たるもなし。有し昔男《むかしおとこ》の面《おも》ざし、今見る様におもはるゝ。此絵を便《たより》につまもとめんと思ふ。され共尋ぬるしるべもあらねば、此姿を絵師《ゑし》にうつさせ、脇書《わきがき》には自《みづから》が筆《ふで》にて、かゝるきりやうあらん男《おのこ》のあらばこよかし。いか成大望《もふ》にてもかなへまいらせんと、智恵《ちゑ》をもつてつりよせなば、色欲《しきよく》にまよひ尋こぬ事あらじ。しかれば居ながらとの目利《めきゝ》する道理《だうり》。急《いそぎ》かゝせ」との仰、是くつきやうの御思案《ごしあん》と、爰かしこの絵師をあつめ、うつさせて見るにさらに似る事なし。

老人《らうじん》此よしを聞幸《さいはい》と悦《よろこび》、目見へに殊よせ日比の思ひをはらさんと、俄《にはかに（ママ）》にゑもんつくろい、すはだに紙子《かみこ》、茶宇平の下袴《しもばかま》、そこ〳〵ほころびたるは是非《ぜひ》なし。みる茶小紋《もん》の古羽織《ふるはをり》、胸《むな》ひぼ高《たか》にひきしめ、びんつきはうしろあがり、つとふゆたかにひげさかやきをそれば、二つ三つわかふは見ゆれど、つゝむに余《あま》る老《おひ》の浪《なみ》、よりくるしはゝどこからどこまで、是さへなくばと、手づから顔《かほ》をなでゝもみたり、むかふ歯《ば》のぬけたるなど、入歯《いれば》とやらんをすれば、当分《たうぶん》かくるゝのみ。若衆《わかいしゆ》の物云ごとく、息《いき》こもりて調子《ちやうし》聞よし。かゝる時にこそと葉《は》山が油《あぶら》、おくれに付てひらつかぬは第一の重宝《てうほう》、是一騎当《きたう》ぜん、昔《むかし》の五百石はそのふにうへてもかくれなし。鏡《かゞみ》をとつて身ぶりを見れば、南無三宝《ぼう》やつれはてたる我が（ママ）《わが》姿《すがた》、髪《かみ》はゆふてもおどろのごとく、足《あし》手のつめをとらざれば、わしくま鷹《たか》にさも似たりと、ふるいおぐりのせつきやう、てるの前《まへ》が長がうばにりんきしられ、青松葉《あをまつば》にてふすべられし顔《かほ》。かくてはいかゞと、ちからこぶの有程みがけど、むくろじは三年とかや、所詮暮《しよせんくれ》をまちてゆかば、夜め遠《とを》目笠《かさ》の内にて、十や廿は若草《わかくさ》のこもれるうちのとぼし火のかげ。此思案がはやう出れば、是程くろうはせまじ物をと舌鼓《したつゞみ》有程、腹《はら》をたつるは不吉《ふきち》。山伏《ぶし》も門《かど》出、茶わん酒《ざけ》もそれ〳〵の身祝《いはひ》、一つのんでは田もやろあぜのはた、よふたふりして君が中戸《ど》に、立居くるしき老《おひ》の身、どうやらきみわるく、俄《にはわか》に上気《じやうき》し、胸《むね》わぢ〳〵するなど武者《むしや》ぶるいにてあらんと、我とたのしむもおかし。

とやせんかくやと思案する中ば、お出入の者が見付、「爰なおやぢは最前《さいぜん》から何していらるゝ。うたひもうたわれず、物くれ共いわず、合点《がてん》のいかぬわろじや」と情《なさけ》なき詞《ことば》をきけど、きやつが目利《めきゝ》にあんまりちがいもないと、我と心に了簡《りやうけん》し、謡《うたひ》といふに思ひ付、態《わざ》と声《こゑ》をはり上、謡「さなきだに、物のさびしきはるの夜の人めをはぢる此身とて、庭《には》の松風さよふけて、月もかたぶく軒《のき》葉《ば》の草《くさ》。わすれもやらでいにしへを、忍《しのぶ》がほにていつ迄か逢《あふ》事なくてながらへん。げに何事も思ひ出の、人には残《のこ》る浮《うき》世かな。只何となく一筋《すぢ》に、頼仏《ほとけ》の御手の糸《いと》、道引《みちびき》給へ」とうたひければ、姫奥《ひめをく》にて聞召、「今の謡《うたひ》は井筒ぞかし。我業平《なりひら》のすがたにまよひ、思ひのあまる折から、是吉凶《きつきやう》の音情《おんせい》こなたへめせ」と有にまかせ、下女とみへしが戸をひらき、「お召なさるゝ、こなたへ」と手をとれば、老人《らうじん》よに嬉しげにとをり、ふすまをへだてかしこまれば、いづれも耳《みゝ》に物いはせ、「こよひのなぐさみ、此おやぢと井筒のシテワキしてうたひ、酒《さゝ》のませていなせよ」といふよりはや、鼓《つゞみ》をしらべ、

謡詞「我此所に宿《やど》もとめ、心をすます折ふし、いとあわれなる老人《らうじん》おもはず是へきたらるゝ。いかなる人にておわします」。老人「是は此あたりに住《すむ》絵《ゑ》師《し》也。御好《このみ》の絵すがたは昔男《むかしをとこ》と名にふれし人なり。されば其絵《ゑ》書《かく》人は、我らが門弟《もんてい》にて、筆《ふで》の林硯《はやしすゞり》の海《うみ》、ふかき妹背《いもせ》を書《かき》のこせり。御所望ならば書まいらせん」。女「げに〳〵なり平の御事は、世にかくれなき美男《びなん》のよしさりながら、それははるかに遠《とを》き世の、昔男《むかしおとこ》のなき形《かたち》。かゝる姿《すがた》の人あらばおしゑてくれとの給ひぬ」。老人「何ゆへ美男《びなん》の御身にて、尋させ給ふ事、いか様子細《しさい》の有やらん」。女「げにもふしんはさる事也。もとは筑紫《つくし》の者《もの》にて、親独《おやひとり》子ひとり、兄弟《きやうだい》とてはよその花見る計にて、たよりなき身のすてお舟。かゝる人のあらば、兄上《あにうへ》とあがまへ奉らんと、思ひつめたる心也」。老人「尤仰はさる事なれ共、其なり平は色香《いろか》にめで、恋にはしばしのやるせなく、きのありつねが娘《むすめ》と、妹背《いもせ》の心浅《あさ》からざりしに、又河内国《かはちのくに》たかやすの里《さと》によしみの女を求《もとめ》、二道《ふたみち》かけてかよひ給ふ。それのみならず、

こゝかしこにての悪性《あくしやう》、色深《いろふか》きものをまめ男《おとこ》といへり。其色《そのいろ》人に似るべきを尋させ給ふは、ひつきやうお家のめつぼう也。たとへ姿《すがた》は木のはし成共、また我ごときの老人《らうじん》など前後《ぜんご》をわきまへ思案ふかく、智《ち》有て情《なさけ》ふかければ、万民《ばんみん》の心にかなひ、かならず其家《いゑ》はんじやうすべし。よしなき事に絵かゝせ、世話《わ》なさるゝは国《こく》土《ど》のつゐへ。只〳〵無用」と拍子《ひやうし》にのり、我《われ》をといわぬ計、謡《うたひ》は外になつて、此論暫《ろんしばらく》やまず。

御心にいらぬゆへ御機嫌《ごきげん》そんじたるおもざし、腰元《こしもと》衆はらを立、「よしなき指図《さしづ》申さんより、絵かゝば書《かい》てまいれ。御気《き》に入ば絵数《かず》も多し。そちが為《ため》には福徳《ふくとく》大臣。よい絵がつゐた」といわれ、せんかたなく〳〵、「金言耳《きんげんみゝ》にさかふうへは是非《ぜひ》なし。然ば仰にしたがい絵書《ゑかき》まいらせん」と、名残《なごり》おしげに帰る我宿《わがやど》。

二　一念姿見《いちねんのすがたみ》の井筒《いづゝ》

「世に恋程せつなきはなし。我六十に余《あま》り、頭《かしら》に雪《ゆき》をいたゞき、ひたひに四海《かい》の浪《なみ》をよせ、腰《こし》にあづさの弓《ゆみ》はるごとく、世が世なら孫《まご》の白数多《かほあまた》見べき身とし、あらざる恋《こい》のちまたにまよひ、思ひをあの君にのこし、すでに一の谷の露霜《つゆしも》ときゆべきを、仏神《ぶつじん》の加獲《かご》(ママ)ふかく、おしからぬ命をまつ事、ひつきやう情有恋に極《きはまり》ぬれど、よしなき昔男《むかしおとこ》の面影《おもかげ》を、取かへられて我恋のさはりと成ぬ。剰《あまつさへ》なり平にまがゐる男《おとこ》のあらば、いかなる望をもかなゑんと有仰、是程ひろい世界《かい》なれば有まじきものにあらず。雪《ゆき》と墨《すみ》との我すがた、いかに年《ねん》〳〵の思ひなればとて、よもかしうちなびき給はん。たとへ絵書《ゑかき》まいらせぬればとて、録《ろく》をこそ給はるべけれ。中〳〵情《なさけ》らしき詞《ことば》も有まじ。然ば心をつくして書《かく》事いらざるもの也。しかし是程の首尾《しゆび》になつて、思ひをはらさぬも口惜《くちおし》。菟角《とかく》は先絵書まいらせ、其上にての思案、有まじき事にあらず」と一間に入とぼし火かゝげ、硯《すゞり》にむかいそこはかとなく書つくしぬれど、老眼定《らうがんさだ》かならず、手ふるふてあやしく見ゑざりければ、いよ〳〵心くるはしけれ。

君の御姿《すがた》はいともかしこし。竹のそなふの末葉《すへば》迄中〳〵人間《にんげん》とはおもはれず。昔男の面影《おもかげ》はいかなるゑんにひかれ、物いわずわらはず、心づくしの人迄に、思ひをかけらるゝこそうらやまし。我人恋する身などあやかり物にてぞあらん。此身のかはらるゝ物ならば、夫をたよりに恋草を結《むす》びとゞめ、兄弟分《ぶん》と有一言《ごん》なりとも聞ば、年来《ねんらい》の本望成べけれど、いかにしてもかうした姿、仏神《ぶつじん》をたゝきまはし、養老《やうらう》の滝《たき》に千日千夜ひたしたり共、二度《たび》わかやぐべきとはおもわれず。月やあらぬ春や昔と詠《ながめ》しも、いつの比ぞや筒井《つゝ》筒、井筒にかけしまろがたけ、老にけらしな老《おひ》にほれたはさながら見ゑん昔男のすがたなつかし。女とも見へず、男なりけりなり平の面影《おもかげ》見れば腹立、我身ながらも口惜《くちをし》や。しぼめる姿のかはるゝものならばと、心に移《うつ》り形《かたち》をまなび、紙子羽織《かみこばをり》をかりぎぬに

よそへ、昔男に成て、あらぬことのみ口ばしるは心くるふと見へたり。

暫《しばらく》有て筆かみしたし、又は身をふるはし、硯《すゞり》の墨《すみ》を障子《しやうじ》に打かけ眼《まなこ》を見つめ歯《は》ぎりなどし、つくえに身をなげうつてよねんなく夢結《むすぶ》と思へば、老《おひ》たる形《かたち》をのこし魂《たましゐ》おのれと若草《わかくさ》の、見とるゝ姿《すがた》あらわに、昔男の面影《おもかげ》見まがふ風情《ふぜい》、丹前《たんぜん》やうのあゆみぶり、一振《ふり》ふつて庭前《ていぜん》なる、井筒のもとへゆかんとする。屋どや夫婦驚《おどろ》き、「きやつは此所に住狐《すむきつね》、老人《らうじん》をたぶらかさんため来と見へたり。女房共しづかにこい」と跡《あと》より見へがくれにつゐて行ば、彼《かの》男つるべの縄《なは》をこだてに取、「はづ（か）しや我筒《つゝ》井筒の昔より、真弓《まゆみ》つき弓年をへて、今はなき身をなり平の、姿をこほる君が恋、昔男に成てみまほし。我一念《ねん》のかなはずば、此身このまゝ井の底《そこ》にしづみ、もふ執《しう》の悪《あく》竜《りやう》と成て、恨《うらみ》をはらさんものを」とかへす詞の跡なく草を枕に伏《ふし》たりぬ。

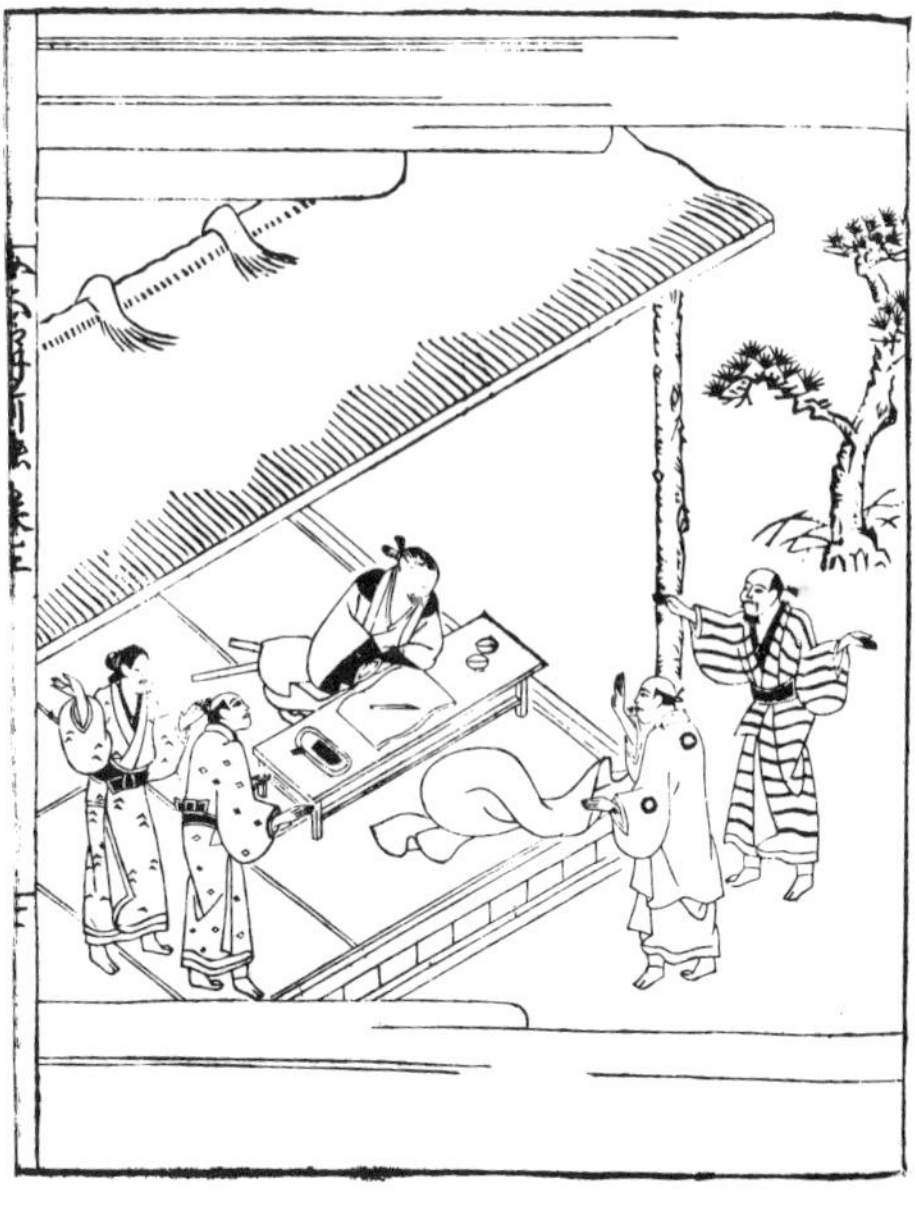

夫婦手を打、「畜生《ちくしやう》とはいゝながら、是程よく男にばけたるもなし。にくさもにくし追《おひ》うしなはん」と枕にちかづき、「是狐《きつね》どの、もはや東もしらぐ〳〵しそちが様子もくはしく見付たれば早く帰れ。永居《ながゐ》して後日

にこなたをうらむな」と夢おどろかせば、はつと云声《こゑ》の下より、棒《ぼう》ちぎりきとひしめく。「何事やらん」と尋る。「さりとはおさめすぎたやつかな。それ見よ男にばけたは」としさいを語ば、我と我身をさすり、何様ふしんに思へばこそ、井筒によりて水鏡《かゞみ》、面《おもて》を見ればこは不審《ふしぎ》。心の水もそこゐなく、うつりもうつつたり似もにたりぬ。かのまめ男に露たがはざりければ、天にむかいて千《ち》度礼《たびらい》し、「われ今宵《こよひ》此絵を写《うつし》ながら、老《おひ》たるをくやみ、今一度《ど》か様の姿に成もやせじと思ふ一念《ねん》の通《つう》じ二度《ふたゝび》わかやぎ、殊になり平のおもざしさらにかはらぬなど、神明《しんめい》の御あわれみふかし。御夫婦かならず驚《おどろく》事にあらず。御心をやすめられよ」といふほど猶おそろしく、「今日以後此所にはかなふまい。おのれが住家《すみか》へはやく帰れ。いぎにおよばゝ命《いのち》をとらん」といふ。「まつたくこらうやかんにあらず。是程事をたゞすに承引なければ是非《ぜひ》なし。なるほど望にまかせんさりながら、御覧《ごらん》の通《とをり》丸腰《ごし》、殊に大事の物をわすれたり。とり参らん」といふほどこそあれ、「かうへた狐《きつね》はあつるもの。風呂《ふろ》敷包《しきづゝみ》大小はこちのお客《きやく》のもの也。己《おのれ》はにあふたやうに尾《お》をふつて帰れ」といわれ、せんかたなく〳〵立出て

峯《みね》の白雲《しらくも》、きゆるがごとく行方なし。

夫婦悦《よろこび》、「まんまとおいうしなふた。我々一生の手柄《てがら》ぞかし。御客《きやく》の老人《らうじん》おこしまして様子を語《かた》らん。うらの戸よくしめよ」と念《ねん》を入て座敷《ざしき》に出れば、老人《らうじん》はとぼし火のねむれるごときを友とし、つくへにもたれよねんなく伏てゐらるゝ。そばへよつてゆりおこせば、菟《と》角《かく》のいらへもあらざりき。不思儀《ふしぎ》に思ひよく見れば、形《かたち》はなくてもぬけがら小袖計をのこしたり。「やれ老人《らうじん》のからだがないわ」と、大声《ごゑ》してわめけば、近《きん》所《じよ》の者《もの》共寄合《よりあい》「是はきめう成事、かゝる不思儀《ふしぎ》を此まゝにてはおかれまじ。所の代官《だいくはん》様へ申上ん」。「尤」といふよりはや、下袴片衣《しもばかまかたぎぬ》、町代の与仁平、夜番《やばん》の五郎助は風呂敷《ふろしき》づゝみ、「口上書はさつとくどからぬがよし」と、智恵《ちゑ》の有御年寄《としより》を先《さき》に立、「酒《さけ》は一升切食《きりめし》これほど」ゝ、人中でいわれぬ事はゆびおつて見せる。

女房は腹《はら》を立、「盗《ぬす》人に追《をい》、これぎりでしもふたら何かおもわん。老《おひ》ぼれがからだは戸板《といた》にのせ、前後《ぜんご》大事にかいてこい」といふ下よりはや代官所の門前《もんぜん》、「我々は御手下の者《もの》ども。かね〴〵の子細《しさい》によつて」と一〳〵言上《ごんじやう》申せば、取次《とりつぎ》のさぶらゐ右の段《だん》申上る。「いか様あるまじき事を申来りぬ。其者共是へ」と御前《ごぜん》に召れ、くわしく尋させ給ひて後《のち》、老人がからだを御覧《ごらん》じ、「いづれ狐狸《きつねたぬき》のわざと見へたり。しかし善悪《よしあし》は重てしるべき間、たしかなる箱《はこ》を拵《こしらへ》其内ゑ入置べし。封《ふう》は此方より付おかん。其上にて町人ども一日替に番《ばん》を仕れ。何事によらず、心得ぬ事あらば早速《さつそく》申来れ」との上意《ゐ》、畏て御前《ぜん》の立私宅《したく》に帰り、仰のごとく成箱《はこ》に入、爰《こゝ》を大事と番をする事、奉行《ぶぎやう》のはかり事いみじきにてぞ有けり。

三　恋結難波《こいむすびなには》張良《ちゃうらう》

思ひつめたるれんぼの一念《ねん》二度若やぎ、己《おのれ》と名も丹前《たんぜん》の助《すけ》とあらため、今様《いまやう》の仕出《しだ》し、びんあつからずうすからず、ちやせん髪《がみ》ゆたかに、かり着《ぎ》小袖《そで》もすこしはせんしやう。空色《そらいろ》のぐんない嶋、ちやぢりめんの羽《は》織《をり》すそ小みぢかく、柄《つか》みぢかに、つば大き成は好《すき》に赤《あか》ゑぼし。はゞびろの帯《おび》、すあしにわらざうり。坂田流《さかたりう》色里《いろざと》がよひの風俗《ふうぞく》、是近年《きんねん》の仕出《しだ》し、此人がはじめられ、今難波《なには》、都《みやこ》のわかいしゆ、よい事がましくまなばるゝなどおかし。いかな女中も見帰らぬはなかりき。されど若衆気《わかしゆき》やまず、女人をかたくいまるゝは、ひつきやう魂《たましい》のかはらぬにや。男色《なんしよく》とさへいへば猿《さる》がのみとり眼《まなこ》、さりとはしびつけないおやぢぞかし。

かうしたなり平となるからは、左扇子《ひだりあふぎ》でしてやつたもの、すぐに行道の橋、中ばに立て西の方《かた》を詠《ながめ》やれば、西国よりの入舟、帆《ほ》はしらせて入湊《いるみなと》。浜《はま》に数《す》万の米《こめ》をつめば、さながら山にひとしく、此商買《しやうばい》

する者入替《かはり》て十露盤《そろばん》のけた、立ながらはぢゐて、間《ま》なく手を打事首尾《しゆび》したには極《きはまり》ぬ。こちが恋もあれにあやかりたいとおもふ折ふし、千代之助《ちよのすけ》下部《しもべ》あまた召つれ、橋《はし》の中場《なかば》わたりかゝり、丹前《たんぜん》の助《すけ》をつく〴〵詠《ながめ》、「此男は我恋人のすがた、かくまでも似《に》る物か。諸願成就《しよぐわんじやうじゆ》、氏神天神《うぢがみてんじん》さまの御かげわすれはいたしませねど、心にくゐはおもはくのあるやなしや。聞てもみたしはづかしくも、有原《ありわら》のなり平にまがゑる男なれば、性《しやう》のよいかたへはつるまじ。外《ほか》の悪性《あくしやう》はゆるしもせんが、奥様《をくさま》と云字《じ》さへなくば」と、おもひ詰《つめ》たる心から、めのとにさゝやかせ給へば、「お気遣《きづかい》被成ますな。根心《ねこゝろ》をきいて参りましやう」と、丹前《たんぜん》の介がそばにより、「そつじながら此橋《はし》はなんと申ます」。「筑前殿橋《ちくぜんどのばし》といふげな」。「扨は他国《たこく》のお衆か。先《まづ》おたばこあがりませい。扨お国は」ととふ。「身は東者《あづまもの》、父《ちゝ》もなく母《はゝ》もくたばり、兄弟《きやうだい》とてもなき身」。「然者奥《しからばおく》さまが有ておいとしがりましやう」といへば、眼《まなこ》に角入《かどいれ》、「女見たくもなし。お手前も、今少《すこ》し若《わか》ければ物はいわねど、おいぼれじやから返答《へんとう》申」とにべもなくいわれ、姥《うば》おそろしく、「御尤でござります」と立帰り、此よしをかたれば、「それこそのぞめさりな

がら、とてもの事に心底《しんてい》をさぐつてみん」と、編笠《あみがさ》まぶかに白《かほ》かくし、行《ゆき》ちがふふりしてわざと守袋《まもりぶくろ》を川へおとし、「あれ取くれ」との給ふ。つき〴〵の者《もの》それ〴〵とひしめき、「此ふかさにてはめん〴〵が命もあやうし」。誰《たれ》かれといふを丹前《たんぜん》聞、「お若衆《わかしゆ》様の、取おとされたらんには御心やすかれ取奉らん」ときのまゝながら橋《はし》より飛《とび》をり、守《まもり》をめにかけ、うきぬしづみぬ行塩《ゆくしほ》の、さしくる水にぬき手を入、供にながるゝ水の阿《あ》波《は》、きゆると見ればすがたあらはれ、半丁計たゞよひ、なんなく守《まもり》を取て岸《きし》にあがりぬ。

下部《しもべ》共まちあはせいだきあげ、薬《くすり》などまいらせ、はさん箱《ばこ》より着物一重《きるものひとかさね》、「先是をめしませ」と申に、「とてもぬれたる恋衣《こいごろも》、たぞ御とがめの召替《めしがゑ》、いやしき此身がはだつけんもおそれ有。其儘《まゝ》すてゝ御通《とをり》あるべし。誠《まこと》に一心は守《まもり》に有」と申を「そこつにあそばし、私のなくば此川のもくずとならん。有合て御用に立此身の悦《よろこび》、嬉敷《うれしき》」と申詞《ことば》も色外《いろほか》にあらわれ、「近比御はづかしや」と申せば、千代《ちよ》の介《すけ》そばにより、「御心指《こゝろざし》の程しうちやく仕りぬ。未《いまだ》我主《ぬし》なきはなれ駒《ごま》、行衛《ゆくゑ》もはるか西のはて、心にふかい望《のぞみ》有て、都《みやこ》の方へまいる身なれど、御心底《ごしんてい》のたのもしきを見まして、なんとやらわかれまいらするも残多《のこりおゝ》し。先立《さきだつ》て御独《ひとり》身のよし、互《たがい》に同じうきみ草《ぐさ》、御心にはそむまじけれど、今より後自《のちみづから》がたより草と成給はゞ何事か是に過《すぎ》まいらせん」と、寺《てら》から里《さと》の仰。「いやしき身なれど、御心に入なばいか様共仕らん」。「先以うれし」と「是より旅宿《りよしゆく》に御供申、おもはく一通《とをり》御物語《ものがたり》申さん。それ〴〵」と夕暮方《ゆふぐれがた》、御迎《むかい》の籠《かご》二丁ならべ「いざ御立」と申せば、互《たがい》に一礼《れい》して乗《のり》、「いづれも御免《めん》あるべし。御主人《ごしゆじん》の御指図《さしづ》にまかせ、是より乗《のつ》てまいる。何が扨」といふ程こそあれ、「御気《き》ばらしに御籠《かご》をしゞめ川へまはし、色里《いろざと》の風景《ふうけい》見せまいらせん」。とても堤《つゝみ》ごしに詠《ながめ》やるは、外《ほか》の色《いろ》にうつさせぬとの下心《したごゝろ》、さりとは用心《ようじん》ぶかし。

梅田橋《むめだばし》に籠《かご》立させ、かちにて行《ゆく》を見帰らぬはなかりき。水茶屋のていしゆと打みへ、小腰《こし》をかゞめ、先《さき》に立ての案内《あんない》、東《ひがし》の森《もり》は天満《てんま》天神《てんじん》、こなたは神明《しんめい》不動明王《ふどうめうわう》。西《にし》の方《かた》には野田《のだ》の藤《ふぢ》、よしや吉原《よしはら》の里《さと》なれや。無常《むじやう》の煙《けぶり》、人界《にんがい》の身はいづれかおなじ野寺《のでら》の鐘《かね》。恋《こい》と無常《むじやう》は此界《さかい》、南側東西《みなみがはとうざい》四丁いらかをならべ、二《に》階座《かいざ》敷《しき》で引三味《ひくさみ》の、音《おと》は天満屋多田や、おもひにしづむこいやなど、いつもかうしに花橘《はなたちばな》屋、ゆかり求て御名をば菊《きく》や、それで尋に北嶋《きたじま》屋、文《ふみ》の数よむ紙田《かみた》屋紙やの山衆《やましゆ》、筆にいつわりをならべ、また御越《こし》と書《かき》まいらする心《こゝろ》の海《うみ》、ふかい男《おとこ》と口説《くぜつ》の花《はな》、髪《かみ》しやらどけに帯《おび》しどけなく、「まゝよかまはんすな、客《きやく》の五人や三人おじやらねばとて、あんまりかなしうもごあんせん」といふ男《おとこ》を見れば、よほどかみへとりのぼされしと見へ、酒中場座敷《さけなかばざしき》をけたて、二瀬《ふたせ》のまさがとむるをもふりきり、帰る姿《すがた》なれや。

夕日《ゆふひ》うつりてくれないそゝぐ顔《かほ》、人見るをもいとはず、片《かた》はだぬいで堤《つゝみ》にかけ出、わざと千世の助がこじ

りに当一言《あたりいちごん》にもおよばず、剰《あまつさへ》「此お若衆《わかしゆ》を肴《さかな》に、酒《さけ》壱つのまん」と木に竹、なんじややらそぐわぬ詞《ことば》。むつとするをも「酒がいわすぞかもふな」と、大やうにさばけど、やからものがつれあとより又二人来《ふたりきた》り、「こゝな者《もの》は何ゆへ是へは来りぬ。りんが殊《こと》の外の恨《うらみ》、心八《しんはち》まん是ほどな涙《なみだ》をながす。あれを見ては白来《びやくらい》かたじけないこんだ。非《ひ》を理《り》にまげてこい。中《なか》なをしに今一座《ざ》」と、すゝめてみれどいごくものでなし。「どんな女をあいてにせんより、是にござるお若衆《わかしゆ》を見よ。ひろい大坂にまた有まじき御きりやう。是非《ぜひ》お盃《さかづき》をいたゞかん。それ酒肴《さけさかな》取てこい」と、俄《にはか》に詞《ことば》づよく成は、友《とも》の来《きた》るにてぞあらん。

「誠に是はお茶《ちや》がわいた。我々とても其方同然《だうぜん》、いざ召あげられ、御心指《こゝろざし》の方へさし給へ」と、扨もきやうがるむりなれど、きかねば是非《ぜひ》なく、一つうけさせ給ふを、丹前《たんぜん》の介罷出、「暦《れき》々花《はな》と御覧《ごらん》じての御所望むげにはなるまじ。思召方はあまたにて、おもはるゝ身は独《ひとり》。恋に色むすぶは浮世《うきよ》のならひ、ゐこなき様に、私了簡《わたくしりやうけん》いたさん」と、千世の介が持《もち》たる盃《さかづき》川へながし、「いづれ成共君をぼしめす御方《かた》あらば、あの盃をひろい給はれ。取たらん方へ御望をかなへ申さん」と、わざと隙取《ひまとつ》ていふ。「何が扨御指図《さしず》のうへわ」と、三人丸裸《はだか》に成、我おとらじと飛《とび》入ば、此程のなが雨《あめ》に水まし足《あし》のながれはやく、盃《さかづき》の行方《ゆきかた》しれざるを尋ぬるうち、首尾《しゆび》は爰ぞとめくばせ、足《あし》をはやめ旅宿《りよしゆく》に帰り、またもや来らんと、門《もん》を打《うつ》ておとなひせざりしとかや。

四　草枕川舟江《くさまくらかはふねゑ》口《ぐち》

其夜《そのよ》旅宿《りよしゆく》のつまもとめ、恋《こい》と情《なさけ》が男女《なんによ》のちがい、丹前《たんぜん》の介は、誠のちごと、一筋《ひとすぢ》におもふ事誰身《たがみ》にも有べき事也。千代と思ひ詰《つめ》たる言《こと》の葉《は》、胸打《むねうち》あかしてかたらん物をと、あなたこなたの首尾《しゆび》を見るに、人めの関《せき》にはめのとらしきが御そばをはなれず、目に物いわすより外《ほか》なく〳〵、其夜はつがもなふふしどに入、物思ふより外なし。明《あけ》の玉《たま》がき木末《こずへ》をならせば、ねられぬを幸《さいはい》に、「皆《みな》の者夢《ものゆめ》さませよ」と御詞《ことば》におどろき、おきふしの床《とこ》に名残《なごり》おしむなど、みやづかへする身の習《ならひ》ぞかし。

丹前の介はしやうねつかず、現《うつゝ》に物いふをきけば、「恋をしるべき若衆《わかしゆ》とおもひ、既《すで》に一命に替《かゑ》、守《まもり》を取奉り、殊に帰り足《あし》のらうぜき、あやうき所をのがるゝも、此身の恋がなせる事也。頼たのまるゝとの詞《ことば》のつやにほだされ、うか〳〵此所迄来るは何事ぞ、世界《かい》にまたあるまじき男色《なんしよく》と、思ひつめしは因果《ゐんぐわ》のかたまり。よしなき所に長居《ながゐ》し、かゑつて笑草《わらひぐさ》とならんより、いとまを乞捨《こひすて》に、又行先《ゆくさき》の花見るより外《ほか》なし」と、まざ〳〵のゝしる。

千代の介聞給ひ、ひそかにめのとを召れ、「尤祝言《しうげん》は国《くに》のならひ、はらからの御ゆるされなくてはかなはぬ事ながら、はる〴〵の渡海《とかい》をしのぎ、男《おとこ》見立にのぼり、其人に逢《あふ》て是迄ともなひ、伏《ふし》ども同じ軒《のき》の内《うち》、国もとにて枕《まくら》ならぶるとはあんまりかたい事也。爰はそちが了簡《りやうけん》にて、ゆるしてもゐさすまじきや。あなたの御心指《こゝろざし》もいとほしければ、なんと思案《しあん》は有まいか」と、まちかねさせ給ふはさる事ぞかし。

「仰迄もなし。私《わたくし》とても左様には存ましたれど、一たん国元《くにもと》へ申遣し、おぼしめしの程をもきゝませずしては、私の不調法《ぶちやうほう》、暫《しばらく》の間またせ給へ。しかし同宿《どうしゆく》にては、互《たがい》に御心も乱申さん。今日より丹前様を外へ旅《りよ》宿《しゆく》させません。か様に申うばを、恋しらぬ物とおぼしめすな。吉凶の便《びん》有を待かね、事をしそんじましては、いとしいのかわいゝと申も、皆偽《みないつわり》となる世の習、首尾《しゆび》能いたせば一家《いつけ》のぐわいぶん、御家はんじやうのもとい。なんと合点《がてん》が参りましたか」といふに、かへす詞《ことば》のあらばこそ、「どう成とよろしく頼、さりながら、丹前様は若衆に心うつさるゝと見へたり。今此姿《すがた》のかわらば、あなたの思ひをけすと云もの。此儘《まゝ》にてもてなし、国もとよりのたより次第二世の盃《さかづき》おさめて後誠の姿《すがた》をあらはし、衆道の道を思ひきらさん。今あらため外へやりますもいな物。とても都にのぼる身なれば、京にて別《べつ》に宿《やど》とらせまし。佐内をめしろに付おかん。是も恋路の修行《しゆぎやう》まつも楽しみ。かうしたしあんわ」と、さりとははつめいな御智恵、「然ば今宵《こよひ》夜舟に召まし、明日は九重の里に入、先それ迄は沙汰なし」と、二人《ふたり》ばかりがうなづきあひ、下《しも》〴〵へ申わたせば、「嬉しや都の桜見ん」と、よろこぶ者多《おゝ》かりき。

是非《ぜひ》なく丹前《たんぜん》の介も同舟《どうせん》し、暮方いそぐなにわの浜《はま》、守口《もりぐち》しめの佐太《さだ》のみや、ひらかたの岸根《きしね》に舟をつなげば、奈《な》（良《ら》）茶売《ちやうり》のとゝかゝ一二をあらそひ、爰かしこより来り、我先《さき》にとつきつけ売、あての槌《つち》がちがふて一文もうらぬは、まだ目のさめぬゆへにや。牛房《ごぼう》売の仁平大あくびして、「八幡《やわた》牛房《ごぼう》、わかい衆の清気《せいき》散《さん》じんのまして清をおぎのふ。所は爰ぞやわたのふもと、一ツはきこしめされよ」と、上方近《かみがたちか》き在所《ざいしよ》なれや口あいよろしく売《うる》など、身すぎはいづれおろかもなし。

こちはつまゆへ身をやつす。くらべてみれば、我々が身ほど天理《てんり》にそむけるはなし。かくは思へどすてがたき恋の関守《せきもり》、姥《うば》がなくばと、かの人の方《かた》へ目をやるは尤。物売《ものうり》、舟《ふね》をはなれて帰る中に、廿年《はたち》計の女手あんどほのぐらく、草《くさ》を枕《まくら》にたそまつ皃《がほ》の風情《ふぜい》。丹前《たんぜん》佐内をゆりおこし、「あれ見られよ女と見へしが伏《ふし》てゐる。何様子細《しさい》有ものとみへたり。様子を尋都《みやこ》入のはなしにせん」。「尤」といふよりちやうちん引さげ、枕《まくら》もとに立寄「これ〳〵女中、人里遠《ざととを》き此野辺《のべ》、川風さむき夜もすがら、草《くさ》をしきねにかり枕、ならぶる人をまつ身か」と、ゆりおこされて此女、「わすれて年《とし》をへし物を、また思ひそむ言《こと》の葉《は》の、草《くさ》を枕《まくら》とさだむるも、かり染《そめ》ならぬちぎりぞかし」。扨は恋かとよくみれば、いやしからざる生付《むまれつき》よのつねならぬ風俗《ふうぞく》、勤《つとめ》した身とみへたり。「何ゆへこゝに」と尋しかば、何のいらへもなく涙《なみだ》目押《おし》のごひ、「世をいとふ人としきかばかりの宿《やど》に、心とむなと思ふ計ぞ」と、詠《ゑい》ぜし人の流《ながれ》をくむ女ぞかし。

是より本間能謡「しかるに我たま〳〵うけがたき人身《じんしん》のうけたりといへ共ざいごう深《ふか》き身と生《むま》れ、殊にためしすくなき川竹の、流《ながれ》の身となる事、先《さき》の世のむくいまでおもひやるこそかなしけれ。紅花《かうくわ》の春《はる》のあした、かうきんしうの山よそほひをなすとみへしも、夕部《ゆふべ》の風にさそわれ、紅葉《かうよう》の秋《あき》の夕部《ゆふべ》、くわうかうけつの林《はやし》色《いろ》をふくむといへ共、あしたの霜《しも》にうつろふ、松風羅月《せうふうらげつ》に、詞《ことば》をかはすひんかくも、さつて来《きた》る事なし。すいちやうこうけいに枕《まくら》をならべし妹背《いもせ》も、いつのまにかはへだつらん。およそ心なき草木《さうもく》、情《なさけ》有人倫《じんりん》、いづれあわれをのがるべき。かくは思ひしりながら、有時は色《いろ》にそみ、とんぢやくの思ひ浅《あさ》からず。又有時はこゑを聞《きゝ》、あいしふの心いとふかき、心に思ひ口《くち》にいふ、まふぜつのゐんと成物を、実《げに》や皆《みな》人は六ぢんのぎやうにまよひ、六根《ろつこん》のつみをつくる事も、見る事聞《きく》事に、まよふ心なるべし」とまた涙《なみだ》をながしぬ。佐内そばに立寄、間狂言「扨は君傾城《きみけいせい》でおじやるか。いにしへの名《な》は何と申た。くわしく様子《やうす》をかたられなば、我々が主人《しゆじん》ゐ申、御身のうへよろしき様にいたさん。とく〳〵はなされ候へ」。女「やさしくもとひ給ふ物かな。か様の身となれば笑《わらひ》こそすれとふ人もなし。御心指《こゝろざし》の嬉しければ、身のうへを語《かたり》申さん。只今申ごとく、心にそまぬ色里《いろざと》の勤《つとめ》、名こそ君に、大坂屋のしがと申もの。禿《かぶろ》の内《うち》をすてゝ、くがい十年と定、引《ひく》手あまたの客《きやく》の中に、此なぎさの里《さと》より日々《ひび》にかよふ男《おとこ》有。名を山崎《やまさき》といへり。御きりやうと申心といひ、何から何迄、おいとしう存ましたは此身に成べき下地《したぢ》ぞかし。剰《あまつさへ》三年《とせ》の春《はる》を重《かさね》、神かけてうたがいばらしの起情《きしやう》、ゆび切《きり》つめはなすなど一昔《むかし》になり、近年《きんねん》は情《なさけ》といふ計にて、逢夜《あふよ》しげく、雨風《あめかぜ》の夜もいとわず、かよひ給ひし事のつもりてや、去年《こぞ》よりして御行衛《ゑ》なく成給ひしとも申。又は浮世《うきよ》を見はて給ひぬともいふ人有。聞《きく》とひとしく此身のかなしさ、くるわを出て此所は、こひしき人の里《さと》なれや、此ほとりにさまよひ御行方《ゆきがた》を尋ん。もしも世をさり給はゞ、それを此世のかぎりとし、髪《かみ》そりおとし、御跡《あと》成共とはん為《ため》、此十日計さまよひぬれど、其人のゆかりとてあふたる事なし。せんかたなく〳〵此野《の》を宿《やど》とし、明《あく》ればかよひくるれば伏《ふす》。たのみなき身のはてあはれとおぼしめさるべし」。

謡「浪《なみ》の立居《たちゐ》も何ゆへぞ。かり成浮世《うきよ》に心とむるゆゑ、心とめずはうき世もあらじ。人思ふしたわじ、まつ暮《くれ》もなく、別路《わかれぢ》も嵐吹《あらしふく》。花《はな》よ紅葉《もみぢ》よ、月雪《ゆき》のふる事も、あらよしなや。思へばかりの宿《やど》に、心とむなと人をだにいさめしわれなり。是迄なりや帰るとて、なぎさの方《かた》へ行空《ゆくそら》の、東《ひがし》の方《かた》もほの〴〵と夜《よ》あけがらすの声《こゑ》におどろき、丹前佐《たんぜんさ》内《ない》は舟に乗《のり》、やれ夜《よ》があけたといふ浪《なみ》の、橋本《はしもと》の旅寝《たびね》二階座《かいざ》敷《しき》にとぼし火のひかり、八幡《やわた》、山崎《やまさき》、宝寺《たからでら》、今打鐘《うつかね》は六ツか五ツか、四ツの比《ころ》には淀《よど》の小橋、さあ舟が付ました。お籠《かご》〳〵」。

女大名丹前能　巻之二終

女大名丹前能《おんなだいみやうたんぜんのふ》　三之巻

一　色里通小町《いろざとかよひこまち》

淀堤《よどづゝみ》しばしのかりねを伏見《ふしみ》と云は爰の事、京橋《きやうばし》より東《ひがし》に人家《じんか》新敷《あたらしく》立つゞき、柿《かき》とくさ色《いろ》ののうれんに、蔦《つた》の葉《は》木香《もかう》、桐《きり》のとうの染紋《そめもん》、見世にすだれを懸《かけ》、色《いろ》有女のびらつけるは、是なん水茶屋によそへ情《なさけ》の中宿《なかやど》ならん。いづれ西国《さいこく》の湊《みなと》なれば、舟のり奴《やつこ》のたぐひ入つどひ次第に繁昌《はんじやう》なるべし。昨日《きのふ》迄は丹前之助《たんぜんのすけ》、男《なん》色《しよく》より外有まじと堅《かた》く是を守《まもり》しかど、過つる夜《よ》枚方《ひらかた》にて、川竹の夫《おつと》をしたひ、なき人の為《ため》ならば身を墨《すみ》に染《そめ》んとの、心指《ざし》を聞ては衆道に増《まし》たる情ぞと、心に是を思ひかへしが、未能《いまだよき》事にあはざるゆゑ替《かは》る気色《けしき》なかりき。

なんのかのと云うち鐘木《しゆもく》町の門前《もんぜん》に籠《かご》を立る。むかふを見れば、若《わか》い女中の色《いろ》有小袖《そで》をまとひ大道《たいだう》をありく。「何人の内義なれば」と尋る。跡《あと》かたの七助、「あれは鐘木町の傾城《けいせい》なり」とことふ。丹前《たんぜん》聞、「なんと千世《ちよ》殿、遊女町とあれば耳《みゝ》より、初《はじめ》て上方《かみがた》ゑのぼる我々、ちと見物《けんぶつ》いたすまいか。くるしからずば案内《あんない》申せ」。畏て七助先《さき》に立、爰の見世かしこの格子《かうし》に手打懸《うちかけ》、「あれ御らうじませ。づらりとならんで御座るが此所の一番筆《ばんふで》、小大夫、三吉《みよし》、万世《まんよ》、小桜《ざくら》。高間《たかま》、山の井、初音《はつね》、朝長《ともなが》。御位《くらゐ》は是程。此よこ町に揚屋《あげ》と申て恋《こい》の中宿《なかやど》有。此所へ女郎衆が出ばりし、おてきを待請盃《まちうけさかづき》のつめひらき、床《とこ》に入て心中不心中のいきぢを諍《あらそひ》、てきのよは気《き》を見すまし、まはる物日をあてがひ、終《つゐ》に客《きやく》の根城《ねじろ》をおとさせ、京伏見の住居《ぢうきよ》かなはず、着《き》のまゝながらの丹波越《たんばごへ》、心からとは申ながら哀《あわれ》成身と成ためし有。又色深《いろふか》き男には、傾城《けいせい》の真実《しんじつ》と云、軍法《ぐんほう》の秘術《ひじゆつ》を以て文玉章《たまづさ》をかよはし、おもはぬ客《きやく》にかはせ透《すき》を窺《うかゞゐ》ぬけがけし、さつまの守《かみ》で逢《あふ》ていなしてまた逢《あひ》たがるなど、ひつきやう恋のあたずれする女郎の事、是根指《ねざす》事にあらず。其時の心は互《たがい》に千万年とおもへばこそ也。なれ共末《すへ》とげぬと云に段々《だん〳〵》口伝《でん》の有事、子細《しさい》は、それ程のあひさつなれば、針《はり》が棒《ぼう》に見へ、いわいでも大事なひ事が口説《くぜつ》に成。

其くせ男は曾我《そが》殿、一日買《かふ》て其分聞《そのわけきく》事もならぬ身体《しんだい》、二日立三日とをざかり、朝白《あさがほ》の日《ひ》影《かげ》にしぼむごとく、つゐわすれ草《ぐさ》と成ぞかし。もとよりうわ気《き》の恋なれば、互にはりあい友立《ともだち》にあひ、隣《となり》の女郎に逢《あふ》て昔《むかし》の恋を忘《わすれ》、行《ゆき》ちがふても、しやばで見た弥次郎顔《がほ》する所の習《ならひ》、雨《あま》だれ拍子《びやうし》にしと〳〵逢客《あふきやく》まれ也。大かたかみづりに成て深《ふか》入すると、うは気《き》の山を重《かさね》いゝすごしての心中、いやはや腹《はら》のかはな今様《いまやう》の勤《つとめ》、こちとらがわかい時とは墨白《こくびやく》の違《ちがい》、傾城《けいせい》も末《すへ》に成ました」と遠慮《ゑんりよ》なく語《かたる》。

格子《かうし》の内より霧野《きりの》といゑる女郎が聞て「是、こなたはいかゐわけ知《しり》さふな。少《ちと》おしゑてもらいませう」。「易事《やすい》じやが、是が御座らぬ」といへば、「それはわしがさはいしましやう。よこ町の笹《さゝ》屋へいかんせ」と云。「夫《それ》はうすからきねじや。追付《おつつけ》かねもふけして」といひさして出る。千世の介聞給ひ、「我此身にてあらずばかねをとらし、かはせて様子を見たひ物じや」と、姥《うば》にさゝやかせ給へば、きやうとひ顔《かほ》して「何事おつしやる。よしなひ事におかねを捨《すて》らるゝは世のつゐゑ、殊に女義」といわんとするを口に手当《あて》、「いらざるそちが異見《ゐけん》、都のぼりもかゝる慰《なぐさみ》せんため」といわれ、今のいゝぞこなひに気をとられ、「いか様共御心まかせ」と申。

丹前ともにすゝみ心、「今日の遊興《ゆふけふ》拙者がさはい、お気遣《きづかい》あられな」と七助をよび、「女郎にとめられ後《うしろ》を見するはひきやう。我々居ながら帰られもせず、望《のぞみ》に任《まかせ》一夜買《かふ》てみんが、左もあらば一座につらなり、傾城の所作《しよさ》など見たし。なんといやか」といへば、下地《したぢ》はすきなり御意はよし、「御指図《さしづ》にまかせ、三年ぶりで女郎と盃《さかづき》するは此男がまんなをり、御《お》はづみの上は随分《ずいぶん》しまつをいたさん。お時宜《じぎ》申は不調法《てうほう》、先〳〵是へ」と笹屋がもとへ案内し、「是〳〵ていしゆ西国方《さいこくがた》の御客《おきやく》、何にても御馳走《ごちそう》申さるべし。殊に女中もあれば、座敷も二間にして」と、わらぢはきながらのあいさつ。ていしゆくわしや悦、「お若《わか》衆様の色遊《いろあそび》、是近《きん》年《ねん》の仕出《しだ》し」と奥《をく》へ供なひ、「籠《かご》の衆は表《おもて》の部《へ》屋へござれ」と云。七助かぶりふつて「それは地客《ぢきやく》京客《きやく》をのせてまはる籠の事、今日の大臣《だいじん》は拙者。あひがたの六兵衛彦介など、勝手《かつて》におつて酒のんだがまし」。「然ばお女郎様はどなたか」。「先霧野《きりの》殿よんでおじや」。「心得ました」と夕食《ゆふめし》まへ、奥座敷《おくざしき》には丹前千世の介、めのと佐内、腰元《こしもと》がおしやくにて、盃《さかづき》の数まはる中ば霧野が明《あけ》をうばわれし姿《すがた》、内八文字《じ》にゆりかけ、小づまを取て座敷に出、七助がそばに居なをり、「殿《との》立は左もなけれど、女中方に此勤、見せます事のおはづかしや」としとやか成あいさつ。誰《だれ》か返答《へんとう》する者なし。

「此盃は私がひろいまして」と一つ請《うけ》て七助にさす。めづらしゐ盃をいたゞき、もどしておゐて「是からが詰《つめ》ひらき。御覧《ごらん》の通《とをり》賤《いやしき》身《み》、日々におも荷《に》のかた替《かは》るなど、女郎衆におとらぬ我々が勤、乗《のる》よと見れば飛鳥《あすか》川の淵《ふち》、瀬《せ》なかのはげぬもふしぎぞかし。お若衆様をいさめのため、与風《ふと》此町へ入染《そめ》、出るまゝのたは言《ごと》そなた様にとがめられ、既《すで》に後《うしろ》を見せん所を、旦那《だんな》のお気《き》をはられたる故かゝる仕合」。「先《さき》程申た詞《ことば》が、なんぞお気に懸りましたか」と云。「いや〳〵さうした事にあらず。かた様の御噂《うはさ》は兼而《かねて》聞及ました。折《おり》も有ばおめにかゝり、御身のうへを尋ませんと、思ふ所にかうした首尾《しゆび》。見た所がいやしからざる御方《かた》、色里《いろざと》がよひに身をうち、世のまゝならぬを恨《うらみ》かゝる手わざをあそばすや。くるしからずばお咄《はなし》被成ますまいか」。是はあての槌《つち》がちがふていな事を尋る。いか様

きやつはすれ物。儘《まゝ》よ語《かたり》てきかさんと思ひ、「あつばれこなたは目高《めだか》ぞかし。何程に問《とふ》人有共云まじきと、心のせいもんはたつた今迄立ぬれど、一言《ごん》にほだされしからは、身上をあら増《まし》申さん。はづかしながら我、なぎさの里にかくれなき、山崎《ざき》と申者のなれのはて。難波《なには》の浜《はま》にかよひ、米商売《しやうばい》の悪性友立《あくしやうともだち》、新町に入込《こみ》、大坂屋の志賀《しが》といへるくせものに逢初《あひそめ》、日々に九軒《けん》の井筒屋にかよひぬ。されば志賀と云傾城は、余色《あまり》」ぶかく、あなたの玉章《たまづさ》こなたの文、書《かき》くれて空定《そらさだめ》なきしぐれ心を、此男が逢《あひ》かゝつて外の恋をやめさし、一夜あはざれば山様恋しと、現《うつゝ》にもまつと聞、親《おや》のいさめ世のそしりをもいとわず、なぎさの森《もり》のくらき夜も、我通路《かよひぢ》に関《せき》は有共、中〳〵とまるまじきと、羽織《はおり》など打かづゐて人めしのぶの通路、月にも行、行闇《ゆくやみ》にも行、雨《あめ》風《かぜ》の夜も木《こ》の葉《は》の時雨《しぐれ》雪深《ゆきふか》く、軒《のき》の玉水とく〳〵と、行ては帰《かへ》り帰りては行。一夜二夜三夜四夜、七夜八夜九夜、十宛十《とをづゝ》は百夜《もゝよ》の数、度重《たびかさな》ればあらわれ、親《おや》兄弟の機嫌《きげん》を損《そん》じ、あくるをまたず追《おひ》出され、あてどなく〳〵其夜は八幡堤《やわたづゝみ》にてあかし、難面《つれなき》なぎさの方を詠《ながめ》、しるべを便《たより》にかゝる手はざを習《ならひ》、昔に替る月日を暮しぬ。是に付ても志賀が事思ふは誠の恋ぞかし。黄金《わうごん》のはだへこまやか成女郎衆が逢《あふ》てくれても、よしみ有女程にはおもはじ」と、いわれぬ事を扨も云たり。

霧野《きりの》もとんと腰《こし》をぬかし、「さればこそ常ならぬ方と見しはちがはじ。御心指のいとほしければ、今より後我身を儘《まゝ》にさせませふが、なんと逢てくだんすまいか」といへば、「御心底《ごしんてい》嬉しけれ共、未志賀とのわけ不明《ふめう》なり。女郎は互、其段は御免」と云程猶かはゆらしく、「然ば今宵《こよひ》」と取つけば、「それこそうは気と云もの也。男の心をも知ず、あたまからびつたりとくるはきらゐぞかし。御所存見付たらばいか様共仕らん。

先私は、籠部屋《かごべ》へまいつてふせりませう」とたゝんとするを、丹前とゞめ、「物語を聞て段々語る事あれど、霧野殿のおもはく、うわきと見ていとしく、志賀手前のいゝ分は我々が請合申」。「然ば御ゆるされますか」といへば、霧野腹《はら》を立、「くどひ男が有ぞかし。あのごとく箸《はし》取てくゝめさんすと、すゑる膳喰《ぜんくわ》ぬは水《すい》ほどもなし。みなさん風ひかぬ様にしてお休被成ませい。明日おめに懸《かゝ》りましやう」と、二階《かい》座敷へつれ立て行。姥おかしがり、「傾城はつらのかはの厚《あつい》ものじや。千世さまあんな事みずとぎよしんなれ」と、爰にてもそばをはなれず、物一ツ二ツいふうち、さらば〳〵の声《こゑ》きこゆるは何時じやしらぬまで。

二　千話文涙《ちわぶみなみだ》の湯谷《ゆや》

いかに慰《なぐさみ》なればとて身にもつかざる恋の中立、夜番《やばん》太鼓《こ》が六ツうてば、鶏《にはとり》時を作《つく》るは此里のおき別《わかれ》、今此時と寝姿《ねすがた》しどなく、身拵《みごしらへ》してりんと待《まつ》はいわねどしれた人〳〵、「床《とこ》ばなれうぢつくは、あんまりじやたしなめ」とわる口云に驚《おどろき》、目押《をし》のぐひ庭《には》におり、わらぢしめはいて、「いざ御立」と申はしばしも旦那《だんな》のしるしにや。霧野《きりの》もつゞゐて座敷を立、「是山様。御帰には必」と袖の内へ手を入、脇《わき》の下をつめられ、「人めしげきにたしなみ給へ。又わかいの」といわれ、「かんにんして」との返答《へんとう》、なんでしこなしたやら合点《がてん》のいかぬ事也。

諸分は佐内が承り、てい主《しゆ》が悦程きなる物をやつてくれば、欲《よく》にめのない習《ならひ》の里、門《もん》迄送り「御逗留《ごとうりう》の内必お出を頼《たのみ》上ます。其段は七様のお取なし」。「心得たり」と云別顔《わかれがほ》、さらばと招《まねく》霧野が涙、はてしなく

〳〵門のひぢまがりより籠《かご》にめせば、丹前佐内口を揃、「七助殿をのせます所を、近比慮外御免なれ」といわるゝ時のせつなさ、「我銀《かね》つかわぬから聞《きゝ》とむなふてもきかねばならず。是も命じやおもしろや。唯《たゞ》たのめ頼母《たのもし》き春もちゞの花盛《はなざかり》」と、かたかゆる間《ま》なく、稲荷《いなり》の前に籠《かご》を立れば、大坂屋といゑる座敷にあがり、ひそかに七助をよび、「夜前《やぜん》申はづなれ共、霧野が手前をはゞかり態扣《ひかへ》ぬ。御《ご》自分の義先立て承りぬ。御物語には、大坂屋の志賀とやらんに逢《あひ》、その身と成給ふよし、それには慥成しやうこばし有や。左も有ばよい事咄申さん」といわれ、七助涙ぐみ、「情なき御詞《ことば》尤も浅《あさ》ましく成ぬれど、ふたりが中の取やりぶみ、若相果《はて》なば、めいどかうせんの土産《みやげ》にもと、一つものこさずはだの守にとつて置ぬ。偽ならぬしやうこぞかし、是御覧ぜ」と取出せば、「傾城の手跡《しゆせき》見た事なし。我よまん人よまん」と、てんぐ〳〵に取て是を見れど誰か読《よむ》者なかりき。何も口を揃、「尤能書《のふじよ》とは見へながらびらしやらと書ながしたる筆の跡《あと》、読《よみ》つけざれば埒あかず。とてもの事にそれにてよんできかされ候へ」。「成程御尤。色里にぎらぬ人、かうした文読《よみ》かぬるはことはり。しからば志賀と私が

ふみの打どめよんできかせ申さん。尤傾国《けいこく》のぶんていさま〴〵なれど、互にむつまじくなればつやなく、只思ふ言《こと》の葉《は》をかくとなん。

それよりはほどふり候へ共御出のよすがもあらず、また文のおとづれもなければ、心ならずも秋の夜の独《ひとり》詠《ながむ》る寝《ね》やの月、おはりなきにしもあらず。末《まつ》世一代教主《だいきやうしゆ》の如来《によらい》も、生死《しやうじ》のおきてはのがれ給はず。過くし夜申せしごとく、何とやらん此間は御心もうき〳〵となく、ことし計《ばかり》の花《はな》をだに待《まつ》まじきとの御顔《かほ》ばせ、推労《すいりやう》ながら見ましてよりこなたの物思ひ大かたならず。また御越《こし》とある別《わかれ》の言《こと》の葉《は》をたのしみ、明暮《あけくれ》となく待身《まつみ》のつらさ、老《おひ》の鶯《うぐひす》逢《あふ》迄は只涙《なみだ》にむせぶ計に候。何とぞ首尾《しゆび》も有ば今一度御げんなりましたくこそ候へ。常《つね》ならぬ中なれば、いかなるうき身とならば成迄そひ給はれかし。只たんきなる御心の出ませぬ様にと、仏神《ぶつじん》にきせいを掛《かけ》、またの御けん迄は夜もねられぬ思ひ、ぜひ〳〵御こしをまつに候。かしく」。

とよみもおわらず只泪《なく》より外はなかりき。

丹前聞「うたがひもなき山崎殿よ。か様〳〵の縁《ゑん》により、枚方《ひらかた》にて志賀殿に逢《あひ》、御身のうへを聞しに露《つゆ》たがはねど、根心《ねごゝろ》きかぬうちはと念の為文迄も披見《ひけん》す。志賀殿の心指《こゝろざし》いかにしても哀《あはれ》成き。是よりいとまを参らす間早々《さう〳〵》彼《かの》の所に急《いそぎ》、行衛《ゆくゑ》を尋給へ」「ふしぎといふもあんまり誠《まこと》しからねど、前後《せんご》いやといわれぬ御物語、我故左様の身とは成ぬ。承ては中〳〵心ならず。是より尋に参らん」と暇乞《いとまごひ》そこ〳〵立出けるを、千世の介とゞめさせ給ひ、「志賀にあふ心のうれしさ尤なれど、又逢《あふ》事も有まじければ門《かど》出の盃せん」。「御詞《ことば》をかへすはいかゞなれど、方〳〵《かた》様の旅宿《りよしゆく》も承ぬ。御念比の段今にかぎるべからず。是はあだ成玉のをのながき別《わかれ》と成もやせん、只御暇」と申す。「いや〳〵其ごとく心よはき身にては心許《こゝろもと》なし。是非《ぜひ》に」と請てさし給ひぬ。「御情の盃成」といたゞく折から、春雨《はるさめ》しきりにふれば、請たる盃下に置「心なの村雨《むらさめ》、ふるは涙かゆかんとするをとゞむる事か。旦那《だんな》に名残《なごり》おしけれど、なれし女の行末《ゆくすへ》いかゞ」と、たまちるごとくの涙をながしぬ。「実《げ》に道理《だうり》なり哀なりき。もはやいとまを参らすぞ。とく〳〵なぎさへ急給へ」。「あら嬉しや有がたや、是わけしりの御影《おかげ》也。長居《ながゐ》はおそれまたもや御意のかはるべし。只此まゝに御暇《いとま》」と夕づけの鳥《とり》もろ共、志賀を尋に行道の、頓《やが》て御めに懸《かゝる》べしと、はや行籠《かご》の跡《あと》見へて、あなたは都我は又、なぎさに帰る名残成けり。

三　咄《はなし》でまぎらかす道成寺《だうじやうじ》

爰《こゝ》も情《なさけ》の門出《かどいで》よし。所は何あふ稲荷《いなり》山。そも〳〵此御社《やしろ》は、和銅年中《わどうねんぢう》の比、弘法大師《こうぼうだいし》東寺《とうじ》の門前《もんぜん》をとをらせ給ふとて、稲《いね》を荷《にな》ゑる老人《らうじん》に逢《あひ》給ひ、立ながらの物語、一ツニツし給ふうち、翁《おきな》の姿みへず成にき。大師不思議《しぎ》に思召、是をまつりて東寺《とうじ》のちんじゆとなし給へり。稲《いね》を荷《にな》ゑる故稲荷大明神《いなりだいめうじん》と申ぞかし。されば末《まつ》世に至り、此宮《みや》日々に盤昌《はんじやう》す。殊毎年二月初午《はつむま》には老若《らうにやく》くんじゆし、願《ねがい》を掛ざるはなかりき。

近年宮《きんねんみや》御ざうくうより此かた、鳥居《とりゐ》の前には軒《のき》をならべ、すだれを懸《かけ》うつくしき女、面《おもて》に白粉《はくふん》をぬり、男見るたびに鼠《ねずみ》なき、「あやしや狐《きつね》のわざか」と籠《かご》のおのこにとへば、「いや〳〵あれは此所の茶立女、のぞめば奥《をく》に供なひ、恋の瀬《せ》ぶみを渡《わたり》くらべて、花代《はなだい》が月酒《さけ》をのめば外《ほか》に分《わけ》入事成」と語る。「月分とはいかなる事ぞ」。「旦那衆はいかいぐわちかな。月は壱両、分は五分といふ、ふるい詞を御存ないは、いづれの国ぞ」と笑《わらひ》ながら行先《ゆくさき》、東福寺《とうふくじ》の南門聖一国師《なんもんしやういちこくし》の開基《かいき》、七堂《どう》がらんの地也。「秋《あき》は照通天《てるつふてん》の紅葉《もみぢ》かくれなき名木《めいぼく》、盛《さかり》の比有合《あはせ》なば見るべき物」と、残多《のこりおゝ》き詞《ことば》をのこし、大仏三十三間堂に籠《かご》立させ、あゆむ姿《すがた》なれや、東は養源院《やうげんゐん》、知積院《ちしやくゐん》、あづまの諸家《しよけ》此寺に山をなし、昼夜《ちうや》学文《がくもん》いとまなく、つれ〴〵の楽《たのしみ》には、『男色増鏡《なんしよくますかゞみ》』の二冊を詠《ながめ》、又は歌舞妓芝居《かぶきしばゐ》の番附《ばんづけ》など見てうきをはらし、思ひあまれば、高野《かうや》六十にも前髪《まゑがみ》あればむたいの所望。「かた様ごときの色みせたら、久米《くめ》の仙人《せんにん》もいその神、あれ御覧《ごらん》ぜよ釣鐘堂《つりがねどう》」。「時《とき》しらぬかねとは是かや。なぜ鐘木《しゆもく》はなき」といふ。「かる〴〵しくつく事のならざるにや。せめては石打てなりをきかん」と面《めん》〳〵立よる。佐内押《おし》とめ、「近比そつじ。惣じて女たる身はしゆろう堂《どう》のほとりへよる事かた〴〵きんぜい也。千世様とても御遠慮《ごゑんりよ》有るべし」。「其子細《そのしさい》は」と尋ぬる。「ごんご同《だう》断《だん》かゝる六ケ敷事を御尋候物哉。くわしく様子はぞんぜね共、有増《あらまし》御物語申さん」と、子細《しさい》らしくはさん箱《ばこ》に腰《こし》打懸《かけ》、「扨も紀州《きしう》日高郡《ひだかこほり》にまなごの庄司《せうじ》と云者有。彼者《かのもの》一人の息女《そくぢよ》をもつ。其比奥《をく》より熊野《くまの》へ年参《としまいり》する山伏《やまぶし》有しが、庄司《せうじ》が元《もと》を宿坊《しゆくばう》と定《さだめ》、いつも彼の所に来りぬ。庄司娘《むすめ》を寵愛《てうあひ》の余《あま》り、あの客僧《きやくそう》こそ汝《なんぢ》が妻《つま》よ、夫《おつと》よなんどゝ戯《たはむれ》しを、稚心《おさなごゝろ》に誠《まこと》と思ひ、年月を送る。有時客僧《きやくそう》庄司が元に来りしに、彼娘《かのむすめ》夜更《よふけ》人しづまつて後《のち》、客僧の一間にしのび、『いつまで自《みづから》を此所に置給ふぞ。急ぎ迎《むかい》給へ』と申せしかば、客僧驚《おどろき》、只何となきていにもてなし、夜にまぎれ忍出道成寺《だうじやうじ》に来り、ひらに頼よし申しかば、かくすべき所のあらざりしと、つき鐘《がね》をおろし客僧を其内に隠《かく》しぬ。程なく女、山伏の跡をしたい追かけ来る。折節《をりふし》日高《ひだか》川の水まさり渡べき様あらざりしかば、あなたこなたへはしりまはり、一念《いちねん》の毒蛇《どくじや》と成て、川をやす〱とおよぎ越《こし》、彼寺《かのてら》に懸込《かけこみ》、爰かしこを尋しが鐘《かね》のおりたるをあやしみ、竜頭《りうとう》をくはへ七まとひまとひ、焔《ほのほ》を出し尾《を》をもつてたゝけば、鐘はそくぢに湯《ゆ》と成、つゐに山伏をとりころしおわんぬ。なんぼうおそろしき物語にて候。かゝるためしより女たる者《もの》、しゆろう堂にいれば、釣鐘落《つりがねおつ》るよしいゝならわせり。猿《さる》が尻《しり》はまつかいな」と語《かたり》ぬ。

丹前聞召、「姥腰元《うばこしもと》はさる事なれど、千世殿におゐて何事があらん。某御供申鐘《かね》のうち御目にかけん」と、手を取時はいないがたく、爰にてはあかしもやせんと、色外《いろほか》にあらわれけるを佐内さとり、「いや〳〵其お子は、幼少《やうしやう》よりきやうふの虫《むし》つよければ見せます事ならず。是よりごろうじましても同じ事、鐘のうち見たればとて何事かあらん。其替《かはり》に大仏のお釈迦《しやか》様をおめにかけん」とむりに手を引、「是もかうじや」とすゝむる功徳《くどく》、友《とも》に其気に成て行道柴《みちしば》、「誠に女程つみ深《ふか》きものなし。かまゐていゝすごしめさるな」と、面々《めん〳〵》口をとぢるは尤、男女にかぎらず、詞たがへるなどみれんなる心がら也。「たしなむべきは此道、独《ひとり》の花をよそにせば、いづれ焰《ほむら》は同じ事。丹前様とてもよそに聞給ふな」と、どうやらもつれの有詞《ことば》、「いづれ女もおもしろし。遊女《ゆふぢよ》さへ思ふ夫《おつと》はしとふならひ、一後《ご》つれそふ妻《つま》なんどさぞむつまじからん。女の大蛇《だいじや》となるも夫《おつと》故也。拙者も男色《なんしよく》に身をやつしぬれど、少しは女も望ぞかし」。「それこそこちが望《のぞむ》所」と、跡《あと》に成前《さき》になり手引あふて行事、釈迦《しやか》もゆるし給へ。此大きさにては何かこせつ

く事も有べし。「あれつまはぢきしてましますは、『悪性《あくしやう》な男はそちへゆけ』と、指《ゆび》のさきにて追出《おひだ》し給ふ風情《ぜい》。左の御手のくみ座は只一筋に思ひきや、我もよそにはせまじ、ろくな心をもてとのしめし。あのごとく殊勝《しゆしやう》らしくは見ゆれど、根《ね》が恋ゆへの仏《ほとけ》ぞかし。いかにまよひの道《みち》をさとり給へばとて明暮あしては御心もつまらん。折ふしは遊山物見《ものみ》などもし給ふにや」。佐内おかしがり「あだなや親《おや》の懐子《ふところご》。仏《ほとけ》も今は身持《みもち》悪敷《しく》、あのはしごをのぼれば、此うへに二階座敷《かいざしき》有。月に三度づゝの気《き》ばらし、仁王殿を相手とし、うでおし枕引足押《まくらびきあしをし》などなさるゝ。おそろしい顔《かほ》なれど、仁王殿がまけらるゝかして、くわたいに門番《もんばん》してござる。駒犬《こまいぬ》は酒銭《しゆせん》出しの買物《かいもの》づかい、立つゞくさうめん屋など、お釈迦様のかげですぎるぞかし」。「わけもない事いやるな」とお姥《うば》女郎のしやら声《ごゑ》。仁王門《にわうもん》の石だんをさがれば、中間若《ちうげん》とう畏《かしこまり》、「我々は御家来《ごけらい》御迎《むかい》の為《ため》参」よし。「むかいとは心得ず。定《さだ》めし門《かど》ちがいならん」。「御ふしんは御尤。御伯父《おぢ》花車浪之助《はなぐるまなみのすけ》様、先日の御状に付御上りなされ、大坂にて御尋候得ば京都に御上りのよし。それ故是迄伺公仕りぬ」。「扨はそうか」といづれも悦《よろこび》、ざんざめかして行旅《ゆくたび》ねのやど。

四　友禅絵今咸陽宮《ゆふぜんゑいまかんやうきう》

「旅宿《りよしゆく》は東山楽阿弥《ひがしやまらくあみ》、御祝言《ごしうげん》は今宵《こよひ》」と、上下の男女《なんによ》よろこばざるはなかりき。花車浪《はなくるまなみ》の介《すけ》は袴《はかま》の折《をり》めたゞしく、座敷《ざしき》の正面《しやうめん》にてほうひげぬいての下知《げぢ》、先床《まづとこ》の掛物《かけもの》は、墨絵《すみゑ》の山ばと、花《くわ》びんにむぎあはを作《つく》らせ、額《がく》には花に嵐《あらし》の二字《じ》。稲荷焼《いなりやき》のかんなべ盃《さかづき》、白木《しらき》にての重箱《ぢうばこ》、是を組肴《くみざかな》と名付《なづけ》、目録《もくろく》にあはし時分《じぶん》の指《さし》図《づ》をすれば、千世の介若衆髪《がみ》にわざと打かけ、めのとは置綿帽子《おきわたぼうし》、腰元《こしもと》はそれ〴〵の小袖《こそで》。きりやう自慢《じまん》の丹前之助、身の上とはしらず、佐内が世話になつて浅《あさ》ぎ小紋《こもん》の上下《かみしも》、両人おなじごとくに出立《いでたち》お次《つぎ》の間《ま》にひかへぬ。

取次《とりつぎ》の侍《さぶらい》「奥《おく》よりのおめし、御家《いゑ》の吉例《きちれい》に腰物《こしのもの》をあづかり奉らん」と云。何心なく丸腰《ごし》にて出る。浪之助つく〴〵詠《ながめ》、「あなたは千世が恋男《こひおとこ》か。先立て承りぬ。拙者は此者《もの》が伯父《おぢ》花車浪之助、親《おや》は礒《いそ》重野右衛門と申て九州《きうしう》はかたの者。筋目《すぢめ》たゞしき牢人《らうにん》なれ共、子細《しさい》有て民家《みんか》にくだり、世を観楽《くわんらく》に暮《くらし》、都《みやこ》の花も国にてはとぼしからず、しほがまの名所《めいしよ》も居《ゐ》ながら見る。西海《さいかい》の浪《なみ》は手をとゞかし、月花《つきはな》に不自由《ふじゆう》ならず。なれ共まゝならぬは人界《にんがい》の習《ならひ》、重野右衛門に家継《いへつぐ》べき男子《なんし》なく、此娘《むすめ》只独《ひとり》のみにて子孫《しそん》のたゆべき事をなげく。殊此女色好《いろごのみ》ゆへ定《さだ》まる夫《つま》なし。花の都なれや、物《もの》見に殊よせ此所にのぼり、貴殿《きでん》と縁《ゑん》を結《むすぶ》よし、めのと方《かた》より申下しぬ。重野右衛門は公用に付延引《ゑんゐん》す。一家《いつけ》なれば某罷上り、対面《たいめん》の上祝言《しうげん》し、目出度国に御同道申さん為《ため》はる〴〵のぼりぬ。然ば御自分《じぶん》の実名《じつみやう》、代々《だい〴〵》御系図《ごけいづ》の様子を見承らん」と、みつ指《ゆび》にてのあひさつ。

丹前様子を聞届、一座を見廻しあきれたる顔《かほ》、さりとはきついはまり、尤道すがらのそぶり、女めけるとはおもひながら、なんのゐきにか姿《すがた》をかゐんと、思ひつめたる心からうか〳〵此所迄来りぬ。今あらためてはいな物、女もいやきにあらねば幸《さいはい》と悦、「誠にはる〴〵の海上《かいしやう》何事なく御上京、殊に私体《てい》に御家《ごか》とくをくださるゝ趣《おもむき》有難《がたき》仕合。我人一家を取結《むすぶ》には其品《しな》髄ならねば先祖《せんぞ》の恥《はぢ》。身とても以前は武士《ぶし》、親《おや》は下総の国さくらと申に住居《ぢうきよ》仕て、光《みつ》尾孫之丞と申者。其世倅《せがれ》観《くわん》左衛門実名《じつ》を替、只今は丹前之助と申き。自今以後御引まはし頼奉る」とのあいさつ。

「御口上の趣承りぬ。いざ御《ご》勘定書を拝見仕《し》たし」といわれ、丹前之助とうはくし、「我筋《すぢ》目有身なれど、千世殿故大事の系図《けいず》を難波《なには》にとめられ、身すがら計来りぬ。先祖をあらためらるゝは尤。大事をわすれたなどゝ云はぶ調法《てうほう》、随《ずい》分詞《ことば》にてのみこむならば」と段々ことを述《のぶ》る。浪之助気色《けしき》替り、めのとを召よせ、「おのれを付のぼしたるは何ゆへ。いかに千世がすく男なればとて、ゆゑなき者を聟《むこ》にせん事、国へのきこゑかた〴〵もつて思案《しあん》におよばず。今つきはなすもいなもの、祝言《しうげん》は重て先酒一ツのまん。千世取あげ某にさゝれよ」と、指図《さしず》もだしがたく浪之助にさしければ、いたゞいて後丹前にさし、「先今日よりは身が家来同前におもはるべし。主従《しうじう》の盃一ツのまれよ」と、扨もおかしき座敷とは成ぬ。

「聟《むこ》成べきを、手のうらかへす此酒いかにしてものみこまぬ事、重て頂戴《てうだい》仕らん」といふ。「いやならば心まかせ、然ば佐内のんで家来どもにのませ」と、どこやらまわたに針のあいさつ。「私はいぎもならず」。一ツ請て順《じゆん》にまはせば、「めでたい〳〵三国一じやむこに成すました」と、寝耳《ねみゝ》に石もうつべきどよみ、どうやら此座敷はどが〳〵と、合点《がてん》のいかぬつらがまへ、様子こそ有べしと胸《むね》をしづめ見る所に、浪之介床《とこ》ぶちにもたれ、「家《け》来共ちかふまいれ。何と此掛絵《かけゑ》の鶏《にはとり》はよく書たるとはおもわぬか。扨又くわびん、真《しん》に松見こしに竹、ながしに桜、前置《まへをき》には種々の草《さう》花、是たしなみの一ツなり。殊に朱ぬりのとさん盃、高蒔絵《まきゑ》の重箱又あるまじき細工、重て見る事ならぬ道具ぞ」と、佐渡と対馬《つしま》程ちがふた事を、弁《べん》のもつていゝまはすは真鳥《まとり》が悪逆《ぎやく》そこのけ也。

暫《しばらく》返答《へんとう》なくて、丹前佐内詞を揃、「我ごとき仏生《しやう》をゑたる眼《まなこ》からは、からすをさぎと云世話のごとし。か様の座敷はけがらはし。おいとま申」と立所を、両人共にいましめ、「すいりやうのごとく心有て心底《てい》を引見るため也。己《おのれ》は上方に時花《はやる》人売に極《きはまり》ぬ。其盗《ぬす》人と一身する佐内のがれは有まい、覚悟《かくご》すべし。浪之介が思案にて大事の娘にきづつけず、国許へもどする事、なんと智恵《ちゑ》ではあるまじきや。詮《せん》義は明日、今宵《こよひ》は庭《てい》前の松にからめ置べし」と、目玉の有程ひつくりかへし奥《をく》なる一間に入ぬ。千世めのとなど、当座の道理に返答なく只なくより外はなかりき。

「いとほしきは丹前様にてとゞめぬ。誠の恋なればこそ此所迄付そひ給ひぬ。かくてはいか成憂《うき》身とか成給はん。今宵いかなる方へもおとしまいらせん」と、ひそかに忍出爰かしこを尋給へば、うたてや春雨《さめ》のしきりなるをもいとわず、浅ましき身となるも何からなれば恋ぞかし。「たそ」ととがむる声《こゑ》嬉しく、「自《みづから》は千世也。よしなき此身ゆへ思ひもよらぬ御難義、さこそ恨《うらみ》に思召さん。申わけは重ての事、先此所を立のき、佐内と心を合、命ながらへ都のうちにおはしませ。浪之介殿の心底《てい》心得がたければ、みづからは一先筑紫《つくし》に

くだり、父うへに対面し近日むかいにまいらん。我も供にとおもひぬれど、左もあらば弥人売の悪名《みやう》つかん。命が物だね追付花さかせ申さん。よしなき恋路にもとづき、思ひのうへに思ひを重《かさね》、また逢《あふ》迄のかなしさ、時うつりてはあしからん」とて縄《なは》をとく。とかれて両人悦の涙、「御心指《ざし》わするゝ事なし、然ば立のき申さん。此うへながら御縁《ゑん》次第」と、詞に涙をふくませ松の木末《こずへ》にのぼり、高へいに取付既《すで》におちんとせしをしばしとゞめ、「自《みづから》が心指をわすれました」。「何ぞ」ととへば「是成」といふ。路金なくてはすまぬ物、おりんもいかゞと佐内が智恵《ちゑ》、帯《おび》とひて「是へくゝり付《つけ》て」とさがりをおろしぬ。「扨もすかさぬ人かな。さあひきや」と、声《こゑ》をあいづに引あげ見れば金子三百両、「是が命の親《おや》じやもの。ずいぶん御ぶじでござりませい」。「たのむぞ佐内」。「心得ました」と立わかれ行。

女大名丹前能　三之巻終

女大名丹前能《おんなだいみやうたんぜんのふ》　四之巻

一　思《おも》ひの山当世班女《たうせいはんぢよ》

明方《あけがた》つぐる知恩院《ちをんゐん》の鐘《かね》、浪之助が下部目《しもべ》をさまし、丹前佐内見へざるに驚《おどろき》、爰かしこを尋ぬるに行方《ゆきがた》なし。此由を申あぐれば花車《ぐるま》けでんしたる顔《かほ》、鳥の空音《そらね》ははかる共世に相坂《あふさか》の関《せき》とやら、此方が油断《ゆだん》故とりにがせし事、かゑつて此身の為能《ためよき》事ぞかし。されど佐内は国者《くにもの》、もし筑紫《つくし》にくだらんかと心にはかゝりぬ。しかし何程の事かあらん。此上の思案といふは、年月の思ひを千世に語《かたり》、心の下ひぼとくより外なし。いかゞいわんと思ふ所にめのとあわたゞしく来り、「千世様もつての外の御気色《きしよく》、なにとやらん狂乱《きやうらん》の様に見へさせ給ひぬ。お医者《いしや》殿へ」と涙ぐみたる風情《ふぜい》、「是は」とさわぎ近藤周伯《こんだうしうはく》へ人をつかへば、六枚がたにてはしらせ、一間にとをり御手を取、「シンカンジンハイヒメイモン、いづれかたがはせ給ふ事なし。御気のふさがりにてはか様の事多し。薬《くすり》二三服《ふく》にては御快気《ごくわいき》有べし」と、四物湯《しもつたう》を調合《ちやうがう》し帰りぬ。

其儘《そのまゝ》煎《せんじ》まいらせければ少はしづまり給ひぬ。浪之助そばに寄「心はいかゞ有ぞ。此ごとく世話やくといふは外の事にあらず。我内〳〵そちに恋暮《れんぼ》し、思ひは富士《ふじ》の煙《けぶり》、くゆるをしらせんにいとまなく〳〵今迄は待ぬ。めのと方より聟定《むこさだめ》の状下るに付、重野右衛門殿の指図《さしづ》にまかせ、登《のぼつ》ての思案。是ほどな首尾《しゆび》唐《から》にもなし。丹前佐内はなく成ぬ。そちだにのみこめば、ざつと祝言《しうげん》の仕初《しぞめ》、明日国へ同舟《だうせん》し、礒《いそ》の家《いゑ》を立るはとん知《ち》。

他人《たにん》まぜずの妹背《いもせ》事、此方の相談《さうだん》下〱共に一身同心《だうしん》、どこからどこまで、いごかれぬ様にしぐんで置《おき》ぬ。いやか」と云に返答《へんとう》なく、うなづゐて計おはします。「なぜ物仰られぬ。たゞしお気《き》にまいらぬか」と尋ぬる。此時はかぶりをふり口をしべ給ふ。めのとおろ〱涙、「いなせなきは口ごもらせ給ふと見へたり。御心は」と尋しかば嬉しげにうなづかせ給ひ、物書《かく》まねをし給ふ。腰元《こしもと》硯紙《りやうし》をまいらせければ、にこ〱笑《わら》ひながら筆取て、

一筆申まいらせ候、此程はおもひもよらぬ御心づかひにあづかり、忝ぞんじ候。過つる夕部より心地あしく、いかゞとおもふ折から御薬にて気分《きぶん》はすぐれ候へ共、まだ物いわれず、かなしやおし鳥のごとく成まいらせ候。それゆへしか〱御返事も不申候。御心指《こゝろざし》の程嬉しけれ共、いかなる神のとがめにて、かゝるうきめを見る事ぞ。とても御世話のうへは、今すこし療治《りやうじ》をもあそばし、何とぞ国許《くにもと》へ下り申度《たく》こそ候へ。左もあらば御恩《をん》はわすれまじく候。やう〱筆を頼かくまで。

浪之介様　　千世より

扨は薬ちがいと又周伯《しうはく》を召れ、此よしをかたれば、医師《ゐし》暫《しばらく》思案し「何共のみこまぬ病人《びやうにん》。私の智《ち》恵《ゑ》には及ず。外へも御相談《さうだん》有べし」とて帰りぬ。弥《いよ〳〵》難病《なんびやう》に極《きはまり》ぬ。「何と物いふてみられんか」と尋しかば、おそろしや白目してくるしき有様、「うたてやあの顔《かほ》見ては三年《みとせ》の恋《こい》もさむるぞ」と、祇園《ぎおん》林夢《ばやしむ》楽坊《らくばう》が草庵《さうあん》をかり、めのと腰元《こしもと》付置かたのごとくの養生《やうじやう》、其身は茶や歌舞妓《ぶき》子にたはむれ、あてなき恋をかせぐもうたてし。

有つれぐ〵成ける夜、千世めのと腰元《こしもと》をまねき、「皆の者《もの》あんじてくれな。かうした事は自《みづから》がたくみ、花車殿にあかれ首尾《しゆび》能《よく》此所を立のき、是非《ぜひ》国へくだらんと思ひ詰《つめ》たる作病《さくびやう》。なんとうつつたか」と夢《ゆめ》に小判ひろふた心地《こゝち》、「未《いまだ》お年《とし》もいかではつめいな事。浪之介様も此比のそぶりを御らうじ、恋のさめたは尤、御気色《ごきしよく》にまぎれ丹前様佐内殿の事をわすれぬ」。「それも自《みづから》が才覚にて胸《むね》の内にかくしぬ。さりながらそぶりも見する事ならず、月に雲《くも》花に嵐《あらし》とはかゝる事をかいふらん。折からなれや春《はる》の日の、雲《くも》間をわけてよしなき恋をもとめしくやしさ。月日の立は夢なれど、秋の

比ならでは逢《あふ》事有まじ。夕暮《ゆふぐれ》の物思ひ只うはの空《そら》にのみあこがれ、身をいたづらになす事神や仏はしろしめされずや。心だに誠の道にかなひなば、いのらずとても神や守《まも》らん。見そめしは此絵姿《ゑすがた》、せめては手にふれあふ心地せんと、らんかんに掛置《かけおき》、いづくにかまします、そなたの方《かた》よと詠《なが》むれど、物いわずわらはず。おきふしの独《ひとり》寝は、軒もる月を見るより外なし。夕部のあらし今朝《けさ》の雲《くも》、いづれの人か我思ひとは成ぬ。ねられぬ夜《よ》半の鐘《かね》を恨、枕《まくら》一ツを友《とも》とする我《わが(ママ)》が独寝ぞ淋《さびし》き。絵に懸《かけ》る姿の物いわば何かおもわん、逢《あふ》までのたのしみ、是なくばおもひもつみも有まじ」と狂気《きやうき》のごとく成ける所へ、浪之介が下部御使に来り、「御病《びやう》気《き》御本腹なきよし御難《なん》義に思召、明日国へ御同道《どうだう》あそばすに極候。御用意《ようゐ》有べし」と申上て帰りぬ。「国へもどるは嬉しけれど、永《なが》〴〵しき舟のうち物いわではすまぬ事、何とぞふづくり、我〳〵ばかりくだらん分《ふん》別《べつ》有まいか」と、女心の智恵くらべ、といつおゐつの思案《あん》まち〳〵。

二　法界吝気《ほうかいりんき》盛久《もりひさ》

人事いはゞめしろとやら。使の男帰り、御病《びやう》気いつわりの旨申ければ、しばしもまたぬ浪之介、其夜姫が庵へ立越、むたひにひつ立籠にのせ、北野の七本松に急《いそぎ》ぬ。姫涙の下より、「かくおそろしき所につれ給ふは、命をめされんとの下心《ごゝろ》か。左もあらば暫のいとまをゐさせ天満宮の方《かた》へ籠を立させ給はれ」。浪之介聞、「一家のよしみゆるして参らすべし」。「有難御ほうし、南無天満大自在天神。さしもかしこきちかいの末、自は築紫《つくし》におゐて、ざい府《ふ》天神の申子にて、昼夜《ちうや》自在《じざい》天神経《きやう》をどぐじゆ仕ぬ。けちゑんむなしからんや。

いつかまた逢に北野の桜《さくら》花帰る春なき名残《ごり》かな。見わたせば柳桜をうへまぜ、にしきと見ゆる故郷《こきやう》の空、心築紫《こゝろつくし》の甲斐《い》もなく、二度あわで此露霜《つゆしも》ときゑなん事のかなし。我なまじゐ形《かたち》を人なみに生れ、色好《いろこのむ》事世にかくれなく、はる〴〵の海《かい》上をしのぎ、花の都《みやこ》にのぼり、おもふ男に行あひあはでわかるゝのみ。又古郷に帰りもせず身をいたづらになす事、誠に十六年の栄花《ゑいぐわ》は塵中の夢《ゆめ》、一寸の光陰《ゐん》は沙裏の金。実や故郷《こきやう》は雲《くも》井のよそ。恋しき人にあはでぞはつる浮世なれ、我独《ひとり》九重《こゝのへ》の雲《くも》、霞《かすみ》となるべき約《やく》束にてぞあらん。いかに下部《しもべ》とてもなき身ぞかし。はやとくうて」との給ふ時、草履取の佐渡《ど》内罷出、「あまり御いたわしく存、命《いのち》の義を申候へば、旦那《だんな》と御祝言《ごしうげん》のうへは、助《たすけ》申さんよし仰られ候間、能々《よく〳〵》御思案あろふずるにて候。もし御承引なくば、拙者《せつしや》に太刀取仕との御諚《ごぢやう》、誠にみやづかへ程、世にかなしき物はごはりまらせぬ」と涙をながす。「さりとはやさしゐ男、顔《かほ》に心とやら。そちが心指《こゝろざし》中〳〵わすれがたし。相果《あいはて》なば一遍《へん》の念仏《ねんぶつ》なりと申てゐさせよ。尤我定《さだ》まる夫《おつと》はあらねど、伯父《おぢ》めい夫婦《めうと》は昔《むかし》の事、まして親《おや》の心をもしらず。それはともあれ、あした男はきらいぞかし。おそかれとかれしぬるは世上の習《ならひ》、我常《つね》に天神様を信じ、御経読《よむ》事たじなし。暫のいとまをゐさせよ」。「安き間の御事。佐渡内めもちらとばい頂《ちやう》文申さふずるにて候」。「有難《がた》や如是我《によぜが》聞《もん》一時《ぢ》仏在順菩《ぶつざいじゆぼ》大王八万四《だいわうはちまんし》千宝相金剛般若波《せんぼうさうこんがうはんにやは》羅《ら》密《みつ》、きうせんにかゝる自を助たまへ。もし今生の利益かけなば、後生前生《しやうぜんしやう》をも誰か頼ん。南無自在天神」と、一心のこらし読誦《どくじゆ》の声、「聞度《きゝたく》もなし、はやうて」と、佐渡内うしろにまはり、「さあ只今が御最後《さいご》命なくては何か浮世のおもしろからん。私《わたくし》次第に、先《まづ》お盃《さかづき》なりとあそばしませい」と云程なをいやらしく唯御経を読《よみ》給ひぬ。

力およばす既《すで》にうたんとせし所に、ふしぎやいづくともなくはたひろの大蛇《じや》あらはれ、くれなひの舌《した》を振《ふり》、日月のごとく成ける眼《まなこ》の光《ひかり》、浪之介を目がけ飛かゝりぬ。「命有てこそ。かゝるおそろしきもの見た事なし」と、跡をも見ずにげ帰りぬ。一丁計追《おつ》かけ立帰るを見て、また自をやぶくせんかと、かしこの松に木隠《こがくれ》さしのぞき給へば、大蛇《じや》と見へしは廿計の男、もゝ色《いろ》のもゝひききやはん、四方に眼をくばり、「おの〳〵大義、こちが思案《あん》のごとく、まんまと悪《あく》人めは追《おい》うしなひぬ。是見られよ刀脇指《わきざし》、巾着《きんちやく》鼻紙《はながみ》迄捨《すて》てにぐるは、よほどおそろしく見へたり。扨娘《むすめ》子は」と尋ぬる所へ、めのと腰元《こしもと》来り、「首尾《しゆび》わ」ととゝへば「きつい当《あた》り、何じやしらぬがくもの子をちらすがごとくなりしが、お姫様が見へぬ」と云。「其お子ゆへにこそ皆様を頼ましたれ。但しつれにげなどはせぬか」といふ声に千世はしり出、「姥《うば》爰に居る」との給ふ。「嬉しやそれにござりますか」。「おれはおれじやが、あなた方《がた》は何人ぞ」。「御ふしんは御尤、是にこそ様子あれ。まづ〳〵是へ」と水茶屋おこして奥《をく》に通る。

其時夢《む》楽坊《らくばう》罷出、「子細《しさい》といつぱ、定《さだ》め聞もおよばれん。こなたは歌舞妓《ぶき》芝居《しばい》の立役生嶋《いくしま》新五郎様

と申御方《かた》、今晩拙僧《せつそう》が奥庵《をくあん》にて酒《さけ》のんでござりました。幸《さいはい》と存頼ましたれば、人をたすくるは菩薩《ぼさつ》の行《ぎやう》、さあこいと云声《こへ》を揃《そろへ》、程なくかけ付、あやうき命を助給ふは生嶋様の御働《はたらき》」。「扨は左様か、御心指は嬉しけれども、御物語につまらぬ事有。最前《さいぜん》はおそろしゐ形《かたち》成しが、俄に替姿《かはるすがた》なれや。姥《うば》といふも合《が》点《てん》ゆかず」。「御ふしんは尤、是はりうもんの滝《たき》と申狂言に拵《こしらへ》たる大蛇《じや》也。我〳〵ごときが真釼《しんけん》にてのはたらき、ひつきやうけがのもとひ。然ば上《かみ》ゑのおそれ、何事なく命を助くるは智《ち》恵ながら、一ツは此蛇《じや》あればこそなれ。是御らうじませ」と見せけるにぞ胸のくもりもはれ、今と云今心の魂《たま》がもとのすみかに落付《おちつき》ぬ。

「私ゆへにいかゐ御《ご》苦労《ろう》。扨生嶋様とやらんは江戸丹前の役《やく》者。殊に武《ぶ》道の達《たつ》者、其外乱舞《らんぶ》堪能《かんのふ》のよし、国許迄もかくれなし。来年は東《あづま》に御くだりのよし。又御上りもしらぬつくしのもの、お暇乞《いとまごひ》がてら一さし」と望給ふ。御心指うれしと、「我たま〳〵都に登《のぼ》り、貴賤《せん》の詞にかゝる事世もつてためしあるべからず。一天四海浪《かいなみ》国も治る日の元の、くもらぬ日影長閑《のどか》にて、君の命は千代迄」と舞納《おさめ》、たちまち白狐《びやつこ》の姿をあらはし、

社のうしろへ飛《とび》さりぬ。「扨は自在天神の御かごゆへ」と、弥信心のこらし、夜をこめて伏見の里、昼舟《ひる》かりて本国築紫《つくし》にくだり給ひぬ。

三　柴《しば》や町《まち》初音《はつね》頼政《よりまさ》

虎《とら》の尾《を》のふみぞこなひ、毒《どく》蛇の口をのがれし丹前左内、「いかにたすかればとて、是迄にげ来るは我身ながらたのもしからず。なれども浪之介が一言にて、人売の悪名《あくみやう》を取、世を見はつるにはあらねど、系図《けいづ》なければせんかたなし。尾張《をはり》の名古屋にしるべ有をたよりに下り、しやうこをもつてくわいけいの恥《はぢ》をすゝがん。我故佐内も難《なん》義、此上ながら頼《たのむ》」よし。「何か扨、情《なさけ》に隔《へだて》なき恋路《こいぢ》のならひ、互にすかせ給ふが御縁《ごゑん》ぞかし。千世様御下りあらば、秋はむかいに参らん。それ迄のたくわへ余《あま》る程有此金子、都《みやこ》の内なれや、傾《けい》城買《かふ》てみたいものじや」と云詞のしづく、ぬれ道急大津の追分《おいわけ》。

爰にて『伊勢道中記』といへるを求《もとめ》、所《ところ》々の名所を見れば、京より此所迄三里柴や町といへる傾城町、志賀が心指《こゝろざし》、霧野《きりの》が情、思ゐば色道《しきだう》の元祖《ぐわんそ》、女郎程やさしきものなし。「物語の種《たね》にもならんに、せめては柴《しば》屋町の傾城なりと買《かふ》てみん。いざ」といふ声《こへ》を揃《そろへ》てかの町の風景《ふうけい》、「実や国許《くにもと》にて聞及たる柴や町、遊女の姿かぶろのふり、いづれおとらぬ色所、あはれ此里知人の来れかし」。「のふ〳〵爰な殿《との》立は何事をいわんす」。「此里初《はじめ》ての者、此所の案内《あんない》不残おしへ給へ」「所には住ますれど、まだ里なれぬ初禿諸分《しよわけ》といふは白浪の、水と月とは有ながら、しらぬを水の名とやせん」。「尤左様には聞ぬれど、勧《くわん》学院の雀《すゞめ》は蒙求《もうぎう》をさゐづるよし。禿《かぶろ》とあれば心にくし。先位《まづくらゐ》有女郎はいづくにか候」。「さればこそ大事の事を尋さんす。高位《かうゐ》とは格子《かうし》女郎様がたをいふなり。あれに見へたる家作を、揚《あげ》屋共また女郎の中宿共申ぞかし」。「是に見へたる小家に青《あを》のをれんのかけたるなど、端《はし》女郎の住《すみ》給ふ局《つぼね》とやらんにて有か」。「なふ旅《たび》人は水かな〳〵。月は一ツ影《かげ》は二ツにみつ塩《しほ》の、わけは二ツになる光哉」「げにや相坂《あふさか》の関《せき》の東の色里《いろざと》なれや、聞しにまさる繁昌《はんじやう》。又此里の入口に塚《つか》のごとくしつらゐ、松一本うへたるは何の為候」。「さればあの松につゐていかい事咄《はなし》有。とてもの事に語《かたつ》て聞せ申さん。去年九文屋の初音《はつね》様と中女郎、あれにて心中して果《はて》給ひぬ。其執心《しうしん》今に残り、よな〳〵此所へ出給ふとて、みな人おそれ、夜ふけて通るものなし。さればこそ初音が塚といへり」。「いとしや、さしも口きける女郎なれ共、名のみ残《のこり》、跡《あと》は草露の道野辺と成、行人征馬《かうじんせいば》の行衛《ゆくゑ》のごとし。思へばおいとしゐ事かな」となげきぬ。

両人口を揃《そろへ》、「今日《けふ》は人、明日《あす》は我身の上ぞかし。南無幽霊《ゆうれい》とんせう菩提《ぼだい》」と廻向《ゑかう》あれば、「げに能御とむらゐ候物かな。しかも其御最後《ごさいご》の月日も今日に当ぬ。何とあげやゐござんすまいか。か様に申せば我ながら、よそに思はぬ旅《たび》の客《きやく》、草の枕の一夜成とせめて契《ちぎり》をもとめ給へ。私が仲人《なかうど》して山路《ぢ》様にあはしません。殊に初音《はつね》様の妹《いもと》女郎、くわしゐ事をも聞給へ」。「夢《ゆめ》の浮世《うきよ》にすみながら、くすんだ事はむかし流《りう》、いかにも参らん」と、先《さき》にすゝみて中宿の、万《もつ》代屋が二階《かい》の箱《はこ》はしご、「ありやそりやお客《きやく》がとれたは」と、声《こへ》の有程どよめくに、禿《かぶろ》は耳《みゝ》に手あて「あんまりじややかましゐ。初ての客様へ、先盃《さかづき》」といゝさし表《おもて》の方へ出たりぬ。

「扨は禿がはつめいにてすべなき事をにつこらしく、我々をはまらす手立と見へたり。とてもかう成かゝつたうへは、きやつがのぞみにまかせ、山路とやらんをよんであそばん。佐内には誰《だれ》かれ随分《ずいぶん》うつくしきを」と指図《さしず》し、思ひもよらぬ慰《なぐさみ》。女郎には今が始の旅《たび》の悪性《あくしやう》、此間のうさわすれ、所は山路の水な女郎、生八丈に浅《あさ》ぎうら、ふせん蝶《てう》の三所紋《もん》。通路《かよひぢ》とても廿《はたち》の花、結城《ゆうき》つむぎを空色《そらいろ》にひつかへし、恋といへる小文字を五色《ごしき》の糸にてぬいわけさせ、揚屋《あげや》入の道中、くるよと見れば奥《をく》二階《かい》、「皆様やうござんした」と、いふよりはや盃《さかづき》のもんだん、よやしらぶるとのつめひらき、「此酒のあがらねば、肴《さかな》に初音《はつね》塚《づか》の物語聞たい」とのぞまれ、禿二人《かぶろふたり》は大盃を手〳〵に持、座敷のまん中に居なをり、「抑《そも》〳〵過つるいつの比、よしなき太鼓《たいこ》にすゝめられ、名もいや高き西六、ほの〴〵明《あけ》に京を出、時をきはめて近江路《あふみぢ》や此柴《しば》や町にかよひぬ。去程になじみをかけし初音には膳所《ぜぜ》よりかよふきりやうよし。色にうつりて逢《あふ》と聞《きゝ》、西六むつとわき心。是はりあいと夕暮より、四枚がたに打のり、山科《しな》の里《さと》ぢかきこわたの関《せき》もよそめして今宵《こよひ》は外の女郎に相坂の、関《せき》にせいたる籠《かご》の者すは三度迄ころ

びぬ。『是はいかに夜をふせらざるゆへか』とあらけなくいかり、札の辻に籠を立かちにて急、揚屋《あげ》をもさらりと替《かへ》、丸やの小桜に逢《あふ》てさま〴〵のむつ事、もし初音方へきこへなば、義利にもこづにはおるまじきと、下座敷には太鼓あまた、是みよがしの遊興《ゆふけふ》あんまり出来た事にあらず。かくと聞より初音、丸やの座敷に乱《みだれ》入る。ていしゆ驚《おどろき》、『大臣の座敷へはかなふまじき』と立ふさがる。さすが女郎とて殿立《とのたち》に隔《へだて》られ、さうのふあがるべき様なかりし所に、『姉女郎の万作』と名乗《なのり》、『二階の先陣《せんぢん》我なり。あがりや』といふて小づまを揃、箱ばしごをふみならし座敷に居なをり、『傾城《けいせい》は互ぞかし。逢度《あいたく》ばあわせんになぜ付届はしやらぬ』と、小桜がむなづくしをとる。恨あらば折こそと互に是をいゝつのる。西六下知《げぢ》していわく、『下手に入ば胸ぐらとるべし。よはねに見せなばつよきとしるべし。ながれは立ても初音はつよし。互に力を出すべし』と、彼大臣《かのだいじん》のうつけによつて、ことなき事をいゝつのり、互にざんげをあらはしぬ。はうばいの女郎我ながらふみもためず、追《おい》々にかけ付こぶしを握《にぎり》ひかへたり。去程に入乱《いりみだれ》、我も〳〵といさかへば、大臣がたのみたる大鼓ふたりもにげた

りぬ。今は何をかこすべきと只一人夜をこめ、都の空へ帰る跡《あと》、初音小桜死《し》にめに成、座敷の床《とこ》に座をしめ、さすが名をゐし此身とて、よしなき事に死出の山、是女郎の習《ならひ》ぞと既《すで》にあやふかりしを、大勢立ふさがり、めん〳〵の親方へもどしぬ。初音は是を気病《きびやう》にし、つゐにむなしく成給ひし事、なんぼふほいなき物語」と、さもおもしろく語にぞ、「さあお咄がみてました。お床〳〵」とよんでまはりぬ。

四　情《なさけ》を写《うつす》自然《じねん》居士《こじ》

しめやかなりし床の内、ぐわちと見てぐわちのあいさつ、水な事いへば返答《へんとう》なく、まだ恋なれぬ丹前佐内、山路通路《かよひぢ》にほだされ、行べき方をわすれ、一日暮て二日立、暫此里にかり寝《ね》をすれば、次第にむつまじき中とは成ぬ。され共丹前、形《かたち》は美男《びなん》にかはれど、元来《ぐわんらい》六十《むそじ》のひね男、姿《すがた》にかはる床のうち、かなはぬ恋に焔《ほむら》、首尾《しゆび》とぐる迄いぐさりといわぬ計の気色《けしき》、今様の女郎はふる事なくて、あわぬおのこはかゐつてうらむ習《ならひ》ぞかし。

かく迄山路を思ふ身の、誠《まこと》の契埒《ちぎりらち》あかぬは男色《なんしよく》のばちにてやあらん。かゝる所に長居《ながゐ》し金銀つかふはいらぬものと、思案の替て旅姿《たびすがた》、杖《つえ》わらぢとひしめくに、山路はまた色にほだされ、よしなき人になれ染《そめ》、思ひ切瀬《きるせ》をわすれ、此間の心づかい、犬骨《いぬほね》おつてせんなき勤あながち振《ふる》共見へぬ男、我七年の勤して、かくめづらしき客《きやく》に逢《あふ》たる事なし。あわですぐるはならひの里、思ふは恋路《こいぢ》いつ迄逢てもせんなき事。とゞむるは勤詞《つとめことば》、「名残《なごり》はいつも同じ事、御のぼりにはかならず」と、門おくりして出るや名残なるらん。

山田矢橋《やばせ》の渡《わた》し舟、此空《そら》にてはあやうしと佐内が目利《めきゝ》、まはれば三り膳所《ぜゞ》の御城《しろ》、あはづが原木《はらき》曾《そ》義仲《よしなか》の最後《さいご》所、勢田の長橋打渡りはや近江路、草津の宿には姥《うば》が餅《もち》の名物、ゑんまの帳のうつたへといづれの旅人《りよじん》も称美《しやうび》せぬはなかりき。

次の宿には梅の木村の和中散、石部とはかたい人のあつまりけるにや、恋の水口《みなくち》とはどうやらすいた所の名、末日たかければ、土山にて一夜あかさんと、『道中記』を見れば二里半八丁。なんのその急げと脇目ふらずに行道柴、一り手前の松原にて人顔《がほ》さらに見へず。もはやならぬと松の根に腰《こし》打懸たばこくゆらせ、此いきほひにとふむ足の、はや土山に宿もとめ中の間をかりのやどり。奥の座敷には、何者ともしれずさゝやくに気をつけ、襖《ふすま》のすきよりさしのぞけば、あしゆらのごとき男三人、鼻《はな》つき合て相談。壱人が云は、「菟《と》角《かく》はない草津より籠《かご》にのせ、すぐに伏見迄急、難波《なには》の色里に売なば慥に十五両はとるぞ。三ツにわつて五両づゝはくださるゝ。随分さとられな」「合点《がてん》じや」と、舌引《したひき》いれぬ所へ、十四五成ける娘《むすめ》の風呂あがり、「皆様おそなわりました。どなたなりとお入なされませい」と云。「ゆるりと入はめされいで。先ので助入」と丸はだかになるを見れば、かいなには明所なき入ぼくろ、胸《むね》の毛《け》左右にわかり、めつたにつよさふなやつばら。「きやつは人売といふにぞあらん。あの娘が湯あがりの顔《かほ》を見よ、柴屋町の山路に其まゝ。あんまりにたがふしぎなれや。殊に旅《たび》なれぬをかどはし売てやるには極《きはまり》ぬ。余《あま》りふびんなれば、しらしてやりたい物じや」と分別《ふんべつ》すれど、此くたびれにては智恵の出ぬもことはり、「爰は拙者にまかせよ」と銚子《てうし》盃とゝのへ、襖《ふすま》をたゝゐて、「是ので介、けふは見事な絵がつゐた。酒はこちとらがもめにて夜と共のみあかさん。おきよ」と云に驚《おどろき》三人一度《ど》に目をさまし、「きやつらも我々同前。しかしめつたに返答するな」と、ので助寝《ね》間《ま》をそろりと出、「誰なれば酒のません」と云。「ので助それは手がわるい。たとへ顔は見しらずと商売は同じ事。見付てからの同宿《どうしゆく》、一じゆのかげも他生《たしやう》の縁《ゑん》、ちとあやからしてくれよ」と星《ほし》をあてられ、三人ながらのみこんで「商人《あきんど》は互、打こんでのめやうたへ」と襖《ふすま》をあくれば、丹前佐内はとぼけた顔《かほ》、「我々は浜松《はままつ》より東海道《とうかいだう》にて、護摩《ごま》のはいをやつてみたれど、此沙汰露顕《さたろけん》し今は天句《てんく》たのもし。又は文字《もじ》ぬめなどにて渡《と》世《せい》をくらせど、此間の不仕合《しあはせ》、そちたちが中間へ入てくれまいか」と、片《かた》はだぬゐて語《かたる》。

「わずかの勝負《しやうぶ》する心から、中間入せんとは、近比《ちかごろ》やさしゐ銅生骨《どしやうぼね》此うへからはあかすぞかし。あの女を京大坂へまはしたら何程のかねにならふ。なんと買《かふ》てくれぬか」となぶつてみる。「うらば買《かふ》べし。一口づけに三両二歩」。「まけた」といふて手をうてば、かための盃《さかづき》のんでさす。「是まだるし」と茶《ちや》わん酒《ざけ》、みだれぬ先にと金子を出せば、三人けでんした顔付《かほつき》、「うそと思ふてまけたりぬ。真実《しんじつ》ならば十五両の口一もんかけてもならぬ」といふ。「それは

なるまい、娘をわたせ」と互に是をいゝつのる。
娘驚《おどろき》目をさまし、「是屋どの衆、わしは伊勢の者《もの》、大津の柴屋町の女郎山路様といふはあね様じや。母様御気色《きしよく》あしき故、今一度あわしませんと、ひそかに柴や町へ尋に行者《ゆくもの》、道《みち》しらぬゆへかゝるうきめをみます」と、語程《かたるほど》よめて丹前弥々はりつよく、「いゝかゝつたが百年めかはねばおかぬ。ていしゆさはぐな我々は旅人《たびにん》。きやつらが此娘をかどはかして、行と見てたばかつて此仕合、うらねば金子いらずに買《かふ》てみせん手立、所の代官《だいくわん》へうつたへ海道《かいだう》の置目《おき》にせん。返答《へんたう》次第」と太刀《たち》に手かくる。「ゆするな旅人《りよじん》其手はくわぬ。命を捨《すて》ての商売《しやうばい》、手なみを見せん」と腰《こし》のまはりをさぐる。佐内おかしがつて、「おのれらが腰の物は、最《さい》前《ぜん》此方へかくして置《おき》ぬ。手振《ぶり》ではたらけ」と笑《わらひ》けるに、今は力《ちから》なくぼうぜんとあぐんだる風情《ふぜい》。丹前爰が思案と詞《ことば》をやわらげ、「兎角《とかく》は娘《むすめ》がふびんからなり。幸《さいはい》是に路金《ろきん》の遣残《つかいのこり》五両有。是にて女をくれるか一ツ、爰が大事《だいじ》の分別ぞかし」。「何がさて御了簡能《ごりやうけんよく》、命をたすかるのみ金子迄給はる段《だん》、有難仕合」。「さあ爰はすんだ。是からてい主に頼《たのむ》事有。明《あけ》なば此者《もの》を籠にのせ柴屋町へおくり、姉《あね》山路にわたすべし」と、そへぶみして娘にわたし、籠代万事《かごだいばんじ》と金壱両なげ出せば、ていしゆ悦ほの〴〵明に拵《こしらへ》、籠《かご》の外におのこ壱人相添《あいそへ》、慥に渡《わた》して帰る迄、やから者をあい手にし、酒のんでゐる丹前佐内が心のうち、人皆かんじけると也。

女大名丹前能　四之巻終

女大名丹前能《おんなだいみやうたんぜんのふ》　五之巻

一　面影《おもかげ》わたる角田川《すみだがは》

恋のゆかりをもとめ、思ひもよらぬ土《つち》山の旅寝《たびね》、おくり駕籠に届、請取がてら山路通路《かよひぢ》よりの礼ぶみ、のこるかたなき文がら見るに付ての物思ひ、またも逢《あひ》度心の駒《こま》ひかへとゞむるくし屋の女、「此宿《しゆく》の名物土産《めいぶつみやげ》にめしませひ」といふに心付、「過つるかぶとの節句《せつく》、此所にてのけんくわかくれなし。此あたりにてはなきか」と尋しかば馬方聞、「しづかに〳〵、此十一屋といへるなり。かたればながいはなし、聞ば難波《なには》の書《しよ》林《りん》より、土山亀山それ是取集《あつめ》、『武道国土産《ぶだうくにみやげ》』と題《だい》し、桜にきざめひろむるよし。それ御らうじませばなぞがとけます」。「しれた事ぬかす」と大わらひ。よねんなきもろ手綱《たづな》、乗心能《のりこゝろよき》二宝荒神《ほうくわうじん》、かた見づら津に坂はてる〳〵、鈴鹿《すゞか》の明神、馬《ば》上の礼拝神《らいはいかみ》もよそめやし給はん。ふりさけ見れば伊勢《いせ》の海《うみ》、あ野の松原村立来て、鬼神鉄火《きじんてつくわ》をふらせしは此所、田村堂《たむらどう》も爰に有。くだれば坂の下、急《いそぐ》心が関《せき》のお地蔵《ぢぞう》、しゆくはづれ右《みぎ》へ行ば伊勢道、次手がてらの参宮、いざといふて伊勢路《ぢ》へむくもと、野わけの松原参り下向の輩《ともがら》、我おとらじと御祓《はらい》すげ笠に引しめ、一やうの染《そめ》ゆかた、足《あし》をいためて参る人、お伊勢参りの歌をうたゐば、籠に乗《のる》人は地声《ぢごへ》の謡、きやつは手前自慢《てまへじまん》かして、茶弁当《ちやべんたう》、恋の重荷《おもに》は傾城《けいせい》と打見へ、わたぼうしのうへを浅黄《あさぎ》ちりめんにて包《つゝみ》、下に白むく、上着《うはぎ》は茶ぢりめんにもみうら、一ツ前にあはし、黒じゆすの帯《おび》むつくりとした仕出し。大尽《だいじん》殿が鼻《はな》歌うたはるゝはもつ共、十二三のこめろと見へしがたばこのみ〳〵、「銭《ぜに》かけ松とはどこぞいな」といへば、籠の男が指《ゆび》さし「あの松をこそ云也。むかしより中比迄の同者《どうしや》、大神宮《だいじんぐう》へ奉《たてまつ》る参銭《さんせん》一文二文掛置《かけをき》、いつとなく千貫《くわん》つもればとて、今は千貫松といゑり」。

いづれ海道《かいだう》の名木《めいぼく》、是より津までは今少、左の方に一向宗《かうしう》の寺見ゆるはかくれなき高田《たかた》門流《もんりう》、やたといゑる在所にて、籠の内を見れば柴屋町の山路なり。はつと気《き》もにこたへ、すげ笠かたむけかくるゝ風情《ふぜい》。山路もそれとは知《しり》ながら態《わざ》とそしらぬ顔《かほ》、いわねどそれは合点《がてん》じやと、よ程水《すい》には成ぬ。

きやつを跡《あと》に残し先へ行かんと、随分急《ずいぶんいそぐ》道の程、たうせい川に着《つゐ》てわたしまつ内、山路追着《おひつき》、岸根《きしね》に籠《かご》をおろし、尻《しり》目でにらむふたかは目、まねかねどさす舟のさほ、舟長《ふなおさ》と見へしは五十ばかりの老人《らうじん》、川辺《かはべ》に舟をよせ「いざめし給へ」といふ声《こへ》の、我先にと乗渡舟《のるわたしぶね》、「折からの春雨《はるさめ》にて水まさりぬれば、いづれも足《あし》を揃《そろへ》給へ」と、さほさしのべてこがれ行。

丹前舟長《ふなおさ》に近付、「むかふの森のあばら家《や》に、念仏の声《こへ》きこゆるはいかなるゆへ」と尋しかば、「さん候あれに付哀《あはれ》なる物語有。此舟《ふね》の着《つく》内かたつて聞せ申さん。あの庵《いほり》に母独《はゝひとり》娘《むすめ》壱人、手はざには五色《ごしき》のあみを拵《こしらへ》、伊勢参りの土産《みやげ》物、売《うる》と織《おる》とにいとまなく、母に孝《かう》をつくし娘が足《あし》にてはごくみぬ。然共よる年《とし》の老《おひ》木の風になやまされ、此十日計の煩《わずらひ》、今をかぎりなりける時、娘母が枕《まくら》に近寄《ちかより》『姉《あね》様は我々ゆへ、大津の柴屋町とやらんに、ならわぬ勤《つとめ》し給へば逢《あひ》給はんも不定なりき。暫いとまを給はれかし。姉《あね》様を迎《むかひ》に参り、今《こん》生《じやう》の暇乞《いとまごひ》させませせん』よし度々ねがいぬれど、『そちならで誰《たれ》か我をかいほうせん。かみ方へ行人あまたなれば、文かいて知らせよ』と中〳〵承引あらざりき。片便《かただより》にては心ならずと近所の衆を頼、ひそかに柴や町へいそぎぬ。母此事を聞つらぬく涙をながし、只二人有子だに、一人は傾城《けいせい》奉公とやらんに出れば、二度あはぬならひの里、妹独《いもとひとり》を花共月共思ひしに、いかに姉《あね》を思へばとて、今をもしらぬ母を捨《すて》、つゐにしらざる道筋《みちすぢ》、帰らん迄の思ひとは成ぬ。ながいきは恥《はぢ》の種《たね》、我なくば子共が行末《ゆくすへ》めでたからんとおもひ定《さだめ》、おのれと食《しよく》をとまり、最後《さいご》の時を待といへ共、ナウ時刻《じこく》きたらねば中〳〵息《いき》はひかぬ物。今に何事なくわたり給へど、病後《びやうご》の上に食をとまれば、命《いのち》は有間敷と近所《きんじよ》の衆が集《あつまり》、現《げん》世といゝ後《ご》世の為、さいはい光《かう》の阿弥《あみ》陀《だ》は是天照太神宮の御作にて霊験《れいげん》あらたなれば、村《むら》中願《ぢうぐわん》をこめ毎夜《まいよ》百万遍《べん》を申さるゝ。もし此内に年比十四五の娘、着類《きるい》は花色《いろ》に葉菊《はぎく》のもやう付たるなど、逢《あひ》給はざるか」と、さほさす手もちからなく〳〵語《かたり》ぬ。

舟中同音《どうをん》に「扨哀なる物語。我も見ず」「我もあはず」といふ内、舟むかいの岡《おか》につけば、おの〳〵詠《ながめ》てとをる。残るは丹前佐内、山路は身の上なれや。聞とひとしく小づまを取、我しらずはしり行ば、大

臣と見へしがとゞめ、「今の咄《はなし》を聞かけ出るは心得ず。様子有や」と尋られ、「今は何をかつゝまん。舟長が語《かたり》しは自《みづから》が母也。我くがい十年の内、出《で》る事かなはぬ勤《つとめ》の里《さと》、此間夢《ゆめ》みあしく古郷《こきやう》なつかしき折から、独《ひとり》の妹《いもと》はるぐ〳〵尋来り、母さま今をかぎりと聞より勤もそまつに成、親方《おやかた》へ隙《ひま》をねがゐど、傾城《けいせい》やの沙法《さほう》にてかなはぬよし、是非《ぜひ》なく妹《いもと》を替《かはり》に立、夜に日につゐで急道《いそぐみち》、かたサマの情らしき御詞《ことば》にあまへ、是迄御やつかいに成まして来りぬ。もはやおいとま申ぞかし。御そくもじにて追付《おつつけ》御下向《げかう》ましませ」と、につこり共せぬあいさつ。此男《おとこ》腹《はら》を立、「扨はおのれは身をふづくつたか。道すがらぬかすには、とても行ぬけ参り、道連《みちづれ》に頼といふを誠《まこと》と思ひ、草津より是迄土をもふませず籠代《かごだい》ばかりか何から何迄気をはらし、今に成て隙《ひま》くれとはいかな事ならぬぞかし。我も花の都《みやこ》で傾城《けいせい》の一ツ買《がい》もした男、おのれごときのやす傾城に、つもられては一ぶんたゝず。詞《ことば》やわらかなうちいくまいか」とさんぐ〳〵にちやうちやくす。

丹前《たんぜん》中に入「めづらしの山路、最前《さいぜん》そなたとは見たれど、あなたのお世話《わ》に成てかうした事か。左もあら

ばぶ首尾《しゆび》にもとおもひの外《ほか》な道連《みちづれ》、爰は御了簡《ごりやうけん》にて是よりお隙をつかわさるべし。親子《おやこ》といふに偽《いつはり》なし。是《ぜ》非《ひ》つれて参らんとの給ふ程心得ず。御自体《ごじんたい》にこそよるべし。とくいそぎや」とつきはなせば、「扨はくるはにはやる密夫男《まぶおとこ》、其手はくわぬ」とひしめく所へ、若者《わかいもの》四五人かけ付、大尽《だいじん》と見へしを取ておさゐ、「おのれゆへに我々が難義《なんぎ》、勘定《かんぢやう》の風くろうて欠落《かけおち》すると見へたり。帰て旦那へ白定《はくぢやう》し、すみやかに籠者《ろうしや》せよ。一疋《ぴき》の馬《むま》がくるへば我々迄もうたがはれ、いたまぬ腹《はら》をさぐらるゝ。先《まづ》此着物《きるもの》がおごり」。丸はだかにして木《も》綿《めん》わんぼをきせれば、たちまち下郎《げらう》等の姿《すがた》と成ぬ。「きやつさへとらゐば波風《なみかぜ》しづまるぞかし。籠《かご》の者《もの》にまし銭《ぜに》とらす油断《ゆだん》なくいそげ」と、取まはして帰るなど目前《もくぜん》の恥《はぢ》是にすぎず。「我人たしなむべきは此道《みち》。初《はじめ》の程はにくかりしが、心がらとていかなるうきめや見んと思ふはよしなき人事、こちとらは何事なく、此所にて逢《あふ》たる嬉しさ」。「太神宮《たいじんぐう》の御引合にて、思ひもよらぬかた様にいろ〳〵の御世話、私ならず妹《いもふと》迄何からお礼申ましやうやら。わけもない者《もの》と道連《みちづれ》に成、思ひもよらぬ日を暮《くらし》ぬ。見ぐるしけれど今宵《こよひ》はわしが古《ふる》郷《さと》にて、一夜あかして旅《たび》の休足《きうそく》。母様御気色《ごきしよく》よくばお礼はわしが懐《ふところ》の内、さあござんせ」とつれ立て行。

二　妻《つま》ゆ衛《ゑ》略《やつ》ス女熊坂《おんなくまさか》

丹前が情にてあやうきをのがれ、我ふる里に行ぞ嬉しき。母たる人の枕に近付久〳〵にての対面《たいめん》、妹《いもと》が事もあんどさせまし、さま〴〵の看病《かんびやう》、殊に光《くわう》の阿弥陀《あみだ》の利益《りやく》により、病気《びやうき》次第にげんきをゐ、もとのごとく本復《ほんぶく》すれば、山路を始丹前佐内、近所《きんじよ》の者悦事かぎりなし。是ひとへに太神宮の御哀《あはれ》みふかきゆゐなり。せめての身祝《みいはひ》、または親《おや》への為《ため》と、山路が茶を立、隣《となり》のおかたむかいの姉《あね》、彦作のばゞ太郎介がとゝ、市松がおば、打まじりての茶のみ語《がたり》、「お松といふた時はわるさしたが、都《みやこ》の水なれや此ごとくみめよう、つまはづれ迄じんじやうにくわほうな事、其上色々の土産《みやげ》にあづかりし嬉しさ、何をしたればとて骨《ほね》おしむ事なし。かまへてお袋《ふくろ》の事あんぜずと奉公《ほうこう》を大事にかけ、よい殿《との》もつてやしない給へ。我人もつべきは子也。皆の衆随分《ずいぶん》そだてゝおきめされ」と、小半酒《こなからざけ》に田もやろあぜみち、千鳥足《ちどりあし》にてめん〳〵が軒《のき》に帰りぬ。

世間の義理《ぎり》をすまして後《のち》母にむかい、「か様に本腹《ほんぷく》し給ふは光《くわう》の阿弥陀《あみだ》太神宮《だいじんぐう》の御加護《かご》、殊に御近所衆のかいほうつよきゆゑなり。いつ迄付そひまいらせてもあかぬは親子《おやこ》なれど、自《みづから》とても勤《つとめ》の身、妹《いもと》が事も気《き》にかゝりぬ。先あみだ如来《によらい》へ礼参り、それより太神宮への心ざし、何が扨心まかせ、丹前様へあづけます。けがなく下向《げかう》めされ」と、門《かど》おくりして神にあゆみをはこぶ心。「我里はなれての道草《みちくさ》、露《つゆ》のゐにしをむすび、かりの旅寝《たびね》にあさましき親里《おやざと》を見せまして、はづかしながら勤《つとめ》する身は同じ事」。丹前とても不思儀《ふしぎ》の縁《ゑん》、「様子《やうす》有て我名古やゐ行道筋《みちすぢ》、兼《かね》て御参宮《ごさんぐう》の心指、もしもあやしき事あらば、両宮《りやうくう》ゐの願《ねがひ》むなしからんに、何事なきはめん〳〵が仕合、弥行末めでたからん」とむつまじく語《かたる》内、はや光の阿みだ仏前《ぶつぜん》にひざまづき、かんたんきもにめいじ「迚《とて》も寿命長音《じゆめうちやうをん》に守《まもら》せ給へ。追付鐘《かね》のを五色《ごしき》のきぬにて奉掛《かけたてまつり》、又々御礼参り仕らん」と心程なる願《ぐわん》をかけ、下向にいそぐくも津、松坂《まつざか》、明星《めうじやう》が茶や、「是ほど嬉しき参り唐《から》にもあるまじ。伊勢のくし田のまん中程には五智《ごち》の如来《によらい》、かゝるたつとき仏さまを、こちが里のぞめき歌、いやしき我々が口にかくるはもんもうな事、ゆるさせ給へ」と、夕暮方《ゆふぐれがた》、宮《みや》川にてこりを取。山田の町のにぎわひ他国《たこく》に又なき繁昌《はんじやう》、心もいその神外宮《げくう》のほとりに町宿《まちやど》とり、小座敷《ざしき》一間《ま》かり切《きり》、旅《たび》くたびれのひぢ枕《まくら》。御参宮にてあらずば、揚銭いらずに山路は忠度、あつたらかねを独寝させる事と、佐内は舌鼓《したつゞみ》打て夢をむすびぬ。

其折から廿計の女、形すぐれていやしからぬ風俗、長範頭巾《ちやうはんづきん》に舞扇子、枕もとに畏《かしこまり》、「はづかしながら私の夫《おつと》、此廿日余《あま》りの煩《わづらひ》、はたらく事のまゝならず、独《ひとり》うつ鼓のなれのはて、かなわずぶしの女舞《おんなまい》、習置《ならひおき》たるをたよりに宿〳〵に立入、つきも拍子もなき一かなで、御参詣《ごさんけい》の方〳〵様ゑ恥をすてゝの袖乞《ごひ》、情は人の為ならず、福貴《ふつき》延命子《ゑんめいし》孫繁昌《そんはんじやう》目前の道理。御ぶじにての御参宮、御祝義迄に一さし」と調子《ちやうし》はりあげ、

〽是より熊坂の諷「爰に三条の吉次信高とて、毎年《まいねん》数多《だ》の宝をあつめ、たか荷をつめて奥ゑくだる。あつばれ是をとらばやと思ひ、より騎の人数《にんじゆ》は誰〳〵ぞ。扨国々より集《あつまり》し、中にとりても江州には、河内のかくせう、すりはり太郎兄弟は、日本一の功《かう》の者面打にはならびなし。扨又都の其内にあふき中にもたが有しぞ。三条の衛門、みぶの小猿《こざる》、火とぼしの上手分切には、是等にうへはよもあらじ。扨北国には越前の、あそふの松若、三国の九郎、加賀の国には熊《くま》

坂《さか》の、此長範《ちやうはん》をはじめとし、くつきやうの盗人七十余人与力して、吉次が通る道すがら野にも山にも宿どまりに、目付をおひて是を見す。此赤坂《あかさか》の宿に着《つく》、爰ぞくつきやうの所なれ。引場も四方に道多し」。見れば宵より遊君するゐ、酒《しゆ》はくのあそびに時をうつす。夜はわかけれど三人、前後しらずふしたりぬ。うたてや女の出来心よしなき所に心をつけ、丹前が枕箱是をとらんと目をくばり、「時分はよきぞ、はやいれ」と、わざと謡《うたひ》にまぎらかし、まんまと取て出んとす。折ふし山路目をさまし、にぐる小づまをしかととれば、おそれてどうどまろびしを、すかさず上に乗かゝり、「扨ふてきなる女、もはややらぬ」としめつけられ、女とおもひ油断し、手ごめにあいしは何事ぞと、身をもがけ共天命の運のきはめぞあわれなる。

声に驚《おどろき》丹前佐内、何事なると立寄、様子聞て「お手柄《てがら》〳〵、先つら見ん」と、とぼし火かきたてよく見れば、枚方《ひらかた》にて逢たる傾城志賀なり。「是は」とあきれ、「そちは何ゆゐかゝる手はざをする、様子こそあらめ」と尋しかば、此女涙ぐみ、「誠にふしぎの御ゐんにて、又も御めにかゝる事嬉敷共、又は面目もなき次

第ながら、様子を語ませねばすまぬ事。おの〳〵様の情にて恋しき山崎殿に逢まし、互にむつまじくは有ながらいとなみにせまり此所にくだり、ぬしをあいてにはづかしながら辻能《つぢのふ》をして渡世《とせい》を暮ぬ。然るに山崎殿此廿かあまりの大病《たいびやう》、医《ゐ》師殿の申さるゝは、人参いらずてはげんきはかどらぬよし。いかにおもふ男なればとて、かねといふ字にうとまれしわれ〳〵、何をしろなしあたへんに力なく〳〵、こよひは我と思案《しあん》の定、たとへいかなるうきめに逢共、人参にてとゞまる命ならば、ぬすみも恥《はぢ》ならずと皆様の座敷へ参り、様子を見ればよねんなき体《てい》、首尾《しゆび》は爰ぞとおもひつめたるぬすみぞかし。是程恥はさらせ共まだわしが身は死にとむなし。山崎殿の命のあらんうち、助給《たすけ》へ」といふ詞に哀をまし、「山崎とは互にかはしたる一言もだしがたし。幸なれば対面し、ともに養生《やうじやう》させ参らせん。外にてならばあやうきに、つきせぬゐんかしてまた御目にかゝるはふしぎ」と、山路にも引合、同ながれのすいと〳〵、女郎にはせんじてのませ度心中、「わしにもあやからしてくだんせ」とは人にいやがらす御あいさつ。「どうしたゐんやら山崎殿のいとしさは、語《かたる》（ママ）もいふもはづかしや。お前とても其通《そのとをり》、さればこそ陰陽《ゐんやう》の二柱ゐ、夫《ふう》婦づれの御参宮さりとはあやかり物」といふ。丹前聞、「是には入くんだはなし有。様子は重てかたらん、先めでたいに盃〳〵」。

三　神楽舞宮雀《かぐらまひみやすゞめ》の三輪《わ》

久かたのめぐみつきせず、殊に天照国津《あまてるくにつ》にて逢《あふ》事、山崎なつかしければとむかいの籠《かご》、夢のさめたる顔あをざめ、誠にせつなき病後の体《てい》、やう〳〵奥《をく》にとをり丹前佐内に対面《たいめん》し、「命あればくらげも骨《ほね》といふ世話、おの〳〵の情にて逢て嬉敷志賀が事、先立て承り面目もなき次第。是ひんと病がなせる事、甲斐《かゐ》なき女の智《ち》恵《ゑ》ながら、おつる所のつみ此身より外しるものなし。然ば先祖の名をくだし、浅間《あさま》敷死《しきし》をとげん事口惜《くちおし》。しらねばとて人誠とは思ふまじ。外にてか様の事あらば、何とくやめばとて其甲斐あるまじ。気も心も御ぞんじあればとて、此いゝわけたゝんや。女に恨有ながら根が恋のしがらみ、ひんのぬすみにうたてやよしなき病に取つき、とてもなき我命ながらへてゐきなし。段々の御情死してわするゝ事なし。さらば」といふて佐内が脇指《わきざし》、既《すで》に自害《じがい》と見へしを人〳〵押《おし》とめ、「我〳〵は参宮人それとしつての無《む》分別《ふんべつ》、そこつに血《ち》などあやしめなば、願《ねがい》むなしきのみ神のとがめとをかるまじ。御自分よびに遣す事、久〳〵あはぬなつかしさ、殊に女の身の、一度《ど》ならず二度迄男おもはるゝ心をかんじ、とも〴〵養生《やうじやう》させん為なりき。其心底をむぞくし死なんとは不心得、夫侍は主君の為おしからぬ命をながらへ、夜盗《よとう》辻切などし、身命《しんめう》をつなぎ、二度くわいけいの恥をすゝぐ。色こそかはれ品〴〵の夫《おつと》を思ふ心指、いづれの人が聞たればとて何程の事かあらん。菟《と》角を振捨《ふりすて》今一度本復《ほんぷく》すべき思案こそあらまほしけれ。幸是に人参有、ゐんりよなく心まかせにのまるべし。善はいそげ今宵からしてのんでみられ」と力をそへられ、山崎夫婦涙をながし、「いか成ゐんにて度々のかうおん、何としてかほうじ申さん。おしからぬ命なれど、御いさめにまかせともかくも」と、薬取寄《よせ》自《みづから》煎《せんじ》て是をのめば、ふしぎや其夜半よりげんきあらはれ、むかしにかはらぬ風情。誠に神風や伊勢両宮の御めぐみ、悦《よろこび》の心指、何かもてなし度夫婦がのぞみ、「幸今日《けふ》は吉日御宮《おんみや》めぐりしかるべし。伊勢路《ぢ》の案内、神《かん》主《ぬし》よりうはまいとる程、慥に覚たるが御馳走《ごちそう》。いざ御立」とすゝめられ、山崎夫帰はゐぼしのひぼ引しめたる白将束《しろしやうぞく》、中平の扇子子細《しさい》らしくお先に立、宮すゞめより小まやかに、「ゆふしでちらす神風、伊勢の宮立物ふり、殊に両宮はしん〳〵と神さびわたる御すまひ、是こそいざなぎいざなみの御尊《みこと》、御国《みくに》ゆづりし給ひし天照御神、事もおろかや御本社は、余《よ》の御社にかはり、丸木柱《はしら》にかやの御屋ね、ぐもつはみきねきねが神楽《かぐら》をまいらすぞかし。いにしへの木の丸殿をなぞらへ、とかい三尺ぼうしきらずときこへしを、宮にうつさせ給ふ事、民をあわれみ玉ぼこの、道《みち》の道《みち》たる御めぐみ世界国土《かいこくど》を守《まもら》(ママ)らせ給ふ末社《まつしや》は八十末社なりき。扨又外宮《げくう》の御社《やしろ》は此神《かみ》の第《だい》一王子《わうじ》、あいにあいどの大《だい》神宮《じんぐう》末社は四十末社なり。雨《あめ》の宮風の宮月よみ日よみ、あまの岩戸《いはと》のくらき夜の、まよひをてらせひのひかり、とても神代《かみよ》の物語《ものがたり》。くはしく語《かたり》奉らん」と、山崎夫婦あふぎをひらき、「まづは岩戸《いはと》の其はじめ、かくれし神《かみ》を出さんと八百万代《やをよろづよ》の神あそび、是ぞ神楽《かぐら》のはじめなる」とかなでければ、丹前佐内拍子《ひやうし》にのり、調子《てうし》はりあげ「ちわやふる、天岩戸《あまのいはと》を引立て、神は跡なく入給へば、とこやみの夜《よ》とはやなりぬ。八百万《やをよろづ》の神たち岩戸《いはと》の前《まへ》にて是をなげき、神楽《かぐら》をそうし舞給へば、天照太神《てんしやうだいじん》其時岩戸を、す

こしひらき給へば、又とこ闇《やみ》の雲《くも》はれて、日月光《じつげつひかり》かゝやけば、人の面しろぐ〱と見ゆる。おもしろやと神の御声《みこゑ》のたゑなるはじめの物語《ものがたり》、おもへば伊勢と三輪《みわ》の神、一体《いつたい》ふんじんの御事、いづれも諸願《しよぐわん》成就《じやうじゆ》なさしめ給へ」と、かたのごとくの礼拝《らいはい》。

すぐに浅間《あさま》山福《ふく》一万こくう蔵《ざう》、坂《さか》をのぼればびくにあやおり、色《いろ》有女が前後につどひ、まきせんをねがへばひにん同然《どうぜん》、あのすがたなれど、いにしゑよりつたへ来る所のならひ是非《ぜひ》もないうき世ぞかし。ふた見ゑくだる追分《おいわけ》の茶屋、参り下向を見て、大坂の誰《たれ》様江戸の権七さまへ心得て、京のどなた、河内《かはち》はりま長崎《ながさき》のと、国々をさしてちがへぬは、どこに目じるし有やと大笑《わらひ》してくだり坂、ふた見の浦《うら》に急夕《いそぐゆふ》暮《ぐれ》。

四　旅寝《たびね》の夢衆道忠度《ゆめしゆだうたゞのり》

神代《かみよ》のふしぎ二見の立石、御塩殿《みしほでん》はほらのごとくしつらゐ、御酒御前《みきごぜん》を奉るは、天照太神《てんしやうたいじん》此所に御座《ござ》のよし。心指《こゝろざし》の輩まづ二見にまふで、塩《しほ》ごり取て両宮ゑ参り、宮《みや》めぐりする事本意《ほんゐ》ぞかし。海《うみ》おもてながめやればはやくれかゝる山のは、ふた見の宿《しゆく》に夜をあかし、思ひよらざる山崎に逢《あふ》て、ためしなき宮めぐり。

「名残《なごり》をしき下向の道《みち》、津迄は同道《どうぐ》すべきが子細《さい》有て我尾《われお》張《はり》の名《な》古《ご》やへ行ぞかし。追付《おつつき》京都へのぼりゆる〳〵かたらん。扨山崎夫婦は一先京、祇園林《ぎをんばやし》夢《む》楽坊方《らくばうかた》へ此状たよりに尋、心底《しんてい》をかたり頼給へ。此法師《ほうし》たのもしき者《もの》なればいやとはいふまじ。別《べつし》て千世之介事は、先立《さきだつ》て咄通《はなすとをり》、筑紫《つくし》におゐて名有息女《そくぢよ》、色香《いろか》にそみ夫婦とは成しかど、様子有て本国にくだり給ひぬれど、追付《おつつけ》御のぼりは夢楽坊が御宿《やど》なり。其時分《ぢぶん》右之段《だん》を語《かたり》、我々のぼる迄付まどわるべし」と、前後《せんご》の手はづをきはめ、「扨品玉《しなだま》もたねなくては」と金五両、「次手《つゐで》なれば山路を柴や町へとゞけ、妹《いもと》に人をそゑ、お袋方《ふくろかた》へもどさるべし」と、是にも相応《さふおふ》の心づけ、山崎夫婦嬉し涙「とすれば情かくすればの御恩《ごおん》、生々《しやう〳〵》世々わすれがたき品々、扨山路様の御事すこしも御気遣《きづかい》あるまじ。我々夫婦御供申うへは、慥にわたして後《のち》むらく坊様ゑおちつくからは、千世様の御事早速《さつそく》おしらせ申さん。夜もふけぬれば御やすみ」と、夜明がらすをあいづに立出て道の津。丹前佐内は上野《うへの》とやらんを其夜のとまり、「是よりわかれまいらす」と互に名残《なごり》をおしみ涙かた手にさらば〳〵の声《こゑ》、すがたは見へずなりにき。山崎夫婦は山路が里に一宿《しゆく》、それより柴や町ゑ慥に届、妹《いもと》は姉《あね》が世話にて母方《はゝかた》へもどしぬ。山崎夫婦の者は夢《む》楽坊《らくばう》がのみこんで、祇《ぎ》園《おん》町に小見世を出し、志賀が手づまの作花《つくりばな》して、月日の関守《せきもり》を重《かさね》しと也。

津よりわかれし丹前佐内、上野《うへの》を過て四方《よも》の空《そら》、白子《しろこ》神辺《かんべ》を跡になし、四日市ヨリ桑名《くはな》迄三里八丁、わたしをまつにほどなく乗合《のりあい》舟、とまをしきねのかぢ枕、七里の内は夢むすび、尾《を》張《はり》の名古やに入相《いりあい》の鐘《かね》、町宿《まちやど》とつて尋る人は城下の片里《かたざと》、光尾《みつを》助太夫とて父方《てゝかた》の伯父《おぢ》なりきを、漸尋出し、様子をとへば「八年以前に果《はて》給ひ、只今は子息《しそく》助之丞殿、跡目つゝがなく先月《せんげつ》十八日江戸へ御下り、当年中はあの地に御座」の由、出入の人に身の上をかたれど、誰《たれ》がしる者《もの》あらねば、不首尾《ぶしゆび》にして宿に帰り、「是より武蔵《むさし》へほどもなし。つゐでがてらの見物《けんぶつ》、佐内も同心か」といわれ、「とても乗出《のりいだ》したる旅《たび》の空《そら》、五日十日に目利《めきゝ》は有まじ。いざ」といふて急道《いそぐみち》、八ツの鐘《かね》を七ツとかぞへ、「是よりさきは野道《のみち》、しばらく此軒《のき》にやすみ、明《あけ》なばゆかん」とわらはやがゐんにきの字《じ》なり。

殊更《ことさら》に咲桜《さくさくら》の香《か》、行暮《ゆきくれ》て木《こ》の下《した》かげをやどゝせば、花やこよひの主《あるじ》なるらんとの古歌《こか》をつらね、随分《ずいぶん》ねる合点《がてん》なれど、春風《はるかぜ》の吹《ふく》につけては目もあはず、寝《ね》たりおきたり〳〵、「是を題《だい》とし発句《ほつく》してあかさん」と互に思案《しあん》中ばへ、白きものがちらりととをる。あやしや狐《きつね》ならんと星月《ほしつき》夜にてすかし見れば、十四五の若衆《わかしゆ》白小袖に玉だすき、はちまきしめた手、すぐに目くぎあなの用意《ようい》、つばくつろげてしやんと打こむおと、柴《しば》に腰《こし》かけてたぞまち顔《がほ》の風情《ふぜい》、「佐内見られよ」とおしゆる所へ、廿あまりの男是も白むく、す鑓《やり》ひつさげかけ付、「千太郎どのさぞまちかね給はん。誠に侍《さぶらい》のいぢ、ぬし有御自分《ごじぶん》に心をかけ、思ひきられぬ男色《なんしよく》の道《みち》。こがれ死《し》なんより打はたし、めいどかうせんにてはらきらんと最後《さいご》を今日只今とす。いざ」と詞をかくる時、千太郎打わらひ「仰のごとく前髪《まへがみ》の役、兄分折《あにぶんおり》之介殿と三とせを重《かさね》いとしさのみなり。是程おもふを外になし、いかに御心底《ごしんてい》うれしければとて御心にはしたがはれじ。折之介が知《し》る事にあらねばひそかに打はたし、ほまれを此国にのこさば何事かあらん。ぐど〳〵いふがつゐへ、さあ」といふて切てかゝる。

半蔵はす鑓《やり》、もつてひらゐてめつたづき、堤《つゝみ》の岸根《きしね》につきこめ、ぬかんとせしをふんごみ、右のかいなを討《うち》おとせば、左の手にて刀《かたな》をぬき、「若年者《じやくねんもの》とあなどりふか入せし事の口惜《くちをし》。とてもかなわぬうへすみやかにうたれん。はや首とれ」と刀《かたな》を捨《すて》ていなをれば、「心得たり」とよる所を、かた手にて引よせひざの下《した》におつぶせ、「日比《ひごろ》の無念《むねん》せめての腹《はら》いせ、刀なく共くらゐ付《つき》、我も死《し》なん」と既《すで》にあやうかりし所へ、丹前佐内かけ付、半蔵《はんざう》をけたおし千太郎をかこゐば、「扨は助太刀《すけだち》有と見へたり、一人ものがさじ」とおもひきりたる死《し》に物狂《ものぐるひ》、左の手にて佐内をとつてなげしかど、ふか手なれば次第にゐわり、西の方《かた》にむかい南無阿弥陀仏《あみだぶつ》の一声《こゑ》、其夜の露《つゆ》ときへたりぬ。すかさずとゞめをさし、かへす太刀にて腹《はら》きらんとせしを、丹前とゞめ「我々は旅人《りよじん》なれど、御自分《ごじぶん》たすけん計に罷出たり。是程能首尾《よきしゆび》あるまじ。未《いまだ》夜も有内いづ方へも落《おち》給へ。幸《さいはい》武蔵《むさし》へくだる者共、見へがくれに御供申さん、はや御立」とすゝめられ、「近比有難《ちかごろありがたき》一言《ごん》なれど私も侍《さむらい》、人を討て立のくなどみれんぞかし。そこのき給へ」とふりきれば、「いやとよ私の意趣《ゐしゆ》にて、一命《めい》をすつるは不忠《ふちう》。命《いのち》をま

つとう、主君《しゆくん》のせんどを見とゞけ給ふを、誠の武士《ぶし》とは申ぞかし」と、いさめられて返答《へんとう》なく、「然ば御指《さし》図《づ》にまかせ、一先立のき申さん」と兼《かね》てしたゝめ置《をき》たる書《かき》置、くゝりつけんと半蔵が死害《しがい》を見れば、幾年《いくとし》ふるともしらぬ古《ふる》たぬき。人〳〵驚《おどろき》立さはげば千太郎つく〴〵詠、「誠に思ひあたりし事有。三年以前四月十八日犬《いぬ》山におゐて、女たぬきを射《ゐ》ころしぬ。其いこんわすれがたく半蔵とさまを替《かへ》、衆道《しゆだう》に事よせ我をうたんとせし所に、さすが畜生《ちくしやう》の浅《あさ》ましさ、かゑつてうたれし事過去生々《くわこしやうく》の約束《やくそく》ならん。もはや立のくにおよばず」と、丹前佐内に一礼のべ立帰らんとせし所へ兄分《あにぶん》折之介尋来り、様子聞て「めでたい〳〵。此段《だん》上ゑ申あげん」と打つれ立て帰あげがた。

女大名丹前能　巻五終

女大名丹前能《おんなだいみやうたんぜんのふ》　六之巻

一　女郎花《おみなめし》が作《つく》る杜若《かきつばた》

はかどらぬ旅《たび》、爰かしこの難義《なんぎ》見捨《すて》がたく、出るくいのうたてや、武蔵《むさし》迄は脇《わき》目ふらずに急道《いそぐみち》。三州岡崎《さんしうおかざき》の町はづれ、「日たけぬれば今宵《こよひ》は爰に」と、佐内は宿《やど》の目利《めきゝ》、相客《あいきやく》なきをとのぞゐてまはる右手の方《かた》、長《なが》のをれんに杜若《かきつばた》屋の小紫《こむらさき》としるし、風流《ふうりう》なる見世作《つく》り、水打《みづうち》の作花《つくりばな》、所がらとて杜若の一色《いつしき》、かけねなしに一枝を壱匁、色は買手《かいて》が心まかせ。あるじと見ゑしは三十計《みそじばかり》の女、髪《かみ》は後家風《ごけふう》に折わげ、十二三とおぼしき小女を相手《あいて》にやさしき手わざ。往来《わうらい》爰に山をなし京土産《みやげ》江戸みやげ、二枝三枝籠《かご》につらせ、行《ゆく》も帰るも花よりあれをと、穴《あな》のあくほど詠やるは、どこからどこまで色にうつらぬ人もなかりき。

丹前《たんぜん》も「花もとめん」といふに、かの女ふりあをのき「やつはし花しんぜませい」といへば、「あい」といふていろ〳〵を御目にかくる。あれか是かと心の花にうつり気や、つくればこそ時ならぬ花の色《いろ》かほよ花とも申らん。あらうつくしの杜若《かきつばた》やと暫詠けるにぞ、八橋《やつはし》小ざかしげに「是旅人《たび》、花はめさずし、なんぞ御《ご》用《よう》ばし有てやすませ給ふか。お望なくば御通《とをり》」とあたらぬ様にいわれ、「さればこそ我々は武蔵《むさし》の方《かた》へくだるもの。今宵《こよひ》は藤川《ふぢかは》にてあかさんと、おもひもよらぬ此見世の、花に心をうばわれ、おもはず時をうつしぬ。して先爰は」と尋しかば、「さん候此所は、三河のくに八橋とて杜若の名所なり。御覧《ごらん》のごとく時ならぬ盛《さかり》の花を作《つく》りなせば、おのづからまがゐる花のおもざし。みづからが頼《たのみ》しかたは、色《いろ》も一しほ小紫《むらさき》とてゆゐある人のゆかりぞかし。我が名も所によそゐ八橋《やつはし》とは、なんときつゐ思ひ入か」と、しほらしき詞のはし。扨こそ只ものならずと猶ゆかしく、「爰は我にいわせ」と丹前すゝみ出、「此八橋の杜若《かきつばた》はいにしゐの歌人、よまれし人は何人ぞ」。

「さればこそ『伊勢物語《いせものがたり》』に、八橋といゐるは水行川のくもでなれば、橋《はし》を八ツわたせるとなり。殊に沢辺《さはべ》に杜若の咲乱《さきみだれ》けるを、有人杜若の五文字《いつもじ》を句《く》の上《かみ》に置《おき》、旅《たび》の心をよめといひければ、唐衣《からごろも》きつゝなれにしつましあれば、はるぐ\来ぬる旅《たび》をしぞ思ふと、読《よみ》給ひしはあり原の業平《なりひら》。みちのくにくだり給ひし時の御歌《うた》なり。げにおもひあたりし八橋《やつはし》の、沢辺《さはべ》に盛《さかる》杜若はるぐ\きぬる旅《たび》人の日に行暮《ゆきくれ》て軒《のき》もあるまじ。見ぐるしくは候得共、自《みづから》が庵《いほり》にて、一夜御あかしあるまじきや」と情らしくとひければ、「うれしや爰にとまれとは思ひの外なる旅《たび》の宿《やど》。御詞《ことば》にすがり一《(ママ)》夜の情かり衣」。きつゝなれにし妻《つま》もなければ、心ばかりの松折《まつおり》くべ、沢辺の水の浅《あさ》からぬもてなし。「契《ちぎり》りし人は一昔《むかし》、人のおつとをうらやみ明暮《あけくれ》ものやおもはるゝ、か様に御宿仕も過去《くわこ》の約束《やくそく》にてぞあらん。御不自由《ごふじゆう》は旅のならひ、御心やすくふしどは奥座敷《おくざしき》、御《ご》したくよくば御休《おんやすみ》」と、物語の片手《かたて》には花つくりてのもてなし、丹前佐内くたびれは外《ほか》になり目もさるゐ行月。とぼし火のひかりに床《とこ》の間《ま》を見れば、ひどんすの長羽織《ながばをり》、金つばの中脇差《わきざし》、立髪鬘《たてがみかづら》かけ置たり。

「ふしぎやかゝる片里《かたざと》に役者のきるべき鬘《かつら》など、いかなる人のゆかりぞ」と尋られ此女涙ぐみ、「わすれて年《とし》をへし物を、おもひあへぬ御尋にあづかる物かな。よし有人と見るうへはあらまし御物語申さん。恥《はづ》かしながら私は、江戸吉原《よしはら》三浦屋の松の位《くらゐ》小紫がなれのはて。我々が身の勤《つとめ》くがい十年と定禿《かぶろ》の間はすたるぞかし。つき出しより思ひよる、浪《なみ》様と云ふ御客《きやく》に、逢《あひ》も逢《あふ》たりあしかけ六ツの春《はる》を重《かさね》、死《し》なば一所もふるめかしく、六年目の秋の暮《くれ》根引《ねびき》迄の御やつかい。目黒《めぐろ》の不動《ふどう》のほとりに小座敷かり、昼夜《ちうや》御かよひことに身うけの沙汰《さた》あしく、浪《なみ》様の首尾《しゆび》散々《さんぐ》にて、剰《あまつさへ》安房払《あほうばらい》と成給ひぬ。其後御出もなくあかぬわかれの鳥《とり》を恨《うらみ》、いかなる方《かた》にましますと、御行方《ゆきかた》のみあんぜしうさのやまひとはなりぬ。其時の我心御すいりやう有べし。誠に思ひ切のつよきはものゝふぞかし。あれこそ御形《かた》見《み》の品々《しなぐ》、迚《とて》もの事に姿《すがた》を替《かへ》御物語申さん。先此立髪《がみ》は人めしのぶの玉かづら、打かづきて長羽織《ながばをり》、さすや一腰《こし》くまがへ笠《がさ》、なんと男に似ましたか」といへば、両人口を揃「世界は自由《じゆう》、忽《たちまち》女が男となる世の中のさかしさ、扨其後は」と尋しかば、「さればいなかうした姿して、はるぐ〵来ぬるから衣、きつゝなれにし妻ゆゑと、別《わかれ》にのこし給ふ言の葉、思ひの露の忍ぶ山、しのびてかよふ道柴《みちしば》の露もいとわぬ中ぞかし。されば此鬘《かづら》を業平《なりひら》の、初冠《うゐかふむり》にたとゐたり。然共世中の人界の有様、一度は栄《さかへ》一度はお

とろふるならひ、誠なりける身の行衛、私ゆゑに浮《うき》名《な》をながし、さしもびゝしき其身なれど、よるべさだめぬ身と成給ひぬ。せめて尋もやせんと東《あづま》の方に行雲《ゆくくも》の伊勢や尾《お》張《はり》の海づらに、立浪を見ていとゞしく過にし事を思ひつゝ、うらやましくも帰る浪かなと、打詠《うちながめ》行ば信濃の《（ママ）》なる、浅間《あさま》の嶽《たけ》に立煙《たつけむり》、遠近《をちこち》人のみやはとがめそと口ずさみ、猶はる〲の旅の空爰かしこを尋しかど、恋しき人に逢《あふ》事なくせんかたつきはて、此三河の国にしるべをもとめ、渡世《とせい》の為沢辺《ためさはべ》ににほふ杜若、幸《さいはい》我名も小紫のゆかり、つまし有やと思ひぞ出るあづま人。かゝる物語は其品あまた有ながら、取分此八橋や三河の水の底ゐなく、契《ちぎ》りし人の面影を現《うつし》に成と見まほしく、色《いろ》を替品《かへしな》を替つゝまつ女といわれしは自が事なり。月やあらぬ春や昔のはるならぬ我身一つはもとの身にして、本学真如《ほんがくしんによ》の身をうけ、傾国諸分《けいこくしよわけ》の水とよばれしも是浪さまのかげぞかし。か様に申をかならずしもうたがはせ給ふな。誠は我つまの行衛しれざるをなげき、こがれ〲ていつとなく此八橋の沢辺に身をなげ、杜若の根にしがらみ、つゐにもくづとなりし妄執《もふしう》の姿ぞかし。旅人あまた有ながら恋しらぬやぼのみ多く、是ぞと思ふ男にあ

はず。おの〳〵方は情らしく、恋に色有殿《との》と見て、かりのやどりをこなたよりまいらせ、はづかしながら身の上をさんげする事よの義にあらず。こがるゝ男、牢人《らうにん》のいとなみにせまり武士《ぶし》をやめ、今は堺町の役者中村七三郎と名を替、むかしにまさる色男《いろおとこ》、狂言師《きやうげんし》に身をなし給ふ事、神ならぬ身とて我存命《われぞんめい》のうちつゆしらず、身を此河にしづめ、恋しと思ふ一念《ねん》にて妻の行衛をしりぬ。さすがの浪といわるゝ侍《さふらい》、役者と成給はん事釈迦《しやか》も御存知あるまじ。帰らぬ事ながら取かはしたる起請《きしやう》のつみのがれず未三津にまよひぬ。是を七三郎様にわたし、わし方よりつかはしたるせいしを取かゑ、御のぼりに此沢辺にながし給はらば、まさに成仏うたがいなし。くれ〴〵頼まいらす」と守袋《まもりぶくろ》をわたし、つくれる杜若の宿、色計こそ誠なれ。昔男の名をとめ花たち花の玉かづら、「是ももどして給はれ」と、いふかと思へばすがたもなく「さらば」の声木末《こずへ》に聞へ、夜はほの〴〵とあくるしのゝめ、朝紫《あさむらさき》の色もなく沢辺の枕に目をさまし、あたりを見れば守《まもり》にかづら、ゆめうつゝとはおもへども、いやといわれぬ形見の品々、又々世話をもとめながら「たのまれたが因果《いんぐわ》ぞかし。心やすかれ届まいらせん」とねんごろに廻向し、夜に日につゞゐで急武蔵野《いそぐむさしの》。

三　老《おい》ぼれ恋暮山姥《れんぼやまうば》(ママ)

箱根《はこね》の御番所《ごばんしよ》打過、おとにきこゑしかしの木坂、歩《かち》にて行さゑよほどの難所《なんじよ》、小田原《おだわら》の町に入時は七ツの比。つく〴〵此所の名物を見るに、情がましき男色我おとらじと出立、めん〳〵が見世に独《ひとり》ふたり。「海道《かいだう》一の名物、小田原外郎《うゐらう》めしませい」と詞のはしに気を付、爰もさながらやさしき商売、たとへば重《しげ》之丞折《おり》之介、小源太竜之介とて風流なる名をつけ、花やかなる商日《あきない》、我人土産《みやげ》にめしますはことわり、丹前之介も、相模《さがみ》屋の小源太といふにて二朱《しゆ》が外郎もとめ、小人がおもざしつく〴〵詠、我かゝる旅におもむくは元来あつもりの絵姿よりおこり、老の浪よりくる年もわかやぎ、かわれる女の面影にうつり、互に夫婦のかたらひをなし夫故の恥辱《ちじよく》、一家《け》の面目《めんぼく》をうしない、武士のいぢをはつて無念《むねん》のはらさん為、しらぬあづまにくだりぬ。さればさま〴〵のうき事を見聞も此身のしゆぎやう、いそがぬたびならば此所に逗留《とうりう》し小源太が情に預り度物ながら、佐内が思はん所もはづかし。人はたゞ色にほだされ浮名《うきな》をながし、替《かはり》なき身をすつるもの多し。恋のおもにの埒明ぬうちいらざる事よと、我と心に了簡し、町はづれに宿もとめ、明を待間《まつま》のとけしなく、寝《ね》られぬまゝの口ずさみ、手鼓《つゞみ》うつて夜るの友《とも》。佐内は口笛《くちぶえ》の名人、「松風ともろとも、声《こへ》すみわたる谷川に、手まづさゑぎる曲水の月に声すむみ山かな。あらものすごの深谷《しんこく》や寒林《かんりん》に骨《ほね》をうつ、雪鬼《せつき》なく〳〵前生の業《わざ》をうらむ、深野に花を友とする天人、かへす〴〵も幾《いく》世の善《ぜん》をよろこぶ。いや善悪は不二、何をか恨《うらみ》何をかよろこばんや」とうたひければ、奥の一間にあるじの老女此声に夢おどろかし、障子《しやうじ》のすきよりさしのぞき、丹前を一め見、我此年《とし》月いくたりか男ゑらみに日をかさね、漸《やうやく》七十年の春秋を暮《くらし》、つれしおつとは二年跡、はかなくなりし面影《おもかげ》のちりほこりものこらず、ちかい後家《ごけ》の独《ひとり》ずみ。男の子共にやしなはれ寺道場《ぢやう》の庭《には》にまいれど、つらゐ嫁《よめ》子のさいそく、髪《かみ》をもおろし、明暮称名《あけくれしやうめう》となへとは、我子ながらも不孝《ふかう》の一言《ごん》なれ共是非《ぜひ》なき世渡《よわたり》、恨《うらむ》は愚智《ぐち》ぞと思ひかへ、おもしろからぬ寺参り、心にそまぬ念仏の声《こへ》うとましながら申ぞかし。迚《とて》も色より出たる此身、色にて死《し》するは誠ぞかし。殊に今宵《こよひ》のとまり客《きやく》、近《きん》年通《とを》る旅人《りよじん》には花めづらしきやさ男、是非にくどいて姥《うば》玉の、よるのふしどをかさねなば、何の思ひか有明《ありあけ》のとぼし火かき立、おはぐろつぼかねくろ〴〵とつくも髪《がみ》、雪のごときに油を付当世《たうせい》の折嶋田《おりしまだ》、鏡《かゞみ》にむかひ見るに付、我寄《わがよる》年《とし》を恨、「かゝる姿にてなか〳〵おゝとはいふまじ。何とぞ形《かたち》を替《かへ》枕に近付《ちかづき》、くどきおとしてあとは我もの。いかゞ」と思案《しあん》の出来《でき》分別《ふんべつ》。幸《さいわい》孫がもてあそぶお山のめん、是をかづゐて頭《かしら》の雪、綿帽子《わたぼうし》にてかくしなば、若《わか》木に帰る花盛《ざかり》すこしは残る昔《むかし》の面影《おもかげ》、さいはゐととぼし火吹《ふき》けし、爰かしこもてあそび箱《はこ》さがし、まごがわるさして角《つの》おとしたる鬼《おに》の面《めん》手にあたるをうれしくうちかづき、かゞみし腰《こし》をのしきつて闇《やみ》はあやなしさぐり足《あし》。

両人一十《しぢう》を聞すまし、「うたてや老《おい》ぼれがしわざ、どうもたまらぬ程おかし。なぶつてあそばん」「尤」とうなづき、「そりやこそくるわ」とそらね入、夢にもしらで老女《らうによ》漸《やう〳〵》枕《まくら》により、「迚《とて》もはやほにあらはれし我が思ひ、ひなにも恋は有ぞかし。都《みやこ》の人とそひねせば、未来《みらい》は仏果《ぶつくわ》のゐんにひかれ、仏にならん事何のうたがいかあらん。是旅《たび》のお客《きやく》」とゆりおこせば、丹前わざとしらぬ顔《かほ》、「姥《うば》玉のくらがりま

ぎれのしのび妻《づま》、門《かど》ちがへかとぞんずれば、はや〳〵帰り給へ」といふ。「姥玉とはよその事、我身は未《いまだ》十六夜《いざよひ》のまだ宵月《よひ》のまゆがすみ。振袖《ふりそで》きぬは所がら、腰《こし》のすこしかゞみたるは親《おや》たちのわざぞかし。其外何のふそくかあらん。所はよいより見て置ぬ。かた様がいやならば、こちらの殿《との》でもみづからはくるしからぬ」と手をとられ、佐内ふり切「おそろしや〳〵。眼《まなこ》の光《ひかり》はほしのごとく、面《おもて》は瓦《かはら》の鬼《おに》一口。こよひはじめて見る時は露《つゆ》とこたへてきゑたきおもひ。ゆるさせ給へ」と跡すさり。

時に老女《らうにょ》ふしぎをなし、「何自《みづから》が姿《すがた》を鬼と仰候はうらめしき御詞。何をか見付さはの給ふ」。「鬼《おに》といふがふしぎならば、庭前《ていぜん》の水鏡《かゞみ》にて見給ふべし」。「仰迄もあらず」と手水鉢《てうずばち》をさしのぞけば、うたがひもなき鬼の顔《かほ》。「なふ情なやうつくしき、お山の面《めん》と取ちがゐる是をきたるは何事ぞ。旅人のおそれ給ふ事かへす〴〵もことはりなり。もはや望のかなはぬうへ誰《たれ》をか恨《うらみ》ん。よしあしびきの山姥《うば》が姿かくこそあらめ、我身ながらもおそろしや」と、面《めん》をとらんとするにはなれがたく、生《むま》れ付たるごとく成き。

「そも何の因果《ゐんぐわ》にて、生《いき》ながらかゝる姿と成、いかでか人にまじわらん。抑《そも〳〵》昔《むかし》の山姥《うば》は、生所《しやうど》もしらず宿《やど》もなく、只雲《たゞくも》水をたよりにていたらぬ山の奥《おく》もなし。然ば人間《にんげん》にあらずとて、隔《へだ》つる雲の身をかゑ、かりに自性《じしやう》をへんげし、一念化生《けしやう》の鬼女《きぢよ》と成て目前《もくぜん》に来れ共、邪正《じやしやう》一如《によ》と見る時は、色則是空《しきそくぜくう》其儘《まゝ》に、仏法《ぶつぽう》あれば世法有、煩悩《ぼんなふ》あれば菩提《ぼだい》有。仏あれば衆生《しゆじやう》有、衆生あればこそ此姥《うば》も恋をすれ。柳《やなぎ》はみどり花はくれなゐの、色《いろ》と云くせものゆゑ、かくはづかしき姿を見せまいらすぞかし。さなきだに山姥も、情と云をしればこそ、有時は山賤《やまがつ》の樵路《しやうろ》にかよふ花の影《かげ》、休《やす》むおもにゝかたをかし、月もろ共に山を出、里迄おくるよしもがな。われはそれには引替《かへ》、善《ぜん》のすゝむる嫁子《よめご》をそしり、剰《あまさへ》此年迄色有男にほだしをうたれ、煩悩《ぼんなふ》のきづなやむ事なし。今迄の因果《ゐんぐわ》つもりてよしなき恥《はぢ》をあらはし、明《あけ》なば何とかいふべし。天道《たう》の罰《ばつ》とをからずして目前《もくぜん》のくるしみ、只今迄の悪《あく》をさつて善《ぜん》にもとづき、後《ご》世をもねがい嫁子にもしたがはん。何とぞ此面こよひのうちにおとし給はれ。南無箱根《はこね》三社権現《ごんげん》」と身を打てなげきしかば、一家《け》此声《こへ》に驚《おどろき》、何事やらんと立出しを、丹前押《おし》とめあらまし様子を語、「親子なれどこよひの対面《たいめん》は御無用」と、利にせめられて子共嫁《よめ》、あら涙をながし本《もと》のふしどにいれば、両人も気味《きみ》わるく夜もすがら目もあはず。

光明《くわうみやう》真言《しんごん》のどくじゆの内、明方《あけがた》つぐる鐘《かね》のこへ、現《うつゝ》なき老女が枕に近付、「心はいかゞ」と尋しかば、「はつ」とこたへておきさま、ふしぎや面《おもて》おちもとのごとくの姿となれば、老女は夢のさめたる心地、人々を千度《ちたび》はいし、「かく迄仏縁《ぶつゑん》ふかき方《かた》〴〵をとめまいらせ、此姥が悪心《あくしん》をさるのみ、心の鬼《おに》の角《つの》もおれ、昨日《きのふ》に替《かはる》心の闇《やみ》、今と云今はれわたり、仏《ほとけ》にかしづく心指《こゝろざし》、此よし嫁子《よめご》にもしらぬ人にも咄《はなし》給はゞ、女たるもの〻手本共なるべし」と、今こそ誠のあいさつ。「其心からは一念《ねん》ほつき、菩提《ぼだい》の道に入給はん。今より後はたのもしの心。もはや帰る」と暇乞《いとまごい》。「御のぼりには必」と老女は姿の有程見おくり、立帰つて自《みづから》髪《かみ》をおろしぬ。悪《あく》につよき者善心《ぜんしん》にもとづくとは、か〻る事おや夕暮《ぐれ》の露《つゆ》。

三　尋来《たづねき》て見る柏崎《かしはざき》

先《さき》の宿《しゆく》には大礒《いそ》小礒、平塚《ひらつか》には美男石《びなんせき》、是なん虎《とら》が石共いゑり。藤沢《ふぢさは》には小栗《おぐり》の古跡《こせき》、とつかはとして行ばほどがや。かたい所かして金川、此河崎は心やすし、わたらずして品川、入口のゑんま堂《どう》十王《わう》十体眼《たいまなこ》をひらき、善悪《ぜんあく》人のつみとがをあらため手帳にしるし給ふ。此像《ざう》四《よ》方《も》にみち〳〵なれど、とりわけおそろしく、日本橋《ばし》をわたる時ひるの比なり。

此ほとりにしる人有をたよりに宿《やど》もとめ、まづ心あての光尾《みつを》助之丞屋敷をたづね、下部に近付様子を尋ければ、「今日は御遊山《ごゆさん》にて御帰は夜に入べし。明日御出しかるべし」と申ければ、「先《まづ》は首尾《しゆび》よし。宿に帰りてはねるより外なし。是よりすぐに中村七三方へ行、小紫《むらさき》が形見《かた》をわたし、起請《きしやう》をも取替《かへ》女の思ひをはらさせん」と、堺町《さかい》を尋しかば、未芝居《いまだしばい》みてぬよし、「しからばまち申さん」と云所へ七三郎帰り、「いかなる御用」と尋ければ、「さん候我々は上方者《かみがたもの》。みつ〳〵御物語《ものがたり》申事有」「くるしからずばお座敷へ先御とをり、お茶《ちや》たばこぼん。いざおろくに」と互に居なをり、「御《お》尋申事余《よ》の義にあらず。御自分《ごじぶん》の義以前は武士《ぶし》にて、御全盛《ごぜんせい》の時、吉原《よしはら》の小むらさきになじみ、それゆへ御牢人《らうにん》あそばし、行衛なく成給ふと聞。此女跡《あと》をしたひ方《はう》〴〵と尋、御行方《ゆきがた》のしれざるを恨《うらみ》、三河国八橋に身をなげしとかや。なれども取かはしたるせいしのつみふかく、未三津《いまださんづ》にまよひ仏くわにいたらぬとて、紫《むらさき》がれいこん我々を頼、貴公に逢起請《きしやう》を取替《とりかへ》給はらば、成仏《じやうぶつ》うたがい有間敷との、一言《ごん》もだしがたく是迄参りぬ。御心に覚あらば、此形《かた》見を御覧あれ」と、かづら起請《きしやう》を取出せば、七三郎涙をながし、「誠に不思《ふし》義なる事を承る物かな。是には段々《だん〴〵》様子有、くわしく御物語申さん。元来《ぐはんらい》私の芸《げい》の師匠《ししやう》を中村七三郎と申き。此仁以前はぶしなれど、御咄《はなし》の小紫《むらさき》ゆへ牢人と成、渡世《とせい》の為《ため》歌舞妓《かぶき》役者《やくしや》と成給ひぬ。もとよりはつめいにて丹前風《たんぜんふう》の狂言《きやうげん》、やつし武道《ぶだう》も所作《しよさ》事も、ふたり共なき名人《めいじん》なれど、当世《たうせい》とかはり見物《けんぶつ》もてはやさぬ時代《ぢだい》。其時私とは師弟《してい》の約束《やくそく》、兄分《あにぶん》やら弟分《おとゝぶん》やら、何やらかやらわけもなくむつまじき中成しが、人の命はかぎり有、折からの風になやまされ今をかぎりなりける時、私を枕によせ、『暦《れき》々の一門《もん》有ながら、此身となれば通路《つうろ》成がたく、そちをつえ柱《はしら》共おもふぞかし。死《し》してまよひに成事一つ有』と、小紫があいさつのこらず語《かたり》、『もし尋来りなばせいしをかへし、跡とむろふて』とくれ〴〵仰おかれし

也。最後《さいご》に名迄ゆづられ、今名人《めいじん》といわるゝ事、先《せん》七三郎殿の影なれば中〳〵そりやくにはおもはず。おもひよるべの中なれば、きつゝなれにし玉かづら、なき人に逢心地《あふこゝち》、形《かた》見こそ今はあだなれ是なくば、わするゝ隙《ひま》もあるまじものをと、よみしもおもひしられたり。是を如来《によらい》の前に置いよ〳〵御ゐかう申さん。扨小紫のせいし是也」と丹前にわたしければ、両人請取《うけとり》、「現《うつゝ》につげし言《こと》の葉《ば》の露《つゆ》たがはざりけり。尋来ればこそ不思議もはれたり。御ゐん有ば重《かさね》て、先《まづ》おいとま」と立所をしばしとゞめ、「せめての心《こゝろ》指《ざし》、何なくとも御酒《ごしゆ》壱つ」と、手打《うち》のそば切所がらとて武蔵野《むさしの》の大盃、「一つのんで給はれ」と、ていしゆ方よりさしめのあい、「おさへられたる此酒《さけ》、肴《さかな》なくてはあがらぬ」と云ふ。「きこゐたく〳〵。舞台勤《ぶたいつとむ》る私、盃せよとの御事か。何成共お望次第《しだい》。さりながらおの〳〵の御尋、殊に小紫の形《かた》見、先《せん》七三郎の玉かづら、御持参《ごぢさん》あるはひつきやう柏崎《かしはざき》の謡《うたひ》に似たり。此座の肴、一ツは追善《ついぜん》の為《ため》、柏崎《かしはざき》のクセを舞《まふ》ておめにかけん。只しうき世事か」といへば、「いや〳〵当世《たうせい》事は猫《ねこ》に小判《こばん》。しつた能《のふ》こそおもしろからん。しかし林方《はやしかた》、地謡《ぢうたひ》なくてはすまぬもの」。「それこそこちが手下《てした》に山、

誰《だれ》かれよべ」といふ所へ、役者五七人座敷《ざしき》になをり、笛大小《ふへだいしやう》の鼓《つゞみ》役、地《ぢ》うたひむかふにかしこまれば、七三郎は勝手《かつて》ばやく、女かづらに本将束《しやうぞく》、篠《さゝ》のはにしでを切《きり》、右に形《かた》見のかづら、障子《しやうじ》をひらゐて座敷に出。

是より柏崎がクセ本能

かなしみのなんだまなこにさへぎり、おもひの煙《けぶり》むねにみつ。つら〳〵是をあんずるに、三がいにるてんしてなを人間《にんげん》まふしうの、はれがたき雲《くも》のはの、月のみかげやあきらけき、しんによ平等《びやうどう》の、うてなにいたらむとだにもなげかずして、ぼんなふのきづなにむすぼれぬるぞかなしき。ざいしやうの山高く、しやうじの海《うみ》ふかし。いかにとしてか此しやうに、此身をうかべんと、げになげくとも人間《にんげん》の、しんみくしいの十の道《みち》おほかりき。さればはじめの御法《みのり》にも、三界《さんがい》一心《しん》也心外《しんげ》無別法《むべつぽう》、心仏及《しんぶつき》衆生《しゆじやう》と聞時《きくとき》は、是《ぜ》さん無差別《むしやべつ》何《なに》うたがひのあるべき。こしんのみだゆいしんの浄土《じやうど》なるべくば尋ぬべからず。此寺《てら》のみ池《いけ》の蓮のゐんことをなどかしらざらん。只ねがはくはかげたのむ、こゝをちからのたすけ舟、こがねのきしにいたるべし。そも〳〵たのしみをきはむなる、おしへあまたにうまれ行《ゆく》、道《みち》さま〴〵のしなゝれや。たからの池《いけ》の水《みづ》くどくちの、浜《はま》のまさごかず〳〵の玉のとこ、うてなも品々《しなぐ》のたのしみをきはめ、はかなき命《いのち》の仏《ほとけ》なるべしや。にやくが成仏十方《じやうぶつじつぱう》世界《かい》なるべし。本願《ほんぐわん》あやまり給はずば、今の我等《われら》がねがはしき、妻《つま》の行衛《ゆくゑ》をしらくもの、たなびく山や西《にし》の空《そら》の、かの国《くに》にむかへつゝ、ひとつ浄土《じやうど》のゐんとなし、のぞみをかなゐ給ふべしと、称名《しやうめう》もかねの音《ね》も、あかつきかけてとぼし火の、よき光《ひかり》ぞとあふぐなる。南無きめう阿弥陀尊《あみだそん》、紫 夫婦《むらさきふうふ》の人々を成仏《じやうぶつ》せさせ給へと、よにおもしろく舞《まい》ければ、丹前佐内きやうにちやうじ、かたのごとくの一礼《れい》さらば〳〵と立別《たちわかれ》、おのがしたくに帰《かえ》る夕暮《ゆふぐれ》。

女大名丹前能　六巻終

女大名丹前能《おんなだいみやうたんぜんのふ》　七之巻

一　間狂言《あいきやうげん》青葉《あをば》の笛《ふえ》

「物もふ」「どなたでござります」。「昨日御尋申たる者《もの》」。「御けみやうは何と申ました」。「我々生国《しやうこく》は下総《しもおさ》のさくら、光尾《みつを》孫《まご》之丞が世倅《せがれ》同名《どうみやう》観《くわん》左衛門。本名《みやう》を替《かへ》只今は丹前之介、直々《じきぐ》申上度《たき》子細《さい》有」。「暫《しばらく》それに」とうかゞいしかば、助之丞立出、「先《まづ》御通《とをり》」と一間にしやうじ、「つゐに御意《ぎよゐ》ゑねど、御物語《ものがたり》をうけ給はれば私とはいとこなりき。父《ちゝ》助太夫存命《ぞんめい》の内《うち》御噂《うはさ》のみ申たり。なれ共御詞《ことば》に心得ぬ事有。貴殿《きでん》と某《それがし》とは同年《どうねん》たるべきに、殊の外《ほか》若年《じやくねん》のてい、いかにしてものみこまず」と目の内かはれば、「御ふしんは御尤、某若《わか》く成し事、か様〳〵」と大坂にての不思《ふし》義、「系図《けいづ》をとめられしゆへ、祝言《しうげん》の座にて、人売《うり》の悪名《あくみやう》をとれば一門《もん》の恥《はぢ》、何とぞ助太夫殿に対面《たいめん》し勘定《かんぢやう》を申請《うけ》、築紫《つくし》に下り事をたゞし、くわいけいの恥《はぢ》をすゝがんと、御住名古《ごぢうなご》やゑ御尋申所に、御当地御用に付御下りのよし、直《すぐ》に此地に罷下り久〳〵にて対面《たいめん》、殊に御堅固《けんご》の体《てい》、千万目出度候」と一十を語《かた》れば、助之丞もくねんとうなづき、「御咄《はなし》一つ〳〵拙者が胸《むね》にあたり、慥に覚有上、うたがひ申にあらねど、昔《むかし》が今にいたり、老人《らうじん》の若やぐ事ふしぎといふもあまり成き。只今系図《けいづ》を遣《つかは》し度《たき》物ながら、かりそめながら大事の物。さればとてとをからぬ一家世に出べき所に、勘定《かんぢやう》たしかならぬゆへ、人売《うり》の悪名《あくみやう》を取事口惜《くちおし》きは御同然《ごだうぜん》。御心底《しんてい》あかさるゝ上うたがいはれたり。光尾《みつを》の一家《け》と申ては貴殿《きでん》私、ぞんずる胸《むね》あれば、近日御同道仕難波《なには》に上り、御せんど見とゞけ申さん」と頼もしきあいさつ、「誠に身はなきより、其上種々《しゆく》の御地走《ごちそう》、此上はよろしく御はからい、近日御左右を奉待」と、子細《しさい》らしく一礼し、げんくわ前《まへ》にて立わかれける。

丹前思ひけるは我たま〱此地に下り、傾国芝居《けいこくしばゐ》見ぬなどあんまりかたし。もし築紫《つくし》にくだらば、又見る事も不定成き。先中村七三郎が狂言《きやうげん》見んと、足《あし》をはやめて堺町《さかい》。芝居《しばゐ》の前《まへ》に人山をなし、ゐいや〱の声《こゑ》やかましく、狂言の外題《げだい》を見れば、一の谷青葉《たにあをば》の笛《ふえ》。誠にこのあつもりの面影《おもかげ》ゆへかゝるうき身と成ぬ。せめて思ひを見てはらさんと、芝居の内にいれば番付《ばんづけ》さへ十二銭《せん》、京大坂にくらべて大分《だいぶん》たかし。

是だけ江戸の繁昌《はんじやう》、暦《こよみ》にひとしきをくりかへし見れば、熊谷《くまがへ》に中村七三郎、あつもりに岩井左源太、名人共がよつての仕組《しぐみ》。すは続《つゞき》の二番《ばん》め、あつもり駒《こま》に打乗《うちのり》、「しかるに平家《へいけ》世を取て廿四年、誠にひと昔《むかし》のすぐるは夢《ゆめ》のうちなれや。寿永《じゆゑい》の秋《あき》の葉《は》の、四方《よも》の嵐《あらし》にさそわれ皆ちり〴〵と成ぬ。我も乗《のり》おくれじ」と、浪《なみ》打《うち》ぎはに出しかば、御座《ざ》舟も兵舟《ひやうせん》もはるかにへだゝりぬ。せんかた浪に駒《こま》をむかへ、あきれはてたる風情《ふぜい》、ふやうのまなじりたんくわの口びる、また有間敷すがたぞかし。然る所へ「武蔵《むさし》の国《くに》の住人《ぢうにん》しのとうのはたがしら、熊谷《くまがへ》の次郎直実《なをざね》」と名乗《なのり》、「あつばれよき敵《かたき》、打《うつ》てとらん」と扇子《あふぎ》をひらき「かへせ〱」とよばわりぬ。あつもり馬《むま》を引《ひき》かへし、浪《なみ》の打物《うちもの》ぬいて二打三打うつぞと見へしが、馬の上にて引《ひつ》ぐみ、浪打ぎはにおちかさ成、首《くび》をとらんとうちかぶとを見れば、十六七の女ぞかし。かたなさすがの熊谷《くまがへ》、手もちあしくのかんとす。「是熊谷あい手に不足《ふそく》はあるまじきに、何とて首《くび》はとらざるぞ。とくうて」といなをるにぞ、

「直実程《なをざねほど》の侍《さぶらい》が、女を打ては一分立ず、そこのかれよ」とにげんとす。うしろよりいだきとめ、「誠は我、あつもり様につかわれし青葉《あをば》といへる女。およばぬ恋に君をしたひ、度《たび》々情《なさけ》にあづかりし御恩《ごをん》ほうじがたく、せめては今日の軍《いくさ》に成と御身替《がはり》に立、君の命《いのち》をたすけたく、思ひさだめて此姿《すがた》。かた様の御事情《なさけ》有武士《ぶし》と聞《きく》。自《みづから》が首《くび》とつて誠の君を見のがし給へ。是おがみます」と涙のしづく。熊谷もともにこぼるゝよろひの袖《そで》、「尤哀はさる事ながら、いかにおもへばとて戦場《せんぢやう》にて、直実《なをざね》が女を打ては末代恥辱《まつだいのちじよく》、人見ぬうちにはやかへれ」。「いやかゐらじ」と取つく所に、むかふの磯辺《いそべ》に若武者《わかむしや》の、駒《こま》をはやめ行《ゆく》を見て、「是ぞ誠の敵《かたき》ぞ」と振《ふり》切ておつかくる。「つれなしかへせ」とひれふす中場《なかば》へ、見物《けんぶつ》の中より、あみ笠着たる男舞台《ぶたい》にあがり、「是左源太殿、今日初てのげんさんに御執心《ごしうしん》の山、およばぬ恋としりながら、思ひ初《そめ》しがゐんぐわぞかし。御心底《ごしんてい》はともあれ、私の所存《しよぞん》是迄」と左《ひだり》の指《ゆび》を切所へ、同年比《おなじとしごろ》なる男《おのこ》、あはてゝ舞台《ぶたい》にあがりさま〴〵のかいほう、見物我も〳〵と立さはぎ「すは指切よ、独《ひとり》ならずふたりまで」と上を下へとかゑす。

左源太何の返答《へんとう》なく指をひろいていたゞく。林方五七人男をいたわりがくやにいれば、狂言《きやうげん》もそこ〳〵にはて太鼓《たいこ》打たつる。「馬鹿者《ばかもの》ゆへにあつたら狂言見さしぬる」と、めん〳〵わる口いふて帰るは尤、がく屋にて七三郎指切男《ゆびきりおとこ》を見付、「御自分《ごじぶん》は丹前殿の家来《けらい》、佐内にてあらずや」とあきれたる顔《かほ》。丹前も面目《めんぼく》うしなひ、「今日初て見物にまかり右の仕合。是佐内様子こそあらん、所存《しよぞん》をあかすべし」といわれ、「さん候、好色《かうしよく》の義は堅《かたく》いましむる心底《しんてい》なれど、今日左源太殿のすがたを見、世にかゝる男《なん》色《しよく》も有物かと、思ひつめたるしるし。せめてゆび切て成とまいらせん」と、あわれなる一言《ごん》、「我人有まじきことならず。しらぬ人さへ捨《すて》おかぬ野州《やしう》の習《ならひ》、まして存たるおの〳〵、心指《こゝろざし》を左源太に語《かたり》、盃《さかづき》成とさせまいらせん。此所に足《あし》をとめ、よしなき評判《ひやうばん》聞て気毒《きのどく》。先《まづ》御帰り」と丹前供に籠《かご》にのせ、うら道《みち》より帰しけると也。

二　方便《はうべん》に情《なさけ》の羅生門《らしやうもん》

明《あけ》の夜《よ》、樽肴《たるざかな》、扇子車《あふぎくるま》の紋《もん》付たる小袖一重《ひとかさね》、下男一やうのこん染《ぞめ》、前後美《ぜんごび》をつくし丹前が旅宿《りよしゆく》に来り、左源太よりの口上つまびらかにのべて帰る。つゞゐて七三左源太同道《どうだう》にて奥《おく》にとをれば、佐内は寝耳《ねみゝ》にかみなり、うれしきとはづかしきとわけもなき風情《ふぜい》、下袴《しもばかま》をも前後《まへうしろ》に着《ちやく》し、ふすまの片角《かたすみ》にかくれ、小指《こゆび》をくはゐ座敷《ざしき》に出るけしきなかりき。

丹前は気毒顔《きのどくがほ》、ていしゆが耳《みゝ》にさゝやき、「とりあへず銚子《てうし》盃《さかづき》」、宿の内義はそれしやのはて、取肴いろ〳〵からくみ、どうやらにつこらしき座敷。首尾《しゆび》つくろいて酒中場《さけなかば》、岩井がもちたる盃、「佐内様にさしたい」と、いへどもあつといふ者《もの》なし。内義もどかしく佐内がそばにより、「おもはく様のお盃、でゝいたゞかしやんせ」と手をとれば、いかにしてもはづかしく、「わしが代りこなたのんでくだされ」と云。「ぬしのちがふた盃がいたゞかるゝものか。盃さへはづかしくまさかの時はなんと」。「それは其時の思案《しあん》こそ」と、にげんとするを引とめ、むりに座敷に供なゐば、左源太、七三おかしく、「其心底《しんてい》猶外《ほか》ならず思ふぞかし。御心のせつなるまゝ今宵《こよひ》お尋申たり。うけ給はれば、近日かみ方《がた》への御上り、私とても都の者頼度事も有。先《まづ》お盃あげません」と、一つほしてさしければ、夢《ゆめ》にいたゞく心地《こゝち》、わな〳〵ふるひながらずつとのみ、胸《むね》をたゝゐて、「誠にかたじけなき心底《しんてい》、旅《たび》の情《なさけ》とはか様の事をか申さん。御覧《ごらん》のごとくいやしき身に御情の盃、殊にはる〴〵の道《みち》御出のみ、種々《しゆ〴〵》の御進物《ごしんもつ》申請たる御同然《ごだうぜん》、皆〳〵返弁《へんべん》申す」と手のうらかゐす返答《へんとう》、

「是は」と人〴〵佐内が顔《かほ》を詠《ながめ》、「心指《こゝろざし》は木《こ》の葉《は》といふに、近比不《ぶ》調法《てうほう》なるあいさつ。それが爰へ出る事か」と、いへ共佐内かぶりをふり、「いや〳〵左様でござらぬ。指《ゆび》一つ切《きる》事さ程大切《たいせつ》な事にあらず。あなたがたは男色《なんしよく》ながら勤《つとめ》の身、義利《ぎり》といふが捨《すて》がたく、か様の御心《おこゝろ》づかいにあづかる。是をとめなば、左源太様は立べけれど佐内めが一分たゝず。其子《そのし》細《さい》はかみずりな若《わか》い衆《しゆ》世に多し。か様の噂《うはさ》をきゝなばよい事がましく、指切《ゆびきる》事のしやうばいとならん。然ば色欲《しきよく》の二つ、御盃を頂戴《ちやうだい》すれば心にかゝる山のはもなし。御心指《こゝろざし》は是より外あるまじければ、返弁《へんべん》申があやまりか」と此一言《ごん》におの〳〵舌《した》をまきぬ。

左源太も返答《へんとう》なく「此うへは心まかせ。然ば其盃是へ」と、あなたこなたにめぐる酒《さけ》、「誠有まじわり、頼有中《たのみあるなか》の酒《しゆ》ゑんかな」と諷《うたひ》おさめ、いざくつろいで物語《ものがたり》。まはりに成て色咄《いろばなし》のかる口、七三が番《ばん》にあたれば「何をかはなさん。げにおもひ当《あた》るはなし有。新《しん》橋には夜ふけ人しづまり、小《お》野《の》山宇治右衛門が執心《しうしん》よな〳〵出、おそろしゐ目して、役者《やくしや》さへ見ればおどすと云。なんと誠しからぬ事ながら、今《こ》宵《よひ》の帰り足《あし》是非《ぜひ》かの橋をわたらんが、思ひなしか気《き》味《み》わるし。我々が狂言《きやうげん》にも、一念死霊《しりやう》事たび〳〵いたせどこゝろよからず。殊に小野山がゆふれい、さこそおそろしからん。此なぞとひてみられ」といふ。

佐内手を打「さすがの中村殿とも覚ぬはなし、土《つち》も木も我大君《おゝきみ》といふは外《ほか》になし。四《し》海浪《かいなみ》しづかに弓《ゆみ》は袋《ふくろ》、釼《つるぎ》は箱《はこ》におさまり、誠に堯《ぎやう》の御代《みよ》とても今ほどには有まじ。あの世から、小《お》野《の》山風《かぜ》が吹《ふけ》ばとて何事あらん。惣《さう》じておくびやう者《もの》の目からは、薄《すゝき》のほを見ても狐狸《きつねたぬき》の尾《を》と見るぞかし。左様の咄《はなし》は御《ご》無《む》用《やう》。只外《よ》のうはさをし給へ」とすこしはきよくるあいさつ。七三郎むつとしたる顔《かほ》、「論《ろん》はむやく。誠かうそか、彼橋《かのはし》に立《たち》越《こへ》、様子を御覧《ごらん》あるべし」と云。「扨はおくびやう者《もの》にてまいるまじきと思召か。御指図《さしず》にまかせ是非《ぜひ》の一つを見届帰《とゞけかへ》らん。何にてもしやうこをつかはさるべし」。左源太中に入「互によしなき諍《あらそひ》、只今七三郎様の咄のごとく、役者にあらねばかまわぬよし。幸《さいはい》進上申たる小袖は、方《かた》様の召替《めしがへ》と思ひ、私の定紋《じやうもん》を付たり。是をめして御出あらば、定めし役者と思はん。印《しるし》には是を立置帰り給へ。我々帰る道《みち》なればしやうこ迄に」と、もちたる扇子《あふぎ》わたせば、佐内は是を請取《うけとり》、「かくは申世の中に、生霊死《いきりよし》霊《りよ》も有ならひ。此いこんの恨《うらみ》小野山が執念《しうねん》にひかれ、もし帰らざる時は二度《ふたゝび》御目にかゝるまじ。首尾《しゆび》よくば其幽霊《ゆうれい》、手取にしておめにかけん。先《まづ》それ迄はさらば〳〵」と、かり着小袖《ぎこそで》は役者の風《ふう》、はちまきしめてしりからげ、腰《こし》にさいたは関《せき》の孫《まご》六、六尺の棒引《ぼうのり》（ママ）さげ、九ツの鐘もろともくゞりをあけて四方を見れば、目ざすもしれぬくらき夜。ゆかでかなはぬ男《おとこ》のいぢ、新橋迄は町つゞき、しや何事のあらんと心静《こゝろしづか》にあゆみしが、橋《はし》のこなたにて気味《きみ》あしく、少しは身ぶるいも出たり。こはげのくるは心からと、力足《ちからあし》をふんで橋の中ばにさしかゝり、眼《まなこ》をくばつて見る所に、何者共しらず立髪《たてがみ》

さばき長脇差《ながわきざし》、眼《まなこ》の光はあかねさす。

佐内一目見てきへたき心、なれども国へのきこへ、土産《みやげ》にせんと思ひ出し、「南無さいふの天神、我《われ》一生《しやう》の手《て》柄《がら》此時に極《きはまり》ぬ。力《ちから》をそへさせ給へ」と一心にきせいし、二尺三寸するりとぬけば、かの男気もにこたへ、「命を助《たすけ》給へ」とひれふす所を取ておさへ、「して先おのれは何者《もの》ぞ」。「さん候私は、敵《かたき》役《やく》宇治右衛門がゆうれい。過つる顔《かほ》見世前《まへ》、大坂片岡仁左衛門よりかゝへに参り、十月の末《すへ》上方《かみがた》へ上る所に、風の心地《こゝち》にさそはれ、道中《だうちう》にてはて武蔵野《むさしの》の土《つち》と成ぬ。なれ共難波《なには》の妻子《さいし》なつかしく、もし御当《ごたう》地《ち》の役者、いづれにても、京大坂の芝居《しばゐ》に有付のぼらるゝ人あらば、せめて形《かた》見をおくらん為《ため》、毎夜《まいよ》此所に出るぞかし。助《たすけ》給へ」と、涙ながらのいゝわけ、「何共心得ぬゆうれい。当年《たうねん》の芝居、江戸より上る役者あれば、八月九月に極る事我々迄もしるぞかし。役者の身とし、しらぬといふには様子こそあらめ」と、能々見れば立髪《たてがみ》かづらにしんちうの作《つくり》目、「どうでろくなやつにあらず」と、むなぐら取て引立、「さあこい」といふて宿《やど》に帰り、すぐに座敷《ざしき》に引すへ、「小野《おの》山がしやうたいいけ取て来りぬ。いづれもよつて御らうじ

ませ」とあせをぬぐへば、左源太、七三は笑《わらひ》出し、「あつばれお手柄《てがら》、此うゑは様子をあかさん。きやつは私の家《け》来《らい》鬼団《おにだん》六と申者《もの》、御自分《ごじぶん》私へ御執心《しうしん》にて、指《ゆび》迄切てくだされしかど、御心のしれざる内なびかぬ事我々が習《ならい》ぞかし。進上申たる物は、かたじけなき一礼の印《しるし》なるを、はづかしき一言うけ給はるうへ、御心底《ごしんてい》引見るにはおよばねど、下地《したぢ》仕組《しくみ》置たる事無にならんと、よしなき口論《かうろん》させ、思ひもよらぬ骨折《ほねおら》しました。其段《だん》は御免あるべし」と目はぢきすれば、内義は勝手《かつて》に床《とこ》の用意《ようい》、「夜もふけぬれば御休《やすみ》。宵《よひ》よりの気《き》あつかい、是からは又わしが心中、おめにかくるははづかしけれど、まあござんせ」とつれ立てゆく。

三　高尾《たかを》が写《うつす》白楽天《はくらくてん》

借屋《かし》かしておもやとやら、丹前が思ひそめしを、佐内が指一つでむまい事して明方《あけがた》のわかれ、すこしは法《ほう》界《かい》りんき、菟《と》角衆道《かくしゆだう》に縁《ゑん》なき身を恨《うらみ》、「よしや吉原《よしはら》に立越、女郎など買《かふ》て過し夜の無念《むねん》をはらさばや」と、ていしゆふたりうなづきあい、出しぬきにして、佐内に鼻《はな》あかせよと忍《しの》びて急通路《いそぐかよひぢ》、「此里を吉原といふはいかなるゆへにや」。ていしゆ答《こたへ》て云、「さればこれより東《ひがし》にあたり、またなき好色の本地。昔《むかし》はするがの国、吉原といへるに遊女《ゆふぢよ》有て旅人《りよじん》をとゞめ、一夜切《きり》の情《なさけ》をかけしが、いつしか江戸にうつし堺町のあたりに有しを、去ル明暦大火《めいれきたいくわ》の後《のち》此三谷《さんや》にうつしぬ。いぜんの山谷といふは、野原露《のばらつゆ》ふかく、こらうやかんの住家《すみか》成しが、今は引替傾国《けいこく》の里と成、智《ち》有も愚《おろか》なるもほだしをうたれぬはなかりき。されば女郎の髪筋《かみすぢ》には、いかなる奴《やつこ》もつながれ、わかれに思ひをのこさせ、行《ゆき》ては帰りかゑりては行。先入口の大門は東側《ひがしがは》に有て、八ツの町をよこ切、いわゆる大夫、格子《かうし》、山茶《さんちゃ》、局《つぼね》にこそ直段《ねだん》の高下《かうげ》有。君に大門口をみては、おのれ〳〵がゑもん坂《ざか》をつくろい、思ふ中の町にさしかゝり、揚《あげ》や町にいそぐ人有。いづれも様のごとき、いまだ見ぬ京町を過て新町にうつりかはる。女郎の角《すみ》町に行ては、恋と思ひの堺町に心指《こゝろざし》、一目見て腰《こし》をぬかす花の顔《かほ》、三筋《すぢ》の糸《いと》にひかれては、色《いろ》〳〵のわるじやれをつくし、日々に通《かよひ》てもあかぬは此里の恋ぞかし。およそ大夫職《しよく》が三人、格子《かうし》といふが六十七人、局《つぼね》が三百六十五人、山茶《さんちゃ》は六百六十九人。是には香車《やりて》なく、牛《ぎう》と名付《なづけ》し男棒《ぼう》をつき、中戸の腰掛《こしかけ》にうづくまいてのさはい、あの女郎しまへといへばかしこまり、すぐにくつわが内に入てとかくの諸分《しよわけ》、心やすきがゆへ中より下、いづれも山茶をもてはやすと也。其次の女郎千百四人、女郎数合弐千四人と名寄《なよせ》帳にしるし置ぬ。女郎屋が二百五十三軒《けん》、揚《あげ》屋と申が十九軒《けん》、茶やが十八軒、なんとおびたゞしい事ではござりませぬか」と、土手の間《あいだ》の長物語。

　吉原の里にいり爰かしこを詠やるに、三ヶの津の一の筆、日本の入込《こみ》、女郎もすこしははでに見へてすそ小みぢかく、髪《かみ》は昔のひやうごわげ、詞《ことば》になまりの有は、聞なれねどもおもしろく丹前もずにのり、「とても買手見る気ざしなれば」と、丸屋といふ揚《あげ》やに入、あたまから「松の位《くらゐ》、高尾《たかを》の君にあはん」と夕暮《ゆふぐれ》、「先御酒《まづごしゆ》一つ」と種《しゆ》々のもてなし、ていしゆくわしやがあいさつ、いづくもおなじ秋ながら、詞のはし面白《おもしろ》き遊興《ゆふけふ》、「我々は西国者、はる〳〵の波《は》遠《とを》をしのぎ、御当地《ごたうち》のお傾城《けいせい》に逢《あふ》事、ためしなき世の笑草《わらいぐさ》となる合点《てん》。そこらはおの〳〵頼《たのむ》」中場《なかば》へ、高尾《たかを》の紅葉《もみぢ》時ならね共色《いろ》有姿、ゆりかけてあゆむ道中、小づまの取様ぬき足《あし》のひろい、脇《わき》目ふらずに座敷の正面《しやうめん》になをり、「花めづらしき殿《との》ぶり、みなさんはかみがたかゑ」と、あたまからきつゐあいさつ。

丹前おどろき「ふしぎといふもあんまり。お江戸の女郎衆はお目利《きゝ》、かみ方《がた》とはどこをか見てのあいさつ」。「御ふしんは御尤。惣じて都《みやこ》のとの立は、うしろあがりの髪《びん》つき。みぢかい羽織《はをり》にこく餅《もち》の紋《もん》、胸ひぼ高に引しめ、さながら大内そだちのごとく、何から何迄にくからぬ風俗《ふうぞく》。逢《あひ》心よきは都《みやこ》人にきはまりぬ。付まして京大坂の女郎衆、客《きやく》のもてなしに、いかなるわざをしてなぐさめ給ふ」。「されば嶋原の格子《かうし》は大和《やまと》歌に心をよせ、『つれ〴〵』『古今《こきん》』『伊勢物語《がたり》』、『万葉集《まんようしう》』『八雲《やくも》』など詠やるにいとまなし。其外は折句《おりく》、誹諧《はいかい》、貝合《かい》、歌がるた、いづれかやさしき手わざ。また難波津《なには》は品替《しなかはり》、琴《こと》、三味線《さみせん》に気《き》をうつし、めん〳〵四季《しき》のしやうがを身のうへに作《つく》り、自《みづから》ふしを付ていろ〳〵にうたひなし、四方《よも》の人にまなばせ、是をはやり歌と名付て色里のさはぎとす。或時は発句《ほつく》、笠附段々歌仙《かさづけだんくかせん》、勤《つとめ》にはさかしく、難波の宗《そう》匠西丸《しよさいまる》、来山《らいざん》。一礼《れい》、半自《はんじ》、園《その》女といへる女点者《てんじや》も、筆をふるふ程の名人。されど心ばせにうはきといふ雲《くも》かゝり、よしなき男にほだされ、時々心中し

てうき名をながす事有。扨此里は何をかしてたのしみ給ふ」。「もはや京大坂の業《わざ》を聞ましては、かたるもはづかしけれど、世にでんぶなるを東人《あづま》のごとしといへば、さのみはぢにもなるまじ。所々の習《ならひ》ながら爰もやさしき歌《うた》のさま、こしおれはみやこにもおとるまじ。三味線はながれのもてあそび、是も難波におなじ事。御覧のごとく殿立《とのたち》のすがた、くまがへ笠に長脇指《ながわきざし》、見た所は恋も情もあるまじき風俗《ふうぞく》なれど、心ばせやさしく思ひを筆にとはせ、情は硯《すゞり》の海《うみ》のごとく、玉づさ千《ち》づかにあまれば、おのづから我々迄、候べく候のかなづかい、手跡《しゆせき》は都にまされりと水《すい》なお客《きやく》がほうびしておかんした。其外小舞《まい》など誰《たが》おしへねど、あんまり恥《はぢ》はかきませぬ」と、かたりさして盃の文段《もんだん》。「肴《さかな》にかたサマの手跡、また逢《あふ》迄の形《かた》見ともならん。是非《ぜひ》に」とのぞまれせんかたなく、禿《かぶろ》の花野に墨《すみ》すらせ、金色紙《きんしきし》とりよせ、

〽こけ衣《ころも》きたる岩《いは》ほはさもなくてきぬ〴〵山のおびをする哉

「此歌を書《かき》まいらす事、当世《たうせい》の女郎衆《しゆ》、さもしゐ所にこゝろをうつし、やさしき事さらになし。されば歌を

よむ事、高きいやしきにかぎらず、三十一文字《みそじひともじ》をつらぬれば、心すなをに情うちにこもり、立居《い》もしほらしき物ぞかし。殊に我朝《わがてう》は、花に鳴鶯《なくうぐひす》、水にすむかはず迄、歌の心をよむとなり。むかし孝鎌《かうけん》(ママ)天皇の御代《みよ》、大和国高天寺《たかまでら》に住《すむ》人有。其比は春なれや、軒端《のきは》の梅《むめ》に鶯《うぐひす》とまり、さへづるを聞ば」と、また筆を取て色紙《しきし》に、

「　初陽毎朝来不相還本栖《しよやうまいてうらいふさうけんほんせい》

となく声《こへ》、文字《もじ》に写《うつし》て見れば歌《うた》なり。

〽はつはるのあしたことには来れどもあはでぞかへるもとのすみかに

とよむ鶯《うぐいす》の声、其外鳥類畜類《てうるいちくるい》だに、歌の心をたのしむ也。迚《とて》も和国《わこく》の風俗《ふうぞく》なればすこしにてもまなぶをよしとすべし。か様に申せばなんとやら物しり顔《がほ》に思召さんが、さら〳〵そうした心にあらず。やさしきを見てのもてなし、初対面《しよたいめん》はすげなく、互《たがい》に心を兼《かね》ての恋は世のつゐへぞかし。それとても人によるべの浪枕《なみまくら》、いかなる人にもあはねばならぬ我〳〵が勤《つとめ》、おもへばこそ逢《あひ》もすれ。それをそまつにする人、かならず其身をせむるぞかし。目にこそ見へね末《すへ》の松山心元なし。又わしが様におもへばとて玉のこしにのるにはあらねど、生れつゐた心なれば是非《ぜひ》におよびませぬ。年を重《かさね》て逢客《あふきやく》も、たまさかに逢殿《との》立も、あいさつにかはりはなけれど、なじみだけ諸事《しよじ》ゑんりよせぬぞかし。なんとうそか」と、扨も気《き》さんじな女郎、三ヶの津にまた有まじきあいさつ、「かた様をつくられし親立が聞たい」といへば、「聞《きゝ》度ば申ましやうが、女郎の里聞たがるはふるい客のあいさつ。殊によりあかします客もあれど、聞《きい》ていらぬもの、はなしておかしからねばおかしやんせ」といゝさし、次《つぎ》の間《ま》に立てとめ木のかほり。

禿《かぶろ》は床《とこ》の案《あん》内、丹前もおくれ心ふたり寝《ね》の長枕《ながまくら》、顔《かほ》つきあわしてゐめるばかり。語《かたる》事の山をわすれ、たばこの煙《けぶり》くゆるおもひ、つべ〳〵いわぬほど猶かはゆらしく、「是どうじやいの」といふ所へ、佐内あはたゞしく来り、床《とこ》のこなたに畏、「只今助之丞様より御使《つかい》の趣《おもむき》、明日御《こ》同道にて御上り有べき旨《むね》、御《ご》用意《い》しかるべくば今宵《こよひ》からして御出のよし、早々御帰り」といふに驚《おどろき》、「いつぞの事と思ひしに事急に成ぬ。暫まつべし同道せん」と、おきふしの身ごしらへ、「御ゐんもあらば重《かさね》て」と、涙もる目をかゝゐ、はなれがたき床《とこ》のうち、高尾も同じかこち草《ぐさ》、「逢《あふ》てくやしき物おもひ、あわぬさきこそましならめ。もし御《ご》とをりうもあらば、かならずお出のくれをまつ」とて、つきぬ名残《ごり》をおしみなき。

女大名丹前能　七之終

女大名丹前能《おんなだいみやうたんぜんのふ》　八之巻

一　観音出現《くわんをんしゆつげん》の滝坪《たきつぼ》

きのふに替《かはる》今日の旅《たび》、親仁方《おやじかた》の助之丞を先に立、前後美《せんごび》をつくし明方《あけがた》つぐる鐘《かね》の比、立出て四方《よも》の白雲《しらくも》、「私ゆへ思ひもよらぬ御上り、何とぞ世に出、御恩《ごおん》をほうじ申さん」と誠成あいさつ。日本橋をほの〴〵明《あけ》、程なく小田原《おだわら》にさしかかり、老女《らうによ》がもとに立寄《よれ》ば、有しに替墨染《すみぞめ》の袖《そで》。「明暮念仏《あけくれねんぶつ》おこたらぬは、おの〳〵様のお影《かげ》しばしもわするゝ事なし。寄年《よるとし》の露命《ろめい》をもしらねば、是ぞかぎりのいとま乞《ごひ》、さらば〳〵」と立別、箱根《はこね》、三嶋《しま》の明神《めうじん》などおがみ、沼津《ぬまづ》はら吉原《よしわら》ときくにさへ、高尾《たかを》はいかゞ暮《くら》しけると、心におもひ口にては爰かしこの名所咄《めいしよばなし》、神原《かんばら》、ゆゐ、おきつ嶋《しま》、ゑじり、府中《ふちう》、まりこ川、岡部《おかべ》、藤枝《ふぢゑだ》、島田《しまだ》の宿《しゆく》にはかうがいわげの出女、そこらゑ目をやるなどいかな事かたい金《かな》屋、につ坂《さか》のわらび餅《もち》、むげんの鐘《かね》、夜なきの松も今はなかりき。

爰の茶やに暫腰《こし》をかけ川、袋井《ふくろゐ》より見付《みつけ》て浜松《はままつ》の城《しろ》、前坂《まへざか》をのぼれば荒井《あらゐ》の御番所《ごばんしやう》、白すか、ふた川。よしや吉田《よしだ》の宿《しゆく》はづれ、ごゆ、赤坂《あかさか》には色有女、さし合《あい》くらずに声《こへ》の有程、御のぼりにはとまらんとの約束《やくそく》へんがへ常《つね》の習《ならひ》、重てのくだりにとねぢ富士《ふぢ》川の渡《わた》し舟、海道《かいだう》一の早《はや》川、心岡崎《おかざき》に着《つけ》ば、「暫それに」と助之丞をまたせ、丹前、佐内は八橋《やつはし》の沢辺《さはべ》にむかい、「夢にあづかりし形見《かたみ》見慥にわたし、せいしをも取来ぬ。請取給へ」と水にながし、「南無小紫幽霊《こむらさきゆうれい》、とんしやう菩提《ぼだい》うかみ給へ」と廻向し、立帰り御供し、ちりふ、なる見、あつ田の宮《みや》に詣《もふで》、是より本国名古《なご》やに越《こえ》、「家来《けらい》共に申置事有」と夕暮《くれ》がた、其夜は助之丞が屋鋪《しき》に夢結《ゆめむすび》、あくるしのゝめ心しづかに、美濃国本草郡《みのゝくにもとくさのこほり》、養老《やうらう》の滝《たき》をも見物《けんぶつ》せんと急中道《いそぐなかみち》、程なく滝《たき》のもとに着《つき》たりぬ。

おの〳〵立寄、誠に我朝《わがてう》の名水《めいすい》、昔《むかし》はふしぎも有しが、今人間《にんげん》の心ひすかなれば、きずいもなくて只養老《やうらう》の滝《たき》とのみいふぞかし。さればいさぎよき水《みづ》の流《ながれ》しん〳〵と、落《おち》くる滝の音《おと》すさまじくまた殊勝《しゆしやう》也き。「おの〳〵爰にて休足《きうそく》あれ」と、茶弁当《ちやべんたう》の口をひらき炭火《すみび》をこし、山林《さんりん》を詠《ながめ》て一つのまば、誠に興《けう》有たのしみ。松の葉《は》の風になびきたるを、山賤《やまがつ》共がひろいまはるを見れば、十二三のわらはめん〳〵籠《かご》を荷《に》なひ、一つれに成て木《こ》の葉《は》かきよせ、かよひなれたる道柴《みちしば》、露《つゆ》をもいとはぬ風情《ふぜい》、里《さと》の一ふしをかなで重荷《おもに》につかれて、滝の流《ながれ》をすくひのみ、いざといふて雁金《かりがね》の一つふるすに帰るをとゞめ、「汝等は此里《さと》の者《もの》か、左もあらば尋度事有。此滝を養老《やうらう》と名付し、いわれをかたらば酒《さけ》のません」。里《さと》の子共うなづきあい、「いかにも咄《はなし》申さん。酒《さけ》の替《かはり》に禄《ろく》を給はるべし」と、になひし籠《かご》を下に置、「むかし〳〵此山にぢいとばゞとすめり。一人の男子《なんし》有、深山《しんざん》にわけ入薪《たきゞ》を取て親《おや》をやしなふ。有時重荷《おもに》につかれ、息《いき》もたへぐ〳〵成しかば、滝のもとに近付、此水をすくひのめば忽心地《たちまちこゝち》すゞしく成ぬ。不思儀《ふしぎ》に思ひ、我と山家《さんか》の薬水《やくすい》と名付、毎日家路《まいにちいへぢ》に汲《くみ》はこび、父母《ふぼ》に是をあたへしかば、老《おい》の心も打わすれ、立居《たちゐ》も心やすく、夜るの寝覚《ねざめ》もさびしからで、いさむ心はまし水の、たゐずも老《おひ》をやしなふゆへ、養老《やうらう》の滝《たき》とは申なり。菟角《とかく》たのしむ薬《くすり》の水《みづ》、のめやうたへや旅《たび》の人、猶もふしぎをあらわさん」と、いふ声《こへ》計滝壺《たきつぼ》のみな底《そこ》に飛《とび》入しが、水中《すいちう》より光《ひかり》さし、いきやう四方《よも》にくんじ花ふりぬ。是唯《たゞ》事にあらずと皆〳〵かうべを地に付、有難《がた》や治《おさ》まる御代《みよ》のならひ、山河《さんが》草木《さうもく》おだやかに、五日《ごじつ》の風雨《かぜあめ》が下照日《したてるひ》のひかりみち〳〵、浪《なみ》まきあげていくわんたゞしき童子《どうじ》こつぜんとあらはれ、「よきかな〳〵いかに丹前、誠汝が前生《ぜんしやう》は、狩《か》野氏麿《のゝうぢまろ》といふ者《もの》なりしが、東国下総国《とうごくしもおさのくに》、光尾孫之進が一子《し》とさいらいし、幼少《ようせう》にて父母《ふぼ》におくれ、みなし子の誰おそるゝ者なく我儘《わがまゝ》に世を暮《くらし》、男色《なんしよく》とさへ見れば心をうつし、夫《それ》も秋《あき》風《かぜ》の吹《ふく》に付ては、野《や》良影間《らうかげま》にたはむれ、たくわへたる金銀のすいとられ、代々目出度光尾の家《いへ》も家質方《かじゝかた》へながし、物好《ずき》に拵《こしらへ》たる諸道《しよだう》具も夜市にふられ、飛《とび》ざや綸子《りんず》、鈍子《とんず》縮綿《ちりめん》のしとね着替《きがへ》も、古手《ふるて》やの又助に売《うり》、やう〳〵す紙子《がみこ》一つで方《はう》〴〵とるろうし、人には雲助のごとくいわれ、爰かしこにさまよひしも人こそしらねもとが恋なり。それ程かなしき身となれど、武士《ぶし》の道《みち》をわすれず、二日三日くはねど高楊《たかやう》枝《じ》、人に無心《しん》がましき事をいわず、時々は野にふし山を家とし、不自由《ふじゆう》成事度《たび》々なれど、浅間《あさま》敷非《しきひ》人を見ては、我腹《わがはら》のけて慈悲《じひ》の心。それほどせつなき身

ながらも、あつもりの面影《おもかげ》にれんぼし、既《すで》に一の谷の露霜《つゆしも》とならんを、仏神のめぐみにより、老《おい》の姿《すがた》を若やがせ、築紫《つくし》の何がしが聟《むこ》に成べきに、伯父《おぢ》が悪《あく》心にてまた〳〵流牢《るらう》の身となれど、本《ほっ》心誠有ゆへ、助之丞がのみこんで、二度世にたてんと此所迄来りぬ。しかれども難波に誠の形《かたち》光尾の系図《けいづ》をとめ置たり。急かの地にくだり、願《ねがい》を立て取かへし、また老人《らうじん》の姿《すがた》と成べし。其時仏力《ぶつりき》にて二度《ど》わかやがせ、本《もと》の丹前之介にして妹背《いもせ》の契浅《ちぎりあさ》からぬ様に守《まもり》、家をも立てとらせん。次に此滝の水をくませ難波に持《ぢ》参《さん》し、老人《らうじん》と成て後《のち》、身を此水にひたしなば、おのづから若やぐ薬の水、つきせぬふしぎ今こそはるゝ西の空《そら》、誠は楊柳観音《やうりうくわんをん》なり。汝も我も本《もと》一つ、唯《たゞ》是すいはのへだてにて衆生済度《しゆじやうさいど》の方便《はうべん》、猶行末《ゆくすへ》をまもらん」と、消《きへ》て跡なき水のおも、丹前をはじめおの〳〵かんるいきもにめいじ、御跡千《あとち》度拝《たびはい》し仏勅《ぶつちよく》にまかせ所の者をまねき、俄に坪《つぼ》の用意《ようい》水なん〳〵と汲《くみ》こませ、人《にん》夫《ぶ》をあつめ是をになわせ、樽《たる》井より宿替《しゆくかはり》、はやく難波《なには》に関《せき》が原《はら》、今津《つ》、柏原《かしはら》にそひ寝《ね》して、明方《あけがた》の夢《ゆめ》をさめがい、ばんば鳥本《とりもと》、高宮《たかみや》の先《さき》は越《ゑち》川。むさの宿にて暫やすみ、守《もり》山のはづれは草《くさ》津、膳所《ぜゞ》大津は二度のかけ、

柴《しば》や町をよそめして、追付《おつ》千世にあはた口、白川を南づたへ、知恩院《ちをん》の桜、ばゞがたうふ、祇園林《ぎおんばやし》夢楽坊《むらくばう》が草庵《さうあん》に入あひのかね。

二　若木《わかき》に帰《かへ》る二度《ど》の養老《やうらう》

夢楽坊よこ手うつゝなき顔《かほ》、「扨も久しの丹前様。先〳〵奥《おく》に御供し、いつぞやは山崎《さき》殿御夫婦《ごふうふ》に御念比の御状。貴方様の仰なればこそ、此法師《ほうし》がうでをまくつて取持《もち》、祇園《ぎをん》町に見世はらせ、二人《ふたり》口はゆるりくわん楽《らく》な暮《くらし》、只今是へ」といふ所へ、山崎《さき》夫婦来り嬉し涙の一礼、「扨千世様今日難波《なには》に御着《つき》とて、先立て夢《む》楽坊《らくばう》様へ御状来りぬ」。法師《はうし》是に心付、「それよ〳〵。かんじんの事をわすれぬ」と、千世様よりの文。「是程割符《わりふ》のあふ事天の哀みふかし。先助之丞様へ御馳走《ごちそう》申てくれよ」。「夫《それ》は仰までもなし」と、俄《にはか》にまな板《いた》のおとさはがしきは山崎、かつほかくは志賀《しが》、ていしゆはこい茶《ちや》の役《やく》。手もと子細《しさい》らしきかた手に、「料理《りやうり》のかげん大事《じ》にかけよ」とそこ〳〵に心を付、「長の旅路《たびぢ》、ゆるりと御休足《ごきうそく》有べし。何にても御ゐんりよ御《ご》無用」と、残《のこる》かたなきもてなし、地走《ちそう》ぶりよきに行先をわすれぬ。「善《ぜん》はいそげ思ひ立日を吉日、いづれも難波下りの用意《い》。花やかに出立べし」と、おの〳〵ゐもんづくろい、「もし築紫《つくし》にもくだらば、都のぼりも不《ふ》定《でう》なりき。夢《む》楽《らく》、山崎《ざき》夫婦《ふうふ》も同道にてくだらん」。「いよ〳〵有難《がたき》仰、我々も御先度《ごせんど》見とゞけずして、一分《ぶん》たゝず」と身拵《みごしらへ》、朝《あさ》ぼらけ門出《かどいで》の祝義《しうぎ》。伏《ふし》見迄は立籠《たてかご》、それより早《はや》舟かり、ろびやうしのおとしづかに、昼《ひる》にかたむく比難波の浜《はま》に舟をつなぎ、築前《ちくぜん》屋といへるに宿もとめ、助之丞が思案《しあん》にて千代《ちよ》やしきゐの使者《ししや》、口上にて申べきは「おの〳〵着《ちやく》のよし京都にて承り、丹前之介も只今此地にくだりぬ。然共一両日御げんざん申まじく候。御上京御無用、近日御屋鋪へ罷越《こし》御目にかゝり申べき」旨《むね》、くわしく佐内にいゝ含《ふくめ》、其後丹前之介と鼻《はな》つきあはし、代官所《だいくわんしよ》へ罷出、系《けい》図の願《ねがひ》申あげんと、はかま着《き》ながら口書したゝめ、供まはり召つれすぐに屋敷に出、取次をもつて御前にかしこまる。

時に御近所衆《ごきんじよしゆ》一通をひらき読《よむ》何々。

乍恐御願《おゝそれながらおんねがい》之趣《おもむき》

私《わたくし》生国《しやうこく》は関東《くわんとう》の者、もと六十二歳《さい》に罷成候老人《らうじん》、当二月初而御当地《ごたうち》に罷越、何某方《なにがしかた》に旅宿《りよしゆく》仕候内、乍恥《はづかしながら》色欲《しきよく》の一念《ねん》にて老《をい》の姿《すがた》をのこし、一心《いつしん》か様に若やぎ候所に、宿の何某《なにがし》、こらうやかんの業《わざ》と申かけ、所持《しよぢ》仕候家代々の系図《けいづ》、大小《だいしやう》迄をとめ、むたいに追《おひ》出候段、尤千万に奉存候。此度立身《りつしん》仕候に付、右之系図《けいづ》無之《これなく》、家相続難成《さうぞくなりがたく》、迷惑《めいわく》仕候御事、此段《だん》聞召わけられ、何其《なにがし》(ママ)を召出され、系図大小ともに、相渡《あいわた》し申候様に被仰付被下候はゞ、難有《ありがたく》可奉存候。

年号月日　　光尾観左衛門

　　　　　　　助之丞

代官《だいくわん》聞召、「誠に当春《たうしゆん》其沙汰《そのさた》有。心得ぬ姿を持参せしゆゑ、ふしぎに思ひ箱《はこ》にしたゝめ封《ふう》を付、町人共に預ヶ置ぬ。か様の事申来らんとて、夜前《やぜん》あらたなるれいむを蒙《かふむり》ぬ。たとへ何にもせよ、其ぬし出てのぞむに何事かあらん。殊に助之丞義は聞及たる仁、現在《げんざい》一家《け》とあれば別《べつ》義なし。いそぎ箱を持参せよ」との仰、役人うけ給はり、宿《やど》屋夫婦を召つれ御前に出、丹前之助を見てあきれたる顔《かほ》。箱を御前にすへける時、丹前立寄、「あけてくやしき箱なれど、おの〳〵の御うたがいをはらす為」と立寄封《ふう》をきれば、今迄わかき丹前忽《たちまち》昔《むかし》の老人《らうじん》と成ぬ。

其時仰出さるゝは、「町人ども別《べつ》義なし」と、勘定書《かんぢやうがき》を助之丞にくだされ、「重て御意得《ぎよゐゑ》申さん」と御座《ござ》を立せ給ひぬ。丹前之介あしよわ車の力《ちから》なく、供人にかいほうせられ、御門前より籠《かご》に乗《のり》おのが旅宿《りよしゆく》に立帰《かへ》り、奥《をく》の一間に小がくれ、我身ながら我姿人に見せなばはづかしの、もりで人こそしるらんと、自《みづから》水をたゝゑ、有難滝《がたきたき》の水、底《そこ》すみわたるさゞれ石、岩ほと成てこけのむすまで、千代《ちよ》万代《よろづよ》のためし、目前《もくぜん》きどくを見る薬水《やくすい》、誠に老《おひ》をやしなふのみ。薬とならばいつまでも寿命長音《じゆめうちやうをん》なるべし。水にうつる老体《らうたい》、また見る事もなき此姿、うつるもよしなし、いさぎよき水にうかべ只独《ひとり》のみむすばん。もたひのちくえうは影《かげ》やみどりをあらはさん。其外まがきのてきくわは、りんえうの秋《あき》をくむなり。しんの七げんがたのしみ、りうはくりんがもてあそび、たゞ此水に残《のこ》

れり。くめやくめ薬《くすり》の水に身をひたす、山路《ぢ》の奥《をく》の水にては何れの人かやしなひし、ほうそが菊《きく》の水、したゞる露《つゆ》のやしなひにせんとくをうけしより七百歳《さい》をふる事も、薬《くすり》の水のいとくぞかし。げに菊水《きくすい》のやしなひは露《つゆ》の間《ま》に千とせをふる。雨土ひらき、草《さう》木《もく》迄花咲実《さきみ》のる理《ことわ》り、只是雨露《うろ》のめぐみにて、則《すなはち》花の父母《ふぼ》とす。我も此水になれ衣《ごろも》、袖ひぢてむすぶ陰《かげ》さへ見ゆる山の井、げにも薬と思ふより次第〳〵に若やぎ、又丹前之介とうつり替《かはる》ぞふしぎなりき。

助之丞をはじめ、山崎夫婦夢楽坊《むらくばう》、きやうの覚《さめ》たる顔《かほ》、中〳〵凡人《ぼんにん》にあらずと悦の酒、「光尾《みつを》の家《いゑ》さかゑんずいそう、君は舟臣《しん》は水、水よく舟をうかべば、臣《しん》よく君につかふ。上《かみ》すめば下《しも》にごらぬは此水のごとし。是をまもる輩《ともがら》は子《し》孫繁昌《そんはんじやう》すべし」と、助之丞が金言《きんげん》、今宵《こよひ》を祝言《しうげん》の吉日と定、籠乗物《かごのりもの》の用意。夢楽坊《むらくばう》は法体《ほったい》の身、明日の御出と是にも気を付、上下いみじく取つくろひ、ざんざめかして心うき立浪枕《なみまくら》、今宵妹《こよひいも》背《せ》の新枕《にいまくら》、久かたの思ひ寝《ね》、「海老《かいらう》のかたらゐ、ゑんわうのふすまの契《ちぎり》、おうらやましい事かな」と、山崎夫婦がわる口、夢《む》楽坊はあたまをなで、「御せんど見とゞけん事にはる〳〵来り、御供せぬは残《のこり》多し」と、

俄《にはか》に髪鬘《びんかづら》とゝのへ、まんまと男に様を替《かへ》、上下着《かみしもちやく》し是も御供。

三　御祝言《ごしうげん》の鶴亀《つるかめ》

月日の関守《せきもり》を重《かさね》、めのとは姫の御供し、北野の難《なん》義よりすぐに築紫《つくし》にくだり、父《ちゝ》重野右衛門に対面《たいめん》し、浪《なみ》之介が悪心不残《あくしんのこらず》かたりしかば、重野右衛門おどろき花車が悪逆《あくぎやく》みさいにしるるし、所の代官所へうつたへ、上意をもつて追々《おいく》人をのぼし、見付次第《しだい》にからめ、鬼《き》界《かい》が島《しま》へ流《る》罰《ざい》(ママ)と仰付られ、くつきやうの若者数《す》十人、はや舟かりて都にいそぎぬ。

其後娘《むすめ》を供なひ難波《なには》にのぼり、恋聟《こいむこ》丹前之介が行衛尋に、都《みやこ》のぼりとひしめく所ゑ、佐内帰り、くわしく様子を申あぐれば、一家《け》悦の色なをし、聟《むこ》君の御入と上を下へもてかゑし、門前には対《つい》の立ちやうちん、御むかいには佐内、上下に大小、供まはり花やかにお出の暮《くれ》を待《まつ》所に、又丹前之介よりは山崎、はかまのすそゆたかに、案内《あんない》の役《やく》を請取《うけとり》、道《みち》にて佐内に行逢《ゆきあひ》、互にとちうの三つ指《ゆび》、俄に子細《しさい》らしきつ

めひらき。山崎申けるは、「主人《しゆじん》丹前義は未《いまだ》若年《じやくねん》者《もの》、殊に初《はじめ》ての国《くに》入、諸事《しよじ》ぶ調法《てうほう》ながら、貴殿《きでん》の御引まはしに預り、幾《いく》久しく礒《いそ》野家《いへ》、増《ます》〳〵繁昌《はんじやう》仕候様に願《ねがひ》奉る。さて此系図《けいづ》の儀は、光尾《みつを》の家代々所持《しよぢ》仕巻物、御祝言《ごしうげん》の印《しるし》迄」と請取わたし、佐内頂戴《てうだい》し、「誠に御縁《ごゑん》ほどふしぎなる物はなし。東《あづま》のはての光尾の家《いへ》、又西に入日の築紫方《つくしがた》、礒《いそ》野家との御縁組、いよ〳〵末《すへ》頼もしく存るなり。子細《しさい》は、日は東より出て西に入山のは、天地《てんち》陰陽《ゐんやう》の御夫婦《ごふう》とは我々が御主人《しゆじん》ぞかし。両家共に隔《へだて》なきうへは、おろそかにはぞんぜず。其段《だん》御心やすかるべし。いざお手をあげられよ」と互《たがい》に笑《わらひ》、「先つめひらきは是迄、さあ御通り《おとをり》(ママ)」と奥《をく》に入、座敷の正面《しやうめん》に系図《けいづ》をなをし、「只今是へ」と申時、爰をはれと姫のいで立、ひぢりめんにほうらいのかたちを、色〳〵の糸にてぬわせたる打かけ、下着《したぎ》はせいがい浪の惣鹿子、常繁《ときは》(ママ)の松に腰《こし》おれ竹、連理《れんり》の枝《ゑだ》にひよくの鳥をぬわせ、白むくきむくの下着、さげ髪《がみ》に金もとゆい、侍女郎は一色の染小袖《そで》、島台《しまだい》のぜうと姥《うば》、組肴《くみざかな》ながへの銚子《てうし》。重野右衛門は浅黄小紋の上下、今やおそしのまち顔。「すは御出」、二丁の乗物戸をひらけば、佐内先《さき》に立御案内の長ら

うか、助之丞は年役《としやく》すぐに座敷の上座、次は丹前、引わたしは夢楽坊《むらくばう》、親子妹背《いもせ》のあいさつおはり、こん〳〵の盃《さかづき》、丹前、千世は久かたの目遣、互にしり目をやりながす酒泉《さけいづみ》はつきぬ両家のはんじやう、今此時と山崎佐内罷出、一調子《てうし》はりあげ、「池のみぎわの鶴亀は、ほうらい山もよそならず、君のめぐみぞありがたき。いかに佐内、かくまで目出度御ざしき、此島台の鶴亀《つるかめ》を御夫婦にまいらせ、今一こんすゝめ奉らん」。「しかるべし」と同音《どうをん》に、「亀《かめ》は万年のよはひをへ、鶴《つる》も八千世《やちよ》を重《かさ》ぬらん。千代《ちよ》のはじめのかず〳〵に、何をひかまじ姫《ひめ》小松、みどりの亀もまひをさめば、たんちやうの鶴も、一千年のよはひを君に奉る」とかなでける。

おの〳〵ゐつぼに入給ひ、舞楽《ぶがく》の曲《きよく》はおもしろや。夫婦《ふうふ》妹背《いもせ》のとも白髪《しらが》、さか行末《すへ》の花の袖、秋は時雨《しぐれ》に紅葉《もみぢ》の袖、冬《ふゆ》はさへ行雪《ゆき》の袂《たもと》、かへす衣もうす紫《むらさき》の、雲《くも》の上人《うへびと》にもおとるまじき秘曲《ひきよく》、山河《さんが》草木国土《さうもくこくど》ゆたかに、千代万代と舞《まひ》おさめ、盃《さかづき》もおはりければ、助之丞はいとま乞《こひ》、本国名古《なご》やに帰《かへ》りぬ。

其後夢楽坊《むらくばう》に、金子五百両、山崎夫婦には、沖の島にて十五軒《けん》四方の屋敷をとらせ、前後《せんご》の首尾《しゆび》をとゝのへ、佐内は国に召つれ千両の分わしり、当分丹前之介がうしろ見に、親《おや》重野右衛門は五町わきにゐんきよ、四方四面《めん》の蔵《くら》を立よと指図《さしづ》し、先立て飛脚《ひきやく》を立、大吉日に屋かた舟、順風《じゆんふう》心にまかせ、帆《ほ》は十分におのれといそぐ海上《かいしやう》、本国築紫《つくし》に着《つき》けると、次郎冠者局腰本衆《くわじやつぼねこしもとしゆ》、鬘《かつら》いしやうをぬぎ、殿《との》の御前《ごぜん》に畏、「丹前能《たんぜんのふ》のおわり是迄、不調法《ぶてうほう》仕ました。さあお盃〳〵」。

大名「でかした〳〵。是程の長物語《ながものがたり》をよく仕組《しぐみ》、早速目通《さつそくめどをり》にて仕事、殊に祝言仕舞《しうげんじまい》身にとつて満足。おのれが智恵《ちゑ》にはおよぶまじ」と、思ひの外なもてなし、「此上は侍分《さぶらいぶん》に召上、身が近所《きんじょ》にてつかはん。当座《たうざ》のほうびとして、永代《ゑいたい》五百石とらすぞかし。何にても替《かは》りし事のあらばおもひ付べし。候而此物語を書留《かきとめ》、あづさにちりばめ四方にひろめ、人の心をもなぐさめよ」と殿中《でんちう》に入給へば、次郎冠者独悦《ひとりよろこび》、扇子《あふぎ》をひらき、「千秋楽《せんしうらく》は民《たみ》をなで、万歳楽《ばんぜいらく》には命をのぶ、相生《あいおい》の松風《まつかぜ》さつ〳〵の声ぞたのしむ〳〵」。

跋

仰もだしがたく、誰《だれ》をか頼此物語《ものがたり》を書《かき》とめんと、おのく指図《さしづ》のうへにて、御前儀経記《ごぜんぎけいき》の作者《さくしや》、西沢氏《にしざはうぢ》に思ひ付、ひたすら頼《たのむ》といへ共、元来愚蒙《ぐわんらいぐもふ》のやつがれ、御免有べしと、じたひするにゆるさず、是非《ぜひ》なくしげき事業《わざ》の片手《かた》に、筆《ふで》を力《ちから》に書《かき》ながす、硯《すゞり》の水のあさき智恵《ちえ》、文《ぶん》も前後《ぜんご》のみにて見る人の笑草《わらひぐさ》、わらはばわらゐと江戸役者、あつゐ所を御しやうぐわんにと、外題《げだい》も女大名丹前能としるし、全部八冊にしてひろむる事ア、おかし。

難波津
作者　西沢氏次郎冠者

元禄十五歳
初春大吉日

京押小路通ふや町
金屋市兵衛板

風流《ふうりゅう》今平家《いまへいけ》——川元ひとみ＝校訂

風流今平家《ふうりういまへいけ》　目録《もくろく》

二　今仏御前《ほとけごぜん》の最来《さいらい》

○夏夜《なつよ》の月見《み》／色《いろ》も情《なさけ》も金《かね》と十露盤《そろばん》／我身《わがみ》つめつて／女中《ぢよちう》のいたい腹《はら》をしる

三　今祇王嫉妬紅葉《ぎわうしつとのもみぢ》

○恨《うらみ》は月山《つきやま》の木末《こずへ》に有／魂《たましゐ》の宿替《やどがゑ》／うつりにけりな女に女／思ひをはらす筆《ふで》の命毛《いのちげ》

四　今の世《よ》の貞女鏡《ていぢよかゞみ》

○おそろしき顔《かほ》／かくしながら／女は互《たがい》のくやみ／小産《しやうさん》の疫《やく》をのがれ／衣《ころも》きぬ尼《あま》

五六之巻　〈我人《われひと》の為教訓状《ためきやうくんでう》

一　今宗盛《いまむねもり》一門振舞《もんぶるまい》

○大晦日《おゝつもごり》（ママ）は誰身《たがみ》のうゐ／身勝手《みがつて》に七福神《ふくじん》の掛物《かけもの》ぞろへ／年《とし》わすれの参会《さんくわい》／せまじきは勝負事《せうぶ》／人の心《こゝろ》はこれよりぞしる

二　今様操身体《いまやうからくりしんだい》

○五《いつ》つ子《ご》の知恵《ちゑ》／碁盤人形《ごばんにんぎやう》の働《はたらき》／絵《ゑ》草紙《ざうし》が異見《ゐけん》の物種《ものだね》／書《かき》ならべたるもしほ草《ぐさ》／手代《てだい》に過《すぎ》た日野袴《ひのばかま》／鬼《おに》が千《せん》びきせつない事の

三　今重盛教訓状《いましげもりきやうくんでう》

○当流《たうりう》町人の善悪耳《ぜんあくみゝ》をふさぎかぶりをふる／道《みち》をしらぬ兄弟《きやうだい》は他人《たにん》のはじまり／手細工《てざいく》のう

つろ舟乗《ぶねのり》て行《ゆく》身は／哀《あはれ》なる事

七八之巻　〽東山《ひがしやま》の色桜《いろざくら》思ひの山《やま》

一

今俊寛涙《いましゆんくわんなみだ》の足《あし》ずり

○憂身《うきみ》は爰《こゝ》かしこに流《なが》れよる舟《ふね》／情《なさけ》は魚夫《ぎよふ》が心《こゝろ》ざし／居《ゐ》ながら熊野詣《くまのまふで》の風景《ふうけい》／別《わかれ》は生爪《なまづめ》はなさるゝほど哀《あはれ》なる事

二

今様歌学娘《いまやうかがくむすめ》

○乱心子《みだれごゝろこ》ゆゑにまよふうば桜《ざくら》／散《ちり》もせぬ姿《すがた》九重《こゝのへ》の色《いろ》くらべ／祇園香煎降《ぎをんかうせんふり》がゝりのうらみ

三

今《いま》の世《よ》の火《ひ》の車《くるま》

○我《わが》よきに医者《ゐしや》の悪敷《あしき》があらばこそ／医者《ゐしや》の悪敷《あしき》は我悪敷《わがあしき》からなり／かぎりの熱病《ねつびやう》おしやかねにみかゑる命《いのち》

九十之巻　〽欲《よく》と情《なさけ》と門《かど》ちがゑの男

一

今《いま》の世《よ》の身売諍《みうりあらそひ》

○形見《かたみ》に残《のこ》るかね手形《てがた》／帰《かゑ》り花また散《ちり》かゝる妹《いもと》桜／ふりくじは勤《つとめ》と仏道《ぶつだう》の道《みち》引／廿両《りやう》の小《こ》判《ばん》あたまから突出《つきだ》し奉公

二　今様《やう》女《おんな》忠度《たゞのり》

○傾城《けいせい》の下聞《したぎゝ》／身につまされて諸分《しよわけ》の指南《しなん》／名残《なごり》のふくさ書捨《かきすて》の歌合《うたあは》せ

三　今知盛《とももり》悪性入《あくしやういり》

○舟路《ふなぢ》の野郎《やらう》かるた／是が縁《ゑん》に成て有だけ打こんだ傾城《けいせい》ぐるひ／めぐる因果《ゐんぐわ》身すがらの欠落《かけおち》

十一十二之巻　〽当世善悪《たうせいぜんあく》の巻筆《まきふで》

一　今様商人心《いまやうあきんどごゝろ》

○吉原《よしはら》はし女郎の猿《さる》すべり／仲人《なかふど》はよい器量《きりやう》なおかさま／仲間《ちうげん》は志案《しあん》の米買《こめかい》／欲《よく》に目のない鼻《はな》の先知恵《さきぢゑ》

二　今重衡身欲《いましげひらみよく》の銭見世《ぜにみせ》

たゞとる山の郭公《ほとゝぎす》ぼろを見だした物語《ものがたり》／しんだいにかゐた東北朔《とうぼうさく》の置文《をきぶみ》

三　今維盛出世《いまこれもりしゆつせ》の祝《ことぶき》

○町人身のうゐの棚《たな》をろし／正直《しやうぢき》は一だんのゐこにあらずとも／つゐには日月《じつげつ》のあはれみふかく／子孫繁昌《しそんはんじやう》金銀山のごとくつみかさね／大福《ふく》帳にとめおわんぬ

〽おもしろからぬをながながと、さぞお気《き》もつまらんとぞんじ是にてやめ、もしお慰《なぐさみ》にもならば跡《あと》は

後日《ごにち》とし、此秋《あき》お咄《はなし》申ましやう

▲難波《なには》のごぜ
与志《よし》口上

風流今平家《ふうりういまへいけ》（一二之巻）町人身《てうにんみ》の手鑑《てかゞみ》

序　恋暮《れんぼ》かこち草《ぐさ》

九重《こゝのへ》の花武蔵野《はなむさしの》々月難波《なには》の舟遊《ふなあそび》、これらは年《とし》々の遊興《ゆふけう》にて何かめづら敷《しき》事なし。居《ゐ》ながら自由《じゆふ》を駿河《するが》の府《ふ》中《ちう》に、富《とみ》にあきたる何某《なにがし》、惣領《さうりやう》に世《よ》をつがせ、其身はひとり娘《むすめ》をさすらゐ江府《ゑふ》にくだり、谷中《やなか》のほとりにかりの笹《さゝ》ぶき、わざと目立《だゝ》ぬ家作《いへつく》り、誰《たれ》おそるゝ者《もの》なく朝暮酒《あけくれしゆ》ゑんにちやうじ、四季《しき》の花を手づから作りて老《おひ》の楽《たのしみ》とす。

息女《そくぢよ》は三五の月くもらぬ姿《すがた》、心やさしかりければ父《ちゝ》殊更《ことさら》の寵愛《てうあい》、姥腰本《うばこしもと》あまた付置《つけおき》、昼夜《ちうや》のわかちなく、歌《うた》がるた貝合《かいあはせ》、有時は歌浄《じやう》るり、上方《かみがた》にはやる色草紙《いろざうし》あまねくもとめさせ、独寝《ひとりね》の友《とも》是程よき慰《なぐさみ》あらじと、明暮《あけくれ》すかせ給へど心地《こゝち》常《つね》ならねば、姥腰本《うばこしもと》驚《おどろき》、「よみ物はお気《き》にさはらん。幸《さいはい》京商人《あきんど》の語《かたり》し翁浄《おきなじやう》るりとやらん、ふし付おもしろきとて腰元衆がなづみもつばらけいこ仕。いざ姫君《ひめぎみ》にもおしろゐません」と、車座《くるまざ》に居《ゐ》ながれ、是より翁上るり「所千代《ところちよ》までおはしませ。我等も千秋《せんしう》さふらふ、鶴《つる》と亀《かめ》とのよはひにて幸《さいはい》心にまかせたり」、姫「いや〳〵何程そち立がいさめても、まかせざるは恋《こい》の道《みち》、千早振神掛《ちはやふるかみかけ》て思ふ程なき恋人に、いわで病《やみ》なんもかなし、恋にはやつす習《ならひ》、昔用明天王《むかしようめいてんわう》は玉代《たまよ》の姫《ひめ》を恋わびさせ給ひ、山路《さんろ》が草《くさ》かり笛《ぶえ》とて、世のことはざに成給ふも恋ゆゑにてはあらざるや。我《われ》なまじゐ弓馬《きうば》の家《いへ》に生《むま》れ、あまたの人にかしづかれ、一間《ひとま》にのみかくれ、安《やす》かりし事をしらず、何とぞ此身を儘《まゝ》にさせてくれよ」と、誠に狂人《きやうじん》たる風情《ふぜい》。

姥腰元《うばこしもと》御そばをはなれず、「其恋人は」と尋《たづ》ぬれば、「よしなやいわではつべきを、やさしもとふ嬉《うれし》さに有《あら》増《まし》を語《かた》るぞかし。此頃《ごろ》父上方《ちゝうへかた》ゐまいる、よしといゐる瞽女《ごぜ》を見るに、女共見へず男《おとこ》なりけり。業平《なりひら》の面影《おもかげ》、風《ふう》義しとやかに情《なさけ》有音声《をんせい》、琴三味線《ことさみせん》の爪音《つまをと》けだかく、自然《しぜん》と居《ゐ》ずまいしとやかに、三十一文字《みそひともじ》をつらね、何にふ足《そく》なき身のいかなる神《かみ》のたゝり給ひ、あたら目をしゐけるぞ、男《おとこ》になして見まほしやと、あてなき恋に此身をせむる、かならずちゝうゐに咄てくれな」と手を合させ給ひけるに、「やくたいもない御事、何に御ふ足なき御身、殿ごはお望次第御婚礼《ごこんれい》有べし。わろびれたる心などもたせ給な」といさめ申に、少は笑給ひ、「然ば彼瞽女《かのごぜ》召寄歌うたわせ」との仰。「それこそ安き御事、先お気ばらしに御酒一つ、お肴は何々、いやとよ方々君常に秘蔵《ひざう》有し皐《さ》月の花、あまた有中にすぐれて五本《いつもと》の名木《めいぼく》、今を盛《さかり》と咲乱たる花の顔、此お座敷ゐとりよせ是を肴に酒あげん。其内瞽女も参べし」と腰元あまた入つどひ、色よき花に振袖のびらしやらどけの帯しどけなく、一人《ひとり》

〵一本《もと》づゝ御前にはこびけるにぞ。

姫君わざとよそ〳〵しく、「姥は花の名付親、わすれぬといふ自慢《じまん》顔はなしてきかせ」との仰。「主様こそ御存知あれ、此姥《うば》がうと〳〵敷をわらはせ給はん下心と見ゑたり。なれ共まかせの身、覚の通申あげん。暫《しばらく》御免有べし」と曲禄《きよくろく》に腰《こし》をかけ、金《きん》のざいふつて、「一つ〳〵の花の名を尋けるは誠に興《けふ》有慰《なぐさみ》なりき。一番は姫君様、朝な夕なになでしこの唐《から》がすがたに作り木や、小蝶《てう》にあそぶ勢《いきおひ》おのづから、名も唐あやとめされしなり。御持参の腰元衆、俤《おもかげ》花に木隠《こがくれ》どなた共見定がたし。迚《とて》もの事に名を御名乗《のり》有べし」、「さん候、私は小柳と申て一年《とせ》たらぬみやづかへ、末お屋敷ぶ案内、お局様の目金《めがね》にてよろしくお引まはしを頼ます」とお目通に畏。「でかされたり」とざいふつて、「其次の花の名は白鷺《さぎ》と覚たり。守人たそや」、「はづかしの名は有明《あけ》の月小夜《さよ》、お家久敷者なれど、いつがいつ迄独寝《ひとりね》の枕恨《うらむ》るばかり成き、すこしは気をも通し給はれ、お局様」との笑顔。「御ふ足は尤ながらお家の御作法《ごさほう》もだしがたく、三十《みそじ》までの縁《ゑん》付ふつ〳〵かないませぬ」と聞もうらめし、「せめては忍妻《しのびづま》御免もや」といゝすて御前に出けるにぞ。

若ゐはよしなことはりなり。「三番は薄紅葉《うすもみぢ》花守どなた」、「私は、かた様の御世話《は》にて御屋かたに召出され、どをやらかをやら物のわけ、しつた顔して折ふしはいたいめしたが身にこたへ、今五人目の役目を勤《つとめ》、お髪《ぐし》揃《そろへ》の通り者つげ」と答《こたへ》てあゆむふり、「アノいきすぎた風俗《ふうぞく》がまだやまぬか」と見るうちに、跡より出る子桜丸、親はなけれど年毎《としごと》に早咲《さき》の名木、花の姿も愛らしく子をいだゐたるうば玉は、お姫様のお気に入、生《いく》田《た》殿にてましますか」、「子桜に心を付、もたせぶりは当座の智恵《ちゑ》。されば一条院《でうのいん》雪のあしたに香炉峰《かうろほう》の詠は」とのたまはせければ、「清少納言《せいしやうなごん》北の軒端《のきは》の御みすまきあげける。遺愛寺《ゐあいじ》の鐘《かね》は枕をそば立て聞、香炉峰の雪はすだれをかゝげて見ると楽《らく》天が詩《し》の心もかくや」、「さすがおめ聞の腰元ちよい〳〵」とほめられ御前にさし置ぬ。五番に見ゐし花の山重盛《しげもり》と云ふ名木、いづれにおろかはあらねど殊にすぐれてもつたいよし。されば此花重《かさね》々咲《さく》ゆゐに重盛と名付たり。「女中の力におよばぬを独守来《く》る守人の名は何と申」、「五七日もあはざるゆゐ御見わすれは去事ながら、誰《たれ》か我名を白露のきへ〴〵となるきりやうゆゐ、玉章《づき》ちづかにおよべども、一度の返しも致さねば、重てしとふ者もなく、又こなたより文すれば、そちから賃《ちん》をかく共いや、疫病《やくびやう》の神帰れとて爰かしこにて追出され、ふ自由に暮《くらす》寝夜《や》の内、今年三五の廿八。振《ふり》袖白はが命にて、お姫様のおそばを勤《つとめ》ながら、我人共にいやと申女なり。女中あまた候へ共、此重盛を一人して持人覚ぬ力づよ、ちつとほめてくだんせ」とかたはだぬいで胸《むね》たゝき、しやもの手もと猶おかし、いづれもどつと打笑ぬ。

姫御機嫌《ごきげん》一かたならず、既《すで》に御酒ゐん中場《なかば》ゐ、瞽女《ごぜ》のよし参りしかば、いよ〳〵よろこばせ給ひ、すぐに盃給はり、「何にても替し音曲《をんぎよく》、又珍敷咄のあらば語きかせ」との仰。「御覧《ごらん》の通両眼《がん》しゐ昼夜《ちうや》とぼし火をうしなふたる身、何か御機嫌《ごきげん》に成べき事もあらず。手はざとて琴三味線《ことしやみせん》はやり歌より外をしらず。すがゝきりんぜつ吉野《よしの》々山、また寝《ね》の床《とこ》も古《ふる》し、只今お次《つぎ》の間《ま》にてうけ給はれば、御秘蔵《ごひざう》の花の名、重盛《しげもり》と召れしに幸《さいはひ》の事を思ひ付たり。此程去《さる》屋敷《しき》に風流《ふうりう》今平家と申本をもてあそび給ひぬ。よませ給ふを聞《きく》に、昔の平家物語にことよせ当世のことわざ、哀《あはれ》なる事面白《おもしろ》き事のみなりき。有増《あらまし》覚はんべりぬ、是をやお咄《はなし》申さん。殊に地読《ぢよみ》の外音曲《おんぎよく》所有、琴三味線にてあふもふしぎあはぬも時《とき》の笑草《わらひぐさ》、いかゞ仕らん」といふ迄もなし、とく〳〵との御所望《ごしよもふ》にまかせ、「出る儘《まゝ》の妖言《たはごと》皆様御免なりましやう」。

凡例　今平家《いまへいけ》の大意《たいゐ》

諸行無常《しよぎやうむじやう》の鐘《かね》の声《こへ》じやくめつゐらくのひゞき有、沙羅《さら》さうじゆの花の色盛者《いろじやうじや》ひつすいのことはり、おごる者久しからず、人界《にんがい》の有様は夢幻《ゆめまぼ》のごとし。たけき人もつゐにはほろぶとなり、秦《しん》の趙高《てうかう》、漢《かん》のわうまう、梁《りやう》のしうゐ唐《たう》の禄山《ろくざん》、これらは皆《みな》、旧主先皇《きうしゆせんわう》のまつりごとにしたがはず、天下のみだれん事をもさとらず、民《たみ》のなげきをも帰り見ねば、おのれと身を責《せむ》るとかや。

我朝《わがてう》にては将門《まさかど》、すみ友《とも》、信頼《のぶより》、平の入道清盛《きよもり》、此人々のおごれる事とり〴〵ながら、殊に身の程をわすれ明暮《あけくれ》まうあくにほこり、子孫《しそん》の繁栄《はんゑい》をしらず、一生の栄花《ゑいぐわ》のみきはめしは、安芸守清盛《あきのかみきよもり》にてぞ有けり。先祖《せんぞ》はくわんむ天王第五の王子、一品式部卿《いつほんしきぶきやう》かつら原《わら》の親王《しんわう》九代のかうゐん、讃岐守正盛《さぬきのかみまさもり》が孫《まご》、形部卿《きやうぶ》忠盛《たゞもり》の嫡男《ちやくなん》たり。高望《たかもち》の王子の時始《はじめ》て平の姓《しやう》を給はり、それより次第《しだい》〳〵にへあがり、大政大臣《だいじやうだいじん》までになり給ひぬ。御子あまた有けり。嫡子《ちやくし》小松の内大臣重盛《ないだいじんしげもり》、次男宗盛《じなんむねもり》、三男知盛《なんともり》、四男重衡《しげひら》、息女《そくぢよ》あまた持《もち》給ふ。其外一門の公立《きんだち》かぞふるにいとまあらず。かく目出度かりし平家、世《よ》を取《とつ》て廿余《よ》年をかぎり、頼朝公《よりともこう》の為にほろぼされ、或は一の谷《たに》の合戦《かつせん》にうたれ、又八嶋《やしま》だんの浦《うら》にて入水《にうすい》し、哀はかなき水のあはきゆるがごとく成給ひぬ。

其子細《しさい》を十二巻《くわん》にしるし、平家物語と名付し作者《さくしや》は、大職冠《たいしよくわん》廿三代のかうゐん、和泉守行宗《いづみのかみゆきむね》が次男信濃《しなのゝ》守行長《かみゆきなが》、東洛吉水《とうらくよしみづ》にて是をつくれり。後鳥羽《ごとば》の院《ゐん》、かぶの御論義《ごろんぎの》御時《とき》、行長《ゆきなが》をめされ、七徳《とく》の舞を仰付られしに、二つわすれければ五徳《ごとく》の冠者《くわじや》とよばれしを、行長《ゆきなが》心うき事に思ひ、学文《がくもん》をすてゝとんせいす。慈鎮和尚《じちんくわしやう》聞召、かゝる初学弁口《はつがくべんこう》の人をと、下部まで召おかせ扶持《ふち》し給ひぬ。有時生仏《しやうぶつ》といゑる盲目《もふもく》をまねき、平家物語をおしゑかたらせけり。彼生仏《かのしやうぶつ》がかたり声《こゑ》を今の琵琶法師《びはほうし》まなびけるとなり。

今平家の作者《さくしや》は、文盲《もんもふ》にして文字《もじ》さゐうとかりしが、竹馬《ちくば》より仮名草紙《かなざうし》を好《このみ》、我と書集《かきあつめ》、我とあづさにちりばめ我と楽《たのしむ》。世のそしり笑草《わらひぐさ》を儘《まゝ》にして又十二巻《くわん》を略《やつし》、来《く》る春桜《はるさくら》にきざませ世のつゐゑをいとわず、殊に平家物語の俤《おもかげ》さらにあふ事有まじ、誰人《たれ》にもせよ笑給《わらひ》はん所を、よく耳《みゝ》に覚ひそかにしらせてくれかし。あやまりを聞文才《ぶんさい》の師《し》となさば、おのづから又耳学文《みゝがくもん》のたより共なるべし。本平家の作者《さくしや》は行長《ゆきなが》是は悪長《あしなが》、生仏《しやうぶつ》は座頭《ざとう》我は瞽女《ごぜ》、殊にふれ時により替《かはる》も浮世の楽《たのしみ》。うけ給はりし一通《とをり》昔《むかし》はむかし今は今、色こそ替《かは》れ品々《しな〲》の清盛公に生《いき》うつし、是程までにる物かと筆《ふで》の林《はやし》硯《すゞり》の海《うみ》、する墨《すみ》のはてしなく書《かき》ちらしたるちらし書、人の行末《ゆくすへ》水の流《ながれ》ほどしれがたきはなかりき。我人たしなむべきは色欲《しきよく》の二つ、なんと左《き》にはあるまじきや。

一　今清盛《きよもり》すがた比《くらべ》

日本の大湊《みなと》難波《なには》の浜《はま》の人心、五尺までなきからだに富士《ふじ》の山をのみこんで、懐《ふところ》手して十《と》千貫《せんくわん》目の商売《あきなひ》、きのふまで花麗《くわれい》に見世かざると思へば、今日《けふ》は裏棚《うらだな》をかる者有。六畳敷《てうじき》から五軒《けん》口の見世をはり、下女が下女をつかふて見れど、俗姓《ぞくしやう》つたなき者《もの》、どこやらつまらぬお家《いへ》様、世間皆飛鳥《あすか》川の淵瀬《ふちせ》かはりやすく、一夜《や》検校《けんぎやう》に成は此湊《みなと》にてとゞめぬ。

其頃伊丹《いたみ》の何某《なにがし》といへる有。手前富貴《ふつき》にして西国方《さいごくがた》の御用を聞、いつとなくとり入、米蔵《くら》の出入もおのづから自由《じゆふ》に段々《だん〱》仕合つゞき、金の中より目をむき出し年々栄《とし〲さかへ》、男子《なんし》四人女子壱人有けり。惣領は重右衛門、次男宗左衛門、三男友《とも》之助、四男重五郎、いづれもきりやうの若者《わかもの》。嫡子《ちやくし》重右衛門其頃廿七才なりしが、定《さだ》まる妻《つま》もたず昼夜《ちうや》学文《がくもん》に心をうつし、四書《しよ》五経《きやう》、前後《ぜんご》漢書《かんじよ》まで見つくしぬれば、仁義《じんぎ》礼智《れいち》信《しん》の常《つね》にわすれず、近所《きんじょ》にては孝子《かうし》の重盛《しげもり》といゑり。

残三人は心々にして悪《あく》をわすれず、すべて町人俄《にはか》に福者《ふくしや》と成事、商売《しやうばい》の外よき事ならで成がたし。道《みち》を守者《まもるもの》かならず富貴《ふつき》する事なし。人悪敷《あしく》云ふも馬《むま》の耳《みゝ》に風の当《あたる》がごとく、只欲《よく》の一字《じ》に五体《たい》をからめられ、おのれが釜戸《かまど》より外をしらず、人のよきをそねみ悪敷《あしき》をよろこび、好《このん》でまづしきに金銀取替《とりかへ》する事利銀つよきゆゑなり。利とゞこほれば本銀に直《なを》し、五百匁が七百匁の手形となり、又此利銀せつかるゝなど、貧乏《びんぼう》神に鑢子《やすり》をもたせしより猶はかの行事也。切にすまさねば代官所《だいくわんしよ》ゑうつたへ、威光《いくわう》をもつてさいそくすれば、売掛したる者《もの》迄さしあはしてせつて、いやといわれぬ負目《おい》の門《かど》、片手打《かたうち》にもならねば、身体《しんだい》ふるふよりほかなく、有たけ負《おふ》せ方《かた》へつき出し、配分《はいぶん》して取くされとあら涙をながし、着《き》のまゝ出るも金屋めがわざ。今におのれも此身にならん、人間《にんげん》の盛衰《せいすい》をしらぬかなどゝ、恨《うらむ》も愚知《ぐち》なれど、借方了簡《かしかたりやうけん》すれば自然《しぜん》と済《すみ》よせ、身体《しんだい》つゝがなきものなり。いかに山吹色《ふきいろ》の光《ひかり》つよければとて、あまりなるしわざ。かゝる手前者《しや》、此世から金《かね》につかはれ身の楽《たのしみ》をしらず、

昼夜《ちうや》十露盤《そろばん》を枕《まくら》とし、借方《かしかた》の根《ね》帳をくり公事《くじ》する門《かど》の指折《ゆびをり》、目安《めやす》の分別《ふんべつ》するうち、夜明烏《よあけがらす》までかわいや〳〵といわれ、一夜ゆるりとふす事なし。是等の富《ふう》貴《き》年《とし》月のかぎり有、伊丹《いたみ》此ごとくにして今年《こんねん》五十才までは目出度かりぬ。

過《すぎ》つる秋《あき》、妻《さい》におくれしよりいかゞおもはれけん、入道して可運《うん》といゑり。二男宗左衛門を武州《しう》にくだし俵物《ひやうもつ》の売買《うりかい》、三男を下《しも》の関《せき》に下《くだ》し、何によらず所々の出買《でがい》、四男は京都《と》にのぼし、銭見世を出させ毎日の相場《さうば》を聞、四季《き》の天運《うん》をかんがゑいろ〳〵の買込《かいこみ》、あがりを待て売払《うりはらへ》ゑばいかな事そんをしらず、明暮徳《あけくれとく》取てする程の事よければ、三ヶ津にて売買《うりかい》の高下《かうげ》掌《たなごゝろ》をさすがごとく、入道弥々《にうだういよ〳〵》さかんにして四人の子供に嫁《よめ》を取、観楽《くわんらく》をきはめん取沙汰すれば、出入の者仲人《ものなかふど》して礼《れい》銀とらん事を悦《よろこび》、草履《ざうり》雪踏《せった》のやぶるゝをいとわず、爰かしこをきくに、ねをひの何某《なにがし》はかぶりをふる。相談《さうだん》すべきといふは入道のみこまず、有はいやにして思ふはならず、縁《ゑん》は時をまつより外なかりき。

入道寝覚《ねざめ》さびしきあまり無分別《むふんべつ》の思ひ付、上町の藤《ふぢ》見に殊寄《ことよせ》、先《まづ》玉造《つくり》の稲荷《いなり》に参り、此うへにもまだ福徳《ふくとく》

をねがふは欲《よく》にかぎりのない人心。それより野《の》中《なか》の観音《くわんをん》に趣《おもむき》、寿命長音《じゆめうちやうをん》にいのり小橋《おばせ》の煙《けむり》寺町のかね、我為には金神《こんじん》成とて、わき道より上塩《しほ》町森野《もりの》勘七方ゑ立寄、奥《をく》に通り心底《しんてい》のこらずかたれば、亭主《ていしゆ》請取、「さいはいくつきやうの者《もの》こそ候へ、名はおらん小らんと申て兄弟《きやうだい》ながら適《あつぱれ》なる器量《きりやう》、手書歌《かきうた》を読《よみ》琴三味《み》線《せん》よく、女のしよさ一通《とをり》事をかゝず、本国は紀州加田《きしうかた》粟嶋《あはしま》より、様子有て此所に出現《しゆつげん》有、母壱人有けるをはごくまんと、兄弟《きやうだい》ぬい物綿《わた》などつみて世をわたりぬ。されど女の手わざはかどらず、節季《せつき》〱のふづまり魂《たましゐ》にこたへ、我と手かけ色奉公《いろぼうこう》に出、母の心をやすめん分別《ふんべつ》此間きはまり、ひそかに此男がたのまれぬ。人づれせぬを賞翫《しやうぐはん》に当分《たうぶん》は三人扶持《ぶち》、妹《いもと》が事は算用《さんよう》の外《ほか》、先《まづ》御ろうじませ」とすゝめられ、「是耳《みゝ》よりな相談《さうだん》、しかし粟嶋《あはしま》より出現《しゆつげん》と云ふが、腰《こし》より下《しも》に申分《ぶん》はないか」と大笑《わらひ》してめしの使《つかい》、程なく兄弟来りぬ。入道《にうだう》つれ〲詠《ながめ》、居《ゐ》ずまひ物ごし風俗《ふうぞく》に気《き》を付、両人共に帰して後《のち》、「妹《いもと》は年若《としわか》なり、姉《あね》はかつかうよし、きやつにせよ」と勘七が弁《べん》にこかされ捨《すて》金十両わたし、きれいなる座敷《ざしき》を借《か》り、下女壱人つかはせ四人の扶持《ふち》し、明暮通《あけくれかよひ》老《おひ》の楽《たのしみ》とす。

二　今祇《ぎ》女仕掛車《によしかけぐるま》

其頃は五月雨《さみだれ》の、空定《そらさだ》めなきしぐれにも我通路《わがかよひぢ》に関《せき》はなく、老《おひ》木も今は若《わか》木に帰り、詠《ながめ》にあかぬらん菊《ぎく》、よき中川の水のよどみ、いつとなく梅《むめ》の香《か》をのぞみしかば、母悦《はゝよろこび》のあまり神仏《かみほとけ》をたゝきまはし、「ねがはくば男子《なんし》をよろこばしめ給へ。御本妻《ごほんさい》の子立あまた候へ共、いやといわれぬ妹背《いもせ》のかたわれ、十の内三つは私が孫《まご》がもの、諸願《しよぐわん》成就《じやうじゆ》せば、常灯明《じやうとうみやう》あげ奉らん」と長範《ちやうはん》があて飲《のみ》、相借屋《あいかし》のとゝかゝ小半酒《こなからざけ》に顔《かほ》かたむけ、尾《を》にひれ付てのつゐしやう、「わ子に成すましたと人も聞ぞかし、先沙汰《さた》なし」と云ふ所ゑ入道来り座敷《ざしき》にとをれど、姉《あね》は勝《かつ》手に高枕《たかまくら》、妹《いもと》の小らん罷出病気《びやうき》のていをかたれば、入道心に思ふは、きやつは早懐人《はやくわいにん》とみへたり。よろこばしくいらぬ物、月重《かさ》ならん内ながしてくれんと心に思ひ、口にては、「先めでたい、随分《ずいぶん》けがなき様に、高《たか》き所へ手なんどあげさすな。懐人《くわいにん》の内くさい物を食《しよく》すればかならず其子病者《びやうじや》と成。かたまりは右《みぎ》か、左《ひだり》は男《おとこ》にして右は女なり。同じくば男子こそよからめ。娘《むすめ》の子は親《おや》の苦に成事久し、男子《なんし》はくびかせになる事あれどそれは定《さだ》まり事、女氏《うぢ》なふて玉《たま》の輿《こし》に乗《のる》など百人に壱人《ひとり》、いかなる手前者《しや》を聟《むこ》に取とも、女親《おや》の鼻《はな》が天狗《てんぐ》に成事まれなり。何にもせよ無事《ぶじ》に産《さん》するを待《まつ》のみ、万気《よろづき》を付身持くづさぬ様に、足《あし》をのばして寝《ね》さすな。かりにもげたあしだをはき、つまづきなどすれば産安《さんやす》からず、腹立《はらたち》いかれば其子たんき也。女の身持《みもち》大事と云ふは懐人《くわいにん》の内ぞ」と、親《おや》のいわざる事をこまぐ〴〵かたれば、妹《いもと》は悦《よろこび》、「姉様《あね》の身にしてさぞ嬉しからめ、我人若《わか》

木の盛《さかり》には、色よき男にそひ寝《ね》など、末《すへ》もとをらぬ恋草《くさ》をかこち、よしなき憂《うき》名をながすもの有。かた様ごときは跡前《あとさき》のしめくゝり、とけぬ枕《まくら》のむつ言《ごと》、さぞとおもはれおうらやまし、我もそもじ様ぐらゐの殿《との》ほしや」といなせりふになれば、入道《にうだう》また妹《いもと》にうつり、「そちは年《とし》ゆかずし（て）さかしき事をいふ。其詞《ことば》にいつわりなくば、身為悪敷《みためあしく》はせまじ、約束《やくそく》の酒《さけ》一つのんでこなたへさせ」、「はゞかりながらあげません。いつはならずと一つはきこしめせ」と、ひざにもたれつがんとする手をしめられ、「わけもない姉《あね》様心地《こゝち》悪敷《あしき》内、おとぎ申せとこそ仰つるに、人も聞兄弟《きやうだい》ゐの恋暮《れんぼ》有べき様におもはれず、ざきやうも殊による、なぶつてもらゐますまい」と思ひもよらぬ返答《へんとう》。

「いゝ出さぬ内は其通《とをり》、生年《なまとし》よつていつわらば、八幡《まん》もしやうらんあれ。ほれとをす心底《しんてい》、いやといへば、親子《おやこ》三人流牢《るらう》せん。扨兄弟に恋《こい》する事非《ひ》が事にあらず、平家《へいけ》の大将清盛《たいしやうきよもり》其身栄花《ゑいぐわ》の余《あま》り、祇王祇女《ぎわうぎによ》といふ兄弟の白拍子《しらびやうし》を召れ、左右《さゆふ》にならべ寵愛《てうあい》す。ならべこそせまじ、両人心を合《あはせ》ふびんがりてゐさせなば、行末《ゆくすへ》めでたからん」とくどかれ、暫《しばらく》返答《へんたう》せざりしが、心に思けるは、今我いなといわゞ、是を幸《さいわい》にとをざかり給はんもしらず、姉《あね》様まめに成給ふ迄、志案《しあん》のめぐらしつりよせんと思ふもさすがやさし。詞《ことば》にてしたがはんも道《みち》ならねど、当世《たうせい》の勝手《かつて》左にもあらじと胸《むね》をきはめ、「御心指《こゝろざし》の嬉敷余《うれしきあま》りいか様共成ません、しかし逢《あふ》夜は首尾次第《しゆびしだい》」とさすがにはづる風情《ふぜい》。

入道悦《よろこび》、「さしあひくらぬは犬同前《いぬどうぜん》、互《たがい》にさとられぬが命、心指《こゝろざし》」と金三両懐《ふところ》ゐねぢこまれ、なんじやとばかり、「万心《よろづこゝろ》のはかなきは是よりぞしる、今壱つ御酒《ごしゆ》あがりませい」と、さしむかいにてあいのおさへの夕暮《ゆふぐれ》より四つ迄の酒盛《さかもり》、小らん酒《さけ》に乱《みだれ》、面《おもて》に紅葉《かうよう》をちらし、只にこ〳〵と笑顔《ゑめるかほ》。姉《あね》と替酒飲《かはりさけのん》での機嫌《きげん》、くるしからぬにやすまれよ［乱詞］なんといわんすぼん様、ちとたしなまんせ、内には子立もないかなんぞのやうに、あまりきやうこつ、東《ひがし》がしらむこちのかゝ様の茶《ちゃ》のみ時、よしやさがなき身のふもと、古今《こきん》まじりのはやり歌《うた》うたひながらふしたりぬ。入道弥々《いよく》のぼり色《いろ》はわかいが花、「こりや風《かぜ》ひくな」とゆりおこせど鼻《はな》で計の返事《へんじ》。首尾《しゆび》はこよひと、勝手《かつて》をのぞけば姉《あね》は前後《ぜんご》をしらず、母はとなりへ茶《ちゃ》のみ語《かたり》、爰でしかけの初《はつ》枕《まくら》ゑふたふりして手をとれば、「誰《たれ》じや」といふ口に手をあて、「おれ」といふに驚《おどろき》、「姉様につげます」といはれ、入道魂《たましい》をとばし、「やれおがむ、姉がきいたらたまる物か、最早《もはや》帰る」と立出るをうしろより袖《そで》をひかへ、「今のごとく申さねば姉様ゑわけたゝず、あたまからさとらねなんの楽《たのしみ》が有ぞ。逢言《あふこと》のははいつまでも、誰《たが》中宿《やど》を拵《こしらへ》て」とせなかをたゝかれ、「それでこそ嬉《うれし》けれ、母にも姉にも心得て又あすの夜《よ》」と立わかれける。

風流今平家　一二之終

風流今平家《ふうりういまへいけ》（三四之巻）町人身《てうにんみ》の手鑑《てかゞみ》

一　今様妾揃《いまやうてかけぞろへ》

伊丹《いたみ》入道身の栄花《ゑいぐわ》のみか、一ッ家《け》共に繁昌《はんじやう》し、浅《あさ》の十徳《とく》も縮緬《ちりめん》とうつり替《かはる》世の習《ならひ》。秘蔵《ひざう》の娘《むすめ》を、里《さと》ならび万代何某《もづのなにがし》とて近年《きんねん》の手前者《しや》、聟舅《むこしうとご》五格《かく》の身体《しんだい》、是より男子《なんし》共に嫁《よめ》とれば何か望《のぞみ》の有べし。なれ共惣《そう》領《りやう》重右衛門が、孔子《こうし》くさい顔《かほ》にはいかな親父《おやぢ》も秋風や、身にしみ〴〵とこたへ、俄《にはか》に隠居《ゐんきよ》の思ひ立、六七丁脇《わき》にきれひなる家作《いへつくり》、一生喰余《くひあま》る程の金銀あそばしてゐきなしと、入道古《にうだうこ》がいの手代七兵衛は鎰《かぎ》あづかり、次郎兵衛といへるは借方《かしかた》の支配《しはい》、万気《よろづき》づよく埒《らち》をあくれば旦那《だんな》の耳に入事なし。

是程の手代有ながら、五節句《ごせつく》の棚落《たなをろし》を聞、明暮十《そ》露《ろ》盤《ばん》はぢき、寺道場《てらだうぢやう》はひがしやら西やらしらぬが仏《ほとけ》、世体仏法腹念仏《たいぶつぽうはらねんぶつ》とわるい世話《わ》を聞、あたら年月を只

欲《よく》にのみ暮し、殊に寵愛《てうあひ》の娘《むすめ》縁《ゑん》付させてのさびしさ。お出入者来り、「此程聟《むこ》様ゑ参り、御夫婦《ごふうふ》のあいさつよそながらうけ給はれば、お中吉野《よしの》々桜花、追付子《おつこ》持桜《もちざくら》の枝栄《えださかへ》、爰もかしこも姥《うば》桜、御世の盛《さかり》今の事、おめでたや」とのつゐしやう。誠に入道が身程目出度はなし。此上にも永息《ながいき》をこそねがへと、昼《ひる》はらんがもとに通《かよひ》、兄弟《きやうだい》が俤《おもかげ》詠にあかぬ別路《わかれぢ》、宿《やど》に帰れば寝覚《ねざめ》さびしく、是ではすまぬ浦《うら》の浪現《なみうつゝ》にもわすれがたく、せめて妹《いもと》をむかひそひぶしさせんとおもへど、しのぶ恋路は儘《まゝ》ならぬが命。さしあひくつて目に物いわせ、すげなき顔《かほ》見るなど楽《たのしみ》の一つ、是は儘にしてよの女をかゝゑ、情《なさけ》くらべをさせみんとあくるを待兼《まちかね》、又勘七に語《かたり》、世話《わ》しやうじのかゝに、桜《さくら》しやうじのとゝ方《かた》へ人をはしらせ、右之通《とをり》を申わたせば、我も〳〵と名有妾《てかけ》を召つれけるにぞ。入道が門《もん》前《ぜん》女の市をなせり。

一人づゝ勝《かつ》手に入、風呂敷包《ふろしきづゝみ》より着替《きがへ》を出し、上を下ゑするなど有。つき〴〵のかゝ小めろう、髪《かみ》なでつけ帯《おび》のむすびを仕替《しかへ》、今や〳〵と待所へ、勘七目録《もくろく》をひらき入道が末座《ばつざ》にひかへ、「一番に、〽奴《やつこ》のお品《しな》は

や御出」と申けるに、七軒《けん》の間小づまだかに取、おめずをくせず御前に畏、入道目金《めがね》をかけ念頃に詠、「そちは他《た》国者《こくもの》か、年《とし》はいくつぞ」、「当《たう》年が十八生国《しやうごく》は備後《びんご》、海上《かいしやう》をへて此所へ参りました。様子《やうす》は御縁次第《ごゑんしだい》お咄《はなし》申ましやう」と勝《かつ》手に立。「次、〳〵はやりばなしのるい殿これへ」といわれ、「あい」とこたへて立田川《たつたがは》流《ながれ》の末《すへ》のあゆみぶり、内《うち》八文字《もんじ》大やうにべつたりとした居《ゐ》ずまい。「古郷《こきやう》は都《みやこ》の西、年《とし》は天神の御縁日、御《ご》参詣《さんけい》の折からはちとよらんせ」と闇《やみ》に石付とはず語《がたり》、いか様子細《しさい》有べし。様子《やうす》はこなたよりと帰して跡は、「〳〵ぐめんのさつ」、「私は当地の者親独子《ものおやひとりこ》独《ひとり》、世体持《たいもつ》身に秋はてゝ互《たがい》の隙《ひま》を取やり文、三くだり半もござんす」の口もとそつて気《き》にいらず、はやくいなせと目はぢきしられ、しほ〳〵と入さ山の、月ほの〴〵と出られしは、〳〵実方《じつがた》の浪《なみ》とかや、ことし二八の薄霞《うすがすみ》おのれと笑風情《ゑめるふぜい》、目に恋をもたせ入道を見るしかけ、手足《てあし》じんじやうに物ごしあいらしく、男《おとこ》ずれぬかたぎ、「是にきはめよ」と勘七にさゝやけば、「迚《とて》ものお慰《なぐさみ》に今二三人ごろうじませ、残る花こそ色よけれ、殊に生娘《きむすめ》と見ゑ綿帽子《わたぼうし》着《き》たるは、〳〵ねざめのせきとやらん」、「是見ずばなるまい。爰ゑまいれ」と入道右の座になをらせ、懐《ふところ》ゑ手をさしこみ、「くるしからぬに綿《わた》をとれ」、「恥敷《はづかし》ながらかゝる座敷《ざしき》は只今がはじめ、御縁次第《ごゑんしだい》とは申ながら、千代《ちよ》を重《かさね》てかはゆがつて」としめかゑされ、綿とりしを見れば卅余《あま》りの女。入道驚《おどろき》二目とも見ずたゝんとするにはなさず、「殿立《とのたち》の詞《ことば》はりんげんにひとし、殊に大事の懐《ふところ》迄さがされ、男《おとこ》ゑいゝわけたゝぬのみ密夫《まをとこ》のつみのがれまじ、互《たがい》に名のたゝぬ内首尾《しゆび》よく埒《らち》を明《あけ》給へ」と思ひもよらぬ筒《つゝ》もたせ。

にくきは海《うみ》山なれど、近所《きんじよ》の手前方《かた》々よろしからずと、前巾着《まへきんちやく》のひぼをとき金二歩さしつけられ、「これしきの金にて悪名《あくみやう》とらん事思ひもよらず、誰《たそ》こちの人よんでこい。誠の契《ちぎり》なきを男に見せて腹《はら》いさせん」と、調子《てうし》高《たか》にわめかれ、入道腹にするゐかね、「きやつが心底刻《しんていきざみ》てもあかず、一分の捨《すて》、代官《だいくわん》所へうつたへ、上《かみ》の詮義《せんぎ》をねがはん、存分《ぞんぶん》にせよ」と二三軒《けん》取てなげ、大の眼《まなこ》に角《かど》を立、左右《さゆふ》をはつたとにらまへければ、「坊《ぼん》様其手はくわぬ、命を捨ての商買《しやうばい》どなたでもおそろしからず、いづ方《かた》ゐも御供《とも》せん、いざ御立」と引立る。勘七とゞめ女を勝《かつ》手にまねき、子細《しさい》を有程こねまはし、金弐両にてあつかはれ、「それほど難義《なんぎ》あそばすをいなと申は物にかゝり、みぢんたはむれぬは神仏《かみほとけ》も御存知の事。こちの人がきかれてもさのみ腹も立まじ。御暇申《おいとま》」と帰るなど誠におそろしきたくみ。

入道手を打、「油断《ゆだん》のならぬやつばら、迚《とて》も我ことにせぬをさとり、思ひもよらぬ金《かね》をとられぬ。尤浪《もつともなみ》とやらん目に入しかど、又しかけ者にてやあらん。親元《おやもと》きも入吟味《ぎんみ》の上《うへ》かゝゐん、先々《まづ》帰れ」のぶきやう顔《がほ》。勘七わつと飲《のみ》かけ、「旦那《だんな》の御身体《ごしんだい》にて目くさり金、二両や三両何事かあらん、私請取明日寄め浪《なみ》お浪の浪枕、海老《かいらう》のかたらひ、しやほてつ腹《はら》のくねる有様、今見る様に有べし。それにても御機嫌悪敷《ごきげんあしき》や」とそゝりあげられ、「いづれ浪めはたまらぬ器量《きりやう》、万端《ばんたん》そちにまかす。前後《ぜんご》に念《ねん》入早《はや》く首尾《しゆび》せさせよ。先程取替《かへ》たる金、一両か二両か」、「いや三両でござります」と、ちよりと一両下され、「先私も戎《ゑびす》男、入道様に金子取替《かへ》る時節《ぢせつ》、利銀はまいらぬか」と大笑《わらひ》してさらば〳〵。

〔二〕今仏《いまほとけ》御前《ごぜん》の最来《さいらい》

世間皆金の光《ひかり》、小判《ばん》の花をさかせ何事にても儘《まゝ》ならぬはなし。勘七が弁《べん》にこかされ思ひもよらぬ浪枕《なみまくら》。下女と定《さだめ》しかど引をろしつかはんもむげなしと、小女独《せうぢよひとり》つかはせければ奥《おく》様同前《どうぜん》、「かりのそひ寝《ね》も過去《くわこ》の縁《ゑん》、大勢《ぜい》の中より召出さるゝは御縁《ゑん》ぞかし。かならず脇《わき》心もたせ給ふな」としめやかなるあいさつ。「年《とし》にこそよれ、うはきはとつと昔《むかし》の事。心よくつかゐなば氏《うぢ》なくと玉《たま》の輿《こし》、乗《のる》まじき物にあらず」、「御詞にいつわりなくば誓文《せいもん》にてきかん」といわれ、「けふの天道に掛《かけ》奉る法《ほう》もあれ、まつたく虚言《きよごん》にあらず」、「それは誠しからず、日もはや西にかたむかせ給へば、誰《たれ》か罰《ばち》あてん」、「是は拙者《せつしや》があやまり」と折ふし十五夜のくまなき月をかけまくも、互《たがい》にかはらぬ妹背《いもせ》のむつごと、月山にあやしきものこそ見ゆれ、「あれは」と尋しかば入道うなづき、「あれはそれがしが秘蔵《ひざう》せし色紅葉《いろもみぢ》、世に有名木常《めいぼくつね》にしておかしからず、気《き》を替《かへ》人の形《かたち》に作《つく》りぬ。見る人驚《おどろく》事そちばかりにあらず、あれを肴《さかな》に酒一つ」、「お咄《はなし》を聞てあんど仕ぬ、是は私が御異見《ゐけん》申花のすがたをかゐさせません、如何様《いかやう》共心まかせ、なれ共此秋の盛《さかり》を詠《ながめ》其後はともかくも、先うれしゐ」と打もたれ、さいつさゝれつ機嫌《きげん》中ばへ、下女文もち来り入道にまいらせしかば、上書《うはがき》よんでかくさんとす。浪《なみ》これを見付、「くるしからずば見せ給へ」、「いや見せまじ」、「見ねばならぬ」とむたいにとられ、にが〳〵敷顔《しきかほ》、ひらき見れば何々、

文此ほどはたゐて御おとづれもあらず、御暮《くら》しのほどいかばかりあんじまいらせ候。殊《こと》にたゞならぬ此

身なれば、今までより猶《なを》御とはせも有べきをさはなく、さりとは心づよき御事、母《はゝ》も妹《いもと》も御越《こし》なき噂《うはさ》のみなり。もし御きもじなど悪敷《あしき》やと思ひにたゑかね、わざ〳〵とわせまいらせ候。菟角《とかく》の様子御しらせまつに候。かしこ

読《よみ》もはてず涙をながし、「誠に女ほど浅ましきものなし。此文どなたかはしらねどかたさまとはふかい中、殊に御懐胎《ごくわいたい》と有身をすてさせ、又わたくしゐの御戯《たはむれ》たのもしからず。誠の契《ちぎり》とはかゝる時をや申さん。我御屋方《かた》ゑ参り御通《かよひ》あらねば、若草に目くれ捨《すて》られもやせじと、女心のくい〳〵と私ゑ御恨《うらみ》のほど思ひやられぬ。それ程悪性《あくしやう》にては又外《よ》の花にうつりやすく、自《みづから》もよそにならん事とをからず。思へば行末《ゆくすへ》心もとなし、身にさはりなきを幸《さいはい》御暇《いとま》給はるべき」よし。入道手もち悪敷《あしく》、「推量《すいりやう》のごとく年《とし》を重《かさね》し女、殊に只ならぬ身となりしより寝覚《ねざめ》さびしきにこまり、そちをかゝゐ、やさしき詞にほだされ、かれが方《かた》へ遠《とを》ざかりぬ。文をかくせし事もしは嫉妬《しつと》の心もやと思ひの外成貞女《ていぢよ》、蘭《らん》が身にしてさぞうれしからめ、此うへはせつ〳〵通《かよひ》そりやくにせまじ、今の心底《しんてい》誠ならば其儘勤《まゝつとめ》ゐさせよ。もしそねむ心もあらば望にまかせ暇《いとま》を

とらせん、二つに一つの返答《へんとう》いかに」といわれ、「御詞《ことば》にいつわりなくば、おらん様を見捨《すて》まじきとの誓紙《せいし》を書《かき》給はれ」、「心やすかれ」とて硯《すゞり》にむかい望のごとく書《かき》やりぬ。

三度《ど》いたゞき守《まもり》に入、「我かゝる心とはしり給はず帰《かへ》つてねたましくおぼしめさん、身はいかなるうき身とならばなるまで、幾久敷《いくひさしく》いとしがつてしんぜさんせ」と涙《なみだ》ぐみたる目遣、「よしない事ゆへおかしさをわすれぬ。いざやすまん」と入道一間に入ければ、跡《あと》に残《のこ》りし浪枕《なみまくら》、よるべ定《さだめ》ぬ身のはて、一生《しやう》いかにくらせばとて生《いき》はつる身にもあらず、入道今かく目出度《めでたく》わたらせ給ふ共、人間《にんげん》の盛衰《せいすい》のがれがたし、たま〳〵うけがたき人と生《むま》れ、いかなる栄花《ゑいぐわ》にほこる共、いくばくのよはひをへん、なまじゐ我錦《にしき》をかざり美《び》をつくし、観楽《くわんらく》をのぞむゆゑ、おのれとおのれが欲《よく》にまよひ、一年《ひととせ》切に男《おとこ》を替《かへ》、年《とし》々人の気をかぬるも、世渡りながら思へば傾城《けいせい》にひとし。親《おや》有人は親に孝《かう》の為いやしき勤《つとめ》するなどことはりなりき。我はそれにかはり幼少《ようせう》にて父母《ふぼ》におくれ、たよりなき身の只独《ひとり》はる〴〵此所に来り、しる人有てかり初《そめ》ながら此身と也。爰かしこの手にわたり年月おもしろう暮《くら》せし内にも、本妻《さい》有と聞《きい》てはどこやらにそねみふかく、ともすれば心意《ゐ》の焔《ほむら》きへがたし、此つみ思へばおそろし。もつとも入道情《なさけ》ふかく寵愛《てうあい》かぎりあらねど、自《みづか》らに思ひかゝられしおらん殿の心指《こゝろざし》思ひやられ哀《あはれ》なりき。爰《こゝ》かしこを思ふに付、せまじきものはかゝる宮仕《みやづかへ》、是を勤《つとめ》のかぎりとし仏《ほとけ》の道《みち》にいらんや、又殿《との》目聞して一生《いつしやう》の楽《たのしみ》をきはめんやと、志案中《あんなか》ばに目もくらみ、我手枕《てまくら》のしどけなく〳〵、またあすの夜も有ものとうつら〳〵とひとりねをする。

三　今祇《いまぎ》王嫉妬《わうしつと》の紅葉《もみぢ》

其夜うしみつ過《すぐ》る頃しも、寺々の鐘《かね》かう〳〵ときこゑ、空《そら》の気色《けしき》物すごく月山にあやしや女の声《こゑ》して、「時の鐘を指折《ゆびおり》かぞへ、うれしや八つと見ゑたり。我親の為入道にかしづき、心にそまぬ色にほだされ、たゞならぬ身と成ぬ。若草の色ふかく老木《おひ》をとめられ、通路《かよひぢ》もいつの頃にやわすれはてたる計成き。是浪《なみ》とやらんが情ふかきゆゑなり。さはりなき身にだに恋をねとらるゝは口惜《くちをし》かるべきに、わすれ形見《がたみ》をのこされ、いつか〳〵と待身のつらさ。闇の心と川の瀬《せ》はかはりやすき物かは、文してとふにこたへなく、一度《ど》返《かへ》しのあらざるはそちが恋路《こいぢ》の関《せき》となる、女はあいみ互《たがい》成き。我もそなたも忍妻《しのびづま》、いづれにへだてはあらねど、はづかしながら自《みづから》は、はや五月の帯《おび》するにも誰《たが》何といふ人なければ、口おしやねたましやと、思ふ心のいつとなく〳〵恨《うらみ》申に来りぬ」と紅葉《もみぢ》の木末《こずへ》に俤《おもかげ》うつし、なくより外はなかりき。

折ふし入道手を打、「浪《なみ》よ〳〵」とめされける。はつと驚《おどろき》たゝんとする。紅葉《もみじ》の枝《えだ》おのれとうごき、やらじとひきとめられ、ふすとおもへば心の魂《たま》が入替《かはり》、姿は浪のおとばかり。帯しどけなく入道が一間に来り、何のいらゑもなくむなづくしをとり、恨《うらみ》てもあかぬは君がしわざ、此身になして捨《すて》小舟、浪《なみ》のうね〳〵老《おひ》しげぬらんときくもうらめし、いなせを聞て死《し》ぬる共いきる共、我身計はゆかじと思ひつめたるかこち草《ぐさ》、入道物すごく、「そちは浪《なみ》にてはあらずや。おそはれけるか、只し狂気《きやうき》せしか。形《かたち》はそれにして恨《うらみ》は蘭《らん》がむつごと、心を付よ」と薬などあたへしかば、猶照《なをてり》まさる紅葉《もみぢ》の木末《こずへ》に、浪が声《こへ》して、「はづかしや思ひもよらぬ御恨《うらみ》、人こそしらね君が事、いまだ御げさんにはいらね共、身に替《かへ》御いとほしく、入道様へ御異見《ごゐけん》申、明日より御通有べき、こよひかゝるうき事を聞、是も誰《たれ》ゆゑ入道の御仕《し》かた、つらきよりつらきにまよふ我とても恨はつきじ、いかにいやしき身なり共すべなき恋は見もきかじ、誠有自《みづから》が心をあかし、あなたのうたがひをはらし給はれ、入道様」と紅葉《もみぢ》にかゝるしぐれ、雨《あめ》か涙《なみだ》はつらぬくばかり成き。

入道今はたまられず、表《おもて》ゑにげんとせしを、「きたなしかゑせ」と引もどす。「そちゑはやらじこなたへ」と二人が中に取まき、愛着《あいじやく》のはかなき妹背《いもせ》を互《たがい》に諍《あらそひ》、心意《しんい》のほのほふきかけしかば、入道気をうしなひ前後《ぜんご》さらにしらざりき。おのれ夫《おつと》の敵《かたき》取ころさんと、紅葉《もみじ》にすがり枝《ゑだ》打おらんとせし時、「情《なさけ》なしとよ女郎、まつたく我入道様をねとる心さらになし、かた様の様子をきゝ、度《たび》々御暇《いとま》をねがひしかどさらに承引《せうゐん》あらねば、折をうかゞいしのび出ん折ふし、思ひもよらぬ御げんの恨《うらみ》、かならずうたがひ給な」といへ共、更《さら》に聞入ず、「ねとらぬといふしやうこは有まじ、今取ころされんをなげき、色々のはかり事、近頃みれんなり」と猶つよくせめられ、

「いや〳〵命はおしからねど、誠有心をいつわりといわるゝもかなし。暫《しばらく》爰をゆるめ給へ、証拠《しやうこ》はあれにかけたる守《まもり》を見給へ」、「心得たり」と、とり出し、口をとかんとせしが、常《つね》にねがひ奉りし弘誓《ぐぜい》観世音《くわんぜをん》の御尊形《ごそんぎやう》の功力《くりき》にや。手もなへ五体《ごたい》立ずくみぬ。「おのれが自力《じりき》かなわぬゆゑ、仏力を頼帰てあだをなしけるにくさ。何の証拠《しやうこ》やあらん」となをいかりぬ。「尤ながら、我すがた有ながら 魂《たましい》互《たがい》に入替《かはり》、我身ながら我ならず、本心《ほんしん》かゑし給はらば御うたがひをはらさせん。もしいつわらば立所にて取ころされよ」。

恨《うらみ》は更にあるまじきことはりを聞、紅葉《もみぢ》に帰る蘭《らん》が魂《たま》、すがたにうつる浪が魂《たましゐ》、其儘《まゝ》守の口をとき、「入道書《かき》たる一札、是にて恨をはらされよ」と紅葉《もみぢ》が枝《えだ》にかけしかば、此木おのれとひらき読《よみ》て見れば何々、

一　我等楽《たのしみ》の一つをきはめ蘭《らん》といふ女に年を重《かさね》、寵愛《てうあひ》の余《あま》り懐人《くわいにん》す。誠に老《おひ》の寝覚《ねざめ》さびしきをくやみ其方を召抱《かゝへ》、蘭《らん》がもとゑかよふ事をわすれぬ。今日《けふ》彼《かの》女が元《もと》より文の来るを見とがめられ、うらみんと思ひしに、さはなく貞女《ていぢよ》を守《まもり》、蘭《らん》を見捨《すて》もやせんとなげき、ひたすら暇《いとま》をこふ。女なれ共心《こゝろ》

指《ざし》をかんじ、今迄のごとく通《かよひ》、猶あはれみふかく我一生《いつしやう》の内蘭《らん》を見すてまじ、若《もし》いつわるにおゐては日本大小の神祇《じんぎ》おどろかし奉り、此世にては浅間敷病苦《あさましきびやうく》をうけ子孫《しそん》ながく滅亡《めつぼう》せん、依而証文《しやうもん》如件。

年号月日　伊丹入道可《いたみにうだうか》運判《うんはん》

なみがもとへ

よみもおわらず涙《なみだ》をながし、「かゝる心とはしらず恨《うらみ》ふかく、よしなき姿《すがた》を見せまいらせし事のくやし、いかで此御恩《ごおん》のほうぜん、入道様今《いま》よりのち、御通《かよひ》あらねばとてたれをかうらみん。帰るもさすがはづかしの、もりて人きかばさこそわらはめ、此身此儘《まゝ》此所にて露《つゆ》ともきへたき心、自《みづから》は、はや子持《こもち》むしろのうらぶれ、見る目もうとましからめ、此うへながら私《わたくし》に替《かはり》、入道様の御事頼ます」と涙ながらのいゝわけ。「それにやおよばん。殊に只ならぬ御身のさはり共なるべし。とく〳〵御帰り有べし。はや明方《あけがた》の鳥もなく名残《なごり》はいつもおなじ事、さらば〳〵」の別《わかれ》の声《こへ》。

入道驚《おどろき》うろ〳〵顔《がほ》にて爰かしこを詠《ながめ》、五体《たい》のあせを手づからぬぐひ、浪《なみ》が一間《ま》をさしのぞけば曲禄《きよくろく》にもたれ、よねんなくふしたり。「やれおきよ。目をさませ」とゆりおこされ、ため息《いき》ほつとつぎ、見しは現《うつゝ》か幻《まぼろし》か、夢《ゆめ》にもあらぬしるしには守《まもり》の口《くち》もとけ、入道給はりし一札なかりしかば、両人手を打、夢《ゆめ》は夢にして、書《かき》たるものなきは誠《まこと》なりけり、おそろしの世や。

四　今《いま》の世《よ》の貞女鏡《ていぢよかゞみ》

夜明《よあけ》の鳥《とり》のしばなくにも入道枕《まくら》をあげず。浪《なみ》も立居《たちゐ》くるしげに、二人《ふたり》共に見し夢物語《ゆめものがたり》。「我人女なれども、愛着《あいじやく》の一念《ねん》はなれがたき事、あまた有ける中にも、花山院《くわざんのゐん》のふじつぼはかうきでんをそねみ、光源氏《ひかるげんじ》のみやす所はあおひのうへをねたむなど、雲《くも》の上人《うへびと》にのみ是皆恋暮《れんぼ》愛着《あいじやく》よりおこれり。武士《もののふ》にかぎらず民百姓《たみはくせい》にいたり、此道より本妻妾《さいてかけ》をのろゐば、妾《てかけ》はまた本妻《さい》を嫉《ねたみ》、北野《きたの》祇園梅《ぎおんむめ》の宮《みや》、又難波津《なにはづ》にては、生玉高津《いくたまかうづ》座磨《ざま》天《てん》満《ま》天神《てんじん》、此神木《しんぼく》に四拾八本の釘《くぎ》、灸《きう》じ〳〵にうつゝなや、帰つておのれが身をせむるをしらず。かく貞女《ていぢよ》を守《まもる》だにおそろしき恨《うらみ》。永《なが》ゐ浮世《うき》にしばしの命《いのち》つながんと、互《たがい》に心意《しんゐ》の焔《ほむら》もえつもやされつ、身にあだをなし、くるしみをうくるなどさらに人間《にんげん》にてはあるまじ」、今日をかぎり達《たつ》て暇《いとま》を乞ぬれ共、入道耳《みゝ》にいれず、「惣じて夢《ゆめ》は五臓《ざう》のわざ、思ふ事おのれ〳〵が魂《たましゐ》はなれざる時かならず見るとなり。既《すで》に眼《まなこ》ひらき、本心に帰る時其印《しるし》有や、夢をみて夢のごとくせば、今いふ事も夢にして、もしそちが手にかけ、入道を殺《ころす》べき夢など見ば、其ごとくわれを討《うつ》べきか、女なればとてくやむまじきをくやむは愚知《ぐち》なり。某がくれたる一札なきはふしぎにてふしぎにあらず。定《さだ》めし猫鼠《ねこねづみ》こそ引つらめ。何にもせよ気《き》がゝり成事一つもなし。万我《われ》にまかせよ」と扨も気《き》づよきせんさく中ばゐ、蘭《らん》が方《かた》より人来り、取次《とりつぎ》をもつて申けるは、「未御《いまだご》産《さん》月にあらねど、しきりに御腹《はら》をいため御くるしみふかく、中々見るめもかなしみはや〳〵御出」のよし。入道さらぬてい、「追付《おつつけ》見まはん」と使《つかい》を返《かへ》し、既《すで》にゆかんとせしを浪暫《なみしばらく》とゞめ、「私参り様子《やうす》を見届《とゞけ》参らんよし、未対面《たいめん》もなく、殊に見し夢の俤《おもかげ》互《たがい》にほどけざる下心、折こそあらめ」と仰けるを、是非《ぜひ》御暇《おいとま》申尋ていそぐ君が庵《いほ》。

あないをこへば母妹《はゝいもと》、此女ゆへ入道とをざかり給ひぬ。何の用《やう》にかきつらん。存分《ぞんぶん》いふて腹《はら》ゐんと親子《おやこ》うなづき先こなたへと奥《をく》にとをせば、蘭《らん》が伏《ふし》たる枕《まくら》により、互に顔《かほ》を詠《ながめ》あひ、しばし物をいわざりき。蘭は寝《ね》巻《まき》をかづきながら、「誠に過る夜は、はしたなき対面、うらなきしるしあらはれ、御見舞《まい》にあづかる事、弥々うれしかりき。御出の様子心元《こゝろもと》なし」と尋しかば、浪《なみ》も打《うち》かけの袖顔《そでかほ》にあて、「はづかしきは互《たがい》いつ逢《あふ》言《こと》の葉《は》もなく只今参る事、御心地《こゝち》あしきとの伝《つたへ》に驚《おどろき》はる〳〵来りぬ。いかゞわたらせ給ふぞ。夢ながら私ゆゑ焔《ほむら》きへがたく、其とがめもや」と念頃《ねんごろ》に尋しかば、「いや〳〵さうした事にあらず。私こそ入道殿より給はりし一筆取帰りしあやまり、是を大《たい》切《せつ》に仕事、もし入道心替《こゝろかはり》もあらばにくさもにくし、是を証拠《しやうこ》にかぶりをふらせまじき下《した》心、弥々《いよ〳〵》給はれかし、何が扨」と思ひもよらぬ物語《ものがたり》。

勝手《かつて》にて母妹《はゝいもと》俄《にはか》に盃《さかづき》の用意《ようゐ》、先酒《まづさけ》一つとすゝむる中場《なかば》。蘭《らん》くるしげなる息《いき》をつぎけるにぞ。皆々あはて、是只事にあらずと医師《いしや》をよびむかへば、道宅《だうたく》

脈《みやく》を取、やゝ工夫《くふう》し、「正敷《まさしく》是は小産《しやうさん》なり。いづれも油断《ゆだん》すべからず」と薬《くすり》参らせ帰りぬ。人々驚《おどろき》、「小産とは心得ず」と不動院《ふどうゐん》召寄占《うならは》せければ、法印算木《ほうゐんさんぎ》をならべ、易《ゑき》をくり、「当年《たうねん》は廿《はたち》きのへ子《ね》の年《とし》にて性《しやう》は金《かね》性《しやう》也。ことしだじやうだんの卦《けい》にあたり、守本尊不動明王《まもりほんぞんふどうめうわう》にて、うごかずさはがず身にさはりなき年《とし》なれ共、毒薬《どくやく》のとがめのがれず、是非《ぜひ》小産有べし。時はなん時一二九十は子午卯酉《ねむまうとり》のこくに安く有べし。あやうき命なれ共私のなせる悪《あく》にあらねば、命つゝがなし。此上にも信《しん》を取給へ、某も宿《やど》に帰り護摩《ごま》を焼寿命《たきじゆめう》長音《ちやうをん》にいのらん。お暇《いとま》申」と帰らぬ内無事《ぶじ》成顔《かほ》。

先めでたいと悦《よろこび》の酒《さけ》、是に付思ひ当《あたる》事有。過つる二月しかもけふ、産《さん》に宜敷薬《よろしきくすり》とて入道直《じき》に給はりし事有。思へばおそろしき心にてぞ有けり。かゝる人共しらず枕《まくら》をかはせし事ぞくやし、女はいとゞ罪《つみ》ふかきにあるまじき殺生《せつしやう》我とてものがれまじ。是を菩提《ぼだい》の種《たね》とし仏《ほとけ》の道《みち》に入べしと、思ふに付いよ〳〵心地《こゝち》すゞしくなりけるとなり。

風流今平家　三四終

風流今平家《ふうりういまへいけ》（五六之巻）町人身の手かゞみ

一　今宗盛《いまむねもり》一門振舞《もんぶるまい》

其年も暮《くれ》ちかく、我人大晦日《つもごり》（ママ）の胸算用《むねざんよう》さしあたりての分別、寒《かん》の内にもろはだぬいでそれ〴〵の心当《あて》、手廻《まは》しよきは節季《せっき》〳〵の買込《かいこみ》、銀かしての分《ぶ》より、商売《しゃうばい》面白を悦《よろこぶ》など心々の世わたり、或は他国《たこく》ゐかせぎに行も、大晦日のやく払《ばらい》、西国の入舟北国よりの上《のぼ》り銀、江戸棚《だな》への替《かは》せ、親おや方ゐ勘定《かんぢゃう》、上りくだりの道ふみわけくるは誰ゆゑ、鼻《はな》の下やしなふばかりにあらず、妻子《さいし》有身は一寸にても油断大敵《ゆだんたいてき》ぞかし。

分限者諸方《ぶんげんしゃしよほう》に出ばりし年の暮、春の明ぼの、一夜あくればにつこりとした戎顔《ゑびすがほ》、入道やかたにも、京江戸下《しも》の関《せき》より三人の兄弟上り、惣領《さうりゃう》重右衛門方へ荷物《にもつ》をはこばせ、思ひ〳〵の算用厘毛《りんもう》迄しるし入

道に見世、当年も仕合よきを悦、年忘《としわすれ》の振舞《ふるまい》、亭主《ていしゆ》は二男入道が宅《たく》にて有べきよし、肴《さかな》や八百屋入つどひ、料理人《りやうり》の八兵衛真板《まないた》をはなれず、はしりにすりこ鉢《ばち》の音たへずたうたり。我此所にひさしかれとぞいわゐ、松竹かざる嶋台《しまだい》、床《とこ》には七福神の掛物、灯《とを》明《めう》の光座敷《ざしき》をかゞやかし、正面《しやうめん》には入道今織《をり》の蒲団《ふとん》をしかせ大やうになをれば、右座は宗左衛門、左は友之助、次は重五郎、脇《わき》の上座は、はなむこ定《さだ》六夫婦、末座《ばつ》は手代七兵衛次郎兵衛、其外のわかゐ者思ひ〳〵のはれ小袖袴《はかま》の模様《もやう》一様に揃《そろへ》、次第〳〵に畏は顔《かほ》見世の座付にひとし。子細有て嫡子《ちやくし》重右衛門此座にはなかりき。

入道申されけるは、「世に分限者《ぶんげんしや》あまた有中にも、某程くはほう成はなかりき。子供の内いづれか身持《みもち》くづすべき者一人もなく、第一金銀に不足なければ不自由成事をしらず。家礼《かれい》なれど当年《たうねん》の年忌は宗左衛門が参会《さんくわい》、心よく遊《あそび》又来る春より情を出し、入道によろこばせよ。扨此間吉凶《きつきやう》の掛物をもとめ、今日の馳走《ちそう》に掛置ぬ。皆々見物有べし、七福神《ふくじん》とのみ聞て心をしるまじ様子をかたりきかさん。先一番は鞍馬《くらま》山の毘沙《びしや》門

天、百足《むかで》を愛《あひ》せらるゝは衆生《しゆじやう》の者共手足をたゞおかず、随分《ずいぶん》はたらけ、かせぐに追付びんぼう人も喰分《くひぶん》に事をかゝぬとのおしへ、大黒天は一生の内俵《たはら》の口をあけず、爰を大事とふまへられし所を一寸もにじらず。五節句《せつく》きのへねの外《ほか》は、二またの生大根《なまだいこん》より外のさいをくはず、西の宮《みや》の戎《ゑびす》三郎殿は、明暮《あけくれ》一疋の鯛を作物《つくりもの》にして一代買《かふ》てくわぬ始末《しまつ》を見せ給ふ。弁才天《べんざいてん》は内蔵《うちくら》の鑰《かぎ》を暫《しばらく》もはなさず、白紙一枚も人手にかけず自《みづから》出入かしこく、布袋《ほてい》の袋《ふくろ》は何にもよらず只取込分別《とりこむふんべつ》、吉祥《きちじやう》天女は男女《なんによ》にかぎらず、若《わか》き者《もの》是をもてあそぶべからずと三味線《さみせん》をもち給ふ。寿老人《じゆらうじん》は某におなじくかり初《そめ》にも無常《むじやう》をきらひ、人は死《し》ぬる共我は死なじ、みぢかい命がゆるりと千年は生《いき》るにきはめ、鶴《つる》を愛《あい》せらるゝ風情《ふぜい》、町人是をわするべからず」と勝手《かつて》ばかりの講《かう》談《だん》。此座に有ける者皆ゑとに帆柱《ほばしら》、いづれも尤らしき顔《かほ》するもおかし。

「はや御料《りやう》理よし」と申けるに、今日の珍客《ちんきやく》とて聟《むこ》殿よりするゑける時、入道座敷を詠、「未重右衛門は見ゑざるか、近頃我儘《わがまゝ》成しかた。きやつをまたず座敷を仕舞、鼻《はな》あかせ」と膳《ぜん》ひゐてこん〳〵の酒盛。他人まぜずにあいのおさへの、兵物のまじはりたのみ有中の酒ゑんも乱心〳〵の慰《なぐさみ》、碁将棋双六《ごしやうぎすごろく》かるたかた手に現《うつゝ》なきてい、負腹《まけばら》立て兄弟いさかひ兄をたゝけば弟をふむ、妹聟《いもとむこ》は夫婦いさかひ取見出したる座敷、是心欲貪《よくどん》欲はなれず、兄弟の中をさく事天理をそむくがゆゑなり。入道は酒にゑい前後もしらざりしが、此声《こへ》に驚《おどろき》左方をなだめ、「皆々頼母《たのも》敷口論《しきかうろん》、惣じて商売人一銭の事は扨置、血眼《ちまなこ》に成てもそんする事なかれ。兼て其心わするまじ」と扨も非道《ひだう》の了簡《りやうけん》、父ちゝなれば子も子にして人外とやいわん。入道が詞嬉敷にやぬからぬ顔して、親《おや》でもそん致さぬとは扨もきやうがるあいさつ、心有物わらはぬはなかりき。

殊しづまる所へ惣領重右衛門、黒羽《くろは》二重《ぶたへ》に浅黄《あさぎ》小紋《こもん》の上下、廿《はたち》ばかりの女房五才に成ける男子《なんし》の手を引、入道が前に畏り、「早速《さつそく》参るべきに公用《こうよう》に付延引《ゑんゐん》仕ぬ。いつもながら今日の御祝義《ごしうぎ》重々《てう〳〵》目出度仕合、折をうかゞゐ申あぐべき所に只今にいたりぬ。恥《はづ》かしながら此女は私の忍妻《しのびづま》、六年の春《はる》を重《かさね》此世悴《がれ》をもふけ、夫《それ》故《ゆへ》御指図《さしづ》の妻《さい》を定《さだ》めず、何とぞ御免の蒙り、かゝる目出度参会《さんくわい》、かれらにあやからせ度心指《こゝろざし》故召連《めしつれ》参りぬ。哀御《ご》得心《とくしん》もや」といふ迄もなし、「先《さき》立て入道にしらせし者《もの》有。嫁初《よめはじ》め孫《まご》の見はじめ嬉しき事の重《かさね》々、嫁《よめ》舅《しうと》中よきはもつけのうちとやらん。世話をすて今より孝々《かう〳〵》にしてたまはれ。ひ孫惣領《まごさうりやう》に何がなとらせん。爰へまいれ」と二朱判《しゆばん》壱つとらせければ、稚《おさな》心にいかゞおもひけん、いたゞゐて後月山の泉水《せんすい》になげしかば、一門口を揃《そろへ》、「とをとい寺は門から、きやつは銭《ぜに》もふけるやつにあらず」とめん〳〵が心にあてゝ笑《わらひ》ぬ。

重右衛門はでかした顔《かほ》、「子供は欲をしらず、御心指をむげに仕入道の御機嫌をそんじぬ。侘言《わびごと》がてらきやつが手なれし碁盤人形《ごばんにんぎやう》つかはせ申さん、御覧もや」とうかゞゐしに、「是近年の慰《なぐさみ》、先盃《さかづき》をせん」と献々《こん〳〵》の酒《さけ》、常《つね》にのまざる重右衛門むさし野にて三ごんほし、「びやくらいたまる物でなし、坊主よ早々はじめ、祖父伯父《ぢいおぢ》立へ御馳走申せ。浄《じやう》るりは拙者《せつしや》が語《かたり》、三味線《さみせん》は女共にひかせん、御免」といわれ、皆々口をふさぎ、孔子《こうし》といわれし人が俄《にはか》につくさるゝもおかし。耳《みゝ》のあるをとつて聞もうたてや我身のうゐ。

二　今様操身体《いまやうあやつりしんだい》

▲ごばん人形やつしきやうげんのはじまり▲か様に候者《もの》は此あたりに住福者《すむふくしや》でござる。誠に人間《にんげん》の果《くは》はしれぬ物。

私の古《いにし》へ親《おや》よりゆづられたる者は、古掛帳《ふるかけ》の外《ほか》、直打《ねうち》のない古道具《だうぐ》ばかりをもらい、それより段《だん》々仕《し》あがり、今といふ今分限者《ぶんげんしや》と也。四方《しほう》に四万《しまん》の蔵《くら》を立、金銀米銭《べいせん》はりさくほどつませ、居喰《ゐぐい》にしても一生観楽《いつしやうくわんらく》に暮《くらし》ます、殊に子供を五人持ました。独《ひとり》は娘《むすめ》にて是も仕合な聟殿《むこ》とめ（あ）はせ、残る四人は諸方《しよほう》に見世を出させ、年々のぼるかねあたかも山のごとし。今日《けふ》は去方《さるかた》ゑよばれ中々機嫌《きげん》で罷帰る。「たそゐるか」、手代人形「御前に」、福者「ねんのふはやかつた。留主《るす》の内誰《たれ》も見へなんだか」、手代「いやどなたも見ゑませなんだ」、福者「一段《だん》〱」、手代「扨今日御子息《ごしそく》様町方《まちかた》ゑお出なされ、何やら面白《おもしろ》き本をもとめ、親父《おやじ》のかゑられたらよんできけましやうと有て、ながうみぢかふなつてお待《まち》被成てござります」、福者「はて孝々《かう〱》な者《もの》じや、さりながら身が書物《しよもつ》ぎらゐをしつて読《よみ》きかせんといふは、定《さだ》めし銀《かね》もふける事を書《かき》たる物ならん、はやくよんでこひ」、手代「畏ました。親父《おやぢ》様のお帰り」、子方人形「御機嫌《ごきげん》はよいか」、手代「中々の御機嫌にて、召《めし》ました書物の義を申あげたれば、はやう聞たいとおつしやりますゆゑよびにしんぜました」、子「でかした、かう参る」、福者「手代が咄《はなし》をきけば、身が為《ため》

に成本をもとめ、見せたいといふげな。さりながら老眼《らうがん》定かならねばそれにて読《よみ》きかせ」、子「心得ました手代共もうけ給はり候ゑ。扨此外題《げだい》は、

○町人身の手鑑　我人《われひと》の為教訓状《ためきやうくんじやう》 弁現在《げんざい》ぢごくのつみ　全部十二巻　是より読《よみ》出し

つれ〴〵なるまゝ硯《すゞり》にむかい、こゝそことなく書《かき》つゞけたる物語。そも〳〵今様《いまやう》の分限者《ぶんげんしや》、さま〴〵有とのみ見ると聞との品々。先当世の誰身《たがみ》の上まづしき時かならず善心《ぜんしん》あれ共、富《とめる》にしたがい其善《ぜん》を忘《わすれ》、悪心《あくしん》日々にまさり気《き》もつよくなるぞかし。其心つよきが故金銀をもふけ、いつとなく福者《ふくしや》といわれ、昔《むかし》の事は夢《ゆめ》に見た事もない顔《かほ》。俄《にはか》に身を持《もち》あげおのれがゆたかなるまゝひん者《じや》をそしる、かねがかねはらんでかねをのばす事、きのふ生《むま》れし赤子《あかご》もしる事ぞかし。

去《さる》所の福者現《うつゝ》ともなく、夢《ゆめ》の内にかう〳〵たる道にふみまよいぼうぜんと立所に、跡寄《あとより》つゞゐてあゆむ人、『我をもぐし給はれかし、かく物すごき山林行《さんりんゆく》さきとてもしらぬ身、旅《たび》は道連《みちづれ》世は情ぞかし。是《ぜ》非《ひ》に』といわれ、『我もさび敷《しき》道の程いざつれ立申さん』と、跡《あと》になり前《さき》に也行道《ゆくみち》はてしなき所ゑ、ご

づめづの悪鬼《あつき》こつぜんとあらはれ、『おそし〳〵汝等《なんぢら》はやくまいれ』と鉄棒《てつばう》おつとり、ゐしやくもなく討立られ、生《いき》たる心地《こゝち》なく〳〵王宮《わうぐう》の庭前《ていぜん》に居《すへ》ければ、くしやうじん赤札《せきさつ》をひらき、『難波《なには》の誰々《たれ〳〵》二人、娑婆《しやば》におゐてつくりし罪《つみ》のがれず、只今むげん地獄《ぢごく》の責《せめ》をうくる、はや引立』と有ければ、両人詞《ことば》を揃《そろへ》、『まつたく其罪《つみ》の覚なし。迚《とて》もの事に其子細《しさい》を仰きかさるべし』と、爰にても気《き》づよく答《こたへ》しかば、大王はつたとにらまゐ、『合点《がてん》ゆかずば語て聞さん。左座《ひだりざ》の男《おとこ》、近年《きんねん》の分限《ぶんげん》を鼻《はな》にあて、貧者《ひんじや》をまねき高利《かうり》をとつて金銀を取替《かへ》、定《きだ》めの通《とをり》に一日のびてもこらゐず。所々の年寄《としより》五人組《くみ》ゐうつたへ、其日暮《くらし》のあい借屋《かし》にも隙《ひま》どらせ、さらば本銀にても取事か、二ぶ三ぶのあつかひをきゐてすます。ないものは何程さいそくするともすまさぬとはしりながら、家主《いへぬし》町人にわきまゐさせ、でかした顔《かほ》するにくさ。惣じて外様《とざま》に成事かし方負方《かたおい》のいぢなり。おのれ〳〵が理屈《りくつ》をあらため御前《ごぜん》をかるしめ、又しても公事《くじ》日訴《そし》訟《やう》日をかゝさず、度々《ごく》御苦労《ろう》をかけたる者《もの》一生ぶじ成はなし。おのれも其ごとく銀《かね》かしながらすべあしく又身の栄花《ゑいぐわ》にほこり、妾《てかけ》する者をこしらへ、懐《くわい》人すれば我子にあらずといゝかけ、通路《かよひぢ》の道切て二《ふた》度顔見《ゝびかほ》あはす事なし。随分《ずいぶん》ちんじのがれぬ時は血落薬《ちおろしくすり》をのませ、小産《しやうさん》させるなど皆欲悪《よくあく》なり。たま〳〵うけがたき人と生《しやう》するを、あへなく水となす事仏《ほとけ》の御にくしみ何ほどかあらん。か様の罪《つみ》一つ〳〵のべがたし。今壱人は娑婆《しやば》に有し時人にしられし商人《あきんど》なりしが、美《び》をつくり見世をかざり、借銀《かり》又売物《うり》を取込《こみ》、朝夕美食《てうせきびしよく》を好《このみ》、女房子共有ながら野郎《や》傾城狂《けいせいぐるひ》に身をはたし、節季《せつき》〳〵のふづまり、あはぬ毛貫《けぬき》であはさんとす。そう〳〵侘言《わびごと》もならず胸《むね》に手をあて、有たけの知恵《ちゑ》をふるひ、借銭《しやくせん》の首《くび》ぬけせんが為好《このん》で分三《ぶんさん》し、埒《らち》が明《あく》とひとしく見世をはり、いつたをれたやうな顔《かほ》。是おのれが私欲《しよく》なくては成がたし。もつ共手前をとろひ、或は掛《かけ》ぞん或は諸方《しよほう》江一跡《いつせき》をつみ下し、其荷物《にもつ》はそんし、又子供多く自然《じねん》と喰《くひ》へらしたる者《もの》、是非《ぜひ》なくたをるゝなど借方《かしかた》世間の評判《ひやうばん》尤にして哀みふかし。おのれが仕業損《しはざそん》かけながら人のそしりをかまはず、間なく見世をはる所存《しよぞん》、現《げん》世にて立身《りつしん》する事ふ定《ぢやう》にして、死《し》して地獄《ぢごく》の罪《つみ》なをふかし、迚《とて》もの事に貧福《ひんふく》にして世をわたるに上中下有、其子細《しさい》を語《かたつ》て聞せん。

一　銀持《かねもち》のよきといふはいたつておごらず、常《つね》に慈悲《じひ》ふかく情《なさけ》をわすれず、出入者にも心をつけ、あやうき事にかゝらず、銀かすにも少利《せうり》を好《このみ》、借主《かりぬし》其銀にて立身《りつしん》する事をのぞみ、一生《しやう》の内御番《ごばん》所をしらず、公事《くじ》の咄《はなし》聞ても笑止《せうし》がるなど、自然《しぜん》と理にかなひ子孫《しそん》永《なが》く繁昌《はんじやう》する也。

一　商人《あきびと》のよきといふは、おのれ〳〵が商売《しやうばい》物を多く買込《かいこみ》、手びろく商内《あきなひ》し、節季《せつき》〳〵の買《かい》物も売《うり》手の足《あし》もとを見ず、常《つね》の相場《さうば》に買ゆへ年中《ねんぢう》売物に事をかゝず、掛《かけ》銀のすたりをしにせとし、一生《いつしやう》是を楽《たのしむ》ゆゑ日々に栄《さかへ》るとなり。

一　銀持《もち》の悪敷《あしき》といふは、其身喰分《くひぶん》有ながら欲《よく》にあかず諸事《しよじ》の買込《かいこみ》し、諸《しよ》人のかなしみをいとはず。おのれ計分限者《ぶんげんしや》となる分別《ふんべつ》、浅間敷《あさまし》や長者二代なしをしらず、是等《これら》の福者あやうきをしる。かならず其子まづしく謡浄《うたひじやう》るりなどかたり暮《くら》すものなり。

一　我人子にまよひ金銀のたくはへ、家敷《やしき》あまたもとめ、其家《いへ》は惣領、此屋敷は次男《じなん》と心あてする事、皆親《おや》の慈悲《じひ》ながら帰り見る時はあだなり。されば親寄ゆづり請《うけ》たる子、かならず悪性《あくしやう》にて我儘《わがまゝ》に暮《くら》し、博《ばくち》を打か又色狂《いろぐるひ》に身をはたし、金銀財宝《ざいほう》皆人のものになし、手と身とになりし者《もの》いくたりと云ふ数《かず》をしらず、親《おや》子に慈悲《じひ》といふべきは金銀をゆづらず、稚《おさな》きよりそれ〴〵の家業《げふ》をしらし、下人にひとしくつかはゞおごりをしらず、幼少《ようせう》よりおのがわざを知《しる》ゆゑ、身すぎにうとからねば名跡《めうせき》つゝがなきもの也。おやぶしにて子共十八九迄の養育《よういく》見とぐるを誠《まこと》の慈悲とはいふ也。何程金銀とらせばとて、身すぎをしらぬもの猫《ねこ》に小判見せたるに同じ。人皆子ゆゑに迷《まよひ》、およばぬ欲《よく》にうつり後《のち》のわざはひを帰り見ず、道《みち》なき事をたくむ者多《おゝ》し。一生《いつしやう》は只夢《ゆめ》にして空《くう》なり。よく分別すべし。

一　手代の身持《みもち》といふは、稚《おさな》きよりかいほうにあづかり、成人《せいじん》するにしたがい家業《かげう》の道をしる事親方《おやかた》の恩《おん》なり。すべよき奉公人主人《しゆじん》の恩《をん》をわすれず、私欲《しよく》しらず、万《よろづ》お為《ため》に成者《もの》立身せぬといふ事なし。道をしらぬ奉公人、身にはもつたいの有程付むしやうに鼻《はな》を高くし、物買《かい》も鼻《はな》であしらい、親方の分限《ぶんげん》をおのれが物と心得、世話《わ》に云《いふ》やくたいなしが虎《とら》の威《ゐ》をかるとやらにみぢんたがはず、人が様つければ誠《まこと》の様と心得、あたまから大平《おゝへい》に又しては恥《はぢ》つらかゝされ、恥《はぢ》を恥《はぢ》とおもはぬゆゑはづかしき事をしらず、其心から色町《いろまち》にかよへど、人寄《より》一倍《ばい》つかひながらわらはれのぼするを誠にし、跡《あと》前《さき》ふまへずつかふ銀皆親方のものなり。勘定前《かんぢやうまへ》に成て胸《むね》をもやし十露盤《そろばん》あはさん為、俄《にはか》に博《ばくち》をうてど天理《てんり》をそむけるゆゑ取事は扨置、着替《きがへ》まで打込《うちこみ》、剰《あまつさへ》請人にあづけられ、奉公の先々をせかれ身の置所《おきどころ》なく〳〵、五百か三百のもとでを拵《こしらへ》刻《きざみ》たばこ下油《さげあぶら》をうれど、人のにくみつよきゆゑわらひこそすれかはんといふものなく、つゐには橋《はし》の下のすまいして寒《かん》の内にもこも蒲団《ふとん》、是皆親方《おやかた》の罰《ばち》也。又せちがしこき奉公人は、悪性《あくしやう》につかはず、おのれが身をくろめんが為年季《ためねんき》の内にもとでをくすね、自分《じぶん》に小見世をはり、一旦《いつたん》はあぢをやる共末心元《すへこゝろもと》なし。身体《しんだい》何事なければ悪敷病《あしきやまい》をうくるか又子孫《しそん》にむくふものなり。高《たか》きもいやしきも世渡《よわた》り自力《じりき》と思ふべからず、皆他力《たりき》ぞかし。

汝等《なんぢら》が悪《あく》かくのごとくにてのがるゝ事なし。いそぎむげん地獄《ぢごく》におとすべし』との給ふ内、夢《ゆめ》はさめて失《うせ》にけり。とつばいひやろのひ引」。

三　今重盛教訓状《いましげもりきやうくんじやう》

重右衛門罷出、「是にて夢《ゆめ》物語はおわりました。是寄《より》此者《もの》共地獄《ぢごく》へ参るまでを道行に仕、女共が三味線《しやみせん》で私《わたくし》が語《かたり》ます。御たいくつながらお聞被成ましやうか」。入道重右衛門をはつたとにらまゐ、「なんぞ世悴《がれ》が慰《なぐさみ》に殊寄《ことよせ》、親兄弟《おやきやうだい》ゐのかんげん聞度《きゝたく》もなし、罷帰れ、もしいぢばると手討《うち》にせん」とあい口の柄《つか》に手をかくる。重右衛門さはがず居《ゐ》なをつて申様、「只今の狂言《きやうげん》が各々《おの〳〵》の耳《みゝ》にかゝるうへは未本心《いまだほんしん》慥にして嬉しゝ、いづれの所が御とがめ候ぞ」。

次男袴《はかま》の上《かみ》を取、「いづれとはおろか、銀持《かねもち》の悪敷《あしき》といふを聞に万《よろづ》の買込《かいこみ》し、諸人《しよにん》のかなしみをしらぬとは誰《たが》事、数年《すねん》我々俵物《ひやうもつ》を買込諸国《しよこく》にまはし、あがりを請《うけ》て売《うる》事町人家業《かげう》の一なり。買《かい》こまれほへづらかまへんより、買込様《こむやう》に成こそ本意《ほんゐ》、それはよきをそねむといふ義殿《きでん》の様《やう》成悪《あく》人の事。返答《へんとう》あらば申給へ」。時に重右衛門涙をながし、「汝等《なんぢら》迄其心にては父の御運《ごうん》もはや末《すへ》に成ぬ。人運命《うんめい》かたぶかんとてはかならず悪事《あくじ》にもとづくもの也。夫我朝《それわがてう》は辺地《へんち》ぞくさんのさかいとは申ながら、忝も天照大神《てんしやうだいじん》の御末《みすへ》をくみ、かりそめならぬ人と生《むま》れ、いくばくながらへんとてよしなき悪心《あくしん》にもとづかせ給ふ。殊に法体《ほつたい》の御身なれば沙門《しやもん》におなじ、なんの為の法衣《ほうゑ》ぞ。すがたは仏《ほとけ》にして、内にははかいむざんの罪《つみ》をまねかせ給ふは、仁義礼知信《じんぎれいちしん》の御《ご》存知《ぞんじ》なきとみへたり。世に四恩《をん》有。一に天子、二に国主《こくしゆ》、三に父母、四に衆生《しゆじやう》の恩是なり。殊にすぐれたるは朝恩《てうをん》なり。皆人我身を我物と思ひ、金銀有をもおのれが物と思ひ、おのれが楽《たのしみ》をきはめ、人のそしりなげきをもいとはず、昼夜悪念《ちうやあくねん》はなれぬ者神慮《しんりよ》のとがめとをからず。若《もし》御身の上あやうき時、御たくはへの金銀御身替《かはり》に立べきか、それ日本は神《しん》国なり、神《かみ》は非礼《れい》をかけ給はず。今さかんなる共一たんおとろへるならひ、哀悪心《あはれあくしん》さつて善《ぜん》心にもとづき、人の為には益々《ますく》ぶゐくのあいれんをたれ給はゞ、神明仏陀《しんめいぶつだ》の冥慮《みやうりよ》にかなひ給はん、たとへ入道我儘《まゝ》をふるまひ給ふ共、わ殿原が御いけん申こそ、道共誠《まこと》共いふべし。度に狂《くるふ》は何事ぞ」と理にせめられ返す《かへす》(マヽ)詞《ことば》もなき所を、三男もゝ立取、「其ちんぶんかんは昔の事、某一つ尋ん。親子に家督《かとく》をゆづるに、其子うしなふ事かならずあるとは杓子《しやくし》を状机《じやうぎ》ならん。親寄《おやより》申請たるうへ家業油断《かげうゆだん》なくば鬼に金《かな》さい棒《ぼう》、気遣《きづかひ》なきをおしなめ、それとは心得ず、此返答《へんとう》いかに」とつめかくる。

「尤そちは発明《はつめい》にて入道より給はりし金に、花も実《み》も咲《さく》べし。なれ共所存《しよぞん》さもしくば心の悪風吹《あくふうふき》かけ、つみ重《かさね》たる金花《こがね》こと〴〵く吹《ふき》ちらし。我しらずかれ木のみ残るものなり。是をしゝ身中《しんちう》の虫《むし》共いふぞかし。詞をのこすは見事にしていゝすぐるはあやまりのもとい、殊に手代ども近年身持悪敷《きんねんみもちあしく》、聞人わらはぬはなかりき。上《かみ》にごるゆゑきやつらまで人のあざけりをうくるのみ、ことになるまじきをも入道にすゝめ、又しては御代官《ごだいくはん》ゑうつたへ、人に難義《なんぎ》をかくる事多し。誠有臣《しん》ならば何程の出入にて、入道いかり給ふ共、達而《たつ》とゞめ、下《した》にてすますを臣《しん》の忠《ちう》共いふべし、御前《ごぜん》をおそれぬ者《もの》いかにしてものみこまず。汝等《なんぢら》ごときが無分別《むふんべつ》にては、入道の御身のうへいかゞあらんとかなしみの余《あま》り、御推量《ごすいりやう》のごとく世悴《がれ》におしるゐ、今日の祝義に殊寄《ことよせ》是非御異見《ぜひごゐけん》申さん。御聞わけなくば髪《かみ》をおろし出家《しゆつけ》と成、過《すぎ》ゆかれし母の菩提《ぼだい》、又は入道御存命《ごぞんめい》の内、御身にあやまりなき様に仏神にいのらん心指《こゝろざし》にて、是御覧あれ」と諸《もろ》はだぬげば、経《きやう》かたびらにくわらげさかけたり。

入道いよ〳〵立腹《りつぷく》し、「親に口あかす間敷《まじき》しかけ、おのればかりが子にて弟《おとゝ》共は子にあらずや。子孫繁昌《しそんはんじやう》すべきをとゞむは天魔《てんま》のしよゐ、釈迦《しやか》に大婆太子《だいばたいし》に守屋《もりや》入道におのれ、何程いふ共とゞまるべき心底《しんてい》なし。一子出家《しゆつけ》すればきうぞく天に帰るといへば弥々《いよ〳〵》めでたし、望のごとく髪をそり明日寄門《よりかど》に立、観音《くわんをん》経よんで渡世《とせい》を暮《くら》せ、見るも中々腹だち、それ引出せ」とありける時、女房重右衛門をかこひ、「尤一通はさる事ながら、理非《りひ》をしらざる人々に、気をつくし心をくだくはこなたのあやまり。是入道様子なればこそ異見《いけん》をの給へ。他人《たにん》は指《ゆび》さして笑こそすれ、こちの人のいわるゝ事わるふお聞被成ますは御そん。いやならばいやまで、こなたの出家は誰《たが》ゆるしてこの姿《すがた》、自《みづから》はともあれ、此子はふびんにあらずや」と袂《たもと》に取付なきけるにぞ。

「尤ながら兼《かね》て此心指成き。迚《とて》も入道合点《がてん》なきうへ世を立おもしろからず。そちは世悴《せがれ》を養育《やういく》し我名跡《めうせき》をつがすべし。入道給はりし財宝《ざいほう》あらためかへすべけれど、様子有うへ指置《さしおく》なり。かくあらんと万《よろづ》世悴が名代に付替置《つけかへおき》ぬ。名残《なごり》はいつもおなじ事、望《のぞむ》所なれば是をや幸《さいはい》に、高野《かうや》熊野《くまの》へ参詣《さんけい》せん。か様の座敷に永居するはけがらはし、いざ帰らん」とするを入道目はぢきし、「そいつらくゝれ」といふよりはや、ぐるりと取まき三人一縄《なは》にからめ納戸《なんど》の内ゑ押《おし》こめけるにぞ。

中にも重五郎申けるは、「人聞なば御身為《ため》あしからん、さうなく御返《かへ》しもや」といへ共、入道耳《みゝ》にいれず、「親《おや》が子をくゝりせつかんするに、誰《たが》何といはん。汝等《なんぢら》がしる事にあらず。きやつが出家《しゆつけ》するうへ財宝《ざいほう》のこらず取替《かゑ》すべき所に、ことはりをとげず、

なんぞ下女腹《げしやくばら》の世倅に我家督《わがかとく》とらせんやうなし。なれ共町内をきやつが名代に切替《きりかへ》たる上は是非《ぜひ》なし。所詮《しよせん》三人のやつばらひそかに追《おひ》うしなひ、其うへの志案《しあん》」といふに残る子供同心し、取々の評定《ひやうぢやう》、中にも二男《じなん》知恵《ゑ》を出し、うつろ舟を拵《こしらへ》三人を入、川口寄《より》ながさんと是にきはめ夜る〳〵舟を拵、明ル夜半《やはん》の頃納戸《なんど》に行、宗左衛門いふは、「入道の立腹《りつぷく》ひとかたならず、然《しかる》を我々申なだめいましめをゆるさるゝ、さいはい重右衛門殿熊野《くまの》参詣《さんけい》の心ざし、折ふし熊野の炭《すみ》舟こよひ出舟《しゆつせん》す。此舟に便船《びんせん》し参詣しかるべき」よし、女房心得がたくや思ひけん、「是非《ぜひ》御参詣あらば親子《おやこ》三人まいらん」と中々はなれざりき。「ともかくも、しかしかち路《ぢ》は難所《なんしよ》にて心うかるべし。幸《さいはい》のふね有、いざ同道《どうだう》せん」といふ程ゑてに帆《ほ》、「こよひの風《かぜ》にて明日は本宮《ほんぐう》に参給はん。それ〴〵川口ゑ供し弥太夫舟ゑのせませ」、「心得たり」と三男挑灯《ちやうちん》とぼさせ舟の案内《あんない》、尋ぬるていにもてなし、わざと火をけし、三人うつろ舟にのせ前後《ぜんご》に錠落《ぢやうおろし》、沖《おき》の方《かた》ゑつきながしけると也。

風流今平家　五六終

風流今平家《ふうりういまへいけ》（七八之巻）町人身《てうにんみ》の手鑑《てかゞみ》

一　今俊寛涙《しゆんくわんなみだ》の足ずり

心だに誠《まこと》の道《みち》にかなひなば、いのらず迚《とて》も神仏《かみほとけ》守《まも》らせ給ふにうたがひなし。川口寄浪《なみ》にゆらるゝうつろ舟、誰《たが》こぎ行ともなく塩《しほ》にひかれ、爰かしこの磯部《いそべ》に打あげられ、又引しほにこがれ行身のはていかに成らん。兵庫《ひやうご》の湊《みなと》須磨《すま》明石《あかし》、播磨《はりま》のしかまど寄風はげしく、舟なげ石にあたる時今をかぎりの命《いのち》もがな。南無大悲《だいひ》大慈《だいじ》の御名《みな》をわすれず、此功力《くりき》によりつゝがなく、室津《むろつ》の湊《みなと》あこをの浦《うら》、備前《びぜん》のうしまど、八嶋水《しまみづ》嶋だんの浦、備後《びんご》の鞆《とも》、安芸《あき》の国多田《た》の海《うみ》、青《あお》の嶋亀《かめ》がくび、周防《すわう》の国にながれ渡《わた》り、ゆらかむろ上《かみ》の関《せき》、嶋じりいわうが嶋迄ながれぬ。

折ふし北国米《ほつこくまい》つみのぼる舟にあたりぬ。船頭驚《せんどうおどろき》立出見ればあやしきもの、「皆みられよ」と舟ばりに出、「ふしぎのものござんなれ、川流《かはながれ》はひろいどく、わりて見ばや」と手ん手に艫《ろ》おつ取、「みぢんにせよ」とひしめく所へりやうせんあまたこぎよせ、「各々《おの〳〵》暫《しばらく》、むざとたゝかば内《うち》の様子《やうす》しれまじ、我々にまかされよ。もし金銀ならば人数《にんじゆ》に割《わつ》て取べし。ともかくも」といふ寄はや、りやうせん取まきよく見れば、丸太のごとく、ふたとおぼしき所を鎹《かすがい》にてとめたり。「それこぢはなせ」と舟道具《ふなだうぐ》にて打はなし、ふたをひらけば、内より三人夢《ゆめ》のさめたる心地《こゝち》、しほ〳〵と涙ぐみたる風情《ふぜい》。

「そりや川うそよ、ばけ物よ。打ころせ」といふほどこそあれ、我もく\と立より、既《すで》にあやうかりしに、重右衛門驚、「是々そつぢめさるな。まつたくまよひけしやうの者《もの》にあらず、我々か様のていにてながされしは、段々様子《だん〴〵やうす》有事なり。あから様にいふも恥《はづ》かし、又申さねばかたぐ\のふしぎもはれず、せんかたながら語《かたり》申さん。いづれも艫《ろ》をひかるべし。先《まづ》爰はいづくぞ」と尋ぬれば、皆口を揃、「物いひ眼《まなこ》ざし人間《げん》にはきはまりぬ。いか様子細《しさい》こそ有らん。こゝは周防《すわう》の国いわうが嶋といふ所、人家《じんか》はなれ、行《ゆき》かふ舟のみなりき。扨はきやつらは密男《まをとこ》してあらはれ、命《いのち》の替《かはり》に此舟にのせ、岩《いは》にあたりみぢんになる所を、此世《よ》のかぎりとなすべきたくみ、か様の者《もの》共とりあつかひ、後日《ごにち》の詮義《せんぎ》むつかし。もとのごとくふたしてつきながせ」、「尤しかるべし」と立寄《たちよる》を、「情《なさけ》なしとよかたぐ\、此間親子《おやこ》三人日のめおがまず、食事《しよくじ》もたへ哀なりける身のはて一通《とをり》を聞、其後《のち》はともかくも心まかせに致さるべし。生国《しやうこく》は津の国何といふ所、伊丹《いたみ》屋の可運《かうん》と申者《もの》の惣領《さうりやう》重右衛門と申者、是成は女房《ばう》世悴《がれ》なりき。親《おや》入道悪心日々《あくしんひゞ》にさかんにして、世上の風聞《ふうぶん》聞も中々かなし、折《をり》をうかゞひ御異見《ごゐけん》

申ぬれば帰《かへつ》ていかり給ひ、某が弟《おとゝ》三人一つに成、かく浅間敷姿《あさましきすがた》とは成ぬ。およそ西国《さいごく》にて親入道が事御存《ごぞん》知《じ》有方多《あるかたおゝ》かるべし。我々非道《ひだう》にしてか様にならば誰《たれ》をか恨《うらみ》ん。道《みち》を守孝《まもりかう》をつくせし身、有間敷《あるまじき》仕業《しはざ》、仏神《ぶつしん》三宝《ぼう》の加護《かご》にも見はなされぬるかなしさ、尤親の子をせいたうするは、あまた有ける中にも余《あま》り成ける邪見《じやけん》ぞかし。くれぐ〵他言《たごん》有まじ。申程親子の恥《はぢ》、いかなる憂身《うきみ》に逢《あふ》共いふまじとは存ながら、申さねば方《かた》々の御うたがひ、又不義の悪名《あくみやう》取々の評判《ひやうばん》も口惜《くちをし》、子として親の悪名語《あくみやうかたる》などもつたいなし。此うゑにもうたがはしくば、心の儘《まゝ》にはからゐ給へ」と涙《なみだ》をながしけるに、船中《せんちう》手を討《うち》、ともに涙をながし、「いとほしき心《しん》底《てい》心安かれ、何とぞはからいまいらせん。先此舟ゑ」と乗替《のりかへ》させ、皆々碇《いかり》をおろし評定《ひやうぢやう》取々成ける時、北《ほつ》国《こく》舟の舟頭《せんどう》米壱斗ばかり、りやうせんになげ入、「我々は急用《きうよう》殊に大分の俵物《ひやうもつ》、しばしも隙《ひま》取事きのどく成き。心指《こゝろざし》のいたはしければ、是をや参らす也。身をまつたう其子をはごくみ、何とぞ世に出給へ。同じくばりやうせん衆を頼此嶋《しま》にとゞまり、時節《ぢせつ》を待《まち》給へ。然ばくだりに御めにかゝらん。おの〳〵情《なさけ》をかけ給へ。先さらば」とていそぎぬ。料舟《りやうせん》共きどくに思ひ人々を嶋《しま》に共なひける。

　折《をり》ふし村雨《むらさめ》しきりにふれど雨《あめ》をしのがん軒《のき》もなければ、爰よかしことかけめぐりたまひぬ。魚夫《ぎよふ》の中に那《な》智《ち》の藤七といゑる男《おとこ》、さいかく物にて舟苫《ふなとま》二三まいもち来り、竹をうづめ柱《はしら》とし、苫《とま》をふゐて、「先《まづ》これにや入てましませ」と、世に頼母敷《たのもしく》情をかけたり。稚《おさな》き者《もの》はちゝ母《はゝ》にすがり、「何にても食《しよく》すべき」となげきしかば、母髪《かみ》かきなで、「心やすかれまいらせん」と答《こたへ》しかど、磯《いそ》の見るめより外なかりしかば、夫婦《ふうふ》は顔《かほ》を見あはせ只なく寄外《よりほか》はなかりき。皆々哀《あはれ》をもよふし、何をか参らせんとあんじけるが、「誠に思ひあたりぬ」とくれたる米《こめ》の口をひらき、舟に有けるくどかきあげ、たばこ火《び》焼付《たきつけ》、木《こ》の葉《は》をあつめ食《しよく》になし、親子《おやこ》の人にまいらせければ、夫婦は千度《ちたび》いたゞき、「世にはかく情《なさけ》有人もがな。もし我々世に出なば此御恩《ごをん》はほうじ申さん。又此嶋《しま》のもくずとならば、影《かげ》身《み》にそひ武運長久《ぶうんちやうきう》を守《まも》らん」よしの給ひければ、魚《ぎよ》夫《ふ》共詞をそろへ、「誠に哀なる事を聞て帰るべき道《みち》をわすれぬ。日もはや西にかたむかせ給へば、我々が埴生小屋《はにふのこや》に御供申べけれど、御代官庄《ごだいくわんしよう》や殿をはゞかるうへ思ふに甲斐《かひ》なし。こよひは爰にてあかし給へ。塩風《しほかぜ》はげしくば是にてふせぎ給へ」と、めん〳〵苫《とま》をまいらせ、皆々舟に飛乗《とびのり》ければ、夫婦袂《たもと》にすがり、「かゝる御恩《ごをん》を蒙《かふむ》りし人々、誠は氏神《うぢがみ》と覚さふらふ。同じくば今しばしおはしませよ。かた〴〵に別《わかれ》、かく人倫《じんりん》はなれたる此嶋《しま》に、親子《おやこ》三人のこり、うさつらさをば誰《たれ》にかたらん。迚《とて》も情《なさけ》のしぐれの雨《あめ》、是非《ぜひ》こよひは爰におはしまし、此所の名所古跡《めいしよこせき》をも御きかせ給へ。殊に那智《なち》の藤七殿は生国熊野《しやうごくくまの》にて有けるにや。さもあらば我常《われつね》に熊野三社権現《さんじやごんげん》をしんかうし奉しかど未参詣《いまださんけい》せず、かゝる身にしあれば参るべき夜すがもなし。せめて御山の様子《やうす》をも承《うけたまは》りなば参りたるに

おなじ。哀御語《かた》り候へかし」と、とゞめられ、魚夫《ぎよふ》共きどくに思ひ、「しからば藤七はのこれ。わ殿《との》こそ父《ふ》母《ぼ》なく、妻子《さいし》なければ誰《たが》まつ身にもあらず。其うへ新宮《しんぐう》の者《もの》にて案内《あんない》はしりつ、様子を語とのいせよ。明《あけ》なば肴《さかな》参らせん」と名残《なごり》おしくも立帰る浪《なみ》、おしわけて行舟《ゆくふね》のすがたも見へざりぬ。

「人々の心をかんじ嬉しきにも涙、かなしきにも涙、いよ〳〵昔《むかし》恋しく、妻子《つまこ》なき寝入《ね》したる姿《すがた》見るに付て猶胸《なをむね》せかれ、塩風《しほかぜ》ひくな」と涙かた手に苫《とま》をきせ、いとゞさびしき夜《よ》もすがら、いざ御語もやと取つかれ、藤七あたりを見まはし、「よき事を思ひつけたり。凡《およそ》此嶋《しま》の風景熊野山《ふうけいくまのさん》とおぼしき所有、指図《さしづ》を仕くはしくおしるゑ申さん。則《すなはち》此所をみつの御山と思召、昼夜御参詣《ちうやごさんけい》もあらば、誠《まこと》の信心《しんじん》きもにめいじ、追付《おつつき》世に出給はん事何うたがひのあらん。いざと御供申爰《こゝ》かしこを見る所に、或《あるひ》はりんだうのたへなる有、又うんれいのあやしき有、紅錦《こうきん》しうのよそほひ、べきられうの色一つにあらず。山の景色《けしき》木のこ立にいたるまで、外《ほか》よりも猶すぐれたり。南《みなみ》を望《のぞ》めば海《かい》まん〳〵として、雲浪《くもなみ》のけむりふかく、北《きた》を帰り見れば、山岳《さんがく》のがゝたる寄みなぎる滝《たき》有、其音《をと》しん〳〵と神さびたるなど、飛竜権現《ひりうごんげん》のおはします、那智《なち》の御山にさも似たり」、「此峰《みね》は新宮《しんぐう》となし、是は本宮《ほんぐう》爰は何の王子《わうじ》と、岩《いは》かづらのしげりを社《やしろ》と名付《なづけ》、居《ゐ》ながら熊野詣《くまのまふで》のまなびをなし、三社権現《さんじやごんげん》とおぼしき所にひざまづき、南無《なむ》や権現金剛童子《ごんげんこんがうどうじ》、ねがはくば哀みをたれさせ給ひ、親《おや》入道又弟《おとゝ》共が悪心《あくしん》ひるがへさせ給へ。殊に我々親子三人、寿命長音《じゆめうちやうをん》に、今一度古郷《こきやう》ゑ返《かへ》し給はれ」とかんたんきもにめいじいのられけるに、藤七涙をながし、「かゝる邪見《じやけん》の親兄弟《おやきやうだい》をうらみず、帰て武運《ぶうん》をいのらるゝは聖人《せいじん》とや申さん。心やすかれ、御身の為悪《ためあ》敷《しく》はせまじ」とさま〴〵いさめける内、東《ひがし》の方《かた》もしら〴〵と、鳥《とり》の声《こゑ》のみつげわたる。「もはやお暇《いとま》申」と舟に乗《のり》、ともづなとゐてこぎ出す。夫婦《ふうふ》舟に取付、「御詞《ことば》いつわりとは思はねど、ねがはくば其舟に我々をのせ近国《きんごく》迄つれ給へ。夫婦は爰にもすむべけれど、此子がしばしも有間《あるま》じ。いづれの御城下《ごじやうか》ゑ成共ぐし給はゞ、情《なさけ》有かた〴〵にいかで難義《なんぎ》をかけん。それ迚《とて》もかなわずば其儘《まゝ》爰におはしませ、はなちはやらじ」となげきしかば、藤七あぐみ、「行《ゆく》もとゞまるも憂《うき》事ぞかし。我独《ひとり》が了簡《りやうけん》にてはすまじ、先宿《まづやど》に帰り相談《さうだん》申べし」と振切《ふりきり》、こぎ行にせんかたなく、高《たか》き所にあがり沖《おき》の方《かた》を詠《ながめ》、「くれ〴〵頼申ぞかし。只御名残《なごり》おしき」とばかりないて其日を暮《くら》しけると也。

二　今様歌学娘《いまやうかがくむすめ》

月日に関守《せきもり》あらざれば、きのふと暮《くれ》けふもはや過行《すぎゆく》かど、あふは別《わかれ》のはじめ、入道寵愛《てうあひ》の蘭小産《らんせうさん》せし寄、心指《こゝろざし》も只俗《ぞく》をはなれ、昼夜仏前《ちうやぶつぜん》に参り香《かう》を焼《たき》しきみあかの水を替《かへ》、六時念仏《じねんぶつ》けだいなかりしかば、浪《なみ》も同じく仏《ほとけ》の道《みち》、互に打とけ髪《かみ》をそらぬ計、心は道心《だうしん》とさとり切《きり》、二度入道に逢《あふ》事なかりき。母是をくやみ、「情《なさけ》なきは入道殿、たま〳〵もふけし孫《まご》を見ず、胎内《たいない》にてころされしゆゑ、行末《ゆくすへ》のつみおそろしく此間姉《あね》が身持《みもち》、出家《しゆつけ》にも成べきそぶり、左もあらば年老《としおひ》たるわらはが入まひ、いかゞあらん」と明暮《あけくれ》これをなげき、是を病《やまい》の種《たね》とし、ばんじの床《とこ》にふし、今をかぎりとみへけり。

兄弟前後《きやうだいぜんご》の枕《まくら》に近付、夜る昼《ひる》となきかいびやう、浪も帰るべき首尾《しゆび》もあらねば、同じかり寝《ね》しともに薬《くすり》など参らせけるに、げんきさらになく次第《しだい》〳〵におとろひければ、医者《ゐしや》さじをすてゝにぐる。老母覚悟《らうによかくがう》し、「たとゐ薬をあびるとも中々本復《ほんぶく》すまじ。此程嬉しかりしは孫《まご》見てたのしむべきを、さはなく、あへなくころされし焔《ほむら》きへがたし。恨《うらみ》つきぬは入道にてとゞめたり。今死《し》す共魂《たましい》れい〳〵とあだをなし、孫に手向《たむけ》ゐさせん物を」と口ばしり、虚空《こくう》をにらみ歯《は》をくひしめ、是をうき世のかぎりつゐにむなしく成ぬ。

三人死がいに取付なくより外はなかりき。され共かゐらぬ死出《しで》の旅《たび》、野辺《のべ》のいとなみそこ〳〵に、涙《なみだ》かた手にしやうごをならし、いよ〳〵念仏《ねんぶつ》けだいなく、母《はゝ》とんしやう菩提《ぼだい》と廻向《ゑかう》し三七日も過て後《のち》、三人心をあはし京東山《ひがしやま》に上り、鳥辺野《とりべの》々ほとりにしるべの有けるを頼《たのみ》、出家《しゆつけ》とぐべき心なしりが、妹《いもと》は年若《としわか》にて未殿《いまだとの》もたぬ身、いかなる方《かた》へもゐん付させ、其後《のち》はともかくも先東《まづひがし》山の名所見物《めいしよけんぶつ》させん。殊に我々発心《ほつしん》の下心、かゝる姿《すがた》もかぎり有身となれば、我と此身のみをさめ、京女郎におとらぬ風俗《ふうぞく》せん、尤と、一やうの加賀笠《がさ》、蘭《らん》は茶縮綿《ちやぢりめん》に牡丹唐草《ぼたんからくさ》ぬはせたる小そで、浪《なみ》は紋紗綾《もんさや》に青海浪《せいかいなみ》の惣鹿子《そうがのこ》、小蘭《らん》は白光《しろぬめ》に鼠糸《ねずみいと》にて四季《き》の花づくしをぬはせ、人をもつれず三人清水《きよみづ》に詣《もふで》、奥之院《をくのゐんぢ》地主権現《しゆごんげん》、田村堂音羽《たむらどうをとは》の滝《たき》のこらず参り、三年坂《ざか》をくだり八坂塔《やさかのとう》、庚申堂《かうしんどう》にまいれば茶やの山衆がすだれをあげ、「すがたといひ風俗《ふうぞく》、かみしもそろふた器量《きりやう》して下女ひとりつれぬは何人ぞ。あのかたちがこちとらにあらば、親方《おやかた》よりの仕着《しき》せよ、壱年を壱貫目は取に」と扨もあはれなねがひ、かなはぬことといふ女のならひ。

又蘭《らん》は勤《つとめ》する身をつれ〴〵詠《ながめ》、「あれは山しゆとやらん、誠に勤《つとめ》はせつなきといへど、我々が身よりはるかましぬるよわたり、殿立《とのたち》のきに入ば心にかゝるうきこともなく、酒のんでじやらくらと、おもしろかろ」

といふに浪《なみ》おかしく、「それ程うらやましくば勤してみさんせ。らくなといふは一昔《むかし》、今色茶やの勤《つとめ》傾国《けいこく》に同じく、月々の物日は客《きやく》にあげられ、しばゐ見物に行と、爰かしこのみやてらへ参るもかご、大臣ははなげの有程のばし、そばをはなれずつきまどひ、人にわらはるゝをしらず。あてなき時は身あがりし、念頃《ねんごろ》にかたる茶やに出、心にそまぬ慰《なぐさみ》、物日勤ル《つとむ》客《きやく》はすくなく、身あがりはとし〴〵にまし、つけとゞけの文もはんじのべはつかはず、かり初《そめ》にも奉書《はうしよ》に書《かき》ながしたるとりの跡《あと》、ろくによめぬ手して、思ひまいらせ候はかみのとがめもおそろし。しれた身にをごりつよければ、できまじき借銭《しやくせん》のふちにしづみうかむ世なく、剰《あまつさへ》心《しん》中《ぢう》するも是よりぞおこれり。先《まづ》こちはいやでござんす」といへば、「見ると聞《きく》との物語《ものがたり》。よふしつてじやが、かたさまも其身であつたか」といわれ、「今は何をかつゝまん。わしも一年《とせ》あの勤《つとめ》を致《いたし》ぬれど、どこやらがつまらぬゆゑ、とりをきました」と語内《かたるうち》、祇園林《ぎをんばやし》に着たり。

暫《しばらく》やすみませんと水茶やにこしをかくれば、色有娘茶を参らせこしかたの物語。茶だんすを見れば和歌題《わかだい》林愚《りんぐ》抄《しよ》八代集《はちだいしう》も見へたり。手はざこそいやしけれ、心は花の都人、「なにはにて、さたの有しはかたさまのことならん。何にてもくるしからじ。一筆かゐて給はれかし。我里《わがさと》ゑのみやげぜひに」とのぞまれ、行成《かうせい》の短冊《たんざく》取出し筆《ふで》くゐしめてさら〳〵と、

〽もえ出るもかるゝもおなじ野辺《のべ》の草いづれか秋にあはではつべき

「御所望《ごしよもふ》のうへはづかしながら書参らす。かならずわらはせ給な」とかいやりぬ。

浪《なみ》これをぎんじ、「誠に此歌《うた》は其昔平相国清盛《へいしやうこくきよもり》、祇わう祇女《ぎによ》といゐる女を愛《あい》せらるゝ所に、又加賀の国よ

り、仏《ほとけ》といゑる白拍子《しらびやうし》の来りしかば、入道是に心をうつし兄弟がことをわすれ、剰《あまつさへ》屋かたを追《おひ》出しぬ。祇王せんかたなく住《すみ》なれし一間を出ける時、書のこしたる歌にてぞ有けり。是はふしぎ」と、三人めとめを見合あきれはてたるふぜい。此娘我々が身のうゑ、くはしくしりて書くれしが、つら〳〵思ひまはせば、入道殿は清盛《きよもり》、お蘭《らん》兄弟は祇王祇女、自《みづから》は仏御前かく迄にる事のつらさ。殊に此歌は祇王が形見《かたみ》にして、身にひしとあふたる辻占《つじうら》、とかく出家せよとの教《をしへ》ならんと心に思ひ口にては、「またちかいうち、ゆる〳〵かたりません」と念頃《ねんごろ》に暇乞《いとまごひ》。

立出んとせし所へ伊丹入道《いたみにうだう》其頃京都にのぼり、よどうじとゝのゑよふねにくだらん道すがら、祇園清水《ぎをんきよみづ》見物《けんぶつ》し、すぐにふしみに出んと供《とも》人少々めしつれ、其身はかごにて行道筋《みちすぢ》、茶やのむかふに立けるを三人はやく見付、かくれんに所あらねば、笠《かさ》をかたむけ袖にて顔《かほ》をかくせしを、入道それとはしらず、さすがに都女郎、顔かくさるゝ程なを見たく、かごよりとび出茶見せにこしをかけ、ちやわんかた手にめをはなさず、三人生《いき》たるこゝちなく〳〵互《たがい》に袖をひきあい、そろり〳〵と出んとせしを、入道袖をひか

へ、「おの〳〵は此禅門《ぜんもん》を見顔《かほ》かくさるゝさへ有に、ことはりもなく帰り給ふは、わるい所へ参りしか、只しまつ人有けるに心なく立よるゆゑ、花に嵐《あらし》とおもはるゝか、様子《やうす》をきかねばはなさぬ」といわれ、物はいわれずうなづいてばかりいたりぬ。

「いやとよそれではすまぬぞかし。ぜひはなされよ」と小くびをかたむけ顔《かほ》と顔を見合、「蘭《らん》か」、「入道様か」といふたばかり暫《しばらく》物をいわざりき。「残《のこ》るはたれ、浪《なみ》か小らんか、余《あま》りといふもふしぎ。夢《ゆめ》にてはあらずや。其後《のち》はたがいにたよりをとをざかりぬ。何ゆゑ此所へ来りしぞ」。兄弟《きやうだい》口を揃《そろへ》、「母にをくれしかなしさ。御こつをとりべのにおさめん為わざ〳〵のぼり、つゐでながら東山の名所《めいしよ》見たく是迄参りぬ。まづ御そく才で一だん」とわざとうつくしきあいさつ。「しばしの内らうぼのさいごをしらず、そちは小産《しやうさん》と聞たのしみなく我もむじやうきになり、夫寄後生《それよりごしやう》をねがい、此度登《のぼ》りしも知恩院《ちをんゐん》くろだにへ参り、五重相伝《ごぢうさうでん》に預《あづか》り只今くだる道、きよみづへさんけいす。幸《さいはい》なればだう〳〵せん」と、年にこそよれ扨もきやうがるうそつき、あらためいふはあひそづかし、殊に我々此人に二度《ふたゝび》宮仕する身にはあらず、只うつく

しく此ばをのがるゝ志案《あん》、先祇園《ぎをん》黒谷《くろだに》ゑ参り、其後御供申さんよし、入道下心有にや。「しからば同道《どうだう》し、名所《めいしよ》などをしへん」とまつけしきなかりき。

「ともかくも先お茶《ちや》一つ」と妹《いもと》がはこべば、入道茶碗《ちやわん》かた手しりめにてにらまれ、「ム、いやらし」とにべなきあいさつ。名物《めいぶつ》の香煎《かうせん》とはこれかと、何心なくのまんとせしに、ふしぎや蜘《くも》のすとおぼしき物、入道が茶碗《ちやわん》の内に入けるを何となく吸《のみ》ければ、忽《たちまち》目の色かはり五体《たい》こんらんし、わな〱ふるひ立所にてふしけるにぞ。供《とも》の者《もの》共あはて、薬《くすり》よ水よとひしめきさま〲のかいほう。「御心は」と尋ければ入道いなをり、「あゝたへがたやくるしや、いかなる恨《うらみ》の有、十月にたらぬみどり子、胎内《たい》にてころされし恨の一念《ねん》、めぐり〱て今爰にあらはれ、命《いのち》をとるが思ひしつたか。思ひしれ」といふかと思へば、又左もなく、「なつかしの兄弟親子《きやうだいおやこ》は一世の契《ちぎり》なれど、詞《ことば》をかわすは二世におなじ。此母独《ひとり》やしなはんと、よしなき人になれそめ思ひもよらぬうさつらさ。帰らぬ憂世《うきよ》、うらめしの入道や」と様々口ばしりけるにぞ。下部《しもべ》共驚《おどろき》此儘《まゝ》にてはおかれじと、むたいに籠《かご》にの

せすぐに難波《なには》に下りぬ。

跡《あと》にのこりし三人ぼうぜんと互《たがい》に顔《かを》を見合、「正《まさ》敷《しく》今のは母の詞《ことば》、思へばおそろしの世や。いかに女《によ》義《ぎ》なればとて、帰らぬ事に入道殿をくるしめ給ふ。悪念《あくねん》のさつて成仏《じやうぶつ》の身と成給へ。南無ゆうれいはゝとんしやう菩提《ぼだい》、うかみ給へ」と涙ながらの廻向《ゑかう》、名残《なごり》をしげに見かへり入相《いりあい》の鐘《かね》もろ共、いづく共なく行けると也。

三　今《いま》の世火車《よのひのくるま》

伊丹《いたみ》の家《いへ》にはかく共白浪路《しらなみぢ》、三人の兄《きやう》弟思ひ〳〵の旅出立《たびでだち》、古礼《これい》にまかせ一所《いつしよ》の門出《かどいで》、馬の下乗籠《したのりかご》の用意《ようゐ》、出船《しゆつせん》の荷物《にもつ》中衆《なかしゆ》あまた、浜《はま》出しにかたかゆるまなく、茶舟《ちやふね》の久作は舟にあしの入過《すぎ》たをわめく、中衆は二ヶの駄賃《だちん》がたらぬをせりあふ声《こへ》、やかましければ近所の者《もの》は腹《はら》を立、「いかに銀《かね》のびるが面白《おもしろ》ければとて、あの身体《しんだい》して、わずか五文か七文の事でけんくわするのが人間《げん》わざか、少しは世間《けん》も恥《はぢ》くされ、主《しゆ》が主《しゆ》なれば内《うち》との者迄あれほど似《に》る物か、ひろい世界《かい》にまたと有まい。是きけがし」といへ共さらに物いわず、耳《みゝ》に留主つかふもおかし。

「人はともいへ徳《とく》なき事にあい手になるは一わり半のそん也。かもふな」といふ所へ入道帰り、供《とも》の男様《おとこ》子をかたりしかば、一家《いつけ》驚《おどろき》先奥《まづをく》の一間にともなひ、養性《やうじやう》の相談《さうだん》中場、「あゝあつや、たへがたや、くるしや」と身をもがく。兄弟《きやうだい》そばによりひたいに手をあてみるに、火にさはるがごとく、そばに有だにたへがたければ、こなたの一間《ひとま》にひかへ、医者《ゐしや》評定《ひやうぢやう》のうへ、先近藤秀伯院《こんどうしうはくゐん》ゑ使《つかい》を立る。「安《やす》き事ながら入道の療治《りやうじ》をし、木薬屋《きぐすり》へたしてやるかねなし」と扨もきやうがる返事。帰つて此由申せば、ぬからぬ顔《かほ》して次男《じなん》、「やぶいしやのぶんにて舌《した》ながなる一言《ごん》、然ば」とて片山寿庵《かたやまじゆあん》ゑ人をやれば、「貴殿方《きでんかた》には薬種《やくしゆ》の買込《かいこみ》多く、蔵《くら》の角《すみ》に、ぶし、かんざう、砂糖《さとう》のはきだめ有べし。それをあつめせんじ用は常《つね》のごとく、やすい物なればしやうが一へぎ入もちゐらるべし。入道に相応《さをおふ》の薬《くすり》」と爰にても恥《はぢ》をかゝされしかば、きやつもろくな医者《いしや》にあらずと、波多玄格《はたげんかく》ゑいゝつかゐば早速《さつそく》来り、入道が枕本《まくらもと》に立寄、脈《みやく》をうかゞい暫《しばらく》工夫《ふう》し、「何共のみこまぬ熱病《ねつびやう》ながら、療治《りやうじ》をせば快気《くわいき》有べし。しかし前金《まへ》廿両《りやう》わたされねば療治《りやうじ》かなはぬ」よし。三男《なん》おかしく、「先銀《かね》取医者《いしや》今迄きかぬ」といふ。「ふしぎ尤なれどおの〳〵はしるまじ。入道常《つね》に地薬《やく》を好《このみ》、度々《たび〳〵》御用《やう》に立ぬれど只今迄礼銀《れいぎん》をとらず、入道にゆかり有身にはあらず、我物喰《わがものくふ》てお為はならぬ。薬《くすり》ほしくば金子もたせこさるべし」と云けるに、宗左衛門袖《すで》にすがり、「医者《いしや》は人をたすくるもの也。なんぞ礼金《れい》の沙汰《さた》御人体《じんたい》にもおぼえず。快気《くはいき》あらば五拾両百両のかね何惜《をし》からん、是非《ぜひ》に」と頼しかば、「親子《おやこ》とてそれ程にもにずば、其手は入道に度々《たび〳〵》ふるまはれこりてゐる。尤薬代《やくだい》とらず療治《りやうじ》する門《かど》多し、それはいきかた格別《かくべつ》也。先余人《よじん》をたのまれよ」と帰りぬ。

山も見へぬ坂《さか》、あたまから金出すこと三人共にのみこまず、「上手下手《じやうずへた》にかぎらず、入道の寿命《じゆめう》此時にかぎらば、耆婆《ぎば》が薬《くすり》にてもかなふまじ。時きたらずば捨《すて》をく共、快気《くはいき》有べし。先《まづ》一両日様子をうかがい、其後医者《いしや》をかけん」とは扨も不孝《ふかう》の子供《こども》。またと見る事のならぬ親《おや》に替《かへ》てもかねはおしきや。親《おや》の心心なれば子も其心になるぞかし。親の仕業《しわざ》にてもよきことは見習《ならひ》、悪敷《あしき》ことはまなぶべからず、人は子宝《こだから》といへど、入道親子は犬猫《いぬねこ》の生《むま》れ替《かは》り、聞《きく》も中々もつたいなし。親に孝《かう》をつくさんと思ふは不孝《ふかう》のもとひ、只不孝《ふかう》にせまじと思ふが孝々《かうく》ぞかし。入道親子四人は引息《ひくいき》つよく世間をかまわず、かねさへもてば一生《いつしやう》ぶじにくらすと、思ひの外成因果病《ゐんぐはやまひ》に取付しかど、医者《いしや》にかくることのみかなはぬは、此世からの餓鬼《き》ぞかし。漸々《やうく》聟《むこ》の方《かた》より医者連来《つれ》り、病気見分《びやうきけんぶん》のうへ、「快気心元なし、御最後《ごさいご》三日はのびまじ。遺言《ゆひげん》あらば聞おかれよ」といゝ捨《すて》帰りぬ。

人々驚《おどろき》前後《ぜんご》の枕《まくら》に近付、「老病《らうびやう》なれば今の命もしらず。何にても仰おかるべし」と口々にとひけるにぞ。入道枕《まくら》をすこしあげ、「口惜《くちをし》や今五十年ながらへば、日本に独《ひとり》の分限者《ぶんげんしや》と成べきに、思ひもよらぬ病《やまひ》に取付、若死《わかじ》にする名残《なごり》をしさ。尤家屋敷《いへやしき》兄弟四人が名代に付置上《つけをくうへ》、後日《ごにち》の詮義《せんぎ》も有まじ。有銀もそれ〱に仕《し》わけ、かねて書置《かきをき》したゝめ置ぬ。此家《いへ》は聟《むこ》殿に送《をく》るぞかし。我相果《あいはて》て後《のち》兄弟中よく、此上にも銀《かね》をのばし始末《しまつ》を第一とし、むざとかねをつかふべからず。商買《しやうばい》今迄の通《とをり》に致《いたす》べし。別《べつ》して重右衛門家督《かとく》は、三人にとらする間宜敷《よろしく》はからい、下女が世悴《せがれ》に我儘《わがまゝ》さすな。追善仏事《つゐぜんぶつじ》もつゐへぞかし、一七日過《すぎ》なば早々くだり商買油断《しやうばいゆだん》すべからず。いゝおく事は是計」とつらぬく涙《なみだ》はながせど、念仏《ねんぶつ》の一遍《へん》にても申気色なかりき。

「あれ〳〵子供よ。牛寅《うしとら》の方寄鬼女《かたよりきぢよ》が火《ひ》の車《くるま》を引《ひき》、我をまねきのれといふ。あらおそろしや」と帰り見れば、うしろの方には一つにたらぬみどり子、こつぜんとあらはれ、「いかに入道、にぐる共にがせじ。祖母《ばゝ》様はやく来《きた》り給へ」、「心得たり」とよばわる声《こへ》いづく共なく聞《きこ》ゆ。時に入道たへ入、熱《あつ》やくるしやと計、人々立寄、迚《とて》もなき命ならばと、庭前《ていぜん》に大き成手洗《たらい》を居《すへ》、水をくませ、入道を中に入ければ、はじめは心よかりしが、次第《しだい》に此水湯《みづゆ》となる時虚空《こくう》に声《こへ》有、「うれしやほんもふとげたり」といふかと思へば息《いき》たへ、つゐにむなしく成ぬ。年《とし》は六十才にてぞ有けり。皆々取付涙ながら帰らぬ死出《しで》の旅《たび》、野辺《のべ》に供する人もなく、漸々一《やうくいつ》家下部《けべ》ばかり送《をく》りぬ。誠に浅間敷《あさましき》次第、我人是を手本に心得給へと云々。

風流今平家　七八巻終

風流今平家《ふうりういまへいけ》（九十之巻）町人身の手鑑

一　今の世の身売諍《うりあらそひ》

人には命《いのち》のかぎり有、親死《おやし》してなつかしくおもはゞ、存命《めい》成ける時孝《かう》々にすべきもの也。それも心々にして定《さだ》めがたきこと、既《すで》に入道あだし野《の》々露《つゆ》、きへてはかなき印《しるし》の石《いし》をもきらず、仏事供養《じくやう》も、十露盤《そろばん》にかけて国土《こくど》のつゐゐと、米一つかみ非《ひ》人にとらさず、誠に裏《うら》屋住《ずみ》の後家《ごけ》にもおとれりと近《きん》所の風聞《ふうぶん》もきかぬが仏《ほとけ》。七日たゝぬうちはや根《ね》帳手形のあらため一本づゝのみこんで残る一本の手形を見れば、蘭《らん》がはゝゐ取替《かへ》手形、ひらき見れば何々、

預り申銀子之事

一　丁銀壱貫目　　但シ新分銅掛也

右之銀子預り申所実正明白也、何時成共御用次第、追弁可申候、若右之銀子済シ申義難成給候はゞ兄弟之娘之内壱人銀子之替ニ御取被成いか様成方江成共奉公ニ御遣し可被成候、其時一言の御恨申間敷候、為後日如件

年　号　月　日

かり主らん

母　判

請人　勘七　判

伊丹屋　可運老

此女はきゝおよびたる入道の思ひもの、きやつらがそゝなかし、大分《ぶん》の銀《かね》とらるゝさへ口惜《をし》かりしに、か様のやつばらに銀《かね》かされし親父《おやぢ》本気にては有まじ。にくさもにくし御代《だい》官ゑうつたへ、厘毛《りんもふ》かけず取べし、尤とうなづき、先請人《まづうけ》なればと勘七をまねき、「証《しやう》文《もん》の通銀子をわたさるべし。異《ゐ》義におよべば御代官ゑ申上る」と、三人の兄弟蚤《のみ》取眼《まなこ》しての催促《さいそく》。「御尤ながら母は病死《びやうし》仕ぬ。なれ共両人の娘《むすめ》共罷有上は、此者《もの》共に詮《せん》義あそばし、済《すま》さぬ時の私、かぶりはふるまじ」と尤成返答《へんとう》。其儘《まゝ》両人ゑ催促《さいそく》す。

兄弟驚、「尤前銀《きん》かりぬれど、かうした奉公《ほうこう》のならひにて捨銀《すてがね》といふもの也。其外一厘も借《しやく》用不申、但し証《しやう》文にても有か」と尋しかば、勘七罷出、「御

両人は御《ご》存知《ぞんじ》ないこと、お袋《ふくろ》御《ご》存命《ぞんめい》の時去年大晦日の払《はらい》につまり、拙者《せつしや》へのお頼故壱貫目かり遣《つか》はし、いやといわれぬお袋のはん、此銀埒明《らちあか》ねば私がめいわく、どうぞ頼ます」といわれ、兄弟は寝耳《ねみゝ》に壱貫目のかね、「何ゆゑかられたはしらず、手形《てがた》有うゑ異《ゐ》義をいふにはあらねど、先証文《しやうもん》を見まし母の判にきはまらば、身を売《うつ》てなりとすましましやう」といふ。勘七悦《よろこび》、「それこそ親《おや》ゑの孝々《かうく》、取寄《とりよせ》御めにかけん」といふ所へ、手代七兵衛手形を持参《ぢさん》し、「かた〳〵は入道殿のお妾《てかけ》か、生年《なまどし》よられたるをそゝなかし、親子《おやこ》三人懐《ふところで》手してのせぶり喰《ぐひ》、其上大分《だいぶん》のかねを取込《とりこみ》、そしらぬ顔《かほ》は何ごとぞ。近《きん》日すまさるれば其通《とをり》、若不埒《らち》なれば、両人の内壱人銀の代《しろ》に連《つれ》帰るは定《さだ》めの通《とをり》、いつわりならば是見られ」と、手形《がた》を出せば涙ながら、「扨もきやうがる証文、うたがひもなき判《はん》見るうへ申ぶんは少《すこ》しもなし。いかにも済《すま》しません」、今四五日をわびけるにぞ。「下《した》にてすむは珍重《ちんてう》、随分《ずいぶん》とゝのへはやくすまされよ」といゝ捨《すて》帰りぬ。

三人は目とめを見合せ、涙《なみだ》かた手の談合《だんがふ》とり〴〵成しが、大分のことない袖《そで》なれば此かね何とならざかや、

此事に行《ゆき》なやみなくより外はなかりき。浪《なみ》両人をいさめ、「殊に寄御前《ごぜん》の沙汰《さた》におよばゝ、勝《かつ》ことも有べし。ねがいを上《あげ》てみさんすまいか」といへ共、姉《あね》かぶりをふり、「尤いゝわけにて済《すむ》事もあらん、兼《かね》てしれたる入道の所存《しよぞん》、其うゑ母《はゝ》の恨《うらみ》をうけ、浅間《あさま》敷死《しきし》をせられし心志《こゝろざし》もおそろし。何とぞ済度《すましたき》心なれど、何をしろなさん力草《ちからぐさ》もなく、成はてたる身は尼衣《あまごろも》、いかにせつなきとて、又俗心《ぞくしん》にかゝるなど仏《ほとけ》のちかいをやぶるににたり。さればとて捨《すて》おかば、たれ取あげとふ人もなき身のはて、いかにならん」と互《たがい》に袖をしぼりぬ。

　妹《いもと》さかしげに、「われ今まで御身のかいほうにて成人《せいじん》いたせし御恩《ごをん》現《うつゝ》にもわすれじ。かゝる折こそ我身をしろなし、此銀《かね》すまして給はれかし」となげきしかば、姉もろ袖をしぼり、「もつべきものは子成兄弟也。誰《たれ》か其一言《ひとこと》をいわん。母《はゝ》におくれ身なし子と成しも、そなた計のたのしみ草《ぐさ》、月花共思ひの外なるうきことを聞《きゝ》、昔《むかし》にかゝるうらめしさ。そもや仏神《ぶつじん》の御とがめ、過去《くわこ》の因果《ゐんぐわ》にてこそあらめ、いかなる方《かた》ゑも縁《ゑん》に付、親立《おやたち》の名跡《めうせき》しるべきはそちならで外になし。迚《とて》もぬれたる身のはて、仏《ほとけ》のちかいをやぶり無間地獄《むげんぢごく》におつる共、それはそれからそれ迄

よ。是非《ぜひ》〳〵我身をうらん」といふ。妹《いもと》はつらぬく涙《なみだ》をながし、「今迄の御恩《ごをん》だにいかでかほうぜんと思ひしに、又ぞや御身をうらせ、此身の罪《つみ》いかゞせよとの御こと、何程とめ給ひても此度はとまらじ。殊に尼《あま》にも成給はんを引替《ひきかへ》、目前悪道《もくぜんあくだう》に落《おとし》ませんこと、思ひよらず」と、とまらん気色《けしき》なかりき。

姉わざと詞《ことば》をあらけ、「行《ゆく》もとゞまるも孝々《かう〳〵》にていづれか同じことながら、せめて独《ひとり》は世をも立させ度《たき》のぞみをむなしくなさば、兄弟の縁《ゑん》を切ぞ」といわれ、「いかに妹《いもと》なればとて余《あま》りむごい御詞《ことば》、御勘当《かんだう》がおそろしければ迚《とて》、とゞまらんとは申間敷」と思ひ切《きつ》たる顔《かほ》ばせ。「それこそのぞむ所、兄弟のあいさつきれば他人《たにん》ぞかし。身売《みうり》したくば心まかせ、惣じて親《おや》の名跡《みやうせき》は、惣領《そうりやう》の支配《しはい》にて自《みづから》が儘《まゝ》なれば、此度《たび》の出入もそち立にはかまはせぬ。いきたい所へいきや」といわれ、菟角《とかく》に返答《へんとう》なく涙ながらのいゝわけ、「うれしや勘《かん》当《だう》うけたれば、我身をしろなし、母様のしやくせんなさん」と思ひの外成一言《いちごん》。「今迄の御苦労舟車《ごくらうふねくるま》にもつまれず、浪《なみ》様こゝはよひやうに、御了簡《ごりやうけん》を頼ます」と手をあわせけるにぞ。

「いづれをいづれと、詞《ことば》につくされぬ心底《しんてい》、うらやましきは兄弟ぞかし。おふたりながら尤にしていやといわれぬ諍《あらそひ》、それにてはすまぬこと、殊に大分のかね、何奉公《ほうこう》したればとて、手取壱貫目は心得ず。つまる所勤《つとめ》より外《ほか》の志案《しあん》有間じ、御両人の心志《こゝろざし》いとほしければ、私はからい申さん」と、もみくじ二つ拵《こしらへ》、兄弟の中に置、「是は神《かみ》の御指図《さしづ》、互《たがい》にゐこなき了簡《りやうけん》（江口）此印《しるし》にあたり給ふは勤《つとめ》（仏原）此印は跡《あと》にとゞまり給へ。若《もし》妹《いもと》君とり給はゞ、姉君の替姿《かはりすがた》を墨《すみ》に染《そめ》給へ。然ば御両人の望《のぞみ》外にならぬといふもの、いかゞあらん」といふにぞ。

兄弟悦《よろこび》天地神《てんちじん》のはいし、「自《みづから》を奉公《ほうこう》に出し給はれ」、「いや私《わたくし》を」と口々にのゝしり、くじを取てひらき見れば、姉は仏《ほとけ》の原《はら》、妹は江口《ゑぐち》に取あたり、「なふ嬉しや」とよろこべば、姉涙をながし、「尤仏神《ぶつじん》のみくじなれど、私ゐ給はらぬは尼《あま》になれとのおしへならん。迚《とて》もうきふしの身売《うり》せば、京大坂をはなれ室《むろ》の津《つ》、下《しも》の関宮嶋《せきみやじま》などにて勤《つとめ》給へ」と、涙かた手に何やかや、取まじへたるうき思ひ、浪《なみ》がしるべをたのみ、爰かしこ尋けると也。

二　今様女忠度《いまやうおんなたゞのり》

飛鳥川《あすかがわ》きのふ見し娘《むすめ》すがたもけふは色里《いろざと》のかり寝《ね》、わけよし原《はら》は道《みち》とをし、京嶋原《しまばら》はしる人有。もと寄新《よりしん》町《まち》は我里《わがさと》なれや、人にわらはれんもよしなし。ひなの色里《いろざと》しる人ありて頼みし折ふし、芸州宮嶋《げいしうみやじま》より、つちや市左衛門といふ女郎や上《のぼ》り合《あは》せ、目見ゑの日限《にちげん》小《こ》蘭《らん》がすがた見るとひとしく飛《とび》あがり、「のぞみは」と尋ぬる時、口入《くちいれ》の京三罷出、「此女中余《よ》の奉公《ほうこう》人と替《かはり》金銀のぞみにもあらず、先《まづ》壱年切と定《さだ》め給金《きうきん》廿両かし給へ、御手に入べき」よし。市左衛門志案顔《あんかほ》、今迄壱年切《きり》の奉公《ほうこう》人かゝゐたることなし、尤突《つき》出しなればさのみそんは行まじ、てんぽおゐてもみよかと茶《ちや》一ぶくのまぬ内埒《うちらち》があけば、先目《まづめ》出《で》たいと手を打証文《しやうもん》のうへ金子を渡《わた》し、「近日出舟《しゆつせん》すべし、其内身仕舞《みじまい》めされ」と暫《しばらく》の暇《いとま》を乞《こひ》、姉がもとに帰り右之金子を渡し、分《ふん》一銀二両引のこりを入道方《にうだうがた》ゑすまし、母の手形を取戻《もど》し判《はん》を切て仏前《ぶつぜん》にそなゑ、「いよ〳〵極楽《ごくらく》にいたり給へ」と、兄弟涙をながし廻向《ゑかう》のかね打おさまり、爰かしこの暇乞《いとまごひ》、はや出舟と使《つかい》立ば名残《なごり》おしげに立別《わかれ》、出の屋かたのおきふしを詠《ながめ》、「姉様さらば随分御息才《ずいぶんごそくさい》にてましませ、壱年《ひととせ》のくるゝは今ぞかし。切《さい》々文も給はれ、浪様頼ます」と夕暮方《ゆふぐれがた》の星《ほし》月夜、迎《むかい》の籠足《かごあし》をいそげば、住《すみ》なれし里《さと》もはや五七丁過たり。いかゞ思ひけん又取て帰し表《おもて》をたゝき、「只今御暇乞《をいとまごひ》申ぬれど、ちと申事有て又々来《きた》りぬ。爰をあけさせ給へ」といふにぞ。

両人驚内にとをし、何ゆゑ帰り給ふよしとはれて妹《いもと》涙ぐみ、「されば自《みづから》あの里《さと》ゑ行よりはや、突出《つき》しとやらん其儘《まゝ》うきふしとなり、あまたの客《きやく》に逢《あふ》と聞、定めし勤《つとめ》の品々《しなぐ》をしゆる人も有べけれど、およそ様子も聞まほしゝ、姉様こそ御存知《ごぞんじ》なけれ、浪様はすいぞかし。あらまし語《かたり》給へ」といわれ姉はきやうがる顔《かほ》。「何ゆゑと思ひしによしないことを聞たがる、それこそ親方《おやかた》はうばいなど指図《さしづ》を請《うけ》て勤給へ、やくたいもないこと、とはんよりとく／＼舟にのりや」といふ。

浪小蘭《こらん》をつれ／＼詠《ながめ》、「誠にさかしき知恵《ちえ》ぞかし、成程様子《やうす》をかたつてきかせん。先方様《まづかた》は突出しとて我人色《いろ》にうつる客《きやく》、殊に田舎《でんじや》のやさ男《おとこ》世に有人は四枚《まい》がた、飛鳥《ひてう》のごとく籠《かご》をいそがせ、くるはの門《もん》に着《つく》とひとしく、末社《まつしや》とは太鼓《たいこ》のこと、これらが前後《ぜんご》をかこひ、『やれ御出』とひしめき、揚《あげ》やの座敷《ざしき》に御供し、御機嫌《ごきげん》うかゞい、『先新ざうの誰《たれ》様よべ』と、七度半《どはん》の使立、勤《つとめ》の姿《すがた》町と替《かは》り、まゆ置《おき》ずみに薄《うす》ぐもらせ、駒《こま》くらなしの高嶋田《たかしまだ》京も田舎《いなか》も同じこと、一筋《すぢ》がけの平元結《ひらもとゆい》おくれをにくみぬき揃《そろへ》、二尺五寸の袖の下腰《したこし》のまはりに綿《わた》いれず、末《すそ》ひろがりにつま高《たか》く中いれなしの中はゞ帯《おび》、つゐ折《をり》かけてしどけなう結《むすび》はかくすならひぞかし。衣裳《いしやう》は凡《およそ》三つ重《かさね》、道中《だうちう》はくり出しのうきあゆみ、やどや入はぬき足《あし》しづかに、居姿《ゐすがた》おのづとけだかければいかなる高家《かうけ》の息女《そくぢよ》たり共、是ほどには有まいと、いづれの客《きやく》も恋しがり魂《たましい》うごかすばかり成き。

爰に一つのしかけごと、さうした勤《つとめ》の内からも誠の恋が有ものにて、其思ひ人かならずも、手前すつきり曽我ぞかし。いやなおとこは有《う》とくして、今頃世間に大切《たいせつ》な山吹《ぶき》色にことかゝず、身の為よきと見るならば、めつたにのぼつたそぶりをし、目遣《めづかい》の大事有。是は道中《だうちう》或は揚《あげ》やの格子《かうし》にて見る度ごとに見帰り、目でしめずてにして行もの也。いかなすいでももがいてくる所を、気《き》を替《かへ》くるはの文章《ぶんしやう》さらりとやめ、あたまから寿《じゆ》命《めう》の毒《どく》な男様、ぬけがらよりと書《かい》てやる。ふみが物いふならひにてつゐには手に入しかけ有、好色《かうしよく》ごくゐのかんもん、万の実《じつ》ごとこめ置《おき》たる、是すいごかしの手くだぞかし。勤《つとめ》する身の詞《ことば》など皆いつわりといふ人有、其いつわりが此程はとりもなをさず誠にて、くるは通《かよひ》の殿立《とのたち》見付所の一大事、傾国《けいこく》の口《く》伝《でん》ごと、情《なさけ》あらそひいきぢくらべ、指切髪《ゆびきりかみ》切爪《つめ》をはなし、血《ち》文《ぶみ》日文のつけとゞけ、七枚起請《きしやう》金手《かねて》形《がた》、是も勤《つとめ》のすることにて何国《いづく》もおなじ秋《あき》ぞかし、かまゐてきづなど付さんすな、誠の恋に誠とは、恋といふ字《じ》につゞまりぬ。そうした恋の有時は無量《むりやう》のうそも皆誠、それをさとらぬ殿立《とのたち》おもはずはまる物ぞかし。此ほかのくるはざた語《かたる》もいふも同じこと、せつない勤《つとめ》の

楽《たのしみ》は間夫《まぶ》の有のが命ぞかし。又大臣《だいじん》と見る時はいやらしく共そこをこらゑ、くるはのくげんのがるゝを、はつめい共かしこい共りこふ共いふぞかし。うはきの恋はせぬがよし、いやしき業《わざ》といひながら出世《しゆつせ》するのも傾城《けいせい》のこと、地獄《ぢごく》におつるもこれから也。此外の伝受《でんじゆ》事さしあひなればいわぬぞかし。あね女郎が引まはし、わるいことはおしゑぬ物、随分《ずいぶん》はうばい中よくし、かりにも腹《はら》は立ぬ物、夜もはやよほどふけぬればはや御帰り」とすゝむるにぞ。

妹《いもと》はとかうの返事《へんじ》なく、「いやらしゐは勤奉公《つとめほうこう》、なれ共一年《ひととせ》のこと、まゝよとは思ひながら生死《しやうじ》のならひ又逢《あふ》迄の形見《かたみ》に」と、浅黄《あさぎ》ぢりめんのふくさを二つ出し、無地《むぢ》成が心がゝりと硯《すゞり》取よせ一首《しゆ》の歌を書《かき》たりぬ。

〽難波津《なにはづ》やわがふる里《さと》をみのこしてまた咲《さき》かはる梅《むめ》のはやざき

是はあね様に参らせん形見《かたみ》といふにはあらねど、自《みづから》が心志《こゝろざし》とて参らせければ、姉《あね》は涙ながらふくさの裏《うら》をかゑして、

〽あかずしてわかるゝ人の名残《なごり》をば後《のち》のあふせにつゝみてぞおく

妹《いもと》今一つのふくさにまた〳〵歌を書たり、

〽勤《つとめ》とて夜《よ》な〳〵かはる寝《ね》やのうち思へばつらき人や有なん

是は浪様へおくりまいらせ候と書《かき》けるにぞ。嬉敷《うれしき》心志とて浪其裏《うら》に、

〽川竹のながれの水はかはれどもなをすみあかぬ宮《みや》のうちかな

と互《たがい》にやさしき心遣《づかい》、身をいはひ心をよろこび、名残《なごり》の盃《さかづき》さいつさゝれつしばし時をうつしぬ。

籠《かご》の者《もの》共大あくび夜番太鼓《やばんたいこ》に目をさまし、表《おもて》をしきりにたゝき、「何とておそなはり給ふぞ。こよひの出《しゆつ》舟《せん》申さねばとてしれたこと、名残はいつも同じこと、とく〳〵いそがせ給へ」といさめけるにせんかたなく、又籠に乗《のり》、「さらば〳〵、随分《ずいぶん》舟中無事《じ》に皆様頼ます。未旅《いまだたび》なれぬ者万《ものよろづ》心をつけて」と念頃に、「お頼なければとて、大事の奉公人悪敷《あしく》は致さねど、暮方《くれかた》寄今迄またせ、あつゐ茶《ちや》ものまされぬは上方衆《かみがたしゆ》にはにやはぬぶすい、こちとらにひだるいめをさせ、おの〳〵ないて腹《はら》ゐらるゝはあんまり気《き》づよいふるまい、せめてたばこはのまされよ」と舌鼓《したづゝみ》うつはことはり、「名残にかきくれ心のつかざるはあやまり、先酒《まづさけ》一つ」といわれ、「のまぬは田舎芸《いなかげい》お時宜《じぎ》なしに」と、茶碗酒《ちやわんざけ》引かけ、「何よりの御馳走《ごちそう》、お妹ごの義おきづかいあられな、追付御出世《おつつけごしゆつせ》の吉左右《きつさう》しらせん、さあこい、いざ」とかたかへず西国橋《さいごくばし》迄中腰《ごし》にて、行もかへるも酒の勢《いきおひ》〳〵。

三　今知盛悪性入《いまとももりあくしやういり》

殊過時《ことすぎとき》さり、入道方《かた》にはよしなき手形《がた》をしるべに女をせちがい、非道《ひだう》の銀《かね》をむさぼり、なげく者悦《ものよろこぶ》者商《ものあき》内《ない》の門出《かどで》よしと、次男《じなん》は江戸道《みち》をいそぎ、伏見迄は夜舟《よふね》にのぼるべき用意《ようゐ》。三男友《とも》之介は宮嶋《みやじま》の市より下《しも》の関ゑ心志、同日の出舟《しゆつせん》、船頭《せんどう》の六介着替櫃《きがへびつ》かたげまはるにこゝろせかれ、はや旅立《たびだち》の盃《さかづき》、四男《なん》は入道名跡《めうせき》の支配《しはい》、うしろみ七兵衛、京の出見世は次郎兵衛にあづけ、友《とも》之介は乗場《のりば》にいそぐ。手代川口迄送り、「追付お仕合よく、松《まつ》の葉《は》のちりほこりものこさず、銀《かね》にあそばし御のぼり」とおもたい口でいはれ、三男悦、

「大義〳〵、別《べつ》して留主を頼、入道死去《しきよ》なればとてぶ奉公をめさるな。注文《ちうもん》のぼり次第《しだい》、油断《ゆだん》なくと丶のへ、段々《だんく》下さるべし。小遣帳付《つけ》おとすな、せど門《かど》はくにも只紙《かみ》くずに気《き》を付《つけ》よ、風吹時《かぜふくとき》こけらをひろはせ焼付《たきつけ》にせよ、かならずわすれな、さらば」といふて別《わかれ》ぬ。

折ふし此舟につちや市左衛門、小蘭《こらん》をかゝゑ本国に下る同船《どうせん》、しらぬが仏様でも船中《せんちう》は御免《ごめん》あるべし、互にゑんりよは御無用、此風にては近日着舟《ちやくせん》すべきと、市左衛門もたせの樽《たる》の口をひらき、一つのんで先友之助にさす。「忝ないお時宜《ぢぎ》なしにたべんが、わり付は出ませぬか」、「はてわけもない」といわれ、忠《たゞ》のりならばとさしうけ引請《うけ》五七はいさらりとほし、「義様ゑもどすはふるし、あなたはおないぎ様とみへたり、はゞかり申さんがていしゆおかまいはないか」といふ。「くるしからぬ」といわれ、小蘭《らん》にさす。爰はおさへが所なれど独《ひとり》してのむにくさ、いたゞゐて旦那《だんな》ゑさせば、友《とも》之助打笑《うちわらひ》、「それはこちゑもどるはづ、外《ほか》へ遣《つかは》さるゝは酒《さか》あい御存知《ごぞんじ》ないか」といわれ、「いなことをいふお人、もどるといふにきはめは有まい、私が盃《さかづき》なればさしたい所へさすぞかし。気《き》のみぢかいお人様じや」と恥《はぢ》しめられ、市左衛門取あげ小らんゑもどせば、「爰はちつとさはり」といふ。友之助盃ひろい、「さらば拙者《せつしや》があいじやおもしろいか」とつゞけのみ、もひとつのまんとする所を、小蘭《らん》にとられ手拍子《てびやうし》打てはやり歌、「迚《とて》もあいする此盃をとむる心のそこゐはどをじや」と文七ぶしの片言《かたこと》まじり、船中笑同音《せんちうわらひどうをん》にあまりげび衆で、人が人とはいゝませぬぞや、ちつと身もつたお衆のぶんは、よつてかゝつてわろふをしらず、入道相果忌中《あいはてきちう》をしらぬは畜生《ちくしやう》におなじ、菟角《とかく》するうち明石浦着《あかしうらつき》たり。

市左衛門国ゑの土産《みやげ》に野郎《やらう》がるたをもとめしが、舟中《せんちう》の気ばらしと小蘭《こらん》下人をまねき、二文四文のよみをはじめ、二をもつた市川団《だん》四郎であがつたは、上手《じやうず》にはあらずやと又打しこる。小蘭《こらん》が手には吉沢《よしざは》あやめ水《みづ》木《き》辰《たつ》之介、荻野沢《おぎのさは》之丞三枚もつて三度《ど》のこひづめ、つまる所があやめであがつたはなんと上手にきはまりぬ。友之助うしろより見物《けんぶつ》し、小蘭が前《まへ》なる銭《ぜに》を見付、「是女郎其銭四五文きをはされぬか、よくには仕らぬ我も打気《うつき》ざし」といふ。「そんならござんせ」とはじめけるは暮方《くれかた》。ちやうちんとぼさせうつゝなや、はじめは友之介勝《かつ》たりしが、次第《しだい》〳〵に負腹立通櫃《まけはらたてかよひびつ》の銭五六百引《ひつ》さげ、是をもまけ後《のち》には壱貫の銭間なくとられ、ひたいに血筋《ちすぢ》をはりわな〳〵ふるひ、「男《おとこ》にまさるは常《つね》のならひ、こよひのかるた此女郎の独勝《ひとりがち》いざおすまいか」といわれ、「それは御法度《ごはつと》のばくちせぬことにきはまりぬ。よみさへいらぬことながらつれ〴〵の慰《なぐさみ》、勝負《かちまけ》してしれたこと、然ばおきましやう」といふに友之介眼色替《がんしよくかはり》、「勝《かち》にげはさせぬ」といふ。ともかくも此方欲《よく》は少《すこ》しもなし。勝銭負次第《まけしだい》置《をく》をけいやくに又打はじめ、宮嶋《みやじま》に舟着《ふねつく》迄友之助が負《まけ》五貫八百也。「我一文銭あだにつかはず、

よしないことに大分とられ取かへさんに力《ちから》なく、市左衛門が宿《やど》を尋、逗留《とうりう》の内今一度参会《さんくわい》かならず御出」と舟より上り、めん〳〵宿に帰りぬ。

友之助は初ての市立、宿の亭主《ていしゆ》罷出御馳走《ごちそう》の有たけ、所々の沙法《さほう》とて国《くに》見振舞《ふるまい》のさしづめ、諸国《しよこく》の商《あきん》人《ど》四五十人其夜の造用《ざうやう》百五拾匁払《はらい》つく〴〵思ふは、未《いまだ》商内せぬのみ弐百匁余《あま》り遣《つかい》、志案におよばぬ仕合、取かへさでは死ぬる迄の思ひ種《たね》、意趣《ゐしゆ》は舟中の女に有、所詮立越《しよせんたちこへ》取もどす迄いぐさりと亭主《ていしゆ》をまねき、「此所の色町につちやの市左衛門といふくつわ有や」と尋ければ、「夫《それ》は存光寺《ぞんくわうじ》と申所の女郎屋、同舟《どうせん》の女中も傾城《けいせい》にてしかも明日寄の突《つき》出し、おのぞみならば我が太鼓《たいこ》にて御供申さん」といはれ、扨女郎の直《ね》段《だん》をとへば、「さん候、廿八匁と廿三匁又十七匁、其外壱匁弐匁は五七人ならでござりませぬ。なんと壱匁といふも同人間《おなじにんげん》にて、顔《かほ》のすまいに替《かはり》なければやすいもの」、「又同船《どうせん》の女郎はいかほどするぞ」、「さればば廿八匁とうけ給はりました」、「扨もたかし、なれ共其女郎とかるた打約束《うつやくそく》あれば是からよびにやられよ」、亭主《ていしゆ》かぶりをふり、「くるはでお買《かい》被成ますれば、かるたうとふと浄《じやう》るりきかふと、お心まかせ」とい

ふにぞ。

「廿八匁のかねつかふは、生爪《なまづめ》はなすよりかなしけれど、無念暫《ねんしばらく》もやまず、遊《あそぶ》を只にするか廿八匁とらるゝか、二つに一つ案内《あんない》せよ」とふたりつれ、備中屋《びつちう》といふ揚《あげ》やに入、新ぞうよべ、おなじみの大臣御逗留《ごとうりう》の内は見ごとな事、わつといふて召《めし》の使《つかい》いつしか替色《かはるいろ》すがた、小蘭《らん》といふも一昔《むかし》、よしや吉田《よしだ》と名をあらため、思ひよるべの水あげ、大吉日のはつ売《うり》姉女郎のかいほうにて、揚や宿《やど》やのめみへをすまし、浪《なみ》がをしへし道中あたまからの脇《わき》つめ、けふのくがひは備中屋亭主《ていしゆ》立出、新ぞう様の御らいりんそれお盃《さかづき》お肴《さかな》、お引合せをどさめく時、友之助はかぶりをふり、「お目にかゝらぬさきにこそ七日迄の舟同行《ふなどうぎやう》、外の客《きやく》とはちん〳〵ちがいの拙者《せつしや》ぞかし。此間はよい慰《なぐさみ》かるた大明神《めうじん》のお引合せ、又ぞや御めにかゝ(る)事御ゐんつきぬといふもの、逗留の内役者《うちやくしや》かるたの御指南《ごしなん》にあづからん為、廿八匁の揚《あげ》せん思へばをしゐかね、是にていわう、とうしみかはゞ、茶舟《ちやふね》一そうにはあまるべき」と、扨もきやうがる座敷《ざしき》付また色なれぬあいさつ。難波《なには》人には珍敷御客《めづらしいおきやく》とわらゐば、宿《やど》の亭主驚《ていしゆおどろき》、「何もそれはおめちがい、難波にて誰《たれ》あろふ伊丹歌運様《いたみかうん》の御子《ごし》息《そく》、ひよつとお気に入給はゞ身請《うけ》にてもなされん。皆々まはりや」とさはいする。

吉田《よしだ》は、はつと肝《きも》にこたへ、人の因果《ゐんぐわ》はしれぬ物、此ちゝの悪心《あくしん》ゆゑ母《はゝ》をうしないゝ姉様《あね》に別《わかれ》、わずかのかねゆへ所をもさはがし、せんかたながら此所へ身売《うり》せしも、此兄弟《きやうだい》が仕業《しわざ》ぞかし。此男に逢《あふ》こと思ひもよらず、所詮《しよせん》かへらんとせしが、いや〳〵爰《こゝ》は分別所、何とぞのぼし、かね遣《つか》はせてはらゐんと、俄《にはか》につくる情《なさけ》の目遣おのづからまはりじかけ、友之助は露《つゆ》しらず、欲《よく》にひかるゝ三味《しやみ》のをと、それよりかるたとのぞまれ、一時ばかり現《うつゝ》なや、わざとまけるも志案ぞかし。

友之介は弐貫計の勝《かち》、歯《は》に血《ち》を付られ一先宿に帰り、つく〴〵思ふは、今五七日買《かふ》たらば負《まけ》を取のみ、我《わが》物いらずの傾城《けいせい》ぐるひと、心の外の思ひ付、商内《あきない》はそこ〳〵に明暮《あけくれ》色町に通《かよひ》、十日計は続負《つゞけまけ》、わざくれ心となりひらき、かるたも外成吉田が仕懸《しかけ》に腰《こし》をぬかし毎日の揚詰《あげづめ》、商内せねばかねまはらず。あげせんにはせつかるゝ宿やを頼、売物《うりもの》のこらず廿日切の質《しち》に置《おき》、其銀の有たけつかゐば質《しち》やからは請《うけ》よといふ。吉田からはつけとゞけの文、日に幾度《いくたび》といふことなく、あいたやみたやなつかしやと恋しさふなる文づら、宿屋ははたご代御算用《ごさんよう》と催促《さいそく》す。売物《うりもの》はうけられず、ゐるもゐられぬ羽ぬけ鳥、着《き》のまゝ宿《やど》をぬけいづく共なく出けるが、道《みち》にて入水《にうすい》しむなしく成けると也。誠に欲は其身のあだ、無欲《むよく》成者一生《ものいつしやう》の内あやうき事なし。只たしなむべきは此みちなり。

風流今平家　九十巻之終

風流今平家《ふうりういまへいけ》（十一十二之巻）町人身《てうにんみ》の手鑑《てかゞみ》

一　今様商人心《いまやうあきんどごゝろ》

年《とし》のうち春《はる》は難波《なには》に有ながらなつ季《き》になれば東方《あづまかた》、しな川の辺《ほとり》に住《すみ》なれ、武蔵野《むさしの》東西南北《とうざいなんぼく》かけまはり、家《か》業油断《げうゆだん》なく毎日銭小判俵《ぜにこばんひやう》物の相場《さうば》を聞、月六《む》度《たび》の飛脚《ひきやく》京大坂ゐの状日をかゝさず、寝《ね》る間も十露盤《そろばん》はなさねど、去年《きよねん》と替《かはる》ことしのふ仕合。旧冬《きうとう》迄はさはることによく内証《ないしやう》の始末《しまつ》に気《き》を付、朝夕焼塩焼《てうせきやきしほやき》味《み》噌《そ》より外《ほか》のさいをくわず、日々に商買《しやうばい》のあたりよければ、なんでも今年《とし》はと、心のねたばあはして待《まつ》に甲斐《かひ》なく、する程の事がひだりまゐ、隙《ひま》ゆゐ美食《びしよく》を好《このみ》、木《こ》挽《びき》町堺《さかい》町の芝居《しばい》を見にまかり、帰り足《あし》のそば切宿《やど》には、友立共《とも》車座《くるまざ》に居《ゐ》ながれ、「すは宗左衛門帰りぬ。いざ同道《どうだう》せよ」とむたいに吉原《よしわら》に供なひ、三茶《さんちや》ぐるひの相談本心《さうだんほんしん》を酒にとられ、また寝《ね》の床《とこ》に明日を約束《やくそく》し、ゐいさめて後俄《のちにはか》に帰らんといふ。友立口を揃《そろへ》、「親妻子《おやさいし》なき者《もの》か様の時のたのしみ、今帰れば今日《けふ》の揚銭《あげせん》そんに成」といふに是非《ぜひ》なくあそびぬ。残るは思ひ〳〵の慰《なぐさみ》、三味線《さみせん》をひくやら太鼓《たいこ》をうつて、おどりはありや〳〵と上方風《かみがたふう》のおんど、江戸にては猫《ねこ》に小判ぞかし。

惜《をし》や其日も暮《くれ》かゝり名残を床《とこ》にのこし、又こんといふわかれ路《ぢ》、宗左衛門よろこび早舟《はやふね》に乗《のり》したくに帰れば、下部はぶきやう顔《がほ》、「ちとおたしなみ被成よ。当年《たうねん》はけしからぬぞけよう、内《うち》に水はつきませぬ。独《ひとり》つかはるゝ私にろくな物もくはせず、四季《しき》せといへば、古手《ふるて》やの見せざらしを買《かふ》てきせ小遣帳に一文たらねば、だるま殿のやうな目していかり、元結《もとゆい》も手びねりをつかはせ、八年奉公すれど鼻《はな》紙半状くれず、髪《かみ》の油は藪《やぶ》入の時母じや人が付てくれられた計、朝夕《てうせき》のくひものも一つ〳〵いひこそせね、上々吉といふが大唐米《とうこめ》、仕《し》かゝつた奉公なればこそ勤《つとめ》ますれ、内をひづめ御自分《ごじぶん》のゐようはせぬこと、重て御無用」と利《り》窟《くつ》をこねられ、いかな旦那《だんな》も返答《へんとう》なくはや帳面に取かゝり、十露盤《そろばん》はぢき〳〵、「商内《あきない》はなかつたか誰《たれ》もみへなんだか」、銭一文うらぬくせ、「むかいの猫《ねこ》が参り夕部《べ》買《かふ》ておゐた生《なま》いわしを喰《くひ》ました」といふに、宗左衛門筆を捨《すて》、「八幡《まん》十二文は死《し》ぬる迄のそん、重てうせたら討《うち》ころせ」と血眼《ちまなこ》に成ていかる所ゑ、いつも小買《かい》にくる女来り、又今日もと壱匁出せば、男《おとこ》は米舟《こめふね》にかゝり、はからんとする時、宗左衛門詞《ことば》をかけ、「明日《あす》はしらず今日の相場《さうば》は五しやくたかし、やい角兵衛、はかりに気をつけ、生《なま》いわしの無念《むねん》をはらせ」といふにぞ。

女房何の気《き》もつかず、はてよいやうにとはからせ暫《しばらく》売場《うりば》に腰《こし》をかけ、「是御てい様、少しづゝ買《かい》に参るを、心よくうつてくだんすは上方衆《かみがた》のやさ男《おとこ》。御心志《ざし》のうれしければ、人にかたらぬことながら身のうゐを

かたりません。もと私は吉原《よしはら》の傾城《けいせい》おだまきといふ者也。くがいを勤《つとめ》、さる人と夫婦になり、半年余《あま》りそひ寝《ね》し、此男行ゑなく成給ひ、今日迄三年ほどに成さふらへ共、いづ方《かた》にゐらるゝといふたよりもなし。定めし相果《あいはて》給はん。此おとこ常《つね》に秘蔵《ひぞう》めされし書物《しよもつ》有、名を東北朔《とうぼくさく》の置文《おきふみ》と申き。内を見るに五穀《ごこく》実《み》のる年《とし》、実のらぬ年《とし》をくはしくしるし、殊に土用《どよう》八せん入梅《つゆ》十方暮《くれ》など、暦《こよみ》になきことをみさいに書《かき》たる本也。此間つく〴〵思ふは、かたさまなどの商売《しやうばい》に此本あらば、御勝手《かつて》にもなりません」と思ひよるべも色《いろ》からと、しり目でにらむふたかはめ。

　宗左衛門一十《しぢう》を聞心の内に思ひけるは、何とぞすかし此本我手に入なば、とし〴〵の運気《うんき》を考《かんがへ》、買込《かいこみ》売払《うりはらい》にあぶなげなく、独《ひとり》もふくる伝受《でんじゆ》本、たらしもとめん下心《したごゝろ》、わざと大やうに、「そうした書物《しよもつ》我々家業《かげう》の第一にて、あまねく見つくしぬれど、手がゝりおもしろき所のあれば、何にもせよ金壱歩にて給はらばもとめをくべき」よし、「いかにひんなればとて先《まづ》は男《おとこ》の形見《かたみ》、わしが心には暇《いとま》の状と思ひながら、人様のお為《ため》にならばしんぜたもよしと、方様《かた》思ふての心志《こゝろざし》を見立たお人かな、そんなことならおき

ましよ、さらば」といふて帰りしを、宗左衛門押《をし》とめ、「是は拙者《せつしや》があやまり、是非《ぜひ》所望《しよもふ》仕心底《しんてい》何とぞ御意《ぎよゐ》にかけらるべし。御恩《ごをん》は生々《しやうく》世々わすれまじ。今迄は御つれあいが有かと存、一言《ごん》いふもゑんりよづくめ、有様《やう》でない咄《はなし》二三年たよりせぬ男、定めし替《かはり》を拵《こしらへ》ぬつくりとしてゐられん。若相応《もしさふあふ》の縁付《ゑんづき》あらば心中立ずと嫁《か》し給へ。我も仲人《なかふど》仕らん、儘《まゝ》にならぬは憂世《うき》ぞ」と、とを火《ひ》に掛《かけ》てやきければ、此女わざととぼけ、「いわんすればそれもそう、ぶ心中な男にこちから立るはいらぬもの、今日を限《かぎり》よいことあらばしらしてくだんせ、それはそうじやが方《かた》様にお内義《ないぎ》様は有か」、「いや〳〵今迄やもめ世体《たい》、古郷《こきやう》にもなければこそ年中《ねんぢう》御当地《ごたうち》ずまひ」、「それは誠にて有べけれど定《さだ》めしいやであろふ」といふに、「それはまづなんのことぞ」、「さればよそ〳〵に年頃器量《としごろきりやう》もわしぐらゐ、なれど是も男ざりにあふて今は後家《け》、かつこう大事《だいじ》なければど、荷《に》数《かず》がないゆへひかゑてをります」といふ。「是おか様銭銀《ぜにかね》はわきもの、女房《ばう》さへよくば談合《だんがふ》にのる気《き》ざし」、「然《しからば》ば（ママ）先《さき》様ゐとひ御合点《ごがてん》ならば見せましやう、さらば」と出る袖《そで》を取、「見ぬ商内《あきない》はせぬがよし、近日《きんじつ》見る手はづはともかくも、今の書物《しよもつ》は私がもらいます、かならずわすれまいぞや」、「ほしくばわしが所へござんせ、所はそんじよそこなり、望《のぞみ》をかなへさんすならまだお為に成物しんぜません。先《まづ》帰ります」と立わかれける。

折ふし屋敷衆と打見る長刀《ながかたな》の一本ざし、こつがらよい男《おとこ》なるが、三日に壱斗づゝの米得意《こめとくゐ》今日《けふ》もまた来り、直《ね》段違《だんちがい》のない様にはかりもよくめされ、「見てはからすことなれば別《べつ》義はないが、宿《やど》に帰つてはかり見れば、壱斗の内にて五合づゝへること有、なん共合点がまいらぬ。身がぶ調法《てうほう》にならぬ様に」と来《く》る度《たび》ごとの念《ねん》、

「それははかり様《やう》にて、五合三合はへること有、又出ること有」といふ。尤にうけ、二朱判《しゆばん》壱つと銭《ぜに》を出し「請取りめされ」といふにぞ。金銭《きんぜに》を銀《かね》になをしての売上《うりあげ》、「いや〳〵是では旦那《だんな》ゑ見せられず、二朱《しゆ》代何程銭いくらとみさいにかゝれ」といわれ、是非《ぜひ》なく又書《かき》なをしける。

売上申一札

一　九匁三分　但し白米壱斗代也

右之代ニ二朱壱つ代七匁壱分銭百六拾二文、此代弐匁弐分但し壱匁に七拾弐文遣也、二口合九匁三分、

右之銀子慥ニ請取出入無之相済申候以上

月　日　　米や宗左衛門

酒林《さかばやし》吸《のみ》右衛門様

と書《かき》けるにぞ。男悦《おとこよろこび》「是々、御ていしゆはりちぎもの、また其内買《かい》にまいろう、さらば」といふて帰りぬ。「扨もきつゐねんじや」とほめけると也。

〔二〕今重衡《いましげひら》身《み》欲《よく》の銭見《ぜにみ》世

昔《むかし》は生《むま》れ子《ご》目をあかず、乳《ち》のめど大やうに、赤子《あかご》より大食《たいしよく》せねば成人《せいじん》の後《のち》長命《めい》成き。其子《こ》生《むま》るゝとはや目を明《あき》、なき声《こへ》せはしく若子から欲《よく》をしり、あまもの乳《ち》のむ口男女《なんにょ》共にひすらこく、後《のち》ばりにかしこ過《すぎ》るゆゑ

短命《たんめい》成、子に能《よき》こと見するもあやまり、悪敷《あしき》こと見するもわざわいのもと、人おのれが釜戸《かまど》計見て、世間《せけん》しらぬは世に住《すみ》たるか斐《ひ》なし、氏《うぢ》よりそだちながら一つは氏也。あたら年月《としつき》をむげにくらすはあだなり、花さへ時をしり春《はる》は姿《すがた》をかざり、人に見つ見られつ、琴三味線《ことしやみせん》の音《おと》を聞、人の見ぬ女中を居《い》ながら見るも盛《さかり》の内、花散実《はなちりみ》のる時称美《しやうび》するものなし、人間《にんげん》是に同じくいづれか此土《ど》にとゞまる者《もの》なし。命《いのち》は水のあは、老生不《らうしやうふ》生《しやう》をしらず、昼夜悪念《ちうやあくねん》はなれぬもの浅《あさ》ましき心にてぞ有けり。手前まづしく共欲《よく》にうつるは非《ひ》の非《ひ》也。

伊丹宗左衛門女の物語《ものがたり》せし書物《しよもつ》に気《き》をなやまし、我手にいれんことをねがふに、此女二度《ふたたび》来らず、くるを待《まつ》はとけしなく、暦《こよみ》をのぞきとるといふ日を吉日、立出て峰《みね》の白雲《くも》、花やあらんの鼻歌《はなうた》をしゑの町に尋、「此あたりに傾城《けいせい》のひつこみ、名は三輪《みわ》の諷《うたい》に有し人也。御存知《ぞんじ》あらばおしゑて」など、闇《やみ》に石うつといやう、朝《あさ》から八つ迄尋てしれぬはことはり。折ふし諷《うたい》けいこする門《かど》をとをれば、おだまきに針《はり》を付もすそといふに思ひ付、「其おだまきといふお傾城《けいせい》しる人あらばおしゑ給へ」、「それはそこじや」とおしゑられ、障子《しやうじ》にゆびまどあけさしのぞけばおだ巻《まき》也。「なんとひさしや、いつぞやの詞《ことば》にほだされはる〴〵来りぬ。お咄《はなし》の女房見たい」といふにぞ。

此女驚《おどろき》、「みぐるしゐ所ゑお尋、お約束《やくそく》のこと先様《さき》ゑ申入近日御左右《ごさう》有はづ也。先《まづ》お茶一つ」とさし出す手を取、「お肝《きも》入の女は山も見ゑぬ坂《さか》、今かたさまはあきで、いとしがる人有もしらぬが仏《ほとけ》、此男が思ひを助《たすけ》てほしや、しき銀道具《がねだうぐ》に望もなし、此身此儘《まゝ》丸はだかな女房持《もち》、着物《きるもの》してきせるが好《すき》、女房になる印《しるし》に、いつぞやの本御持参《ごぢさん》銀と思ふべし。此程さるかたより、銀二十貫《くわん》目に卅荷もつてくる女房、しかも見めよし、是非《ぜひ》もつてくれ〲たのめど此鼻《はな》がきく為、徳《とく》をとるより名のみのこす心底《しんてい》、お肝《きも》入をやめ方《かた》様に乗《のり》替分別《かへるふんべつ》きはめきたしぐれ、ぬれぬさきこそ露《つゆ》をもいとへ、なんといやか」といわれ、「うそにもせよ先はうれしい心志《こゝろざし》、何を見付そうしたことをいわんす」、「姿形《すがたかたち》はともあれ、かた様の心入いかにしてもわすられず、殊に目のはりすゞしくほさきのほくろが福《ふく》の神《かみ》、髪のゆひぶり柳腰《やなぎごし》、第一男思ひとみへ大事の書物《しよもつ》、私の為にくれんとは爰がかんじんかんもん、此詞にほだされはる〲来りぬ。はだのよしあし見ぬも気《き》がゝり、ひへもの御免《ごめん》」と懐《ふところ》ゑ手をやれば、「はてわるいことぬしの有のもしらず、いやらしゐ」とにげ様、かの本おとせば、宗左衛門ひろい此本ゆゑの気あつかひ、かたじけないといたゞき帰らんとせしを押《をし》とめ、「大事の書物ことはりなく、取かへらるゝはぬす人品《しな》により参らせん。先《まづ》かゑされ」とひしめく。「いやかゑさじやらじ」と互《たがい》に取付、はなさぬ所へ男帰り、宗左衛門女を手の下におつふせ、「密男《まおとこ》くみとめたり、御近所《ごきんじよ》さはがれな」といふ声《こへ》、そこらあたり驚《おどろき》、手ん手に棒《ぼう》を引さげ、はやまられなとせいしける。

此男さはがづ、「宗左衛門見しりぬ覚悟《かくご》せよ、此罪《つみ》にかぎらず段《だん》々の悪《あく》人皆々きかれよ。きやつは何町の米やそれがし度々買《かい》に行、宿《やど》に帰りはかりみれば、壱斗の内にて五合づゝのはかりべり、ふしぎに存女共迄買《かい》にやれど替《かはる》ことなし。にくさもにくしと此頃其升《ます》を取帰り見れば、升《ます》の内に薄板《うすいた》を打そゑ、人の目をぬくのみ、銭《ぜに》小判《ばん》世間《せけん》の相場《さうば》よりやすく取事、慥《たしか》に売上《うりあげ》証文《しやうもん》取置ぬ。か様に悪人《あくにん》世界《かい》の見せしめころさんとは思ひながら是非《ぜひ》なく暮《くらす》所に、かゝる悪事《あくじ》にもとづきおのれとめつすること、みよ〳〵目前《もくぜん》のむくひ、女め共にかさね切念仏《ねんぶつ》申せ」と、片手《かたて》にねたばあはすを見て、宗左衛門涙ぐみ、「まつたく不義は致《いた》さねど、男の留主に参り内義にたはむれしは此方のあやまり、命《いのち》を助《たすけ》給はらば御《ご》存分《ぞんぶん》に仕らん、おの〳〵あつかひ頼《たのむ》」といふ。「思へばふびんなり、何とぞ了簡《りやうけん》召れ」と口を揃《そろへ》てのわび言、「男はあたつてくだくるもの、不義なくば助《たす》けん。なれ共望の証文《しやうもん》有、此趣《おもむき》合点《がてん》ならば」と下書《したがき》して見せけるにぞ。近所《きんじよ》の者共ひらき見れば何々、

永代買請《ゑいだいかいうけ》申書物《しよもつ》之事《こと》

一　義《き》殿所持《でんしよぢ》被致《いたされ》候代々之《だい〳〵の》重宝東北朔伝受《てうほうとうぼうさくでんじゆ》の置文《おきぶみ》と申書物《しよもつ》、我等《われら》身体《しんだい》ニ替《かへの》望《のぞみ》度々《たび〳〵》所望《しよもう》申所ニ御得心無《ごとくしんこれ》之段尤《なきだんもつとも》ニ候、然《しかる》所ニ其方留《そのほうる》主《す》ヲ考《かんがへ》、其上内義《ないぎ》ニたはむれ之上右之本取帰らんとせしを見付られ、既《すで》ニ手討《てうち》ニ可成所を近所《きんじよ》之衆《しゆ》ヲ頼《たのみ》、段々詫言《わびごと》仕命《いのち》御助《たすけ》其上望《のぞみ》申書物迄被下候段忝奉存候、彼是御恩《かれこれごをん》の為《ため》我等身体《しんだい》有切《きり》右之本代ニ進候、永代買請《ゑいだいかいうけ》申所実正明白《じつしやうめいはく》也、為後日一札如件

年　号　月　日

伊丹　宗左衛門

酒林吸《さかばやしのみ》右衛門様

「各々此証文ふしぎに思召さん、私《わたくし》以前は武士《ぶし》、不義の悪名《あくみやう》取ては一分《ぶん》たゝず、宗左衛門此書物望《のぞむ》をさいはい、か様にすます、然ば互に悪名なく無事に済分別《すむふんべつ》」、皆尤とうなづく。

宗左衛門悦、「命助かるうへは何の申ぶんあらん、然ばわたしません、御大義《ごたいぎ》ながら御出」と、皆々打連《うちつれ》屋かたにともなひ、着類諸道具《きるいしよだうぐ》は宗左衛門にとらせ、しろものは売払《うりはらい》、有銀共に請取やかたに帰り、「きやつが金銀いらぬもの戒《いましめ》の為《ため》ぞかし。我々欲《よく》なきしやうこと、毎日《まいにち》町に出非人《ひにん》にとらしうへをたすくる」と也。人には天地《てんち》の違《ちがい》有、又宗左衛門は月夜に釜《かま》ぬかれたる風情《ふぜい》、近所にてもうとまれしゆゑ、笑止《せうし》がるものなくわろふのみ也。下人もうとみ隙《ひま》を取り生国《しやうごく》に帰りぬ。家主からは宿替《やどかへ》と日に百度の使《つかい》、せんかた涙ながら諸道具《しよだうぐ》しろなしひそかに大坂ゑ登《のぼ》る分別、思ひ立日を吉日道すがらの本見世に寄、「東北朔置文《とうぼうさくおきぶみ》といふ書物有や」と尋ければ出してみ

せる。直段《ねだん》をとへば、五分といふをさいはい一部《ぶ》もとめ、とつか川に泊《とま》り引合し見るに一字《じ》にても違《ちがい》なし、是なんぬす人におい、思へば口惜《くちをし》き次第、身を恨《うらみ》つくりし罪《つみ》の因果《ゐんぐわ》ざらし、道中の神《かみ》々をたのめど神様にも留主《るす》をつかはれ、やう／＼大井川に着《つき》たり。折ふし雨《あめ》あがりにて水ましぬれば、川越《こし》小銭でわたさず、人わたるを見て宗左衛門着替《きがへ》をぬいでせをい跡よりも渡《わた》りしが、川の中ほどにて石《いし》につまづき、ながれ死《し》しけると也。是天のなせる所のぼり下りの旅《たび》人それ／＼といふた計、せなかにはらとやらめん／＼が身をかばひぬ。昔《むかし》のむくひはさらのふち、今のよは針《はり》のさきおそるべし。たしなむべきは欲悪《よくあく》ぞかし、人々心得候ゑ／＼。

三　今維盛出世《これもりしゆつせ》の祝《ことぶき》

人間《にんげん》の盛衰《せいすい》のがるゝことなし。世にすむ者欲《ものよく》にはなれ世渡りなりがたし、其欲《よく》にこそ品々《しなぐ》有、当世の人さかしけれど欲《よく》に目の付所あしゝ、胸《むね》に手をあて分別《ふんべつ》すべし。十悪《あく》といふは伊丹を手本とし、町人たしなむべき一なり、兄弟《きやうだい》三人の内二男《なん》三男《なん》は、心から東国西国《とうごくさいごく》にて水におぼれ、浅《あさ》ましき死《し》をとぐるといへ共、誰《たれ》か古郷《こきやう》ゑしらす人なし、かゝる悪事《あくじ》を夢《ゆめ》にもしらず、四男重五郎どん欲《よく》日々にちやうくわし、殊に手代五郎兵衛が無分別《むふんべつ》にそゝなかされ、五節句《ごせつく》見世売《うり》の銭《ぜに》にて銀《かね》もふくること、いづれの銭屋より始《はじめ》けるにや。近年《きんねん》節季《せつき》／＼の払銭《はらいぜに》、壱貫《くわん》にて五拾卅づゝの不足《そく》し、時の相場《さうば》より壱分或《あるひ》は二分宛下直《づゝげじき》に売者《うるもの》有、買《かふ》て売《うる》銭屋あまた有、是をもとめこのんで払《はらい》する者《もの》有、わずかの世をくらさんとて人の心かく迄悪《あしく》敷成物か、それさへおそろしきに小判《ばん》にての売買《うりかい》、もつたいなくも無《む》きづの金《きん》をためつひがめつ、又はかまはぬきづをも切《きれ》といひ、五分壱匁引、おのれが方《かた》にては無《む》きずにしてつかふ者《もの》、是目前《もくぜん》の悪人《あくにん》、かゝる非道《ひだう》にて立身《りつしん》する者、其身《み》一代《だい》にかぎらず子孫《しそん》にむくひ、右《みぎ》やひだりのお長者様に成物也。旦那《だんな》のしらざるは手代共のしわざお為らしゐ顔《かほ》してめさる共、つまる所親《おや》方の為にはわたもちのはんめう也。

重五郎も其ごとくふ足銭を買込《かいこみ》、人の目をぬくことを悦《よろこぶ》。七月十三日田舎侍《いなかざふらい》金二両が銭を買《かい》、目通にて小数《かず》をあらため二両の内にて二百拾三文のふ足をいゝつのり、既《すで》に御代官所《ごだいくわんしよ》ゑうつたへ、両方召《めし》出され御詮《ごせん》義の上、重五郎并ニ手代が悪事《あくじ》にきはまり、京の出見世迄召あげられ主従《しゆうじゆう》共に追放《ついはう》しられ、いづく共なく成ぬ。其後《のち》町人を召れ、此者共がゆかりを尋させ給へば、皆口を揃《そろへ》、「かれらは五人兄弟《きやうだい》にて、末子《ばつし》は娘去方《むすめさるかた》に縁《ゑん》付致、惣領《さうりやう》重右衛門と申者筋《ものすぢ》目成を、親弟《おやおとゝ》三人うとみ、西国《さいごく》方ゑ追《おい》うしなひ候よし此頃風分《ふうぶん》仕りぬ。哀《あはれ》重右衛門を召かゑされ候はゞ有難《がたき》」由《よし》。尤に聞召、町人共に仰付られ、「近日《きんじつ》尋出せ、惣領《さうりやう》なれば家督《かとく》は重右衛門にとらすべし」と、誠《まこと》道《みち》成御さばき、町人悦《よろこび》したくに帰り、尋に出ん評《ひやう》定《ぢやう》取々の所へ、十二三の小わらはこつぜんとあら

はれ、「重右衛門が有家《ありか》われより外しるものなし、心やすかれおしろゑ申さん、折ふし我《わが》舟こよひ出船《しゆっせん》す、迎《むかい》に心志《こゝろざし》有かた乗給へ」、嬉しやたよりを菊月中頃、風しづかなる海上《かいしやう》、帆《ほ》は十分にあげ、三日めの暮方《くれかた》いわうが嶋《しま》に舟をつなぎ、各々《おの〱》嶋にあがれば、わらは先《さき》に立ての案内《あんない》、年寄《としより》茂太夫五人組《ぐみ》重右衛門が庵《いほり》に尋《たづね》、互《たがい》に久しき対面《たいめん》うれし涙の物語《ものがたり》。「かくすさまじき所、朝《あさ》な夕《ゆふ》な食《しよく》すべき物も見へず、かたちもかはり給はんと思ひしに、さはなく昔《むかし》にかはらぬよそほひ、何をか食しおはしけるぞ」と尋ければ、「さん候我此嶋にながされ、よるべ定《さだ》めぬ磯《いそ》枕《まくら》、衣《ころも》なければまろ寝し、ふたりが中に此子をつゝみ、あけを待間《まつま》のとけしなく、浪《なみ》の音《をと》、鳥《とり》の羽《は》たゝきに耳《みゝ》おどろかし、東《ひがし》のしらむをあいづにおきふしの床《とこ》をはなれ、磯辺《いそべ》に出て行かふ魚舟《ぎよせん》に魚《うを》をもらい、塩《しほ》水にて仁焼《にたき》三人のかつめいとし、只今迄うへにつかれざること、熊野《くまの》権現《ごんげん》の御利生《りしやう》成き。殊に是なるはらは折々付まどひ、様々の御情《なさけ》詞にもつくされず、我本国を出る時ちゝ弟共が行末《ゆくすへ》心元なかりしが、あんにたがはぬなれのはて、親《おや》にはなれ兄弟《きやうだい》におくれ、何の楽《たのしみ》有て帰らん、所詮《しよせん》此所のもくずと成ことをまつのみ、

人々の御心志わすれがたし。此まゝに捨置《すてをき》御帰りもや」と涙をながしぬ。

人々驚《おどろき》、「我々大切《たいせつ》に思へばこそはるぐ〵の渡海《とかい》をしのぎ、迎《むかい》に来る心志を外にし、親子《おやこ》兄弟に義理《ぎり》を立他人《たにん》のおもはくかまはれぬは日頃の心底《しんてい》とは替りぬ。親の名跡《めうせき》立るを孝々《かうく》といふ也。是非《ぜひ》いやならば此子に跡《あと》をつがせ、成人《せいじん》の後《ご》は心まかせ」とさまぐ〵いさめられ、「げに是はあやまりぬ。此うへはともかくも御指図《さしづ》にまかせん、角《かく》物すごき嶋《しま》にも別《わかれ》となれば名残《なごり》をしし、殊に三社《さんじや》権現をくわんじやうし奉りぬ。門出《かどいで》の礼参《れいさん》申て後《のち》御供仕らん」と念頃《ねんごろ》にはいし、名残おしげに見帰りく〵舟にのれば、中にも重太郎悦《よろこび》、「うれしや、難波《なには》に帰り、出羽《では》義太夫を見物《けんぶつ》せん」と悦の和歌《わか》をあげたり。

謡高砂や此浦舟に帆《ほ》をあげて、月もろ共に出塩の浪《なみ》のあはぢの嶋がくれ、とをくなるをの沖過《おきすぎ》てはや住《すみ》

の江に着にけりく〵

皆々舟よりあがり四社明神《ししやめうじん》にひざまづき、かうべをかたむけ礼《らい》する時、付まどひたるわらは妙《たへ》なる御声《みこへ》して、「よきかなく〵我は是熊野《くまの》三社権現《さんじやごん》の神勅《しんちよく》也。汝常に信心《しんじん》ふかく道《みち》なるこゝろをかんじ、かりに舟長《ふなおさ》と現《げん》じあやうき命を助《たすけ》、今世に出ること正直《しやうじき》のかうべにやどらせ給ひぬ。いそぎ本国に帰り一子に家督《かとく》をゆづり、老の楽《たのしみ》をきはめよ。猶行末《ゆくすへ》を守《まも》らん」と、神《かみ》は跡《あと》なく成給ひぬ。

人々肝《きも》にめいじ御跡千度《ちたび》はいし、屋かた入のぎやうれつ住吉《すみよし》より籠《かご》をならべ、昔《むかし》に帰る伊丹の家二度《ふたゝび》さかへ、毎日の振舞《ふるまひ》爰かしこの付届《つけとゞけ》、あなたこなたの対面《たいめん》、悦の盃《さかづき》取々の中にも、熊野《くまの》権現《ごんげん》の御利生《ごりしやう》わすれがたく、俄に金屛風《びやうぶ》を拵《こしらへ》名有絵師《ゑし》をまねき、いわうが嶋の憂《うき》こと三社ごんげんの社《やしろ》をかゝせ、爰にても居な

がら信心をわすれず、其後お蘭浪《らんなみ》が行衛を尋出家すべき心指《こゝろざし》をかんじ、嵯峨《さが》の奥《をく》山に草庵《さうあん》の立させ、心まかせに致されよと白むくひとかさね花のぼうし絹衣《きぬころも》まで給はり、剰《あまつさへ》妹《いもと》が身請し花の都《みやこ》室《むろ》町辺《へん》に縁《ゑん》付させ、其身は熊野に詣《もふで》常灯明《じやうとうめう》の金灯籠《かねとうろう》一山四方《よも》にかゞやかし、下向には高野山《かうやさん》に登り親弟《おやおとゝ》の追善《つゐぜん》、あまたの僧《そう》を供養《くやう》し日牌《にっぱい》月牌《ばい》立置、かたのごとくとむらひ、それより屋形《かた》に帰りあまたの下部《しもべ》をかゝゑ、心のまゝに商《しやう》売《ばい》し、針口《はりくち》のをとたへず、目《め》出《で》度春《たきはる》をかさね〲の繁昌《はんじやう》、くめどもつきぬ伊《い》丹酒《たみざけ》、千代万代《ちよよろづよ》のてうしかはらけ、嶋台《しまだい》かざるぜうとうば、よはひ久敷鶴《ひさしきつる》と亀《かめ》、千代に八千代にさゞれ石《いし》の、岩《いは》ほとなりてこけのむすまでめでたくかしく。

元禄十六歳
未弥生上旬

京寺町通松原上ル町
菊屋七郎兵衛新板

解題

一風の経歴

一風の浮世草子、浄瑠璃本の著作については、藤井乙男氏、評釈江戸文学叢書『浮世草子名作集』（講談社　昭和十二年）解題「作者列伝／西沢一風」や黒木勘蔵氏『浄瑠璃史』（青磁社　昭和十八年）「田中千柳と西沢一風」などすでに概略の言及はなされてきているが、とりわけ長谷川強氏「西沢一風の登場」（『浮世草子の研究――八文字屋本を中心とする――』桜楓社　昭和四十四年）、同氏『浮世草子考証年表』（青裳堂　昭和五十九年）は作品史にとって不可欠の基礎研究であり、長友千代治氏の長年に亘る西沢太兵衛および一族の出版と著作活動を網羅した「西沢家代々考」（『近世上方浄瑠璃本出版の研究』東京堂出版　平成十一年）は家系調査をふまえた現在最も詳細な文化史的考察である。また個別の作品研究として白井雅彦、篠原進、市川通雄、井上和人氏らの版元との関わりに注目した一連の調査・研究がある。また浄瑠璃本については、国立劇場芸能調査室編『浄瑠璃作品要説5』「西沢一風・並木宗輔篇」（国立劇場　昭和六十三年）、叢書江戸文庫『豊竹座浄瑠璃集［一］』（国書刊行会　平成三年）、山之内英明氏らの翻刻・研究が進められている。

一風の経歴については、右にあげた研究に現段階での知見はおおよそ尽くされている。以下、これらをふまえて基本資料をかかげて概略を展望しておく。

まず周知のものであるが、西沢一鳳軒李叟自筆の西尾市岩瀬文庫蔵『伝奇作書』（自序には「言狂作書」）上巻から「西沢一風翁の伝（目録）」を引いておく。

> 西沢一風は正本屋九左衛門と呼て大坂心才橋四町目に住書林の板元なり。戯作を好み浄瑠理数多著せり。其書は日本五山建仁寺供養、井筒屋源六恋寒晒、頼政追善芝、女蟬丸、昔米万石通、南北軍問答、身替弓張月、本朝檀特山、北条時頼記、此余操年代記等有中にも近松が国姓爺は竹本座に名高く、豊竹座には西沢が時頼記と二ヶ年が間打続たる狂言を残せり。享保十六辛亥年五月廿四日没。年六十七。辞世
>
> ちり行や風に常盤の木の葉雨
>
> 墳墓は下寺町大蓮寺にあり。（振仮名省略）

大阪府立中之島図書館本『西沢文庫伝奇作書』（松川本）はやや詳しく、住所を「大阪心斎橋南四丁目」、さらに「法号常誉貞寂禅定門。紀海音、田中千柳、並木宗助は一風か門人也」と追加の記事がある。

一風は、通称正本屋九左衛門、本名は西沢義教、号は初め与志、次いで朝義、一風、集楽軒など。この記事にある没年については、本書執筆の天保から嘉永のころまでは下寺町大蓮寺に一風の墓碑が存在していたというから（現在は確認されていない）充分信頼にあたいしよう。逆算すると寛文五年（一六六五）生まれ、

図1　**八文字屋自笑（左）と西沢一風（右）**（『伝奇作書』上巻　西尾市岩瀬文庫蔵）

享保十六年（一七三一）五月二十四日没、享年六十七。岩瀬文庫本『伝奇作書』上巻には、西鶴、一風、自笑、近松、其磧、出雲らの順で俳画風の肖像がその伝に添えられている（図1）。

父は京都で書肆を営んでいた西沢太兵衛貞陳である。長友氏の調査によれば太兵衛は天和三年三月刊『入《ゑ》うかれきやうげん』に京の山本七郎兵衛と相板で「大坂西沢太兵衛」とあり、大坂へ進出し店を構えていることが指摘されている。すなわち西沢貞陳こと正本屋太兵衛のそれ以前の古浄瑠璃やその他の出版は京都でなされたと考えられる。そのことは浜田啓介氏「『生玉万句』以前の大坂刊本を疑う」（『大阪府立図書館紀要』十号、昭和四十九年三月）で推定され、さらに長友氏は延宝四年十一月刊『類字名所狂歌集』までを京都での活動と確認できるとする。今後資料的に裏付けが必要であるが、類推するにおそらく延宝末年から天和初年のころに出店し、元禄年間に移住したのではないかと想像される。折しも西鶴の『好色一代男』が刊行され、大坂には京都の出店や新興の書肆が登場し、貞享・元禄期には華やかな浮世草子の時代を迎えることになる。俳書、浄瑠璃ばかりでなく実用書や娯楽書の売れ筋の書物が京大坂相板のかたちで続々と出版される。太兵衛の出版活動には京坂出版界のそうした動向がよみとれる。また従来「西沢一夫」は一風の初期の号かといわれていたが（野間光辰氏『浮世草子集』日本古典文学大系解説、岩波書店　昭和四十一年十一月）、これは太兵衛の別号であることが長谷川、長友氏らによって推定されている。今後具体的な資料で補足されると思うが、首肯すべき説であろう。太兵衛は元禄十六年七月十二日、七十四歳で没している（長友氏前掲書所引元禄十六年刊『知術象戯力草』後序の考証による。朝倉治彦氏「西沢太兵衛と将棋と」『典籍』昭和二十七年九月、山本亭介氏『将棋文化史』筑摩書房　昭和五十五年十二月に紹介）。

この太兵衛の出版活動については、前掲の長友氏の調査で将棋本に凝った晩年の元禄十一年菊月刊『将棋指覚大成』までを確認できるという。また井上和人氏の調査（「正本屋西沢一風の開業時点――『新色五巻書』刊行まで――」『近世文芸研究と評論』四十五号）では息子九左衛門名義のもっとも早い出版物として元禄九年上演の絵入狂言本『熊野山開帳』（題簽に「直伝写／正本屋／九左衛門」とある）を指摘している。この刊年が認められるとすれば、親子で並行的に出版活動をしていたことになる。ただし九左衛門は、次にかかげる著作歴のように作家与志、一風として立って行こうとする意向があったので、正本屋継承については何らかの曲折があったかと思われる。

西沢一風の著作

	書名	書型・巻冊	編著者名	刊年・書肆
1	色茶屋頻卑顔	横小本一冊	色本屋九郎介	元禄十一年寅三月吉日 本さばき　万屋仁兵衛
2	新色五巻書	大本五巻五冊	芦仮葺与志	元禄十一戊寅歳／清月吉日 大坂南本町弐丁目／万屋仁兵衛板行
3	御前義経記	大本八巻八冊	浮太郎冠者実名与志	元禄十三辰歳／三月大吉祥日 大坂　油屋与兵衛／万屋仁兵衛／ 鳫金屋庄兵衛 京　上村平左衛門　刊板
4	寛濶曽我物語	大本十二巻十二冊	書林西沢氏集楽軒	元録十四歳／巳初春吉祥日 大坂南本町弐丁目／万屋仁兵衛板 大坂高麗橋筋西／油屋与兵衛藤七良開板
5	女大名丹前能	大本八巻八冊	次郎冠者作本名西沢与志	元禄十五歳／初春大吉日 京押小路通ふや町／金屋市兵衛板

6　風流今平家　大本十二巻六冊　難波のごぜ与志口上　元禄十六歳／未弥生上旬
京寺町通松原上ル町／菊屋七郎兵衛新板

7　傾城武道桜　横中本五巻五冊　宝永二年八月吉日
寺町通松原上ル町東側菊屋七郎兵衛開板

8　伊達髪五人男　横中本五巻五冊　浪花西沢氏　宝永四正月吉日
京寺町通松原上ル東側菊屋七郎兵衛開板

9　風流三国志　横中本五巻五冊　京寺町通松原上ル町東側菊屋七郎兵衛新板
宝永五年／子正月吉日
寺町／菊屋板（広告）

10　風流御前二代曽我　横中本六巻六冊　取次西沢氏朝義　宝永六牛初春吉祥日
（跋）宝永六　初春吉日　作者西沢
朝義

11　今源氏空船　大本五巻五冊　西沢一風作　正徳六年正月吉日
寺町四条下ル町／菊屋長兵衛板行

12　けいせい伽羅三味線　横中本五巻五冊　西沢氏朝義　（序）宝永目出度年の／めでたい月
日（同七年刊か）

13　色縮緬百人後家　横中本五巻五冊　西沢一風編　享保三戊戌年正月吉日　洛東三条なわて／いせや左兵衛板

14　乱脛三本鑓　大本六巻六冊　西沢編集　享保三年今月吉日　京寺町通四条下ル町／菊屋長兵衛板行

15　熊坂今物語　大本五巻五冊　作者浪花西沢一風　享保十四年今月吉日　京寺町通四条下ル町／菊屋長兵衛板

16　今昔操年代記　大本二巻二冊　作者正本屋九左衛門　享保十二のとし／ひつしの孟春吉辰／摂州大坂南木挽町　作者正本屋九左衛門／開板人同前

『色茶屋頻卑顔』は「色本屋九郎介」の戯名で書いた一風の初期の著作（推定）で、元禄十一年三月吉日、万屋仁兵衛から出された。目録によれば九郎介と木香屋らん、比丘尼知貞と三人で都は鳥部山の女楽庵において元禄九年七月中旬茶飲み語りして板行された『茶屋調方記』のもれた諸分を追加して、元禄十一年如月末上梓するものという。初丁の挿絵に画かれた九郎介の姿絵は分知り人に作意されたものであるが、三十三歳ごろの一風の風貌をうかがわせるものであろう（図2）。

同年八月『新色五巻書』を執筆、西鶴流の大本五巻五冊を芦仮葺与志名で同じく万屋仁兵衛から板行している。

図2　**色本屋九郎介の姿**（『色茶屋頻卑顔』京都大学文学部潁原文庫蔵）

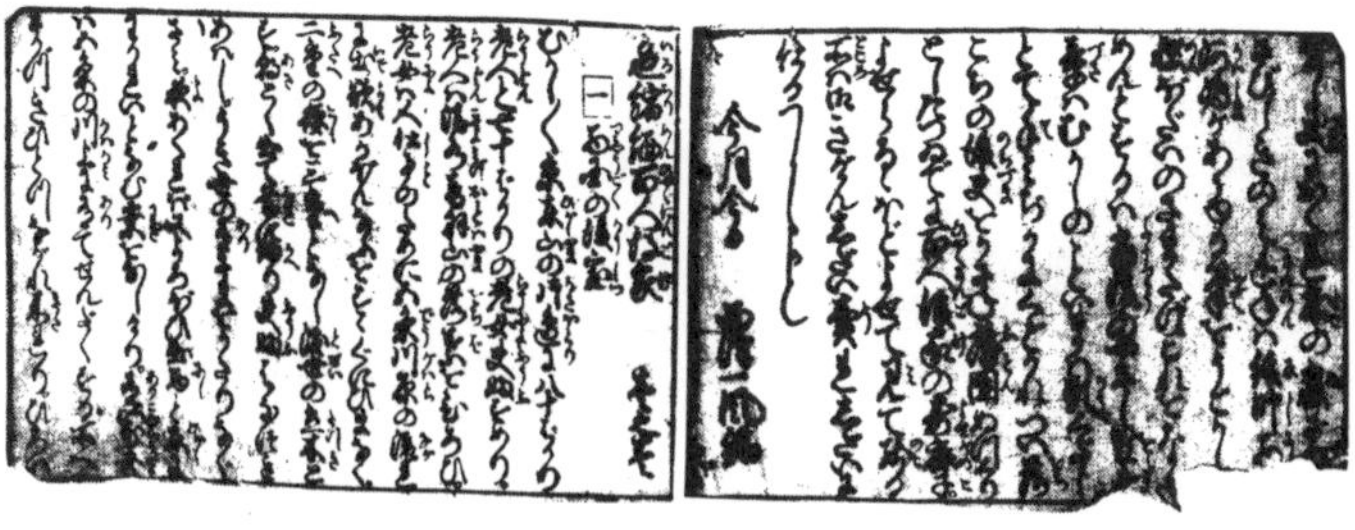

図3　**『色縮緬百人後家』壱之巻**（東北大学附属図書館狩野文庫蔵）

図4　**一風の晩年の姿か**
（『今昔操年代記』上　東京国立博物館蔵）

次の『御前義経記』大本八巻八冊は浮太郎冠者実名与志名で元禄十三年三月大坂三、京都一の四書肆からの板行。謡曲および歌舞伎狂言など当世流行の演劇的趣向を盛り込んだ伝奇的長編に仕立てた作品で大いに評判となった。その姉妹的作品が『女大名丹前能』であり、同様の趣向である。

『風流今平家』『風流御前二代曾我』『風流三国志』などは古典のやつし、『傾城武道桜』『伊達髪五人男』『今源氏空船』などの諸作は当時の事件（赤穂浪士・五人男・江島生島）に取材したもので、出版人一風の、時代に敏感な素質と経験が生かされている。『けいせい伽羅三味線』『色縮緬百人後家』（図3）は八文字屋本の江島其磧の作品に影響を受けた様子が見られるものであるが、さすがに巧妙な演劇的手法は一風独自の個性がうかがえる。

『乱脛三本鑓』は女敵討ちに材を採り、『熊坂今物語』は片岡仁左衛門の歌舞伎狂言をもとに長崎丸山遊廓を舞台に展開する盗賊熊坂兄弟の破天荒な物語である。これも謡曲「熊坂」を趣向にしており、作風は劇的構成で思い付きのどんでん返しが次々と仕組まれている。これら一風の著作歴からみると、元禄十一年大坂の万屋仁兵衛から始まり、油屋、鳫金屋らと関わりをもち、宝永期には京都の菊屋七郎兵衛、正徳期には菊屋長兵衛と親密になっていく。『傾城武道桜』から『色縮緬百人後家』などは横本で八文字屋に倣った時流の書型である。そして享保三年『乱脛三本鑓』を出した後五年ほどの間をおき、浄瑠璃へ移行する。長谷川強氏はこうした一風の作品の特徴として、世間の新しい動向への目配り、古典のやつし・もじり、演劇・流行芸能の採取などの方法を指摘する（「八文字屋本周辺」『浮世草子新考』汲古書院　平成三年）。『今昔操年代記』上下巻は、作者正本屋九左衛門、開板人同前で一風自身の著作、刊行である。享保十二年二月刊、場所は摂州大坂南木挽町であり、このころの一風の住所がしられる。長友氏は、『今昔操年代記』の一風の年齢は実際より一廻り多く見せかけたものとみており、そうすれば関係資料を矛盾なく説明できるという。すなわち井上播磨掾以来の浄瑠璃の故実・見聞を語る老翁は、一風の晩年の姿とみてよいだろう（図4）。

一風がかかわった浄瑠璃は『井筒屋源六恋寒晒』から『北条時頼記』まで、田中千柳らとの合作など九作がある。一風五十八歳の享保八年から六十一歳に至る四年間の豊竹座上演作品である。

	書名	作者	上演年月
1	井筒屋源六恋寒晒	西沢一風・田中千柳	享保八年七月六日上演
2	建仁寺供養	西沢一風・田中千柳	享保八年十一月三日上演
3	頼政追善芝	西沢一風・田中千柳	享保九年二月一日上演

4　女蟬丸　西沢一風・田中千柳　享保九年十月十六日上演
5　昔米万石通　西沢一風・田中千柳　享保十年正月二日上演
6　南北軍問答　西沢一風・田中千柳　享保十年三月三日上演
7　身替弓張月　西沢一風・田中千柳　享保十年五月六日上演
8　大仏殿万代石礎　西沢一風・田中千柳　享保十年十月二日上演
9　北条時頼記　西沢一風・並木宗助・安田蛙文　享保十一年四月八日上演

これらの作品の二、三は好評を博したらしい。古浄瑠璃、軍記、謡曲、あるいは時事的話題を原拠とするなど多様な趣向と複雑な構成を持つ。『今昔操年代記』上巻には「卯のとし村上嘉介（田中千柳）作にて、建仁寺供養といふ浄るりを出し、明辰の二月より頼政追善芝《よりまさついせんのしば》、大出来《でき》大あたり」といい、また『北条時頼記』については同名の仮名草子から着想し、「二三人よつて此外題《けだい》を趣向《しゆかう》に、浄るり五段にくみ立ん。いづれも知恵を出されとざいふりまはせば、並木《なみ》宗助、安田《やすた》蛙文《あぶん》、美若《びじやく》なれ共、浄るり一段も書《かき》かねぬ器量《きりやう》西沢の下知に任《まか》せ、どをやらかをやら五段をつゝくり、切に最明寺雪の段、太夫本の出かたり厳《きび》しく当《あたり》、卯月八日を初日とし、今月今日まで入詰年越《つめとしこし》の浄るりとなれり」と合作の差配をした立作者的存在を強調している。一風の関与についてはなお趣向、詞章、仕組み、構成などについての詳しい吟味が必要であろう。これらについては前掲『浄瑠璃作品要説5』「西沢一風・並木宗助篇」および本叢書『豊竹座浄瑠璃集［一］』を参照されたい。

（若木太一）

寛濶曽我物語

大本十二巻十二冊。底本の天理大学附属天理図書館本では、題簽・内題に一部「くわんくわつそがものがたり」など仮名書きがあり、板心「新曽我物語」、刊記「元禄十四年／巳初春吉祥日／大坂南本町弐丁目／万屋仁兵衛板／大坂高麗橋筋西／油屋与兵衛藤七良開板」（油屋名を大きく、万屋名を年月下に小さく示す）である。

底本以外の諸本に、西尾市岩瀬文庫本、岡山大学附属図書館蔵池田文庫本、上田市立図書館蔵藤盧文庫本がある。岩瀬文庫本は、天理図書館本と同版。しかし、池田文庫本は、題簽が「新板絵入曽我物語一（～十二）」、刊記部分も年月は同じであるが板元名「大坂本町壱丁目／万屋彦太郎刊板」と変わっている。また、藤盧文庫本も、一之巻～九之巻の九冊のみ存するため刊記不明ながら、「武道国土産」全部七冊を元禄十五年に出す旨の「松寿軒万屋」の予告が一之巻の裏見返しに見える。なお、長谷川強氏『浮世草子考証年表――宝永以降――』（青裳堂　昭和五十九年）では、藤盧文庫本に関して「これを万屋彦太郎刊本とすると十四年冬頃の印本となるわけだが、この間の事情についてはなほ検討を要する」と述べられている。

さて、本書の内容は、大筋において『曽我物語』十二巻にならっているように見える。

一之巻　伊東祐次・祐親の出生事情、頼朝と八重姫の恋、河津・俣野の相撲
二之巻　河津の最期、後家の嫁入り、近江・八幡討伐
三之巻　千鶴若の殺害、北条娘との恋、旗揚げ、七騎落ち

四之巻　祐経による祐親夫婦の処刑、曽我兄弟の助命、一万元服
五之巻　箱王元服と母からの勘当、十郎と虎の恋、五郎と少将の馴れ初め
六之巻　曽我兄弟の姉の婚礼、和田の酒盛、五郎の勘当御免
七之巻　小袖乞、京の小次郎との確執、箱根別当との別れ、虎・少将による願立て
八之巻　富士野の御狩、幕尽くし、鬼王・団三郎との別れ、本懐成就、十郎討死、五郎捕縛
九之巻　五郎切腹、鬼王・団三郎の形見送り、母と虎・少将との対面
十之巻　鬼王・団三郎の遁世、禅師坊による兄弟の追善、母の死、虎・少将の出家
十一之巻　禅師坊自害、鬼王・団三郎の高名争い、五郎丸の追放
十二之巻　虎による説法、虎・少将の成仏、虎が石の伝説、曽我兄弟の社の繁栄

従来、『寛潤曽我物語』はあまり高く評価されていない。それは、原拠離れの不足と判断されてきたことによる。古くは、藤岡作太郎氏『近代小説史』（大倉書店　大正六年）「曽我物語を通俗に書き改めたるまでにして、今様になしたる処なし」とされ、また近年の『日本古典文学大辞典』（岩波書店　昭和五十九年）でも「種本には古活字版『曽我物語』や前出『世継曽我』等複数のものが指摘できるが、それだけに作柄は陳腐」であるとされた。

しかし、こういった評価に大きな変更を求める論考が、最近提出された。井上和人氏「『寛潤曽我物語』の素材――演劇作品を中心に――」（「国文学研究」百二十三集　平成九年十月）である。同論考では、古浄瑠

璃『ゆいせき諍』『きりかね』『ふじのまきがり』『禅師曽我』、謡曲『伏木曽我』、幸若舞『夜討曽我』といった古い作品だけでなく、以下の十二の浄瑠璃・歌舞伎を参照し利用していると指摘した。浄瑠璃『世継曽我』（天和三年　宇治座　近松作）・浄瑠璃『源氏長久移徙悦』（貞享二年　竹本座）・浄瑠璃『頼朝浜出』（貞享三年　宇治座）・浄瑠璃『頼朝伊豆日記』（元禄六年二月十八日以前　竹本座）・浄瑠璃『本海道虎石』（元禄七年七月十五日以前　竹本座　錦文流作）・浄瑠璃『大磯虎稚物語』（元禄七年七月十五日以前　竹本座　近松作）・浄瑠璃『大曽我富士の牧狩』（元禄八年四月十日以前）・浄瑠璃『根元曽我』（元禄十一年以前　竹本座）・歌舞伎『太平記』（元禄十二年　大坂音羽二郎三郎座）・浄瑠璃『曽我五人兄弟』（元禄十二年中　竹本座　近松作）・歌舞伎『鎌倉正月買』（元禄十三年　大坂嵐三右衛門座）・浄瑠璃『百日曽我』（元禄十三年　竹本座　近松作）。なお、井上氏から、『寛潤曽我物語』十之巻の四の虎・少将が玉章を勧進する場面と、十一之巻の三の虎・少将が密夫に間違われる場面は、近松の浄瑠璃『三世相』（貞享三年　竹本座）によると直接ご教示をいただいた。首肯できる見解である。井上氏論考では、「種々の「曽我物」及びその周辺作品を集大成し、『曽我物語』とは無関係な作品からも趣向を取り、さらに小野小町八百年忌を当て込み当代性を盛り込む。こうして「今様の心」にあう新しい「曽我物語」を構築すること――これが一風の「新曽我物語」（板心書名）＝『寛濶曽我物語』の構想であった」と結論付けている。

これだけ様々な素材（主に曽我物であるがそれ以外のものまで含む）を駆使しながら、大きな破綻も見せず作品をまとめあげているところに、一風の作者としての力量の高さを認めても良いのではないか。一風の浮世草子は、従来考えられてきた以上に、素材を複雑かつ自在に活用している可能性が高い。このことは、検討すべき余地が未だ多く残されているとも言い換えられるであろう。

（神谷勝広）

女大名丹前能

大本八巻八冊。底本の東京都立中央図書館加賀文庫蔵本（8168・1〜9）は、砥粉色表紙で原装と認められる。題簽は巻一を欠き部分的に欠落部があるが他本を参観し「風流女大名丹前能二（〜八）」とあることが類推できる。内題、目録、尾題とも「女大名丹前能」。板心「女大名丹前能巻一（〜八）」、刊記「元禄十五歳／初春大吉日／京押小路通ふや町／金屋市兵衛板」である。翻刻・収載に際し国立国会図書館本を参観し、挿絵については一部使用した。

底本以外に国会図書館本（二本）、国学院大学図書館本、東京大学総合図書館本などが知られるが、いずれも同版。改題本に「江の島物語」がある。享保十四年刊の『新撰書籍目録』仮名物草紙類に同書名が認められることから、これ以前の刊行（長谷川強氏『浮世草子考証年表』）。

本書は『新色五巻書』を始めとする一風の本格的作品の四作目であるが、西鶴の影響から脱した演劇的趣向からいえば『御前義経記』の系譜につらなる作品である。『御前義経記』の作者を浮太郎冠者与志として いたのをふまえて「序」と「凡例」にその弟次郎冠者与志が登場し、「丹前能」と称して腰元衆に役を割り振り、八段の狂言仕立ての新趣向の能を殿様夫婦の御前でお慰みに上演するという入子型の構成をとる。序の挿絵は、この「狂言能」の仕組みを思案中の次郎冠者与志の姿である。前の台には種々の鬘、後の床の間には笛、太鼓、三味線などの鳴り物が揃えてある。

まず初巻の一「妻恋舟女高砂」は謡曲「高砂」、二の「男色生田敦盛」は「敦盛」を下敷きにするというように、順に「兼平」「実盛」「井筒」「張良」「江口」から八之巻は「養老」「鶴亀」にいたるまで間狂言をまじえての二十八話すべて能・狂言のそれぞれをふまえ、語りを掠めたり、舞台を借りたり、人物の面影を取るなどの「やつし」の方法で巧みに繋いでいく。内容は、「千世之助」と仮称する男装の若い姫君と若作りして男色に狂う老人「丹前之助」との滑稽な恋物語であるが、いったん老醜をさらしながらも養老の滝の水のおかげで若返り、恋が成就してめでたく九州の礒家の世継ぎに迎えられるという霊験譚である。

女主人公は九州のさる名家の十四歳の姫君で、都へ和歌の修業に出かけるが、高砂の浦相生の松の辺で出会った草刈り童子に歌道にことよせての「色道修業」と見通され（妻恋舟女高砂）、難波の住吉明神の御神託と称して女の姿を若衆に替え、名を千世之助とあらためる。途中、生田の敦盛の石塔の前で座禅する破れ紙子に朱鞘の大小を差した六十ばかりの老武士に出逢う。これがもう一人の主人公光尾観左衛門で、かつて絵師菱川の門弟として修業し業平の絵姿を見事に描き、その絵に恋して生き写しの若衆を求めて諸国を旅していたが面影の人にはめぐり会えず衆道冥加も尽きたと、ここで腹を切り死出の旅と思い詰めていた（男色生田敦盛）。老人の秘蔵する姿絵は佐内らに奪われ、姫の目に入る。姫はそれに恋し、絵を写させるがうまくいかず老人に依頼する。老人はここぞと精魂傾けて描いていると魂が抜け、昔男風の姿と変わり「丹前やうの歩みぶり」となる（一念姿見の井筒）。丹前之助と名をあらため今様姿となって、二人は衆道の関係をむすぶ。しかし思いは果たされないまま二人は伏見の鐘木町に行き、駕籠かきの七助の案内をうける。七助は実は渚の里のお大臣山崎のなれの果てで、井筒屋の志賀という女郎に入れあげ破産した男であった（色里通小町）。京都見物の宿で、丹前之助は千世之助の伯父花車浪之助に迎えられ、実は千世は筑前博多の浪人儀重野右衛門の娘であることを知らされるとともに、跡目相続の祝言をしたいと告げられる。突然のことに丹前之助は驚きながらも、自分は下総国佐倉の光尾孫之丞の倅観左衛門であることを名のる。しかし、系図を持たぬことで怪しまれ捕らえられた（友禅絵今咸陽宮）。千世は丹前之助を逃がし、狂乱を装って浪之助の横恋慕をかわしたが、浪之助の配下に討たれようとした時大蛇が出現、命を免れる。それは江戸の歌舞伎芝居の立役生嶋新五郎の働きと見えたが、実は北野天神の白狐であった（法界吝気盛久）。丹前と佐内は大津の柴屋町に至り、遊女屋で初音塚の噂をその妹女郎の山路に聞く。土山の宿で売られる寸前の山路の妹を救い、姉のもとへつかわす（情を写自然居士）。母の看病にかけつけた山路を助け、病気の山崎のために盗みに入った志賀の面倒をみて二見浦に着く（妻ゆゑ略ス女熊坂）。途中名古屋では古狸の仇討ちを加勢し、岡崎では元吉原三浦屋の小紫の花屋が語る丹前風狂言の役者中村七三郎の夢物語を体験（女郎花が作る杜若）、小田原では鬼の面を付けて忍んで来た老女の話（老ぼれ恋暮山姥）がある。江戸では堺町に行き中村七三郎に会い小紫の形見を渡す。実は当七三郎は先代から「丹前風の狂言、やつし武道」の芸を伝授されたと語る（尋来て見る柏崎）。そしてその芝居見物に行くが、熊谷次郎と岩井左源太演ずる敦盛の見せ場で佐内が舞台にあがって指を切るなどの惚けた田舎者振りをみせ（間狂言青葉の笛）、また敵役小野山宇治右衛門の幽霊の実体が知れるなどの挿話が続く（方便に情の羅生門）。吉原では高尾と過ごした（高尾が写白楽天）丹前之助は、従兄弟の助之丞、佐内とともに美濃国養老の滝に到る。波間に現れた観音の化身の童子に丹前の前生は狩野氏麿と告げられ、滝壺の水を難波へ運び、その後代官所へ系図返還を願い出、その箱を開けるとたちまち老いぼれの老人となった。丹前之助は宿へ帰って養老の水に身を浸すと再び若やぎ（若木に帰る二度の養老）、重野右衛門の千世姫とめでたく結ばれた（御祝言の鶴亀）。

以上が物語の梗概であるが、結びは冒頭に対応して次郎冠者と腰元衆が鬘、衣装を脱ぎ、大名の褒め言葉で締めくくられている。次郎冠者の演出する仕組みは巧みで、元禄期の江戸狂言の人気役者を劇中に登場させるなど、当時の歌舞伎界の実体が取材されている。本書の趣向が上演された歌舞伎狂言と密接に関わっていることについては長谷川強氏（前掲）、中嶋隆氏（「元禄末期の浮世草子と役者評判記」『初期浮世草子の展開』若草書房　平成八年）に言及があり、さらに井上和人氏「『女大名丹前能』と中村七三郎」（『近世文芸研究と評論』第五十六号、平成十一年六月）で詳細な考証がなされている。すなわち江戸歌舞伎の「立髪丹前」（役者評判記『役者万年暦』元禄十三年刊）あるいは「丹前艶男」（『元禄太平記』巻八の四）などと評判をとった中村七三郎の丹前芸が本作の成立の契機にあり、「丹前能」の表題は七三郎を念頭において構想したものだと指摘する。外にも生嶋新五郎、岩井左源太、小野山宇治右衛門らが登場し、当たり芸や舞台の様子を採った挿話を配置する。いずれも読者が想定できる芸風を趣向として書いていると思われる。

（若木太一）

風流今平家

大本十二巻六冊。底本には東京大学総合図書館蔵霞亭文庫本を用いたが、欠落や判読不明箇所については他の諸本を参照した。底本以外に、慶応義塾大学三田情報センター蔵本、天理大学附属天理図書館蔵本、国立国会図書館蔵本（第三、四冊欠）、関西大学図書館蔵本（五冊）、平井隆太郎氏蔵本（全冊揃と第六冊欠の二本）、太宰府天満宮蔵本（第一、四、六冊存）がある。霞亭文庫本は替表紙で題簽がないため、慶応本・平井氏本等によれば、外題は「風流今平家」。書名下に「男女身の手鑑」と副題が付けられている。内題も同じく「風流今平家」だが、副題は「町人身の手鑑（身の手かゞみ）」。また次に示す通り、各冊表紙には内容を要約した色紙形副題簽が貼られている。

一二之巻副題簽

一　▲此巻は
重盛《しげもり》といふ
皐月《さつき》より今平家《へいけ》に

之　思ひつき其品《しな》をあらはし
今清盛《きよもり》ごときの

二

入道有を趣向《しゆこう》の
立とし誰身《たがみ》の上《うへ》を
のせたり

三

三四之巻副題簽

▲此巻は
入道寵愛《にうだうてうあひ》の

之

妾《てかけ》三人有是《これ》を
祇《ぎ》王《わう》祇《ぎ》女《によ》仏御前《ほとけごぜん》に
なぞらゑ
悪性《あくしやう》のほつたん

四

妬《しつと》の恨《うらみ》
さま〴〵のことを
しるせり

五六之巻副題簽

▲此巻は

五

入道奢《にうだうおごり》をきはめ
非道《ひだう》の商売《しやうばい》を
よろこぶことあり

之

嫡子《ちやくし》これをなげき
座《ざ》敷狂言《しききやうげん》に
ことよせかんげんすること

六

重盛教訓状《しげもりきやうくんじやう》の
俤《おもかげ》をのせたり

七八之巻副題簽

▲此巻は

七

入道立腹《にうだうりつぷく》の余《あま》り
嫡子《ちやくし》をうつろ舟《ぶね》に
のせひそかに海上《かいしやう》にながす

之
是《これ》俊寛《しゆんくわん》の俤《おもかげ》也
天罰《てんばつ》にて入道
女の死霊《しりやう》をうけ
八
むなしく成しことを
のせたり

九十之巻副題簽
▲此巻は
九
三人の妾《てかけ》の内《うち》一人
親《おや》の為傾城《ためけいせい》に出る事
入道《にうだう》が三男《なん》
之
宮嶋《みやじま》にて身を
うしないける子細《しさい》あり
これ知盛《とももり》の
十
俤《おもかげ》をうつ
せり

十一十二之巻副題簽

十一　之　十二

▲此巻は
次男《じなん》は江戸《ゑど》四男《なん》は
大坂にて欲《よく》ゆゑ
うせしことの品々《しなぐ》
宗盛重衡《むねもりしげひら》にうつし
嫡子《ちやくし》は熊野《くまの》権現《ごんげん》の
あはれみふかく
二度世《ふたゝびよ》に出
目出度ことを
しるせり

序・凡例に著者名はないが、第六冊の目録奥に「難波のごぜ／与志」の口上書がある。刊記は「元禄十六歳／未弥生上旬／京寺町通松原上ル町／菊屋七郎兵衛新板」。なお、奥付に「西沢氏与志板行」として『達髪五人男』全五冊の近刊予告が見える。

なお、『霞亭文庫目録』によれば、「本書は初版本の序・跋を削り、目録題の巻数を入木改変した再版本」とあるが、披見の諸本で初版本と思われるものには出会えなかった。ただ、平井隆太郎氏蔵本のうちの一本（第六冊欠の五冊本）は他とは異なる。該書は取り合わせ本であるが（第一・四・五冊と第二・三冊は別物）、注目すべきは第二（三四之巻）と第三（五六之巻）の二冊である。この二冊のうちのほとんどの丁に、見せ消ちがなされている。ルビの訂正、濁点の付加、誤字、脱字、或いは表現そのものの手直しなど、細かな部分に目が配られていることが伺われる。中でも顕著な例を示せば、第三冊十一丁裏の八行から九行にかけて、朱で塗りつぶされている箇所があり、この下の文字は、「親子を哀むといふは十八九廿迄見とぐり度物也。親誠の慈悲とは是か」と読める。そして、この消された箇所が底本をはじめとする諸本では、「おやぶしにて子共十八九迄の養育見とぐるを誠の慈悲とはいふ也」（本文三八四頁）と書き換えられているのである。

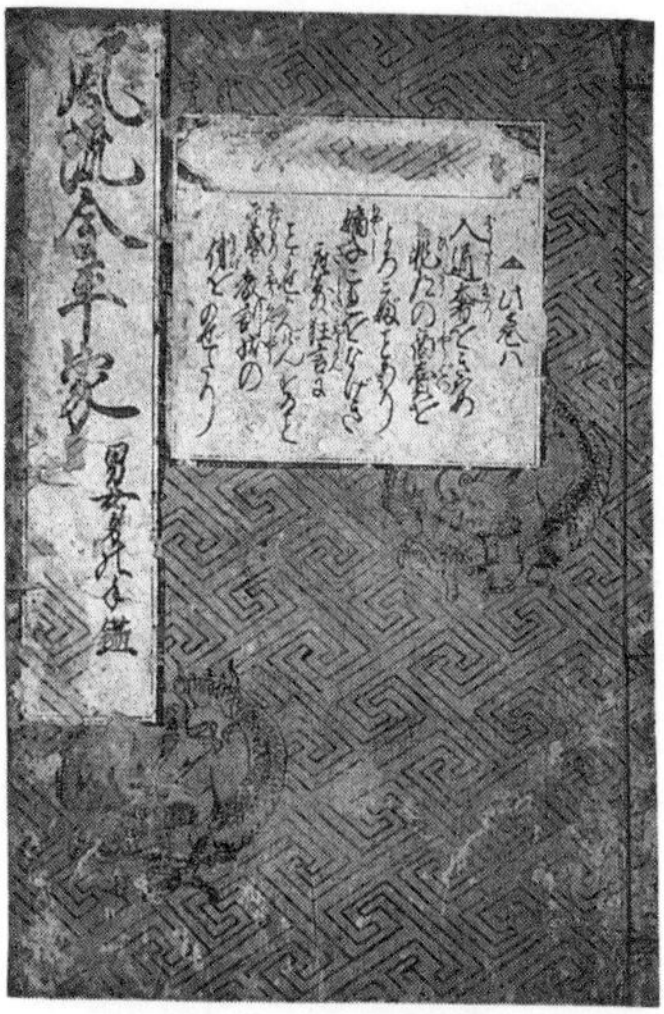

図5　『風流今平家』第三冊（五六之巻）表紙（平井隆太郎氏蔵）

また同じく十四丁裏二行目、平井本では「おとろをならひ」の「を」について、行の上の空白部分に「へる」と朱書きされている。確かにここは「を」では意味が通じない。同じ箇所を底本で確認すると、やはり「おとろへるならひ」（本文三八六頁）となっており、「へる」の部分を注意して見ると上下が詰っていて、入木修訂であることがわかる（口絵参照）。これらの点から、本二冊はおそらく校正本であり、雷文繋巻竜紋の表紙も特別につけられたものであろうと思われ興味深い（図5）。『霞亭文庫目録』の再版という言葉に注目すれば、本書は初版本の可能性もあるのだが、現時点でそれを確実に証明することができないのは残念である。

なお、改題本に『似勢平氏年々分限』がある。享保十一年九月の浄瑠璃「似勢平氏年々鑑」上演を踏まえた改題であろう。早稲田大学図書館蔵本によれば、刊記は「享保十三年／正月改／京寺町通松原上ル町／菊屋七郎兵衛板」。板心は「今平家」の「平家」を削って「平」とのみ残すが、序の「此程去屋敷に風流今平家と中本をもてあそび」云々、及び「難波のごぜ／与志口上」もそのままである。なお、早稲田本以外に、神谷勝広氏所蔵の一本（第六冊欠）がある。

本書は『平家物語』のやつしで、富裕な浪人の息女の前で瞽女の与志が読み聞かせたという形で始められる。一冊を「一二之巻」、「三四之巻」というようにして、六冊十二巻とするのも「平家」に倣っている（因みに、現存本版心の巻数表記は「一二之巻」を「巻一」、「三四之巻」を「巻二」と、冊数に従った巻立てとし、丁付けも一冊毎通し。すなわちこれは『霞亭文庫目録』でいうところの「目録題の巻数を入木改変」する前の「初版本」の体裁の名残りということができるだろう）。主要な登場人物も「平家」に擬せられており、富裕な町人伊丹入道可運は清盛、四人の息子は重右衛門が重盛、宗左衛門が宗盛、友之助が知盛、重五郎が重衡、重右衛門の息子重太郎は維衡という風である。可運は強欲かつ淫乱で、おらん・小らん・浪と妾狂いにあけくれ（『平家物語』「祇王」のやつし）、嫡男重右衛門の諫めにも耳をかさず（「重盛教訓状」）、それどころか怒って次男以下三人の息子と共謀して長男とその妻子をうつろ船で流してしまう。重右衛門一家は周防国いおうが島に漂着し、そこで苦しい生活を余儀なくされる（「鬼界島」）。その間に可運はおらんの子を流産させた報いを受けて熱死（「入道死去」）、友之助は宮島で役者カルタにのめり込んだ末、投身自殺する（「知盛入水」）。さらに宗右衛門は美人局にはめられ財産を失い大井川で溺死し、重五郎も両替の不正が発覚して所払いとなる。その後いおうが島から重右衛門一家が呼び戻され、重太郎が家督を継ぐことで大団円となる。

大枠が貴人の前での語り物であること、軍記物語に人物・事件等を付会させていること、芸能（ここでは碁盤人形）を取り込むこと等『御前義経記』と趣向の点で類似性が高い。ただ町人の社会を取り上げている点がこれまでとは異なり、碁盤人形を遣わせて町人の心得を浄瑠璃で語らせる場面もある。「好色物より町人物への転回による新味を狙う意欲がうかがえる」（『日本古典文学大辞典』岩波書店　昭和五十九年）ものではあるが、作品の評価はけっして高いとは言えない。しかし未だ詳しい考証がされておらず、研究が進めば作品の特徴もより明瞭になることであろう。

（川元ひとみ）

最後になりましたが、本書の底本として使用を許可された原本所蔵の諸機関、ならびに資料の参観、掲載等のご好意に与った平井隆太郎、沓名定氏、何かとお世話いただいた編集部の清水範之氏に御礼申し上げます。

（若木太一）

西沢《にしざわ》一風《いっぷう》集《しゅう》

叢書江戸文庫46　責任編集――高田衛＋原道生

二〇〇〇年四月二十五日　初版発行

校訂者　若木《わかぎ》太一《たいいち》他

発行者　佐藤今朝夫

発行所　株式会社国書刊行会

東京都板橋区志村一-十三-十五　〒一七四-〇〇五六

電話〇三(五九七〇)七四二一　ファクス〇三(五九七〇)七四二七

印刷　山口北州印刷株式会社

製本　大口製本印刷株式会社

装釘　藤林省三

ISBN4-336-03546-6

叢書江戸文庫　第Ⅰ期　全26巻

1 漂流奇談集成　校訂＝加藤貴
2 百物語怪談集成　校訂＝太刀川清
3 前太平記［上］　校訂＝板垣俊一
4 前太平記［下］　校訂＝板垣俊一
5 前々太平記　校訂代表＝矢代和夫
6 都の錦集　校訂＝中嶋隆
7 伴蒿蹊集　校訂＝風間誠史
8 八文字屋集　校訂＝篠原進
9 竹本座浄瑠璃集［一］　校訂代表＝平田澄子
10 豊竹座浄瑠璃集［一］　校訂代表＝原道生
11 豊竹座浄瑠璃集［二］　校訂代表＝向井芳樹
12 馬場文耕集　校訂＝岡田哲
13 佚斎樗山集　校訂＝飯倉洋一
14 近松半二浄瑠璃集［一］　校訂代表＝原道生
15 江戸作者浄瑠璃集　校訂代表＝田川邦子
16 仏教説話集成［一］　校訂＝西田耕三
17 近世紀行集成　校訂＝板坂耀子
18 山東京伝集　校訂＝佐藤深雪
19 滑稽本集［一］　校訂＝岡雅彦
20 式亭三馬集　校訂＝棚橋正博
21 近世説美少年録［上］　校訂＝内田保廣
22 近世説美少年録［下］　校訂＝内田保廣
23 文化二年十一月江戸三芝居顔見世狂言集　校訂代表＝近藤瑞男・古井戸秀夫
24 役者合巻集　校訂代表＝佐藤悟
25 中本型読本集　校訂＝高木元
26 近世奇談集成［一］　校訂代表＝高田衛

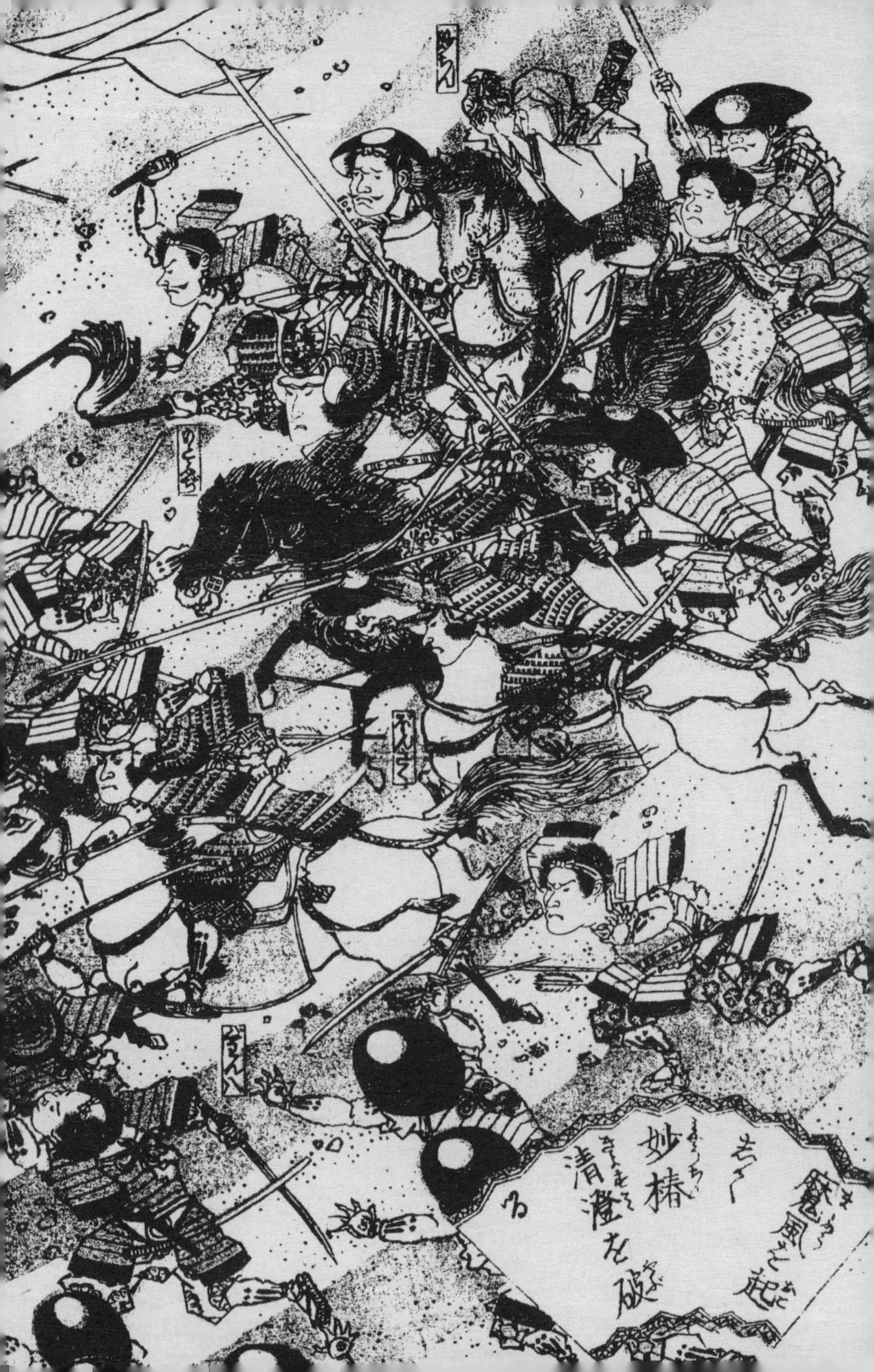
飆風を起して
妙椿清澄を破る